MARÍA CECILIA
BARBETTA

NACHT LEUCHTEN

Roman

FISCHER Taschenbuch

Dieser Roman wurde gefördert durch die ROBERT BOSCH STIFTUNG (Arbeitsstipendium 2012), die DEUTSCHE AKADEMIE ROM, VILLA MASSIMO (Studienaufenthalt im Jahr 2013), den BERLINER SENAT (Literaturstipendium 2014), den DEUTSCHEN LITERATURFONDS (Stipendium 2014/15) und die AKADEMIE DER KÜNSTE, BERLIN (Alfred-Döblin-Preis 2017)

MIX
Papier aus verantwortungsvollen Quellen
FSC® C083411
FSC www.fsc.org

Erschienen bei FISCHER Taschenbuch
Frankfurt am Main, Januar 2020

Satz: Dörlemann Satz, Lemförde
Druck und Bindung: CPI books GmbH, Leck
Printed in Germany
ISBN 978-3-596-29849-5

Meinen Großeltern
Dominga Scagliola und Juan El Haibe

INHALT

ERSTER TEIL **BLOODY MARY**

KAPITEL 1–33

ZWEITER TEIL **AUTOPIA**

KAPITEL 1–33

DRITTER TEIL **DIE BASILISKEN**

KAPITEL 1–33

DIE VIERTE DIMENSION

KAPITEL 100

ERSTER TEIL

BLOODY MARY

I

Elvio Gianelli tastete die Taschen seines Regenmantels nach Streichhölzern ab. Als er mit einer brennenden Zigarette im Mundwinkel das Haus verließ, ertönten die Kirchenglocken, die das Erwachen seiner Tochter einläuteten.

Noch ahnte Teresa nichts von den Veränderungen, die ihnen bevorstanden, doch als der Vater sich wenig später mit der üblichen Sonntagszeitung und einer Kinderzeitschrift – einem handfesten Beweis seines schlechten Gewissens – zu ihnen gesellte, war sie über die anderen Umstände bereits unterrichtet.

Anstatt sich beim Frühstück wie sonst über die Wirren der Politik auszulassen oder sich mit dem Geisterfahrer zu beschäftigen, der am Vortag, dem 9. März 1974, auf einer der Hauptverkehrsadern von Buenos Aires für chaotische Zustände gesorgt hatte, wollte Elvio Gianelli von seiner Tochter hören, ob sie die Neuigkeit erwartet habe und ob sie sich freue.

Teresa antwortete mit Nein und Ja, während sie den Gimmick vom Cover ihres Magazins *Anteojito* zu lösen versuchte. »Aber nicht doch«, platzte sie heraus. Sie war weiß Gott unvorsichtig gewesen, das Papier war eingerissen, die Hälfte der Buchstaben auf der glänzenden Titelseite waren von der Bildfläche verschwunden, so dass es von nun an nur noch *Ojito* heißen würde: Achtung. Unfug, dachte Teresa verärgert. Als nützte es etwas, im Nachhinein mit einer Warnung behelligt zu werden. *Ojito* bedeutete auch Äuglein, doch die halfen nicht immer weiter. Der Vater, neuerdings beim Lesen auf eine Brille angewiesen, hatte seinem Kind vorsorglich eine Sehhilfe mitgebracht. Teresa befreite das Vergrößerungsglas vom letzten Tesastreifen wie zuvor ihre Augen vom Schlaf, als sie nicht hätte sagen können, ob der Schatten, der in Zeitlupe den Schlüsselbund von der Wand abgehängt und die Eingangstür hinter sich geschlossen hatte, Bestandteil ihrer Träume gewesen war oder nicht. Die Mutter war ebenfalls noch nicht aufgestanden, als sie mit belegter Stimme »Teresa« gerufen hatte, »Liebling, bist du schon wach?«

Wache hatte die Tochter wie so oft in der Nacht gehalten. Mit ihrer kleinen Statuette in der Hand hatte sie an der Schlafzimmertür der Erwachsenen gestanden und das Ohr so lang dagegen gepresst, bis sie feststellen konnte, dass Frieden herrschte und sie nicht einschreiten musste. Jetzt ruhte sie etwas beduselt auf ihrem Ausziehsofa im Wohnzimmer, sie streckte und reckte sich, bevor sie beherzt die Decke zurückschlug. Sie schlüpfte in ihre Pantoffeln, stolperte über die Riemchenschuhe und ein paar Schritte weiter über die Schultasche. Jeden Abend ließ der Vater sämtliche Jalousien herab. Jalousie ist Französisch und bedeutet Eifersucht, wusste Teresa. Durch die Jalousien hindurch konnte die Tochter beobachten, wie verwandelt der Vater wirkte, sobald er sich morgens aus dem Familienhaus stahl. Nun steckte sie den Kopf durch den Türrahmen des elterlichen Gemachs und musste die Augen zusammenkneifen. Sie wurde von der hereinfallenden Sonne geblendet, die den Raum überflutete und alles darin in eine beißende Helligkeit tauchte. Teresa blinzelte, dabei wechselten Hell und Dunkel so oft, bis ihre Augen sich an die Lichtfülle gewöhnten und nicht länger schmerzten. Die Mutter hatte den Rücken mit einem Kissen gestützt; um sie herum erstreckten sich geheimnisvolle Stofflandschaften, schattige und goldene Bahnen liefen in abgelegene Gefilde aus, dazwischen warfen sich Falten auf, es waren ihrer so viele wie bei einem kostbaren Umhang. Wie eine Erscheinung kam die Mutter der Tochter vor, wie die wohltätige weiße Madonna in der Grotte, wo die Quelle des Lichts nur sie sein kann, die strahlende Mutter, die einen über die Entfernung ruft und zu der man pilgert, weil sie Wärme und Trost spendet, weil man sich seiner Fehltritte schämt und um Verzeihung bitten möchte. Die Mutter lächelt gütig und winkt die Tochter zu sich heran. In solchen Augenblicken geschehen Wunder, denn durch dieses unmissverständliche Zeichen vergisst die Tochter die

Beschwerden und Strapazen des Weges, die nächtlichen Stunden der Trennung, das Wachen an der Schwelle der Kindheit, das Bangen um die Mutter, die erdrückende Ungewissheit im Herzen und den Alb in den Träumen, den unerträglichen Durst mitten in der Nacht, das Aufstehen und sich Vorantasten im Halbdunkeln, das Aufhorchen in der Nähe des Badezimmers, das Aussetzen des Atems und das Lauschen an der Tür, die eiskalten Kacheln, die nackten Füße wie Mondsicheln und die aufkommende Reue, denn heute erinnerte Teresas Mutter mit ihrem offenen Gesicht und ihren zurückgesteckten schwarzen Haaren an die *Santísima Virgen del Monte*, an die Heilige Jungfrau auf dem Berge, oder auch an die wunderschöne *Virgen del Cerro*, Unsere liebe Frau am Hügel, vor der die Pilger gern hinknien, um die am Wegesrand gepflückten Blumen abzulegen und mit ihnen die ganze Müdigkeit und die Sorgen.

Der Platz des Vaters war leer und sein Pyjama zusammengeknüllt. Die Tochter stieg auf das Ehebett, um auf Augenhöhe mit dem Gemälde der *Heiligen Familie* sich Sankt Christophorus anzuvertrauen, einen Fuß zwischen die langgestreckten Beine der Mutter zu setzen und mit dem nächsten Schritt die andere Seite zu erreichen. Während der Überquerung wanderten die Blicke der Mutter über das Nachthemd der Tochter. Durch den lichten Stoff hindurch erkannte die Mutter ihren eigenen zarten Körper von einst wieder; die Mutter konnte sich an den dünnen Gliedmaßen nicht sattsehen, nicht an den schmalen Schultern ihrer Tochter, nicht an dem kleinen flachen Brustkorb, der sich im exakt gleichen Rhythmus wie der ihre hob und senkte, hautnah. Sie drückte ihr Fleisch und Blut so eng an sich, dass die elfjährige Teresa »Aua!« schrie und »*Mamá*, du tust mir weh«.

»Obwohl ich dich so sehr liebe. Verzeih mir, mein Engel.«

»Wie weit erstreckt sich deine Liebe, *Mamá*?«

»Bis zum Himmel und wieder zurück, Teresa.«

»Wie lang hält deine Liebe an?«

»So lange wir beide leben und darüber hinaus: eine Ewigkeit.«

»Eine Ewigkeit«, beteuerte die Tochter. Nach einem schrecklichen Zank hatte sie fiebrig an diesem Gelöbnis laboriert, bis jede ersonnene Frage und Antwort festgestanden hatte und sie an jenem Abend zu später Stunde von der Mutter ins Bett und zugleich von dem Glauben getragen worden war, durch das wiederholte Aussprechen des Schwures würde die traute Zweisamkeit für immer unverbrüchlich sein.

Die Mitteilung über die Schwangerschaft kam aus heiterem Himmel und zerstörte die Idylle mit einem Schlag. Unzumutbar empfand Teresa weniger die Tatsache, dass sie aufhören würde, das Ein und Alles der Mutter zu sein (des Vaters, so angespannt, so abwesend), denn egal, was Erwachsene erzählten und wie professionell sie ihre Begeisterung für das Neue im Zaum zu halten vermochten, die Rechnung würde nicht mehr aufgehen und Teresa mit einer zweiten Realität umgehen müssen. Durcheinander brachte sie vielmehr ein Bild, das sich in ihr ausbreitete und unverbrämt das Augenmerk auf das lenkte, was sich hinter der Nachricht des sogenannten Kindersegens verbarg. Das Bild war unanständig zudringlich. Es zeugte von nackten Tatsachen. Dabei ging es um die Körper der Eltern. Obwohl es unscharf blieb, verletzte es die Netzhaut. Die Augen tränten. Teresa weinte nicht. Die Beine, die Arme, die Hände, die Füße, die Elternteile waren verschwommen und ließen sich nicht länger auseinanderhalten. Ein wahrer Albtraum. Die Mitteilung über den Nachwuchs sollte über das unwiderlegbar Anzügliche hinwegtäuschen, sollte Verwandte, Freunde und Bekannte hinters Licht und in die Irre führen, alles war so konfus, dass man unmöglich klar denken konnte. Clara schwieg, und Teresa empfand ein tiefes Unbehagen, wogegen sie mit größter Not ankämpfte. In ihren Augen war dieser Sachverhalt beunruhigend, beleidigend und über die Maßen kränkend. Ich bin krank, *Mamá*. Hat *Papá* heute wieder Bereitschaftsdienst? Denn auf einmal ist mir schlecht, mir ist schwindlig, nein, du kannst doch nichts dafür, es geht gleich vorbei. Teresa rang mit einer inneren Stimme, bis sie begriff – urplötzlich, wie bei einer Offenbarung –, dass an diesem vertrackten Tatbestand etwas war, das der Geschichte eine unerwartete Wendung gab. Bevor der Vater ihr mit der Kinderüberraschung kam, sie das zweitklassige Vergrößerungsglas auf seine Tauglichkeit hin prüfte und die drei Scheinheiligen zur Tagesordnung übergingen, hatte die Mutter sie restlos aufgeklärt. Als hätte es sich bei diesem unbeholfenen Wortaufwand um eine Prüfung gehandelt, gelang es Teresa, darin ein Vorzeichen zu sehen, welches sie in ihren Vorstellungen und Zukunftsvisionen geradezu bestärkte.

Ein aufblitzender Gedanke hatte sie bis auf weiteres besänftigt: Noch ehe sie im engeren Familienkreis die Feier ihres zwölften Geburtstags begehen sollte, würde sie Schwester werden, Schwester Teresa, und das hörte sich – um bei der Wahrheit zu bleiben – gar nicht so übel an.

2

Das Stadtviertel, das Elvio, Clara und Teresa Gianelli ihr Zuhause nannten, liegt im Nordosten der Provinz Buenos Aires, eine knappe Autostunde von der Hauptstadt entfernt. Ballester ist ein überschaubarer Außenbezirk mit einer langen Geschichte, aus der einige wenige Anekdoten herausragen, kleinstädtische Vorfälle, die in dem damals kostenlos verteilten *Ballester Lokalanzeiger* zu Großereignissen ausgeschmückt wurden und eine Handvoll traditionsbewusster Familien mit Stolz erfüllten.

Die Gründung des Wohnviertels geht auf das Jahr 1889 zurück. Noch bevor mit Hilfe argentinischen, französischen und britischen Kapitals der Bahnhof in Betrieb genommen wurde, der den ursprünglich toten Erdenfleck durch die Anbindung an die Innenstadt zum Leben erweckte, wurde das Fundament für die Konstruktion einer Kirche gelegt. Der Bauplan im neogotischen Stil stammte von einem ausländischen Architekten, einem Bewunderer der Schauerliteratur von Horace Walpole und seines Anwesens Strawberry Hill, einem aufmerksamen Leser der *Burg von Otranto*, der taumelnd vor Ehrgeiz sich daranmachte, mitten im Nichts seinen gekünstelten Visionen und hochfliegenden Träumen Gestalt zu verleihen. Ursprünglich mit drei Schiffen und zwei Türmen konzipiert, aus Geldknappheit, nach unüberbrückbaren Differenzen und einem mehrjährigen Baustopp letztendlich unter der Leitung eines neuen, selbstzufriedenen Architektenkollegen mit nur einem Schiff und einem Turm von immerhin fünfunddreißig Metern Höhe vollendet, erhob sich heute an der beampelten Kreuzung von Lamadrid und Lacroze die Parochialkirche NUESTRA SEÑORA DE LA MERCED.

Ihre drei Glocken schlugen seit den Anfängen morgens, mittags und abends, doch keiner der Besucher der ersten Stunde wäre auf die

Idee gekommen, dem mittelprächtigen Geläut eine Aufweckung des gotischen Geistes zuzutrauen – anders die hellhörigen Nachkommen dieser alten Geschlechter, der Montpelats und der Marengos, der Falugues und der Rigantis, der Scápolas und der Meninis; ihre zartbesaiteten Urenkelinnen, die ein streng getaktetes Mädchendasein in der unweit gelegenen Privatschule INSTITUTO SANTA ANA fristeten und sich bei der Messe am Sonntag über weite Strecken zu Tode langweilten, vermuteten unter ihren Füßen geheime Korridore, von flackerndem Kerzenschein illuminierte Katakomben, mit Spinnweben durchzogene Kellergewölbe und Galerien, enge Treppen und zwielichtige Verliese, ein ausgeklügeltes System von Sackgassen und falschen Fährten, in dessen Bau das ganze viele Geld hineingeflossen sein musste, das einst auf dem Papier für den absenten Turm und die beiden fehlenden Kirchenschiffe eingeplant gewesen war, an die sich im Jahre 1974 keine Menschenseele in dieser Gegend mehr erinnern wollte. Läge es im Bereich des Möglichen, Ballester einen Spiegel vorzuhalten, sähen die Alteingesessenen ein paar blinde Flecken auf der verstaubten Oberfläche, während die herausgeputzten Mädchen des SANTA ANA alles dafür gäben, einen Schritt weitergehen zu dürfen, hinter den Spiegel zu treten, wo sich erwartungsgemäß ein Schacht auftäte, der am anderen Ende mit einer Überraschung aufwarten würde, ein Tunnel durch die Zeit, der Raum zwischen den Zeilen, eine unterirdische Passage, an deren Schluss – ach, du heilige Doppelmoral des Katholizismus – die Konsternierten erkennten, dass sie einzig und allein dazu ersonnen worden war, über mehrere Häuserblocks hinweg die beiden bestangesehenen Institutionen ihres Stadtviertels miteinander zu verbinden, zwischen denen es ihnen ja ohnehin erlaubt war, hin und her zu pendeln.

3

Nach dem sonntäglichen Gottesdienst ging es für ein Drittel der Schülerinnen ins INSTITUTO SANTA ANA zurück. Die Internen saßen im selben Boot. Vom Chorraum aus schauten sie dabei zu, wie die Externen sich wie Fische im Wasser bewegten, wenn sie das Gebetshaus, in dem sie sich nach Lust und Laune ihrer Mütter und Großmütter verteilt hatten, wieder verließen. Sie brachten die Tür in ihren Angeln zum Knarren und gingen an der Brillenschlange vorbei, die auf dem Absatz der Freitreppe bestrebt war, eine lückenlose Anwesenheitsliste zu führen, wofür sie ihre Gläser ununterbrochen auf- und wieder absetzte. Sobald die kurzsichtige Aufsichtsschwester ein Zeichen gab, waren die Internatsschülerinnen dran. Damit nichts aus dem Ruder lief, waren sie gehalten, sich zwischen Skylla und Charybdis aufzureihen, zwischen der Schwester Pförtnerin und der Mère Supérieure. Die Mädchen setzten sich schweigend in Bewegung. Sie schritten würdevoll durch das Kirchenschiff. Sie schritten wie die Nereïden. Sie schritten wie die Begleiterinnen des Poseidon, wie die verspielten Bewohnerinnen der Höhlen in der Tiefe des Ozeans, sie schritten selbstvergessen wie die Beschützerinnen der Schiffbrüchigen, die edlen Töchter des Nereus und der Doris, Naturgottheiten, anmutige Nymphen, die auf Namen hörten, die wie Meeresrauschen klangen und an Schaum erinnerten, sie schritten wie Glauke, Eudora und Ligea, wie Eurydike, Klio und Xantho, wie Galateia, Kalypso, Thetis und Arethusa. Die Jungfrauen des SANTA ANA schritten, als erschlösse sich ihnen die Sprache der Delphine, Seesterne und Hippokampen. Bevor sie sich am Ausgang umdrehten, um ein letztes Mal zum heiligen Altar zu blicken, bevor sie bußfertig in die Knie gingen, um ein Kreuz zu schlagen, tauchten sie zerknirscht eine nach der anderen ihre Fingerkuppen in das Becken mit dem Weihwasser, das sie von den lässlichen Sünden und der Flut heidnischer Bilder reinzuwaschen versprach, weil es lebendiges Wasser ist, das die Erinnerung wachruft an das Wasser in der Bibel: an das Wasser des Jordan und der Taufe Jesu, an das Wasser des Nils, an dessen Ufer Mose ausgesetzt wird und von wo ihn die Tochter des Pharao errettet, an das Wasser der Arche Noah, an das Rote Meer der aus Ägypten fliehenden Israeliten, an den See Genezareth, über den Jesus geht und über den Petrus ihm entgegenkommt, an den See von Tiberias, in den die Jünger auf Anweisung des Auferstandenen ihre Netze werfen, um sie voller Fische an Land zu ziehen. Wie der Wal, der Jona verschlingt und wieder ausspeit, entließ NUESTRA SEÑORA DE LA MERCED nach gefühlten drei Tagen die mit allen Wassern gewaschenen Schülerinnen des SANTA ANA. So kurz vor dem Ziel erwähnten sie mit keinem Wort, dass das Wassermann-Zeitalter, von dem sie unlängst Wind bekommen hatten, vor der Tür stand – der Mond im siebten Himmel, Jupiter mit Mars in einer Linie.

4

Wären die Musterschülerinnen nicht eingehend vor den Einflüsterungen des gefallenen Engels gewarnt worden, würden sie glauben, dass diejenigen Erziehungsberechtigten, die sich in ihrer Jugend an die Ordensgemeinschaft der Töchter von Santa Ana gebunden hatten, es aus größter Not taten, weil sie nämlich keinen Mann an der Angel gehabt hatten. Angenommen, es wären, von dem Himmlischen abgesehen, jemals andere Kandidaten vorhanden gewesen, die sie in die Wüste hätten schicken können, waren die Verehrer wahrscheinlich viel zu früh gestorben, Opfer der aberwitzig weitverbreiteten Gutgläubigkeit an die vermeintlich gute Luft von Buenos Aires. Oder sie waren an einen entlegenen Ort gebracht worden, eventuell in ein Lungensanatorium auf einem Berg, ein beschwerlicher Weg mit unzähligen Stufen, und auf dem Plateau: gleich die Himmelsleiter, eine allerletzte Station in der Provinz Salta oder Tucumán, auf jeden Fall sehr weit weg, so dass jeglicher Annäherungsversuch zwischen den Liebenden zum Scheitern verurteilt war. Es muss sich um ein schlimmes Übel gehandelt haben, das die jungen Frauen von damals dazu getrieben hatte, sich den strikten Regeln von Armut, Keuschheit und Gehorsam zu unterwerfen. Heute führten die Schwestern von SANTA ANA ein ruhiges, geordnetes Leben. Jedes Jahr vor Weihnachten spendeten sie Trost und Geld an die Leprosarien. Sie klagten nie, vertraten aber offenherzig die Meinung: Früher war alles besser. Keine Frage. Ihre Schutzbefohlenen konnten sich das sehr gut vorstellen, denn inzwischen war die Mère Supérieure mit ihren sechzig Jahren überfordert und mit ihren neunzig Kilo übergewichtig, Sœur Inmaculada war auf ein Hörgerät angewiesen und Sœur Encarnación so alt wie Methusalem, ihre Schildkröte. Sœur Concepción kämpfte gegen Hitzewallungen, obwohl sie es nicht zugeben wollte, denn Koketterie ist eine hässliche Sünde. »Sehr hässlich«, behauptete Sœur Asunción, die eine Vorliebe für bittere Kräutertees hatte, die sie mit einer Blasenschwäche kombinierte. Sœur Rosario hatte alle vierzehn Tage Mundgeruch und Sœur Remedios Warzen, die sie erfolglos besprach. Sœur Dolores schlurfte, und Sœur Auxiliadora roch stark nach Desinfektionsmittel. Sœur Trinidad schien sich mit ihrem Geschick abgefunden zu haben und pflegte einen dezenten Damenbart. Sœur Consuelo war die Brillenschlange und Sœur María eine absolute Ausnahmeerscheinung. Die Nummer zwölf unter den Nonnen war wie das vierblättrige Kleeblatt mitten auf der Wiese. Durch und durch glückverheißend.

5

»Gütiger Himmel«, wisperten die Mädchen, außerstande, die Augen von der Schwester abzuwenden, die von einem Tag auf den anderen in ihrer Schule aufgetaucht war.

»Sie ist bildhübsch!«

»Und blutjung!«

»So wie wir, quasi!«

Erst als die Neue anfing, mit aller Selbstverständlichkeit bei ihnen ein und aus zu gehen und sie en passant zu begrüßen, konnten die Schülerinnen dem Gedanken Glauben schenken, dass diese Nonne offensichtlich gekommen war, um zu bleiben. Nachdem die aufkeimende Hoffnung innerhalb einer Woche zur unverrückbaren Erkenntnis gereift war, waren sie noch lang nicht in der Lage, ihr Glück zu fassen.

Demütig holten die Lernenden ihre Tagebücher heraus, um dort Eingebungen und Mutmaßungen über Sœur María festzuhalten, deren Eltern sie womöglich bestraften, weil sie unstandesgemäß liebte, einen Dahergelaufenen, den Postboten oder den Zeitungsjungen. Das würde erklären, weshalb sie ihre Tochter bei der Mère Supérieure abgeliefert hatten, im Schutz der Nacht musste es passiert sein, denn keines der Mädchen hatte etwas mitbekommen. In ihre Gebete schlossen die Verträumten sogar eine Stiefmutter ein, einen furchtbaren Drachen, der es nicht ertragen konnte, mit der personifizierten Schönheit unter einem Dach zu leben – anders als sie im SANTA ANA. Sie selbst hatten Übung in der Anbetung wahrer Schönheit. Zu ihren Pflichten gehörte das Praktizieren der *Vita contemplativa*, wofür sie freitags die Annenkapelle besuchten und vor der überwältigenden Altarikone eine halbe Stunde niederknieten.

Das Refugium der Stille lag etwas abseits auf dem weitläufigen Gelände, das zur Straße hin durch einen Zaun und ein doppelflügeliges Tor abgeschirmt wurde, dessen ziselierte Gitterstäbe gleich Sonnenstrahlen ein Kreuz einfassten. Derlei eingekesselt blieben das zweistöckige hufeisenförmige Gebäude, das Kloster und Schule in einem war, und der Schulhof, der in den Obstgarten überging und dieser wiederum in den Gemüse-, den Kräuter- und den Blumengarten, welcher irgendwann *mutatis mutandis* zur Kleewiese wurde, auf der seit einigen Jahren erst die Kapelle thronte, die der Mutter Marias geweiht war, als deren direkte Nachfahren sich die Nonnen von SANTA ANA seit eh und je begriffen. Darin, zur Verehrung ausgestellt, hing die Reproduktion einer byzantinischen Wandmalerei aus dem achten Jahrhundert nach Christus, auf der die heilige Anna den Zeigefinger vor dem Mund hielt, als wollte sie die Besucherinnen erinnern, dass sie eine Schweige- und Kontemplationsstätte betreten hatten. Die Erhabenheit und Anmut der Dargestellten verschlug ohnehin allen, die sie erblickten, die Sprache. Zurück auf dem profanen Pflaster des Schulhofs, weit weg von der Kleewiese, wagten die Schülerinnen, die Ahnungen in Worte zu fassen, die sie seit Anbeginn gehegt hatten. Sie ahnten, dass irgendetwas nicht stimmte mit den angeblichen Verwandtschaftsbeziehungen. Sie konnten sich beim besten Willen nicht vorstellen, dass die Nonnen, die sich *Töchter von Santa Ana* nannten und die auf jedes Papier und jedes Comuniqué den Stempel mit der weißen Lilie, den Institutsinitialen und dem Signet *Hijas de Santa Ana* drückten, von dieser erhabenen Frau abstammen sollten. Die Mädchen kultivierten ihre Ahnungen. Sie vermuteten, dass dieser Sachverhalt nicht familiärer, sondern theologischer Natur war. Die Sache war paradox und womöglich dogmaverdächtig. Die betagten Nonnen kamen ihnen wie Jesu Großmütter vor, aber partout nicht wie die Töchter der zeitlosen Schönheit an der Wand. Die Schülerinnen wähnten vielmehr, dass die Kapellenheilige ihnen eine Schwester sein könnte, eine, die sich sehen ließe und zu der sie gern hinaufschauten, eine große Schwester, die ihnen vom Altar aus antrug, sich ein Beispiel an ihr zu nehmen und – Ahnungen hin oder her – sich in Schweigen zu hüllen, darüber, dass einzig und allein Sœur María der Sankta wie aus dem Gesicht geschnitten schien. Dass strenggenommen niemand anders Anspruch erheben dürfte, in direkter Ahnenlinie mit ihr zu stehen. Dass die Annenkapelle, so gesehen, ihre Ahnenkapelle sei. Dass Sœur María höchstwahrscheinlich im Bilde sei und dass die göttliche Vorsehung – die nicht so unergründlich war, wie die alten Nonnen immer vorgaben – die verlorene Tochter daher zu ihnen geführt habe. Dass man sich nicht gleich in Unkosten zu stürzen brauche, weil sie wiedergefunden wurde, aber dass es in der Bibel ganz klar geschrieben stehe, man solle das feiern.

6

Teresa kontrollierte jede Nacht beim Zubettgehen den Zustand ihrer Füße. Immer noch keine Blase. Mit einer Verformung hätte sie so schnell nicht gerechnet, auch eine Gelenkentzündung wäre zu viel verlangt, aber es gab nicht einmal eine Quetschung oder einen zerdrückten Nagel. Das machte ihr zu schaffen. Sie untersuchte aufs Neue gewissenhaft Sohle, Rücken, Knöchel, Spann und Zehen nach irgendwelchen Einrissen, Verfärbungen oder Austrocknungen, doch die inspizierte Haut sah an etlichen Ecken und Enden rosig aus. Vor einigen Wochen war sie zuversichtlich gewesen, in der nahen Zukunft könnte dies anders werden. Mittlerweile war der *Status quo* ihr ein Dorn im Auge. Griesgrämig, weil kein sichtbares Zeichen der Veränderung sich einstellen wollte, verstaute sie ihre Lupe unter dem Kopfkissen.

Unterwegs war Teresa Gianelli, seitdem in ihrer Familie ein Brüderchen (behauptete die Mutter) oder ein Schwesterchen (entgegnete der Vater) unterwegs war. Da in jedem Fall Herausforderungen auf sie zukamen, scheute sie keine Mühe, ihnen entgegenzutreten. Diese Aufbruchsstimmung entsprach dem Lernstoff im INSTITUTO SANTA ANA. Von dem Moment an, in dem Sœur María Unterrichtsstunden übernommen hatte, drehte sich alles um das Zweite Vatikanische Konzil und seine weitreichenden Folgen. Die Nonne sprach vom *aggiornamento*, einer italienischen Vokabel, die en vogue zu sein schien. Während Teresa sich an die Spitze der propagierten Erneuerung phantasierte, musste die Schwester den armen Teufeln, die nichts mitbekamen und hinterherhinkten, die Botschaft des Zweiten Vatikanums aber und abermals verkünden. Ein Konzil, so wurde sie nicht müde zu erklären, sei ein Jahrhundertereignis. Das erste habe 1870 die Unfehlbarkeit des Papstes zum Dogma erhoben, das zweite sich Anfang der 1960er Jahre vorgenommen, fortschrittlichere Wege zu beschreiten, wenngleich sämtliche bekanntermaßen nach Rom führten. Teresa war noch nie in der heiligen Stadt gewesen, sie wusste aber, dass Jesus in grauer Vorzeit Petrus auserkoren hatte, auf einem bestimmten Felsen seine Kirche zu bauen. Jetzt sah es ganz danach aus, als sollte die vorangeschrittene Petrifizierung, die Versteinerung der römisch-katholischen Kirche, wieder rückgängig gemacht werden. Wahrscheinlich deshalb nannte die Schwester das Zweite Vatikanum eine Revolution, ja, eine radikale Umwälzung. »Wir erwarten, dass das Konzil frische Luft hereinweht«, verkündete Sœur María mit ernüchterndem Pragmatismus. Sie trat ans Fenster, öffnete es sperrangelweit und klemmte den Tafelwischer ein, um das Zuschlagen zu verhindern. Es gehe darum, präzisierte sie, die Herzen zu öffnen, die Köpfe; die Kirche müsse nach der Vorgabe des Zweiten Vatikanums zu den Menschen. Nachdem es viel zu lang umgekehrt gewesen sei, müsse sie die Wahrheit des Evangeliums in der Nachfolge der ersten Jünger Jesu hinaustragen. Als Ariadna Viamonte Rey, Tochter aus gutem Hause, aus ihrer Lethargie erwachend, den Mund aufmachte und »Wohin denn, Schwester?« wissen wollte, hieß es: zu den Unterdrückten, Ariadna, zu unseren Armen und Ausgesetzten, zu den Verleugneten und auf das tote Gleis Geschobenen; höchste Eisenbahn für die gesamte Christenheit, eine Antwort auf die brennende soziale Frage zu finden, Verantwortung zu übernehmen, auszuziehen und das Fürchten in der Welt von heute bezwingen zu lernen. So etwas in der Art sagte Sœur María, als es zur Pause läutete. Aber anstatt die Mädchenschar mit der altbewährten Formel zu verabschieden, tat sie es mit: »Maria, Braut Christi, lenke eure Schritte gnädig auf den Weg des Friedens.«

Die ungewohnte Benediktion teilte die Klasse wie einst der Allmächtige das Rote Meer. Im gleichen Maße wie sie die Externen anspornte, den Auftrag des Herrn zu übernehmen, traf sie die Internen schwer. Nachdem die Wasser sich getrennt hatten, schritten die einen, kommandiert von Teresa Gianelli, trockenen Fußes voran, während die anderen missgelaunt zurückblieben, denn noch nie war ihnen das Aussichtslose ihrer Lage so klar vor Augen geführt worden; wie bei einem Sit-in verharrten die Internen demonstrativ auf ihren Plätzen, bis die Schwester sie mit einem »Raus mit euch« hinauskomplimentierte. Auch dies: zweifelsohne eine weitere Novität im Geiste der von den Konzilsvätern verordneten Neuausrichtung des täglichen Lebens, denn bis zu dieser schismatischen Unterrichtsstunde wurde ihnen gewünscht: »Maria, Braut Christi, gebe euch das Bewusstsein der Geborgenheit.«

An jenem Tag hatte Sœur María in ihren Schülerinnen ein Gespür für die Existenz einer Zweiklassengesellschaft innerhalb des SANTA ANA geweckt. Teresa Gianelli, die bis *dato* geplant hatte, über Rückzug und Stille ins Paradies zu gelangen, würde schleunigst umdisponieren müssen. Auf die Bitte ihrer Verwandten hin würde sie nun den Umweg in Kauf nehmen und die Cousins an der staatlichen Schule aufsammeln. Nichts war mehr in Stein gemeißelt, so dass Teresa erkannte, wie viel Seelenheil in dieser ihr zugemuteten Aufgabe steckte. Um auch künftig ihren Ruf als verantwortungsvolles Familienmitglied zu wahren, um weiterhin guten Gewissens ihre Füße unter den Tisch ihrer Bezugspersonen zu strecken, um sich ohne jedes Schuldgefühl mit apfelgrüner Götterspeise belohnen zu lassen, galt es ab sofort, sich anstandslos mit den Hungernden und Benachteiligten zu solidarisieren. Über diese kopernikanische Wende grübelte Teresa Gianelli, als sie in einer Traube von Externen die angesehene Lernanstalt für junge Mädchen verließ.

Intra muros hatte es geheißen, die Botschaft des Konzils sei unüberhörbar; jenseits der Mauern tönte das *Tatütata*, lang bevor aus dem Nichts das Blaulicht der Feuerwehr und der Rettungswagen auftauchte, die um die Ecke rasten; doch wer nun der Versuchung erlag, aufgrund des Getöses sich die Ohren zuzuhalten, weigerte sich offenkundig, sich dem Leid der Mitmenschen zu öffnen. Teresa vertraute sich Sankta Lucia an, die sich die Augen eigenhändig ausgerissen hatte. Der Legende nach waren der Unerschrockenen aus Syrakus neue gewachsen, die alten blutenden trug die Märtyrerin auf einem Tellerchen mit sich herum, als hätte sie ein zweites Gesicht. Wie diese geprüfte Heilige sah auch Teresa sich von Stund an genötigt, ihr Leben unter anderen Vorzeichen zu betrachten. Bis zum anvisierten Noviziat und der feierlichen Ablegung der Gelübde würde sie im Einklang mit dem Zweiten Vatikanum unermüdlich durchs Viertel ziehen und nicht einzig und allein sich selbst, sondern gleich ihre Nächsten erlösen, einschließlich ihrer jüngeren Verwandten aus der promisken Schule. Die Seelen ihrer armen Cousins waren – *tatütata* – zu retten, vor dem Fegefeuer der Eitelkeiten, vor den Feuerzungen des Unausgesprochenen zwischen den Geschlechtern und den Feuerflammen der Begierde, vor all den Schrecknissen, die Teresa – die Vorsehung sei gelobt – kaltließen und sie gegen jegliches Verkohlen in der Hölle immun machten. Teresa Gianelli, Einzelkämpferin und nach wie vor Einzelkind, das nach der letzten bitteren Desillusionierung geschworen hatte, niemals zu heiraten, sich niemand anderem als dem lieben Gott zu versprechen und insofern vom Nachwuchs abzusehen, würde dem Omen ihres Vornamens entgehen und nicht als Mutter nach Indien, sondern irgendwann als Missionsschwester nach Afrika aufbrechen, um dort als lichte Gestalt ein gottgefälliges Leben zu führen. Der weitreichende Plan stand. Bis dahin würde sie den Spagat meistern, den sie im Sportunterricht schaffte – unter den recht missgünstigen Blicken ihrer Klassenkameradinnen und ohne jegliche Unterstützung der theorieliebenden Schwestern: Sie würde im Hier und Jetzt aktiv sein und zugleich nach geistiger Erkenntnis streben. Anfänglich würde sie die unmittelbare Nachbarschaft erkunden und im Laufe der Zeit wie ein von Gottes Hand ins Wasser geworfener Stein immer größere Kreise ziehen, von Ballester bis ans Ende der Welt, weitab vom Schuss, von wo es hoffentlich schnurstracks gen Himmel ginge. Entschlossen, fortan jede Art hässlicher Entbehrungen in Kauf zu nehmen und keine Prinzessin auf der Erbse zu sein, verwarf Teresa den Gedanken, sich an eine Mauer zu lehnen, um einen Kiesel aus ihrem Schuh zu entfernen. Als sie schließlich das triste, klotzige Gebäude der staatlichen Schule erreichte, stellte sie fest, dass sie körperliches Unbehagen gut ertrug. Erhobenen Hauptes hielt sie Ausschau nach ihren Cousins. Während sie auf einem unübersichtlichen Gelände, in einem besorgniserregenden Einerlei aus Mädchen und Jungen, die Spreu vom Weizen trennte und durch das Heben der Hand ihre rettende Anwesenheit signalisierte, kam ihr die glorreiche Idee mit der Wandermuttergottes. Da wusste sie, wie sich ihr künftig alle Türen in Ballester auftun würden.

7

A fronte praecipitium, a tergo lupi. Vorn klafft der Abgrund, hinten lauern die Wölfe. Die Interne Marina Santiago war im Jahr zuvor sitzengeblieben, ein trauriger Fall und ein bedrückendes Drama, das nun drohte, sich erneut abzuspielen, und das die Mère Supérieure dazu bewogen hatte, die Externe Teresa Gianelli einzuspannen, und sie wiederum dazu, sich ein Herz zu fassen und mit Marina Santiago eigens ausgewählte Aspekte des Unterrichtsstoffes aufzufrischen. Nach Schulschluss spazierten die beiden im Schatten junger Mädchenblüte.

»Sœur María hat uns erzählt, wie umstritten die Pläne für das Konzil damals waren. Weißt du noch, was unser jetziger Papst Paul VI. über das Anliegen seines Vorgängers gesagt hat?«, fragte Teresa.

Die Klassenkameradinnen trugen ihre blauen Uniformjacken offen. Sie erfreuten sich an dem milden Wetter und gingen über die Kleewiese. Marina Santiago hüllte sich in Schweigen, auch nachdem sie die Annenkapelle weit hinter sich gelassen hatten.

»Dieser heilige alte Knabe merkt nicht, in was für ein Hornissennest er da sticht«, gab Teresa selber die Antwort.

»Hornissen haben wir hier zum Glück nicht«, kommentierte Marina, bevor sie in die Hocke ging. »Da bist du ja, heiliger alter Knabe!«

Methusalem kam des Weges gekrochen, und Marina Santiago zeigte sich hocherfreut. Während sie den Schildkrötenpanzer streichelte, ergänzte sie: »Dass wir keine Hornissen haben, verdanken wir Sœur Asunción, die ihr ökologisches Gift versprüht. Das Rezept ist eines der bestgehüteten Klostergeheimnisse.«

»Das weiß ich, Marina, das weiß ich. Weißt du zufällig noch, welche hilfreichen Worte der Heilige Geist Johannes XXIII. einflüstert, damit sein Vorhaben auf fruchtbaren Boden fällt?«

Methusalem war die Ruhe in Person. Methusalems Ruhe schien sich auf Marina Santiago zu übertragen. Gemächlich fing sie einen ihr entgegenschwebenden *Panadero*, sagte einen Kinderreim auf, dachte sich drei Wünsche aus, entfernte das Samenkorn und pustete den silbrig glänzenden *Panadero* wieder in die Luft. Methusalem hatte sich inzwischen Beachtliches vorgenommen. Er hatte den cremefarbenen Hibiskus im Visier und riss das Maul auf, als machte er Werbung für die Metro-Goldwyn-Mayer. »Leckermäulchen«, lobte Marina und bot der Schildkröte ein bereits angeknabbertes Rosenblatt an.

»Plötzlich entsprang in Uns eine Eingebung wie eine Blume, die in einem unerwarteten Frühling blüht. Unsere Seele wurde von einer großen Idee erleuchtet. Ein Wort, feierlich und verpflichtend, formte sich auf Unseren Lippen. Unsere Stimme drückte es zum ersten Mal aus – Konzil!«

»Eine Eingebung wie eine Blume«, plapperte Marina nach. »Das bringt mich auf eine Idee, Teresa! Komm mit, in den Rosengarten! Ich habe meiner Oma ein Bild davon gemalt und mir Ariadnas tolle Buntstifte ausgeliehen. Ich wollte die Blumen in genau den Farben wiedergeben, die Sœur Asunción bei der Anlage der Beete ausgewählt hat und die mit den glorreichen, freudenreichen und schmerzhaften Rosenkranzgeheimnissen harmonieren. Einen begehbaren Rosenkranzgarten hat bei meiner Oma Anahí in Salta noch niemand gesehen.«

Teresa blieb kurzentschlossen unter dem Johannisbrotbaum stehen, um einen abgebrochenen Ast aufzusammeln. Marina Santiago ging weiter und wäre am liebsten bis nach Nordargentinien gelaufen, hätte Teresa sie nicht zurückgerufen: »Wartest du mal, bitte?«

»Oh, eine Wünschelrute!«

»Ein Wanderstöckchen, Marina, damit wir etwas zielstrebiger vorankommen und uns nicht dauernd im Kreise drehen.«

Die Mädchen zogen eine zweite Runde über die Kleewiese. Marina Santiago hüllte sich abermals in Schweigen, um es dann mit einem »Pscht!« zu brechen. »Hörst du das auch? Wo kommt dieser Krach her?«

»Wo soll er denn herkommen, Marina? Von der anderen Seite. Von der Straße. Pass auf, ich lese dir weiter vor, okay? Es heißt, Johannes XXIII. hat das damalige Rom mit einem Bienenstock voller Menschen verglichen, aus dem ein ununterbrochenes Gesumm verworrener, nach Harmonie suchender Stimmen ertönt. Natürlich kannst du, die du den ganzen lieben langen Tag hier drinnen hockst, das nicht beurteilen, aber glaub mir, Marina: In Ballester ist es mittlerweile genauso laut wie in Rom.«

»Was sagst du, Teresa?«

»Ich sage, der Lärm soll uns nicht stören.«

Auf dem Gelände des INSTITUTO SANTA ANA ertönte klar vernehmlich Motorengebrumm.

»Das Gesumm kommt nicht von der Straße, Teresa.«

»Das ist kein Gesumm, Marina.«

»Nicht ich habe das Wort *Gesumm* gebraucht, sondern der Papst, und er ist seit dem Ersten Vatikanum unfehlbar.«

Teresa Gianelli war baff. Marina Santiago und sie beobachteten von der Kleewiese aus, wie das doppelflügelige Tor sich langsam öffnete. Es war noch nicht ganz aufgegangen, als eine blitzschnelle Vespa über den Hof brauste und durch das Portal fuhr.

»Da hat aber jemand Hummeln im Hintern!«, konstatierte Marina. »Macht einen ziemlichen Krawall, findest du nicht?«

Teresa fand so schnell keine Worte. Auf dem Roller – die Klassenbeste tippte auf ein unfrisiertes Fahrzeugmodell des italienischen Herstellers Piaggio – saß eine junge Frau. Sie hatte sich eine dünne Strickjacke um die Wespentaille geschlungen und trug, passend zu ihrem Gefährt, einen roten Helm. Darunter lugte das letzte Drittel eines schulterlangen Schleiers heraus und flatterte ausgesprochen lässig hinter ihr her.

8

Wenn der Verkehr erlahmte, konnte die Nonne am Steuer ihrer Vespa sich im Zickzack durchschlängeln und das, was ihr ins Gehege kam, ohne große Anstrengung hinter sich lassen. So ist es, und so soll es auf ewig sein, sagte sich Schwester María. Während die Autofahrer im Wageninneren ausharrten – eingesperrt wie gebändigte Löwen, Tiger, Leoparden oder Jaguare in ihren Käfigen –, heulte der Piaggio-Motor auf, und die Geistliche auf zwei Rädern sauste an ihnen vorbei, was nicht wenige als Bedrohung, Demütigung oder Herausforderung empfanden. Als die Motorisierte einmal mehr den Sitz ihres Rockes korrigieren musste, erwog sie, es Carlos Mugica gleichzutun, der auf einem Gilera-Motorrad unterwegs die umständliche Soutane gegen einen schwarzen Rollkragenpullover und eine schwarze Lederjacke tauschte. Zusätzlich zu dem Helm durch eine Hose getarnt würde Schwester María keine Blicke mehr auf sich ziehen – zumindest auf der Straße nicht, in der Schule allerdings wäre nichts auffälliger und erklärungsbedürftiger als diese Kleiderwahl. Die Vespa überquerte den holprigen Bahnsteig von José León Suárez, bewältigte die sich häufenden Schlaglöcher im Slalom, rollte über Asphalt, bald über die geteerte Straße, die im Elendsviertel als Einkaufs- und Ausgehmeile galt und für die Bewohner von José León Suárez etliches versammelte, was den Alltagstrott in ein freundlicheres Licht rücken ließ. In der Dämmerung leuchteten an diesem Boulevard der Träume lange Ketten farbiger Glühbirnen auf, sie strahlten mit einigen Lücken über LASTWAGEN- UND AUTOTEILE grün, über FRISÖR rot, über KIOSKO gelb, SUPERMERCADO NORTE blau, VICTORIA MODA rot, EISDIELE PATAGONIA gelb, PARTYBEDARF LA CHICHARRA grün, LOTTO 48 rot, PLASTIK-HEIMAT blau, PIZZERIA-BAR

LA MINA grün; ARBEITSBEKLEIDUNG UND SCHUHWERK IN ALLEN GRÖSSEN UND FARBEN wurden in dem letzten Schaufenster angepriesen, in dem sich überwiegend Gummistiefel stapelten, denn der Fluss Reconquista sorgte in dieser Gegend immer wieder für Überraschungen. So bezeichneten die Menschen, die es nach José León Suárez verschlagen hatte, die Überschwemmungen. Nachdem sie hier Fuß gefasst hatten, begannen sie zu glauben, sie seien von Gott entweder dazu bestimmt oder verdammt, sich ein Leben lang über Wasser zu halten.

ES LEBEN DIE TOTEN VON JOSE LEON SUAREZ – Das schwarzgepinselte Graffito erstreckte sich meterhoch über eine Außenwand des privaten *Club Alemán*, doch kaum einer sah, dass die Akzente auf den letzten drei hingeschmierten Wörtern fehlten, die den Ort beim Namen nannten, in dem das meiste abhandengekommen war. Vermisst wurden in José León Suárez Arbeit, Bildung, Nahrung und sauberes Trinkwasser, es mangelte an Wohnraum, Bekleidung, medizinischer Versorgung und Geborgenheit, es fehlte an Selbstachtung, Vertrauen, Glaube, Liebe, Hoffnung und Kontinuität. Die Buchstaben nahmen die komplette westliche Mauer des deutschen Sportvereins in Beschlag, an der Schwester María entlangratterte. Dort müssten knapp zwanzig Jahre zuvor, am Abend des 9. Juni 1956, die Polizeifahrzeuge vorbeigebraust sein mit den verhafteten Arbeitern und Anhängern Juan Domingo Peróns, der 1955 durch einen Militärputsch als Präsident gestürzt worden und ins Exil gegangen war. Jene Zeiten waren instabil und unübersichtlich, jegliche Nähe zum Peronismus war unter Strafe gestellt, doch seine Getreuen blieben aktiv. Während zwei aufständische Generäle den Versuch unternahmen, sich gegen das amtierende Militärregime aufzulehnen, hatte sich die Männerrunde unter dem Vorwand versammelt, den Boxkampf um den südamerikanischen Titel im Mittelgewicht im Radio zu verfolgen, den der Argentinier Eduardo Lausse und der Chilene Humberto Loayza im LUNA PARK austrugen. Auf Anordnung der illegalen Regierung Pedro Aramburus wurden Peróns Sympathisanten verhaftet und schlussendlich unweit besagten Sportklubs auf einer Brache, die in José León Suárez als Mülldeponie diente, erschossen. Der investigative Journalist Rodolfo Walsh hatte 1957 einen dokumentarischen Roman über das Massaker veröffentlicht.

Wunder gibt es und so auch Überlebende jener grausamen Nacht, die argentinische Geschichte schrieb. Einer dieser Untoten – ein Zurückgekehrter aus José León Suárez, der von seinen Henkern für tot gehalten worden war – spielte sich selbst in dem Film, der auf dem Buch von Rodolfo Walsh basierte und im September 1973 in den Kinos der Innenstadt Premiere hatte, just als ein anderer Zurückgekehrter – Juan Domingo Perón – nach achtzehn Jahren Exil kurz davorstand, erneut in das Präsidentenamt gewählt zu werden, das er seither wieder bekleidete, zur Freude jener Hilfebedürftigen, die Schwester María am Herzen lagen.

»Es steht geschrieben«, beteuerten die Armen und zeigten voller Stolz auf ihre Mauern mit dem Spruch PERÓN KEHRT ZURÜCK. Nicht nur in José León Suárez, überall hatten die Wände recht behalten, die Parolen wie Litaneien im Geiste wieder und wieder beschworen von Arbeitern, Studenten und Anhängern linker Gruppierungen. Das Wort war Fleisch geworden und der General, eine Legende zum Anfassen, nach Proskription und lang anhaltendem Kampf zum dritten Mal ihr Staatsoberhaupt. Dass ihr Anführer in vielerlei Hinsicht dem Tod näher war als dem Leben, wollten die meisten, die für ihn die Hand ins Feuer legten und dabei Kopf und Kragen riskierten, nicht wahrhaben.

Dinge änderten sich, mit der Zeit, mit jedem Meter, den man zurücklegte, mit dem Zug oder der Vespa ratzfatz, zu Fuß unmerklich langsam. Die Behausungen wurden prekär, die meisten waren schmal und aufeinandergetürmt, die Straßen aus Lehm gaben nach, wurden zu Pfaden, die sich verzweigten und verloren in einem nicht kartographierten, sich selbst überlassenen Territorium aus wandernden Sandhügeln, Brettern und verbrannten Autoreifen, einem Niemandsland aus Sackgassen mit streunenden Hunden und Wäscheleinen, aus Schuttbergen, in denen Splitter und Scherben vom

Sonnenlicht bestrahlt glänzten. »Ein Armenviertel«, erklärten seine Bewohner, »ist ein Gefängnis. Hier kommt keiner ohne Hilfe wieder heraus.« Als brauchte es nichts als Vertrauen in das höhere Diktum *Staub bist du und zum Staub wirst du zurückkehren*, schlugen die Vespa und Schwester María den Weg ins Innere dieses geschlossenen Systems ein. Am Schluss einer Reise, die unterschiedliche Welten zueinanderführte, hatte eine dicke Staubschicht die Grenze zwischen Fahrzeug und Fahrerin zum Verschwinden gebracht. Es waren die gleichen Staubpartikel, die in den Kinos der Avenida Lavalle schwirrten wie in dem Tunnel einer Nahtoderfahrung, an dessen Ende ein helles Licht erscheint – und auf der Leinwand: der Überlebende von José León Suárez. Sobald Schwester María den Motor ausschaltete, bemerkte sie einen Wirbelwind, der ihr entgegenkam. Beim Laufen, Rennen, In-die-Luft-Springen versuchte ein Kind, das in ein viel zu weites Kleid gesteckt worden war, den sich lösenden Knoten eines um den Kopf geschlungenen Geschirrtuchs festzuziehen. Das kleine Mädchen rief freudetrunken, auch sie, Evita, trage wie ihre *Mamá* einen Schleier.

9

Teresa Gianelli hatte sich nach den Vorgaben des Zweiten Vatikanums zum Ziel gesetzt, die Kirche zu den Menschen zu bringen. Dafür unternahm sie eine professionelle Begehung vor Ort, wo sie sich eingestehen musste, dass die meisten potentiellen Requisiten sich in der Tat nicht von der Stelle bewegen ließen – das repräsentative Altarkreuz: festgenagelt, die drei von der Familie Montpelat gestifteten Vitraux Glaube-Liebe-Hoffnung: in das Gemäuer eingelassen, der mit Rubinen besetzte Kelch: hinter Schloss und Riegel … Mit der Erlaubnis von Pater Amaro ließe sich vielleicht eins der anderen Stücke abmontieren, aber so groß die Auswahl in der Kirche war, so bescheiden waren die Mittel, die der Zweck heiligte.

Wie sollte Teresa Gianelli sich für eine der dreizehn aufeinander abgestimmten Stationen der *Via crucis* entscheiden, wie ohne jede Hilfe entweder die tonnenschwere Statue der Kirchenpatronin *Nuestra Señora de la Merced* oder die unverhältnismäßig groß geratene *Virgen de Luján* mit sich führen? Sie schien vor einem unmöglichen Unterfangen zu stehen, bis ihr die Worte einfielen, die ihr Ansinnen in ein anderes Licht rückten. Wenn Teresa Gianelli sagte, sie wolle die Kirche zu den Menschen bringen, hatte sie in erster Linie die kleinen Leute vor Augen. Mit ihrem großen Vorhaben sollte niemand überfordert werden, weder die kleinen Leute noch die kleine Teresa. Sie erinnerte sich an die kleine Kopie der *Virgen de Luján* im Wohnzimmer ihres Zuhauses, eine handliche Statuette, die der Großvater ihr aus dem gleichnamigen Wallfahrtsort im Süden der Provinz Buenos Aires, sechzig Kilometer von Ballester entfernt, mitgebracht hatte, als er dort vor einigen Jahren auf die inständige Bitte der Großmutter hin das neue Auto hatte segnen lassen. Dafür hatte Teresas Opa in einem Pulk von stolzen Wagenbesitzern mit dem jungfräulichen Schlüssel in der erhobenen Hand der priesterlichen Wohltat geharrt, auf dem Vorplatz der zweitürmigen neogotischen Basilika, als deren billige Kopie die Kirche in Ballester betrachtet werden könnte, in der sich Teresa Gianelli gerade aufhielt, um die epochale Idee der Wandermadonna reifen zu lassen. Das Souvenir ihres Großvaters, das einzig und allein für sie bestimmt gewesen war, würde sie zu den Nachbarn in ihrem Stadtviertel bringen. Die federleichte, unprätentiöse Reproduktion der Madonna von Luján, deren Original aus Lehm bescheidene achtunddreißig Zentimeter groß war, würde dank ihres selbstlosen Einsatzes von Haus zu Haus ziehen. Dadurch würde Ballester in Bewegung kommen. Es würde Bewegung kommen in Teresas Leben und in die Welt von heute, denn die Vorzeigeschülerin des INSTITUTO SANTA ANA hatte sich vorgenommen, eine steinalte Tradition zu aggiornieren, nach der ausschließlich vergrämte Jungfern und schmallippige Witwen in Dreierkonstellation und im Namen der Kirche, mit viel Brimborium und weitausholenden Gesten, sich aufmachten, geweihte, hochherrschaftliche, perlenbehängte Madonnen eine Weile in Privathaushalte auszuleihen, auf dass sich die Gastgeber bedeutungslos vorkämen und sich ihrer Behausungen schämten, auf dass sich die deprimierende Stelle in der Bibel bewahrheitete: *Herr, ich bin nicht würdig, dass du eingehst unter mein Dach*. Bald würde das passé sein. Teresa Gianelli würde den altbackenen Brauch, den diese vertrockneten Pflaumen aufrechterhielten, auf den Kopf stellen, mit der gleichen Leichtigkeit, mit der sie im Sportunterricht nicht bloß den Spagat, sondern auch den Handstand meisterte. Wie der neugierige Konzilpapst, der sich aus dem Vatikan geschlichen hatte, um mit den einfachen Menschen in Rom zu sprechen, wollte Teresa mit ihren Nachbarn plaudern: Sie wollte mit den kleinen beginnen und mit den großen enden. Sie vergegenwärtigte sich die Zeilen des Matthäus – *Die Letzten werden die Ersten sein* – und zog die Konsequenzen daraus. Reinen Gewissens würde sie mit dem Château der Viamonte Reys beginnen. Teresa Gianelli hatte schon immer wissen wollen, wie die steinreichen Eltern von Ariadna leibten und lebten, während ihre verwöhnte Tochter im SANTA ANA dem Ennui verfiel.

10

Sœur María betrat das Klassenzimmer. Sie sah abgerockt aus. Vor sich hinsummend legte sie ein dickes, in Mitleidenschaft gezogenes Buch auf das Pult, auf das die Mädchen in der ersten Reihe kiebitzten und dessen Titel sie weiterflüsterten. Die Internen, denen es bis auf die Sommerferien nicht gestattet war, die klösterlichen Mauern zu verlassen und zu ihren Familien zurückzukehren, blickten seit dieser kurzweiligen Lehrstunde nicht länger hoffnungslos in die Zukunft. *Auf drei Wegen zur Theologie der Befreiung* klang in ihren Ohren wie Musik aus höheren Sphären.

»Ein gutes Omen.«

»Amen.«

Die Sesshaften waren überzeugt, dass die Nonne etwas Präzedenzloses vorhatte, worüber sie bald alle Benachteiligten in Kenntnis setzen würde, damit sie in den Genuss dessen kämen, was bis zu ihrer Ankunft ausschließlich den privilegierten Externen zugestanden hatte. Sowie Sœur María den wegweisenden Ratgeber würde durchgearbeitet haben, würden auch sie unter ihrer Anleitung nach Herzenslust in der Schule ein und aus gehen dürfen. Wie lang sie sich noch würden gedulden müssen, wie lang die Lektüre des visionären *Vademecum* währte, konnten sie leider nicht abschätzen.

Sie wussten nicht, ob die umtriebige Schwester zu den Leserinnen gehörte, die das erste Drittel eines Buches auf sich wirken lassen und denen es dann schwerfällt, wieder in die Handlung hineinzufinden, weshalb sie (was äußerst deplorabel wäre) die Lektüre vorzeitig beenden. Oder vielmehr zu denen, die ein Buch von A bis Z verschlingen. Oder zu jenen, die sich Kapitel wieder vornehmen, dabei auf Motive und Querverweise achten und hin und her blättern, so dass das Buch länger zu werden scheint, je weiter sie lesen.

Oder zu denjenigen Büchernarren, die sich aus der Wirklichkeit in eine Papierwelt flüchten, aus der viele von ihnen nie mehr herauskommen. In diesem Zusammenhang hatten sich die im SANTA ANA Gefangenen die Parabel von den klugen und den törichten Jungfrauen erneut zu Gemüte geführt, denn die lehrt, dass die Zeit naht und man vorbereitet sein muss. Die klugen Internen waren wachsam. Mit wachsender Neugier studierten sie sogar die Fluchtpläne, denen bis dahin keiner Beachtung geschenkt hatte. Doch weil niemand zuvor die alten verwaschenen Aushänge in der Schule auch nur eines Blickes gewürdigt hatte, ließ sich jetzt, wo sie ausgetauscht worden waren, schwer sagen, was genau sich verändert hatte, außer dass die aktuellen überall gut sichtbar an strategischen Orten angebracht worden waren – in den Fluren und Galerien, in den Klassenzimmern und Aufenthaltsräumen.

Die Mehrheit der Mädchen hatte die Fluchtpläne in ihre mit himmelblauem Papier eingeschlagenen Malhefte abgezeichnet. Im SANTA ANA war das Abzeichnen von Rettungsplänen nicht obligatorisch, im Gegensatz zu dem Einschlagen von Heften, Mappen und Büchern. Sämtliche Materialien mussten einheitlich durch eine himmelblaue Hülle geschützt werden. Wäre *Auf drei Wegen zur Theologie der Befreiung* auch eingeschlagen gewesen, stünden die Internen nicht da, wo sie standen. Sie standen vor einem dieser vielversprechenden Grundrisse auf dem Korridor vor der Bibliothek. Nach wie vor staunten sie darüber, dass das Buch, das sie gern konsultiert hätten, schlichtweg nicht vorhanden war. Es fehlte ähnlich wie das Cover von Sœur Marías Exemplar, welches in einem offensichtlichen Befreiungsakt, den die eintönigen Nonnen barbarisch genannt hätten, entfernt worden war – vielleicht, um Unvoreingenommenen zu demonstrieren, dass man sich zur Not über bestimmte Regeln hinwegsetzen darf, dass Vorschriften manchmal dazu da sind, getestet, revidiert und fallengelassen zu werden, um zu zeigen, dass es nichts ausmacht, verwundbar zu erscheinen. Der Umschlag eines Buches ist eine Grenze, die sich klopfenden Herzens ausloten, verwischen, einreißen, sprengen oder transzendieren lässt, um spätestens mit den letzten Worten von *Auf drei Wegen zur Theologie der Befreiung* auf der Seite derjenigen angelangt zu sein, die wissen, wie man das Glück am besten in den eigenen Händen hält.

II

Den Cousins qualmte der Schädel, während sie im Hause der Großeltern über den Schulaufgaben saßen, die Teresa bereits bewältigt hatte. Die Madonna, eingebuchtet in ihrer Tasche, wartete seit den frühen Morgenstunden auf bessere Zeiten. Nun würde sie einen Blick in die Welt von heute werfen.

»Voilà«, sagte Teresa, als sie mit der Statuette in der Hand vor dem Château der Viamonte Reys stand. Sie atmete tief durch, glaubte, Pater Amaro predigen zu hören – *Klopfet an, so wird euch aufgetan* –, und siehe da, eine Uniformierte kam ihr entgegen und schloss das Tor auf.

Die Angestellte hatte nichts zu sagen und führte deshalb die Klassenkameradin der *Niña* Ariadna durch den Vorgarten, an sattgrünen Pflanzen und jungen Gräsern, an dem Duft exotischer Blumen und deren Nektar vorbei. Das helle Köpfchen des SANTA ANA war in Aufregung wie ein Kolibri, Teresa schaute nach links und nach rechts, am liebsten hätte sie die Facettenaugen einer Libelle gehabt. Sie wäre gern auf die Bäume geklettert, in denen die Zikaden zirpten, wäre nicht ihr Uniformrock gewesen, der Resonanzkörper der Mädchen, der, anstatt das Versprechen von Beinfreiheit einzulösen, beim ersten Ausfallschritt wie eine Kirchenglocke an die Pflicht gemahnte, sich zusammenzureißen. Müssten Mädchen nicht immerzu den Anstand wahren, hätte es Orangen und Zitronen geregnet, oder eine Birnenschlacht hätte ausbrechen können, bis die Äste flögen. Stattdessen gab es Rock ohne Roll, marineblau bis unters Knie, schneeweiß und knapp darüber bei dem Dienstmädchen, dem Teresa auf dem Fuß folgte. Der fremde Garten roch nach Verheißung und nach dem Akazienhonig des thé de cinq heures, in der Luft lag die Fährte eines eben noch einschamponierten Chihuahuas, Schleifchen im Haar, Plüsch und Rüschen, makellos sauber durchs Vestibül des Hauses in den vornehmen Salon, wo es hieß: Die *Señora* sei leider nicht da, sie führe ihr Hündchen spazieren, aber der *Señor* sei früher aus der Innenstadt heimgekommen und werde die *Niña* bestimmt gleich empfangen. Die *Niña* war bestrebt, sich wie eine Mademoiselle aufzuführen, und nahm auf eine einladende Geste hin wohlerzogen auf einem Medaillonstuhl Platz. Die Bedienstete des Château machte die Fliege und ließ Teresa allein. Teresa war nicht nur im Medaillonstuhl, sondern auch in sich versunken. Sie musste ihre Strategie ändern, denn der illustre Besuch war nicht aufgefallen. Das musste man sich vorstellen, die Wandermadonna von Ballester wurde komplett ignoriert. Teresa verstaute die Statuette hinter ihrem Rücken, um die Wirkung durch das Hervorholen im richtigen Augenblick zu verstärken. Danach schaute sie sich um. Von ihrem Beobachtungsposten aus sah sie etwas, was die Madonna nicht sah: Sie sah eine Chaiselongue mit geschnitzten Holzfüßen in Weinrot, ein Sofa in Olivgrün und ein Bechstein-Klavier in Mandelbraun, sie sah schwere Vorhänge in Rubinrot, cremefarbene Draperien und eine Doppeltür, die ihre Flügel aufschlug. Die Haushaltshilfe balancierte ein silbernes Tablettchen wie jenes der heiligen Lucia, nur dass darauf kein blutendes Augenpaar, sondern ein geschliffenes Kristallglas ruhte, dessen Inhalt in ebenmäßigen Wellen hin und her schwappte. Ein petit malheur. Eine gelbe Papierserviette segelte durch den Raum, die Angestellte: trotz Silbertablett leichtfüßig hinterher. Chapeau, dachte Teresa und reagierte wie Ariadna. Sie zeigte keinerlei Emotionen – auch dann nicht, als das Dienstmädchen ihr die Willkommenslimonade vorsetzte, darunter eine zweite gelbe Papierserviette.

Teresa, sich selbst überlassen, hörte ihr Herz pochen. Sie entdeckte einen Wintergarten, in dem für zwei gedeckt war. In der Tafelmitte war wie in der Sendung der Fernsehmoderatorin Mirtha Legrand ein Blumenbukett arrangiert. Unweit der Rokoko-Röschen stand eine Torte. Der Gâteau war aus dunkler Schokolade und hatte zwei Stockwerke wie das Château. Teresa hatte sich von ihrem Platz erhoben, um eine bessere Sicht auf das Bankett zu haben. Außer Süßem gab es eine beeindruckende Auswahl an Herzhaftem – dazu: frisch gepressten Orangensaft aus einer Karaffe, die an einen überdimensionalen Parfumflakon erinnerte, und Tee aus einer mit Albatrossen bemalten Porzellankanne. Teresa wusste vom Hörensagen, dass bei den Viamonte Reys eine Menge zu entdecken war. In der oberen Etage wären noch Ariadnas Schlafzimmer, Ariadnas Umkleidezimmer, Ariadnas Badezimmer, Ariadnas Spiel- und Aufenthaltszimmer, Ariadnas Gästezimmer mit Bad en suite und Ganzkörperspiegel ... Den Rest des Labyrinthes sehen und sterben. Die Flügeltüren schlugen wieder auf.

»Da sind wir«, rief eine männliche Stimme im *Pluralis Majestatis* aus. In gewienerten Schuhen und sandfarbenem Anzug stand Ariadnas Vater im Salon: »Dich habe ich schon mal getroffen. Habe ich recht?«

»Einen schönen guten Tag, Herr Viamonte Rey. Mein Name ist Teresa Gianelli. Ich gehe mit Ihrer Tochter in eine Klasse. Gut möglich, dass ich Ihnen bereits aufgefallen bin. Sicherlich im SANTA ANA, im Rahmen einer patriotischen oder kirchlichen Festivität, am Tag der Fahne vielleicht, an Mariä Himmelfahrt oder am Gedenktag der Unbefleckten Empfängnis. Nach der offiziellen Begrüßung fordert die Mère Supérieure mich oft auf, nach vorne zu kommen und die Fahne zu hissen, während die Schallplatte mit der Nationalhymne oder der *Aurora* läuft und wir mitsingen. Vielleicht lesen Sie aber auch unsere Schulzeitung. In der letzten Ausgabe ist ein ziemlich großes Foto von mir, aufgenommen bei dem Sportwettbewerb, bei dem sämtliche Privatschulen von Ballester gegeneinander angetreten sind. Meine Spitzenleistungen haben dem INSTITUTO SANTA ANA dreimal hintereinander den Siegerpokal beschert. An meinem Blazer trage ich das Abzeichen, wenn Sie es sehen wollen. In der Zeitung steht, ich kann alles, am besten Spagat und Handstand.«

»Aha«, sagte Herr Viamonte Rey, »aha. Ein tüchtiges Mädchen also. Meine Tochter sollte sich an dir ein Beispiel nehmen.«

Teresa verkniff sich das Nicken, wollte aber trotzdem die Gunst der Stunde nutzen und zauberte die Madonna hinter ihrem Rücken hervor. Sie stellte die Plastikstatuette neben das geleerte Kristallglas, das wie eine lichtdurchflutete Kapelle funkelte.

»Aber was haben wir denn da?«, staunte Herr Viamonte Rey.

Zugegeben: Improvisieren lag ihr nicht. Teresa hätte im Vorfeld ein bisschen üben sollen. An der Rhetorik haperte es, doch alles in allem würde sie zum Schluss mit sich und ihrer hingelegten Performance zufrieden sein. Sie konnte nicht wissen, dass Herr Viamonte Rey aufgrund seiner Weltläufigkeit in der von ihr umgetauften Madonna von Ballester auf Anhieb die *Virgen* von Luján erkennen und aus dem Stegreif Lobeshymnen anstimmen würde, die drohten, Teresa aus dem Konzept zu bringen. Er sei ein großer, wahrlich ein großer – vielleicht sogar einer der größten – Verehrer der Madonna von Luján. Unsere Nationalpatronin! Die Schutzherrin Argentiniens, der sich jegliche Helden der Geschichte anempfohlen hätten, der General José de San Martín, zum Beispiel, Manuel Belgrano und Cornelio Saavedra, sämtliche bravourösen Männer unserer Heimat, die Freiheitskämpfer unseres Landes, denen wir so viel verdanken, Juan Martín de Pueyrredón, Juan Ramón Balcarce, Manuel Dorrego und viele andere. Sie hätten der *Santísima Virgen de Luján* vor der Schlacht oder nach der Schlacht Ehre erwiesen.

In Teresas Kopf ratterte es. Doch sie ließ sich nichts anmerken und hielt die Stellung. Für Teresa genauso wie für Herrn Viamonte Rey war die Madonna einzigartig, keine Frage. Teresa wusste aber zu berichten, dass die Madonna unterschiedliche Namen führte, je nachdem, wo sie auftauche und gesichtet werde. Dass sie dennoch ein und dieselbe sei. Dass die Franzosen sie *Virgen* von Lourdes nennen, die Mexikaner *Virgen* von Guadalupe, die Portugiesen *Virgen* von Fátima, um nur die bekanntesten in Erinnerung zu rufen. Und dass sich *diese* Madonna nicht in Luján zeige, sondern circa eine Autostunde von Luján entfernt, bei ihnen in Ballester. Herr Viamonte Rey sei der Erste einer langen Reihe, dem das Privileg zuteilwerde, die Madonna eine Woche lang zu beherbergen, auf dass die *Virgen* von Ballester ihm und seiner Familie den Segen bringe, den sie für sie bereithalte, bevor sie weiterziehe, um etwas mehr von der großen weiten Welt zu sehen.

»Interessant«, antwortete Ariadnas Vater. »Warum denn nicht, warum denn nicht?«

Teresa tippte der Statuette auf die Krone. Man nahm voneinander Abschied. Man versprach, sich in sieben Tagen wiederzusehen. Man vernahm das Rascheln eines Schlüsselbundes gefolgt von affektiertem Gebell. Man bekam überraschenderweise noch Frau Viamonte Rey zu Gesicht, eskortiert von einem kläffenden Hündchen, das offensichtlich auf den putzigen Namen Mimi hörte, nicht aber auf die vielen energischen »Aus«, die Herr Viamonte Rey ihm erteilte. Da Mimis lautes Gebell kein Ende nahm, verstand man leider Gottes kein Wort. Dafür beobachtete man, wie Herr Viamonte Rey seine Etepetete-Gattin auf eine gequälte Art willkommen hieß, bevor er Teresa Gianelli zur Tür begleitete und über die kleine Nervensäge stolperte, die diesem Grandseigneur im Wege stand.

12

Die Mahagonikommode im Eingangsbereich des Château hatte eine Tragödie verhindert. Wäre sie nicht gewesen, wäre der Hund wohl unter dem Gewicht des Hausherrn begraben worden und Frau Viamonte Rey hätte einen Nervenzusammenbruch erlitten. Geistesgegenwärtig hatte ihr Mann sich im Stolpern an dem Familienbesitz festgehalten und der Schwerkraft getrotzt. Während Herr Viamonte Rey sich stoßseufzend vom Schreck erholte, fiel Teresas Blick auf seine eheberingte Hand. Sie lag wie ein rettender Anker auf besagtem Möbelstück, in unmittelbarer Nähe einer in Schnörkelschrift verfassten Einladungskarte, die Teresa, ehe sie es sich versah, dechiffriert hatte.

Die Geschäftsführung von
Luna Park und Holiday On Ice International
geben sich die Ehre,
Frau und Herrn Viamonte Rey
zur Buenos Aires-Premiere von Fiesta en el Hielo –
Fest auf dem Eis 1974 einzuladen.

Auf dem Weg zu den Großeltern musste Teresa immer wieder daran denken. Daran, dass sie seit jeher Schlittschuhe haben wollte und ihr Vater es jedes Mal verboten hatte. Daran, dass sie – Schlittschuhe hin oder her – noch keinen Fuß in das legendäre Stadion LUNA PARK gesetzt hatte. Daran, dass sie voriges Jahr bereits den Auftritt des *Circo de Moscú* verpasst hatte. Daran, dass dieser traurige Umstand jetzt überboten wurde, weil die Aufführung der Moskauer Zirkusakrobaten in keinem Verhältnis zum Weltklasse-Eiskunstlauf einer US-amerikanischen Kompanie stand, die Artisten aus nicht weniger als zweiundzwanzig Nationen rekrutiert hatte. Fernsehberichten zufolge war die Truppe am Vorabend auf argentinischem Boden gelandet. Am Bildschirm hatte Teresa verfolgen können, wie die Künstler in Ezeiza der imposanten Maschine entstiegen waren. Ein Reporter hatte etwas vom fliegenden Turm zu Babel gesagt und den Weitgereisten ein Mikrophon vor den Mund gehalten, damit sie den Zuschauern Herkunftsland und Namen verrieten. Sie kamen aus Japan und Deutschland, aus der Tschechoslowakei und Norwegen, aus England, Ungarn und Dänemark ... In Argentinien zu Gast waren Hideko Miura, Dieter Langer und Hugo Dülmer, Bohunka Sramková und Alena Augustová, Per Larsen und John Bayman, Mona und Peter Szabó ... Virtuose Kunststücke einzelner Tanzpaare zum *Boléro* von Maurice Ravel würden den Höhepunkt der diesjährigen Show bilden. Die Viamonte Reys würden sich wie Stars in letzter Minute über ein separates Entreé Zugang zum vollbesetzten Stadion verschaffen und das Spektakel aus nächster Nähe mitverfolgen, in einer großräumigen Loge oder auf einer exklusiven Ehrentribüne. Die *Anteojito*, die Teresa, seitdem ihre Mutter schwanger war, regelmäßig erhielt, gewährte in ihrer jüngsten Ausgabe Einblick in das Programm: vier ganze Seiten mit Porträts der Eisläufer und ein Plastikpolarbär auf blauroten Eislaufschuhen als Gimmick. Schnee kannte Teresa nur von Bildern. Sie war noch nie in Patagonien gewesen. Beim Blättern der *Anteojito* hatte sie versucht, sich die eisigen Temperaturen im LUNA PARK vorzustellen. Dabei war ihr eins klar geworden: Am liebsten würde sie mit Julie Johnson tauschen, denn Julie Johnson hatte spiegelglatte Haare und einen Namen, der runterging wie Butter. Ihrem Lieblingsopa zu Ehren hätte Teresa gern Julia geheißen – Ach, nein! Besser wäre die italienische Variante! Sollte ihre Mutter eine Tochter gebären, musste vermieden werden, dass sie auf den Namen Giulietta Gianelli getauft würde. Teresa war niemand Geringeres als Julie Johnson on ice 1974, als sie das Anwesen der Viamonte Reys hinter sich ließ und auf das blitzeblanke, hochglanzpolierte Trottoir vor CLEAN EASTWOOD trat.

CLEAN EASTWOOD war die örtliche Reinigung und der dazugehörende Gehweg ihre Visitenkarte. Die Betreiberin behandelte den Bürgersteig ähnlich wie die Mäntel, Anzüge und Röcke, die ihr die Bewohner von Ballester anvertrauten. Eine Visitenkarte sollte einen guten Eindruck machen. Dafür sorgte die Wäscherin, wenn sie lang vor Ladenöffnung vor die Tür ging. Sie hatte es nicht weit, denn sie wohnte direkt über der Reinigung. Zu diesem Anlass trug sie ein Tuch über den Lockenwicklern, einen Arbeitskittel und rutschfeste Schlappen. Ihr Mann lag meist in den Federn und grinste. Es war vor sieben Uhr, und ihm fielen mit frappierender Leichtigkeit die Witze ein, die er sich notierte und auf die er im Laufe des Tages zurückgreifen würde. Bei CLEAN EASTWOOD verantwortlich für das Entgegennehmen der Kleidungsstücke, vor allem aber zuständig für die Kasse und die Buchführung, beruhigte es ihn, sich auf Rücklagen unterschiedlicher Art verlassen zu können. »Kennst du den Unterschied zwischen einem Terroristen und einer Schwiegermutter?«, hatte er seine Gattin gefragt, nachdem sie ihm vor Wochen eine Essenseinladung ihrer Mutter überbracht hatte. Den Putzfimmel hatte seine Frau von ihr geerbt. Das konnte ziemlich nervig sein, aber dank dieser Schrulle bestritten sie nun mal ihren Lebensunterhalt. Sie konnten also nicht klagen, auch wenn das Schauspieleridol seiner Mustergattin neulich in der Rolle des *Dirty Harry* weit über die Grenzen der USA hinaus für Furore gesorgt hatte und sie daraufhin offen zugab, mit der Taufe des Ladens einen Fehler begangen zu haben, weswegen sie zu seinem Verdruss und gegen seinen ausdrücklichen Willen dazu übergegangen war, für die gleiche Spitzenleistung erschwinglichere Preise zu nehmen.

Die Straßen waren leergefegt und die Wellblechrollläden heruntergelassen, darauf wucherten die politischen Parolen wie die Köpfe der Hydra und zwangen CLEAN EASTWOODS Betreiberin in die Knie und letztendlich zu dem Beschluss, mit ihnen auszukommen, auch wenn die Schmierereien sie zur Raserei trieben. Mit einem in der Achselhöhle eingeklemmten Besen und einem Plastikeimer in jeder Hand, darin der Bodenreiniger, watschelte der Putzteufel jeden Morgen zu dem Wasserhahn, der an der Rückseite der Wäscherei versteckt war. Sie schüttete kübelweise Seifenwasser über den Bürgersteig und schrubbte ihn mit Hilfe der stabilen Reisstrohborsten. Sie traktierte ihn wie die hartnäckigen Schweißflecken mancher Unterhemden auf dem Waschbrett. Nachdem sich die Verschmutzungen gelöst hatten, spülte sie den restlichen Schaum fort. Für eine halbe Stunde schmückte ein schneeweißer Saum die Grasparzelle, die sich vor der Bordsteinkante erstreckte. Sie machte keine halben Sachen. Der gereinigte Fußweg wurde trockengewischt, es wurde Bohnerwachs aufgetragen, ein Verlängerungskabel eingestöpselt und die Poliermaschine angeworfen.

Kein anderer Gehsteig in Ballester vermochte, es mit diesem aufzunehmen, auch nicht der der Viamonte Reys. Das Trottoir von CLEAN EASTWOOD war nicht mit Pflastersteinen oder Gehwegplatten gelegt, sondern bestand aus hellblauen Glasmosaiksteinchen. Bis vor kurzem hätte Teresa Gianelli geschworen, das Trottoir von CLEAN EASTWOOD sehe aus wie der Grund eines gechlorten Swimmingpools. Aber mitnichten. Die waschechte Julie Johnson glitt in einem knappen silberfarbigen Paillettenkostüm über die vereiste Piste des LUNA PARKS, während orchestrale *Boléro*klänge und der delikate Duft von Waschpulver die Luft füllten. Stünde Herr Viamonte Rey noch vor seinem herrschaftlichen Anwesen, würde Julie Johnson beeindruckende Kostproben ihres akrobatischen Könnens geben und sich grazil um die eigene Achse drehen, bevor sie selbstverliebt in seine Richtung eine Kusshand würfe.

13

Wenn *Padre* Gustavo das Abendmahl austeilte, bildete sich vor ihm eine Schlange, die Ähnlichkeit mit einem Tausendfüßler hatte, der von Minute zu Minute länger und breiter wurde, weil sich zu den Erwachsenen überall Kinder mit anstellten. Das zu sehen, erfreute Schwester María; gefolgt von Evita, die das Geschirrtuch wie einen Schleier trug, trat sie aus der Küche des Pfarrhauses nach draußen – um die Taille eine frisch gewaschene Schürze gebunden, aus der einige hartnäckige Flecken nicht wegzubekommen waren. Mit Hilfe angekokelter Topflappen schleppte sie eine letzte dampfende Kasserolle über den Innenhof, der das Pfarrhaus mit der kleinen, weiß geputzten Kirche verband, vor deren Eingang unter freiem Himmel eine festliche Tafel aufgebaut war. Sie wurde jede Woche aufs Neue improvisiert, ein herrenloses Brett auf zwei Holzböcken montiert und darauf die Leinentischdecke, die eine Anwohnerin für den Altar gestickt hatte. Dort stellte Schwester María erleichtert den Kessel ab. Genauso wie der *Padre* würde sie das Abendmahl darreichen, das aus einer Kürbis- und einer Linsensuppe bestand. Doch bevor das Essen in die Tassen, Teller und Gläser der Menge geschöpft wurde, musste sich Gustavo einige Male räuspern, um seiner Stimme die nötige Kraft zu verleihen. »Wir wollen beten«, kündigte er an, und alles verstummte, was nicht Kind und Hund war. In das Dauergebell, das sich mit dem Hecheln und Knurren der einander jagenden Tiere abwechselte, mischte sich das Geschrei ungestillter, übermüdeter Säuglinge und das Quengeln ihrer Geschwister. Aus der unmittelbaren Umgebung ertönten die *Cumbias* der Wawancós, die sich mit den *Chamamés* von Tarragó Ros und den *Tangos* von Carlos Gardel verwoben, zu denen sich die *Boleros* eines Tony Tormenta gesellten oder was auch immer die Transistorradios empfingen, die den lieben langen Tag liefen. Es war also ziemlich laut, als aus dem Munde Gustavos die Worte kamen, die die meisten der dort Versammelten inzwischen auswendig konnten und mit ihm sprachen: »*Señor Jesús*, versorg mit Brot den Hungrigen und mit Hunger und Durst nach Gerechtigkeit uns, die wir Brot haben. Schenk Gesundheit unseren Kranken und Frieden unseren Toten. Amen.« Nachdem das letzte Wort verklungen war, tauchten ein junger Drittweltpriester und eine junge Tochter von SANTA ANA beinahe zeitgleich ihre Schöpflöffel in die satte Flüssigkeit, mit der sie die ihnen hingestreckten Behälter füllten und somit nach und nach die Bäuche der Kreatur, die sich wellenförmig auf sie zubewegte. María dachte an die Speisung der Fünftausend, die Bibelstelle, die sie zutiefst berührte und von der nicht mehr als eine Handvoll Anwesender gehört haben mochte, so wenige, dass man ganz ohne Wunder auskäme, bräuchte man nur sie zu verköstigen. »Unvorstellbar, Gustavo, fünf Brote und zwei Fische wären ausreichend.« Profan ging es an einem Ort wie diesem zu, an dem die geistige Nahrung sich ganz klar hinten anstellen musste. Mit etwas Glück und Sinn fürs Praktische wurde hier der Körper gesättigt, dessen Glieder und Organe schlappmachten, erkrankten, ums Überleben kämpften; ernährt wurde der Leib weitgehend mit Selbstangebautem und in dem Wissen um das Geheimnis, dass wir, indem wir das Gute teilen, das wir besitzen, es maximieren. Darin bestand das Mysterium. Die wundersame Speisung am See Genezareth war nichts anderes als eine mathematische Paradoxie: Teile, um zu vermehren. Teile, und du multiplizierst. María hatte Gustavo das erste Mal vor zwei Jahren an dieser Idee der Liebe partizipieren lassen: Sie hatte mit feierlichem Ernst ein weißes Blatt Papier in zwei Hälften zerrissen und diese wiederum durch erneutes Falten und Zerreißen verdoppelt. Daraufhin war Gustavo, der sich mit seinem Umzug ins Armenviertel geschworen hatte, die Kluft zwischen Worten und Taten zu schließen, dazu übergegangen, Marías konstruktives Prinzip in die Praxis umzusetzen. Nach dem Gottesdienst hatte er die Nachbarn zu Matetee und Löffelbiskuit eingeladen, um im Gespräch mit ihnen die Möglichkeiten auszuloten, ihren Wohnraum zu vergrößern, indem man ihn mit gut verankerten Zwischendecken halbierte. Gustavo, der stets die Ansicht vertreten hatte, nicht die Antworten auf theologische Fragen hätten essentielle Bedeutung, sondern die gemeinsame Erfahrung, schwitzte, schulterte, packte mit an, baute und installierte Raumteiler und Hochbetten. Und weil er der Kinderherde im Elendsviertel eine Freude bereiten und ihr Verantwortung näherbringen wollte, besorgte er zwei männliche Kaninchen, die – untergebracht in einem ungeteilten Stall – sich als Pärchen entpuppten, das sich unter anderen Axiomen als die, für die sich María einsetzte, ebenfalls vermehrte. Am Abend hatten die Kleinen zwei Tiere gefüttert und gestreichelt, in den Morgenstunden fünf entdeckt: Aus einmal Weiß und einmal Schwarz war über Nacht und zu ihrer unbändigen Freude dreimal Grau geworden.

Immer wenn die Zeit weit fortgeschritten war, bedauerte Schwester María, sich nicht teilen zu können. Sobald Aufbruchsstimmung herrschte, sie den Motor der Vespa startete, die Scheinwerfer anknipste und den Helm in die Hand nahm, spürte Gustavo am allerdeutlichsten, dass sie vereint waren; er spürte, dass dieser Teil von ihm – den ein anderer schlichtweg als seine bessere Hälfte bezeichnet hätte – ihm außerordentlich nah war und aus diesem Grund das Weite suchte; mit seinen fünfundzwanzig Jahren spürte Gustavo, dass diese Frau, mit der er das Bett gern geteilt hätte und die jetzt dringend, ganz dringend zurück ins SANTA ANA musste, weil ihr noch nicht gegeben war, gleichzeitig auf zwei Hochzeiten zu tanzen, für exakt dieselbe Sache brannte wie er.

14

Auf dem Gelände des INSTITUTO SANTA ANA wölbte sich gut versteckt ein Ameisenhaufen. Einzelne Krümelchen waren aus den Eingeweiden der Erde an die Oberfläche gespuckt worden und hatten mit der Zeit einen Hügel gebildet, der unaufhaltsam zu einem Vulkan weitergewachsen war. Diese Entdeckung schrieben sich die Jüngsten des SANTA ANA auf die Fahne, die von Sœur Asunción die Aufgabe erhalten hatten, ein Herbarium anzulegen.

Bei der Sichtung allerlei Pflanzenarten jäteten die Schülerinnen der ersten Klasse das eine oder andere Unkraut und stießen auf Grashalme, die sie für besonders hielten und deshalb an der Wurzel packten, um sie vorsichtig herauszuzupfen und zu den anderen außergewöhnlichen Fundstücken auf den Tisch zwischen Zeitungspapier zum Trocknen zu legen. Dort im Schatten des *Palo borracho*, eines prächtigen Florettseidenbaums, saß Sœur Asunción und hütete sich vor Sonnenbrand. Auf den Wangen und der Nasenwurzel trug sie Spuren einer dickflüssigen Creme und auf dem Schleier einen Strohhut. Wie das weiße Kaninchen in *Alice im Wunderland* wedelte sie sich mit einem Fächer Luft zu. Um den Anschein zu wahren, sie verfolge das Gedeihen des Herbariums aus nächster Nähe, warf sie ab und zu einen Blick auf die sich wellenden Zeitungsblätter, welche die Mädchen mit ihren Büchern und Federmäppchen beschwerten, bevor sie eine Pusteblume erblickend wieder verdufteten.

Der General Perón verur **Massenkrawalle**

Unruhen **Plaza de Mayo**

Die Polize **zwei Überfälle**

In San Martín **ein Auto in die Luft**

Die links-revolutionäre Organi **Montoneros appelliert an den Präsidenten**

Carlos Mugica **der Drittweltpriesterbewegung**

Im Grunde war Sœur Asunción damit beschäftigt, sich wachzuhalten. Sie versuchte, die Müdigkeit zu bekämpfen, die um diese Uhrzeit von ihr Besitz ergriff. Dafür komplettierte sie im Geiste die Schlagzeilen, ähnlich wie sie es mit den Wörter- und Silbenrätseln tat, mit denen sie sich die Nächte um die Ohren schlug.

Ihre Schülerinnen hatten andere Sorgen. Bei ihrer Gartenbegehung brannte plötzlich die eine oder andere Körperstelle, und die Mädchen klatschten daraufhin mit der flachen Hand gegen ihr Knie, den Unterarm oder den Ellenbogen, als würden sie sich selbst kasteien. Es war sogar schon vorgekommen, dass mehrere Botanikerinnen zu ein und demselben Zeitpunkt davon befallen wurden und ein ziemlich seltsames Bild abgaben. Sobald das Jucken vorbei war, analysierten sie die gepiesackten Stellen und entdeckten feuerrote Klümpchen, die sich bei genauer Untersuchung entweder als plattgedrückte Ameisen entpuppten oder als zuckende Leiber, die noch nicht alle sechse von sich gestreckt hatten.

Das Auffinden von Pflanzenexponaten zog sich in die Länge. In der brüllenden Mittagshitze grasten verschiedene Arbeitsgruppen mit Listen in den Händen das Gelände ab. Die fiebrige Jagd nach Blüten, Früchten, Blättern, Sprossen und Wurzeln dauerte fort, ebenso der Angriff der Killerameisen. Das Herbarium war noch lang nicht fertig, und es brannte an etlichen Stellen. Das Ganze war äußerst kräftezehrend. Eine bessere Strategie musste her. Um ein rares Gewächs in seinem Habitat zu studieren und hinterher den Herbarbogen ergänzen zu können, saßen die Mädchen regungslos in der Hocke. Auf einmal krabbelte eine Ameise den Finger hoch.

Die Mädchen ließen die Ameise den Finger hochkrabbeln. Sie schlugen sie nicht länger tot. Sie zerdrückten die miese Ameise nicht. Sie schnippten sie auch nicht in die Luft, auf dass sie Purzelbäumchen schlage, die sie am Ende nicht überlebte. Die Mädchen waren intelligent. Den Ameisen dagegen wurde Intelligenz nachgesagt. Also beschlossen sie, diesen angeblich intelligenten Ameisen zu zeigen, dass man im SANTA ANA ein Herz für Insekten hatte. Der Finger brannte. Das Knie brannte. Der Ellenbogen brannte. Sollten sie ruhig weiterbrennen. Man tat so, als wäre nichts. »Hauptsache, unser Plan geht auf«, sagten sie sich und ließen sich von den verdammten Viechern so lang traktieren, bis die Quälgeister blindes Vertrauen fassten und sich zu einer Ameisenstraße formierten, die die Feldforscherinnen letztendlich zu ihrem geheimen Lager führte.

Von diesem Nachmittag an stand der Vulkan unter strenger Beobachtung. Der Vulkan war launisch wie ein *Comandante*: Mal war er über Stunden und Tage inaktiv, mal spuckte er eine oder zwei Feuerameisen während der *Siesta*. Wenn man Glück hatte, konnte man den Moment abpassen, in dem der aufbrausende Befehlshaber ein ganzes Heer entließ, dem man nachstellte, Ameisen, die auf Kommando losmarschierten und nach und nach getrennte Wege gingen, um im Obst-, Blumen- und Kräutergarten hinter den potentiellen Herbariumsexponaten, die man auch im Visier behielt, in Deckung zu gehen und aus diesem Hinterhalt einen neuen Angriff zu starten. Bevor die Schülerinnen mit ihrer Geduld am Ende waren, entschieden sie sich, dem Herbarium einen Appendix anzufügen.

Laut der Definition des *Petit Larousse*, die Sœur Asunción der Klasse ins Heft diktiert hatte, ist ein Herbarium eine Sammlung getrockneter und gepresster Pflanzen und Pflanzenteile zu wissenschaftlichen Zwecken bzw. als Nachweis einer Beschäftigung mit der Botanik. Ein Bestiarium – so die Mädchen in ihrem Anhang – ist eine Sammlung bestialischer Ameisen, die zu wissenschaftlichen Zwecken, als Nachweis einer Beschäftigung mit der roten Plage, getrocknet und gepresst werden. Es hieß weiter: Die Ameisen der roten Sorte seien zigmal kleiner als die schwarzen, dazu flinker und fieser.

Das Versteck der Feuerameisen auf dem Gelände des SANTA ANA sei aufgeflogen. Es befinde sich an der hinteren linken Mauerecke.

Es folgten zehn Seiten mit barbarischen Ameisenexponaten. Jedes Exemplar hatte eine eigene Sammelnummer; dazu wurden – wie bei den Pflanzen des Herbariums auch – genaue Angaben zu Fundort, Funddatum und Finderin ergänzt. Mit einer abgerundeten Haarpinzette, einem nicht zu unterschätzenden Utensil, das die gesichtsbehaarte Sœur Trinidad beigesteuert hatte, weil sie vorgab, in ihrem Fach Geschichte dafür keine Verwendung zu haben, konnten aus dem Ameisenbrei die wichtigsten Ameisenteile herausgefummelt werden – zumindest die, die nach dem Totklatschen oder dem lebendig Gepresstwerden noch vorhanden waren und sich verlässlich hatten identifizieren lassen. Nach einigen klar strukturierten Abschnitten zu Körperbau, Ernährung, Fortpflanzung und Staatenbildung war in einem Nebensatz vermerkt, dass die ältesten fossilen Ameisenfunde aus der Kreidezeit stammten, aus einer Ära, die circa einhundert Millionen Jahre zurücklag. Diese Aussage war eine gutgetarnte Überleitung zum eigentlich Revolutionären.

DAS POMPEJI-EXPERIMENT

Benötigte Instrumente:	Vergrößerungsgläser (*Anteojito*-Gimmicks), sonst nichts
Klimatische Bedingungen:	Bestialische Mittagssonne
Durchführende:	1. Klasse INSTITUTO SANTA ANA
Fach:	Biologie
Lehrerin:	Sœur Asunción

PROTOKOLL

12.02 Uhr:	Wir umkreisen den von uns auf dem Gelände des SANTA ANA entdeckten Vulkan und gehen in die Hocke.

12.14 Uhr: Eine Lawine wird ausgelöst: Zwei von uns vermelden, der Vulkan sei ausgebrochen. Binnen zehn Sekunden vermelden 18 Mädchen aus unserer Klasse exakt das Gleiche – mit dem Ergebnis, dass jede von uns 20 unabhängig voneinander zu Protokoll gibt, sich in erhöhter Bereitschaft zu befinden.

12.27 Uhr: Keine Ameise in Sicht. Falscher Alarm. Unsere Beine waren eingeschlafen.

12.30 Uhr: Es geht los. Jetzt besteht kein Zweifel. Der Vulkan spuckt erste Feuerfunken in Gestalt von zwei roten Ameisen. Wir haben unsere Vergrößerungsgläser parat.

12.35 Uhr: Der Vulkan spuckt Lava wie verrückt. Die Lava ist genau genommen ein Lavastrom aus Feuerameisen. Wir halten unsere Brenngläser über dem tosenden Vulkan, bis er lückenlos bedeckt ist. Mit sicherer Hand ermitteln wir den richtigen Neigungswinkel.

12.45 Uhr: Das Experiment scheint zu funktionieren. Drei verkohlte Leichen. Nur die Spitze des Eisbergs. Keine Jubelschreie. Keine emotionalen Ausbrüche. Als Wissenschaftlerinnen sind wir verpflichtet, Gefühlskälte an den Tag zu legen.

12.47 Uhr: Noch mehr verkohlte Leichen.

12.50 Uhr: Ameisen gehen über Leichen von Ameisen. Auch sie verkohlen, Opfer der Erhebung über sich selbst.

12.58 Uhr: Zwei Minuten, bevor es zur Mittagspause klingelt, ist das Experiment abgeschlossen. Der Ameisenstaat ist in Todesfurcht erstarrt. Ein glatter Erfolg. Eine Bestandsaufnahme zeigt bei der Flucht versteinerte Ameisenleiber, in der Eile abgeknickte Stachel, im Überlebenskampf gebrochene Mandibel, verstauchte Femora und Tibiae.

Nachdem die Biologieklasse von Sœur Asunción Dutzende und Aberdutzende von Interessierten zum Ort des Geschehens geleitet hatte, auf dass sich ihre Triumphmeldung wie ein Lauffeuer verbreite, wurde die erste Feuerschutzübung in der Geschichte des SANTA ANA praktiziert.

Der angekündigte Probealarm wurde pünktlich ausgelöst, und nun lag es an den Schülerinnen, sich nicht wie die wilden Springteufel aufzuführen. Es war verboten, sich hastig von den Plätzen zu erheben, Hefte und Schreibzeug zusammenzuraffen und in die Schultaschen zu stopfen, sich auf der Suche nach dem Uniformblazer oder der Uniformjacke zu machen, in der Eile die Banknachbarin anzurempeln, der besten Freundin einen Rippenstoß zu verpassen oder einer Schwester auf die Füße zu treten, bei der Flucht hysterisch herumzukreischen oder in Weinkrämpfe auszubrechen. Die Nonnen konnten ganz ruhig bleiben. Es gab klare Absprachen zwischen ihren Schutzbefohlenen und ihnen. Die Fluchtpläne hingen an den Wänden, und sie hatten die Formation im Kopf, die es bei einem Bombenalarm gleichermaßen einzuhalten galt, weil sie Schwächen und Stärken berücksichtigte und jeder von ihnen erlaubte, sich so strategisch wie möglich zu postieren. Demnach wurde die Sirene von niemand anderem als von Sœur Inmaculada ausgelöst. Sie stand in unmittelbarer Nähe der Anlage. Ihr Hörgerät war ausgeschaltet und ihre Haltung stoisch. Auf einer der Treppen im oberen Stockwerk stand Sœur Asunción und wies den Mädchen in Gebärdensprache den sichersten Weg nach unten, vorbei an Sœur Rosario, die sie wie Perlen eines Rosenkranzes durchzählte. Auf der zweiten Treppe ergänzten sich Sœur Dolores und Sœur Remedios, indem sie ebenso unmissverständliche Handzeichen gaben und die Mädchen – allez, allez – passieren ließen. Auf dem Gang im Erdgeschoss deutete die Mère Supérieure auf die in sichtbarer Entfernung stehende Sœur Trinidad, die auf Sœur Consuelo deutete, die auf Sœur Concepción hinwies, die schon wieder aufgrund von Hitzewallungen feuerrot war. In der Galerie mit den Wandfresken aus dem Leben der Heiligen stand Sœur Auxiliadora und deutete auf den Schulhof. Auf dem Schulhof stand Sœur María. Seitdem *Miss Universo* Teil des Räderwerks im SANTA ANA war, hatten die Mädchen den Eindruck, in Siebenmeilenstiefeln in die Freiheit unterwegs zu sein. Mit der einen Hand zeigte Sœur María in Richtung Ausgang, und mit der anderen lud sie munter zum Weitergehen ein. Sœur Encarnación und Methusalem waren schon da. Die Schildkröte stand am Tor, Sœur Encarnación wartete bereits auf dem Trottoir. Eine halbe Stunde, bevor Alarm geschlagen wurde, hatte man das Duo losgeschickt.

Endlich dans la rue priesen die Jüngsten ihr Pompeji-Experiment als lehrreiches Beispiel, das dazu anhielt, sich bei Massenaufläufen zivilisiert zu verhalten und nicht in Panik zu erstarren. Ariadna Viamonte Rey hörte ihnen zu. Der neue Mensch war Feuer und Flamme und nicht apathisch wie sonst. Diese Verwandlung konnte nur verstehen, wer wusste, dass die Mathearbeit, die Ariadnas Klasse hätte schreiben sollen und bei der sie mit hundertprozentiger Sicherheit durchgefallen wäre, wegen der Simulation verschoben worden war. Wie immer schwer von Begriff konnte ihre Banknachbarin Marina Santiago ihr Glück kaum fassen. Sie beide zählten zu der Gruppe der Internen, die in konspirativer Stille Sœur María vielsagende Blicke zuwarfen, weil sie den ersten der drei von ihr anvisierten Wege einer Theologie der Befreiung gingen. Die Externe Teresa Gianelli verstand den Ausflug als einen Ausdruck kollektiver Hinwendung zur Welt und seufzte. In unübertrefflichen achtzehn Minuten und fünfundzwanzig Sekunden hatte das gesamte SANTA ANA – mit Ausnahme von Sœur Encarnación und Methusalem natürlich, die man mit dieser Aktion nicht überstrapazieren wollte – das Schulgebäude verlassen und es auf das nahe gelegene Karree geschafft, das die Straßen General Roca, San José de Flores, Balcarce und Yapeyú miteinander verband.

15

Die PLAZA ROCA war einer der beliebtesten öffentlichen Spiel- und Erholungsplätze in Ballester. Sie war abends grell beleuchtet und in übersichtliche, gut durchdachte Zonen aufgeteilt. Die *Boccia*-Bahn wurde mit Vorliebe von Rentnern besetzt. Kinder wurden von der Wippe, den Reifenschaukeln und der Rutsche in der geräumigen Sandgrube magisch angezogen, die junge Mütter, bevor sie ihre Babys hineinsetzten, auf Essensreste, Glasscherben und Hundehäufchen durchkämmten. In dem Picknick-Bereich standen schattenspendende Bäume, überquellende Mülleimer und unbewegliche Bänke an Zementtischen. In vielen dieser Tische waren Schach-, Dame- oder Backgammonbretter eingelassen. Einige Besucher brachten Dominosteine oder Karten mit, die meisten aber schlugen die Zeit mit der Lektüre von *Clarín* oder *La Nación* tot. Auf der PLAZA ROCA war schon einmal jemand umgekommen, sagten böse Zungen – in jenen längst vergessenen Tagen, in denen es die PLAZA ROCA genau genommen noch gar nicht gab. Damals war sie ein sich selbst überlassenes Gelände, auf dem kräftig Staub aufgewirbelt wurde, wenn dann und wann Fußball gespielt wurde, ein Stück Brachland ohne besonderen Reiz und vor allem ohne Straßenbeleuchtung. Einer dieser Gelegenheitsspieler war ein komischer Kauz, ein schmächtiger, wortkarger Typ, der keine Papiere und keine Verwandten hatte. Angeblich stammte er aus der Pampa, war um drei Ecken nach Buenos Aires gekommen und auf der Flucht vor irgendetwas in Ballester gelandet. Als man ihn tot auffand, lag er rücklings auf der Erde, man hatte ihm das Herz mit einem Holzpflock durchbohrt. Aus seinem halbgeöffneten Mund lugte – das war das zweite unerhörte Detail – eine zerknüllte Seite hervor, die aus einem ausländischen Buch herausgerissen war. Beim Auseinanderfalten wurden die Worte lesbar: *Ich habe nur einmal etwas Ähnliches gesehen, als ich nämlich in den Pampas war und eine Stute, die ich liebte, eines Nachts noch grasen ließ. Eine der großen Fledermäuse, die man Vampire nennt, fiel in dieser Nacht über sie her. Durch die geöffnete Kehle und die Venen hatte die Stute so viel Blut verloren, dass sie sich nicht mehr aufrichten konnte, und ich musste sie an dem Ort, wo sie lag, mit einer Kugel erlösen.* Das Ganze kam zwei der drei Männer, die ein nächtlicher Spaziergang durch Ballester getrennt voneinander zu der Leiche geführt hatte – obwohl im Vorfeld nichts darauf hingedeutet hatte, dass das Bedürfnis, eine Zigarette zu rauchen und sich die Beine zu vertreten, unter einem schlechten Stern stehen könnte –, spanisch vor. Der Einzige, der etwas davon verstand und dem der Name Bram Stoker in der Kopfzeile etwas sagte, war der ausländische Architekt, der in Verruf geraten war, seitdem er in den Bau der Parochialkirche NUESTRA SEÑORA DE LA MERCED nicht mehr involviert war. Jetzt stand er auch noch unter Verdacht, diesen armen Teufel auf grauenhafte Weise umgebracht zu haben. Nachweisen konnte man dem fremdländischen Architekten nichts, denn das hätte am Ende ein schlechtes Licht auf die schöne neogotische Kirche geworfen und auf das im Entstehen begriffene Stadtviertel. Man drückte deshalb ein Auge zu und machte kurzen Prozess: Im Schutz der Dunkelheit wurden Spaten geholt und die Ärmel hochgekrempelt, um die noch warme Leiche an Ort und Stelle zu vergraben. Man ließ Gras darüber wachsen, die Zeit verging, und der Holzpflock florierte. Er schlug Wurzeln, und seine Triebe durchbohrten die Erde. Inzwischen war der sogenannte Baum des Vampirs der allerprächtigste, wenngleich nicht die ultimative Sehenswürdigkeit der PLAZA ROCA. Die größte Attraktion war das monumentale Wasserreservoir aus Beton, ein runder Turm, der die Baumlegende um das Dreifache überragte und in einen Trichter mündete, der die Form eines gigantischen UFOs annahm. Dorthin zog es die Mädchen des SANTA ANA, die stolz darauf waren, die Feuerschutzübung gemeistert zu haben. Sie hatten eine halbe Stunde frei, bevor es mit der Pinguinkolonne zurück in die Schule ging. Zum Feiern aufgelegt steuerten sie auf den außerirdischen Tank zu, doch auf halbem Wege blieb eins der Mädchen wie angewurzelt stehen, um dann aus der lärmenden Gruppe auszuscheren. Mit losgelösten Haaren, schnellen Beinen und offenen Armen rannte sie einem Abziehbild ihrer selbst entgegen. Die Frau, die das Mädchen nicht bemerkte, war damit beschäftigt, die rosafarbene Leine zu entknoten, in der sich ihr Zappelhündchen verheddert hatte.

»Hallo, Mamaaaaa!«, rief Ariadna über die Distanz hinweg.

»Wo kommst du denn her?«, fragte Ariadnas Mutter, als ihre Tochter ihr keuchend gegenübertrat. Das Haar, das der Knotenlöserin bis auf die Schultern reichte, schimmerte wie feingesponnenes Gold. »Und vor allem: Wie siehst du denn aus? Siehst du nicht, dass du Mimi unnötig aufregst?«

Die Mädchen, die einige Meter weiter die Szene verfolgten wie neugierige Zaungäste hinter einer Absperrung die Außenaufnahmen einer *Telenovela*, fürchteten, die Leine würde das Hündchen gleich erwürgen. Das Hündchen schien ein einziges Nervenbündel zu sein und sich nicht unter Kontrolle zu haben. Für sein Körpervolumen machte es geradezu lebensgefährliche Luftsprünge. Ariadnas Klassenkameradinnen, die nicht wussten, dass Mimis Augen von Natur aus derart hervorstachen, bekamen Angst, bei der nächsten fahrlässigen Bewegung könnten sie herausfallen. Mimi gab keine Ruhe, der exaltierte Liebling war klitzeklein und kugelrund, er sprang umher wie ein Jo-Jo. Mit Ausnahme von Teresa Gianelli hatte keine den Schoßhund je zu Gesicht bekommen. Cecilia Mansilla machte den ersten Schritt, die anderen Mädchen folgten auf dem Fuß, ließen Hemmungen und eingebildete Absperrungen fallen und stürmten auf Mimi zu. Ohne sich auf Frau Viamonte Rey einzulassen, wünschten sie ihr einen guten Morgen und gingen in die Hocke. Sie hatten bloß Augen für »Hallo, Putzidutzi-Putzidutzi, wie heißt du denn?«

»Mimi heißt sie.«

»Hallo, Mimi! Hallo Mimihallomimihallomimi«, Ariadnas Klasse war außer sich vor Begeisterung, die kleine Mimi hingegen hatte ein schwaches Herz und sah ziemlich irre aus. Mimi trug ihre rosa Schleife, die ihr aber im Gerangel herunterfiel. Teresa hob die Hundespange auf und gab sie Ariadnas Mutter zurück, während die anderen Mimimimi weiter verrückt machten, indem sie Mimi streichelten und Mimi knuddelten. Mimis Freude war größer als Mimi, das konnte nicht gut enden. Alle wollten Mimi mitnehmen – die Externen mit zu sich nach Hause, die Internen mit in die Nonnenschule. Alle zerrten an dem Hundeknäuel.

»Mimi lässt sich nicht vierteilen, ist gut jetzt«, beschloss Ariadnas Mutter latent egoistisch und ohne jede salomonische Weisheit, stattdessen: »Komm mal her, Mimi; komm mal her zu Mami, Mimi, Mamischatz.«

Mimi dachte nicht daran. Sie wollte nicht, und es blieb dabei. Ariadnas Mutter zog mit drakonischer Strenge an der Leine. Mimi stemmte sich mit der ganzen Kraft ihrer anderthalb Kilo dagegen. Doch ihr Sich-dagegen-Stemmen war für die Katz. Vielmehr entstand der Eindruck, mit Mimi als hochwertigem Staubwedel ließen sich dicht am Boden fliegendes Bonbonpapier, klebrige Eisstiele und herrenlose Busfahrscheine leicht zusammenkehren. Nachdem Ariadnas Mutter um die Ecke gebogen war, die angeleinte Mimi hinter sich herschleifend, war nur noch quietschendes Gebell zu vernehmen, das leiser wurde, bis es vollständig verklang. Von der Ariadna, die sie kannten, blieb nicht viel übrig. In der Schule unnahbar wirkte sie auf der streifenweise leergefegten PLAZA ROCA wie ein Häufchen Elend.

»Aber was hast du denn?«, fragte Marina Santiago.

Auch die anderen schauten sie verständnislos an. Sie, die Ariadnas engelhafte Schönheit schon immer bewundert hatten, die Ariadnas abwesende Präsenz seit jeher verwirrt hatte, nutzten die Gelegenheit, dem blonden Mädchen den Arm um die Schulter zu legen, als wollten sie sich vergewissern, dass es nicht aus einer Myriade Mond- und Sternenstaub bestand, der in der Sonne glänzte.

Ariadna wusste nicht, wohin mit sich. Es war, als würde die Frage wie eine Riesenwelle über ihr zusammenschlagen und ihr alle Kleider (Baumwolle, Kaschmir und Seide) vom Leib spülen, sämtliche Stoff- und Gesellschaftsschichten, Vor- und Nachnamen, die man ihr gegeben hatte; eine Welle, die sich wie ein überdimensionales Fragezeichen über sie wölbte und etliche Spitzen weichspülte, bis keine Spur mehr blieb von Upperclass, bis Ariadna, die sich auf einmal im Kreise ihrer Klassenkameradinnen splitternackt und mutterseelenallein vorkam, sich ganz auflöste in einem einzigen Tränenmeer.

Man lauschte dem hoffnungslosen Schluchzen. Ariadna murmelte unverständliches Zeug und schniefte. Als einige wenige Tränen am Saum ihrer Wimpern perlten, holte Teresa aus dem Ärmel ihres Jäckchens ein Taschentuch hervor und reichte es ihr. Als Gewinnerin des letzten Lesewettbewerbs hatte sie zwischen fünf Preisen auswählen dürfen und sich nach quälendem Überlegen für ein besticktes Taschentuch mit dem Bild des heiligen Laurentius entschieden, des Schutzpatrons der Feuerwehrleute, der den Märtyrertod auf einem glühenden Rost gefunden hatte. »Komm, jetzt wisch dir mal die Tränen weg«, sagte Teresa altruistisch.

Die Tränen des Laurentius – so nannte der Volksmund den Sternschnuppenschwarm der Perseiden, weil sie sich mit etwas Glück alljährlich um den Gedenktag des Heiligen beobachten ließen, auf dass man sich etwas Besonderes wünsche. Teresa hätte gern gewusst, weshalb ausgerechnet eine Viamonte Rey, der alle Sterne vom Himmel heruntergeholt wurden, weinen musste. Aber lieber verkniff sie sich die Frage, aus Angst, eine ihr zu Dank verpflichtete Ariadna, aus deren blauen Augen gerade eben unzählige Tränen geschossen waren, so dass jeder sah, auch davon hatte eine Viamonte Rey viel zu viel, könnte auf die Idee kommen, Teresa Gianelli an diesem Überfluss teilhaben zu lassen. Lieber nicht. Lieber nicht fragen und am besten das Thema wechseln.

»Aber was ist mit dir?«, insistierte Marina Santiago, die beim Lesewettbewerb leer ausgegangen war, wie es bei ihr nicht anders zu erwarten war.

Nach Marinas törichtem Eingreifen ging das Geheule und Gestammle von vorne los, mit dem gravierenden Unterschied, dass die Hundeelende keine Gelegenheit ausließ, sich laut ins fremde Taschentuch zu schnäuzen.

Die Mädchen zählten eins und eins zusammen und kamen zu dem Schluss, Ariadna habe ihnen offenbart: »Er hat sie.« (Vielleicht hatte sie aber auch offenbart: »Er hasst sie.«) Wer *er* war, blieb offen, ob *sie* Mimi meinte oder Ariadnas Mutter, umstritten. Weil es auch denkbar gewesen wäre, dass die Tränenflut Ariadna daran gehindert hatte, den Satz, um den es ihr eigentlich ging (etwa: »Er hat sie nicht alle«), in Gänze auszusprechen, entschieden sich die Mädchen dafür, den Trauerkloß aufzuheitern, was Teresa in Anbetracht ihres Taschentuchs sehr begrüßte.

»Wir wollten zum Wassertank«, erinnerte Cecilia Mansilla und preschte vor, doch als die Erkundungsfreudigen die Tür der fliegenden Untertasse verschlossen vorfanden, waren sie bitter enttäuscht.

»Es war einen Versuch wert«, befand Teresa. »Auf zum Baum des Vampirs! Die Letzte beißen die Hunde!«

Der Baum des Vampirs war von einer niedrigen, hübschen Mauer umsäumt, die gern als Sitzgelegenheit genutzt wurde. Wie sich herausstellte, war jemand ihnen zuvorgekommen.

»Unter dem Baum des Vampirs hockt schon einer!«, verkündete Marina Santiago in ihrem Hang, das Offensichtliche auszusprechen.

»Wir lassen uns die Laune vom ersten Dahergelaufenen nicht verderben«, entschied Cecilia kühn, und die Gruppe gab ihr recht. Sie könnten auf den Unbekannten zutreten, ohne ihm (fahler Teint, blutleere Lippen, ausgehöhlte Wangen) zu nahe zu kommen; sie könnten mit der angebrachten Vorsicht die letzten Schritte machen und dabei denjenigen unauffällig mustern, der sich die Zeit anscheinend mit einem dicken Wälzer vertrieb, den Fremden, der aufblickte und unverhohlen Interesse an ihnen zeigte, der anders als angenommen gar nicht gruselig, sondern nett und freundlich, sympathisch sogar ausschaute und sie wiederum dazu brachte, die Augen niederzuschlagen, während er selbstvergessen mit einer Zigarette jonglierte und sie sich ertappt fühlten, die Schamhaften, die im Boden hätten versinken können, die den Kopf langsam wieder hoben, denen nun aufging, dass das vermeintliche Buch ein Zeichenblock und die Zigarette ein Bleistiftstummel war, an dessen Ende der Zeichner herumkaute, der sie nervös machte und den sie – die sich geschworen hatten, sich von nichts und niemandem irritieren zu lassen – nicht anzusprechen wagten. Niemals würden sie sich erlauben, das Wort an einen Unbekannten zu richten, die Gelegenheit verstreichen zu lassen, bei dem Unbekannten herumzuschnüffeln, ihm zufällig über die Schulter zu gucken, um herauszufinden, dass er auf einem weißen, in übersichtliche, gut durchdachte Zonen aufgeteilten Blatt Papier die gesamte PLAZA ROCA festgehalten hatte – die *Boccia*-Bahn mit den üblichen Verdächtigen, die Sandgrube voller Pyramiden, den Picknick-Bereich, den die Nonnen belagerten, den unergründlichen Wassertank, auf einem der angelegten Wege eine adrette Frau, begleitet von einem Maskottchen und einer feenhaften Kreatur, von der Teresa Gianelli sofort wusste: »Das bist ja du, Ariadna!«, um dann zu realisieren, dass keins der Mädchen fehlte, dass sie in der Hocke kauernd wiedergegeben worden waren und sogar ein zweites Mal vorkamen, in agiler Pose, beim Zusteuern auf den Baum des Vampirs, an dem der begnadete Künstler saß, dessen Meisterwerk der Präzision sie gebannt betrachteten, ein selbstverliebtes, geradezu detailversessenes Bild, das zur gleichen Zeit sowohl Nähe als auch Ferne, Vergangenes wie im Entstehen Begriffenes, alles und jeden wiedergab mit einer einzigen Ausnahme: dem Spiegelbild desjenigen, der den wunderlichen Zauber erfasst hatte.

»Du bist selber gar nicht drauf«, kommentierte Marina Santiago, und es war das erste Mal, dass die Mädchen des SANTA ANA sie ein bisschen um ihre Direktheit beneideten. Das Eis war gebrochen.

Der Zeichner lobte Marina Santiagos vermeintliche Geistesgegenwart und schaute ihr offen ins Gesicht. Marina Santiago erwiderte den Blick unverfroren. Der Zeichner hatte leuchtend weiße Zähne und funkelnde Augen, Marina Santiago nicht. In ihrer himmelschreienden Naivität bildete sie sich wer weiß was ein. Die Mädchen standen neben Marina Santiago in einem schlechten Licht. Ganz und gar unfähig, den Anstand zu wahren und Vereinbarungen zu respektieren, hatte ihre Kommilitonin im Namen der Schule, deren Filzwappen sie unübersehbar am Blazer trug, einem völlig fremden Mann die Hand entgegengestreckt, der ihnen aus unerklärlichen Gründen den Eindruck vermittelte, sie wären Luft.

»Wir sollten uns nicht so aufdrängen, Marina.«

»Uns nicht immerzu in den Vordergrund stellen …«

»Ich zeichne auch«, behauptete Marina dreist. »Das meiste geht per Luftpost nach Salta, zu meiner Oma. Was zeichnest du denn noch so?«

»Was hier vor sich geht«, entgegnete der Angesprochene und blätterte seinen Zeichenblock durch. Die Mädchen, die sich hinter ihm wie ein Fächer ausgebreitet hatten, sahen im Schnelldurchlauf Passanten über die PLAZA ROCA streifen, Sœur María auf ihrer Vespa vorbeihuschen, einen dicken Jungen mit einer merkwürdigen Mütze die Seite eines Buches umschlagen, eine ihnen bekannt vorkommende aufgetakelte Schönheit aus dem Beifahrersitz eines noblen Autos aussteigen, ein abgemagertes Katzenrudel von dannen ziehen und dazwischen seitenweise rote Zahlen.

»Was sind das für komische Rechenaufgaben?«, inquirierte Marina Santiago.

Sieht aus wie die Scheine eines Lottospiels, dachte sich Teresa Gianelli.

»Das? Das sind magische Quadrate.«

»Magische Quadrate?«

»Eine Abstraktion der PLAZA ROCA.«

»Dieser Spielplatz ist ein magisches Quadrat?«

»Eine Art Spielbrett, auf dem Menschen wie du und ich zusammentreffen, meist durch Zufall und ohne Notiz voneinander zu nehmen. Wenn aber der magische Augenblick eintritt, kann die höhere Ordnung in Zahlen übersetzt werden. Innerhalb eines magischen Quadrates ist die Summe der Zeilen und Spalten sowie der beiden Diagonalen stets gleich.«

»Verstehe«, behauptete Marina Santiago.

»Das kann nicht sein«, überführte sie Cecilia Mansilla. Sie starrte wie der Rest auf die Zahlenkolonnen, bevor sie klarstellte: »Dezimalzahlen sind nicht gerade deine Stärke, Marina.«

0,5	7,5	13	12
14	11	1,5	6,5
3,5	4,5	16	9
15	10	2,5	5,5

»Hier ist die magische Zahl die 33«, verriet der Zeichner.

»33«, wiederholte Marina Santiago und führte Daumen und Zeigefinger zum Kinn, als würde sie nachdenken. »Das ist Jesu Lebensalter, die 33«, erklärte die Neunmalkluge.

»Jesus und ich haben was gemeinsam.«

»Bist du 33?«

»Gerade zwanzig geworden.«

»Dann verstehe ich nicht ganz.«

»Siehst du, Marina, siehst du? Du verstehst es nicht. In Mathe bist du eine ziemliche Null.«

Der Zeichner machte mit einer Kopfbewegung auf den Picknick-Bereich aufmerksam.

»Euer Ende naht, fürchte ich …«

Keine Zeit, sich zu fürchten. Die Nonnen rückten näher, und die Mädchen vernahmen Worte, die ausschließlich Marina Santiago galten.

»Ich war tot und bin auferstanden, das habe ich gemeint«, ergänzte der Zeichner und lehnte sich mit dem Rücken an den Baum des Vampirs, bevor er ein Blatt seines Malblocks abriss und es Marina zum Abschied schenkte. »Wenn ich du wäre, würde ich zusehen, dass ich mich an Miss Vespa halte – Lebt wohl, unbedarfte Verflossene, lebt wohl!«, sagte er zu den anderen, als die längst nicht mehr da waren.

16

Sieben Tage waren vergangen, seit Teresa Gianelli das Anwesen der Viamonte Reys aufgesucht hatte. Die Madonna war nun abholbereit. Ariadna, hinter den Gemäuern des SANTA ANA nicht länger so verschlossen, nahm die Nachricht interessiert zur Kenntnis. Nach der Evakuierung des Schulgebäudes und dem Gang durch das Tränental auf der PLAZA ROCA war sie mehr denn je gewillt, aus sich herauszugehen.

»Schade, dass die Nonnen uns an der kurzen Leine halten ... Ich würde dich gern begleiten ... Richtest du meiner Mutter Grüße aus?«

»Mache ich, aber willst du dein Glück nicht versuchen? Vielleicht macht die Mère Supérieure eine Ausnahme.«

»Nicht mal, als ich Namenstag hatte, hat sie es erlaubt.«

»Ich wüsste von keiner heiligen Ariadna.«

»Eine Ariadne gibt es. Die den Ausweg Findende. Ihr Ehrentag wird am 18. September gefeiert.«

»Ariadna?«

»Ja?«

»Ich möchte dich was fragen ...«

»Was denn?«

»Weshalb bist ausgerechnet du Internatsschülerin geworden? Wenn du nicht bloß in den Ferien heim dürftest, würde jede Externe mit dir tauschen wollen. Euer Haus und euer Garten sind paradiesisch ...«

»Ich hatte keine Wahl. Meine Eltern haben vor einem Jahr entschieden, dass der hiesige Alltag besser für mich ist.«

»Aber wieso? Bei euch läuft doch alles wie am Schnürchen ...«

»Sicher, aber dafür ist mein Vater mit Arbeit eingedeckt. Es grenzt an ein Wunder, dass du ihn am Nachmittag zu Gesicht bekommen hast, denn normalerweise kehrt er sehr spät aus der Kanzlei zurück. Sogar samstags fährt er hin. Meine Mutter wiederum leidet an Migräne und muss bei einer schlimmen Attacke das Bett hüten. Wenn es wieder so weit ist, hat unser Dienstmädchen die Anweisung, in der Praxis deines Vaters ein neues Rezept abzuholen. Durch das Haus muss sie sich auf Zehenspitzen bewegen. Das kleinste Geräusch macht meine Mutter kirre.«

»Und was ist mit Mimi?«

»Ein Geschenk meines Vaters. Inzwischen ist Mimi total verzogen. Sie heitert meine Mutter nicht auf und bringt meinen Vater völlig aus der Fassung.«

»Könntest du nach Schulschluss nicht zu deinen Großeltern? Ich mache es ja auch so.«

»Meine wohnen in der Innenstadt, unweit des Obelisken und der Kanzlei.«

»Wow, verstehe, todchic! Bei dir ist halt alles anders. Wahrscheinlich musst du deshalb Schulgeld und Verpflegung zahlen, während die restlichen Internen davon befreit sind.«

»Es kommt mir ohnehin seltsam vor, dass diese Befreiung die Kehrseite des Eingesperrtseins ist. Denkst du, es findet sich eine plausible Erklärung in dem Ratgeberbuch, das Sœur María letztens in den Unterricht mitgebracht hat?«

»Keine Ahnung, wie diese Theologie der Befreiung sich im Einzelnen auswirkt, aber noch seltsamer finde ich, dass die Nonnen euch einsperren und sich das teuer bezahlen lassen. Meine Eltern haben mir erzählt, dass ein Teil des Schulgeldes der Externen dazu da ist, die Kosten der Internen zu decken, die weit in der Minderzahl sind. Diese Einstellung nennen sie christlich. Doch ich denke, dass die Nonnen uns damit stillschweigend zu Komplizen ihrer Einsperrungspolitik machen – als verliehe ein eingefriedeter Garten Immunität, nur weil hier Maiglöckchen blühen und weiße Lilien gedeihen.«

»Ich finde auch: Dieses Geld sollte die Nonnen dazu bewegen, ihre Einengung aufzulockern und uns mehr Freiheiten einzuräumen. Dann dürfte ich heute mit.«

»Das wäre doch schön, Ariadna, zumal ich immer noch nicht durchschaue, warum du nicht bei den Deinen bist. Auch dass du theoretisch diese Option hättest, unterscheidet dich von den normalen Internen.«

»Was heißt hier *normale Interne*?«

»Fällt dir nichts auf, wenn du an die Familien unserer Internen denkst?«

»Nein, was denn?«

»Die Armen ...«

»Was soll mir da auffallen?«

»Ihre Familien sind nicht mehr ganz intakt, weißt du?«

»Nein, Teresa. Was meinst du mit *nicht mehr ganz intakt*?«

»Nehmen wir mal unsere Marina, die Arme.«

»Was ist mit Marina?«

»Ich weiß, dass sie deine Banknachbarin ist und du sie liebhast. Das ist gut, Ariadna, denn mit Ausnahme ihrer Oma ist Marina allein auf der Welt. Die Oma lebt in einem Vorort der Provinz Salta namens *Alemania*.«

»In Deutschland, einem Geisterdorf, kein Staatsgeheimnis. Als Marina sich neulich für eine Zeichnung Pastellbuntstifte von mir ausgeliehen hat, hat sie mir Fotos gezeigt. Dort ist sie aufgewachsen.«

»Durch und durch trostlos: *Alemania* und die Geschichte ihrer armen Eltern. Sie sind bei einem Unfall in der Provinz Misiones ums Leben gekommen. Sie waren in der *Garganta del Diablo* zum Wandern, und ich hätte dir prophezeien können, was passiert: Im Schlund des Teufels haben sie den Weg aus den Augen verloren. Dann ist das Gewitter gekommen. Eine Sintflut.«

»Die Geschichte kenne ich. Gott sei ihrer beider Seelen gnädig.«

»Ich will damit sagen: Ich glaube, dass die Nonnen unsere Internen unter ihre Fittiche genommen haben, weil die Armen aus Familien stammen, die aus unterschiedlichen Gründen auseinandergerissen wurden. Traurige Schicksalsschläge.«

»So habe ich das noch nie gesehen …«

»Deshalb erzähle ich es dir. Auf dich trifft es ohnehin nicht zu, Ariadna, aber auf die anderen, auf Carina Malatesta zum Beispiel. Behalt es für dich, denn ihre Busenfreundin Cecilia Mansilla hat es mir im Vertrauen gesagt: Carinas Mutter ist durchgebrannt, und der Vater war mit der Erziehung von drei Kindern – zwei davon Jungs – völlig überfordert. Er hat sich an die Töchter von SANTA ANA gewandt und war heilfroh, dass die Nonnen seinem Gesuch entsprochen haben und zumindest in einem Fall für ihn einspringen konnten. Carina wiederum hat mir das vertuschte Drama von Silvia Lozano geschildert. Silvia wollte von zu Hause weg, weil ihr älterer Bruder die ganze Bagage terrorisiert. Er trinkt, hat mir Julieta Ramiro zugesteckt, bei der es übrigens nicht besser aussieht. Auch das darf keiner wissen: Julietas Vater hat seine Arbeit verloren, weil er plemplem ist. Nun sitzt er Däumchen drehend in der Geschlossenen in Entre Ríos. Die Mutter besucht ihn, so oft sie kann, und war sehr erleichtert, ihre Tochter in einer angesehenen Privatschule in Buenos Aires zu wissen, für deren Kosten sie nicht einmal aufzukommen braucht. Das tun wir, Ariadna, die Externen und du.«

»Sogar wenn etwas nichts kostet, zahlt man einen hohen Preis.«

Beim Promenieren entlang der Galerie mit den Wandfresken aus der *Vie des Saints* fiel Ariadna das Gespräch ein, das die Mère Supérieure ihr dort aufgenötigt hatte, als klar gewesen war, dass sich ihr privilegierter Status *stante pede* ändern würde. Die ehemalige Externe musste sich damals anhören, dass nicht wenige Heilige und Selige aus vornehmen Familien stammten und dementsprechend auf großem Fuße gelebt hatten, bis zu dem Tag, an dem sie aus freien Stücken ihren irdischen Besitz unter den Armen verteilt hatten, um mit dem, was sie am Leibe trugen, in der vollkommenen Einfachheit zu wahrer christlicher Freude zu finden. Missachtung des achten Gebots. Eine Lüge so himmelweit wie der Obelisk auf der Kreuzung Corrientes und 9 de Julio. Von wegen wahre Freude! Ariadna Viamonte Rey war so traurig wie einst, als sie ihrer Familie den Rücken kehren musste. Von freiem Willen konnte keine Rede sein. Ihr hatte man den Tapetenwechsel aufgezwungen, den die Mère Supérieure kraft ihres Amtes besiegelt hatte. Das Ganze war über ihren Kopf hinweg entschieden worden, und als sie sich wehrte und bei ihren Eltern herumtobte, setzte der Vater dem Stusstheater – wie er Ariadnas abgrundtiefe Verzweiflung nannte – ein abruptes Ende. »Ich fürchte, es wird wieder Zeit für die heilige Triade«, sagte er zu seiner Tochter, die widerwillig ein lächerliches »Danke, Amen und Schlussstrich« von sich gab, während die Mutter ihr die verschwitzten Haare zurechtstrich und ein trostspendendes Goldkettchen umlegte, das sie auf ein Zeichen ihres Mannes hin aus einer schwarzen Schatulle hervorgezaubert hatte. Er wisse schließlich, was für seine Familie gut sei, resümierte der Vater, der keinen Spaß verstand und trotzdem immerzu damit angab, seine Weltfriedensformel patentieren lassen zu wollen. »Leidensgenossinnen«, murmelte Ariadna, die nach wie vor den Porträtierten an der Schulfassade keine Spur der angepriesenen wahren Freude entlocken konnte.

»Das kannst du laut sagen«, bekräftigte Teresa, die Ariadnas Kommentar auf sie beide bezog und als ermutigende Freundschaftsbekundung auffasste, ihr zu eröffnen, was genau sie bekümmere. »Stell dir vor: Meine Mutter musste sich gestern gleich dreimal übergeben. Sie ist in gesegneten Umständen, welche sich durch Schwindel und Übelkeit bemerkbar machen.« Lang und breit erzählte Teresa von ihrer Sorge und ihrer Ambivalenz, von ihrer Aufregung und ihrer Angst, von gemischten Gefühlen, die vor allem nachts ihre Schatten warfen, unfassbaren Gespenstern, die proportional zum Bauch ihrer Mutter wuchsen und ihr den Schlaf raubten. »Zum Kotzen«, gestand sie, doch Ariadna hörte nur mit halbem Ohr zu.

Ihr hatte sich urplötzlich der tiefere Sinn des Wortes *Leidensgenossinnen* erschlossen, und sie schreckte vor dieser Erkenntnis zurück: Die Märtyrerinnen, die ihnen Vorbild sein sollten, ließen das Leiden nicht bloß über sich ergehen, sie *genossen* es auf ihre Art. Das erklärte die zarten Antlitze und die milden Gesichtszüge, die hellen Töne und die fließenden Übergänge. Zigmal hatte Ariadna ihre Augen auf diesen Fresken ruhen lassen, doch erst jetzt verstand sie, weshalb die seelenruhige Apollonia die Zange hochhielt, mit der man ihr die Zähne ausgeschlagen hatte, weshalb Dymphna das Schwert hob, mit dem ihr Vater sie enthauptet hatte, weshalb Katharina sich vertrauensselig auf das mit Nägeln gesäumte Rad stützte, weshalb die unerschrockene Lucia von Syrakus ihre ausgerissenen Augen und die verklärte Agathe von Catania ihre abgeschnittenen Brüste auf einem Präsentierteller mit sich herumtrugen. Ariadna war elend. Sie musste an ihre ewig leidende Mutter denken. »Spucken zu müssen, ist wahrlich nicht schön« – Teresas Satz brachte Ariadna im richtigen Moment auf den richtigen Gedanken. Wenn sie den Nonnen mittags nach dem Souper eine Lüge auftischte und eine Magenverstimmung vortäuschte, müssten sie sie ins Bett schicken. So könnte Ariadna die Abendmahlzeit schwänzen und sich in diesem Zeitfenster davonschleichen. Sie wollte nach Hause und dort nach dem Rechten sehen. Vor dem Schlafengehen würde sie sich wieder in die Schule zurückstehlen. In diesen Plan, den sie in den kommenden Tagen umzusetzen gedachte, würde sie ihre beste und einzige Freundin Marina Santiago einweihen und niemanden sonst. Komme, was da wolle, es musste verhindert werden, dass ihre Zimmergefährtinnen Carina Malatesta, Silvia Lozano und Julieta Ramiro ihr Nachtlager leer vorfänden, wie die drei Marien einst das Grab des Auferstandenen.

17

Teresa Gianelli ging unter blühenden *Lapachos* die Straße entlang. Als sie das Dienstmädchen der Viamonte Reys die Apotheke verlassen sah – in der Hand eine Plastiktüte mit rotbedrucktem Äskulapstab –, packte sie eine dunkle Vorahnung. Sie legte einen Schritt zu, konnte die Bedienstete aber erst an der Tür des Château abpassen.

Die *Señora* plage eine fürchterliche Migräne.

Schon klar. Ein ungünstiger Moment.

Die Tochter des angesehenen Doktor Gianelli versicherte der Angestellten, für die Dauer ihrer Stippvisite keinen Mucks von sich zu geben. Wenn nötig, könne sie sich durch Mimik und Gestik verständigen, so professionell wie Marcel Marceau.

Drinnen war es zappenduster. Die Jalousien waren heruntergelassen und die Gardinen zugezogen. Mimi war sediert. Nach K.O.-Tröpfchen auf Leckerli lag sie völlig entspannt auf dem Medaillonstuhl, auf dem Teresa das letzte Mal Platz genommen hatte. Trüge sie nicht ihre rosa Spange, wäre sie nicht wiederzuerkennen, so friedlich und ausgeglichen schaute sie heute aus, nachdem sie auf Anordnung von Frauchen ruhiggestellt worden war.

Binnen kürzester Zeit hatte sich Teresa vollständig akklimatisiert. Wie des Nachts auf dem Wandregal in der Nähe ihres Schlafsofas leuchtete auch hier die Madonna von Ballester in einem dezenten, fluoreszierenden Grün. Dieser strahlenden Farbe der Hoffnung war es zu verdanken, dass Klassenunterschiede in ein Schattenmeer verbannt wurden, aus dem sich einzig und allein die Plastikmadonna triumphierend erhob, den Louis-XV.-Sekretär dem Nichts überlassend. Das grüne Leuchten kam Teresa entgegen, die die Aushändigung der Statuette mit einem dankbaren Händedruck quittierte. Auch wenn ihre Halterin nichts gegen eine Rückmeldung des religiös bewanderten Herrn Viamonte Rey gehabt hätte, wurde der erste Hausbesuch der Madonna als ansehnlicher Auftakt verbucht.

Wenige Tage darauf setzte Ariadna Viamonte Rey ihren ausgeklügelten Plan um und beschritt den Weg zu sich ins Château. Die Geschäfte hatten geschlossen, die Nachbarn hielten eine *Siesta*, während in den *Patios* und Gärten die Zikaden sangen. Das Dienstmädchen stand auf der Terrasse des Familienanwesens mit Blick in den Garten, auf den Swimmingpool und die zusammengeklappten Liegestühle und hatte die Arme gen Himmel erhoben. Über ihrem Kopf war eine witterungsbeständige, hochwertig verarbeitete Spinne aufgespannt, an der sie Wäsche aufhängte; zu ihren Füßen eine Myriade Wäscheklammern, eine gewaltige Farbexplosion, als hätte sie eine dieser verrückten Malmaschinen bedient, die nicht selten mit einem Schleudermotor angetrieben wurden, nur dass in diesem Fall Mimi am Werk gewesen war, die sich, nachdem sie sich ausgetobt hatte, völlig erschöpft in den Korb hineinfläzte, in den eigentlich die bunt verstreuten Klammern gehörten.

Ariadna hatte sich vorgenommen, still und leise über den Zaun zu klettern, sie wollte sich wie die Rebellen im Dschungel durch das Pflanzendickicht vorwärtskämpfen, unentdeckt die Wasserpumpe erreichen, in deren Nähe Mimis Futternapf stand, und in diesen den Inhalt ihres Plastikbeutels ausleeren, den Rest ihres – wie sie in der Schule zu Unrecht behauptet hatte – ekelerregenden, Magen verderbenden SANTA-ANA-Mittagessens, das sie hinausgeschmuggelt hatte, um Mimi das Maul zu stopfen und sie durch die Bereitlegung des Köders für mindestens eine halbe Stunde außer Gefecht zu setzen. Das wiederum hätte ihr ermöglicht, sich im rechten Augenblick vom Dienstmädchen unbemerkt ins Haus zu schleichen, um ihre eigene Verwandtschaft auszuspionieren. Eben ausgebrochen, auf jede erdenkliche Eventualität gefasst, nur nicht auf die eine, stand Ariadna keuchend vor dem hochherrschaftlichen Haus und klingelte wie besessen.

Der Klingelsturm löste eine Kettenreaktion aus. Er entfachte ein Gebell, das nichts mit dem kurzen Anschlagen Mimis bei Besuch von

Freunden gemeinsam hatte, nichts mit dem längeren Verbellen des ihr verhassten Flaschensammlers oder des von ihr wenig geschätzten Messer- und Scherenschleifers, auch nichts mit dem heftigen Begrüßen eines Familienangehörigen. Dies war ein schauerliches, nicht zum Stillstand kommendes Gebell von circa fünfundsiebzig Dezibel, das sich über die Gesetze friedlichen Zusammenlebens hinwegsetzte und den gesamten Häuserblock elektrisierte, weshalb auch dem Dienstmädchen die Haare zu Berge standen, spätestens als Ariadnas Mutter, die sich zu einem Schönheitsschlaf hingelegt hatte, um zehn Minuten später völlig entgeistert im Bett hochzufahren, sie anbellte, diesem Albtraum ein für alle Mal ein Ende zu bereiten. Als Dienstmädchen und *Niña* sich schließlich gegenüberstanden, wirkten beide, wenngleich aus unterschiedlichen Gründen, nervlich am Ende.

Das gebe es doch gar nicht! Weshalb die *Niña* nicht in der Schule sei, ob etwas pass…?

»Halt's Maul, du blöde Kuh, und lass mich rein.«

18

»Deine Mutter ruft in der Kanzlei an und will mich sprechen, die Mère Supérieure ruft zu Hause an und will mich auch sprechen, keine der beiden lässt sich abweisen, aber meiner Tochter – meiner Tochter! –, um die es hier die ganze Zeit geht, scheinen die Mäuse die Zunge aufgefressen zu haben!«

»…«

»Ich sag's ein letztes Mal: Wenn du nicht möchtest, dass dein Vater dir die Leviten liest, musst du ihm erzählen, was vorgefallen ist!«

»Beruhige dich, Patricio, ich bitte dich. Sie steht noch unter Schock. Das siehst du doch.«

»Hat dir jemand was angetan, Ariadna? *Wer* hat dir was angetan, um Himmels willen?«

»…«

»Hat jemand dir vor der Schule aufgelauert? Bist du in einen Hinterhalt gelockt worden? Heraus mit der Sprache! Und du, zieh Leine!«

»…«

»Ich rede mit dir, hörst du? Ich rede mit dir! Ich muss wissen, ob …«

»Patricio, bitte! Lass sie doch! Mir kannst du es sagen, Liebling. Achtung, Glas. Schön austrinken … Nun kannst du dich deiner Mutter anvertrauen.«

»…«

»Ich könnte sie erwürgen! Es hat keinen Sinn! Man macht alles für sie, man zahlt sich dumm und dämlich, man gibt sie in exzellente Obhut, um dann zu hören, Fräulein Viamonte Rey sei mit Bauchschmerzen auf und davon, keiner könne sich das erklären, dafür gebe es im SANTA ANA keinen Präzedenzfall! So steht man da! Eine Viamonte Rey schreibt Schulgeschichte. Na, großartig!«

»Patricio, die Nachbarn.«

»Die Nachbarn können mich mal. Wann kommt Doktor Gianelli?«

»Nach der Sprechstunde. Er weiß Bescheid.«

»Nichts weiß der Doktor, nichts. Rien du tout. Nicht mal die Mère Supérieure weiß Bescheid. Sie hat die Demoiselle mit einer lächerlichen Magenverstimmung im Schlafsaal vermutet, während die Göre, deine verzogene Tochter, sich verkrümelt hat.«

»Danke, Mabel.«

»Weg damit! Wer hat Ihnen aufgetragen, mir Zitronenverbene zu bringen? Servieren Sie mir einen Cognac und tun Sie mir den Gefallen: Schaffen Sie diesen verdammten Köter von hier weg. So wie die Dinge stehen, kann ich für nichts garantieren.«

»…«

»So, Ariadna, mein Geduldsfaden ist längst gerissen, also, Fräulein: Ich höre.«

19

Es schlug die Stunde der Marina Santiago. Nach Unterrichtsschluss wurde sie täglich an der Pforte des SANTA ANA vom uniformierten Dienstmädchen der Viamonte Reys abgeholt und durfte, obwohl sie zu den Internen gehörte, das Klostergefängnis für einen überschaubaren Zeitraum verlassen. Die arrangierten Hausbesuche sollten eine bis auf weiteres krank Gemeldete, die sonst niemanden bei sich empfangen wollte, aufheitern und zu ihrer baldigen Genesung und Wiedereingliederung beitragen.

Marina und ihre Eskorte erreichten das Château über einen kleinen Umweg. Nur zu gern ließ sich Marina ins Schlaraffenland der Kekse entführen, einen altehrwürdigen Laden namens NAUTILUS, in dem sich würfelförmige Metalldosen zu einer Wand stapelten, praktische Behälter mit einem Bullauge, durch das man ins Innere spähen konnte. Zum ersten Mal in ihrem Leben hatte Marina Santiago die Qual der Wahl, an der sie großen Gefallen fand, vor allem, weil sie wusste, was danach folgen würde. Das Dienstmädchen öffnete ihr Portemonnaie, und kurz darauf wurden Marina drei Tüten ausgehändigt. Ein Glöckchen läutete, sobald Mabel und sie die Tür aufstießen, um mit reicher Beute quer über die PLAZA ROCA am Baum des Vampirs vorbeizuschlendern.

20

Seit die sogenannte Drittweltpriesterbewegung in Argentinien infolge des vom Zweiten Vatikanum angepriesenen progressiven Geistes entstanden war, der fortschrittliche Flügel der katholischen Kirche gegen den lateinischen Ritus und für das Abhalten der Messe in der jeweiligen Landessprache eintrat, freute man sich auf die *Misa Criolla*, positionierte die Altäre neu, indem man sie frei stellte, zur Gemeinde gewandt, ähnlich wie die Geistlichen, die ihr früher den Rücken gekehrt hatten, sie nun aber wieder in den Blick nahmen.

Gustavo werkelte an seinem Rundfunkgerät herum und versuchte, die Antenne auszurichten, um die Worte seines Kollegen Carlos Mugica zu empfangen. Mugica war die Stimme des *Movimiento de Sacerdotes para el Tercer Mundo*. Bereits vor dem Zusammenschluss der Drittweltpriester hatte es den aus wohlhabenden Verhältnissen stammenden jungen Mann in das Paris der Studentenunruhen verschlagen, nach Kuba, zur Bischofskonferenz nach Medellín und sogar nach Bolivien, um die Rückgabe der sterblichen Überreste von Che Guevara zu verhandeln. Die Kirche dürfe keinem politischen System dienen, am wenigsten dem internationalen Imperialismus des Geldes – Mugicas Weggefährten, die keine seiner Radioansprachen oder Fernsehauftritte verpassten, waren sich einig gewesen. Die Revolution von Jesus Christus sei die erste und radikalste überhaupt, denn er habe eine Transformation von Sünde in Gnade angestoßen, von Egoismus in Nächstenliebe, von Stolz in Demut, einen tiefgreifenden Prozess, der nicht bloß den Einzelnen tangiere, sondern das Räderwerk einer ganzen Gesellschaft.

Auf dem Innenhof der Pfarrei von José León Suárez waren die Kinder versammelt. María hatte sie zusammengetrommelt, um ihnen eine mit Hühnerfleisch angereicherte Buchstabensuppe vorzusetzen, während Gustavo damit beschäftigt war, die zurückgebrachten Bücher, die sie sich von ihm ausgeliehen hatte, wieder zu verstauen. María vertraute seinen passionierten Lektüreempfehlungen blind, obwohl sie strenggenommen mit ihm ein Hühnchen zu rupfen hatte, da Gustavo der Strömung innerhalb der katholischen Kirche Argentiniens angehörte, die mit der Zeit ging, aber Frauen immer noch verschlossen war. »Wo du recht hast, hast du recht«, beschwichtigte er, räumte bei seinen Gleichgesinnten eine Menge Verbesserungspotential ein und übernahm als Zeichen seiner Kompromissbereitschaft den Abwasch. Das Radio lief inzwischen. Der Tellerwäscher und amateurhafte Rundfunktechniker schaute aus dem Fenster seiner Kochstube auf die aufgepäppelte Indianerrunde, die im Schneidersitz um eine Kreidezeichnung saß. María hatte auf den *Patio* Zahlen gemalt, angefangen mit 0 über 1, 2, Polizei, 3, 4, Offizier … Dazu das Alphabet, angeordnet wie die Lernenden zu einem schützenden Kreis, Buchstaben, die wie die Suppe Kraft verliehen und deshalb verinnerlicht werden wollten, ein A wie Allesamt aufstehen, ein A wie Abrakadabra, der Anfang ist getan, ein B wie Beeilung, ein Hüpfen bis H wie Hokuspokus Fidibus, ein Sprung zum S wie Simsalabim und Sesam-öffne-dich, ein R wie ratzfatz. »Ein Einstieg ohne Ende, Gustavo, der Beginn von etwas, das ich angestoßen habe und am Leben erhalten möchte«, räumte María am späten Abend ein. Gustavo wusste, wovon sie sprach. Er kannte sein Armenviertel. Er kannte den Teufelskreis, den María durchbrechen wollte, eine Welt aus Angst, betrunkenen Casanovas und Drogen, aus Ehebrechern, Fäusten und Gefängnis, aus Hunger, Illegalität und Jähzorn, aus Kakerlaken und Läusen, aus Messerstichen, aus Notwehr und Narben, aus Ohnmacht, Perón und *Padre* Gustavo, aus Qual, Razzia und russischem Roulette, aus Stiefvätern, Taschendieben, Unglückseligen und Verdammten. »Wie das auf die Reihe kriegen, ohne zu weinen? Sag du es mir.« María wartete auf Antwort. Die kleine Evita schluchzte und umklammerte ihre Hüfte. Ihr gepunktetes Kopftuch war wieder verrutscht. »Bleib hier, *Mamá.*« »Die Schwester muss aber los.« »Der *Padre* ist da.«

Er nahm das Mädchen auf den Arm und stellte unterwegs zu der Kaninchenfamilie eine Glühwürmchensafari in Aussicht. »Fahr los, ich mach das schon. Vergiss das Buch nicht.«

Ein schmaler Lichtstrahl erhellte den unbefestigten Boden. Als die Vespa ansprang, erinnerte sich María an die Worte aus der Radioansprache von Carlos Mugica, die sie vorhin gehört hatten: *Señor, vergib mir, ich habe mich daran gewöhnt, an ihrer Seite im Schlamm zu waten, ich kann den Schlamm hinter mir lassen, sie nicht; Señor, vergib mir, ich habe gelernt, die Pestilenz zu ertragen, ich kann ihr entkommen, sie nicht …* Sie betete, und während sie das tat, überquerte sie die Gleise. In Ballester angekommen, fiel ihr im Vorbeifahren das schön gestaltete Schild einer Autowerkstatt auf. Als litte die Motorisierte an einer Wahrnehmungsstörung, las sie anstelle von

AUSFAHRT FREIHALTEN

FREIHEIT AUSHALTEN

– eine ungewöhnliche Aufforderung, die nirgendwo geschrieben stand und über die sie lang nach ihrem Eintreffen im INSTITUTO SANTA ANA rätselte, bevor sie sichtlich gerädert ins Bett fiel.

21

Teresas Schuhe waren auf Hochglanz poliert. Als das Schrillen der Glocke nach Schulschluss Freiheit versprach, zog sie die Kniestrümpfe hoch, überzeugte sich, dass der plissierte Rock und die weiße Bluse ordentlich saßen, knöpfte den Blazer zu und warf einen letzten prüfenden Blick auf das mit einer Sicherheitsnadel angebrachte Filzwappen an ihrer Brusttasche, um eine Schieflage auszuschließen. Nachdem sie sich vergewissert hatte, dass ihr Äußeres ein makelloses Abbild ihres Inneren war, musste sie an Sœur Auxiliadora und Sœur Consuelo vorbei, die darauf aus waren, die Externen aufgrund irgendeiner Lappalie aufzuhalten.

Seitdem sich unlängst auf offener Straße eine Ungeheuerlichkeit zugetragen hatte, warteten jenseits des Tors verschreckte Mütter, zeternde Omas, Tratschtanten und ein Fels in der Brandung. Unter dem schwachen Geschlecht war der ältere Herr im dunkelblauen Overall leicht auszumachen. Gebenedeit unter den Frauen, die nun vermehrt in Erscheinung traten, nutzte Teresas Großvater die Mittagspause in der Werkstatt, um seine Enkelin abzuholen, während seine Gattin sich um das Essen kümmerte. Teresa dachte nicht daran, durch ein x-beliebiges Anzeichen der Nachlässigkeit auf sich aufmerksam zu machen. Sie bekreuzigte sich vor der Annenkapelle, woraufhin sie von den Aufseherinnen, die diese Geste begrüßten, verabschiedet wurde. Keine Frage: Man lebte in einer paradoxen Zeit.

»Na also! Da bist du ja, Teresita«, freute sich der Großvater und nahm ihr die schwere Tasche ab, während er sich zu ihr herunterbeugte. »Keinen großen Hunger, stimmt's?«

Der Großvater wusste immer Bescheid – auch darüber, dass im SANTA ANA seit dem Auftauchen eines Satyrs verschärfte Vorsichtsmaßnahmen walteten. In einem Brief mit offiziellem Stempel waren die Eltern in sachlichem Ton ins Vertrauen gezogen und freundlich gebeten worden, den Vorfall mit absoluter Diskretion zu behandeln und mit der Schuldirektion gemeinsame Sache zu machen, indem sie nach Möglichkeit jeglichen Alleingang ihrer Töchter umgehend unterbanden – zumindest solange die polizeilichen Ermittlungen noch andauerten. Sie wurden aufgefordert, ihre Töchter – insbesondere diejenigen, die über das Kindesalter hinauswuchsen – persönlich abzuholen oder abholen zu lassen. Sollte sich diese Vorgabe mit dem Berufsalltag der Eltern nicht vereinbaren lassen, wollte man Mütter, Väter oder sonstige Erziehungsberechtigte an den vor Jahren eingerichteten, gut funktionierenden und nicht ganz ausgelasteten Schulbusdienst erinnern bzw. darauf hinweisen, dass Externe diesen für eine Monatspauschale von so und so vielen *Pesos* in Anspruch nehmen könnten. Wenn es sich nicht vermeiden ließe, sollten Schülerinnen sich untereinander absprechen, um den Heimweg mindestens zu zweit, am besten zu dritt oder sogar zu viert anzutreten. Dabei sollten sie zügig gehen, sich nirgends unnötig aufhalten, einsame Straßen meiden, jeglichen Kontakt zu Fremden unterlassen, auch wenn sie von diesen höflich angesprochen werden sollten. Im Zweifelsfall sollten sie weglaufen, sich durch Schreien bemerkbar machen oder Zuflucht in dem nächstgelegenen Geschäft suchen.

Die klugen Ratschläge hatten Ariadna und ihre Familie viel zu spät erreicht. Aus Unachtsamkeit war die Epistel auch an ihre Adresse gegangen, wofür sich die Mère Supérieure *a posteriori* umständlich bei Herrn Viamonte Rey entschuldigte. Das Schriftstück war in diesem Fall völlig deplatziert, denn es konnte das Eintreffen des Unvorstellbaren nicht mehr verhindern oder gar rückgängig machen. Stattdessen führte es schwarz auf weiß Maßnahmen an, die eine wie Ariadna sowieso nicht tangiert hätten. Als Interne hätte sie in der Schule sein müssen und das Vertrauen der Nonnen nicht missbrauchen dürfen, die jeglichen Verdacht auf Vernachlässigung ihrer Aufsichtspflicht – sollte er geäußert werden – nicht auf sich sitzen lassen würden. Zu den geheimen Selbstvorwürfen des Paares, die eine stark angeschlagene Ehe betrafen, gesellte sich nun eine abgrundtiefe Verzweiflung, das unerträgliche Gefühl, als Eltern vollständig versagt zu haben. Um der Tochter das Familiendebakel zu ersparen, hatten die Viamonte Reys sie in fremde Obhut gegeben; wäre sie bei ihnen geblieben, wäre dieses unaussprechliche Unglück womöglich nie geschehen, denn mit Mabel hätte Ariadna, ob es ihr behagte oder nicht, jederzeit ihre private Eskorte gehabt. Wie dem auch sei. Seit der schrecklichen Episode weigerte sich der Nachwuchs, den Blick in die Zukunft zu richten. Vielmehr schien das Kind in dem furchterregenden Augenblick gefangen, in dem ihm der Satyr erschienen war. Ganze fünf Tage im Haus verbarrikadiert, traute es sich nicht mehr vor die Tür. »Übrigens kein Einzelfall«, echauffierte sich Herr Viamonte Rey nicht nur über einen Dahergelaufenen, sondern gleich über eine ganze Bande von moralisch Verkommenen, die sich abgesprochen hätten, um das Vaterland ins Chaos zu stürzen.

Ihrerseits auf dem Pausenhof erzählte Marina Santiago, Ariadna zeige sich zum Leidwesen aller, die um ihre Begeisterungsfähigkeit bangten, ganz schön lustlos, wofür ihre Mutter – nach dem, was der Tochter widerfahren sei – durchaus Verständnis aufbringen könne. Auch der Vater tue das Menschenmögliche, Nachsicht zu üben. Es habe ein Arrangement mit seiner Sekretärin gegeben, und seitdem ein *Modus vivendi* gefunden sei, kehre Herr Viamonte Rey wieder früher aus der Innenstadt heim. Bevor er das Auto in der Garage parke, fahre er Marina ins SANTA ANA zurück, wo sie von der Mère Supérieure persönlich empfangen werde. »Ausgerechnet die Santiago«, wunderte sich Teresa, »die leisetritt, in den Sommerferien gern Überlandbus fährt und sich nichts aus schnellen Wagen wie dem Jaguar XJ6 macht.«

»Ausgerechnet Marina«, bestätigte Cecilia Mansilla, »die alles andere als ein heller Stern am schulischen Himmel ist und sich deswegen die vorderste Bank mit der verstrahlten Ariadna teilen muss. Gerade sie soll auf einmal dafür sorgen, ihrer vom Unheil gezeichneten Nachbarin den neuen Lernstoff näherzubringen, damit sie so wenig wie möglich verpasst. Das ist doch ein Witz.« Das wäre doch etwas für Teresa gewesen. Stattdessen Marina!? Nie im Leben würde man darauf kommen. Und das Schlimmste vom Schlimmsten: Bislang hatte Marina nicht verraten, ob nach der Chocolat chaud und den Köstlichkeiten aus der NAUTILUS Zeit für das Lesen der Briefe blieb, die einige Klassenkameradinnen (Teresa Gianelli und Cecilia Mansilla an erster Stelle) täglich an Ariadna richteten und Marina zusteckten. Erwähnt hatte die Emissärin bloß, dass Ariadnas Mutter die süße Mahlzeit pünktlich um fünf eigenhändig auf einem silbernem Tablett servierte, während die Hausangestellte den Stuhl des Fräuleins und dann netterweise auch den des Gastes an den langen Tisch rückte, an dem die Mädchen wie ein müdes Königspaar Platz nahmen.

Das konnte die Santiago nicht wissen, doch strenggenommen waren auch die Freundschaftsbriefe für Ariadna im Sinne der Bestärkung und Erbauung verfasst worden. Davon zeugten bereits die Verzierungen der Umschläge: Sonne, Mond und Sterne und dazwischen wohlbeleibte Putti. Marina, gestern noch unsichtbar, heute die Überbringerin froher Botschaften, irrte, wenn sie glaubte, der fremde Schicksalsschlag würde auf ihr Leben abfärben und ihren grauen Alltag längerfristig aufpeppen.

EIN SATÜR GEHT UM IN BALLESTER

Das Menetekel, das von Cecilia Mansilla in der ersten Pause an der Innenseite einer der Klotüren entdeckt worden war und sie auf der Stelle den Grund ihrer Aufwartung hatte vergessen lassen, zeigte die gleiche Wirkung auf die nächsten Toilettenbesucherinnen, die ebenfalls völlig entgeistert auf die hingekritzelte Sentenz starrten, ohne dass der Rechtschreibfehler jemandem aufgefallen wäre.

Nichts für ungut, denn dieses Detail – eine Lappalie im Vergleich zum Wahrheitsgehalt der Behauptung – hätte keines der Mädchen über die Richtigkeit der hinterlassenen Botschaft hinwegtäuschen können, und da dieses horrende Übel leider Gottes immer noch nicht aus der Welt geschafft war, wurde sie zur anonymen Bedrohung, die sich auf dem Schulhof verbreitete und sämtlichen potentiellen neuen Opfern – gleich, ob sie die schaurige Meldung bekanntgaben oder vernahmen – eine ansteckende Angstlust einjagte. Weil die Pause knapp bemessen war und das Gedränge vor dem Klo groß, erst recht, als alle im SANTA ANA auf einmal das Gefühl hatten, für kleine Mädchen zu müssen, sahen sich die meisten veranlasst, sich bis zur zweiten Pause zu gedulden, um dann enttäuscht festzustellen, dass vom vielbeschworenen Satz nichts übrig geblieben war.

»Die Putzfrauenkolonne muss ihn während des Unterrichts entfernt haben«, schlussfolgerte Teresa.

»Was die grottenhässliche Handschrift angeht, tippe ich auf Marina«, sinnierte Cecilia. »Auch du hast den ominösen Satz zu Gesicht bekommen: Das deformierte M war typisch Marina. Und auch das dicke R war typisch Marina, von dem schrägen A ganz zu schweigen.«

»Die Welt muss Kopf stehen, wenn ausgerechnet jemand, der nicht unbedingt mit körperlichen Reizen gesegnet wurde, sich mit einem *Satür* in den Vordergrund spielt.«

Man mochte sagen, was man wollte. Marina sonnte sich in der Aufmerksamkeit und ging mit den Neuigkeiten, zu denen sie sich regelmäßig Zugang verschaffte, sparsam um. Während die Auskünfte aus ihrem Mund tröpfelten, probierten die Mädchen, die an Ariadnas Schicksal teilhaben wollten, so viele Infos wie möglich aus ihr herauszuquetschen. Doch bald glaubten einige, ihr anzusehen, dass sie die Sätze – Wörter, Silben, Buchstaben, Atempausen – künstlich in die Länge zog. »Eine Eintagsfliege«, prognostizierte Cecilia Mansilla und mutmaßte, die Schülerin, die Entbehrungen gewohnt war und kein Schulgeld zu entrichten brauchte, habe über Nacht beschlossen – koste es, was es wolle –, den ruhmreichen Augenblick zu genießen, während sie zugleich krampfhaft versuchte, an den Gesichtern ihrer Zuhörerinnen abzulesen, wie lang das noch gutgehen könne.

Wiewohl Marina Santiago am Montag freudig überrascht die vielen, spontan geschriebenen Briefe, die Ariadnas Leid lindern sollten, entgegengenommen hatte, tastete sie bereits am Dienstag jeden Umschlag dreimal ab, um sicherzugehen, dass er sich nicht im nächsten Moment in Luft auflösen würde.

»Sie hat Angst«, psychologisierte Teresa wie ihre Mutter Clara, wenn sie von ihrer Analyse zurückkam. »Sie hat Angst davor«, fuhr Teresa fort, »dass Ariadna, von unserer Schönschrift und dem überbordenden Scharfsinn unserer Zeilen überwältigt, auch uns eine Einladung zu sich nach Hause ausspricht.«

»Das kann gut sein«, pflichtete Cecilia bei, aber dann befielen sie Zweifel: »Ob sie unsere Freundschaftsbriefe überhaupt liest? Ich kann mir nicht erklären, warum sie nicht darauf reagiert ...«

»Es besteht die Möglichkeit, dass Marina sie nicht aushändigt, obwohl sie es versprochen hat.«

»Aber, Teresa, das wäre doch eine Sünde!«

»Es besteht die Möglichkeit, dass Ariadna unsere Zeilen erhält, aber ihre Antwort uns nie erreicht.«

»Glaubst du?«

»Ich versuche bloß, mir ein realistisches Bild zu machen. Marina wartet umsonst auf ein Lebenszeichen aus Salta, das hat sie mir gestanden. Vielleicht rächt sie sich dafür an uns. Heute Morgen hat sie sich pikiert gezeigt, weil du und ich im Gegensatz zu den anderen eifrigen Schreiberinnen auf die Idee gekommen sind, unsere Couverts zu versiegeln. Auch wenn wir beide uns gegenseitig unsere Sätze vorgelesen haben, hat jede ein Recht auf das Postgeheimnis.«

»Und angenommen, Marina würde dagegen verstoßen, beginge sie dadurch eine weitere Sünde.«

»Fakt ist: Obwohl der *Satür* außer Ariadna niemandem über den Weg gelaufen ist, macht Marina sich diese fremde Erfahrung zu eigen.«

»So, als würde sie klauen.«

»Sagen wir lieber: so, als würde sie etwas für sich behalten, das ihr gar nicht gehört, anstatt es mit uns zu teilen. Urplötzlich will sie uns weismachen, dass sie Ariadna heiß und innig liebt, obwohl sie nebeneinandersitzen, weil Sœur Rosario es Anfang des Jahres angeordnet hat.«

»Stimmt. Und was mir nicht aus dem Kopf will, Teresa: Auch wenn sie so wenig rausrückt, erweckt Marina den Eindruck, als hätte sie in kurzer Frist eine Menge über diesen rätselhaften *Satür* in Erfahrung gebracht!«

»Glaube ich nicht.«

»Wieso nicht?«

»Entsinn dich: Es war nicht Marina, die als Erste über den *Satür* gesprochen hat, sondern Sœur Trinidad. Marina hat die Vokabel von ihr.«

»Unter uns, Teresa, mir ist immer noch nicht ganz klar, was ein *Satür* ist.«

»Du hast gehört, was Sœur Trinidad darüber gesagt hat: ein Lustmolch, und dass es heikel ist. Auch ich weiß nicht, was ein Molch ist, aber wenn man sich die Wortzusammensetzung anschaut, wird sofort deutlich, dass es nichts Gutes sein kann.«

»Wohl wahr, aber ich würde trotzdem gern wissen, was genau Ariadna zu Gesicht bekommen hat, abgesehen von dem Regenmantel, den der *Satür* getragen haben soll und der ihm angeblich bis zu den Fersen gereicht hat.«

»Deshalb müssen wir an Marina dranbleiben, zumindest solange Ariadna sich nicht zeigt oder uns nicht zu sich lässt.«

»Wir nehmen uns ein Beispiel an der heiligen Monika von Tagaste.«

»Derjenigen, die für die Seelenrettung der Kinder zuständig ist?«

»Dieselbe. Sie war groß darin, sich in Geduld zu üben. Tagaste liegt in Afrika. Wusstest du das?«

»Ist mir neu. Ich war noch nie in Tagaste.«

»Ich auch noch nie, aber ich kenne mich in Afrika ziemlich gut aus. Ich bereite von langer Hand eine Reise vor.«

»Wirklich?«

»Ja. Wieso?«

»Nur so. Ganz schön mutig … Vom Temperament her wärest wahrscheinlich du besser mit dem *Satür* klargekommen als die vom Leben verhätschelte Ariadna. Für jemanden, der derart behütet aufgewachsen ist wie sie, muss der Schock riesig gewesen sein …«

»Ich denke vor allem: Wie soll einer wie Ariadna das Weglaufen glücken, wenn sie schon beim Sprinten im Sportunterricht stets die Letzte ist? Wenn die Schöne eins nicht hat, dann Kondition. Wahrscheinlich konnte sie in Anbetracht des Biests nichts tun außer schockstarr stehen zu bleiben.«

»Da sein: für eine Viamonte Rey auf einmal so was von verhängnisvoll!«

22

»Dieses Cover verspricht Dinge, die im Buch nicht eingelöst werden! Hier steht ganz groß *Illustré*, auf dem Buchrücken wieder: *Illustré*, aber zu dem Eintrag, der uns interessiert, gibt es in *Le Petit Larousse* keine einzige Abbildung!«

»Bocksbart, Pferdeohren ... Bei solchen Alleinstellungsmerkmalen können wir uns selber ein Bild von der Bestie machen.«

»Hast recht. Übrigens, vorhin auf dem Flur habe ich Sœur María abgepasst. Genau genommen habe ich sie gerettet, denn Marina Santiago war dabei, sie in ein Zwiegespräch zu verwickeln. Ich habe diskret dazwischengerufen, ich wolle gar nicht unterbrechen, und habe die Schwester dezidiert beiseitegeschoben, um von ihr zu hören, mit wem genau wir es zu tun haben. Mit einem Exhibitionisten, hat sie geantwortet, und ohne meine Nachfrage abzuwarten, ergänzt: mit jemandem, der sich allzu gern zeigt. So gesehen, Teresa, sind das gute Nachrichen.«

»Dafür versteckt sich der Molch ziemlich gut.«

»Wie wir jetzt wissen, versteckt er sich gar nicht. *Wir* bleiben ihm verborgen.«

»Wenn das so weitergeht, muss ich mein nachbarschaftliches Projekt auf Eis legen. Wegen meiner Eltern.«

»Was sagen sie denn dazu?«

»Sie plappern die Bedenken der Mère Supérieure nach und kultivieren zudem ihre eigenen Phantasmen. Sie wollen nicht begreifen, dass ich dringend raus müsste, gerade in Zeiten, in denen Ballester einem Ungeheuer ausgeliefert ist und der Protektion der Wandermadonna umso mehr bedarf.«

»Papageien lassen nicht mit sich reden, was?«

»Papageien sind die geborenen Simulanten. Meins ist das Wiederholen nicht, eher das Widersprechen, aber auch so scheint mir, dass unsere Bewegungsfreiheit stark eingeschränkt bleiben wird, jedenfalls, solange der Satyr auf freiem Fuß ist.«

»So viel steht fest: Die Polizei ist derweil auf der Hut und könnte ihn jede Minute überführen. Bei euch zu Hause wird sich der Schurke nicht blicken lassen, genauso wenig wie er es bei den Viamonte Reys getan hat, als das Château unter dem Schutz und Schirm deiner Statuette gestanden hat. In die Schule wird er sich ebenfalls schon der Kapelle wegen nicht trauen.«

»Richtig. Die Aura des Heiligen hält ihn auf Abstand wie der Knoblauch oder das Weihwasser den Vampir.«

»Ich sag mal so: Auch wenn das SANTA ANA in Aufruhr ist, sollten wir uns die positiven Aspekte des finsteren Eingreifens vergegenwärtigen. Seitdem der Satyr in Ballester umgeht, ist es mit der Zweiklassengesellschaft in der Schule aus und vorbei. Endlich sind wir alle gleich – oder fast gleich. Die wechselseitigen Ressentiments, die Generationen von Internen und Externen gegeneinander gehegt haben, gehören nun wirklich der Vergangenheit an. Du und ich sind das lebende Beispiel der neuen Fraternité. Jetzt gibt es praktisch nur noch ein Los: das Schicksal der Internen.«

»Mir wäre eine Ausweitung unserer Privilegien tausendmal lieber, Cecilia.«

»On verra. Ich fürchte aber, wie am Vorabend der Französischen Revolution ist man auf dem besten Wege, die Privilegien abzuschaffen, Teresa.«

23

Teresa Gianelli und Cecilia Mansilla hatten sich gefunden. Sie kreuzten nur noch als Paar auf und erweckten den Eindruck, unzertrennlich zu sein. Dies war eine der einschneidenden Veränderungen, die sich aus dem unglücklichen Vorfall ergaben, der mit Ariadnas Ausbruch seinen Anfang genommen hatte – einer Abwesenheit, die so geplant gewesen war, dass sie niemandem hätte auffallen sollen. Doch durch eine Verkettung seltsamer Zufälle hatte Ariadnas waghalsiger Impuls weitreichende Auswirkungen auf die bunte Clique heranreifender Mädchen, die sich gerade auf dem Schulhof des SANTA ANA gegenseitig versicherten, Marina Santiago einen Gefallen zu tun, wenn sie sich breitschlagen ließen, ein allerletztes Mal in ihrem Leben *Elektrisches Bonbon* zu spielen.

Diese bei einer jüngeren Klientel beliebte Pausenbeschäftigung erlaubte den Spielerinnen, innerhalb eines kontrollierten Rahmens eine kathartische Erfahrung zu machen; das Divertissement gab den Teilnehmerinnen die Möglichkeit, sich abzureagieren und am Schluss hysterisch herumzukreischen, ohne dafür von den Nonnen belangt zu werden. Die verpickelte Carina Malatesta war ebenfalls mit von der Partie. Ihr hatte Teresa die Busenfreundin abspenstig gemacht, obwohl Carina neuerdings ohnehin am liebsten mit Silvia Lozano und Julieta Ramiro abhing, von denen sie sich viel, viel, viel besser, wie sie sagte, verstanden fühlte. Bis vor kurzem hatte das Trio mit der für ihre Trickserei vom Leben hart bestraften Ariadna ein Zimmer geteilt, um jetzt, wo mehr Platz zur Verfügung stand, enger zusammenzurücken, besonders ab Mitternacht, wenn das Mondlicht durch die vier Scheiben des Fensters schien und ein überlebensgroßes Kreuz auf den Boden warf, genau vor Ariadnas leeren Schlafplatz. Ein Pechvogel in der Liebe war das

Los auf Marina Santiago gefallen. Sie musste aus der Runde treten, damit die Kontrahentinnen aus dem Riesenberg Süßigkeiten in ihrer Mitte eines davon als das elektrische Bonbon bestimmen konnten. In diesem Kontext vom elektrischen Bonbon zu sprechen, war bekannterweise eine Façon de parler. Laut Spielregeln durfte alles zur Auswahl stehen, was der Magen (»eine Art zweites Gehirn«, versicherte Cecilia Mansilla) begehrte: Pralinen, Lollis, Kekse, Schokoriegel, Kau- und Fruchtgummis ... Trotz bestechender Warenvielfalt bestand diesmal schnell Einigkeit: Die Miss World unter den argentinischen Süßigkeiten war der dreistöckige *Alfajor Guaymallén.*

»Die Krönung«, jubelte Julieta Ramiro.

»Absolut. Doppelt so viel *Dulce de leche*«, attestierte Silvia Lozano und verdrehte die Augen wie ein haitianischer Zombie; die Iris kippte nach hinten, so dass man für eine grässliche Sekunde bloß das Weiße sah. »Ekstase pur«, behauptete sie.

»Reine Ansichtssache«, wand Teresa angewidert ein. »Auch wenn Marina, wie wir wissen, nicht gerade ein Blitzmerker ist, machen wir es ihr damit womöglich babyleicht. Ich will kein Spielverderber sein, aber so, wie ich sie einschätze, wird sie sich das Beste nicht gleich herauspicken, sondern auf ihre äußerst bescheidene Marina-Art erst den einen, eher schlichten Leckerbissen einstecken, dann den nächsten, bis sie schließlich alles – nur nicht das elektrische Bonbon – wird eingesammelt haben und wir mit leeren Händen dastehen. Mir ist bewusst, mehrheitlich beschlossen ist beschlossen, ich sag's nur, damit ihr euch später nicht wundert, falls das meiste weg ist.«

Marina Santiago wurde zurückgerufen. Die Ahnungslose betrat wieder den Kreis, und die Dinge nahmen ihren Lauf.

Dem *Usus* nach durfte diejenige, die am Zug war, so lang Süßigkeiten für sich beiseitelegen, bis sie das elektrische Bonbon erwischte. Das Auswählen wurde durch einen lautmalerischen Klang begleitet, der – weil er das Übertragen von Elektrizität simulierte – vor der Gefahr beim Berühren des elektrischen Bonbons warnte.

Doch damit nicht genug. Im SANTA ANA waren den Mädchen die Hände nicht gebunden. Die Hände waren erhoben. Sie wurden die ganze Zeit geschüttelt und gerüttelt, so dass sie einem aufgeschreckten Taubenschwarm ähnelten, der eine Stromleitung umkreiste. Von Sœur Asunción hatte man erfahren, kleine Vögel könnten auf Hochspannungsleitungen sitzen, ohne gegrillt zu werden. Bei Greifvögeln sehe die Sache anders aus. Aufgrund seiner Flügelspannweite könne es passieren, dass ein Raubvogel, sobald er seine Schwingen ausbreite, zwei Drähte gleichzeitig berühre und kurzschließe, wodurch zigtausend Volt durch seinen Körper jagen. Auf dieses Marina nun drohende Unheil machten die Teilnehmerinnen auf akustisch-darstellende Weise aufmerksam. Jede Bewegung von Marinas pummeliger Greifhand wurde von kollektivem Sirren und nervösem Geflatter untermalt. Marina pfiff darauf. Sie zeigte sich von ihrer raffgierigen Seite und langte zu. Teresa – daran erinnerte Cecilia Mansilla – hatte Wahres gesprochen: Schritt für Schritt riss Marina sich etliches unter den Nagel, angefangen mit einem *Caramelo media hora*SSSSSSSSSSSSSSSSSSSSSSSSSSSSSSSSSSSSSSSSSSSSSSSSSSS SSSSSSSSSSS*Topolín*SSSSSSSSSSSSSSSSSSSSSSSSSSSSSSSSSSSSSS SSSSSSSSSSSSSSSSSSSSSSS*Chicle Bazooka*SSSSSSSSSSSSSSSSSSSS SSSSSSSSSSSSSSSSSSSSSSSSSSSSSSSSSSSSSSSSSSSSSSSSSSSSSSSS SSSSSSSSSSSSSS*Caramelos Georgalos*SSSSSSSSSSSSSSSSSSSSSSSS SSSSSSSSSSSSSSSSSSSSSSSSSSSSSSSSSSS*Galletitas Manón*SSSSSS *Chiclets Adams*SSSSSSSSSSSSSSSSSSSSSSSSSSSSS*Chocolatín Jack* SSSSSSSSSSSSSSSSSSSSSSSSSSSSSSSSSSSSSSSSSSSSSSSSSSSSSSSS SSSSS*Caramelos Arcor*SSSSSSSSSSSSSSSSSSS*Cabsha*SSSSSSSSSSSS SSSSSSSSSSSSSSSSSS*Pastillas de menta Trineo*SSSSSSSSSSSSSSSSS SSSSSSSSSSSSSSSSSSSSSSSSSSSSSSS*Caramelos Suchard*SSSSSSSSS *Chocolandia*SSSSSSSSSSSSSSSSSSSSSSSSSSS*Corazoncitos Dorin's* SSSSSSSSSSSSSSSSSSSSSSSSS*Gomitas Billiken*SSSSSSSSSSSSSSSSS SSSSSSSSSSSSSSSSSSSSSSSSSSSSSSSSSSSSSSSSSSSSSSSSSSSSSSS SSSSSSSSSSSSSSS*Mantecol*SSSSSSSSSSSSSSSSSSSSSSSSSSSSSSSSS SSSSSS*Pastillas de mentol D. R. F.*SSSSSSSSSSSSSSSSSSSSSSSSSSS *Chocolate blanco mu-mu*SSSSSSSSSSDu hast es vorausgesagtSSSSSS

SSSSSSSSSSSSSSí, Cecilia, ich weissSSSSSSSSSSSSSSSSSSSSSSSS
SSSSSSSSSSSSSSS*Bananita dolca*SSSSSSSSSSSSSSSSSSSSSSSSSS
SSSSSSSSSSSSSSSSSSSSSSSSSSSSSSSS*Milkybar*SSSSSSSSSSSSSS
SSSSSSSSSSSSSSSSSSSSSSSSSSSSSSSSSSSSSSSSSSSSSSSS

Die Nerven lagen blank. Das elektromagnetische Feld hatte eine Spannung erreicht, die in Volt schwer messbar war. Vom elektrischen Bonbon abgesehen blieben nur noch die *Sugus confitados* und die *Chocolate de taza Águila* übrig. Als die unersättliche Marina Santiago den dreistöckigen *Alfajor Guaymallén* in ihren Besitz bringen wollte, überschlugen sich die Ereignisse. Die Spielerinnen, die über das erträgliche Maß hinaus ein elektrisierendes S angestimmt hatten, durften endlich schreien, und zwar aus voller Lunge: »STROOOOOOOOM!!!« Nichts hielt sie mehr zurück. Sie brüllten sich heiser. Marina Santiago gefror das Blut in den Adern. Ihre linke Hand war an eine Tüte voller Süßigkeiten geklammert, ihre rechte, erstarrt über dem *Alfajor Guaymallén*, erinnerte an einen ausgestopften Vogel.

»Mich trifft der Schlag.« Dieser Zwischenruf stammte nicht von Marina, wie man an dieser Stelle vermuten könnte. Teresa, weit davon entfernt, den Blitzableiter zu geben, kommentierte eine Begebenheit, die von sämtlichen Mädchen registriert worden war und sich zeitgleich zu der Spielszene ereignete. Ausgerechnet, als Marina Santiago sich die Kalorienbombe schnappen wollte, war ein Streifenwagen mit quietschenden Reifen vorgefahren und auf dem Trottoir vor dem Eingangstor des INSTITUTO SANTA ANA zum Stehen gekommen.

Die Elektrisierten beobachteten, wie aus besagtem Fahrzeug zwei Uniformierte ausstiegen. Den wie am Spieß Schreienden wurde in dem Moment klar, dass der Wagen mit chromblinkenden Stoßstangen, Rückspiegeln und Radkappen dort nicht eingefahren war, um an der doppelflügeligen Pforte ihrer Schule zu wenden, sondern um daselbst zu parken, als stellte nicht gerade die Polizei wegen Feuer, Rauch oder vergleichbaren Gefahren das Versperren eines jeden Schulausgangs unter Strafe. Die Vorschriften, an die man sich in

Ballester bisher gehalten hatte, waren offensichtlich außer Kraft gesetzt, weswegen die Mädchen umso begründeter schrien.

Der erste Gedanke, der ihnen durch den Kopf schoss, betraf logischerweise den frei umherlaufenden Satyr. Der zweite Gedanke betraf Marina. Waren die Bullen da, um ihre Mitschülerin zur Rede zu stellen? Marina könnte in Sachen Satyr über Kenntnisse verfügen, die eine beschämte oder gar eingeschüchterte Ariadna gescheut hatte, zu Protokoll zu geben. Die Polizei könnte zwei Fliegen mit einer Klappe schlagen und Marina Santiago mit aufs Revier nehmen, um sie in einer weiteren heiklen Angelegenheit eingehend zu befragen. Sie stand bei ihnen nämlich seit Pausenbeginn unter Diebstahlverdacht. So gut wie auf frischer Tat ertappt, könnte nun verhindert werden, dass sie mit ihrer Riesenbeute abhaute. Möglich, dass die Beamten die Ausfahrt mit Absicht versperrten. Spätestens jetzt kamen die Viamonte Reys ins Spiel. Sie müssten bemerkt haben, dass die Banknachbarin ihrer Tochter ihr Vertrauen missbraucht hatte, um sich unberechtigterweise Zugang zu ihrer überfüllten und gutsortierten Speisekammer zu verschaffen. Die scheinheilige Marina musste die geknickte, Trübsal blasende Ariadna in ihrem eigenen Haus beklaut haben, um sich mit der heißen Ware die Freundschaft der anderen zu erkaufen. Sämtliche Süßigkeiten, die beim *Elektrischen Bonbon* auf dem Spiel gestanden hatten, waren von Marina mitgebracht worden. Auf die unschuldige Frage hin, woher die Delikatessen stammten, hatte sie geantwortet, das dürfe sie niemandem sagen. Da die Spielfreude größer war als die Bedenken, hatte man sich mitreißen lassen und ein Auge zugedrückt. Man hatte eine Ausnahme gemacht, denn mit Blick auf Ariadna wollte man es sich mit Marina Santiago nicht ganz verscherzen – doch strenggenommen hätte jede Mitwirkende eine Süßigkeit beisteuern müssen, die sie zur Teilnahme berechtigte. Jede Einzelne stellte etwas für sie Kostbares der Allgemeinheit zur Verfügung: Mit diesem unschlagbaren Argument hatte damals die Mère Supérieure von dem tieferen Sinn hinter dem Pausenfüller überzeugt werden können. In Wahrheit leistete jede einen Verzicht, in der berechnenden Hoffnung, den Einsatz der

Konkurrentinnen abzuräumen. Marina Santiago hatte an diesem Nachmittag das Spiel zum ersten Mal gespielt. Debüt und Abschied, wie man so schön sagte. Ihr Betrug war aufgeflogen. Flatter, flatter. Die höchste Schulautorität ging mit betroffener Miene den Polizisten entgegen. Sie schüttelten Hände. Sie blieben auf halbem Weg zum Gebäude stehen und bewegten ihre Münder. Die beiden Männer waren gewieft. Ohne das Protokoll zu unterwandern, ließen sie den Blick unbeschwert über den Hof schweifen, als wüssten sie nicht, was sich dort gerade abspielte. Über die Entfernung hinweg gab die Mère Supérieure Sœur Concepción ein deutliches Zeichen. Sie kam über den Hof und hielt auf das Triumvirat zu. Die Mère Supérieure bewegte ihren Mund. Sœur Concepción war die Einzige, die unprofessionell wirkte. Sie stürmte in die Annenkapelle und kam gefühlte endlose Minuten später in Begleitung von Sœur María heraus. Sœur María grüßte die Ordnungsbeamten mit einem Kopfnicken. Die Polizisten bewegten ihre Münder. Sœur María war ganz Ohr. Die Mädchen schrien immer noch: »STROOOOOOOOM!« Die junge Schwester bewahrte ruhig Blut. Die Mädchen nicht. Weshalb sollte ausgerechnet Sœur María für Marina Santiago ihren Kopf hinhalten? Nur weil die Mère Supérieure es im Alleingang beschlossen hatte? Nur weil sie zufällig aus demselben Geisterdorf wie Marinas Oma stammte? Die Mère Supérieure, die Marina Santiago aus schleierhaften Motiven betüdelte, schob ihre beste Nonne vor. Anders als Judas Ischariot verzichtete die Verräterin auf den Kuss, legte aber ihre Hand auf die Schulter der Schwester – eine unzweideutige Geste, sagte sich Teresa, die zum Himmel schrie.

24

Die Bedienstete der Viamonte Reys hatte einen Verehrer, mit dem sie sich täglich eine knappe halbe Stunde unterhielt. In diesem ihren Obliegenheiten im Château abgerungenen, ihren Arbeitgebern unterschlagenem Zeitfenster, in dem sie übertrieben laut lachte und den Kopf ausgelassen in den Nacken warf, war sie kaum wiederzuerkennen. Der Freiheitsdrang verwandelte sie. Daran musste Marina jedes Mal denken, wenn Mabel sich nach ihr umsah und sie ihr quer über den Platz zuwinkte. Von diesem vereinbarten Aussichtsplatz durfte Marina sich nicht fortbewegen. Zu keinem Tadel Anlass bietend, saß sie grußbereit im Schatten des ältesten Baumes der PLAZA ROCA, neben ihr drei NAUTILUS-Tüten, eine davon angebrochen, daneben ein junger Mann in Schlaghosen und einem Hemd mit spitz zulaufendem Kragen, der während der Abwesenheit des Stubenmädchens seinerseits ein Auge auf Marina zu haben gelobte, die als Gegenleistung ihn zum Kleingebäck einladen durfte.

Im Hause der Viamonte Reys sprach niemand mit vollem Mund. Auf der PLAZA ROCA kaute auch Marina ihren Bissen und schluckte ihn hinunter, bevor sie ausgiebig von der bedrückten Stimmung im SANTA ANA erzählte, von ihrer Herzensfreundin Ariadna und einem angeblich hochgefährlichen Satyr auf Wanderschaft, von einer derangierten Mère Supérieure, von aufgekratzten Nonnen, aufgedrehten Schülerinnen und letztendlich auch von sich, die sie, seitdem sie Alemania verlassen musste, nie wieder so glücklich gewesen war. »Dann wurde es langsam Zeit«, entgegnete der Zeichner, dessen Backen sich wie die eines Hamsters füllten. Beim Hinunterschlingen verschluckte er sich. »Mich freut es zu hören, dass du Fortschritte beim Kopfrechnen machst. Die Schule der Straße wirft einen langen Schatten«, versicherte er. »Hier. Ich hab noch was für dich.« Er hielt

Marina ein Blatt hin, das er seinem Malblock entriss – darauf war ein Quadrat mit Zahlen und Blankokästchen. »Magische Zahl: 15. Du schaffst es«, sagte er und Marina: »Bedien dich ruhig.« *Tschilp. Tschilp. Tschilp.* Ihnen zu Füßen hatten sich einige lärmende Spatzen niedergelassen. Marina dachte nach. Ihre Hände lagen in ihrem Schoß, die Finger gespreizt. Als wollte sie einer unsichtbaren Klaviatur eine Tonleiter entlocken, drückte sie die Kuppen eine nach der anderen, bis sie plötzlich in der Bewegung innehalten musste, um zu winken. Die Spatzen flogen auf, und zwei Tauben rückten näher, um nach übrig gebliebenen Krümeln zu picken. »Er nennt sie *mein süßes Turteltäubchen*, manchmal auch *Naschkatze*«, verriet sie dem Zeichner und hatte den Verehrer des Dienstmädchens im Sinn, der im Kiosk gegenüber arbeitete und inzwischen Marinas vollständigen Namen auswendig kannte. Bei jeder Gelegenheit gab er Marina Eloísa Santiago etwas zum Probieren mit. »Nicht der Rede wert«, sagte der Süßigkeitenverkäufer verschwörerisch. »Behalt es für dich«, raunte das Dienstmädchen. »Kapiert?«, schickte sie hinterher. Doch die beschenkte Anstandsdame, die einmal mehr nicht wusste, wie ihr geschah, und sich deshalb umständlich bei beiden bedankte, hatte von Anfang an vorgehabt, zu teilen.

25

María orientierte sich an dem anschwellenden trommelnden Rhythmus der Kisten und Tonnen. Sie glaubte, bereits die Hände zu drücken, die sie spielten, die schwingenden Körper zu erkennen, die sich zur Musik wiegten, während sie in den Urwald aus prekären Häusern eindrang, bis das Dickicht, das sie verschluckt hatte, aussetzte, um den Blick halbwegs freizugeben. Von dort aus hatte sie es nicht mehr weit bis zur Kirche. María war mit dem Zug gekommen, denn die rote Vespa wollte nicht anspringen. *Tragt an euren Füßen als Schuhwerk die Bereitschaft für das Evangelium des Friedens*, rezitierte sie den Brief an die Epheser und folgte den ausgetretenen Pfaden. Auf Kniehöhe wucherten Ranken, Pflanzenstützen und Klettergitter, links und rechts wuchsen Kürbisse und Zucchiniblüten, fleischige Tomaten und reife Gurken, es gab Paprika, Bohnen und Erbsen in den Beeten und dazwischen Spuren von Schnecken und Blattläusen, die Gustavo und seine Einsatztruppe nicht müde wurden zu bekämpfen. Auch gegen Mäuse mussten sie regelmäßig zu Felde ziehen. Die Erde zeigte an einigen Stellen Risse, aber heute könnte es regnen. Der *Padre* hatte vorgesorgt. Um das flüssige Manna aufzufangen, waren Kanister, Töpfe und Plastikeimer dicht beieinander auf dem *Patio* der Pfarrei aufgestellt, auf dem sich vor einem Jahr das erste Mal – von ihm rekrutiert – die Freiwilligen versammelt hatten, um darüber zu beratschlagen, wie man den Schuttabladeplatz am besten nutzbar machen könnte.

»Sie meinen die Müllhalde, *Padre*?«

»Die Kippe, jawohl. Wir könnten unsere Kräfte bündeln, den ganzen Krempel entsorgen und den Unrat verbrennen. Wir pflanzen Setzlinge und verteilen die Ernte nach Bedarf.«

SFG – Solidarisches Fruchtgemüse – nannte sich das Kollektiv, das sonntags die vorderen Bänke der Kirche für sich beanspruchte. Jedes Mitglied hatte seinen grünen Daumen entdeckt und war mächtig stolz darauf. Das Jüngste hatte ein besonderes Händchen für das Ziehen von Okraschoten. Während der Messe und an lauen Sommerabenden begleitete es mit Gustavos Gitarre die Trommler, die jetzt auf dem Vorplatz spielten, um die Nachzügler von José León Suárez daran zu erinnern, dass abermals Gottesdienst war. Der Gitarrist stand mit dem Erlernen des Akkordwechsels am Anfang, doch das tat seinem Enthusiasmus keinen Abbruch, denn auf seinem Instrument ließ sich Musik auch durch Klopfen, Schlagen und Tippen erzeugen. Ansonsten war er beim Singen der *Kreolischen Messe* von Ariel Ramírez, die sie zu Weihnachten aufzuführen gedachten, ohnehin einer der besten. María hatte dafür den Text und die Noten besorgt. An diesem Sonntag hatte sie ein kleines Tamburin und eine gehäkelte Decke dabei, die sie beim Hereinkommen einem zwölfjährigen Kind am äußeren Rand des Mittelgangs um die Schultern legte. Dem Mädchen fehlten zwei Zähne. Die Beschenkte, die einem Säugling die Brust gab, lächelte sie großzügig an. María vernahm ein Bellen und ging zur Seite. Man musste den Tieren Platz machen. Die Hunde in José León Suárez waren Könige und Bettler. Sie gehörten allen und niemandem. Sobald sie sich in die Kirche trauten, bekamen sie von Gustavo einen originellen Namen verpasst. Pawlow, der Fressbares witterte, auch wenn nichts da war, und seine neue Eroberung, eine läufige Hündin, die bisher noch nicht aufgekreuzt war, tollten durch die Reihen, während Stativ, der als Welpe angefahren worden war und ein Bein verloren hatte, ausgestreckt auf dem Altarteppich lag und gähnte. Die Kirche war bis auf wenige Plätze besetzt, die meisten Besucher unterhielten sich über die Bänke hinweg, das *SFG* hatte Matetee mitgebracht, der Älteste goss ein und reichte María die volle Kalebasse. Wie es sich gehörte, nuckelte sie so lang an der *Bombilla*, bis sie schlürfte. Gustavo musste jeden Moment kommen. »Da ist er«, verkündete Marías Nachbarin, »der *Padrecito, hermana.*« Ihm folgte das *Kawumm*, aus dem sich Evita löste, als sie María entdeckte, an die sie sich klammerte wie ein

Affenbaby. Auf seinem Weg blieb Gustavo immer wieder stehen, um die Menschen zu begrüßen. Er verwickelte sie in Gespräche, erkundigte sich nach den Abwesenden, wünschte gute Besserung, versprach vorbeizuschauen, schüttelte Hände, klopfte Wangen, klopfte Schultern, *kawumm, kawumm* auch im Kleinen, denn Evita hatte inzwischen ihr Tamburin bekommen.

Plötzlich wurde es ruhiger. Gustavo hatte die beiden Altarstufen auf einmal genommen, sich die Soutane geschnappt, die über einem Stuhl gehangen hatte, und sie in Anwesenheit aller über Leinenhemd und Arbeiterhose gestreift. Anschließend fuhr er sich mit der Hand durch die zerzausten Haare. Sie waren derart nachgewachsen, dass er sie hinter die Ohren klemmen musste. »Ich freue mich, dass wir zusammengekommen sind. Es segne uns der liebende Gott, der Vater, der Sohn und der Heilige Geist.« »Amen«, sagte die Gemeinde und Gustavo daraufhin: »Viel zu lang war die Mutter Kirche trotz besetzter Reihen wie die leere Hülse einer Ackerbohne. Sie war uns, ihren Kindern, keine spirituelle Nahrung. Viel zu lang hat sie auf den Gekreuzigten geschaut und dabei den Lebendigen aus den Augen verloren, Jesus von Nazareth, unseren auferstandenen Bruder, den Sohn des Zimmermanns, den Verteidiger der Ehebrecherin, der die Nähe der Bauern sucht, der Schäfer, der Fischer und Maria Magdalenas, den Erlöser, der in Bildern zu uns spricht und das himmlische Königreich mit einem Senfkorn vergleicht, damit wir verstehen, dass das Allergrößte im Allerkleinsten verborgen liegt. Lasst uns im Geiste dieses Mysteriums die heutige heilige Messe feiern.«

Speziell die Kinder waren in Feierlaune. Sie waren kaum zu bändigen. Nachdem sie die Vierbeiner durch das ganze Gotteshaus gejagt hatten, defilierten sie mit ihnen in einer bunten Prozession entlang der Seitenaltäre, denen sie wie die Erwachsenen ihre Aufwartung machten – umfunktionierten, von weißen Tischläufern bedeckten Strohstühlen, die einzelne Gemeindemitglieder an die Wand gerückt hatten, um darauf persönliche Andachtsgegenstände zu platzieren, die sie bei *Padre* Gustavo besser aufgehoben glaubten. Wie ihre Eltern bekreuzigten sich die Kinder, wenn sie um Fürsprache baten, am liebsten vor dem Bild von Ceferino Namuncurá, dem frommen Mapuche-Jungen, der durch die Gnade des Allmächtigen einst vor dem Ertrinken im Fluss bewahrt worden war. Sie küssten die Fotografie von Pancho Sierra, dem Wasserdoktor, der zu Lebzeiten mit dem *Agua* eines Ziehbrunnens geheilt hatte, und zogen mit den Kötern weiter, um dem Cura Brochero, dem Gaucho-Priester, und seiner Eselin Malacara einen Kerzenstummel anzuzünden. Der getöpferten Difunta Correa brachte einer der Bengel Wasser mit, die traditionelle Opfergabe, mit der die umsorgende Mutter bedacht wurde, die auf der Suche nach ihrem Mann in der Wüste verdurstet war und nichtsdestotrotz ihren Neugeborenen ernährt hatte, so dass die Maultreiber, die die Tote auffanden, ihr das saugende Baby von der Brust abnehmen mussten. Wenn zu viele Wasserflaschen den improvisierten Altar der Correa zuzustellen drohten, blieb Gustavo nichts anderes übrig, als den Schutz der Nacht abzuwarten, um die eine oder andere zu entfernen. Einmal hatte jemand aus Versehen etwas Flüssigkeit verschüttet, und der *Padre*, der die Pfütze hatte trocknen wollen, war schief angeschaut worden, weil er, gleichwohl auf Knien, mit einem verdächtigen Bodentuch in der Hand erwischt worden war.

Gustavos Kirche, die mit einem leeren Kreuz und einer bescheidenen Marienstatue geschmückt ihre Türen geöffnet hatte, nahm inzwischen auf ihren spontanen Opfertischen neben Fürbittzetteln und erfindungsreichen Gaben etliche Devotionalien auf, die den wundergläubigen Bewohnern von José León Suárez am Herzen lagen. Ohne viel Aufhebens versammelten sich hinter Gustavos weißgetünchten Lehmziegeln die wichtigsten Vertreter argentinischer Volksfrömmigkeit. Doch während Ceferino Namuncurá strenggenommen zu Río Negro, Pancho Sierra zu der Provinz Buenos Aires, José Gabriel Brochero zu Córdoba und Deolinda Correa zu San Juan gehörte, gab es unter den Volksheiligen eine Anbetungsfigur, die von allen angerufen wurde und deren Wirken nicht bereits im vergangenen Jahrhundert eingesetzt hatte. Sogar für eine Zeitgenossin gab es in der Kirche von Gustavo einen heiligen Stuhl. Auf dem am prächtigsten Geschmückten thronte *Santa* Evita, ein koloriertes Bild von Eva Duarte de Perón, welches die Zeitungsgewerkschaft nach ihrem Tod Anfang der fünfziger Jahre in Umlauf gebracht hatte und das ihr wahres Gesicht offenbarte. Die Darstellung zeigte eine Frau aus ihren Reihen, im Halbprofil mit einem weißen, um den Kopf geschlungenen Tuch und einem Heiligenschein, eine Sakrosankta, die als uneheliches Kind in tiefster Armut geboren worden war, eine Ikone, die sie selbst noch gekannt hatten, der es gelungen war, sich emporzuarbeiten, und die, an der Spitze angekommen, nie vergessen hatte, woher sie stammte, eine Vermittlerin zwischen oben und unten, ein Medium zwischen dem großen Perón und seinem Volk, dem Gustavos winzige Kirche gehörte. Gustavos Kirche war eine Kirche der Akzeptanz. Eine der Improvisation, die aus der Fülle des Lebens schöpfte. Eine Kirche im Werden, und damit meinte Gustavo auch eine Kirche der Zukunft. Eine Kirche, die blüht und gedeiht. Eine Kirche des Blühen-und-Gedeihen-Lassens. Eine offene Kirche mit einer klaren Linie: einer in der Erde gut verwurzelten Zwiebel, einer Prachtblume an einem robusten Stängel und links und rechts Seitensprossen als Ausdruck von Reichtum und Artenvielfalt. So ungefähr hatte er es María dargelegt.

Mit dem gleichen Taktgefühl ging er in der Predigt auf die politische Lage ein, um durch die Hintertür auf den Sauerteig des Evangeliums hinzuweisen, auf das Brot und den Wein, auf den Christus in jedem von uns, der nicht siebenmal, sondern siebzigmal siebenmal verzeihe und der, nachdem man ihm auf die linke Wange geschlagen habe, die andere hinhalte, um dadurch deutlich zu machen, dass es höchste Zeit sei, die Waffen niederzulegen und zu den Pflügen zu greifen. *Como dice la Biblia, hay que dejar las armas para empuñar los arados.*

Wie oft hatten Gustavo und María diesen Satz durchgekaut, mit dem der *Padre* den bekannten, mittlerweile umgestimmten Sprecher der Drittweltpriesterbewegung Carlos Mugica zitierte, der sich in der Vergangenheit auf die *Populorum progressio* von Papst Paul VI. bezogen hatte, um den bewaffneten Widerstand zu rechtfertigen:

gegen die Machthaber und die Ausbeutung des Volkes einerseits, für eine nationale und soziale Erneuerung Argentiniens andererseits. Wenn die Enzyklika sich angesichts der Kluft zwischen Industrie- und Entwicklungsländern auch zu der Versuchung bekannte, Unrecht mit Gewalt zu bekämpfen, nahm sie unmissverständlich Stellung gegen eine gewaltbereite Revolution – mit einer Ausnahme allerdings: einer eindeutigen und lang andauernden Gewaltherrschaft, welche die Grundrechte der Menschen schwer verletze und dem Gemeinwohl des Landes ernsten Schaden zufüge. Carlos Mugica sah in den Jahren von 1955, als Perón durch einen Putsch des Militärs abgesetzt worden war, bis zu seiner Rückkehr im Jahre 1973, einen solchen Sonderfall gegeben. In der Fernsehsendung *El pueblo quiere saber*, in der Vertreter des Volkes im Kreis saßen, um dem geladenen Gast Löcher in den Bauch zu fragen, hatte sich der Priester tapfer geschlagen. Er hatte betont, man dürfe mit Idealisten und Visionären, die für eine radikale Veränderung eintreten, nicht scharf ins Gericht gehen, in einer Ära, in der die Geschicke des Landes entweder von Militärjuntas bestimmt wurden, die die Anhänger des *Peronismo* drakonisch verfolgten, oder von Zivilregierungen, die sich demokratisch nannten, obwohl sie nur an die Macht gelangt seien, weil der Peronismus verboten war.

Doch die Wellen der revolutionären Aufstände schlugen nach wie vor hoch, und die einst entfesselte, anhaltende Gewalt musste entschieden verurteilt werden. Die Bewegung der Priester für die Befreiung der Dritten Welt musste klar Position beziehen. An zwei Belangen schieden sich die Geister. Anders als Carlos Mugica konnte sich Gustavo eine Befreiung aus Kapitalismus und Imperialismus auch losgelöst von der starken Persönlichkeit des zurückgekehrten, nun zum dritten Mal amtierenden Perón vorstellen. Und im Unterschied zu Mugica sprach sich Gustavo unter Bezugnahme auf das vom Zweiten Vatikanum angepriesene *aggiornamento* für eine Erneuerung des Priesteramtes aus, die eine Auflösung des Zölibats durch eine Einwilligung in das priesterliche Ehesakrament anvisierte.

María musste unter vier Augen mit ihrem Vertrauten reden. »Es ist wichtig«, verriet sie, und nachdem Evita bei den Kaninchen abgesetzt war: »Zwei Polizisten waren in der Schule.«

»Wie bitte?«

»Du hast es gehört.«

»Kennst du sie? Waren es die üblichen Verdächtigen?«

»Nein. Nie gesehen. Üble Gestalten.«

»Geht es um Evita?«

»Sie haben Ana gesucht.«

»Und du? Was hast du gesagt?«

»Dass ich nicht Ana bin und dass ich nicht den blassesten Schimmer habe, wo sie steckt.«

»Und dann?«

»Ich habe gefragt, was sie von Ana wollen, weshalb sie sich nach ihr erkundigen.«

»Und?«

»Ich dürfe raten, haben sie gesagt. Ich solle mir aber gleich aus dem Kopf schlagen, sie hätte bei einer Faschingsveranstaltung Konfetti geworfen.«

»Warst du bei deinem Vater?«

»Erst nach ihnen. Meine Tanten waren außer sich vor Kummer.«

»María, wir müssen mehr denn je die Augen offen halten. *Niemand kann zwei Herren dienen*, heißt es bei Matthäus, nur hier weiß keiner mehr, wer wer ist. Mit dem Wahlsieg im letzten September hat Argentinien seinen geliebten Anführer zurückgewonnen, doch Perón selbst kommt mir vor wie eine Kerze, die an zwei Enden brennt.«

»Carlos Mugica hat umgelenkt, aber seine *Montoneros* glauben weiterhin fest daran, als bewaffneter linker Arm des *Peronismo* die Avantgarde zu sein. Die Vorreiter der Revolution proklamieren, wer nicht wie sie alles aufs Spiel setze, sei ein lebender Toter. Es ist tragisch, Gustavo, denn es läuft im Grunde auf das Gleiche hinaus. Was auch immer die *Montoneros* sagen: Niemand, der in Angst lebt, ist wirklich lebendig.«

26

In der Kindheit hatte María immer gewusst, wo sich ihre eineiige Zwillingsschwester aufgehalten hatte: in ihrer unmittelbaren Nähe. Wenn sie Versteck spielten, suchten sich beide einen sicheren Ersatzmutterleib aus, in den sie gemeinsam schlüpfen konnten. Um die eigene Aufregung zu vertreiben, atmete María den Duft ein, den die frisch gewaschenen Haare ihrer Schwester verströmten, sie lauschte ihrem Herzschlag, der sich mit dem Zählen desjenigen deckte, der mit geschlossenen Augen gegen einen Baum lehnte: »... 24, 25, 26, ich komme!« Gezählte sechsundzwanzigmal hatte Anas Apfelherz derart laut gepocht, dass María damit rechnen musste, ihr geheimes Lager könnte jede Sekunde auffliegen. Nichts da. Ana kannte die ausgefallensten Schlupfwinkel und wählte unterschiedliche Taktiken. Sie streckte die Fühler aus, und wenn keine Gefahr weit und breit drohte, schickte sie María zum unbewachten Mal vor, damit sie sich als Erste freischlug. María musste oft daran denken, dass Ana es bei ihrer Geburt genauso gemacht hatte, dass ihre jüngere Schwester sie sanft geschubst hatte, ein zärtliches Anstoßen wie ein Flüstern, »Komm, trau dich«, während Ana noch eine ganze Weile im Refugium geblieben war. Marías Doppelgängerin spielte nur unter der Bedingung mit, dass eine Alternativregel in Kraft träte, die es zuließ, den Fortgang neu zu verhandeln, indem dem letzten Unentdeckten die Möglichkeit eingeräumt wurde, jegliche Gefangene zu befreien. »1, 2, 3 für mich und sämtliche Kameraden«, rief Ana aus, während sie triumphierend an das Mal anschlug. Schon als kleines Mädchen vertrat sie hohe Ideale und zog eine klare Linie zwischen Dingen, die erlaubt und verboten waren. Bei aller Liebe zum Verstecken unterbrach sie den Ablauf unverzüglich, sobald sie den Eindruck gewann, dass jemand schummelte, der Suchende zum

Beispiel, der sich nicht weit genug vom Mal entfernte. »Totenwache gilt nicht«, schrie sie empört und bekam rote Bäckchen, oder: »Katzenwache ist das Letzte«, und damit keiner das in Abrede stellte, wedelte sie mit den Armen riesige Neins in die Luft. Als wären die Mädchen nicht auseinanderzuhalten, fragten die Erlösten stets: »Bist du Ana oder María?« Es wollte ihnen nicht in den Kopf gehen, dass es die Mühe nicht wert war, die Identität der Zwillinge an äußerlichen Merkmalen festmachen zu wollen, denn die Retterin in der Not war und blieb ausnahmslos Ana. Sie war diejenige, die verstand, wie man sich Respekt verschaffte, und die Sache der anderen vertrat.

Ana, die Leidenschaftliche, die Tapfere, die ihre Schwester wie eine Löwin verteidigte, wenn es sein musste, trug ein Muttermal. Das Muttermal war vieles. In Anas Augen war es ein Auftrag, mütterlich zu handeln. *Ex negativo* trug María das Muttermal auch. Bei ihr sah man dort, wo das Muttermal nicht war, genau das, was da hätte sein sollen. María sah mit einer verblüffenden Klarheit das Abwesende, als wäre es tatsächlich da – am linken Oberschenkel ein Zeichen in der Form und Größe des Kreises, den man mit Daumen und Zeigefinger bildet. In der Zeit, in der sich die Mädchen auf den Empfang der Erstkommunion vorbereiteten, sagte María: »Ist dir das aufgefallen? Es sieht aus wie eine Hostie, Ana, eine Hostie, die man in Milchkaffee getunkt hat. Du liebst ja Milchkaffee – genauso wie ich.« María wünschte sich, dass die Traurigkeit, die von Ana Besitz ergriffen hatte, von ihr abfiele. Für Ana war das Mal die schmerzhafte Erinnerung an die Mutter, die sie nie gekannt hatten, weil die schweren Komplikationen, die bei ihrer Geburt aufgetreten waren, sie das Leben gekostet hatten. Ana war auf eine verhängnisvolle Art und Weise in einer erfundenen Schuld gefangen, zurückgezogen an einem Ort, an dem es für María keinen Platz gab. »Es kommt mir vor wie ein Stigma. Wie der scharlachrote Buchstabe«, sagte Ana, nachdem sie ihre Lektüre von Nathaniel Hawthorne unterbrochen hatte, um aufzublicken.

María schaute sie verständnislos an.

»Der scharlachrote Buchstabe ist ein A, ein A wie Ana.«

»Papperlapapp!«, konterte María. »Du merkst nicht, wie überheblich und selbstsüchtig du in deinem Leid bist. Du verdrehst alles. Wenn schon A, dann A wie: Augen auf, Ana! Du siehst überall Gespenster!« María war besorgt und verärgert. Sie schüttelte fassungslos den Kopf.

Mit dem Ungestüm der Adoleszenz wurden innerhalb weniger Wochen Kinderbücher, Puppen und Stofftiere, die stillen Zeugen einer Schwesternehe, zur Caritas gebracht; bald ging Ana dazu über, ihr Leben selbst aufs Spiel zu setzen, in dem festen Glauben, dadurch die ganze Welt retten zu können.

Die Lösung sämtlicher Konflikte lag in der Gegenwart. »Die Vergangenheit ist tot!«, entschied Ana, bevor sie sich Hals über Kopf ins Hier und Jetzt stürzte: Gebannt schaut sie in den Spiegel, als lernte sie sich neu kennen. María entsinnt sich, dass ihre Schwester in der Grundschule gern Botschaften in Spiegelschrift verschlüsselt, Buchstaben, Silben und Zahlen verdreht hat. Ana spart für eine gebrauchte Remington. Ana ist Linkshänderin. Das kann ihr keiner abgewöhnen. Ana hat ihren eigenen Kopf. Sie liest nachts am Fenster, wenn das Deckenlicht ausgeschaltet ist. Sie verschlingt die rote Bibel und etliches, was ihr in die Hände fällt. Ana will Soziologie, Politik und Philosophie studieren. Ana ist lebenshungrig. Ana ist verliebt. Ana redet Unsinn. Sie redet im Schlaf. Sie entwirft Flugblätter im Traum. Ana stiehlt sich im Morgengrauen aus dem Haus. Ana raucht. Anas Haare duften anders, wenn sie wiederkommt. Ana ist wunderschön. Anders wunderschön als María. Ana kennt keine Angst, behauptet sie. Ana rührt mit Mehl und Wasser Tapetenkleister an, den sie mitsamt einer Bürste im Stauraum unter der Treppe versteckt. Ana hört Radio und flucht. Ana sagt: »Das Leben für Perón.« Ana hat Geheimnisse. María weiß es. Ana liebt ihre Schwester so sehr, dass sie María verletzen muss. Ana muss sich selbst verletzen. Sie will, dass der Vater, María und die Tanten, die sich um sie sorgen und den Tod der Mutter akzeptiert haben, ohne vom Glauben abzufallen oder Schuldzuweisungen auszusprechen, sie endlich verstoßen, damit sie gehen kann. Ana will ihren Weg gehen. Aus Ana spricht die Ohnmacht, wenn sie zu María sagt: »Gott ist tot.« Ana braucht eine distanzierte Nähe. Ana hat keinen Freund, sondern einen *Compañero*. Mit ihm spielt sie Robin Hood. Gemeinsam verteilen sie unter den Armen von Buenos Aires Milchpulver und Zucker, unverderbliche Nahrungsmittel, die sich in Lastwagen befinden, die andere Kameraden auf der Autobahn abfangen. Ana sagt immer öfter »Wir«. María denkt laut über Ana und sich nach. María nimmt sich vor, Ana nicht aus den Augen zu lassen, als könnte sie dadurch herausfinden, wer oder was sich hinter dem Wir versteckt. »Wir machen die Revolution, María«, und María spürt, wie Anas Vergangenheit ihre Gegenwart wird. Sie sitzt abends noch bei Gustavo in der Küche, wo das Ticken der Wanduhr inzwischen zur Zeitbombe geworden ist. »... 24, 25, 26, ich komme! Sie kommt, Gustavo. Die späte Rache im neuen Gewand. Die Polizei, die Ana sucht und seit langem nicht mehr richtig tickt«, sagt María, die ihre Tränen nicht länger verdrängen kann. Die Straßen sind mit Tränengaswolken verhangen. Als wäre heute jener 20. Juni 1973, als Tausende und Abertausende zusammenkommen, um den aus dem Exil zurückkehrenden Juan Domingo Perón in Empfang zu nehmen, glaubt María, mit eigenen Augen zu sehen, wie von der offiziellen Willkommenstribüne aus das Feuer eröffnet wird. Ana sagt: Es sind die rechten Peronisten, unter ihnen Polizisten in Zivil, dubioses Sicherheitspersonal. Die Auftragskiller haben ihre Gewehre hinter den Vorhängen versteckt und schießen in die Menge. »Kopf runter, in Deckung«, schreit Ana. Die Maschine, die Perón nach achtzehn Jahren Abwesenheit in die Heimat bringen soll, landet nicht wie geplant auf dem internationalen Flughafen von Ezeiza, in dessen Umkreis dreieinhalb Millionen Sympathisanten der Ankunft des Messias entgegenfiebern, sondern in Morón. »Perón hat von Spanien aus mit Gott und Teufel paktiert«, sagt Gustavo. Ana hat wie so viele auf den Sozialisten gewartet, der von der Drittweltpriesterbewegung eingenommen ist und die *Montoneros* befeuert, Anas Gegner dagegen auf den eisernen Mann, der zuletzt Obhut bei dem Diktator Franco gefunden hat, wie zuvor bei Stroessner und Trujillo, und nun antritt, sein Vaterland von fremden Ideologien wie Marxismus und Kommunismus zu säubern. Nach dem Massaker von Ezeiza waschen die Täter ihre Hände in Unschuld. María redet nicht. Es redet durch sie. Es redet aus ihr. Die Verzweiflung. Die Angst, die ihr in den Knochen sitzt. Ein lang zurückgehaltenes fremdes Wissen. Ana ist da gewesen. »Wir sind da gewesen, María, in Ezeiza.« María fasst sich an die Schläfen. Ihr Kopf fühlt sich an wie eine Handgranate kurz vor der Explosion. Wenn die Dunkelmänner Häuser durchsuchen, stellen sie alles auf den Kopf. Ana würde jederzeit für María den Kopf hinhalten. Ana, der Hitzkopf. Gustavos Wanduhr wird zum Mahnmal. Es erinnert María an ihr Herzstolpern, als Ana kurz nach dem Blutbad mit der kleinen Evita aufgetaucht ist. María zittert, wenn sie von Evita erzählt. Sie kann nicht anders, als Gustavo von Evita zu erzählen, die ganze Geschichte, als könnte sie dadurch in die Zeit zurückgehen und die Bruchstücke des Wir zusammentragen.

Später als vereinbart kreuzt Ana auf der PLAZA ROCA auf. An der Hand hält sie ein Mädchen, das niemanden auf der Welt hat. »Wir müssen was tun«, insistiert Ana. »Ich zähle auf dich.« Evitas Großeltern gehören zum Establishment. Sie sind Teil des Problems. Sie wollen ihre Kinder, die sich als Erwachsene gegen die Unterdrückung der Nicht-Privilegierten zur Wehr setzen, nicht mehr kennen, als wären sie tot. Eine selbsterfüllende Prophezeiung. Gustavo hört María aufmerksam zu. »Wir haben uns sehr gemocht«, sagt Ana und meint ihre *Compañera*, die Mutter von Evita. Ihr hat sie hoch und heilig versprochen, sollte ihr etwas zustoßen, sich um die Kleine zu kümmern. Ana würde zu ihrem Wort stehen und Evita wieder zu sich nehmen, doch erst nachdem *das hier*, sagt sie, überstanden sei. »Aber was ist denn mit ihren Eltern? Und was mit den Tanten und Onkeln?« »María, du verstehst gar nichts, oder?« »Wie schrecklich, Ana, wie schrecklich!« Ana zerrt an ihr herum, als wollte sie María wachrütteln. Gustavo berührt sachte Marías Arm. »Hör mir gut zu, Schwesterherz. Ich kann sie zu niemandem sonst bringen. Denk daran. Wir kämpfen für sie. Kapiere es doch endlich, und tu mir einen Gefallen: Mach die Augen auf.« Ein Bumerang. Nach Jahren kehrt dieser Satz zu María zurück. Als ginge es um ihren bisher größten Triumph, sagt Ana, bevor sie sich von ihr abwendet: »Hab Vertrauen, María. Evita *vive*!«

27

Nachts sahen argentinische Zeitungskioske wie unheildrohende, auf dem Bürgersteig abgestellte Frachtcontainer aus; mit der Morgenröte erstrahlten sie in freundlicherem Licht. Ohne die Vorhängeschlösser, die Metalltüren weitgeöffnet, luden die Kisten zum Hineinspähen ein. Eine Berufskrankheit: Elvio Gianelli erinnerten sie an die anatomischen Modelle, jene naturgetreuen Nachbildungen des menschlichen Körpers, die – einmal aufgeklappt – Einblicke in die inneren Organe gewährten, welche sich zum besseren Verständnis einzeln herausnehmen ließen.

»*Clarín* und *Anteojito* für den Herrn Doktor, habe ich recht?«

»Sie haben inzwischen das zweite Gesicht, Valentino«, scherzte Teresas Vater, in Gedanken bei einem Dutzend Studienabbrechern, tragischen Möchtegerndoktoren, zu denen er den Kontakt verloren hatte, einheimischen Hamlets, die mit einem zerfledderten Anatomiebuch, einem Kunststoffherzen oder einer Lunge in der Hand die dunklen Flure der UNIVERSIDAD DE BUENOS AIRES auf und ab gelaufen waren, als könnten diese Gänge Friedhofshallen sein oder nicht sein. Geistesabwesend schnippte der Arzt eine aufgerauchte Jockey Club auf die Straße. Der Stummel führte einen sauberen *Salto mortale* aus und landete im Abwasserkanal in dem Moment, in dem sich Frau und Tochter zu Hause hochrappelten, um den Tisch für das gemeinsame Sonntagsfrühstück zu decken.

»Schauen Sie her, Herr Doktor!« Der Zeitungshändler schlug mit der flachen Hand gegen eine mit Wäscheklammern aufgehängte Tageszeitung.

»In Rom lassen Erzkonservative über der Piazza del Popolo Heliumballons mit NEIN-Schildern auffliegen, um ihrem Ärger über ein mögliches Scheidungsgesetz Luft zu machen«, las Elvio

Gianelli vor. »Na, wenn es dabei bleibt, kann dieses Aufbegehren als Kindergeburtstag durchgehen ... Kein Vergleich, Valentino, mit dem, was hier Mitte der Fünfziger los war, als Perón sich mit der Kirche angelegt hat, indem er sich gegen den Religionsunterricht in den staatlichen Schulen ausgesprochen und zugleich Prostitution und Scheidung legalisiert hat. Die Bordelle durften wieder öffnen, und die konfessionellen Zusammenkünfte mussten in geschlossenen Räumen stattfinden, Mariä Himmelfahrt und die Unbefleckte Empfängnis waren keine Feiertage. Wissen Sie noch? Dem Präsidenten hat die Exkommunikation gedroht. Die Streitkräfte haben das Regierungsgebäude im Herzen der Innenstadt bombardiert, unsere *Casa Rosada*. Das muss man sich vorstellen!«

»Ein Inferno. Hunderte tote Zivilisten auf der Plaza de Mayo. Und über ihnen die Kampfflugzeuge mit ihrem Siegessymbol, dem Kreuz über dem V, *Christus vincit. Cristo vence*! Die Scheißkerle! Die Hurensöhne! Die Putschisten! Verzeihen Sie, Herr Doktor, ich schimpfe wie ein Rohrspatz.«

»Ach, was, Valentino! Sie haben vollkommen recht! Sich heute als katholisch zu bezeichnen, hat einen bitteren Nachgeschmack ...«

»Das Opium des Volkes, Herr Doktor. Es war nie anders, und es trifft stets die Falschen.« Der Verkäufer zeigte auf eine andere Schlagzeile.

»Großer Gott im Himmel«, rief Elvio Gianelli aus.

»Wenn es da oben einen Gott geben sollte, Herr Doktor, dann hat er es wie ein Geier auf die Dritte Welt abgesehen.« Vogeldreck fiel herunter und verfehlte Valentinos Espadrille knapp. »Das hätte jetzt aber Glück gebracht! Perón ist nach achtzehn Jahren endlich zurück, doch um uns steht es nach wie vor beschissen.«

Hup, hup.

Valentino drehte sich um und winkte. Elvio Gianelli erwiderte ebenfalls den Gruß, ohne zu wissen, wem er galt. Er hatte Sœur María, mit einem Rucksack schwerbepackt, nicht erkannt. Stattdessen glaubte er, einen Hyperkypose-Fall, eine markante Wirbelsäulenkrümmung, genannt Witwenbuckel, vorbeisausen zu sehen.

»Ich muss dann auch«, schlussfolgerte er und nahm Zeitung und Kinderzeitschrift an sich. Einige Meter weiter schreckte er zurück. Direkt vor seiner Nase war mit lautem Getöse Wasser auf den Bürgersteig geklatscht worden. Hosenbeine und Schuhe hatten einige Spritzer abgekriegt.

»Jesus, Maria und Josef, ich habe Sie nicht kommen sehen, Herr Doktor!«

»Eine gewaltige Wasserbombe, aber zum Glück ist nichts passiert.«

»Ich bitte tausendmal um Verzeihung. Dieser *Ceibo*baum vernebelt mir die Sinne.«

»Gerade noch gutgegangen.« Elvio Gianelli war auf die Straße ausgewichen und zündete sich eine Zigarette an. Bevor er weiterzog, blies er einen Rauchring in die Luft. Der Bürgersteig von CLEAN EASTWOOD stand komplett unter Wasser. Auf der Oberfläche schwammen Blumen wie Seerosen. Für einen Augenblick ewiger Schönheit schien Ballester stillzustehen. Alsdann kehrte die Betreiberin der Wäscherei die *Ceibo*blüten mit Verve zu einem Haufen zusammen und schob ihn den Viamonte Reys wie ein rotes Tuch hinüber. Manches konnte man den Nachbarn schwer verständlich machen. Umsonst war ihr Versuch, dem Paar durch die Blume zu sagen, dass sein imposanter *Ceibo* ihr den letzten Nerv raubte, weil er seinen Fortpflanzungswahn auf dem Rücken anderer – ihres! – austrug. Bestimmt war sie zu raffiniert in ihrer Art, zu rücksichtsvoll in der Schilderung ihres Gesuchs, denn sie wollte ihre besten Kunden nicht brüskieren, nicht den Ast absägen, auf dem sie saß. Als den patriotischsten aller patriotischen Bäume hatte Herr Viamonte Rey seinen alten *Ceibo* bezeichnet und Elogen auf das Prachtexemplar gesungen, dessen fleischrote Blüte sich seit den vierziger Jahren kraft des *Decreto número* soundso Nationalblume nennen durfte. Die eine und einzige, hatte er pathetisch ausgerufen. Die eine und einzige? Was für ein Gewäsch! Tausende und Abertausende! Aber bitte sehr! Hier hast du deinen einzigen schwülstigen Matschhaufen, eine einzige faulige Melange aus Blutorange, Nelkenrot, Lippenstiftrot,

Erdbeerrot, Merinorot, Rosenrot, Karminrot, Nagellackrot, na klar, wenn man in den eigenen vier Wänden eine Putzfrau gefangen hält und sich den Rund-um-die-Uhr-Luxus leisten kann, ist es ja egal, Brillantrot, Mohnrot, Kirschrot, Blutrot, dann macht es überhaupt keinen Unterschied, Glutrot, Paprikarot, Hennarot, Leinrot, Saturnrot, Scharlachrot, Gelbrot, Tomatenrot angelaufen: denn mir putzt keiner hinterher, Sonnenuntergangrot, Tizianrot, Safranrot, Purpurrot, ich muss allein mit dem Kompott fertigwerden, Grenadierrot, Granatrot, Zinnoberrot, Falunrot, Rubinrot, Orientrot, Drachenblutrot, Bläulichrot, aha, sieh einer an, heute sind die Ordnungshüter früh auf den Beinen, unansehnlich die Schlieren auf dem Gehweg, nachdem zerstreute Fußgänger darauf getreten haben, noch schlimmer sind die Kinder- und Einkaufswagen, ein Ärgernis wie die Spuren von Ketchup oder Roter Bete auf einer weißen Weste. Als die Streife am INSTITUTO SANTA ANA vorbeisauste, ließ der Polizist am Steuer seinen jüngeren Beifahrerkollegen wissen: »Ich werde in unserem Revier einen Stein nach dem anderen umdrehen und mich erst zufriedengeben, wenn ich diesen Fiesling in Handschellen abgeführt habe. Seine Festnahme wird mir nicht gleich eine Beförderung einbringen, aber es könnte eine fette Belohnung winken.« »Ich bin dabei, Carrizo, denn was mein Glück im Lotto betrifft, scheine ich von Hunden angepinkelt zu sein. Ich weiß nicht, wann ich das letzte Mal meine Alte mit einer Kinokarte überrascht oder sie ins Lokal eingeladen habe. Dieser Rechtsanwalt hat es ja. Hast du gesehen, wo die wohnen? In einem Palast. Wie der Onkel von Donald Duck. Sie schwimmen im Geld.« »Ich wette mit dir: Der Typ wird sich den Rächern seiner Tochter gegenüber erkenntlich zeigen! Entblößung vor Minderjährigen ist kein Kavaliersdelikt in unserem Lande.« »Ich bin gestern die Akte noch mal durchgegangen.« »Und?« »Die Aussagen des Opfers sind dürftig.« »Äußerst dürftig, ja.« »Geradezu verschwommen, doch sie sind da, und darauf gestützt habe ich ein Phantombild angefertigt.« »Du hast was, Aguirre? Zeig her!« »Ich bin zwar ein Amateur, aber mir liegt das Zeichnen.« »Nicht übel, nicht übel.« »Findest du?« »Klare Linien, die von einer ruhigen

Hand zeugen. Jetzt verstehe ich, wieso du so heißt, wie du heißt, Aguirre.« »Es war die Idee meiner Mutter. Wäre es nach ihr gegangen, hätte sie mich auch noch in der Sixtinischen Kapelle taufen lassen. Die Marotte, mir diesen Namen zu geben, musste sie gegen den Willen ihres Mannes durchfechten. Hatte sie sich etwas in den Kopf gesetzt, konnte sie sehr beharrlich sein. Als Kind war ich genauso stur wie sie. Ich habe gern aquarelliert, und da wir keine Farben kaufen konnten, weil mein Vater das nicht erlaubt hätte, hat sie jeden Sonntag ihre Portion frisch gepressten Obst- oder Gemüsesaft stehen lassen. Damit sollte ich malen. Als Landei kannte meine Mutter etliche Vorzüge von Lebensmitteln. Am liebsten besorgte sie Rote Bete, Brombeeren, Paprika und Spinat, gesundes Zeug, das beim Waschen nur schwer rausging.« »Saubere Arbeit, Aguirre, Respekt.« »Und ich habe überlegt, ob ich das Bild überhaupt vorzeige! Weißt du was, Carrizo? Ich mag trotzdem keinen Aufstand machen. Wir sollten die anderen Kollegen lieber nicht behelligen.« »Keine schlafenden Hunde wecken. Ist mir recht, denn nach dieser diffusen Beschreibung des Töchterchens wäre niemand befugt, eine Zeichnung anzufertigen.« »Bloß heute Nacht ist mir meine Mutter im Traum erschienen. Als wollte sie mich aus dem Jenseits ermuntern, hat sie immer wieder *Miguel Ángel, Miguel Ángel* gerufen. Also habe ich mir beim Frühstück gedacht: Was soll's? Egal, wie es um die Sache steht: Jeder macht sich sein eigenes Bild.« »Da hast du auch wieder recht, Aguirre, und deins wird uns helfen, diesen Triebtäter auffliegen zu lassen, vielleicht sogar *in flagranti* zu erwischen, und wenn wir dafür Himmel und Erde in Bewegung setzen müssten«, erwiderte der Ältere entschieden, als die Ampel an der Kreuzung von Lamadrid und Lacroze von Grün auf Gelb wechselte und er Gas gab. Das Polizeiauto ließ die Kirche NUESTRA SEÑORA DE LA MERCED hinter sich, in dem Stunden später ein repräsentativer Teil der Bewohner von Ballester zusammentraf: Die Clean Eastwoods machten es sich dort bequem, die Bäckerin des Viertels, die Frau des Schusters, die Mère Supérieure mit ihrer weiblichen Eskorte, die Tante von Teresa Gianelli mit ihren beiden Söhnen, der

Doktor mit seiner schwangeren Frau und seiner Tochter höchstpersönlich, die sich, solange der Satyr umging, dazu veranlasst sah, während der Predigt Ausschau nach dem nächsten Auserwählten zu halten, dem sie im Anschluss an den Gottesdienst die Madonna von Ballester gegen das Versprechen mitgeben würde, sie am Sonntag darauf zurückzubringen. Selber Ort, gleiche Uhrzeit. Keine faulen Ausreden. Das war der Deal. Übergangsweise musste die neogotische Kirche als Tempel des Tauschhandels dienen. Marina Santiago hatte man vertrieben. So und nicht anders wollten Teresas Klassenkameradinnen den Umstand auslegen, dass eine aus ihren Reihen anderswo Platz nehmen durfte. Neiderfüllt schielten die Internen zu der Bank hinüber, auf der sich Frau und Herr Viamonte Rey niedergelassen hatten. Wie ein elegant errichteter Zaun hatten sie in ihrer Mitte Ariadna und Marina eingepfercht. Wenn man Marina Santiago Glauben schenkte, würde sie heute noch ausreiten. Ariadna brauchte frische Luft, und ihr Vater hatte vorgeschlagen, den Sonntag in EL CEIBO zu verbringen, dem Landhaus der Familie, eine knappe Stunde von Ballester entfernt. Marina war noch nie in EL CEIBO gewesen, was sie aber nicht daran gehindert hatte, ihren Mitschülerinnen im Vorfeld eine Legende aus Misiones zu erzählen, der einschläfernden Provinz, in der ihr Opa dahinvegetiert hatte, bevor es ihn nach Salta verschlagen hatte – Friede seiner Asche. Zur Zeit der *Conquista*, so die Legende, lebte an den Ufern des Paraná-Flusses eine junge Indianerin namens Anahí. Sie war furchtbar hässlich, doch ihr Gesang, der sowohl Mutter Erde als auch die alten Götter ehrte, verzauberte jeden *Guaraní*. Gemeinsam mit ihrem Stamm von wilden Spaniern aufgegriffen und in ein Verlies gesperrt, gelang Anahí die Flucht, nachdem sie ihren Wächter durch einen Messerstich umgebracht hatte. Es dauerte nicht lang, bis der rachedurstige Feind sie erneut schnappte. Die Gefangene wurde an einen mannshohen Holzpfeiler gebunden und in Brand gesetzt. Während glühende Flammen an ihrem Körper emporloderten, war von der stolzen Anahí kein einziger Laut zu vernehmen. Am nächsten Tag fanden die konsternierten Spanier an derselben Stelle, wo sie die Einheimische verbrannt hatten, einen majestätischen Baum vor, übersät von samtweichen feuerfarbenen Blumen. In der argentinischen Folklore existiert ein herzzerreißendes Lied, das dieses Schicksal besingt. Gerade, als die Messe beendet war und die Kohlen für einen *Asado* erhitzt wurden, intonierten es die Musiker in José León Suárez:

Anahí,
las arpas dolientes
hoy lloran arpegios
que son para ti.

Anahí,
recuerdan acaso
tu inmensa bravura,
reina guaraní.

Anahí,
indiecita fea
de la voz tan dulce
como el aguaí.

Anahí, Anahí,
tu raza no ha muerto,
perduran sus fueros
en la flor rubí.

Defendiendo altiva
tu indómita tribu
fuiste prisionera;
condenada a muerte,
ya estaba tu cuerpo
envuelto en la hoguera,
y en tanto las llamas

lo estaban quemando
en rojas corolas
se fue transformando.

La noche piadosa
cubrió tu dolor
y el alba asombrada
miró tu martirio
hecho ceibo en flor.

»Ihr wisst, wir haben was zu feiern«, verkündete Gustavo, nachdem der Gesang und das Gitarrenspiel verklungen waren. Eine Gruppe von Frauen und Männern mit dunklem Teint hatte sich auf seine Einladung hin auf dem *Patio* der Pfarrei versammelt. »Bevor wir anstoßen, möchte ich mit euch eine Geschichte teilen, die mir mein Vater erzählt hat, als ich ungefähr so alt war wie Evita, eine Geschichte, die mich seitdem begleitet. Sie geht so:

Ein einfacher Mann kam an einem kleinen, unauffälligen Geschäft vorbei und betrat es kurzentschlossen. Er war überrascht, proppenvolle Regale vorzufinden.

Sie verzeihen, sagte der Besucher dem Herrn hinter dem Tresen, ich bin zum ersten Mal hier. Was ist in den Kisten aus *Palo Santo*?

Sämtliche Gaben Gottes, alphabetisch geordnet, erhielt er zur Antwort. Wenn Sie sich umschauen wollen: Da oben geht es los mit Aufrichtigkeit und Barmherzigkeit, vor Ihnen stehen Frieden, Glaube, Hoffnung; Liebe ist da drüben und an der Wand dort Spiritualität, hier unten haben wir Vergebung, Weisheit und Zuversicht. Beim Reden drehte sich der Mann wie ein Rad im Wind. Die Auswahl ist riesig, versicherte er.

Was kostet Ihre Ware?

Nichts. Sie können sie einfach so haben.

Der Gast war arm und konnte sein Glück kaum fassen. Er überlegte sorgfältig, ging das Alphabet einzeln durch und orderte reichhaltig für seine Familie und sich. Er wolle Einfühlsamkeit, Fürsorge, Gerechtigkeit und Harmonie, er nehme auch Loyalität, Mitgefühl, Offenheit, Respekt, Selbstlosigkeit, Toleranz, Umsichtigkeit, Warmherzigkeit und Zufriedenheit. Konnten Sie sich die Dinge merken?, fragte er zum Schluss.

Mir ist nichts entgangen, bestätigte sein Gegenüber und übergab ihm ein Päckchen, das in eine geschlossene Hand passte.

Aber ich habe doch im Überfluss bestellt!, wunderte sich der Kunde.

In Gottes Laden werden keine Früchte verkauft, erwiderte der Herr, nur die Samen. Säen Sie sie aus. Heute vor einem Jahr haben wir damit begonnen«, sagte Gustavo und erhob sein Glas. Ergriffen schaute er in die Runde, er nahm sich alle Zeit der Welt, um in jedes Gesicht des Kollektivs *SFG* zu blicken. »Ich danke Schwester María«, fuhr er fort, »weil sie unseren Kindern das Lesen und Schreiben beibringt, ich danke Amalia, Juvenal, Margarita, Rosa, Jazmín, Benancio, Adolfo, Cipriano, Ramiro, Antonio, Lurdes, Rinaldo, Nicanor, Mauro, Leonardo, Felicia, Herminia, Gracia, Genoveva, Lisardo, Gregorio, Evelio und Nando. Auf euch und die Musik, die hier spielt«, sagte Gustavo und tippte dreimal auf sein Herz.

Dieser Sonntag verlief wie so viele, an denen Freunde und Verwandte beisammensaßen, um den besten *Asado* aufzufahren, den sie jemals verspeist haben würden. In José León Suárez behalfen sich die meisten Grillmeister gewöhnlich mit ein paar Ziegelsteinen und einem Rost, auf den sie das Fleisch legten, doch Gustavo hatte auf seinem *Patio* eine echte *Parrilla* erbaut. Der Schornstein sorgte für einen optimalen Luftzug, der Rost hing an Ketten, und mit einer Kurbel ließ sich der Abstand des Fleisches zur Glut regulieren. »Es riecht verbrannt«, witzelte Cipriano, und Gustavo fuchtelte mit der Kohlenzange und lachte. Auf der Ablage griffbereit hatte er zwei Küchenmesser, eine Packung Salz, Spieße, Geflügelschere, Marinadenpinsel, Tranchierbrett, Grillzange, Geschirrtuch, Streichhölzer, Feuerzeug und zerknülltes Zeitungspapier. Ein *Asador* entfernte sich nur ungern von seinem Wachposten, er hatte ein Auge auf das Feuer, kontrollierte die Glut und freute sich, wenn die Holzkohle eine grauweiße Schicht aus Asche bekam. Als Erstes servierte Gustavo *Provoleta*, eine gut gewürzte *Provolone*scheibe, die er auf die Teller klatschte. Der zweite Gang bestand aus *Morcilla*, Blutwurst, und *Choripán*, *Chorizo* auf Brot, mit einer selbstgemachten, göttlichen *Chimichurri*, einer scharfen Sauce, bei der getrocknete Chiliflocken, gehackte Petersilie, Thymian, Oregano, Lorbeer, Zwiebeln, Knoblauch, Salz und Pfeffer mit Öl und Essig vermischt wurden. Die Ehrengäste erwarteten als Nächstes die Innereien. Zur Auswahl standen *Chinchulines*, Dünndarm, *Tripa gorda*, Dickdarmhaut, *Riñoncitos*, Nieren, und *Molleja*, Kalbsbries. Erst dann kredenzte man das Eigentliche: *Tira*, Rippenstücke mit Knochen in langen Streifen, *Bife de chorizo*, vom Knochen gelöstes Kotelett, *Lomo*, Filet vom Rücken, und Hähnchen – begleitet jedes Mal von der Frage: »Durchgebraten oder lieber blutig?« Da die Antwort fast immer gleich ausfiel, durften die Holzteller nicht fehlen, die den Saft aufnahmen. Darauf machten sich ein paar Salatblätter hübsch, ein paar Tomatenscheiben natürlich auch, doch das Fleisch stand im Mittelpunkt des Kults.

Gegrilltes gab es auch in EL CEIBO, dem Landgut der Viamonte Reys, es fiel nur nicht so üppig aus, denn dort wurde auf die Innereien verzichtet, dafür gab es reichlich Zichorie und einen fein gedeckten Tisch im Schatten hundertjähriger Bäume. Eine Feuerameise krabbelte Herrn Viamonte Rey den Nacken hoch. Er zerrieb sie mit einer Stoffserviette. Die Leinentischdecke bekam einen Rotweinfleck so groß wie eine Pflaume. Sofort wurde Salz darüber gestreut, aber kein Wort über den Zwischenfall verloren. Man wusste sich ja zu helfen. Das Dienstmädchen hatte man im Château zurückgelassen. Mabel hatte sturmfreie Bude und erwartete jede Minute Besuch. Sie trug Frau Viamonte Reys durchsichtiges Negligé und servierte sich einen *Martini bianco*. »Ich möchte das Glas auf meine Tochter erheben«, sagte Herr Viamonte Rey, »mein Fleisch und Blut.« Mit einer Gabel wurde ans Glas geklopft. Das älteste Mitglied des

Kollektivs *Solidarisches Fruchtgemüse* war von seinem Platz aufgestanden. Es legte Gustavo den Arm um die Schulter und bat um einen gewaltigen Applaus für den *Asador*. Es klingelte an der Tür. »Ganz recht: auf Ariadna, unser Ein und Alles«, sagte Frau Viamonte Rey. Es wurde wild in die Hände geklatscht und mit den Füßen gestampft. Das Transistorradio neben der *Parrilla* brachte eine beunruhigende Meldung, die in dem Höllenlärm vollständig unterging. Das Dienstmädchen leerte sein Glas in einem Zug und trug Lippenstift in der unwiderstehlichen Farbe *Ceibo*rot auf. »Auf Marina, meine beste und einzig wahre Freundin.« Der Süßigkeitenverkäufer betrat das Château. »Ich esse dich gleich auf«, sagte er zur Begrüßung und küsste das Dienstmädchen stürmisch. »Ich fürchte, ich muss eine *Siesta* machen«, sagte Herr Viamonte Rey und gähnte. »Mein Vulkan«, erwiderte das Dienstmädchen. »Mein Indianer«, stöhnte es. Es war extrem laut, als der Sprecher von *Radio Nacional* das verkündete, was keiner mitbekam: »Gestern in den Abendstunden ist Carlos Mugica beim Verlassen seiner Kirche Opfer eines Attentats geworden. Er wurde mit vierzehn Schüssen getötet.« »Das ist ja entsetzlich«, rief Clara Gianelli aus. Die Zeitung, die die Nachricht brachte und die ihr Mann bereits beim Frühstück ausgelesen hatte, rutschte ihr aus der Hand und fiel zu Boden. In José León Suárez war der Krach ohrenbetäubend. Man feierte ausgelassen das Leben. Frau und Herr Viamonte Rey räumten die festliche Tafel ab. Ariadna und Marina blieben sitzen und mussten mitanhören, wie es zwischen den beiden auf dem kurzen Weg vom Garten ins Landhaus krachte. Das usurpierte Ehebett der Viamonte Reys gab einen lauten Krach von sich. Ariadna hielt sich die Ohren zu und weinte still vor sich hin. Marina streichelte ihr das Haar und schwieg. Sie dachte an ihren begnadeten Zeichner. »Ich sag's heute zum zweiten Mal: verdammt gute Arbeit, Aguirre«, lobte Carrizo und legte einem Verdächtigen Handschellen an. »Meine Pusteblume«, würde der Kioskverkäufer nach dem Schuheausziehen zum Dienstmädchen sagen und Mabel sich ganz von allein entblättern.

28

Ihr sechster Sinn hatte Marina Santiago, zu Gast in EL CEIBO, dazu verleitet, an ihren Bekannten zu denken, just als er unterwegs zur PLAZA ROCA war. Da die Straßen in Ballester an einem Sonntagmittag so gut wie ausgestorben waren, ruhte sein Blick beim Gehen auf dem Stapel selbstgezeichneter Blätter. Hundert Meter vor ihm, dort, wo der imposante *Ceibo*baum mit großer Selbstverständlichkeit einige der seinen abgab und mit unübertroffener Eleganz zu Boden segeln ließ, entdeckte der junge Mann den Kioskbetreiber, der offenbar die gleiche Richtung eingeschlagen hatte. Doch als er das nächste Mal aufschaute, war jener bereits verschwunden. Noch ein Grund für den Zeichner, zu seinen Skizzen und Impressionen zurückzukehren. Die Zerstreuung wurde ihm zum Verhängnis. Mit dem nächsten Schritt wurde der Spaziergänger Opfer eines falunroten Hügels, in den er unabsichtlich hineintrat. Er rutschte auf einem dreißig Zentimeter hohen Blütenstillleben aus und landete rücklings auf dem spiegelglatten Gehweg von CLEAN EASTWOOD. Ein kleiner dicker Junge, der um die Ecke bog, und zwei Polizeibeamte auf Patrouille wurden zufällig Zeuge seines fiesen Falls. Carrizo trat auf die Bremse, Aguirre kurbelte das Fenster hinunter: »Haben Sie sich verletzt? Hoffentlich ist nichts gebrochen …« Die Arbeitsblätter des Zeichners waren durch die Luft geflogen. »Alles in Ordnung, nur mein Ischias schmerzt, und wie.« Der Abgelenkte lag seitlich am Boden und rieb sich mit der Hand die entsprechende Stelle. »Besser nicht bewegen. Bleiben Sie, wo Sie sind.« Die Beamten stiegen aus, Aguirre eilte zu Hilfe, ging in die Hocke und stützte den Verunglückten beim Aufstehen, während Carrizo es dem Jungen gleichtat und die versprengten Blätter aufsammelte. Der Knabe trug eine aus der Zeit gefallene Mütze aus kariertem Stoff, eine skurrile Kopfbedeckung mit Augen- und Nackenschirm sowie Ohrenklappen. »Danke«, quittierte Carrizo die Übergabe, daraufhin der Adlatus: »Zu Diensten.« Während Carrizo mit wachsendem Interesse die fremden Zeichnungen begutachtete, wurde ihm klar, dass er kompromittierendes Beweismaterial in Händen hielt. Um sich die Chance seines Lebens nicht durch die Lappen gehen zu lassen, leitete er den Zugriff ein, ohne seinen Kollegen davon in Kenntnis zu setzen. Er tastete unauffällig nach den Handschellen in seiner Hosentasche, und der überrumpelte Lebenskünstler wusste nicht, wie ihm geschah, als Carrizo von hinten seinen Arm packte und in einem Kreisbogen auf den Rücken führte, woraufhin ein metallenes Zuschnappen hörbar wurde. »Aguirre, wir haben unseren Exhibitionisten«, verkündete Carrizo und überreichte ihm sämtliche Blätter. »Damit hat er sich selbst ein Bein gestellt«, fügte er schadenfroh hinzu.

»Jawohl«, bestätigte der Kommissar, »es sind um die fünfzig Zeichnungen konfisziert worden, auf denen überwiegend Kinder und Heranwachsende festgehalten sind, Mädchen, aber auch Jungs.« Am anderen Ende der Leitung stand Herr Viamonte Rey mit nacktem Oberkörper im Wohnzimmer seines Landsitzes. Das Hemd gerade ausgezogen, hatte er noch Reiterhose und Reiterstiefel an. Es war das erste Mal, dass kein Gebrüll durch das Haus hallte, wenn jemand am Sonntag wagte, seine heilige *Siesta* zu stören. »Wir sind Ihnen zu ewigem Dank verpflichtet, Herr Kommissar, meine Tochter Ariadna Cristina, meine verehrte Gattin und ich ... Selbstverständlich ... Wie haben Sie gesagt, heißen Ihre couragierten Männer?« Auch bei bester Laune und gutem Willen konnte sich der Rechtsanwalt Patricio Osvaldo Viamonte Rey keine Allerweltsnamen merken. »Esteban Carrizo«, wiederholte er, während er seinem Kurzzeitgedächtnis nicht traute und nach Stift und Zettel griff, »und Miguel Ángel was? ... Aguirre, richtig. Vortrefflich, dann bis morgen auf dem Polizeirevier!«

Im Präsidium standen sich Ariadna Cristina Viamonte Rey und der Zeichner der PLAZA ROCA ein drittes Mal von Angesicht zu Angesicht gegenüber, jedoch wurden sie bei dieser Gelegenheit von einer einseitig durchsichtigen Sicherheitsscheibe getrennt.

»Ist er das?«, wollte Ariadnas Vater wissen. Seine Stimme donnerte. Seine Augen funkelten. Seine Hand, zur Faust geballt, hatte ein amtliches Schriftstück zerknüllt.

Er ist es, und er ist es nicht. Ariadna meinte, ihren Vater und sich im Glas gespiegelt zu sehen.

An jenem Mittag, an dem sie beschlossen hatte, nach ihrer Mutter zu schauen, war sie dem Zeichner unter dem Baum des Vampirs begegnet. Sie hatte ihn sofort erkannt und freundlich begrüßt. Er wiederum hatte sich nach Marina erkundigt und wollte Ariadna ein magisches Quadrat für sie mitgeben, ein Viereck mit weißen Lücken und geschwärzten Kästchen, die die Ausreißerin an verlassene Zimmer und abgedunkelte Räume erinnerten.

»Kannst du die Canaille identifizieren, Ariadna? Kommt dieser Dreckskerl dir vertraut vor?«

Vor der Gegenüberstellung hatten Vater und Tochter im Büro des Herrn Kommissars Platz nehmen müssen, während dieser im Flur aufgehalten worden war. Herr Viamonte Rey hatte die Gelegenheit genutzt, einen Blick in die Akte des Falles zu werfen, die aufgeschlagen auf dem Schreibtisch gelegen hatte. Darin waren sachgemäß abgeheftet: ein mit Schreibmaschine ausgefüllter Vordruck, die abgenommenen Fingerabdrücke des Verdächtigen und sämtliche konfiszierten Bilder.

»Lass uns kostbare Zeit nicht verplempern, Ariadna. Ein Nicken von dir, und wir können diesen Albtraum *ad acta* legen. Ist er der Tunichtgut, der dir Ungebührendes aufgenötigt hat?«

Er hat mir schlimme Dinge gezeigt, geradezu Entsetzliches präsentiert, doch nichts davon ist mir aufgezwungen worden, gestand sich Ariadna. Der Zeichner hatte auf der Suche nach dem Hexeneinmaleins für Marina seine Unterlagen durchgeblättert, und so waren der unvorbereiteten Ariadna mit beunruhigender Regelmäßigkeit Bilder unter die Augen gekommen, die ihre seelisch labile Mutter in Begleitung eines Mannes darstellten, eines Wildfremden, der ihre Mama mitsamt Mimi in seinen Wagen lockte, ein Double des Vaters, der auf die Tochter aufgrund seines faden Äußeren sehr gefährlich wirkte. Der Langweiler war von normaler Statur, hatte kurzes dunkelblondes Haar, einen makellosen Bart, gepflegte Hände, keinen Goldring, eindeutig Zeit und ein offenes Ohr. Ariadna hatte *ad hoc* die Beweisstücke aussortiert. »Die PLAZA ROCA montags am frühen Nachmittag«, hatte der Zeichner sie unterrichtet, ohne sich etwas dabei zu denken, anders als Ariadna, die – *hyp, hyp, hyp* – Schluckauf bekam. In ihr war die traurige Gewissheit aufgestiegen, dass ihre Mutter mit diesem feinen Schnösel Ehebruch beging. Diese ausgemusterten, *hyp, hyp, hyp*, hyperrealistischen Zeichnungen sprachen für sich und riefen der Ausgebüxten ihre Unterhaltung mit Teresa Gianelli in den Sinn. Ariadna Viamonte Rey hatte sich jene armen Familien vergegenwärtigt, die wie ihre eigene nun nicht mehr ganz intakt waren. Man sagt, ein Schreck könne den Schluckauf stoppen, doch Ariadna war bereits in Angst und Schrecken versetzt worden. Die Bilder, auf die sie wie *hyp, hyp, hyp,* hypnotisiert starrte, hatten ihre schlimmsten Bedenken bestätigt und neue Befürchtungen ausgelöst.

Name des Verdächtigen:	Cipolletti
Vorname:	Abelardo
Geboren:	4. Februar 1954
Augenfarbe:	braun
Haarfarbe:	braun
Größe:	1,80 Meter
Besondere Merkmale:	keine
Vorstrafen:	keine

»Wir können mit der ganzen Härte des Gesetzes gegen ihn vorgehen, Ariadna. Ist er das auf der anderen Seite des Glases?«

Hyperunangenehm. Der Zeichner war zum öffentlichen Wasserspender der PLAZA ROCA geeilt und hatte Ariadna ein volles Glas gereicht. »Atem anhalten und sieben Schlucke trinken. Du wirst sehen. Es funktioniert. 7, 6, ich zähle rückwärts, und dann bist du …« Weg war sie, ohne ein erklärendes Wort einfach abgehauen. Sie hatte die kompromittierenden Zeichnungen mitgenommen. Sie wollte sie sicherstellen. Aus dem Verkehr ziehen. Am besten gleich zu Hause im Garten verbrennen. Aber schnell. Sie hatte noch nie etwas geklaut. Sie hatte den Eindruck, um ihr Leben zu rennen und im nächsten Augenblick aus ihrem Leben heraustreten zu wollen.

»Nein, ist er nicht.«

»Wie bitte?!« Ariadnas Vater schlug mit der Faust gegen die Scheibe.

Aus Angst, die Ehe ihrer Eltern könnte in die Brüche gehen, hatte Ariadna außer Marina niemandem erzählt, was genau sie erblickt hatte. Dritten gegenüber blieb ihr Bericht äußerst vage, und auf einmal hatte sich alles zum Guten gewendet. Ihre Mutter wich ihr nicht mehr von der Seite, ihr vielbeschäftigter Vater kam früher nach Hause, und Ariadna sah dabei zu, wie das Paar durch diese Krise zueinanderfand. Sie war glücklich und peinlich bedacht, sich das nicht anmerken zu lassen. Vor allem durfte sie im Château bleiben. Die Nonnen und ihre Eltern hatten beschlossen, ihr sei ein Satyr erschienen, sie hatte die Erwachsenen, die sich die Welt zusammenreimten, wie sie ihnen passte, gewähren lassen und das Beste aus ihrer Notlage gemacht.

»Ich sage, nein, er ist es nicht.«

»Aber bist du dir ganz sicher, Ariadna?«

Da es keinen Satyr gab, konnte nie und nimmer einer gefasst werden und Ariadna von zu Hause aus ihre noblen Ziele verfolgen. Sie würde demnächst als Externe in die Schule zurückkehren, um regulär von ihrer fürsorglichen Mutter abgeholt zu werden.

»So sicher wie das Amen in NUESTRA SEÑORA DE LA MERCED. Wie oft muss ich das wiederholen? Eher geht ein Kamel durch ein Nadelöhr.«

»Ich fürchte, wir werden in der Angelegenheit diesen Herumtreiber nicht belangen können, Herr Viamonte Rey«, bedauerte der Kommissar, »aber ich versichere Ihnen, wir werden ihn weiter beobachten. Nun wissen wir, wo wir ihn finden. Auf der Straße!«

Nachdem der Rechtsanwalt und Fräulein Tochter das Polizeirevier verlassen hatten, wurde Abelardo Cipolletti auf freien Fuß gesetzt. Man händigte ihm seine persönlichen Gegenstände aus, einen Batikrucksack, ein Tupperware-Glas, eine Silberkette mit Anhänger, darauf eingraviert das Sternzeichen Wassermann, einen Bleistift, einen *Alfajor Guaymallén*, eine angebrochene Schachtel Mentholpastillen *DRF* und ein Buch, dem das Cover fehlte. Auf dem Deckblatt stand: *H. P. Lovecraft, Gefangen bei den Pharaonen und andere makabre Geschichten.* »Ich bin ein Stehaufmännchen, was?«, sagte der Freigesprochene zum Abschied, woraufhin dem Kommissar der Bericht eines V-Mannes über eine vereitelte Verfolgungsjagd einfiel, der den gleichen Spruch aus dem Munde eines Verunglückten zitierte. Der Polizist war inkognito hinter linken *Guerrilleros* her gewesen, als ein Hans-Guck-in-die-Luft aus dem Nichts aufgetaucht war und sich beim Überqueren der Straße praktisch vor seinen Wagen geschmissen hatte, so dass die vermaledeiten Untergrundkämpfer, die seit der Entführung und Ermordung des Generals Aramburu 1970 die Justiz in Atem hielten, entkommen konnten. Es gab einen heftigen Aufprall, doch ein weiterer Kollateralschaden konnte verhindert werden, da die mit geringem Abstand nachfolgende Vespa-Fahrerin im vollen Besitz ihrer Geisteskräfte auf den Bürgersteig ausgewichen war.

Jedes Mal, wenn Abelardo Cipolletti an der Unfallstelle der PLAZA ROCA vorbeikam, erinnerte er sich mit aufrichtiger Dankbarkeit an seine Retterin – sie wiederum hatte ihm damals nach der gelungenen Erweckung die Verse aus dem vierten Kapitel des zweiten Buchs der Könige ins Gedächtnis gerufen. Der weibliche Schutzengel, von dem man meinen könnte, er wäre zum Sterben schön, hatte wie der Prophet Elisäus gehandelt, als er in ein Haus gerufen wurde, in dem sich ein totes Kind befand. Elisäus betete inbrünstig zu Gott, legte seinen Mund auf den Mund des Kindes, seine Augen auf dessen

Augen und seine Hände auf dessen Hände. Das, was Elisäus in der Stunde der Not hinter verschlossenen Türen tat, tat Schwester María für alle sichtbar auf offener Straße. Sie sagte dem Kette rauchenden Autofahrer, er solle sich nützlich machen, aus dem Weg gehen und aus seinem Kofferraum das Warndreieck holen. Sie kniete unterdessen auf dem Asphalt. Wie sie es im Erste-Hilfe-Kurs des Roten Kreuzes gelernt hatte, nahm sie eine Mund-zu-Mund-Beatmung vor, bis der begnadete Zeichner Abelardo Cipolletti wie der Knabe aus dem alten Testament siebenmal nieste und die Augen aufschlug.

29

Eine Autotür öffnete sich, und in Erscheinung trat Ariadna Viamonte Rey. Sie war zurück. Ihre Klassenkameradinnen sahen den schwarzen Schlitten ihres Vaters erst weiterfahren, nachdem das Tor des SANTA ANA sich hinter ihr geschlossen hatte. Es blieb kaum Zeit, diese Neuigkeit zu verarbeiten, da war die Pause vorbei. Es klingelte, aber Sœur María glänzte durch Abwesenheit, so dass die Mädchen die Gelegenheit nutzten, die Schulbank, die Marina und Ariadna erneut miteinander teilten, zu umringen. Während sie Marina mit Schubsen und Ellbogenstößen aus dem Weg zu räumen versuchten, bombardierten sie Ariadna mit Fragen wie Paparazzi eine Prominente im Vorgarten ihrer Villa.

»Wie? Ist der Satyr schon gefasst worden?«

»Nein, noch nicht.«

»Hast du unsere Post erhalten?«

»Sämtliche Briefe, danke.«

»Bleibst du jetzt hier?«

»Bloß für den Unterricht – wie alle anderen normalen Externen ja auch.«

Die nächste Frage konnte nicht gestellt werden. Gleich einem überdimensionalen Maiskorn blieb sie den Schülerinnen im Halse stecken, die, sobald die Mère Supérieure den Raum betrat, an aufgescheuchte Hühner erinnerten, die auseinanderflatterten, um hinter ihren Plätzen stehen zu bleiben, dicht nebeneinander aufgereiht wie auf der Stange.

Die Mère Supérieure erteilte ihnen mit einer Handbewegung die Erlaubnis, sich hinzusetzen. Der Unterricht von Sœur María, gab sie mit tiefer Grabesstimme bekannt, müsse leider bis auf weiteres ausfallen.

Ein Raunen ging durch die Bänke.

Sœur Consuelo werde die Stunden übernehmen und die Schwester gebührend vertreten.

Die Mitteilung war demoralisierend, die Auswirkung niederschmetternd. Der Klasse verschlug sie regelrecht die Sprache.

»Weil niemand außer mir im INSTITUTO SANTA ANA das Sagen hat, Fräuleins. Deshalb.«

»Bis auf weiteres heißt bis auf weiteres.«

»Sie ist unpässlich.«

»Seit gestern Abend.«

»Nix da. Kein Satyr, meine Damen! Wie kommt ihr denn darauf?«

»Mumpitz. Nicht dieses Mal. Und wie ihr seht, ist eure Kommilitonin Ariadna Viamonte Rey trotz ihres Malheurs und der tragischen Implikationen gesund und munter wieder unter uns.«

»Unpässlich bedeutet schlicht und ergreifend, dass es der Schwester unwohl ist. Das kann jede von uns treffen. Sie lässt euch grüßen. Es gibt keinen Grund zur Sorge.«

»Ausgeschlossen: Sie braucht absolute Ruhe. Sœur María muss das Bett hüten, und Besuch ist strengstens untersagt.«

»Noch Fragen?«

30

»Alle herhören, bitte!« Nun schlug die Stunde der Tuscheltussen. »Von wegen Betthüten! Die Mère Supérieure lügt wie gedruckt.« Mit dem Schulbus ins SANTA ANA gekommen, hatten sie einen entscheidenden Wissensvorsprung erlangt, der ihnen das Recht einräumte, den Ausnahmezustand auszurufen. Damit nicht zufrieden, redeten sie Ariadna Viamonte Rey ins Gewissen: »Du als Rehabilitierte solltest es besser wissen.«

»Ich, wieso?«

»Weil es auch in deinem Fall geheißen hat, du lägest krank im Bett. In Wahrheit warst du abgehauen.«

»Das stimmt«, erwiderte Marina nachdenklich.

Die Externen, die am frühen Morgen auf Safari waren und aus den Fenstern des Busses geglotzt und gegafft hatten, in der Hoffnung, irgendwo da draußen, inmitten des Berufsverkehrs, den gefährlichen Satyr auszumachen, hatten auf dem Zebrastreifen Sœur María gesichtet. Noch nicht ganz wach und deshalb in ihrer Reaktionsfähigkeit deutlich eingeschränkt, hatte es einige Zeit gedauert, bis ihnen klar geworden war, dass die Fußgängerin, die die Straße Richtung Bahnhof überquerte und sich mit Kunstfelljacke, Schlaghosen und Plateauschuhen aufgebrezelt hatte, niemand anders als die durch Zivilkleidung getarnte Nonne sein konnte. Als sie es endlich geschnallt hatten, hatten sie wild gegen die Scheiben getrommelt und gewunken. Kaum hatte die Schwester ihnen den Kopf zugewandt, war der Schulbus auf und davon gefahren.

»Sie treibt ein unbändiger Freiheitsdrang. Sie hat das Eingesperrtsein nicht mehr ausgehalten.«

»Sie ist abgedampft und hat bei ihrer Flucht wichtige Vorkehrungen getroffen, unerkannt zu bleiben.«

»Aber warum denn allein und ohne uns, die Internen?«

»Tja.«

»Das entzieht sich unserer Kenntnis.«

»Wir können gar nicht sagen, ob sie auf Nimmerwiedersehen abgezischt oder inzwischen wieder zurückgekehrt ist. Der Mère Supérieure ist nicht zu trauen. Sie hat schon einmal nicht kapiert, was unmittelbar vor ihrer Nase vonstattengegangen ist. Sollte jetzt eine aus ihren eigenen Reihen entkommen sein, wird sie mit Sicherheit den Skandal vertuschen.«

»Das zweite Buch Mose.«

»Das zweite Buch Mose?«

»Exodus. Es könnte damit zu tun haben und sie die bittere Wahrheit um jeden Preis totschweigen wollen. Wir sollten darauf bestehen, Sœur María sehen zu dürfen.«

»Aber die Mère Supérieure hat gesagt, Besuch ist strikt verboten!«

Pustekuchen – wie sich bald zeigte. Ein Arzt, ein Priester und ein Polizist gaben sich im SANTA ANA die Klinke in die Hand. Einer nach dem anderen pilgerten sie zu der Schwester ins Gemach.

Den Doktor kannte man. Er hieß Elvio Gianelli, schleppte seinen Arztkoffer und war Teresas Vater. Den Priester glaubte man zu kennen, denn er sah aus wie der leibhaftige Nazarener. Die Schülerinnen, die ihn zu Gesicht bekamen, fielen reihenweise in Ohnmacht. Er trug Zivilkleidung und ein kleines Viereck vorne am Hals, das einzig sichtbare Stück eines weißen, steifen Kragens, der ihn als Geistlichen kennzeichnete. Der Polizist kam in voller Montur und war schwer bewaffnet.

Bei der ersten Visite krähte noch kein Hahn. Anders bei der zweiten und dritten, von deren Vorhandensein die übernächtigte Mère Supérieure nichts wissen wollte. Jedes Mal, wenn man sie fragte, was die Männer hier wollten, flüchtete sie in die Annenkapelle. Sobald sie in den heiligen Raum eintrat, in dem bekannterweise Schweigepflicht herrschte, wähnte sie sich in Sicherheit.

»Sie will uns glauben lassen, es sei Zeit zu beten, doch ihr fallen ständig die Augen zu.«

»Wie Petrus im Garten Gethsemane.«

Fakt war, ins Schlafgemach von Sœur María wurden ausschließlich Vertreter von Berufsgruppen zugelassen, die Verschwiegenheit großschrieben. Offen blieb, ob die männlichen Besucher eine unpässliche Nonne oder Überreste einer zu Ende gegangenen Schul-Ära vorgefunden hatten, die unter Umständen darauf schließen ließen, wo die Ausreißerin stecken könnte.

»Ob sie die Kammer auf frische Spuren durchkämmen?«

»Warum darf keine von uns sich ihrer Zelle nähern, ohne sich strafbar zu machen?«

»Wahrscheinlich, weil Untersuchung und Auswertung der sogenannten Unpässlichkeit noch nicht abgeschlossen sind.«

»Die Kemenate ist ein Tatort, und der gehört versiegelt.«

»Damit keiner das Setting verändert.«

»Gegenstände entwendet.«

»Oder ihr ein *Corpus Delicti* unterjubelt.«

»Vielleicht wollte Sœur María den Satyr in eine Falle locken und hat sich deshalb aufgetakelt, ohne damit zu rechnen, von ihm überwältigt zu werden.«

»Entführt, womöglich.«

»Dead or alive. Dürfen wir selbst ein Kopfgeld aussetzen? Ariadna könnte eine Quelle anzapfen.«

»Wanted. Wollen wir?«

Der Moment war gekommen, Kräfte zu bündeln. Man gewöhnte sich schließlich an alles. Auch an die anhaltende Bedrohung. Die Externen würden das in ihrer Macht Stehende tun, um außerhalb der Schule nach Sœur María Ausschau zu halten, die Internen würden ihr Glück innerhalb der Klostermauern versuchen. Die Gerechtigkeit würde triumphieren. Einer Vertreterin aus der Gruppe, die jahrelang das kürzere Los gezogen hatte, gelang die entscheidende Entdeckung.

Silvia Lozano, von der es hieß, sie würde schlafwandeln, hatte eine Eingebung. Sie stand mitten in der Nacht von ihrem Lager auf, ging auf Zehenspitzen mit nach vorn gereckten Armen die Flure entlang und die herrenlosen Treppen hinauf, blieb vor Sœur Marías Schlafgemach stehen, hielt den Atem an, hörte keinen Mucks, spazierte munter weiter, vorsichtshalber immer noch mit ausgestreckten Armen, ging die gefegten Treppen wieder hinunter und suchte den Wäscheraum auf, der den Nonnen und dem Schulpersonal vorbehalten war. Der Schlüssel lag unter dem Teppich. Das Deckenlicht brauchte sie nicht anzuknipsen. Der Mond schien durchs Fenster. Dort war es. Wie befürchtet. Bingo! Ein mit Blutflecken und Schweißperlen übersätes Bettlaken, eine Art zweites Grabtuch von Turin mit einem keuschen, über jeden Zweifel erhabenen Monogramm, die allererste Reliquie von Ballester, ein historischer Bezug, der ultimative Beweis, den sie an sich nahm, den Silvia Lozano in vollem Bewusstsein entwendete, bevor es der sogenannten Fachwelt – dem Arzt, dem Priester, dem Polizisten, den Herren Leibesvisitatoren – gelingen würde, kraft ihrer jeweiligen Ämter das extraordinäre Phänomen, das die duckmäuserische Mère Supérieure als Unpässlichkeit abtat, ohne jeden Vorbehalt als Wunder anzuerkennen.

31

Während die Nonnen das Gesellschaftsspiel *Blinde Kuh* zelebrierten, um kein Wort über das fehlende Bettlaken verlieren zu müssen, redeten ihre Schülerinnen nur noch über den unerhörten Fund der Silvia Lozano. Silvia hatte ihn einigen Auserwählten, die ihr enges Vertrauen genossen, am helllichten Tag an einem zuvor vereinbarten geheimen Treffpunkt zur Begutachtung vorgeführt. Darüberhinaus geschah es mitten in der Nacht. Wenn die Nonnen den Schlaf der Gerechten schliefen, erweckte Silvia den Eindruck, jemand würde sie rufen; sie richtete sich im Bett auf und ging. Wie ein Spuk oder eine Gespenstererscheinung schlafwandelte sie durch die Flure des Mädchentrakts. Dabei lief sie anders als üblich, setzte nicht wie Normalsterbliche einen Fuß vor den anderen, sondern glitt über den Boden; mit ausdruckslosem Gesicht und Augen, die ins Leere starrten, schwebte Silvia Lozano in einem knöchellangen, blendend weißen Nachthemd, während sie das blutbesudelte Laken der Sœur María vor sich hielt. Die Internen, die in Erwartung des grausigen Umzugs wach lagen, wisperten, Silvia würde das traditionelle Bild der heiligen Veronika aggiornieren, das sie allein aus den Passionsdarstellungen alter Meister kannten. Für die Dauer ihrer Prozession mit dem Schweißtuch der fortschrittlichen Sœur María kam Silvia ihnen völlig verändert vor. Sie erschien ihnen wie eine Hohepriesterin, die – obwohl leibhaftig anwesend – sich anderswo aufhielt, als könnte Silvia Lozano in diesem traumähnlichen Zustand, in den sie jede Nacht verfiel, durch die Zeit und den Raum reisen – bis in die Abruzzen zum *Volto Santo*, dem hauchdünnen Schleier von Manoppello, bis nach Turin zum Leichentuch des Auferstandenen, und von dort aus weiterziehen, auf der Suche nach einer *Madonna che piange sangue*, denn wenn Silvia Lozano schlafwandelte, konnte sie Italienisch, sie konnte Dinge, die sie tagsüber nicht konnte; leise vor sich hinbrabbelnd begab sie sich überall hin, nach Neapel zu Sankt Gennaro und seinen beiden Blutampullen, nach Amaseno südöstlich von Rom, wo sich die Blutreliquie des Laurentius am Gedenktag seines Martyriums verflüssigte, sogar zur letzten Ruhestätte von Josef von Arimathäa, des Mannes, der bei der Kreuzigung Jesu sein kostbares Blut in einem Kelch aufgefangen hatte; im Geiste konnte die Somnambule nach Bolsena pendeln, wo aus einer Hostie während der Wandlung Blut getropft war. Unglaublich, aber wahr: Als nachtwandelnde Legendensammlung konnte Silvia sämtliche Kommilitoninnen, die nie aus Ballester herausgekommen waren, an jeglichen existierenden Rätseln rund um den Globus teilhaben lassen. Und so kam es, dass diejenigen, die kein Auge zutaten, davon überzeugt waren, die transfigurierte Silvia Lozano würde ein neues Erwachen einleiten.

Es brauchte nicht lang, bis im INSTITUTO SANTA ANA eine Handvoll Aufgeweckte zueinanderfanden, die insgeheim gegen das Diktat des Überlieferten rebellierten und zur konspirativen Verehrung von Sœur María antrieben – plastischer, als manch einer es sich in seinen kühnsten Träumen hätte ausmalen können, und nachhaltiger, als es den traditionsbewussten Autoritäten der Mädchenschule recht war.

Die Mère Supérieure, die in der Stille der Annenkapelle den erforderlichen Rückhalt gesucht hatte, sah sich nun genötigt, mit Johannes an einem Strang zu ziehen. In seinem Evangelium stand das Wort am Anfang. Am Anfang hatte die höchste Tochter von SANTA ANA noch guten Mutes gedacht, nichts würde sie dazu bewegen, das Wort zu ergreifen. Dies war eine gewaltige Fehleinschätzung. Alle schauten zu, wie die Mère Supérieure auf dem Schulhof mit sich rang. Alle hörten, wie die Entkräftete unverhältnismäßig laut um Ruhe bat, um von dem chronischen Indisponiertsein Sœur Marías zu sprechen. Von einer Verlegung in ein hochmodernes Kloster war die Rede. Von einer auf die Nonne abgestimmten Fürsorge. Von einem Retreat in den Bergen. Von Rehabilitationsmaßnahmen auf der Höhe der Zeit. Von wegen. Als die offizielle Kontaktfrau sich beim Namen der Schwester verhaspelte und in einer Übersprungshandlung mit der Hand über die Augen fuhr, wies Silvia Lozano ihr Augenwischerei und offensichtliche Verschleierung nach. »Eine Lügnerin vor dem Herrn«, empörten sich diejenigen Getreuen, die auf Geheiß der Mondsüchtigen vehement dafür eintraten, hinter die Kulissen zu blicken, um die Legende der Bloody Mary in Umlauf zu bringen.

Geleitet durch ein Gespür dafür, dass Aufklärung in Mythologie zurückschlägt, gab dieser aus Internen und Externen rekrutierte Mädchenzirkel dem nebulösen Vorkommnis einen prägnanten Namen und hob sich über Nacht selbst aus der Taufe: Die im Untergrund agierenden Bloody Marys scheuten keinerlei Gefahren, damit das, was sie für die Wahrheit und nichts als die Wahrheit hielten, ans Licht käme. Trotz der an den Tag gelegten Waghalsigkeit wurden ausgekundschaftete Informationen über die mitsamt ihrer Vespa verschollene Schulheilige ausnahmslos in kleiner, sporadischer Dosis verabreicht – gerade so, als müsste man sich der schwachen Herzen der Mitschülerinnen erbarmen, deren Lieblichkeit, Unbefangenheit und Helligkeit nie und nimmer die volle Wucht des Apokryphen verkraften würde.

Seit den spektakulären Enthüllungen über das unappetitliche Blutschwitzen von Sœur María, die das Fundament ihrer Legende bildeten, war das Phänomen aus der Vorstellungswelt der Schülerinnen nicht mehr wegzudenken. Dieser Erfolg war zweifelsohne sowohl der Anführerin als auch der Keimzelle der Bloody Marys zu verdanken, die eine vortreffliche Pionierarbeit geleistet hatten und freigeistig genug gewesen waren, auf ihre Art Geschichte zu schreiben und somit den Annalen ihrer angesehenen Erziehungsanstalt einen Extra-Band unterzuschieben.

Während der Appendix *Bloody Mary* das Leben innerhalb des INSTITUTO SANTA ANA wie kein zweiter revolutionierte, verdichteten sich die Hinweise, die auf ein eher profanes Umfeld der Angebeteten jenseits der Schulmauern schließen ließen. Nach eingehender Recherche wurden in der Nachbarschaft drei nichtssagende Blutsverwandte ausfindig gemacht: Der Vater und zwei Tanten der

Nonne erhielten kurz nach der geheim gehaltenen Gründung der Bloody Marys anonyme Briefe, die unbeantwortet blieben, delikate lebenssaftfarbene Couverts mit einer nett formulierten Aufforderung, sich auszusprechen und aus dem Nähkästchen jener leidgeprüften Gottestochter zu plaudern. Zu diesem Zweck sollten die beigefügten Papierbögen benutzt und am darauffolgenden Sonntag im Anschluss an den Elf-Uhr-Gottesdienst unauffällig am Fuß der Madonnenstatue links vom Ausgang der Kirche NUESTRA SEÑORA DE LA MERCED hinterlegt werden.

Ihrer Säulenheiligen zuliebe setzten die Bloody Marys Himmel und Hölle in Bewegung. Sie nahmen sich vor, die Identität des Malers zu eruieren, der die Wandfresken der überdachten Galerie zu verantworten hatte, um ihn anzutreiben, sein Werk zu vollenden. Durch ein unschuldiges Lächeln getarnt, pirschten sie sich an die Leute heran, mit denen ihre Ikone möglicherweise das eine oder andere Wort gewechselt hatte. Sie bemühten sich um die Gunst der Putzfrauen und des Postboten und leiteten aufsehenerregende Ermittlungen nach der Lektüre einschlägiger Schriftstücke in die Wege. Werke wie *Das vergossene Blut unserer Märtyrerinnen* oder *Ungeklärte Phänomene in der katholischen Kirche* stellten sich als echte Fundgruben heraus. Als die Bibel der Bloody Marys galt eine aus dem Italienischen übersetzte Studie mit dem Titel *Blutwunder und Wunderzeichen*. Ein zerlesenes Exemplar hatte Silvia Lozano die Schwester unmittelbar vor ihrer ›Unpässlichkeit‹ wälzen sehen, ein zerlesenes Exemplar hatte Silvia Lozano später in der Schulbibliothek aufgetrieben. Siegestaumel. Diese Entdeckung war die zweite Reliquie. Verehrerinnen zeigten deshalb Verständnis dafür, dass sie im Lesesaal verwahrt wurde und nicht ausgeliehen, sondern nur eingesehen werden durfte – vorausgesetzt, man war in der Lage, dem durchdringenden, prüfenden Blick von Sœur Consuelo standzuhalten und einige ihrer spitzzüngigen Fragen bezüglich des Forschungszweckes über sich ergehen zu lassen. Mit etwas Glück wurde die anämische Brillenschlange überlistet; nach bestandener Prüfung gestärkt und geläutert, als handelte es sich um eine illuminierte Handschrift oder eine Inkunabel, in höchste Aufregung versetzt, schlug man den teuren Band auf und lenkte die Aufmerksamkeit zuallererst auf einen hingekritzelten Satz auf der letzten Seite. »Gott ist rot« hatte wer denn sonst, wenn nicht Bloody Mary persönlich, vermerkt, mit Füllfederhalter und Tinte in der dazu passenden Farbe. Nach 145 rückwärtsgeblätterten Seiten wurde das Beweisstück zurückgegeben, und spätestens dann mussten sogar die Skeptikerinnen ihren Augen Glauben schenken. Auch diejenigen Schülerinnen, die nicht blindlings den Aussagen der Bloody Marys vertrauten, sondern wie der ungläubige Thomas sich selbst ein Bild machen wollten und den Lesesaal des INSTITUTO SANTA ANA aufsuchten, mussten sich eingestehen: Der Kommentar auf der Schlussseite von *Blutwunder und Wunderzeichen* war ein bis auf weiteres letzter Wink, eine handgeschriebene Botschaft, die auf empfindsame Gemüter umso überzeugender wirkte – sei es, weil sie in ihrer irritierenden Kürze Spielraum für die kühnsten Deutungen ließ, sei es, weil die rote Flüssigkeit seit der Niederschrift nichts von ihrer Lebendigkeit eingebüßt hatte. Wie dem auch sei, Teresa Gianelli und Cecilia Mansilla waren noch sehr weit davon entfernt, in dieser zwielichtigen Angelegenheit Farbe zu bekennen.

32

Das Interesse am Schicksal der Ariadna Viamonte Rey war Schnee von gestern. Das Leben hatte die Karten neu gemischt. Auf jedem Blatt des Marien-Epiphanien-Quartetts gab es einen Infokasten, der in Zahlen über das weitgefächerte Phänomen der Marienerscheinungen vom fünfzehnten Jahrhundert bis in die Gegenwart Auskunft erteilte, ein Bild, das die Kontemplation förderte, und eine Überschrift, die das dargestellte Wunder einer der vier Kategorien zuordnete:

1) Vom Vatikan anerkannt
2) Vom Bischof anerkannt
3) Vom koptischen Papst anerkannt
4) Nicht anerkannt

Das Spiel war von den Bloody Marys entworfen, in Handarbeit angefertigt und unter der Schülerschaft verteilt worden. Das Werbegeschenk enthielt eine revolutionäre Karte, die in die vierte Rubrik gehörte und diese zugleich *nolens volens* sprengte. Das Paradoxon bestand darin, dass die auf dem Blatt erscheinende Maria strenggenommen nirgendwo aktenkundig war und deshalb zu keinem offiziellen Heiligen- und Seligen-Quartett zählen konnte. Wie auch immer. Die rote Karte mit den Eckdaten von Sœur María konkurrierte in der letzten Kategorie mit einer französischen, einer spanischen und einer südafrikanischen Namensvetterin. Das Quartett setzte sich zusammen aus: Pellevoisin 1876, Garabandal 1961–65, Ngome 1955–71 und Ballester 1974.

»Alles eine Frage der Zeit«, beruhigte Silvia Lozano die Aufgebrachten, die entweder mit der Zuordnung der blutschwitzenden

Nonne ins vierte Feld nicht einverstanden waren oder mit der Tatsache, dass sie noch kein Kartenset bekommen hatten. Der beliebte Zeitvertreib war Teil eines umfassenden Erziehungsprogramms, das darauf abzielte, das Leben der gezeichneten Bloody Mary mit der erforderlichen Vorsicht auch außerhalb des INSTITUTO SANTA ANA bekannt zu machen. Irgendwann würde das Aufbegehren des Volkes Seiner Heiligkeit in Rom zu Ohren kommen und den Stellvertreter Gottes dazu bringen, die amtliche Heiligsprechung einzuleiten. Von Ballester bis nach Rom, das konnte dauern, wie die Bloody Marys sehr wohl wussten. Um zu verhindern, dass die Information *via* stiller Post auf der weltumspannenden Reise verfälscht würde, hatten die Aktivistinnen ja die Karten hergestellt. Es hieß, weitere Sets seien in der Mache, und etliche sollten beim Kirchengang am nächsten Sonntag unter die Menschen gebracht werden.

»Gottes Wege sind unergründlich, doch die Bloody Marys zuversichtlich, dass am Ende auch der Papst etwas in der Hand haben wird«, berichtete Cecilia Mansilla, die sich bei der Verteilung der Gratisspiele wie eine Mänade auf die *Noli me tangere* schreiende Silvia Lozano gestürzt hatte, um eines zu ergattern. Die Siegreiche deckte eine Epiphanie nach der anderen auf und ließ Teresa Gianelli an ihrer Hochstimmung partizipieren.

»La Salette, inzwischen ein altbewährter Wallfahrtsort, am 19. September 1846: Eine schöne, vor Kummer weinende Dame zeigt sich zwei Hirtenkindern im Alter von 15 und 11. Oder hier: Fátima, im Jahr 1917. Lucía, 10, und ihre beiden Cousins Francisco, 9, und Jacinta, 7, beobachten Unsere Liebe Frau, wie sie die Gestalt nennen, die ihnen drei Geheimnisse verrät. Was haben wir noch? Die Seherin von Lourdes, Bernadette Soubirous, ist 14, als sie 1858 mit ihrer Schwester Antoinette und ihrer Freundin Jeanne Abadie eine Grotte aufsucht, in der sie das erste Mal der Unbefleckten Empfängnis ansichtig wird.«

»Bernadette wird später Nonne und führt ein abgeschottetes Klosterleben. Ihr unversehrter Leichnam liegt bis heute in einem Glassarg. Ich kenne das schon.«

»Sagt dir die Maria von Akita was?«

»Von Aki-wie?«

»Siehst du: Wir haben in der ersten Kategorie eine Bildungslücke aufgespürt, die geschlossen werden möchte. Akita ist eine Stadt in Japan. Sie liegt am Fluss Omono. Hör zu.«

Erscheinungszeitraum:
6. Juli bis 13. Oktober 1973 (14 Wochen)
Zeugen: 1
Erscheinungen: 3
Wunder: 5
Pilger jährlich: 10 000

»Okay. Nicht schlecht.«

»Oder? Ich habe Silvia um weitere Infos gebeten. Das junge Mirakel hat sich in einem Kloster abgespielt. Warst du mal in Japan?«

»Nein.«

»Dort ist die Jungfrau nicht etwa persönlich aufgetaucht, sondern sie hat sich in einer Statue manifestiert.«

»Ach ja?«

»Ja. Eine Marienstatue aus rotbraunem Holz hat an der rechten Hand geblutet, über hundertmal geweint und so viel wohlriechenden Schweiß abgesondert, dass sie stets getrocknet werden musste. Die Schwester, die dessen Zeuge wurde, war zweiundvierzig. Eine absolute Ausnahme.«

»Stimmt. Es gibt nicht viele blutende und weinende Marienstatuetten. Meine kann bloß leuchten, nachts.«

»Mit *Ausnahme* habe ich das fortgeschrittene Alter der Seherin gemeint. Die Jungfrau offenbart sich meistens Kindern, Kindern wie uns. Wir sind oft die Auserwählten.«

»Sie tut es wahrscheinlich, um ihrem Sohn einen Gefallen zu erweisen, der kundgegeben hat: *Lasset die Kindlein zu mir kommen …*«

»*… und wehret ihnen nicht, denn solcher ist das Reich Got-*

tes – ganz genau! Für solch ein Ereignis ist eine Schule das ideale Umfeld. Und wer wie ich imstande ist, die Karten zu lesen, weiß, dass die Erscheinungen sich in der Regel in Satyrgegenden ereignen.«

»Wer sagt das?«

»Es steht in den Karten. Guck sie dir an! Es sind einsam gelegene Orte, Grotten im Wald oder die Flussufer, satyraffine Gefilde halt, unwirtliche Einöden, eintönige Landschaften, einschläfernde Kuhdörfer. La Salette liegt in den Alpen, Lourdes in den Pyrenäen. Bevor die Menschen in Scharen dorthin gepilgert sind, kannte diese Flecken niemand. Ich möchte unser Stadtviertel nicht schlechtmachen, aber bei aller Liebe zu Ballester, es liegt am Ende der Welt, in Arschentinien könnte man sagen. Es kann gut sein, dass wir – wenn der Plan der Bloody Marys aufgeht – durch diese Vorfälle groß rauskommen. Mir liegt gar nichts daran, die alten Rivalitäten zwischen Internen und Externen aufflammen zu lassen, doch überleg mal: Da die Internen des SANTA ANA nicht in die Welt hinaus dürfen, weil sie mehr denn je daran gehindert werden, wird die Welt zu uns kommen und uns zu Füßen liegen. Mach dich bereit.«

»So sehr ich mich bemühe, Cecilia, ich kann deine Begeisterung nicht teilen.«

»Wieso nicht?«

»Weil die Bloody Marys das Rad nicht neu erfunden haben: Das Kartenspiel ist ein Plagiat. Sie haben sich ganz klar an den Auto-Quartetten orientiert, an: km/h, PS/kW, 0–100 km/h, ccm, Zylindern und kg (leer).«

»Was sind das für seltsame Werte?«

»Normale Autorichtlinien.«

»Und wofür sind die gut?«

»Sie dienen als Richtschnur. Dadurch bekommt man ein Gefühl für den Abgrund, der zwischen einem Fiat und einem Lamborghini klafft.« Teresa entsann sich, dass nicht nur Sœur María, sondern auch ihre Vespa nicht mehr da war. Die Schwester fehlte ihr schmerzlich. Um den düsteren Gedanken zu vertreiben, schickte sie hinterher: »Hast du das nicht gewusst? Die Karten gibt es übrigens auch für Motorräder, Schiffe und Flugzeuge.«

»Kann ich mir nicht vorstellen …«, protestierte Cecilia just in dem Moment, als Marina Santiago angetrippelt kam und nach dem Papierflieger haschte, den der Zeichner der PLAZA ROCA ihr gerade durch die Gitterstäbe des Schultores zugeworfen hatte. Sie hatte Glück. Die Aufsicht führte Sœur Asunción, die in ihrer blinden Naturverehrung alles für Blumen und Insekten hielt, was sie umgab. In ihren Augen versuchte Marina Santiago, auf dem Pausenhof Schmetterlinge zu fangen.

»Die hat Schmetterlinge im Bauch«, echauffierte sich Teresa, die verwundert fragte: »Hat sie etwa Lippenstift aufgetragen?!«

»Ach wo! In der Kantine hatten wir heute Mittag Rote Bete«, klärte Cecilia sie auf und streckte als Beweis die Zunge heraus. Da Marina das Herz auf der ihrigen trug, wusste die komplette Schule, dass sie neuerdings eigens von einem Flaneur hergestellte Flugobjekte empfing und bei jedem Auseinanderfalten vor einer schwierigeren Aufgabe stand, die zu lösen sie kaum erwarten konnte.

»*Mamá*?«, fragte Teresa vor dem Schlafengehen.

»Ja, mein Engel?«

»Du siehst so anders aus mit deinem Kugelbauch.«

»Findest du?«, antwortete Clara Gianelli und half ihrer Tochter, die Couch aufzuklappen. Teresa schlüpfte in das gemachte Bett, und Clara setzte sich zu ihr an den Rand. »Da möchte sich jemand auf seine Art bemerkbar machen. Magst du mir deine Hand geben? … Hier … Leg sie hier drauf … Spürst du's?«

»Es klopft.«

»Ja, das ist das Baby.« Clara lachte. »Ein Er oder eine Sie klopft.«

»Dreimal … Wie ein Morsecode. Mir ist das unheimlich.«

Elvio Gianelli hatte inzwischen die Jalousien heruntergelassen und das Licht im Wohnzimmer ausgeknipst. Licht brannte nur noch im Bad, wo er nach dem Zähneputzen gurgelte.

»Braucht es dir nicht zu sein. Es sind sanfte Tritte.«

»Tut es nicht weh?«

»Tut es nicht.« Clara küsste ihre Tochter auf die Stirn.

»Bist du dir sicher?«

»Natürlich!«

»Aber ...«

»Aber was, Liebling?«

»Findest du es nicht todtraurig, dass du deine schönen Kleidungsstücke nicht mehr tragen kannst? Den Rock, den Papa und ich dir letztes Jahr zum Geburtstag geschenkt haben, zum Beispiel.«

»Das geht vorbei, Teresa, und dann wird alles wieder wie früher.«

»Wie weit erstreckt sich deine Liebe, *Mamá*?«, fragte die Tochter, bevor sie das Gesicht tief in ihr Kissen vergrub, damit weder die Mutter noch der Vater zu dieser späten Stunde mitbekamen, dass sie immer noch wie ein Baby weinte.

33

»Sagen Sie 33.« Elvio Gianelli hatte eine Hand auf den Brustkorb des Patienten gelegt, der zerknirscht jede seiner Anweisungen befolgte.

»Noch mal bitte, diesmal lauter, so dass ich Sie klar und deutlich hören kann.«

»*Treinta y tres.*«

Elvio Gianelli nahm sein Stethoskop ab, setzte sich an den Schreibtisch und holte seinen Rezeptblock aus der obersten Schublade hervor. »Sie können sich wieder anziehen. Ihr Verdacht auf Pneumonie hat sich nicht bestätigt.«

»Echt nicht?«

»Völlig unbegründet. Sie können beruhigt sein.«

»Keine Lungenentzündung also?«

»Bloß eine Erkältung.«

»Damit kann ich leben.«

»Würde ich sagen. Sehr lang sogar.«

Hatschi!

»Gesundheit!«

Hatschi!

»Ich verschreibe Ihnen ein Medikament.«

»Danke, Herr Doktor. Wissen Sie übrigens, woher das kommt?«

»Die Erkältungswelle, die bei uns die Runde macht?«, fragte Elvio Gianelli nach, ohne aufzublicken.

»Das Gesundheit-Wünschen.«

»Kultivierte Umgangsformen, nehme ich an.«

»Eine gute Stube, habe ich mir auch gedacht, bis ich unlängst eines Besseren belehrt wurde. Das, was wir für ein Zeichen zivilisierten Benehmens halten, ist in Wahrheit ein Atavismus.«

»Atavismus im zwanzigsten Jahrhundert. Aha.«

»Ein Überbleibsel. Sie sind ein Mann der Wissenschaft, und das hören Sie nicht gern, Herr Doktor, aber das Wort *Gesundheit* soll Bestandteil einer längeren Abwehrformel gewesen sein, in einer fernen, dunklen Vorzeit, in der Menschen mit Hilfe magischer Rituale und unter Anweisung eines Medizinmannes böse Geister zu vertreiben versuchten, Geister, die herumschwirrten und, wenn man Pech hatte, in einen fuhren.«

Elvio Gianelli lachte.

»Schön, dass ich Sie zum Lachen bringen kann, Herr Doktor. Lachen wirkt Wunder genauso wie die Zahl 33, habe ich mir von unserem Lotto-Verkäufer sagen lassen.«

»In meinem Metier ist 33 eine Abfolge tief erklingender Laute, ein beliebiges Beispiel, auf das sich die Ärzte geeinigt haben, weil wir an der Aussprache das Funktionieren des Fremitus überprüfen.«

»Mir hat man dagegen versichert, die 33 soll Unsterblichkeit verleihen, daher das Heraufbeschwören.«

»Jetzt übertreiben Sie aber! Hokuspokus hilft niemandem.«

»Jesus, Evita ... Beide 33.«

»Ich fürchte, dann wird unser Präsident sich etwas anderes einfallen lassen müssen, um den Tod zu überlisten. Er ist längst drüber und ganz schön angeschlagen.«

»Was gibt es Neues über seinen Gesundheitszustand?«

»In diesem Fall bin ich nicht besser informiert als jeder andere.«

»Die Medien machen gerade wenig Hoffnung, aber Unkraut vergeht nicht.«

Elvio Gianelli lachte lustlos. Er beugte sich über den Schreibtisch und reichte seinem Patienten die Hand. »In diesem Sinne ...«

»Ja, ich ziehe besser mal weiter. Solange ich wegbleibe, schmeißt meine Frau den Laden mit der Unterstützung ihrer Mutter, um es mir hinterher vorzuwerfen.«

»Na, dann nichts wie hin! Grüßen Sie die Damen!«

»Mache ich, Herr Doktor ... Ach! Habe ich Ihnen den Witz von der Schwiegermutter und dem Terroristen erzählt?«

»Haben Sie, haben Sie, letzte Woche.«

»Ach, wirklich? Letzte Woche?«

»Jawohl.«

»Daran kann ich mich nicht mehr erinnern ... Mein Gedächtnis ...«

»Kommt vor. Kein Grund zur Panik.«

»Wenn Sie es sagen ... Und wie hat er Ihnen gefallen, der waschechte Peralta?«

»Der war nicht schlecht, aber jetzt müssen Sie mir bitte verzeihen: Der nächste ...«

»Sicher. Ich bin schon weg. Danke, dass Sie mich ohne Termin drangenommen haben.«

»Keine Ursache. War doch alles in Ordnung mit Ihnen.«

»*Tok. Tok. Tok.* Dreimal auf Holz klopfen.«

Als sein Dauerpatient Ricardo Peralta die Tür endlich hinter sich zuzog, streifte Elvio Gianelli den Kittel ab und hängte ihn über einen Bügel an der Garderobe. Ein Blick auf die Uhr verriet, es war fünf nach zwei. Erst in einer halben Stunde würde er zu einem Hausbesuch aufbrechen müssen. Es war Montag, der 1. Juli 1974. Die Praxishelferin war ausgefallen, und er hatte den Kaffee selber aufgebrüht. Er goss sich eine Tasse ein und schaltete das Transistorradio in dem Moment ein, als sämtliche Radio- sowie Fernsehsendungen außerplanmäßig unterbrochen wurden. Im Regierungspalast sah man sich gezwungen, den Lauf der Dinge anzuhalten, um einen Einschnitt von historischer Dimension zu verkünden.

»Mit großem Schmerz komme ich der Pflicht nach, das argentinische Volk über das Ableben eines wahren Apostels des Friedens und der Nicht-Gewalt zu informieren«, lautete die Meldung, über der Elvio Gianelli sein Lieblingsgetränk erkalten ließ. Die zum Ende des Satzes hin brüchig gewordene Stimme gehörte María Estela Martínez, Juan Domingo Peróns dritter Ehefrau und verfassungsmäßiger Nachfolgerin. Sie war nun im Alter von dreiundvierzig Jahren Witwe geworden und rückte an die Spitze eines zutiefst gespaltenen Landes.

Um die Nerven zu beruhigen, setzte der Doktor sich wieder hin. Während Staatstrauer ausgerufen wurde, türmte Elvio Gianelli ein – zwei – drei Stückchen Würfelzucker sauber aufeinander. Er bemühte sich, vier – fünf, einen klaren Gedanken zu fassen. Bei sieben kam der Absturz. Was folgt jetzt?, fragte er sich, bevor er am Suchlauf drehte, um irritiert festzustellen, dass auf allen Sendern sakrale Musik gespielt wurde, wie sonst nur zu Ostern üblich.

ZWEITER TEIL

AUTOPIA

I

Welch eine Ironie der Geschichte! Am Montag, dem 1. Juli 1974, saß Valentino Acuña in seinem auf dem Bürgersteig aufgebauten Zeitungskiosk, umgeben von druckfrischen Nachrichten, die urplötzlich verwelkten, als zöge der feine Nieselregen, der auf die Stadt der guten Lüfte fiel und sich mit dem Duft der Jasmine, Edelwicken und Drillingsblumen vermischte, eine unerhörte Naturkatastrophe nach sich, die sich von Buenos Aires aus gleich auf das ganze Land ausweitete, ohne dass einer seiner wohlinformierten Einwohner davon Notiz nahm. An diesem historischen Tag, vertieft in die Lektüre eines Fortsetzungscomics, erfuhr Valentino Acuña mit überraschender Verspätung und geradezu beiläufig vom tödlichen Herzinfarkt des Präsidenten Juan Domingo Perón, als ein Gesprächsfetzen lange nach der offiziellen Bekanntgabe um zehn nach zwei zu ihm herüberwehte, so dass die Aussage aus dem Mund eines alarmierten Passanten, der wie ein flüchtiger Schatten an seinem Zeitschriftenstand vorbeihuschte, zur expressionistischen Sprechblase wurde, einer gezeichneten Wolke, die in dem Moment, in dem Acuña erschrocken den Blick vom Heft hob, alles andere mit einem Mal verblassen ließ, was er auf der Ablage oder an den Blechwänden zur Schau gestellt hatte, in der Überzeugung, dass es aufgrund der brennenden Aktualität oder der Zeitlosigkeit des Inhalts einen dankbaren Käufer finden würde.

Von der Todesmeldung aufs äußerste beunruhigt, verschloss Acuña seine Ware, ging in hastigen Schritten über den nassen Asphalt, stieß die Tür von Celios Geschäft auf und fand den Friseur des Viertels in einem Tränenmeer aufgelöst.

Auch Männer weinen. Auch Männer können nah am Wasser gebaut sein, wie Celio Rachello, der im urigen Hafenviertel La Boca gezeugt worden war, wo furchtlose Matrosen von Wind, Salzwasser und Sonne gegerbt aber und abermals an Land gespült wurden. In den feuchten Gemäuern eines heruntergekommenen *Conventillo*, einer dieser Gemeinschaftsbehausungen, in denen die bravourösen Wellen- und Meeresreiter in regelmäßigen Abständen ein und aus gingen, während andere Leute, mit denen sie verkehrten, davon träumten, in Argentinien Fuß zu fassen, hatte Celios Mutter damals ein Zimmer, das so klein war wie ein Taschentuch und das sie sich mit einer fremden Frau teilte, weil die Not groß war und sie die Miete nicht allein hätte aufbringen können. Es kam, wie es kommen musste: Mit der Zeit erwies sich das Einwandererviertel auch für den Nachwuchs als ein raues Pflaster. Der verträumte Junge mit den weichen Gesichtszügen und den kurzen Hosen, der allzu gern unter freiem Himmel Seeschlacht spielte, hatte stets aufgeschürfte Knie und verweinte Augen. Vor dem Zubettgehen musste seine Mutter die kleinen Schrammen an den Schläfen und Wangen versorgen, die Celio im Schlaf wieder aufkratzte. Als Lauras Zimmergenossin eines Nachts nicht nach Hause kam und das Warten auf eine Flaschenpost von ihr sich auf den Geldbeutel auswirkte, musste Celios Mutter die Konsequenz ziehen und ihr Leben umkrempeln. Zwei Monate später war sie mit einem leichten Koffer in der rechten Hand und einem zarten Jungen an der linken nach Ballester gekommen.

Dieses Stadtviertel hatte Celio Rachello aufwachsen und sich in den Mann verwandeln sehen, der er heute war. Die ersten grauen Haare waren fachkundig gefärbt, die Augen gekonnt durch einen algengrünen, auf der Wasserlinie gezogenen Kajalstrich hervorgehoben. Wenn eine Kundin nach seinem Alter fragte, erwiderte er: »Was glaubst du, Schätzchen?« Das Schätzungsspiel nahm den gewohnten Lauf: Der geschmeichelte Friseur wischte die Zahl mit der Hand weg, kehrte der Wissbegierigen für eine Sekunde den Rücken zu und wandte sich an seine Mutter: »Du hast es gehört, *Mamma*. Was sagst du dazu?«

Laura Rachello konnte sich nicht äußern. Irgendwann hatte sie das Sprechen verlernt oder eingestellt. Celio, der sein haargenaues Alter ohnehin als professionelles Geheimnis hütete, hatte sich damit arrangiert und machte daraus eine Tugend.

Das Leben derjenigen, denen nichts in die Wiege gelegt worden war und die sich deshalb erfinden mussten, war und blieb ein Balanceakt. »Einfach nach vorne schauen«, hatte Laura Rachello, bevor sie verstummte, ihrem Sohn geraten, der ihr aufs Wort gehorchte, so dass seine Augen auf dem pompösen Wandspiegel im Salon hafteten, der den geschäftlichen von dem privaten Bereich trennte. Von jeher gab es einen Celio Rachello vor und einen hinter dem Spiegel. Bei allem Zauber, den der Trickkünstler zu vollbringen wusste, bei allem, was sich mit wenigen Griffen verbergen ließ, bei allem Glamour, den Celio Rachello verkörperte, bei allem Glitzer, mit dem er sich herausputzte, musste der Friseur in seinen Vierzigern sein. In dieser längst vergangenen Dekade des zwanzigsten Jahrhunderts lebte er meistens auch, seiner Mutter Laura Rachello zuliebe, der Frau, der er alles verdankte und die, als sie noch der Rede mächtig gewesen war, nicht müde wurde zu sagen, sie wiederum verdanke alles Eva Duarte, der legendären Ehegattin von Juan Domingo Perón, die ihre Vorgängerin und ihre Nachfolgerin in den Schatten gestellt hatte, als hätte es die beiden anderen – ein Vorher und ein Nachher im Leben des Generals und seines Volkes – nie gegeben. *Los años felices* waren für Celio, der seiner Mutter nach dem Munde redete, die glücklichen Jahre des Aufstiegs von Juan Perón. Nach einer steilen Ministerlaufbahn innerhalb einer der vielen Militärregierungen, die Argentinien seit den dreißiger Jahren mit scharfen Sporen auf Trab hielten, übernahm der General Mitte der Vierziger die Zügel. Laura Rachello griff nach den Sternen und erhielt aus den höchsteigenen Händen der karitativen First Lady ihre erste Nähmaschine. Ein Foto über dem Wandspiegel des Salons zeigte die reich Beschenkte unmittelbar vor ihrem Auftritt. Mit frisch gelegten Haaren stand sie stramm wie ein Soldat vor dem Gebäude der Stiftung Eva Perón – hinter ihr eine Schlange, die sich um den Block wand. Die Schwarzweißaufnahme markierte einen weiteren Wendepunkt in ihrer Existenz. Die freigiebige Spende versetzte Laura Rachello in die Lage, ihrem Sohn manch einen Wunsch von den Lippen abzulesen. Nach einigen kurzärmligen Hemden und marineblauen Hosen mit hohem Bund musste sie aber einsehen, dass es ihn in Wahrheit nach etwas Extravagantem verlangte. Schweren Herzens und ohne den nächsten Schritt mit ihm abzusprechen, verkaufte sie Evitas Nähmaschine, um mit dem Erlös und ihrem Notgroschen eine gebrauchte Philips-Trockenhaube zu erwerben, ein top funktionierendes Gerät mit einem vierstufigen Temperaturregler und einem verstellbaren Ständer auf einem Dreifuß, das sie in den Vorraum ihres Hauses platzierte, um ihrem Sohn anschließend mitzuteilen, sie habe in Ballester einen Friseursalon eröffnet.

In der EWIGEN SCHÖNHEIT hatte inzwischen niemand anders als Celio Rachello das Sagen. Laura, aufgedonnert und piekfein angezogen, saß regungslos in einem modischen Cocktailsessel, der in der Werbung als der letzte Schrei angepriesen wurde, woraufhin Celio zugeschlagen hatte, um sie damit an ihrem runden Geburtstag zu überraschen. Ein echter Glücksgriff. Kunstleder ließ sich schnell reinigen, Rot war Lauras Lieblingsfarbe, und dank des Drehmechanismus der Sitzschale konnte Celio seine Mutter leicht handhaben. Als Laura noch nicht umnachtet war, hätte nichts und niemand sie dazu bewegen können, sich auszuruhen. Das Geschäft lief mittelprächtig, sie wiederum hatte sich in den Kopf gesetzt, eine Chefin, die in dem angrenzenden Privatbereich zu Hause war, habe ihren Laden während der Öffnungszeiten nicht zu verlassen – komme, was wolle. Lange Zeit kam niemand. An den desolaten Tagen ohne Kundschaft ging sie vor die Tür wie ein Kapitän an Deck, der mit der Hand die Augen gegen die Sonne abschirmt, um nach der nächstgelegenen Küste Ausschau zu halten. »Beharrlichkeit ist das Entscheidende«, unterrichtete sie Celio, ihren ersten und einzigen Offizier, der ihr, um sie aufzumuntern, zuzwinkerte. »Du weißt, wie ich denke: Nur die Ratten verlassen das sinkende Schiff«, warnte sie voller Verachtung für die Nagetiere, die sie in La Boca scharenweise zu Gesicht bekommen hatte.

Heute geistig abwesend, hielt sie im Sitzen die Stellung. Oft fixierte sie, wie Katzen es tun, einen Punkt in der Luft, der für andere unsichtbar blieb und Rätsel aufgab. Ansonsten ließ sie sich, als wäre sie ein Mannequin oder eine lebensgroße Schaufensterpuppe, von ihrem Sohn mit den Cocktailkleidern schmücken, die sie Ende der Vierziger geschneidert hatte. Über jede modische Neuerung erhaben hielt sie auch dann still, wenn Celio sich mit einer Myriade goldener Haarklemmen zwischen den Lippen daranmachte, an ihr die aufwendigsten Hochsteckfrisuren auszuprobieren. Eingedrehte Schnecken und geflochtene Türme fanden auf ihrem wohlgeformten Schädel den gebührenden Platz. Sie, die sich damals in La Boca auf die Geburt einer Tochter eingestellt hatte, auf eine Celia, um ihr bei passender Gelegenheit ihre mit bunten Pailletten aufgehübschten Blusen, ihre Armreifen und Colliers aus Bakelit vererben zu können, war – nachdem sie ein Leben lang ihre Frau gestanden hatte – selbst wieder zu einem Mädchen geworden. An Bord ihres Schiffs der Träume ließ Laura Rachello sich ankleiden und parfümieren, hinter den Ohren und an den Handgelenken, sie ließ sich dezent schminken und die Fingernägel passend zur Garderobe lackieren. Wie ein Relikt aus einer unwiederbringlichen Ära thronte Laura Rachello in der EWIGEN SCHÖNHEIT und bot jeden Tag aufs Neue dem Wahrscheinlichkeitssinn die Stirn. Damit sie bei dieser Zerreißprobe kein bisschen Farbe verlor – anders als die Fotografien von Evita in ihrem Laden, die den Zeitverlauf und dadurch den Werdegang der Radiosprecherin und Filmschauspielerin dokumentierten, der Laura Rachello mit Haut und Haaren verfallen war, weil jene schließlich die Mächtigste im ganzen Land geworden war, die blond gefärbte Präsidentengattin in Paco Jamandreu und Christian Dior, eine echte Dame mit extravaganten Hüten von Casa Giulia und Rosé Descart, in atemberaubenden Pelzen und Schuhen, mit Rubinen an den Ohren und Diamanten um den Hals, mit einer Anhängerschaft, die sie um den Finger wickelte –, damit der erste Anflug von Blässe bereits im Keim erstickt werden könnte, griff Celio zum Rouge und applizierte es derart präzise auf die Wangenknochen seiner Mutter, dass die Kundinnen versicherten, Doña Laura werde wie Dorian Gray immer jünger. Nicht nur Celio, auch die vielen Frauen, die sich in seine Hände begaben, ihm die Köpfe ebenso wie ihre Seele anvertrauten, redeten mit ihr und auf sie ein, als wäre es Laura tatsächlich gegeben, an allem, was um sie herum geschah, Anteil zu nehmen, als befände sich Laura Rachello nicht in einer Zeitkapsel, die sie in einer ewigen Vergangenheit gefangen hielt, nicht in einem Limbus, an einem Ort des Dazwischen, der weder Himmel noch Erde war und an dem der wohlwollende Zufall waltete, eine kindliche Instanz, die sich der kruden Realität in den Weg stellte und es ausschlug, Celios Lebensspenderin in die Freiheit des Hier und Jetzt zu entlassen.

»ER STARB!« Mit diesen Worten und einer aus der goldenen Epoche argentinischer *Radionovelas* abgekupferten Theatralik empfing Celio Rachello den Mann, der seine teure Mutter, die Stammkundinnen der EWIGEN SCHÖNHEIT und ihn, den Haarkünstler, seit Jahren mit Illustrierten und Klatschzeitschriften versorgte, nun aber mit leeren Händen da stand. Die Gelegenheit beim Schopf packend, warf sich Celio Hals über Kopf in Valentinos Arme, um ihm aus nächster Nähe das Allerschlimmste zu eröffnen. *In medias res*, als bräuchte der Tote nicht beim Namen genannt zu werden, als wüsste keiner besser als der Friseur von Ballester, wie Argentinien in solch einem geschichtsträchtigen Augenblick empfand, als hätte es angesichts des dramatischen Ereignisses nicht bloß dem Sohn von Doña Laura, sondern der ganzen Nation mehr oder weniger die Sprache verschlagen, würde Valentino Acuña am nächsten Morgen die gleichen Worte, die er gerade von Celios Lippen vernommen hatte, auf dem Titelblatt der Tageszeitung *Crónica* reproduziert sehen: in überdimensionalen Drucktypen, die, weil sie das Ausmaß der Katastrophe versinnbildlichten, sich über die gesamte obere Seitenhälfte ausbreiteten, und in der gleichen Knappheit, die ein Gefühl des schier Unfassbaren vermittelte.

»Ich bin untröstlich, Valentino«, schluchzte Celio, um seinem Schmerz noch mehr Ausdruck zu verleihen. Einen Tag später würde das Wort DOLOR in gigantischen Lettern auf der Titelseite der *Noticias* prangen.

»Ich habe es eben erfahren. Ein Riesenschock.«

»Findet *Mamma* auch.«

»Ach, verzeihen Sie, Doña Laura! Ich habe Sie nicht begrüßt. Ich bin mit dem Kopf woanders. Sie sehen blendend aus. Ich hoffe, es geht Ihnen gut.«

»Den Umständen entsprechend, *caro*. *Mamma* und ich waren mit der Kundschaft fertig, hatten den Fernseher angemacht, als diese schreckliche Martínez de Perón sich dazwischengeschaltet hat, um es zu verkünden. Ich kann es bislang nicht fassen. *Mamma* und ich haben nicht achtzehn Jahre auf seine Rückkehr gewartet, damit er uns nach neun Monaten aufs Neue verlässt.«

»Und diesmal für immer, Celio. Keiner wird ihn von dort, wo er jetzt ist, zurückholen können.«

»Bloß ein paar Stunden, seitdem er von uns gegangen ist, schon fühlen wir uns hier mutterseelenallein. Verzeih mir.« Celio drehte den Kopf zur Seite und schnäuzte sich in ein parfümiertes Taschentuch, das er in den Ärmel gesteckt hatte. Danach warf er einen flüchtigen Blick in den Spiegel. Seine Nase war vom vielen Heulen gerötet, das dunkle Kajal war herausgeschwemmt und verlief unter den Augen.

»*Orribile! Spaventoso!*«

»Übertreib nicht.«

»Ich meine nicht mich, sondern das, was uns erwartet. Als wären wir im falschen Film, sitzt an der Spitze der Regierung eine aufgeblasene Möchtegern-Evita, ein müder Abklatsch namens María Estela Martínez. Mir ist nur nach Weinen zumute.«

»Apropos Film, könnten wir den Fernseher einschalten? Ehrlich gesagt, bin ich aus dem Grund bei euch hereingeplatzt. Doña Laura, Sie erlauben?«

»Sicher, mein Schatz. Auch *Mamma* möchte wissen, ob noch was kommt. Aber ich warne dich: Seit dem Auftritt der Witwe senden sie überall Sphärenmusik.«

Celio brachte den Cocktailsessel in Position, strich über die Porzellanhand seiner Mutter und steuerte auf die Kommode zu, in deren weiträumigen Schubladen er lebenswichtige Utensilien wie Bürsten, Lockenwickler, Haarnetze und Haarklammern aufbewahrte. Darauf thronte, auf einer gehäkelten Decke, die genauso wie die rote Federboa über der Ladentür insgeheim als Staubfänger diente, ein tragbarer kleiner Hitachi. Seine Antenne war wacklig und musste alle zwei Tage neu ausgerichtet werden. Celio drehte den Einschaltknopf und stellte enttäuscht fest, dass auf sämtlichen Kanälen nach wie vor Klassik lief.

»Wenn es so weitergeht, drehe ich durch«, sagte er und optimierte die Stellung des Cocktailsessels, damit auch Doña Laura, ohne sich den Hals zu verrenken, das einschläfernde Testbild zu sehen bekam, das den Klängen als Hintergrund diente. Wider Erwarten tat sich etwas. Die Töne verstummten, das Testbild verschwand, der Minister für soziale Wohlfahrt hatte es verdrängt. Drei Sekunden später war sein Bild ein einziges gekritzeltes Rauschen.

»*Porco cane*«, ärgerte sich Celio und verpasste der Kiste einen heftigen Schlag, der das Gesicht des Ministers in Schwarzweiß wiederherstellte. Dabei fiel eine zierliche Madonnenstatuette, die neben dem Hitachi gestanden hatte, eineinhalb Meter in die Tiefe. Die Plastikfigur war eine Leihgabe von Teresa Gianelli, der Enkeltochter von Berta Sanfratello, die Doña Laura wöchentlich besuchte, um sie mit frischen Eiern zu versorgen.

»*Madonna santa*! Das hat mir noch gefehlt!«, kreischte der Friseur hysterisch und ging in die Hocke, um die Figur aufzuheben. »Hast du gesehen, *Mamma*? Als würde die *Madonnina* angesichts der misslichen Lage Selbstmord begehen! Da haben wir den Beweis, Valentino: Wir sind von allen guten Geistern verlassen!«

»Mit tiefem Bedauern bestätige ich dem argentinischen Volk die unheilvolle Nachricht des Übergangs unseres nationalen Führers, des Generals Perón, in die Unsterblichkeit.« Der Minister für soziale Wohlfahrt hatte gesprochen, und Celio schnaubte vor Wut. Nachdem er sich vergewissert hatte, dass die Statuette heil geblieben war, gestikulierte er aufgeregt. »So ein verschlagenes Gesicht! Dieser Mann gefällt mir gar nicht, Valentino. Wieso muss dieser Rasputin der Pampas, nachdem die Witwe den Tod ihres Mannes publik gemacht hat, das noch einmal klarstellen? Man kann das Ding drehen und wenden, wie man will: Tot ist tot. Wie Pipino damals Erinnerst du dich an Pipino *Mamma* Pipino war unser Magellanzeisig in La Boca Valentino ein Traum von Singvogel unser *Cabecita negra* Kopf Nacken und Kehle waren von einem glänzenden Schwarz das auf eine entzückende Art mit dem Gelb des Körpers kontrastierte Von dem olivgrünen Stich und dem aparten Flügelmuster ganz zu schweigen *Mamma* kaufte beim Krämerladen eine spezielle Futtermischung die wir in einer Backpulverdose aufbewahrten Eines Morgens …«

Celio war wieder der Alte. Seine herzzerreißenden Tränen waren versiegt, und er erzählte, wie er seit je erzählt hatte: ohne Punkt und Komma. Er hatte José López Rega, den Hexer, wie der Minister von seinen Gegnern genannt wurde, bereits vergessen, eine dunkle Gestalt, die im Madrider Exil Peróns Privatsekretär geworden war und heute hinter verschlossenen Türen mittels einer okkulten Beschwörungsformel (»Pharao! Pharao! Pharao!«) den Versuch unternommen hatte, den toten Präsidenten ins Reich der Lebenden zurückzuholen. Da der erhoffte Effekt ausgeblieben war, erschien es dem Nekromanten notwendig, das Ableben des Staatsoberhauptes ausdrücklich zu betonen. Weit davon entfernt, sein Versagen als Hexenmeister publik zu machen, münzte López Rega seinen Misserfolg um, indem er den Auftritt der frisch Verwitweten im Radio und Fernsehen mit einem eigenen besiegelte. Indem López Rega sich als offizielle Figur der Politsphäre an die Bevölkerung wandte, ließ er diejenigen, die in diesem Lande etwas von Zwischentönen verstanden, wissen: Niemand außer ihm würde nach dem Dahinscheiden von Juan Domingo Perón den Aussagen seiner rechtskräftigen Amtsnachfolgerin Gültigkeit verleihen.

2

Berta Sanfratello war eine patente Erscheinung. Sobald sie Nasif Abdala entdeckte, beschleunigte sie ihren Gang. *Klack-klack-klack* ratterte der volle Einkaufstrolley hinter ihr her, aus dem wie die Federn eines radschlagenden Pfaus neben Sellerie- auch Spinat- und rote Chicoréeblätter herausguckten. Als sie ihren Hausnachbarn abpasste, hakte sie sich bei ihm unter und gab ihm das Gefühl, sie müsste sich bei ihm abstützen und nicht umgekehrt. Nachdem beide im Schneckentempo um die Ecke gebogen waren, tauchte das Schild auf, das Don Nasif einst in der Blüte seiner Jugend zu montieren geholfen hatte:

AUTOPIA

AUSFAHRT FREIHALTEN

»Wir sind gleich da«, sagte Berta Sanfratello vorschnell und bereute den überflüssigen Kommentar. Damit der Freund ihres Gemahls keine Ermunterung oder gar ein Zeichen von Ungeduld heraushörte, gönnte sie sich eine Verschnaufpause, die sie nicht benötigte, und behauptete wie ihre piemontesischen Vorfahren: »*Piano, piano si va lontano.*«

Schritt für Schritt, langsam, aber stetig. Das wäre nichts für Bertas Gatten gewesen, der in Anwesenheit seines Kumpans ebenfalls jede Spur von Umtriebigkeit oder Hast kaschiert hätte. Julio El Haddad war ein besonnener Zeitgenosse. Er würde nicht so weit gehen, die Gemächlichkeit zu loben, denn Nasif würde ihm diesen Gestus niemals abkaufen, da er ja wusste, dass sein Landsmann Ameisen im

Hintern hatte. Julio El Haddad war mit Leib und Seele Automobilist und deshalb Automechaniker geworden. Seit eh und je fuhr er sein eigenes Ding und legte ein beachtliches Tempo vor, ohne anderen in die Quere zu kommen. Dem inzwischen Sechsundsechzigjährigen eilte sein Ruf voraus: Julio El Haddad sprühte vor Energie. Er war voller Tatendrang, tüchtig, zuverlässig und grundanständig. Auf diesen vier Pfeilern hatte er *anno* dazumal sein Geschäft errichtet. Zuvor hatte er den Obst- und Gemüseladen seines Vaters mitaufgebaut und mitgetragen. Die wenigen Erholungspausen, die er sich damals erlaubte, machte er nach Feierabend wieder wett, indem er die Auslieferung von Kohlen – einen wichtigen Nebenverdienst seiner Eltern – übernahm. Er belud das Fuhrwerk, und während er das Pferd anspannte, hörte er, wie seine Mutter ihm von der Küche aus die alte Weisheit mit auf den Weg gab: »Wenn der Berg nicht zum Propheten kommen will, muss der Prophet zum Berge gehen.«

Bloß mit dem Propheten Mohammed hatte die Familie eigentlich nichts am Hut. Amira und ihr Mann Hassem waren Katholiken aus dem Libanon. Die Fremdherrschaft der muslimischen Osmanen, die Religionskriege und das große Blutvergießen waren der Grund, weshalb Eltern und Schwiegereltern, denen die Schreckensbilder von 1860 noch lange nach dem Massaker tief in den Knochen saßen, sich ein Herz fassten, um Bikfaya, ohne zurückzublicken, hinter sich zu lassen. Die frisch Vermählten Amira und Hassem hatten die Chance erkannt, der verheerenden Armut zu entfliehen. Im religiösen Glauben verwurzelt, packten sie ihre Habseligkeiten zusammen und überließen sich der Mutter Gottes, unter deren Obhut sie den Hafen von Buenos Aires erreichten.

Um das aufkommende Heimweh der Zugewanderten zu überlisten, segnete Gott sie relativ schnell und alsdann in regelmäßigen Abständen mit gesunden Nachkommen – insgesamt elf an der Zahl. »Eins davon ein Sorgenkind«, lamentierte Amira El Haddad und war sich darüber im Klaren, dass es so nicht stimmte. Unter den strengen Augen des Vaters hatte sich Julio zu einem prächtigen Burschen entwickelt, der das Fußballspielen liebte, doch zum Ärger seiner Mutter nichts für die Religion übrighatte. Er respektierte den Herrn – das ja –, sah aber keinen Grund, mit ihm gemeinsame Sache zu machen, und zog stattdessen vor, sich selbst zu vertrauen.

Wann auch immer die Arbeit rief oder das Vergnügen auf ihn wartete, ließ Julio El Haddad sich ungern aufhalten. Bedacht, aus der Fülle zu schöpfen, ging er zu Fuß, doch am liebsten hatte er es, wenn der Wind ihm um die Ohren pfiff. Am offenen Fenster eines Zuges oder einer Tram beobachtete er mit Begeisterung, wie die Landschaft vorbeizog und zur peitschenden Fahne wurde; er machte Ausflüge zu Pferd oder mit dem Fahrrad, und solange es ihm verwehrt blieb, in den Genuss eines eigenen Autos zu kommen, bestieg er Busse und fremde Automobile. Auf einem Motorrad mit Beiwagen saß er seinen Militärdienst ab, bis zu jenem glorreichen Tag, an dem er auf Befehl eines Vorgesetzten einen Doppeldecker flog. Fortan schwebte er im siebten Himmel. Er drehte waghalsige Pirouetten und erwarb sich den Leumund des couragiertesten jungen Mannes seiner Einheit. Dabei gelang es ihm mühelos, mit beiden Beinen auf dem Boden zu bleiben. Die Frauen mochten das und lagen ihm zu Füßen. Was die Damen betraf, wollte er nichts überstürzen, und deshalb heiratete er im Alter von sechsunddreißig. Doch indem er eine dreizehn Jahre jüngere Piemonteserin zum Altar führte, holte er die Zeit wieder auf. Die Braut hieß Berta Sanfratello und sah am Tag der Tage wie das blühende Leben aus. Der Bräutigam tanzte bis in die Puppen, und seine Autowerkstatt erstrahlte fünf Jahre nach dem legendären Richtfest ein zweites Mal im magischen Licht.

Elf Monate später kam Clara auf die Welt, zweieinhalb Jahre danach folgte Alba. In beiden Fällen machte vor allem der Vater keinen Hehl daraus, dass er sich ein Mädchen gewünscht hatte. Julio hatte auf seine schwangere Frau eingeredet, ihr ununterbrochen klarzumachen versucht, ohne weibliche Nachkommen wäre sie hoffnungslos von Wagen und Männern umzingelt, und da Bertas Bauch von Woche zu Woche wuchs und ihr ölverschmierte Mechaniker, autobesessene Kunden und ausgebeulte Fahrzeuge zunehmend den Weg versperrten, gab sie ihm letztendlich recht und besiegelte das private Glück jeweils mit der Geburt einer Tochter. Seitdem war eine Menge Wasser den Fluss hinabgeflossen; doch obwohl Umwälzungen das Land am Río de la Plata aber und abermals erschütterten, war AUTOPIA eine verlässliche Anlaufstelle geblieben.

An keinem anderen Ort wurden Karosserien so meisterhaft wie bei Don Julio instand gesetzt und vergleichbar glänzende Lackierergebnisse erzielt. In seiner Werkstatt wurde tadellose Arbeit verrichtet, dafür standen der Chef und seine Jungs gerade.

Dort war man bei der Sache, auch wenn das Radio im Hintergrund lief, die süßen Gebäckteilchen und der Matetee die Runde machten. War die Halle bis auf den letzten Quadratmeter zugestellt, wich man auf den Bürgersteig aus. Von hier aus wechselte man das eine oder andere Wort mit den Nachbarn; man sah – von Blond bis Schwarz, über Brünett und Rot – die ganze Farbpalette vorbeigehen, man schaute den Frauen diskret hinterher, es sei denn, Don Julio befand sich außer Hörweite, dann traute man sich doch, ihnen hinterherzupfeifen, vor allem Blondinen wurde – oh là là – laut hinterhergepfiffen. Tauchte der Boss wieder auf, ließ man die Nachrichten des Tages Revue passieren: die Ergebnisse des Pferderennens in Palermo, *Pretty Diamond* auf Platz eins, einen knappen Kopf vor *Casquito* – Hellseher müsste man sein –, auf Platz drei *Skarabäus*, gefolgt von *Southern Glory*, auch die Zahlen im Lotto lauter Nieten, die einzige Rettung war und blieb der Fußball, Boca Juniors verlor in der letzten Halbzeit 0 zu 2 gegen River Plate, eine unerwartete Niederlage mit bösem Nachspiel, aufgebrachte Fans gingen aufeinander los – jetzt, wo wir besser daran täten, gemeinsam nach vorne zu schauen, nachdem auch noch der Alte den Löffel abgegeben hat; ob man es glaubt oder nicht, der General hat das Feld geräumt; was wird aus unserem Land, Don Julio?

Als die Millionenfrage ihn erreichte, zuckte der Chef von AUTOPIA, der kritischen Situationen sonst zuversichtlich entgegentrat, völlig ratlos mit den Schultern.

3

Jedes Mal, wenn Álvaro Fatini vor dem Waschbecken stand und einen Blick in den Spiegel warf, erfasste er aus den Augenwinkeln das Foto von Eva Perón auf dem Balkon des Präsidentenpalastes. Er selbst hatte es dort befestigt, mit Klebeband an der unverputzten Wand der Autowerkstatt, damit jeder sehen konnte, dass die komplette Plaza de Mayo ihr zu Füßen lag. Die Porträtierte schaute auf, als wollte sie in den Himmel steigen, die Arme wie Flügel ausgebreitet, das goldene Haar, den Gesetzen der Aerodynamik folgend, am Hinterkopf zu einem Dutt zusammengebunden. Evita strahlte, weil das Volk sie anhimmelte. Ihre Anhänger glaubten damals wie heute, diese Erscheinung ist die Sonne selbst, die sich über den Horizont erhebt und über ihnen scheint. Eigentlich schien die Sonne die einzige unerschöpfliche Reserve in einem ausgelaugten Land zu sein, die einzige Quelle, die seit jeher uneigennützig die durch den ständigen Wechsel von Militärregierungen und schwachen Demokratien angeschlagene Nation angenehm wärmte und unausweichlich den einen oder anderen Teil der Bevölkerung schläfrig machte.

Álvaro war nach dem Mittagessen sichtlich müde. Beim Gähnen streckte auch er sich genüsslich in die Höhe. Er drehte den Wasserhahn auf, hielt die Handgelenke unter den kalten Strahl, dann die Unterarme, erfrischte sein Gesicht, und da er kein Mann für halbe Sachen war, hielt er schließlich den gesamten Schädel unter das Wasser; in Zeiten wie diesen, wo Argentinien sein Oberhaupt verloren hatte, tat man besser daran, einen kühlen Kopf zu bewahren.

Bemüht, die Untergangsstimmung zu vertreiben, der das von der Straße heraufdringende Sirenengeheul Nachdruck verlieh, richtete er sich wieder auf. Ohne sich nach dem Handtuch umzuschauen, das zerknüllt auf der Ablage neben dem Waschbecken lag, beendete er die Prozedur, indem er seine wilde Mähne in sämtliche Himmelsrichtungen schleuderte. Dabei geriet alles, was sich im Umkreis von einem Meter befand, in den Sprühregen hinein: Evita, der Spiegel von Don Julio, die Mannschaft des Club Atlético Boca Juniors, der Christophorus, der den Jesusknaben über den Fluss getragen hatte und deshalb Patron der Autofahrer geworden war, der Pirelli-Kalender, die Tabelle mit den 99 Lottozahlen und den zugehörigen Traumbildern, dazu der eingerahmte Zettel mit der Aufforderung: LEGEN SIE DIE SCHEINE FÜR IHR UNGEBORENES AUF DIE SEITE. SOBALD ES EINIGES VON DER WELT GESEHEN HAT, WIRD ES MIT DEM ANGESAMMELTEN KAPITAL ETWAS ANZUFANGEN WISSEN. Wasser, so weit das Auge reichte – ein Gedanke, der sich Anfang des Jahrhunderts Álvaros Großeltern aufgedrängt haben müsste, als sie mit dem Wenigen, was sie am Leibe trugen, das faschistische Italien verließen und dem Versprechen auf eine bessere Zukunft nachzureisen wagten. In einer kräftezehrenden Odyssee überquerten sie den grenzenlosen Ozean, um sich im argentinischen Niemandsland niederzulassen. Die Fatinis waren gewohnt, gegen den Strom zu schwimmen und hart anzupacken, wenn es um ihre Ideale ging. Es war inzwischen ein Jahr her, dass Álvaro den Chef von AUTOPIA aufgesucht hatte, in der Hoffnung, in sein Team aufgenommen zu werden.

»Sie müssen mich vom Sehen kennen, Don Julio«, hatte er frei von der Leber weg behauptet und das betretene Schweigen ignoriert. »Ich für meinen Teil kann Ihnen versichern: Im Laufe meiner Ausbildung habe ich Ihr Werkstattschild nicht aus den Augen verloren. Eine Art Leuchtturm war es mir, ein klares Zeichen, mit dem Sie mir aus der Seele gesprochen haben. Ich habe es stets gewusst, Don Julio: Es sind hochfliegende Träume, die jeden Einzelnen am Leben halten. Obwohl ich mich ganz schön gedulden musste, bis ich meine Unterlagen beisammen hatte, um hier vorstellig zu werden, habe ich Ihnen im Geiste immerzu recht gegeben: Wer sich in Argentinien eine ehrwürdige Existenz aufbauen will, braucht eine Vision. Wir brauchen eine Utopie, wir kommen nicht drum herum! Davon können die Einwanderer ein Lied singen – die Italiener, die Spanier, die Polen, die Russen, die Araber und wie sie alle heißen und wo sie alle hergekommen sind. Uns, den Nachkommen – ich sag lieber: Nachfahren –, ist ihr bewunderungswürdiger Kampf und Überlebenswille eingeimpft worden. Ohne Utopie kein Durchhalten, Don Julio, das steht fest. In der Berufsschule hat sich mir einiges erschlossen, und Sie werden mir zustimmen: Unser Leben basiert auf dem Prinzip der Mechanik. Die Existenz, Don Julio, lässt sich bewerkstelligen. Man kann daran herumbasteln, als wäre sie ein Chevrolet. Man soll Ansprüche runterschrauben, ab und an auf die Bremse treten, aber auch keine Kraftanstrengung scheuen. Unser Motor will geschont werden, damit wir im richtigen Moment Gas geben können ... Ich weiß, was Sie denken. In AUTOPIA sind nicht nur Mechaniker beschäftigt, sondern auch Lackierer, denn selbst die Oberfläche muss stimmen, wenn man als blitzgescheites Individuum darauf aus ist, einen glänzenden Eindruck zu hinterlassen. Was den hiesigen Alltag angeht, ahne ich, was Sie der Belegschaft aufgrund Ihrer langjährigen Erfahrung mit auf den Weg geben möchten: Weil im Leben alles eine Frage der Zeit ist, geht es in der Werkstatt genauso wie da draußen auf der Straße um Autonomie, um die Lehre von der Selbständigkeit – eine große Kunst. Darauf steuern wir zu!«

Julio El Haddad wollte Álvaro Fatini, der so schön in Fahrt geraten war, nicht unterbrechen und kratzte sich am Kopf.

»Glauben Sie mir, Don Julio«, fuhr der junge Anwärter begeistert fort, »ich bin überzeugt, dass der Mensch – egal in welcher Phase – gut daran tut, wie ein maschinelles Räderwerk an der Verwirklichung seiner edlen Ansinnen zu arbeiten, sonst haben die verdammten Gauner, die unsere Demontage wollen, uns irgendwann in der Zange ... Hier, bitte sehr! Werfen Sie einen Blick auf das Zeugnis. Drittbestes Ergebnis bei der Gesellenprüfung. Ich habe es soeben abgeholt und keinen stichhaltigen Grund gesehen, es Ihnen länger vorzuenthalten ... Das tut übrigens nichts zur Sache, doch es gibt noch etwas, das Sie vielleicht wissen sollten: Obwohl ich mir nichts sehnlicher wünsche, als bei Ihnen anzufangen, möchte ich mich in meiner Freizeit weiterhin als Autor betätigen. Was meine zweite Leidenschaft anbelangt, bin ich stolzer Auto ... didakt, Don Julio. So fügen sich einmal mehr die Teile zusammen, wenn Sie verstehen, was ich meine. Natürlich verstehen Sie das. Sie sind hier letztendlich der Chef, das Sprachrohr von AUTOPIA, die offizielle Stimme, die ihresgleichen sucht. Ich dagegen rede nicht viel, wenn es nicht sein muss. Ich schreibe lieber. Nicht einzig und allein Autobiographisches. Ich schreibe hier und da meine Zeilen, entwerfe und verwerfe vor mich hin, komme dadurch auf nie dagewesene Gedanken, aber wie gesagt, ausschließlich nach Feierabend und wenn nichts Wichtigeres ansteht. Gerade deshalb sollten wir jetzt loslegen!« Voller Freude reichte Álvaro Don Julio die Hand, damit er einschlage.

4

Auf Geheiß ihres Mannes, der dem Wunsch der Enkeltochter stattgegeben hatte, fischte Berta Sanfratello aus einem dampfenden Suppenteller, den sie eben erst gefüllt hatte, einzelne Gemüsestückchen wieder heraus, um sie in die Kasserolle zu befördern – zurück zu dem sich zersetzenden Fleisch, behauptete Teresa und verzog das Gesicht, zu dem fahlen Lauch, den matschigen Möhren, den glasigen Kartoffeln und den breiigen Süßkartoffeln. Der aufwendigen Prozedur des Auslesens wohnte die Grimassierende mit einem wachsenden Gefühl der Erleichterung bei, dem eine Prise Genugtuung beigemischt war. »*Mangia che ti fa bene*«, rief die Oma den Cousins aufmunternd zu, während sie angeditschte Blumenkohlröschen angelte. Ein Blick über den eigenen Tellerrand verriet Teresa, was diejenigen erwartete, die den Mund hielten. Das hatten die Feiglinge und Konformisten davon! Aus der Tiefe ihrer Teller erhob sich das Monster von Loch Ness; um es herum schwammen Fettaugen und modriges Grünzeug, das sich an der Oberfläche verteilte, dazwischen: Krill, Phytoplankton und andere unzumutbare Nahrungsketten, Algenschlieren, faserige Unterwasserknollen und vor sich hinfaulende Kreaturen mit Fangarmen, die wie die Hände von Verblichenen in den schlimmsten Albträumen aus ihren bemoosten Gräbern herausragten, um die Lebenden in den Tod zu ziehen.

»Danke, Omi, war lieb gemeint, aber ich nehme sie gern ohne alles, eher als Consommé, weißt du?« Was Suppen betraf, goutierte Teresas feiner Magen nichts als klare Brühen. Opa Julio, der rechtzeitig für sie Partei ergriffen hatte, ließ es sich schmecken, dabei nützte er die Pausen zwischen den Löffeln, um ein gutes Wort für Álvaro Fatini einzulegen, als gäbe es auch in seinem Fall etwas zu verhandeln.

Er habe den Jungen vor einem Jahr eingestellt, weil er von der Entschlossenheit und Stringenz seines Auftretens beeindruckt gewesen sei, rief er in Erinnerung. Verwundert, aber auch geschmeichelt habe ihn die Dringlichkeit, die der Anwärter verspürt habe, »ein integraler Bestandteil seines AUTOPIA-Räderwerks« zu werden. Dies waren genau genommen nicht seine, sonders Fatinis Worte, die der Schreiberling sich – kaum ausgesprochen – notiert hatte. »Nicht mehr und nicht weniger als eine Feder innerhalb des Mechanismus«, hatte der Bursche ausgerufen und auch das festgehalten. Produktiv sein, das könne man am besten in der Gruppe, als Element eines sozialen Gefüges.

Julio El Haddad hatte nicht ahnen können, dass diese edle, kollektive Gesinnung, die ihm nach wie vor den größten Respekt einflößte, eine Folge nach sich ziehen würde – eine verheerende, die Teresa gar nicht in den Kram passte. Es hatte sich herausgestellt, dass Álvaro, der Mechaniker, Lackierer und Federheld AUTOPIAS, jemanden im Schlepptau hatte. Einen blinden Passagier. Einen kleinen Bruder namens Quique, der einem den Appetit echt verderben konnte.

Die Pause in der Werkstatt war sakrosankt. Jeden Mittag um dieselbe Uhrzeit durchtränkte der Chef seinen Putzlappen mit Terpentin und schrubbte sich die Hände sauber. Álvaro Fatini folgte seinem Beispiel. Anschließend wischten sich beide die Hände an ihren Overalls trocken. Don Julio suchte das INSTITUTO SANTA ANA und im Anschluss die DOMINGO FAUSTINO SARMIENTO auf, Álvaro die näher gelegene staatliche Schule Nr. 3. Obwohl der Rückweg in die Werkstatt für ihn deutlich kürzer war, brauchte er ziemlich lange. Álvaro tippte Quique immer mal wieder an und zog ihn am Ärmel. An der Kreuzung fünfzig Meter vor AUTOPIA wunderte sich Quique stets über denselben Teerfleck: Je nach Gemütsverfassung erblickte er darin einen Scherenschnitt des Wasserreservoirs, das sich auf der PLAZA ROCA erhob, einen abgrundtiefen Brunnen oder einen plattgefahrenen Marsmenschen. Quique schaute die Welt um sich herum mit großen Augen an. Er versäumte nicht, Leute, die er vom Sehen her kannte, gebührend zu begrüßen. Früher oder später schlossen diese Fremden Quique ins Herz, das behauptete Álvaro zumindest Teresas Großvater gegenüber. Doch leider hätten sich noch keine Nachbarn oder Familienangehörigen gefunden, die ihn nachmittags bei sich aufnehmen könnten. Quiques berufstätige Eltern würden sich nicht trauen, den Knirps allein zu lassen. Der Kleine wiederum fühlte sich in seiner Ehre gekränkt und tat dabei kund, er wolle künftig nicht mehr auf »Quique«, die Verniedlichung seines Namens, hören, sondern auf »Enrique«, denn so heiße er nun mal, oder aber auf »Nandu«, den Beinamen, mit dem ihn sein älterer Bruder bedacht habe und auf den er mächtig stolz sei. Álvaro war irgendwann ein Licht aufgegangen: Der Nandu könnte die Nachmittage in AUTOPIA verbringen, vorausgesetzt, Don Julio hätte nichts dagegen. Don Julio müsse wissen, der Nandu teile Álvaros Vorliebe für Automobile; die angeborene Geschicklichkeit des Nandus im Umgang mit Spielzeugautos sei Álvaro nie verborgen geblieben. Bereits im frühen Alter habe der Nandu sämtliche buntlackierten Erbstücke schonungslos in ihre Bauteile zerlegt und daraufhin alles, was glänzt – seinem Spitznamen Ehre erweisend –, in den Mund gesteckt, ganz wie die kindsgroßen Vögel, die in Südamerika dafür berüchtigt sind, Blinkendes zu rauben. Einmal habe die Ambulanz herbeieilen müssen, weil dem kleinen menschlichen Nandu eine metallfarbene Holzschraube im Hals stecken geblieben war. Zum Glück hätte der Vorfall keine bleibenden Konsequenzen gehabt, und mittlerweile brauche man sich um ihn keine Sorgen zu machen. Seit der Einschulung erschließe Álvaros Bruder sich neue Beschäftigungsfelder. Der Nandu werde freudig seine Hausaufgaben machen und ansonsten den Feierabend abwarten, niemanden stören und Don Julio mit Sicherheit nicht zur Last fallen. Und außerdem könnten der Nandu und Don Julios Enkel – so unbefangen, wie Kinder eben sind – Freundschaft schließen. »Das wäre schön«, legte Fatini seinem Chef nahe.

»Ich hasse ihn«, eröffnete eine Woche später eine wutentbrannte Teresa Gianelli ihrer Konfidentin auf dem Schulhof des SANTA ANA.

»Was redest du denn da für einen Quatsch?«, versuchte Cecilia

Mansilla sie umzustimmen, nachdem sie ihr den Arm um die Schultern gelegt hatte.

»Die Wahrheit und nichts als die Wahrheit!«, bekräftigte die Verzweifelte. »Großvater hat eine Meise, wenn er annimmt, ich hätte nichts Besseres zu tun, als mich mit einem Erstklässler abzugeben, der mich nicht die Bohne interessiert und der zu allem Überfluss Großvater ›Onkel Julio‹ nennt.«

»Das ist doch Schwachsinn. Das geht zu weit.«

»Álvaros Bruder kann mir gestohlen bleiben, ich verachte ihn, obwohl ich gut sein möchte. Genau das macht die Sache so kompliziert. Offen gestanden kann ich meinem Opa, der große Stücke auf mich hält, unmöglich einen Wunsch abschlagen, das ist klar, aber ich muss etwas tun, damit dieser Kelch an mir vorübergeht. Findest du nicht auch?«

»Und ob«, spornte Cecilia sie an. »Zeit, in die Hände zu spucken!«

Teresa legte ihrer Vertrauten en détail dar, wie sie das junge Gemüse zu destabilisieren gedachte. Sie würde dem Nandu den Schrecken seines Lebens einjagen, in der Hoffnung, ihn auf Nimmerwiedersehen von AUTOPIA fortzujagen. Ihr Plan stand. Er war äußerst ausgeklügelt. Sie würde den ersten Schritt auf den Grünschnabel zu machen und bei ihrem Auftritt in der Werkstatt die Sympathie so vieler Zuschauer wie möglich gewinnen. Nichts würde Teresa in die Quere kommen, nachdem sie die Madonna von Ballester für die nächsten sieben Tage geschickt in unmittelbarer Nähe der Akkuladestelle, an der zwangsläufig alle vorbeimussten, würde zwischenstationiert haben.

Wie auguriert: Von Montag bis Mittwoch konnte man die Steigerung dessen miterleben, was die Nonnen von SANTA ANA zweifelsfrei als Auftakt einer Freundschaft gewürdigt hätten. Und weil die Strategie vollends aufgegangen war, ging Teresa am vierten Nachmittag, während im Fernsehen ein Brechreiz auslösender Liebesfilm lief, unter der Maske der Scheinheiligkeit zum verkappten Angriff über.

Sie ließ Quique bei seiner geliebten Mama schwören, niemals das preiszugeben, was ihm aus dem Munde Teresas offenbart werden würde. Sollte er seinen Eid brechen, würde sie sich nach einer aggiornierten Variante des biblischen Prinzips Auge um Auge, Zahn um Zahn siebzigmal siebenmal an ihm rächen. Der Verrat würde ihn darüber hinaus die neue Freundschaft kosten, denn das Ausplaudern von Geheimnissen sei das Letzte.

Quique hatte nichts dagegen einzuwenden, er erhob die rechte Hand, gelobte mit feierlichem Ernst Treue und vernahm:

Dass Vorsorgen besser sei als Heilen und dass Teresa bloß eine Vorwarnung aussprechen wolle.

Dass er vorbereitet sein solle, genauso, wie sie es sei. Er sei ja zugegen gewesen, als Onkel Julio der Satz herausgerutscht war: »Argentinien liegt am Arsch der Welt«, womit er Álvaros Überzeugung, die Heimat liege in einer Dritten Welt, richtiggestellt habe. Es gebe bekanntermaßen nur eine Welt, unsere, mit allem, was dazugehöre. Wie könne jemand ernsthaft der Meinung sein, es gebe drei? Ob Álvaro an einer Überdosis Science-Fiction leide.

Dass sie vom eigentlichen Thema nicht abkommen wolle und ohnehin von Quique keine Antworten erwarte.

Dass Spekulationen sie nicht im Geringsten interessierten.

Dass sie in ihrer Güte weit davon entfernt sei, eine Endzeitstimmung heraufbeschwören zu wollen, aber dass Onkel Julios Aussage leider Gottes zutreffe.

Dass sie in Erfahrung gebracht habe, die Welt ende strenggenommen an der Südküste von Tierra del Fuego.

Dass der Name *Feuerland* Bände spreche.

Dass es sich demnach bei diesem Ort nur um einen Ableger der Hölle handeln könne.

Dass ebenda, in der Nähe der argentinischen Stadt Ushuaia, wo die Ruta Nacional 3 aufhöre, ein Landstrich existiere, von dem jeder wisse, dort wolle niemand hin.

Dass es in der Natur der Sache liege und man sich also nicht zu wundern brauche, wenn gefährliche Schreckensgestalten dieses Inferno bevölkerten – Verdammte, die etwas zu sühnen hätten.

Dass sie in *Le Petit Larousse Illustré* gelesen habe, am Ende der Welt lebten Monstren, Menschen mit Fledermausflügeln, Menschen mit Hundeköpfen, Menschen mit einem einzigen Riesenfuß, Menschen mit Pferdeleibern, abartige Kopffüßler, giftige Zwerge, ausgehungerte Riesen, sämtliche Wesen, vor denen man sich nachts ängstige.

Dass auf diesem horriblen Fleck in Feuerland ein ganzes Gruselkabinett eingepfercht sei.

Dass Teresa in diesem Zusammenhang nichts, aber rein gar nichts von einer sicheren Festung oder hohen Mauern gehört habe, nichts von Fußfesseln, angeketteten Bleikugeln, nichts von Stahlzellen oder Handschellen, und dass dies das eigentlich Beunruhigende sei.

Dass einer dieser verfluchten Käuze jederzeit ausbrechen könne.

Dass ein Satyr es längst geschafft habe. Dass diese Ausgeburt gerade in Ballester umgehe.

Dass die Fernsehwerbung von *Aerolíneas Argentinas* verspreche: Wer heute in Buenos Aires in ein Flugzeug steige, lande in weniger als fünf Stunden in Ushuaia und umgekehrt.

Dass Onkel Julio AUTOPIA immerzu als beliebte Anlaufstelle preise.

Dass sie sich diese ungeheuerlichen Tatsachen mitnichten aus dem Kopf schlagen könne.

Dass sie sich unentwegt die Frage stelle: »Wer bleibt – wenn es sich ganz einfach vermeiden lässt – bis an sein Lebensende am Arsch der Welt hocken und setzt sich freiwillig all den grässlichen Feuerzungen und Feuerflammen aus?«

»Niemand«, gab Quique prompt zur Antwort.

»Eben«, stimmte Teresa ihm zu und tätschelte des Nandus Kopf. »Ob wir es wollen oder nicht, Enrique: Uns steht eine Feuerprobe bevor. Im SANTA ANA haben wir neulich eine hinter uns gebracht. Doch ich fürchte, in der Werkstatt werden wir uns früher oder später auf etwas gefasst machen müssen, das die Grenzen unserer Vorstellungskraft bei weitem übersteigt.«

Damit war das Wichtigste gesagt. Abwarten musste man jetzt den obligaten Besuch von Großvaters bestem Freund. Sein Auftauchen in AUTOPIA würde die einkalkulierte Reaktion auslösen, ohne dass der leiseste Verdacht aufkäme, was alles im Vorfeld hinter seinem Rücken gespielt worden war.

5

Aller doofen Dinge sind drei. Wer auf die Besonderheiten eines Nasif Abdala nicht gefasst war, ihn zum ersten Mal bloß von hinten zu sehen bekam und obendrein das Pech hatte, schwache Nerven zu besitzen, dessen Schicksal war besiegelt. An diesem Freitag schien der Nandu einer dieser Unglücksvögel zu sein.

Nach Schulschluss war der Ahnungslose noch guter Dinge; erdenfern und in Weiß gekleidet – mit dem Kittel staatlicher Bildungseinrichtungen, der laut Vorschrift über der Straßenkleidung zu tragen war, um zumindest den optischen Eindruck zu erwecken, in Argentinien wären alle Menschen gleich –, beschritt er den Weg zur Autowerkstatt. Wie gewöhnlich ignorierte er das sanfte Drängeln seines Bruders und pausierte mitten auf seinem Lieblingsteerfleck. In der Mittagsstunde ließen die Autos auf sich warten, und diese Gelegenheit nutzte Quique, um sich seiner bürgerlichen Identität mit der Selbstverständlichkeit zu entledigen, die jedem Abgesandten einer fortschrittlichen Zivilisation eigen war. Er zog den weißen Deckmantel aus, der die Täuschung aufrechterhielt, er wäre ein Durchschnittsbürger und somit einer von uns, und reichte das abgelegte Kleidungsstück seinem Bruder. Zum Vorschein kamen seine wiesengrüne Hose und ein pfefferminzgrünes Hemd mit astronomischen Löchern, welche von seiner Mutter fälschlicherweise als unzumutbare Abnutzungserscheinungen etikettiert worden waren, einer von sich eingenommenen Kreatur, die sich nicht vorstellen konnte, dass ihr selbst nach wilden Querelen und Rangeleien nicht gelingen würde, dieses Unikat – ein Beweisstück für die Existenz von Leben auf anderen Planeten, das sie gern vernichtet hätte – an sich zu reißen. »Komm jetzt, Grashüpfer!«, insistierte Álvaro und stieß auf taube Ohren, denn obwohl sein kleiner Bruder sich große Mühe gab, die Sprache der Erdenbewohner zu verstehen, blieb ihm das verwehrt, zumindest, solange er sich auf dem Teerfleck aufhielt, der genauer betrachtet gar kein Teerfleck war, sondern die tiefschwarze Druckstelle, die ein gigantisches UFO mitten auf dem leergefegten Asphalt hinterlassen hatte. Unmittelbar zuvor hatte sich das Raumschiff in einem Lichtstrahl aus Spektralfarben durch ein kreisendes Schauspiel aus Blau, Türkis, Grün, Gelb und Rot zur Erde heruntergeschraubt. Das Raumschiff hatte Quique ausgespuckt und war ohne ihn wieder abgeflogen. Wie konnte der farbenblinde Álvaro davon ausgehen, Quique würde ausgerechnet jetzt auf idiotische Kosenamen reagieren, wo er gerade eben wiesen- und pfefferminzgrün aus einer fliegenden Untertasse gestiegen war?! Álvaro der Große sollte lieber vor Ehrfurcht in die Knie gehen, sollte einsehen, was für ein Sonntagskind er war, dass er einem wie ihm, der nicht von dieser Welt war, leibhaftig begegnete! Und weil der Marsbewohner überzeugt war, Álvaro müsse zu seinem Glück gezwungen werden, erprobte er seine galaktische Metallstimme.

»Ich=kom=me=von=ei=nem=frem=den=Pla=ne=ten=Mei=ne=Hän=de=sind=mit=je=weils=drei=Fin=gern=aus=ge=stat=tet=Ich=be=sit=ze=lan=ge=spit=ze=Oh=ren=Mei=ne=Au=gen=be=fin=den=sich=am=En=de=mei=ner=An=ten=nen=Mich=zeich=net=eine=au=ßer=ir=di=sche=In=tel=li=genz=aus=AUA!«, sagte das grüne Männchen.

Álvaro hatte die Geduld verloren und seinen Bruder am Ärmel gepackt. »Komm endlich, du Nervensäge!«

»Du bist mir nicht grün!«, beschwerte sich Quique. »Wart ab: Heute Abend beim Essen sage ich's weiter.«

»Und ich garantiere für nichts, du Muttersöhnchen!«, drohte Álvaro.

Obwohl Erdlingen klar sein sollte, dass Außerirdische aus Eiern schlüpfen, entschied sich der Marsmensch, die Verunglimpfung wegzustecken und dafür den Regenerationsprozess einzuleiten. Marsianer und Erdenbewohner trennten knappe fünfzig Meter von AUTOPIA.

Quique wackelte mit seinen Fühlern. Dort, an der Endstation, auf die sie die ganze Zeit zugesteuert waren, war etwas nicht im grünen Bereich.

Auf dem Bürgersteig war Onkel Julio zu erkennen, der seine Enkelin an der Hand hielt – von Teresas Vettern dagegen: keine Spur. Onkel Julio bewegte Ober- und Unterkiefer. Er sprach. Teresa zu seiner Linken starrte geradeaus. Sie schwieg. Vor den beiden der blanke Horror. Quique ließ seine Antennen noch einmal wackeln, er befühlte sie, tastete sich bis zu deren Spitze vor, um sich verwundert die Augen zu reiben. Der Mann, auf den Onkel Julio pausenlos einredete, hatte keinen Kopf!

Onkel Julio flehte das Monster, das Álvaro und dem Extraterrestrischen den Rücken zudrehte, wahrscheinlich um Erbarmen an, versuchte es zu überreden, wieder zum Teufel zu gehen, an den Arsch der Welt zurückzukehren, zu den Seinigen nach Ushuaia. Teresa hielt tapfer die Stellung und konnte das Grauen in Quiques Augen lesen. Ihm stand der Schrecken im Gesicht geschrieben; Álvaro schien noch nichts bemerkt zu haben. Teresa pfiff auf Álvaro und fixierte Quique. Dem war speiübel. Er weigerte sich, einen weiteren Schritt zu gehen. Álvaro zerrte. Quique verharrte. Er wich zurück, als der entlaufene Rumpf zu gestikulieren anfing. Der Rumpf hatte zwei Arme und zwei Beine und trug einen erdfarbenen Anzug. Álvaro konnte manchmal sehr nachtragend sein und einen ins Elend stürzen. Der Rumpf war inzwischen ruhiger geworden, und Teresa winkte betroffen. Álvaro zerrte. »Es reicht aber langsam!« Quique blieb stur. Er gab keinen Ton von sich, er strampelte so entsetzt, dass aus Grün Purpur-Magenta wurde. Wie beim Tauziehen riss Álvaro Quique zu sich herüber, auf die andere Seite der Mittellinie. Doch es war kein Spiel, und Teresa wusste das. Sie winkte erneut. Großvater, der Álvaro und Quique erst jetzt entdeckte, tat es ihr gleich. Nasif Abdala, der nicht wissen konnte, wem der Gruß galt, drehte sich um, *piano, piano*, ohne jede Hektik. Solange sein bedächtiges Umdrehen währte, lag eine Anspannung in der Luft, von der man hätte glauben können, sie kündige den Krieg der Welten an. Álvaro, hartgesotten bis zum Schluss, bekam keinen Wind davon. Am Ende prallte ein noch nicht ausgereifter Prototyp von E.T. auf eine E.T.A. Hoffmann-Figur, Science-Fiction auf Schauerromantik – und dazwischen Teresa, deren Mimik nichts von dem verriet, was in ihrem Inneren vorging. Über dieser Begegnung der dritten Art hatte sie kunterbunte Luftschlangen phantasiert – anders Quique, der nach der erzwungenen Gegenüberstellung auf die rettende Idee gekommen war, sich mitten auf dem Bürgersteig hinzustrecken. Er lag auf dem Rücken und rührte sich nicht, sein Körper ein einziger Krampf, die Augen zusammengekniffen. Er führte sich mordspeinlich auf. Teresa tat so, als würde sie Quique gar nicht kennen. Da hörten sie Oma Berta rufen, die das Mittagessen ankündigte. »Die Suppe wartet, und den Enkeln knurrt der Magen. Kommt ihr?«, fragte sie und trat vor die Haustür.

»*Madonna santa!*«, kreischte sie erschrocken. »Was ist denn hier passiert? Dieser Junge ist ja grün im Gesicht!«

Oh, oh, oh ... Da war eine, die seine Sprache sprach. Quique erwachte wieder zum Leben und tat sein rechtes Auge auf.

»*Mio carino*, was fehlt dir?«

Quique hätte die seelengute Frau gern beruhigt, aber noch hielt die Erschütterung an, und außerdem sah er mit dem einen Auge lauter verzerrte Gesichter, die sich über ihn beugten (Mitte der achtziger Jahre würde Enrique Fatini in einem verstaubten Kinoklub *Der Mieter* von Roman Polanski angucken und sich an diese traumatische Szene erinnern): Onkel Julio völlig entstellt, Álvaro, der Verräter, eine einzige Fratze, Teresa, die Freundin, nicht wiederzuerkennen, und Teil des Reigens der Kopflose, der – wie es sich herausstellte – doch einen Kopf hatte, der aber versetzt war. Der Kopf hing dem Kopflosen wie an einem dünnen Faden vor der Brust. Bei dem Kopflosen handelte es sich strenggenommen um einen Rumpfgesichtigen. Der Anblick war ebenso grässlich, und Quique hätte ihn sich am liebsten erspart. Er schloss das rechte Auge wieder und stammelte: »Tan=te=Ber=ta=Tan=te=Ber=ta ...«

»Bitte, Julio, hilf dem Jungen rein und leg ihn aufs Sofa! Teresa, du holst aus dem Schlafzimmer das samtene Kissen.«

»Aber, Omi, du hast gesagt, die Suppe wird kalt!«, protestierte die Enkelin, während sie im Stillen den Störenfried verfluchte und ins Haus ging. Dabei schaute sie zwei-, dreimal über die Schulter, um sich zu vergewissern, dass auch der gutmütige Nasif Abdala nachkam.

6

Nasif Abdala litt an einer seltenen angeborenen Fehlstellung der Halswirbelsäule, die sich im Alter auf die Haltung des Kopfes und teilweise des Rumpfes auswirkte. Das war nicht schön, aber auch nicht weiter tragisch. Damit ließ sich leben. Seine Ehefrau dagegen wurde von einem Tag auf den anderen von einem hinterhältigen Übel angegriffen, das mit bloßem Auge nicht erkannt werden konnte.

Während Laureana sich in ihr Schicksal fügte und zugleich ohne Anzeichen von Selbstmitleid gegen den Tumor kämpfte, weigerte sich Nasif, ihre Krankheit anzunehmen und den Berichten der Herren Spezialisten Glauben zu schenken. Aus Selbstschutz traute er ihnen nicht. Er hinterfragte die Methoden, beargwöhnte ihre Prognosen und war unfähig, sich das Undenkbare vorzustellen. Am Ende musste er genauso wie die Ärzte, die von Anfang an beteuert hatten, ihnen seien die Hände gebunden, tatenlos mitansehen, wie Laureana dem Krebs erlag.

Mit diesem Einschnitt klaffte das Leben auseinander wie ein gespaltener Baumstamm. Es gab einen Nasif Abdala, der sämtliche Formalitäten erledigte, und einen, der sich nicht einmal darüber zu wundern vermochte, dass das Dasein ohne seine Beteiligung vonstattenging. Es gab eine Todesanzeige in dem *Ballester Lokalanzeiger*, es gab eine schlichte Aufbahrung und ein unprätentiöses Begräbnis. Es gab Verwandte, Freunde und Nachbarn, die vorbeikamen, um Laureana Abdala das letzte Lebewohl zu sagen und ihrem Mann das Beileid auszusprechen. Es gab einen Nasif Abdala, der sich keine Sekunde von Laureana trennte, und einen, der zugleich fernblieb. Er wachte wie betäubt neben dem Körper seiner Partnerin. An ihren Sarg geklammert, konnte er sich schwer aufrecht halten. Die Frau, die ihm keine Kinder hatte geben können und an deren Seite er trotzdem Wurzeln geschlagen hatte, fehlte ihm. Ohne diese Stütze war er außerstande, gar die Erschöpfung des eigenen Körpers zu fühlen. Er empfand nichts. Er war leer, weil ihm alles genommen worden war.

Julio El Haddad hatte auf einem Holzstuhl Platz genommen. Von da aus behielt er seinen Freund im Blick. Er war der einzige Trauergast, dem nichts Tröstendes über die Lippen gekommen war. Er hatte nach einem Ausdruck der Anteilnahme gesucht, um Worte gerungen, doch ihm wollten keine passenden einfallen. Er hatte nicht gesagt, wie unendlich traurig er den Verlust fand. Er hatte nicht gesagt »Ich weiß nicht, was ich sagen soll« oder »Mein herzliches Beileid«. Er hatte weder »Du kannst auf mich zählen« gesagt, noch »Das Leben geht weiter«. Er hatte bei seiner Ankunft am frühen Morgen Nasif flüchtig in den Arm genommen und keinen Ton von sich gegeben. Ab und zu war er aufgestanden, um ihm die Hand auf die Schulter zu legen, dann war er wieder zu seinem Beobachtungsposten zurückgekehrt. Trotz Bertas Proteste und gutgemeinter Anläufe hatte Julio nichts Richtiges im Magen und außer drei oder vier Matetees nichts getrunken. Mit einem Taschentuch wischte er sich gelegentlich die Stirn. In der Leichenhalle war es schwül, und es roch durchdringend. Den kargen Raum hatte Berta mit Laureanas Lieblingsblumen aus dem Garten geschmückt. Am späten Nachmittag erfasste Julio den ausschlaggebenden Moment, in dem Nasifs Knie zu wackeln anfingen; das Wackeln wollte nicht nachlassen; und es wurde ein heftiges Zittern, als er ihm den Arm reichte, um behutsam seine Schritte zu lenken. Wortlos verließen sie die Halle und liefen – der eine kerzengerade, der andere vornübergebeugt – eine halbe Ewigkeit bis zum Auto. Julio entriegelte von innen die Beifahrertür. Er sagte nicht »Na komm« oder »Steig ein«. Er wartete stattdessen, bis Nasif die Tür hinter sich zuklappte, und steckte dann den Schlüssel ins Zündschloss. Sie fuhren schweigend durch Ballester. Julio tat das, was er sonst nie tat. Er entschied sich für die weiteste Strecke, ignorierte die Überholspur und vergaß das Gaspedal. Sie bewegten sich fort, obwohl sie regungslos nebeneinandersaßen. Als sie schließlich ankamen, ging Julio wie in Zeitlupe um den Wagen herum, half

Nasif auszusteigen und wartete geduldig, bis er den Schlüsselbund aus der hinteren Hosentasche herausfischte. Bevor sein alter Freund im Innern des noch abgedunkelten Hauses verschwand, berührte er ihn kurz, streifte ein letztes Mal wie im Vorbeigehen, doch ohne jede Hektik, seine eingesunkenen Schultern und sagte, ohne ihm dabei in die Augen schauen zu können: »Kopf hoch!«

7

Ohne seine Weggefährtin fühlte sich Nasif Abdala sogar in den eigenen vier Wänden orientierungslos. Die Möbel, die sie einst gemeinsam ausgesucht hatten, erinnerten ihn an die Verstorbene, das umfunktionierte Babyzimmer auf einmal wieder an den zerschlagenen, weit zurückliegenden Traum vom Nachwuchs. Es musste viel Zeit vergehen, bevor er imstande war, nach einer zweiten Lebenschance zu greifen.

Schleppend, mit gebeugtem Rücken und nach vorne hängenden Schultern, ging er die überdachte Galerie entlang, noch nicht ahnend, dass das Glück an seine Tür geklopft hatte. Als er die Diele erreichte, vernahm er die vertraute Stimme: »Wenn der Berg nicht zum Propheten kommen will … Du weißt schon, altes Haus!«

»Ich weiß bloß«, erwiderte Nasif Abdala, während er die Sicherheitskette löste und ein Lichtschein durch den Türspalt fiel, »dass es mit mir nur noch bergab geht.«

»Unsinn«, widersprach Julio mit einem Lächeln um die Mundwinkel und einer farbigen Blechtafel unterm Arm. Seinen schweren Werkzeugkasten deponierte er unter der Garderobe, bevor er Nasif leichteren Schrittes und frohen Mutes in den hinteren Wohnbereich folgte. Sobald sie die Küche betraten, holte Nasif Gläser von der Anrichte und die Pinguinkaraffe aus dem Kühlschrank. Nachdem die Kehle mit Roséwein gespült war, hielt Julio seinem Kumpan ein tipptopp lackiertes Ladenschild mit abgerundeten Kanten und vorgebohrten Löchern unter die Nase. »Na, was sagst du?«, fragte er stolz.

»Ein Hingucker«, lobte Nasif und trank den nächsten Schluck. »Wer ist der glückliche Betreiber der Männerpension?«

»Du natürlich, mit Laureanas Segen. Den ersten Mieter hättest du bereits, aber dazu gleich mehr: Vorneweg soll ich Grüße von Berta bestellen. Ich hatte beide Hände voll, daher sollst du im Innenhof auf die Leiter klettern.«

Bertas Grüße waren immer ein Vorwand für einen Teller oder einen Kochtopf mit Köstlichkeiten; das dargereichte Essen blieb ein hartnäckiger Versuch, ihre Sorge darüber in den Griff zu bekommen, ob ein verwitweter Nasif Abdala in der Lage wäre, sich anständig zu verpflegen. Berta Sanfratello hatte von ihrer längst dahingeschiedenen Schwiegermutter in Erfahrung gebracht, wonach sich Hassem und seine Söhne verzehrten, im Grunde aber auch Nasif und all die Männer, deren Hautfarbe an Olivenholz erinnerte. Von Amira war sie in sämtliche Geheimnisse der libanesischen Küche eingeweiht worden, und mit diesem fremden Wissen im Gepäck schaute sie regelmäßig bei BADANO herein, auf der Suche nach aromatischen Gewürzen und ungewöhnlichen Ingredienzen. Auf ihre Art weiterhin eine italienische Schönheit, üppig und wohlgenährt, hatte Berta im Laufe der Jahre eine eigene Theorie entwickelt. Sie war überzeugt, dass man mit jedem Leckerbissen dem Ort näher käme, aus dem die Gerichte stammten. Sie trage so viel Piemont in sich, dass sie keine Sehnsucht danach verspüre, versicherte sie. Was die Seelenregungen ihres Nachbarn betrafen, tat sie nach dem Tod von Laureana das, was diese getan hätte, wenn es Berta kalt erwischt hätte: Mit großer Selbstverständlichkeit lieferte sie den Libanon ins Haus, indem sie die Leiter, die griffbereit an der Seitenmauer von AUTOPIA lehnte, bestieg, um dort Töpfe, Schüsseln oder Schalen zu platzieren, die Nasif wiederum vom angrenzenden Grundstück aus herunterholte.

Besser ging es nicht. Der ideale Standort. Ein Wink der Vorsehung und ein Hinweis von Julio, der seinen Herzensbruder damals auf die perfekt gelegene Adresse aufmerksam gemacht hatte, als die Trauung mit Laureana noch nicht vollzogen, aber allemal beschlossen war. Das junge Paar, das nach der Erteilung des kirchlichen Segens ein Kind suchen wollte – wie die sittsame Umschreibung des *Modus operandi* lautete, dessen Höhepunkt mit der Erfüllung eines geteilten Herzenswunsches erreicht wurde –, hatte Ausschau nach einem geeigneten Heim gehalten, und es passte gut, dass Julios ältester Bruder sein Domizil zum Verkauf anbot. Die Weitläufigkeit des Anwesens hatte die Käufer zu Beginn etwas abgeschreckt, doch bald darauf mit heimeligen Zukunftsplänen bestärkt, so dass die Parteien nach der dritten Besichtigung sich auf einen fairen Preis einigen konnten, der beide Seiten zufriedenstellte. Die frisch verheirateten Laureana und Nasif betrieben die Suche nach dem Sohn oder der Tochter zunächst erwartungsfroh und später mit absoluter Verzweiflung, ohne sich jemals die Implikationen dieses in Argentinien weitverbreiteten Euphemismus bewusst zu machen: Wer ein Kind *sucht*, muss es zuvor bedauerlicherweise verloren haben.

»Die *Mezze* duften vorzüglich«, verkündete Nasif, der aus dem Hof zurückgekehrt war. Er hatte den Topfdeckel abgenommen und ließ Dampfwolken aufsteigen, die das Aroma des Nahen Ostens verströmten. Es gab warme gefüllte Weinblätter, es gab *Tabouleh*, *Zaatar* und *Hummus*, es gab Minitomaten aus eigener Ernte und selbsteingelegte schwarze Oliven, dazu *Kebbeh Nayye*, einen Riesenberg stark gewürztes rohes Fleisch mit Zwiebeln, obendrauf eine eingedrückte Mulde mit Olivenöl und einem Minzblatt.

Julio langte zu. Während er an einer schmackhaft verschrumpelten Olive herumkaute, drückte er Nasif eine Ecke von Bertas frisch gebackenem Fladenbrot mit *Zaatar* in die Hand.

»Hör zu«, sagte er, »ich habe mir gedacht, wir könnten die Möbel ein bisschen hin und her schieben. Den Eingangsbereich lassen wir so, wie er ist, mitsamt Spiegel und Garderobe. Die Bibliothek müsste künftig als gemeinsamer Aufenthaltsraum herhalten«, erklärte Julio und legte seinem Freund eine Skizze mit der von ihm geplanten Anordnung vor. »Schau her, das könnte dein Schlafzimmer werden, dies hier das erste, dieses da das zweite möblierte Zimmer, das du vermieten könntest. Die Innentüren riegeln wir ab. So hätte jeder über die überdachte Galerie Zugang zum Bad, zur Küche und zum Garten. Du verteilst dein Zeug um, nimmst das, was dir teuer ist, zu dir in dein Privatreich, rückst mit deinem Lieblingskram halt enger zusammen. Dem bisschen Aufwand bist du haushoch überlegen, und außerdem helfe ich dir. Wir müssen nur zusehen, dass die Gardinen zur Straße hin tagsüber zurückgezogen bleiben, so dass die Bude etwas einladender wirkt. Und schon werden sich Interessenten melden«, orakelte Julio. »Saturnino, mein neuer Lehrling, ist dir so gut wie sicher. Er hat allmorgendlich eine einstündige Fahrt, und das will er auf Dauer nicht. Als er mir das eröffnet hat, ist mir die Idee mit der Männerpension gekommen. Er möchte sich die Räumlichkeiten anschauen. Sobald wir aufgegessen haben, sollten wir das Schild anbringen. Glaub mir, es wird nicht lange dauern, bis der zweite anbeißt.«

»Der Name ...«, sagte Nasif nachdenklich. »Wer soll diese Nayla sein?«

»Was glaubst du? Wonach klingt es?«

»Nach einer Scheherazadentochter. Nach tausendundeiner Nacht, ohne ein Auge zuzutun.«

Julio lachte hell auf. »Die Wahrheit ist etwas prosaischer. Ich habe die ersten Buchstaben aus deinem und Laureanas Namen mit einem *y* – und – verbunden. Das ist das ganze Geheimnis.«

»Typisch du!«, erwiderte Nasif und entsann sich der Umstände, die zur Namensgebung von AUTOPIA geführt und Julio um den Schlaf gebracht hatten, so dass auch er, der ihm sein Ohr lieh, wachen musste. Fest entschlossen, jenem Spuk aus der Vergangenheit keinen Platz im Hier und Jetzt einzuräumen, schob sich Nasif eine Gabel mit Bertas *Tabouleh* in den Mund. »NAYLA klingt gut«, beschloss er.

Zwei Tage später erlag Saturnino der volltönenden Beschwörung. Von dem Wirt höchstpersönlich empfangen, spazierte er über den orientalischen Teppich, ließ sich eins der zur Verfügung stehenden Zimmer zeigen und nahm es, ohne den Rest des Hauses besichtigt zu haben.

Einige Wochen darauf bat Berta Sanfratello Nasif Abdala zum Essen herüber. Als Julio den Gast nach der Entwicklung seines Geschäfts fragte, bekam er zu hören, sein Mieter würde parallel zu den Fortschritten, die er als Lehrling in AUTOPIA mache, auftauen. Anfangs noch äußerst zurückhaltend, würde der Junge beim abendlichen Zusammensitzen langsam seine Schüchternheit überwinden. Er würde beim gekühlten Roséwein ausgelassener agieren und – obwohl das Missverständnis rund um NAYLA inzwischen geklärt sei –, sich jede dritte Nacht vor dem Zubettgehen auf eine unaufdringlich wohlerzogene Art nach ihrem Verbleib erkundigen.

»Eine derart warme, familiäre Ader, so etwas findet man nicht überall«, gab Nasif zu, nachdem Julio ihm noch ein Gläschen kredenzt hatte. Nicht nur an seiner gesunden Wangenfarbe, sondern auch daran, dass Nasif mit einem Stück Brot seinen Teller polierte, konnte Julio ersehen, dass die Lebensgeister seines Herzensbruders endlich wieder geweckt worden waren.

8

Seit ihr Verlobter vorgegeben hatte, bis dahin noch nie erwähnten Verwandten im Norden des Landes einen längeren Besuch abstatten zu wollen und deshalb seine Rückkehr auf den Folgemonat ansetzen zu müssen, wurde Cándida Saturnino zunehmend misstrauischer. Sie, die sich mit ihrer Schwäche für Treppenstufen und linierte Bodenfliesen arrangiert hatte, begann, die Tage zu zählen, die sie von ihrer nächsten Periode trennten. Obwohl die Zeit verging, musste sie irgendwann am Rande der Ohnmacht feststellen, dass ihre Tage ausblieben – ebenso wie ihr Bräutigam Tony Tormenta. Während der Amateursänger mit der romantischen, Sehnsüchte weckenden Stimme vom Erdboden verschluckt zu sein schien, hätte Cándida mit jedem verstrichenen Monat vor Scham tiefer in den Boden versinken können. Hinter ihrem Rücken wurde geredet, hinter vorgehaltener Hand wurde getuschelt, und das, obwohl sie nach wie vor allen, die es wissen wollten, versicherte, Tony würde ihr die schönsten Ansichtskarten schicken, ihr Schwarm hätte endlich eine Glückssträhne erwischt und befände sich – wie es sich für einen gehöre, der mit einer begnadeten *Bolero*stimme gesegnet sei – auf Tournee durch die gesamte Republik. »Tony Tormenta auf Tour«, dafür verbürgte sich Cándida. Bis zum Ermüden hatte sie den Slogan aus dem Mund ihres in Träumereien verstrickten Geliebten vernommen. Genauso wie er versuchte sie beim Aussprechen, die Zunge wirkungsvoll gegen die oberen Vorderzähne zu pressen und dadurch den Klang der Alliteration umso deutlicher zur Geltung zu bringen. Manchmal, wenn sie den Eindruck gewann, ihrem Gegenüber sei die melodische Raffinesse entgangen, probierte sie es ein zweites Mal aus: »Tony Tormenta auf Tour«, insistierte sie. Und weiter: »TTT, das soll den Ton angeben, die Musik, und dann müssen Sie sich

Plakate und Transparente vorstellen, die so groß sind, dass keiner sie übersehen kann. Argentinien ist davon übersät, insbesondere der Norden. Wenn ich an Tonys Seite eins gelernt habe, dann dies: Auch ein gebundener Mann braucht das Gefühl, frei zu sein wie ein Vogel. Die Musikkenner nennen Tony nicht umsonst die argentinische Nachtigall! TTT. Tony ist ein toller Typ – tatsächlich, äußerst treu und anhänglich. Er wird bald wieder zu uns nach Hause finden.« In Wirklichkeit konnte Cándida sich ihre Gutgläubigkeit nicht verzeihen, die haltlose Verliebtheit in den Mann, der seine Identität verleugnete, um sich hinter einem Pseudonym zu verstecken. Widerstehen müssen hätte sie diesem Gott aus Fleisch und Blut, der sie mit seiner krankhaften Eifersucht bedrängte und sie gleichzeitig mit seinem unbändigen Verlangen ehrte, der stürmisch war und ihr das Blaue vom Himmel versprach, der ohne Unterlass auf sie einredete, der – wenn er nicht anders konnte, als den Kopf zu verlieren – sie bedrohte, sie beschimpfte, sie ausspionierte, ihr nachstellte, sie schlug, dann aber lockerließ, der ihr das Leben zur Hölle machte, sie spüren ließ, dass sie am Leben war, bis sie eines Nachts »Hör auf, Tony« säuselte und nachgab. Sie erbrachte ihm den ersehnten Liebesbeweis, weil sie – auf dem Höhepunkt ihrer blinden Verehrung angekommen – ihm vollends ausgeliefert war und nichts Schlimmeres fürchtete als den Verlust.

Unmittelbar vor seiner Abreise hatte Tony Tormenta Cándida Saturnino von den Pferden erzählt. Er hatte immer wieder gelacht, zwei, drei rührselige *Boleros* gesungen und sich köstlich über die Tiere amüsiert. Er hatte Wein getrunken und war ausgelassener als sonst. Seine Verwandten im Norden hätten einiges investiert, um einen neuen Pferdestall zu bauen, erzählte er ihr. In die alte Holzbaracke regne es hinein. Das ganze Ding sei feucht und so marode, dass es eine echte Gefahr darstelle. Es sei klar, dass das Dach jederzeit einstürzen könne. Und so hätten sich die Vettern aufgerafft, Nägel mit Köpfen gemacht und unweit von der ersten eine zweite Behausung errichtet; jede einzelne Box hätten sie großzügig mit Stroh ausgelegt, sie hätten sogar Strohballen gelagert, und »Stell dir vor,

Baby, nichts, rein gar nichts kann die doofen Viecher dazu bringen, hineinzugehen und es sich dort bequem zu machen. Wie bescheuert muss man denn sein?« Diese dummen Tiere stünden abends stets vor der Wahl und würden sich jedes Mal aufs Neue für den alten, ihnen wohlbekannten Mist entscheiden, der sie bald – »Darauf kannst du Gift nehmen, Baby« – lebendig begraben werde.

Cándida musste an die Pferde denken, sobald die Wehen im Fünf-Minuten-Takt einsetzten. Sie war wackelig auf den Beinen, am liebsten hätte sie die Flucht ergriffen, aber man wird sich ja selbst nicht los. Der Schmerz im Unterleib wurde unerträglich, und Cándida – jetzt mehr als je zuvor auf sich allein gestellt – wusste nicht, wohin mit der Angst. Ihr blieb nichts anderes übrig, als sich auf ihr vertrautes Zählen zu verlassen. So würde es ihr gelingen, ihr Kind in die richtige Bahn zu lenken. Einige Stunden später erblickte ein gesunder, blaurot angelaufener Saberio Saturnino das Licht der Welt, und da Cándidas Maßnahme sich bewährt hatte, blieb sie dabei.

»Ich zähle bis drei, dann bist du im Bett«, kündigte sie an, wenn ihr Sohn abends länger aufbleiben wollte. »Ich zähle bis fünf, dann sind diese schokoladenverschmierten Hände wieder sauber.« »Ich zähle bis zehn, dann sind die Zähne geputzt.« Zahlen brachten Dinge in Bewegung. Sie halfen, Prioritäten zu setzen. Sie waren das Ordnungsprinzip, das Saberios und Cándidas Existenz den nötigen Halt gab, bis sie sich irgendwann eingestand, dass sie gefangen war und nicht mehr weiterwusste. Wie jeden Morgen deckte Cándida den Tisch, bereitete das Frühstück zu, brachte nach der Mahlzeit den Kleinen in die Schule. Zu Hause angekommen, schaltete sie das Transistorradio ein, glaubte, Tony Tormenta singen zu hören, der so klang:

¿Por qué tú eres así?
El alma entera te di
y te burlaste tranquilamente
de mi pasión.

Si triunfa el bien sobre el mal
y la razón se impone al fin,
sé que sufrirás
porque tú hiciste sufrir mi corazón.
Es una deuda que tienes que pagar
como se pagan las deudas del amor.

No voy a llorar
porque la vida es la escuela del dolor,
donde se aprende también a soportar
las penas de una cruel desilusión.

Sé que sufrirás ...

Todtraurigen Texten gegenüber war Cándida hilflos. Sie erlag ihnen auf der Stelle, diesen sang sie leise mit, während sie sich um das Mittagessen kümmerte. Anschließend räumte sie auf, ließ Wasser in die Badewanne ein, hinterlegte einen Brief für ihren teuren Saberio und sicherheitshalber einen für Tony Tormenta, kehrte, die Melodie des trostlosen Textes trällernd, ins Badezimmer zurück, um in das warme Wasser zu steigen, und schlitzte sich mit einer Rasierklinge, die dem Sänger gehört hatte, die Pulsadern auf.

Saberio Saturnino war damals sieben und ein verschlossener Junge. Ohne sich mit seiner Mutter abgesprochen zu haben, hatte er, genauso wie Cándida es bis dahin getan hatte, der Wiederkehr des großen Unbekannten entgegengefiebert. Der Junge war überzeugt, dass über kurz oder lang ein silberfarbenes Auto mit heruntergekurbelter Scheibe vor seiner Tür haltmachen würde. Daraus würde Tony Tormenta steigen, nachdem er alle Autobahnen Argentiniens damit würde befahren haben. Tony Tormenta würde eine auffällige Krawatte tragen und sich lässig den Staub vom Anzug klopfen, er würde vom hinteren Sitz seines Automobils einen überdimensionalen weißen Nelkenstrauß für seine Mutter hervorholen, und mit der freien Hand würde er den Kofferraum aufschließen, in dem er über die Jahre die vielen Reisesouvenirs für Saberio würde gesammelt haben. So sahen die Nachbarn, wenn sie nachmittags an Cándidas Haus vorbeigingen, den kleinen Jungen in Gedanken versunken am Fenster sitzen, einen schüchternen, einsamen, lieben Jungen, der sich das Warten bis zur Ankunft des Vaters damit vertrieb, dass er sämtliche vorbeifahrenden Autos in eine Statistik aufnahm. »Ein Ford Falcon, vier Peugeots, drei Citroëns, ein Dodge, ein Chevrolet, ein Torino, drei Renaults, zwei Fiats, das macht heute sechzehn Wagen, *Mamá.*« Er malte jeweils einen dicken Buntstiftstrich in die entsprechende Tabellenspalte, und vor dem Schlafengehen zog er eine genaue Bilanz, die aber weder Mutter noch Sohn darüber hinwegtäuschen konnte, dass dieses Zählen sinnlos war, weil es am Sachverhalt nichts änderte.

Drei Monate, nachdem Saberio Saturnino bei Julio El Haddad in AUTOPIA eine Anstellung gefunden hatte, klopfte dieser ihm in Anwesenheit seines Freundes Nasif Abdala anerkennend auf die Schulter. In einem Anflug väterlichen Stolzes und ohne zu ahnen, dass er dadurch ein Minenfeld betrat, erwähnte der Chef, dieser Bursche sei das beste Pferd im Stall. Der Schuss ging nach hinten los. Saberio Saturnino, inzwischen im Alter seiner verstorbenen Mutter, wurde leichenblass. Er räusperte sich und entgegnete mit einer aparten *Bolero*stimme, von der einige Musikliebhaber hätten schwören können, sie gebe es nur einmal: Pferde könne er nicht ausstehen, und außerdem wisse er trotz seiner jungen Jahre sehr wohl, wo es langgehe und wofür es sich – gottverflucht! – zu leben lohne.

9

»Was unterscheidet einen Guerrillakämpfer von einer Schwiegermutter?«

»Lass mich raten, Fatini. Als ich die Zeitung holen war, muss ich Dirty Harry verfehlt haben.«

Den Spitznamen hatte der Inhaber der lokalen Wäscherei verpasst bekommen, und zwar nicht, weil Ricardo Peralta die Mechaniker von AUTOPIA an den Clint Eastwood in der gleichnamigen Titelrolle erinnerte, welche den Schauspieler in den Himmel der Superstars katapultiert hatte, sondern weil man ihn damit wunderbar aufziehen konnte, indem man frei von der Leber weg behauptete, Don Ricardo würde mit Vorliebe schmutzige Witze erzählen und hinterher vorgeben, sich daran nicht erinnern zu können. Und da der Düpierte der Falschaussage widersprach, galt sie automatisch als beglaubigt.

»Keine Ablenkungsmanöver, Don Julio. Wissen Sie es, ja oder nein?«

»Woher denn?«

»Saberio, du?«

»Nein, sag schon.«

»Und was ist mit Ihnen, Don Nasif?«

»Frag mich was Leichteres, Bursche.«

»Mit dem Guerrillakämpfer lässt sich verhandeln, behauptet Don Ricardo. Er muss es wissen: Seine Schwiegermutter soll ein richtiges Monster sein.«

Quique, der unweit des Pirelli-Kalenders seine Hausaufgaben machte, ohne sich von den anzüglichen Fotos stören zu lassen, schaute bei dem Wort *Monster* alarmiert auf.

»Was die jungen Rebellen angeht, wäre ich mir nicht so sicher.«

Julio El Haddad schmunzelte. »Wobei … An den Verhandlungstisch gehören zwei, und man hat zunehmend den Eindruck, dass die Perón-Regierung den linken Extremismus, den sie selbst angefeuert hat, mit extremer Schärfe bekämpft, während sie auf dem rechten Auge blind ist.«

»Ich kann die Eule nicht mehr sehen«, kommentierte Álvaro Fatini und deutete auf einen Zeitungsausschnitt mit dem Bild der schwarzgekleideten María Estela Martínez. »Taschenlampenverkäufer möchte ich sein, König der Unterführung für einen Tag.«

»Du meinst nicht etwa den Blinden, der auch vergilbte Kragenstäbchen feilbietet?«

»Genau den, Saberio. Einmal mit ihm tauschen. Ohne Augenlicht bliebe uns einiges erspart. Nur zur Erinnerung: Gestern ist auf der Titelseite von *Clarín* bekanntgegeben worden, die Witwe habe nach den Totenehrungen die Arbeit aufgenommen – nichts Verwerfliches bis auf das aberwitzige Kreuz an ihrer Halskette, mit dem sie sich hat ablichten lassen. Ein Riesending.«

»Massives 18-Karat-Gold. Hast recht, das ist zu viel. Das will keiner sehen. Auch nicht den jubilierenden Sepp Maier mit dem tonnenschweren, nigelnagelneuen Weltpokal in Händen.«

»Warten Sie ab, Don Julio. Wenn wir offizielle Gastgeber sind, können die Deutschen sich auf was gefasst machen. Sie werden das Teil hier lassen müssen«, prophezeite Saberio Saturnino.

»Jawohl! Optimismus ist die halbe Miete«, erwiderte Nasif Abdala, der sich als Betreiber der Männerpension immer wohler in seiner Haut fühlte.

»Wo denkt ihr hin? Vor vier Jahren in Mexiko durften wir nicht mal antanzen.«

»Die zweite Finalrunde können wir knicken, das ist wohl wahr, aber in der Vorrunde haben wir die schönsten Spiele geliefert.«

»Saturnino liegt richtig. Babington ist absolute Spitzenklasse im Mittelfeld, mit Houseman als Stürmer und Yazalde als Torhüter sind wir auf der sicheren Seite. Wir müssen die Zeit bis '78 nutzen, um an der Abwehr zu arbeiten«, erklärte Don Julio.

Die Motorhaube eines blauen Fiats stand aufgeklappt. Álvaro Fatini hatte sich das Auto des gesundheitlich angeschlagenen Ricardo Peralta vorgenommen und beugte sich über dessen Innenleben, während er laut nachsann: »Mit der Defensive im Fußball verhält es sich wie mit dem menschlichen Immunsystem. Beides müssen wir stärken, wenn wir am Ball bleiben wollen. Ich glaube inzwischen zu wissen, was mit dem hier los ist …«

»Na?«, fragte der Chef herausfordernd und blickte von der Zeitung auf.

»*La venganza de Sallustro.*«

»*Sallustros Rache*, wieder ein heiß laufender Motor.« Julio El Haddad schnaubte. »Wen wundert's?«

»Mich nicht«, sekundierte Nasif Abdala.

Nachdem der Generaldirektor von Fiat Concord, besagter Sallustro, 1972 von dem *ERP* – dem *Ejército Revolucionario del Pueblo*, dem bewaffneten Arm der Revolutionären Arbeiterpartei Argentiniens, der ähnlich wie die *Montoneros* operierte, gekidnappt und ermordet worden war, hatte der internationale Konzern das Opfer ehren wollen und den brandneuen Lastwagen 673 auf seinen Namen getauft, ohne damit zu rechnen, dass der Motor des *Sallustro* sich bald als unzuverlässig erweisen würde.

»Zufälle gibt's: Jetzt, wo sein Fiat Sperenzien macht, klagt Don Ricardo, alias Dirty Harry, über Herzrasen. Die Pumpe des Fahrers ist überfordert wie das Herzstück seines Wagens«, sinnierte Álvaro, der Hobbydichter. Hinter seinem Ohr klemmte ein angeknabberter Bleistift.

»Verständlich in unserem Alter«, nahm Don Nasif den Abwesenden in Schutz. »Wie soll man die Nerven behalten, wenn man dauernd Polizei, Krankenwagen und Feuerwehr ausweichen muss? An dem Tag, an dem Perón gestorben ist und ich Gardinen für NAYLA abgeholt habe, hat mir die Schwiegermutter von Don Ricardo zugesteckt, der arme Kerl sei abermals bei Elvio. Wie ernst ist es denn, Julio?«

»Don Ricardo steht ständig bei meinem Eidam auf der Matte.

Eine begnadete Vorstellungskraft hat er. Nichts, dem der eingebildete Kranke nicht mit Hilfe des Humors Paroli bieten könnte.«

»Seine Schwiegermutter macht ihn krank. Sie vertreibt ihn, sobald sie bei ihnen in der Wäscherei aufkreuzt. Sie führt sich wie ein Oberst auf, beansprucht die Registrierkasse für sich und duldet keine Widerrede. In der Ruhe liegt die Kraft. Das habe ich ihm gesagt, als sie sich letztens für eine Woche einquartiert hat. Wenn Auswandern für ihn keine Option ist, muss er lernen, sich nicht alles zu Herzen zu nehmen. Die Frauen einfach machen lassen.«

»Schwiegermütter sind in diesem Land das geringste Problem, altes Haus, aber du hast ihm trotzdem gut geraten«, bestärkte ihn Julio. »Habt ihr die Nachricht von dem Mausoleum mitgekriegt?«

»Wir waren gerade aufgestanden, als sie im Radio darüber berichtet haben. Stimmt's, Don Nasif?«

»Stimmt, mein Junge. Der Plan für einen *Altar de la Patria* eine Woche nach Peróns Tod klingt wie ein schlechter Witz. Ein sogenannter Heimataltar! Das hat uns noch gefehlt!« Nasif Abdala musste husten. Er hatte sich an einem Croissantkrümel verschluckt und sah aus wie eine abgeknickte *Ceibo*blüte. Sich nach vorn zu beugen, erübrigte sich. Julio verschaffte ihm Linderung, indem er ihm mit der flachen Hand ordentliche Schläge zwischen die Schulterblätter verpasste.

»Dass die Regierung der Witwe Wert darauf legt, mit einer gigantischen Grabstätte zu debütieren, kann nichts Gutes verheißen …«, gab der wieder Aufgepäppelte zu bedenken, nachdem er die Reste der *Medialuna* mit bitterem Matetee hinuntergespült hatte. »*Agarrate, Catalina*, halt dich fest! Auf uns kommt was zu«, schickte er hinterher.

Nasif Abdala, dessen einzige Funktion in der Werkstatt sich auf das Einschenken des Nationalgetränks beschränkte, gebrauchte oft diese Redewendung, die aus einer Zeit stammte, in der ein legendärer Zirkus durch Argentinien tourte, zu dessen Besetzung eine unerfahrene Trapezkünstlerin zählte, die von der um sie besorgten Zuschauerschaft stets den gutgemeinten Ratschlag zu hören bekam – *Nicht loslassen, Catalina!* –, bis sie eines unglücklichen Abends aus dreizehn Metern Höhe in den Tod stürzte.

»Das muss man sich vergegenwärtigen«, entgegnete Julio und runzelte die Stirn. »Das Ehrenmal soll aus dem Boden gestampft werden und mitten in der Innenstadt in die Höhe schießen. Wir sollten uns nichts vormachen. Sie wollen Patriotismus in Stein meißeln. Allein, für Patriotismus habe ich nie etwas übriggehabt. Fußball ausgenommen.«

»Und Boxen, natürlich«, ergänzte Nasif Abdala gewissenhaft.

»Boxen ebenfalls: außen vor. Für alle anderen Unternehmungen, die mit der gehissten Fahne der Politik, der Nation, der westlichen christlichen Werte, der im Kampf gefallenen Helden ... im Namen des Volkes oder piepegal wessen geführt werden, habe ich keinerlei Verständnis. Am Ende bleibt nichts als eine erschütternde Bilanz wie damals bei der Bombardierung der Plaza de Mayo, als das Militär Perón ausradieren und damit dem Vaterland angeblich etwas Gutes tun wollte. Ich werde diesen 16. Juni 1955 nie vergessen, als *in nomine patris* neuneinhalb Tonnen Granaten und Splitterbomben aus Kampfflugzeugen der Marine und der Luftwaffe abgeworfen wurden. Getroffen hat es natürlich die Zivilbevölkerung. Und danach mussten die Hunderte von Toten gerächt werden, wofür die Kirchen im Zentrum von Buenos Aires gebrannt haben. Ein Inferno. Eine göttliche Komödie. Seid froh, dass ihr das nicht miterlebt habt ...«

»Ich weiß es von meinem Vater, Don Julio, und starke Gefühle vererben sich. Der *Peronismo* ist eine Empfindung, wie man so schön sagt, ein *Sentimiento*, das von Generation zu Generation ...«

»Der *Peronismo* ist eine Ersatzreligion mit einem ausgeprägten Hang zum Personenkult. Man muss wachsam sein, denn sämtliche Religionen sind Teufelswerk«, warnte Don Nasif.

»Da haben wir das Problem: Der Interessenkonflikt zwischen Kirche und Staat hat den verheerenden Militärputsch begünstigt, und von da an hat eine Eskalation die nächste ausgelöst.« Don Julio spreizte einen Finger nach dem anderen ab. »Das Massaker von José León Suárez war ein Abschreckungsmanöver gegenüber den

Sympathisanten des Generals Perón und seiner Gattin. Es folgte der bewaffnete Widerstand im Geiste Evitas, um ihren abgesetzten Mann in die Heimat zurückzuholen. Die ständigen Versuche, diesen Widerstand zu zerschlagen. Peróns Rückkehr 1973 und das Massaker von Ezeiza, wo der rechte Flügel des *Peronismo* wild um sich schießt, um die linke Fraktion zur Strecke zu bringen. Und neuerdings der Terror, den eine obskure AAA verbreitet, in ihrer Hexenjagd auf den wie auch immer gearteten kommunistischen Feind. Attentate, Entführungen, Morde: Wie weit wollen wir es treiben?«

»An den Morden ist der Zeitgeist schuld, Don Julio. In erster Linie aber das Scheißmilitär, die ultranationalistischen katholischen Kerzenanbeter. Die militanten Anhänger von *Cristo vence*. Und die rechten Peronisten, die faschistischen Verräter unserer *Causa*.«

»Gewalt ist keine Alternative, Fatini. Du wirst es nicht gern hören, doch in diesem Fall ist eine weitere Drehung der Schraube wahrlich keine Option. Das wichtigste Ziel ist erreicht: Peróns großes Comeback. Damit verbunden, der viel größere Triumph: die Wiederherstellung der Demokratie. Das dürfen wir nicht riskieren. Alte Knacker wie wir wissen, was es heißt, das Militär zu erleiden, und auch, dass unsere Demokratie, solange der *Peronismo* nicht mitmischen durfte, eine Farce war. Es geht darum, eine Differenz zu markieren. Deshalb reißen wir uns zusammen. Wir beißen in den sauren Apfel und arrangieren uns, wie es sich gehört, mit der Witwe.«

»Mit dem Hohlkopf.«

»Mit der Präsidentin, weil sie demokratisch gewählt wurde.«

»Ich fürchte, nach achtzehn Jahren, in denen der Peronismus verboten war, haben wir uns bei der Wahl vom Klang der Formel *Perón-Perón* einlullen lassen. Wir kriegen unsere Evita der Zukunft, haben sich alle gedacht, nachdem der Traum in den Fünfzigern geplatzt war. Und nun haben wir den Salat.«

»Wir können nur hoffen, dass María Estela Martínez die um sich greifende Gewalt einzudämmen versteht. Aber, na so was! Wo kommt denn dieser Bengel her?«, wollte Nasif Abdala wissen.

»Hal=lo=Au=to=no=me=«

»Was ist, Quique? Ich denke, du hast zu tun.«

»Ne=ga=tiv=«

»Bist du mit den Hausaufgaben fertig, Nandu?«

»Yep=«

»Gut, ich schaue sie mir später an, okay? Wir sind hier am Arbeiten.«

»Ich=muss=Tan=te=Ber=ta=um=et=was=bit=ten=«

»Jetzt nicht.«

»A=ber=ich=brau=che=drin=gend=et=was=Ga=lak=ti=sches=«

»Was brauchst du denn?«

»Ei=ne=Pin=zet=te=«

»Eine Pinzette?«

»Wie=die=von=Ma=ma=«

»Musst du Härchen zupfen?«

»I=gitt=I=gitt=nein=«

»Nandu, ich kann grad nicht. Siehst du doch! Und rede bitte normal. Das nervt.«

»Na=gut=«

»Was mir nicht in den Schädel will«, gab Álvaro zu, als Quique abgedüst war, »ist die Tatsache, dass dieser Altar ausgerechnet an der Stelle gebaut werden soll, an der Evita das *Monumento al descamisado* geplant hatte. Ihr Monument für den Hemdlosen, ein Denkmal zu Ehren der Arbeiter, ist vielleicht aufgeschoben, doch nicht aufgehoben. Nach dem Putsch 1955 war ja klar, dass die *Revolución libertadora*, die Militärs der selbsternannten *Befreienden Revolution*, so was nicht würden brauchen können. Aber wieso sich unter der Witwe die Ehrung der Arbeiter mit der Ehrung der Toten decken soll, leuchtet mir nicht ein … Mir scheint, die Präsidentin hat sich vorgenommen, in die Fußstapfen der *Compañera* Evita zu treten, um sich über sie zu erheben. Wenn der Bau losgeht, werden sie unterirdisch auf das alte Fundament stoßen.«

»Anstatt dem Tod so viel Platz einzuräumen, sollten wir lieber das Leben im Auge behalten.« Das war Saberios erster Kommentar zum Thema.

»Evita *vive*! Darum geht es ja! Sie lebt! Sie existiert in jedem von uns weiter, Espadrille-, Overallträgern und Hemdlosen! Es reicht nicht, die Wände mit Graffiti zu besetzen. Wir müssen es den Oligarchen und Ausbeutern zeigen, so wie sie es getan hat, diesen Schnöseln und Großgrundbesitzern, den *Pipí Cucús*, den Etepeteten, die, weil es in der Innenstadt ein paar noble Ecken gibt, die ganze Welt glauben lassen wollen, Buenos Aires wäre das Paris Südamerikas«, konterte Álvaro.

»Unsere Jugend täte gut daran, in ihrem ehrenwerten Aufbegehren innezuhalten, anstatt sich von Affekten und Gefühlswallungen hinreißen zu lassen«, wandte Don Nasif ein. »Die *Juventud maravillosa*, wie Perón sie genannt hat, zahlt einen viel zu hohen Preis, ermutigt durch Parolen wie *Patria o muerte*, Vaterland oder Tod, auch wenn es unbestritten ist, dass der Che edle Ziele verfolgt hat. *Perón o muerte*, die Losung der *Montoneros* bei der Entführung und Ermordung von diesem Gauner Aramburu, ist nicht minder problematisch. Oder nehmen wir: *Das Leben für Perón.*«

»Heikel, denn auch da soll man für Perón sterben«, gestand Saberio. »Mir ist am liebsten, wenn unsere Generation *Viva Perón* skandiert und sich nicht nur zu ihm, sondern zu den Idealen des guten *Peronismo* bekennt. Entgegen des behämmerten Zeitgeistes bin ich der Überzeugung, dass Sterben keine hohe Kunst ist. Sterben können alle. Schwierig ist es, für andere und mit anderen in Frieden zu leben.«

»Du sagst es, mein Sohn, du sagst es. Genauso wie wir bei NAYLA.«

»Die Verherrlichung der Toten durch die Politik ist irre – genauso irre wie dieses Mausoleum groß sein soll. Ein Totentempel der *Argentina Potencia*, wie Perón es ausgedrückt hätte. Argentinien, eine Potenz, das hätten die gern!«

»Wäre er nicht gestorben, könnte er diese Vision verwirklichen, Don Julio.«

»Wäre er nicht gestorben, lebte er noch heute. Hier ein paar handfeste Zahlen, damit wir uns eine Vorstellung dieses nationalen Bauvorhabens machen: Es heißt, der Heimataltar soll höher als sechzig Meter werden und tief in die Erde reichen. Der *Cristo Redentor* in Río de Janeiro sei dagegen nur achtunddreißig Meter hoch. Das sind die Verhältnisse. Mit dem Megabau wollen sie also nicht nur den Brasilianern eins auswischen, sondern gleich dem Sohn Gottes, besser gesagt, seinem Fetisch. Vom unübertreffbaren Eiffelturm abgesehen, wird es mit dem *Altar de la Patria* ausschließlich der Obelisk aufnehmen können, der ohnehin unser ist. Eine … Wie heißt es noch mal …? Win-win-Situation.«

»Wie hoch ist der Obelisk?«

»Siebenundsechzig Meter, schreiben sie hier, und dass der Altar ein Herzensprojekt von José López Rega ist.«

»Den Minister soll es häufig über die Pfütze ins Nachbarland Brasilien verschlagen. Die bösen Zungen munkeln, er lernt Umbanda.«

»Jedenfalls ist der Minister für soziale Wohlfahrt der Motor und die treibende Kraft hinter dem Heimataltar.«

»Moment mal, Don Julio, Moment mal«, wehrte sich Álvaro und wedelte aufgebracht mit dem Bleistift. »Wir in AUTOPIA sollten keineswegs so weit gehen, diesen Finsterling *Motor* zu nennen oder *treibende Kraft* von irgendwas. Mir wird sonst übel, wenn ich so was höre, und ich muss zusehen, dass ich vor Feierabend in Sachen *Sallustro* von Don Ricardo die Kurve kriege.«

10

»Álvaro?«

»Was ist?«

»Stimmt es, dass Onkel Nasif lange, bevor er die Männerpension eröffnet hat, Boxer im LUNA PARK war?«

»Wenn, dann im Fliegengewicht.«

»Und dass sein Erzfeind, ein grauenhaft aussehender Kerl voller Narben im Gesicht, ihm mit einem energischen Schlag den Kopf weggepustet hat, so dass der arme Onkel jetzt so aussieht, wie er aussieht, und dass er, als er wieder zu Kräften gekommen ist, es dem Typen gezeigt hat, indem er ihn vom Ring direkt ins Jenseits geboxt hat? Dass der ruhige Onkel Nasif nur so ruhig ist, weil er jemanden auf dem Gewissen hat – worüber in AUTOPIA keiner redet, und würde man offen danach fragen, es alle abstreiten würden?«

»Völliger Quatsch, Nandu! Wer erzählt denn so was?«

»Niemand. Ich schwör's.«

»Weißt du, was Don Nasif dazu sagen würde?«

»Dass ihm alles sehr-sehr-sehr leidtue?«

»Nein. Er würde sagen, Lügen haben kurze Beine, Nandu. Und ich sage dir: Du guckst zu viel *Titanen im Ring*. Wegen dieser verkleideten Wrestler aus der Fernsehshow geht deine Phantasie mit dir durch.«

»Álvaroooooooooooooooo?«

»Im Wooooooohnzimmer.«

»Hast duuuuuu meine Haarpinzette aus der Schublade im Bad genommen?«

»Neeeeee, Mama, habe ich nicht.«

»Hey! ... Pst!«

»Hm?«

»Und was ist mit dir, Nandu?«

»Mit mir? Danke der Nachfrage. Ich habe gerade überlegt, wo sich dieser bedrohliche Zeitgeist, von dem ihr heute Nachmittag in der Werkstatt geredet habt, bei uns im Haus verstecken könnte, hätte er es plötzlich auf uns abgesehen ...«

11

»Soll ich dir eine Geschichte vorlesen, Nandu?«

»Galaktische Idee.«

»Oder?«

»Ja, doch. Gern.«

»Okay, lass mich kurz überlegen ...«

Blätter, blätter ...

»Magst du Ägypten?«

»Das Land der Mumien und Pharaonen?«

»Genau.«

»Ich mag Ägypten. Wenn ich groß bin, werde ich Archäologe. Oder Kosmonaut. Eher Kosmonaut.«

»Einverstanden. Und jetzt halt mal die Klappe und hör zu. Diese sehr, sehr nette Geschichte hat sich einst in Ägypten abgespielt ... Damals lebte in Ägypten das Volk Israel, das aber keinen Bock mehr hatte, dort zu bleiben, und weiterziehen wollte. Der Pharao, dem das gar nicht in den Kram passte, hat ein Wunder als Gegenleistung verlangt.«

»Krass.«

»Nicht, wenn Gott einen unterstützt, Nandu. Bei Gott ist kein Ding unmöglich, das haben Mose und sein Bruder Aaron sehr wohl gewusst, und deshalb haben sie sich an ihn gewandt. Und pass auf, der liebe Gott hat ihnen Folgendes geraten: *Wenn der Pharao zu euch sagt: Tut doch ein Wunder zu eurer Beglaubigung, dann sag zu Aaron: Nimm deinen Stab und wirf ihn vor den Pharao hin! Er wird zu einer Schlange werden. Als Mose und Aaron zum Pharao kamen, taten sie, was ihnen der Herr aufgetragen hatte. Aaron warf seinen Stab vor den Pharao und seine Diener hin, und er wurde zu einer Schlange. Da rief auch der Pharao Weise und Beschwörungs-*

priester, und sie, die Wahrsager der Ägypter, taten mit Hilfe ihrer Zauberkunst das Gleiche. Jeder warf seinen Stab hin, und die Stäbe wurden zu Schlangen. Doch Aarons Stab verschlang die Stäbe der Wahrsager. Ganz schön, oder, Nandu? Am Ende gewinnen immer die Guten.«

»Hm.«

»Ein Kampf der Titanen, würden wir heute sagen. Schaust du auch manchmal im Fernsehen die Show mit den Wrestlern?«

»*Titanes en el ring*? Jede Folge. Der Champion Martín Karadagián hat die weiße und die schwarze Mumie extra aus dem Land der Pharaonen nach Argentinien einfliegen lassen. Am liebsten habe ich es, wenn die beiden gegeneinander antreten.«

»Ich habe es vorher nicht gewusst. Du?«

»Was denn?«

»Weiß ich nicht … Das, was hier schwarz auf weiß steht. In meiner Kinderbibel. Dass stinknormale Stöcke zum Beispiel, wenn man den lieben Gott um Hilfe bittet, sich verwandeln können …«

»Du meinst in Schlangen?«

»Ja, zum Beispiel. In Schlangen. Stünde es hier nicht geschrieben, würde ich denken, da will mich einer reinlegen.«

»Aber dort steht es doch, oder, Teresa?«

»Das ist es ja gerade.«

12

»Ál⬭aro?«

»Ja, Nandu?«

»Ich würd⬭ mir g⬭rn di⬭ neu⬭n Kük⬭n anschau⬭n.«

»Welche neuen Küken?«

»Es g⬭bt welch⬭ im Gart⬭n hinter A⬭TOP⬭A. In d⬭m klein⬭n Stall.«

»Ach ja?«

»⬭⬭«

»Kannst du doch. Frag aber vorher Onkel Julio, ob du darfst.«

»Hab⬭ i⬭⬭ scho⬭.«

»Und was sagt er?«

»Ich d⬭rf.«

»Also!«

»Ab⬭r ich h⬭b⬭ Angs⬭.«

»Wovor denn, Feigling?«

»V⬭r d⬭⬭ si⬭b⬭n Klapperschla⬭ge⬭, di⬭ sich dort versteck⬭n, wo die Stockr⬭sen wachsen. Gester⬭ in d⬭r W⬭rkstatt habe ich di⬭ lang⬭⬭ Stöcke entde⬭kt, mit denen T⬭nte Berta sie heute abstütz⬭n w⬭llte. Kl⬭ppe⬭schlangen sind ei⬭e Plage. In Ägypten heißen di⬭ Bi⬭ster Sandrasselotter.«

»Im Garten gibt es keine Klapperschlangen, Nandu!«

»Oh d⬭ch. Sieb⬭n Stück – wi⬭ di⬭ si⬭ben Plag⬭n.«

»Hast du welche gesehen?«

»⬭h nein. Zu⬭ Gl⬭ck. Kein⬭ einzig⬭.«

»Ja, nun. Du kannst beruhigt sein, Hasenfuß. Da ist nix. Gar nix. Und jetzt ab ins Bett!«

»Álvaro?«

»Nandu?«

»Kann das Licht im Flur an bleiben?«

»Sicher doch! Hier, nimm: Wisch dir mal vorher das Gesicht ab. Du hast Zahnpasta überall.«

13

Das Sonntagsglück von Valentino Acuña war am Arsch. Man konnte es nicht anders sagen. Am Wochenende würde sich der Tag jähren, an dem er seine Liebste kennengelernt hatte, die er aus gegebenem feierlichem Anlass großzügig auszuführen gedachte, und er hörte allen Ernstes, sein grüner Käfer müsse in den heiligen Hallen von AUTOPIA bleiben. Auf die Mitteilung dieser Hiobsbotschaft, die Álvaro Fatini durch den Gebrauch einer beruhigenden Formulierung abzumildern versuchte, mit der er seine Hochachtung für die Werkstatt und die Wunderwerke, die dort vollbracht wurden, artikulierte, reagierte der Zeitungsverkäufer mit einem Kraftausdruck, der sich wie eine Wolke vor die Sonne schob. Während Acuña die Reaktion seiner einst im Sturm eroberten Partnerin gedanklich vorwegnahm und ein Gesicht aufsetzte wie sieben Tage Regenwetter, versorgte Álvaro ihn mit bestechenden Argumenten, in der Erwartung, er nähme das Unabwendbare in Kauf. Das, was bei den meisten Frauen der Schönheitsschlaf oder ein spontaner Ausflug ins Grüne auszulösen vermöge, dieses Mirakel der Regeneration bewirke bei angeschlagenen Fahrzeugen der Aufenthalt in AUTOPIA, versicherte der Mechaniker-Poet und legte die Hand auf die Schulter des Chefs, der für das meiste geradestand, an das er glaubte. Nach dem erprobten Teamgeistverfahren würden sich El Haddad, Saturnino und der Sprecher selbst den Neuzugang gemeinsam anschauen, um eine genauere Diagnose zu erstellen, in deren Anschluss sich die Männer die Arbeit, ihren Kompetenzen entsprechend, untereinander aufteilen würden, so dass letztendlich alle drankämen, und wenn es nur zum Staubsaugen, Klinkepolieren oder Scheibenputzen wäre.

»Der Nächste, bitte«, brüllte Julio El Haddad eine Dreiviertelstunde später in die Werkstatt hinein. Damit rief er keinen wartenden Kunden auf, sondern kündigte die Schichtablösung an, nachdem er mit Hilfe einer Gummiglocke eine Beule an der hinteren Tür herausgezogen hatte, die so alt war, dass sie niemandem mehr aufgefallen war. Oberflächlicher Rost und absplitternde Lackschichten waren je nach Grad der Beschädigung mit einem Schraubenzieher, einer Drahtbürste oder einer Schleifscheibe entfernt worden – dabei hatte Don Julio, stets mit gutem Beispiel vorangehend, Schutzbrille und Ohrenschützer benutzt. Mit einem Trennschleifer hatte er jene tragenden Stellen, die vom Rost durch und durch befallen waren, herausgeschnitten und gegen Teile ausgetauscht, die er aus verzinktem Blech nachgebaut hatte. Nun ging es ans Eingemachte: Saberio Saturnino, ehemals Freiwilliger bei der Feuerwehr, war ein Meister im Widerstandsschweißen. Diese Meinung vertrat auch Fatini, der – wenngleich noch nicht an der Reihe – sich jetzt schon der kniffligen Herausforderung stellte, eine Farbe zu mischen, die sich am Schluss mit dem nicht mehr ganz jungen Grün des angeknacksten Kugelporsches decken sollte. Bis der Chef und seine Belegschaft so weit waren, zur begutachtenden Endrunde zusammenzutreffen und den Käfer aus der Hand zu geben, war eine Menge zu tun. Vor allem war es ein Rennen gegen die Zeit, denn das konspirative Trio hatte beschlossen, sich nicht an die Absprache mit dem Kunden zu halten. Unmittelbar vor Feierabend wollten sie den demoralisierten Acuña an seinem Zeitungsstand abpassen. Guten Gewissens würden sie sich über das Parkverbot an der Ecke hinwegsetzen und ihm das bis dahin hoffentlich wiederaufgepeppte Glühwürmchen direkt vor der Nase abstellen.

Saberio Saturnino stand inzwischen unter strenger Beobachtung. Augen, die dem Pirelli-Kalender nichts abgewinnen konnten, verfolgten jede seiner mechanischen Bewegungen. Mit der astronomischen Maske und den gigantischen Handschuhen, die sogar seine Unterarme bedeckten, war Onkel Saberio nicht zu erkennen. Das war von Vorteil. Dank des abgespaceten Zubehörs konnte er problemlos in die Fußstapfen derjenigen Weltraumhelden treten, von denen das Fernsehen berichtete. Das musste man bedenken.

Die *Comisión Nacional de Investigaciones Espaciales*, die argentinische Weltraumbehörde, die erfolgreich Belisario und Juan, eine Maus und einen Affen, auf gefährliche Mission ins Weltall geschickt hatte, entsandte nun einen Astromechaniker, der eine Havarie an einem Mondauto zu reparieren hatte. Auf Saturnino lastete eine Riesenverantwortung. Er schnaubte. Die Ohren, die zu den Augen gehörten, wussten: Das war die Ruhe vor dem Knall. Der aufhorchende Überwacher hatte die Energiequelle im Blick. Am Ende eines Doppelschlauchs, der an dem Schweißbrenner angeschlossen war, wurden mit Hilfe eines roten und eines blauen Knopfes sowohl Stromstärke als auch Drahtvorschub eingestellt. Es konnte losgehen – Oh, ja! Es geht los! *Astro Boy* schwitzt, und es brennt. Ein Big Bang aus fliegenden Funken. Ein Feuerwerk aus *rayos y centellas*. Eine Galaxie auf Erden. Schwingungen und Strahlungen. Meteoriten und Supernovae. Sternenstaub und Schwefelmoleküle. Der Kontrollturm ortet die Ringe des Saberio. Mit der 1A-Superwaffe in der Hand geht der Onkel wie eine Rakete ab. Man sieht Satelliten und Planeten, Kometen und Asteroiden vorbeirauschen. Man verlässt den Tower und nähert sich dem Feuerball, man geht um das grüne Mondauto herum, mucksmäuschenstill wie damals Belisario, und sieht ihn nicht kommen, den Bruder im All, den Spielverderber, der dazwischenfunkt und das kleine grüne Männchen an seinen Antennen packt, um es in Lichtgeschwindigkeit zu expedieren. Der ultrakrasse Feind stellt sich der weltbewegenden Frage *Was wäre wenn?* dezidiert in den Weg. Er vereitelt den Masterplan des Marsianers. Álvaro verhindert, dass der grüne Marsmensch das grüne Mondauto durch die Hintertür betritt und besetzt – »Es ist besetzt, sage ich!«

»Benimm dich, Quique! *Basta*! Mir reicht's!«

»Ätsch, bätsch! Ätsch, bätsch!« Von wegen. Solange der Schweißbrenner in Betrieb war, hatte es keinen Sinn. Wenn der schwere-, gehörlose Onkel Saberio Fahrt aufgenommen hatte, konnte man auf seine Hilfe nicht zählen. Quique wurde kalt und kälter. Er wurde schändlich abtransportiert, das Subjekt seiner Beobachtung dagegen blieb von einem Kreis aus Feuerfunken umzingelt. Darin spukte es.

Darin wurde es heiß und heißer. In dieser Kapsel eingeschlossen war die Zeit, in der Zeit ein Junge, der sich Jahr für Jahr zum Geburtstag den abwesenden Vater wünschte und deshalb den kompletten Wagen eines Unbekannten inspizierte, bis er sich letztendlich den Kofferraum vornahm, um daraus, wo es am heißesten war, ein traumhaftes Set aus Tischfontänen und Wunderkerzen hervorzuholen.

Saberio Saturnino richtete sich wieder auf. Ihm pfiffen immer noch die Ohren, als er die Handschuhe abstreifte und die Maske ablegte, um Álvaro herbeizuwinken. Donnerlittchen. Am Eingang der Halle parkte ein Toyota Celica GT TA22. Schicke Chromstoßstange, Dreispeichen-Holzlenkrad. Saberio schaute auf den Pirelli-Kalender. Er schaute erneut in Richtung Einfahrt. Neben der japanischen Schönheit, ihm den Rücken zugewandt, stand ihre Fahrerin in einem goldgrün schimmernden Seidenmantel mit Stickereien. Die Ähnlichkeit war verblüffend. Er sah hier und da die gleichen fremden Schriftzeichen. Auf dem Papier zierten sie den knappen Bikini einer bekennenden Autoliebhaberin aus dem Land der aufgehenden Sonne, einer begabten Künstlerin, die laut Pirelli-Redaktion hauptberuflich Theaterschauspielerei betrieb und sich auf das Hinterteil eines Alfa Romeo Giulia stützte – eines metallicblauen Kronjuwels mit Doppelscheinwerfern, gerundetem Motorhaubenansatz und hundertfünfzehn darunter arbeitenden Pferden. Des Ausharrens überdrüssig schien das aufstrebende Model sich etwas Passendes übergezogen zu haben, um dem seit fünf Jahren überholten Reifenkalender zu entsteigen, wie Saberio es von der Bühne oder Leinwand her kannte, obwohl er sich stets wundern musste, wenn die vierte Wand durchschritten wurde.

Quique hatte sich zur Einfahrt gestohlen. Für alle anderen unbemerkt strich er mit der Hand über das mit Gepardenfell gefütterte Gewand.

Die Geisha, auf die nun ebenfalls Saberio zusteuerte, verweilte neben Don Julio, zeigte entnervt auf ihr weißes *Pony-Car*, wie das Coupémodell genannt wurde, und bedauerte: »Pferd nicht gut.« Sie hatte beim Reden die Lippen nachgezogen und drehte sich zur

Seite, um den Lippenstift in ihrer Tasche zu verstauen. Fehlanzeige. Die Kundin, die Saberio in die Augen schaute, war definitiv keine Asiatin.

Álvaro war vor ihr in die Knie gegangen. Er tat so, als hätte er etwas im Schuh, und hantierte dafür umständlich an einem seiner Espadrilles. In Wirklichkeit hatte er Quique, den Wiederholungstäter, ertappt und wollte ihn so diskret wie möglich davon abhalten, aufs Neue über den feinen Mantelstoff zu fahren.

»Nicht *es* fährt nicht gut, *ich* fahre nicht gut. *Mea culpa*, wenn Sie so wollen«, gab die Autobesitzerin unterdessen zu. »Ich habe den Lancia nicht kommen sehen, da war er mir schon reingefahren. Na ja: Eigentlich bin ich ihm reingefahren, aber er hat nur eine Delle abgekriegt, und das haben wir vor Ort geregelt.« Beim Lächeln zog sie ihre Kugelaugen zu Schlitzen. »Denken Sie, Sie können das *Pony-Car* in Schuss bringen?«

»Wir bringen es in Schwung«, korrigierte Álvaro, der sich erhoben hatte und mit einem Bleistift am Kopf kratzte.

»Das dürfte kein Problem sein«, bestätigte Don Julio nach eingehender Prüfung.

»Wann kann ich es wiederhaben?« Als wäre das weiße Coupé eine Trophäe, hielt die Eigentümerin ein Lederband hoch, an dem ihr Autoschlüssel baumelte, und guckte abwartend in die Runde.

»Nächste Woche Donnerstag?«, fragte Don Julio zurück. »Überlassen Sie ihn uns. Wir parken den Wagen gleich um.«

»Das war Lara«, informierte Álvaro, als von der Aufgetakelten nichts anderes zurückgeblieben war als ihr verbeulter Toyota.

»Kennst du sie etwa?!«, staunte Saberio.

»Noch nie gesehen.«

»Aber dann versteh…«

»Eingraviert«, eröffnete Álvaro und wedelte mit dem Schlüsselanhänger, den er der Fremden kommentarlos abgenommen hatte. »Lara Kiri würde ich sagen. Selbstmörderischer Fahrstil. Rette sich, wer kann.«

Julio El Haddad quittierte den Einfall mit einem wohlwollenden

Schmunzeln, bis ihm einfiel, dass sie versäumt hatten, einen ungefähren Preis zu nennen.

»Das sieht man ihr an.« Álvaro kaute an dem malträtierten Bleistift herum.

»Was sieht man ihr an?« Der Chef wollte es genau wissen.

»Das Hofleben.«

»Welches Hofleben?«

»Den kaiserlichen Palast mit allem, was dazu gehört: beflissene Angestellte, stolzierende Pfauen und Origami-Kraniche, Kalligraphielehrer und handbemalte Fächer, Teezeremonien und Go-Abende begleitet vom Rascheln des Windes, jahrhundertealtes Reispapier, erlesene Wandschirme und Bambusvorhänge – aber wenn man richtig hinschaut, ist dahinter nichts außer gähnender Langeweile.«

Der Autor-Mechaniker besaß eine lebhafte Phantasie. Das konnte ihm keiner nehmen. Wenn er sich allerdings nicht vorsah, konnte er vom Hölzchen aufs Stöckchen kommen und das Spiel böse enden. Jedes Mal, wenn er mit dem Akkumulationsprozess des Kapitals anfing, lief Álvaro Gefahr, dem Eifer seiner linken Gesinnung zu erliegen und sich in Rage zu reden: über jeglichen Anstrich von Oberschicht, über vermessene Herrschaftsansprüche und ungebührliches Obrigkeitsdenken, über die Lara Kiris, die auf ihren Liegenschaften säßen, während die ausgebeutete Arbeiterklasse dafür sorge, dass die Fabriken von Kiri & Co. am Laufen gehalten werden. *Kikeriki*. Die Tür zum Garten stand offen, so dass der übliche Werkstattlärm sich mit dem Gackern der Hühner vermischte. Álvaro würde den Lara Kiris dieser Welt den Hals umdrehen, um zu verhindern, dass sich das junge Proletariat für die Kiri & Co. zu Tode schuftete. »Ehrenwort«, behauptete er und gab den Tapferen, der für seine Ideale in den Kampf zog.

Bei der rituellen Selbstmordart der Samurais, auch Seppuko genannt, schlitzt der Heroe im Falle des Scheiterns sich den Bauch mit einer Aufwärtsbewegung von links nach rechts auf; dabei darf er keinen Schmerzenslaut von sich geben und keine Miene verziehen –

Lara Kiri hatte Álvaros Kollegen Saberio Saturnino kaltgelassen. Diese zweischneidige Faszination kannte er zu gut, um sie nicht in ihre Einzelteile zerlegen zu können. Diese Lara hatte etwas zu verbergen. Das war seine Theorie. Mit ihrem Schlitten und der exaltierten Garderobe konnte sie sich ablenken. Sie konnte sich vor beängstigenden Gefühlen schützen, vor dem Mann womöglich, der ihr das Coupé geschenkt hatte, um mit der flotten Kiste die Leere zu füllen, die er verkörperte. Die alte Leier halt. Jetzt war AUTOPIA zugestellt und ihr Macker bestimmt auf und davon. In einem Punkt hatte Álvaro immerhin recht. Eine Lara Kiri würde niemals so arm dran sein wie eine Cándida Saturnino, diese argentinische Penelope, die, während sie ihr kurzes Leben lang auf die Rückkehr ihres Verflossenen gewartet hatte, von einem echten Pelz geträumt hatte, einem Präsent ihres ewig Reisenden, in das sie sich hätte hüllen können, um die böswilligen Vermutungen der Nachbarn zu zerstreuen. Die Lara Kiris und die Cándida Saturninos litten an inneren Verletzungen und trugen Narben, die sie mit Kajal in Muttermale und Schönheitsflecken verwandelten, und nicht selten (mit einer Sicherheitsnadel an der Unterwäsche angebracht) ein kleines Magnetstück, ein von Doña Paquita besprochenes Amulett, das den Mann an sie binden sollte – ein Taschenspielertrick, mit dem sie dem eigenen Ausgeliefertsein entgegenzuwirken hofften. Finger weg von Frauen dieser Art! Ein Mann sollte nicht schwach werden, sondern sich wappnen, denn diese New-Age-Göttinnen, die einem, wenn man sich nicht vorsah, unter die Haut zu gehen vermochten, waren selber schwach, und man wusste ja inzwischen, wie solche Geschichten endeten.

14

»*La rivoluzione siamo noi*«, erklärte Berta Sanfratello verärgert und schnappte sich Quique im Vorbeigehen, um ihn in den Garten hinter der Werkstatt zu lotsen, dorthin, sagte sie, wo die Gewalt in diesem Land keine greifbare Wirklichkeit sei – und sowieso kein kindergerechtes Thema. »Ich bitte euch, Julio!«

»Aua, zu doll«, ließ der Entführte seine Tante wissen, deren Hand wie eine Tierfalle zugeschnappt war. Nachdem Quique klar geworden war, dass er mitnichten vor die Wahl gestellt, sondern zu seinem Glück gezwungen wurde, galt sein nächster Gedanke den sieben Klapperschlangen. Enrique Fatini klapperte mit den Zähnen, während er über den Boden geschleift wurde. Ein katastrophaler Rückschritt. Gerade noch hatte er seine schulischen Beschäftigungen unterbrochen, um wie sämtliche Erwachsenen in AUTOPIA Onkel Saberio zuzuhören, der mit der aufgeschlagenen Zeitung in den Händen eine Lektion in höherer Mathematik erteilte, so bitterernst, wie er ausschaute. Über die Kommentare der Männer hatte Quique erste Ziffern erhascht, da war schon die miesepetrige Tante aufgetaucht. Berta Sanfratello hatte den Onkel erwischt, als er mit sonorer Stimme die Anzahl der TTT bekanntgab.

»Der Toten und Attentate, obwohl ich das nicht wissen, geschweige denn sagen darf, Tante Berta. Es waren professionelle Superzahlen.«

»Schön, Quiquelein, schön, dass auch du dich in deinem Alter für das Verlesen der Lottozahlen begeisterst, und jetzt schauen wir mal, was unsere Küken machen und wie viele Eier unsere Hennen gelegt haben. Vielleicht magst du später ein Omelett. Oder noch besser: Wir wickeln ein Dutzend in Zeitungspapier, und du überraschst deine Mama zu Hause damit. Wie wäre das?«

»Ultraschön, denn *bombastisch* darf ich wegen des Zeitgeistes auch nicht länger sagen. Sonst schimpft Álvaro mit mir.«

Es ging nicht darum, auf Kleinigkeiten herumzureiten. Vielmehr nahm der ältere Fatini die Sprache ernst. Die Werkstatt nannte er eine Brutstätte utopischen Denkens und Handelns. Auf diesem Experimentierfeld begegnete er einem Chef, der Kameradschaft bewies und sich ins Zeug legte, um seinem Team vorzuleben, dass Integrität, handwerkliches Können und Eigenverantwortung untrennbar miteinander verbunden waren. Álvaro lernte in AUTOPIA die achtbarsten Männer von Ballester kennen, denn jeder von ihnen schaute auf einen Plausch mit Don Julio vorbei: der Zeitungsverkäufer Valentino Acuña, der Friseur Celio Rachello, der Bäckermeister Caetano Garibaldi, von dem Nasif Abdala, der ohnehin dazugehörte, mit einem geflügelten Wort versicherte, er sei noch besser, noch gütiger als das Brot, eine Beschreibung, die eigentlich auf alle zutraf, den hypochondrischen Ricardo Peralta nicht zu vergessen. Der Autor-Mechaniker stand daneben, als Dirty Harry bei sich das Aufkommen einer Grippe befürchtete und sich daraufhin von Don Julios Enkelin ein und dieselbe angeblich schutzverheißende Plastikstatuette ein zweites Mal andrehen ließ, weil er außerstande war, ihr den Wunsch abzuschlagen. Álvaro Fatini sah in AUTOPIA Freundschaften entstehen und wachsen. Er sah, wie sich dort ein ungeschriebenes Gesetz, eine Art soziales Credo, über sämtliche wirtschaftlichen Interessen hinwegsetzte. Er sah einfache Menschen ihren Job verdammt gut machen, da sie verstanden hatten, was es hieß, eine Existenz würdevoll zu gestalten.

Ehe der Weltverbesserer sich's versah, hatte der Chef das Rollo heruntergelassen und Doña Berta seinem Bruder ein mehr schlecht als recht in Zeitungspapier eingewickeltes Päckchen überreicht, das Quique mit geschwärzten Händen dankend entgegennahm. Álvaro sah Dinge, auf die er vorher nie geachtet hatte. Er sah Berta Sanfratello erwartungsvoll auf ihren Mann zugehen und Don Julio, nachdem er seine Jungs in die Freiheit entlassen hatte, die Metalltür zusperren. Álvaro sah sich auf der Straße Quique die Schultasche abnehmen. Er sah Saberio bei NAYLA klingeln, weil dieser den Schlüssel, wie er selbst sagte, zu Hause vergessen hatte. Er sah einen verwitweten Don Nasif, dem die Freude im Gesicht geschrieben stand. Der Autor-Mechaniker Álvaro Fatini, der in allem Wahren, Schönen und Guten, das ihn umgab, literarisches Kapital vermutete, sah sich daheim weiterackern, nicht nur an Ballesters Monatsblatt, dessen Redaktion er, um sich ein Zubrot zu verdienen, unlängst übernommen hatte, sondern auch an einer eigenen, privaten, politischen Lebensbeschreibung, einem Tagebuch, in das sich geistiges Vermögen zu investieren lohnte – nicht etwa aus monetärem Kalkül, nicht aus niederträchtigen ökonomischen Erwägungen, sondern aus purem Idealismus; weil Álvaro Fatini an die Sache glaubte, obwohl er niemanden, nicht einmal seinen Vater, bisher damit behelligt hatte. Die Zeit, die ihm nach Feierabend zur Verfügung stand, erschien ihm jetzt, wo seine Eltern nicht umhinkonnten, als jeden *Peso* zweimal umzudrehen, kostbarer denn je. Die Zeit wollte ökonomisch verwaltet werden, weshalb er Dinge, die ihn umtrieben, gleich niederschrieb. Dank dieser Strategie hielt er sich den Kopf im Großen und Ganzen frei, obgleich er sich eine gewisse Zerrissenheit eingestehen musste. Nachdem er die Seiten seines Notizblocks in zwei saubere Spalten aufgeteilt hatte, zermarterte er sich das Hirn über die Begriffe, die er in der rechten Kolumne abgelegt hatte, denn am liebsten würde er sie ausradieren. Andererseits konnte er sich immerzu das vor Augen führen, was drohte, ihm einen Strich durch die Rechnung zu machen, ihn aus dem Konzept zu bringen, seine Laune zu verderben und seinen revolutionären Plan zu vereiteln. Durch Autosuggestion versuchte Álvaro Fatini, schlimme Befürchtungen in den Griff zu bekommen. Wenn er ehrlich war, ahnte der Autor-Mechaniker, dass sein politisch motiviertes Dichten und Trachten nicht ganz uneigennützig war, weil es im Grunde darauf abzielte, die Täuschung aufrechtzuerhalten, er könnte die Kontrolle über eine unkontrollierbar gewordene Welt erlangen und jedes auftauchende Schreckensgespenst in seine Schranken weisen. Er bildete sich ein, sich durch die pure Macht des Wortes jeglicher Herausforderung stellen zu können, indem er sich die Dinge von der Seele schrieb: die richtungsweisenden sowie die, die ihm gar nicht in den Kram passten.

AUTOpia

AUTOwerkstatt

AUTOdidakten

AUTObiographie

AUTOfiktion

AUTOrenkollektiv

AUTOrenförderung

AUTOrenrechte und -pflichten

AUTOgrammkarten

AUTOpoesie

AUTOpapiere

AUTOnomie

AUTOpilot

AUTOmatisches Schreiben:
Das wäre was!

AUTObomben

AUTOdestruktion

AUTOinsassen

AUTOpsie

AUTOritarismus

AUTOkratie

AUTOritätsmissbrauch

AUTOzensur

AUTOpanne

AUTOfalle

15

Hassem El Haddad klagte nie. Widrigkeiten nannte er Prüfungen, kleine oder große Stolpersteine auf dem eingeschlagenen Weg, die sich mit mehr oder weniger Mühe beiseiteräumen ließen; aus der Erfahrung des Geleisteten ging er gestärkt, ermutigt und im festen Glauben daran hervor, nicht nur etwas für sich, sondern auch für diejenigen getan zu haben, die nach ihm kommen würden. Hassem war ein unbeirrbarer Charakter, der nirgends einen stichhaltigen Grund dafür entdeckte, wieso man das Leben, das man lebte, nicht auch noch meistern sollte.

Auf der Route, auf der er seine Kunden einen nach dem anderen mit Kohlen belieferte, sah er stets den Silberstreif am Horizont. Mit dem Verdienst seiner Anstrengungen würde er die Mäuler stopfen können, die zu Hause auf seine Rückkehr warteten. Darüber sann er nach, als er von einem Unwetter überrascht wurde. Von seinem abgeschirmten Platz in der Kutscherkabine aus beobachtete er, wie der eingespannte Vierbeiner sein schweres Fuhrwerk zog und, obwohl der Regen gnadenlos auf ihn peitschte, sich weiter mit Bravour vorwärtskämpfte, ähnlich wie er in seinem Alltagstrott. Hassem hätte die arme Kreatur gern irgendwo untergestellt, aber auf dieser Strecke war das ausgeschlossen, so dass sie die Flucht nach vorn antreten mussten, in der Hoffnung, das Gewitter würde bald nachlassen oder, schneller als sie beide vorankamen, vorbeiziehen. Nachdem er so entschieden hatte, erblickte er eine vornehme Dame, die bis auf die Knochen nass geworden war und vor Kälte die Arme um sich schlang. Die Gepeinigte hatte unter einem schmalen Eingang Unterschlupf gesucht und dort enttäuscht feststellen müssen, dass dieser erbitterte Regen vor nichts und niemandem haltmachte. Das Szenario, das sich ihr darbot, war gespenstisch. Durch die Kraft des Orkans bogen sich die jungen, instabilen Bäume hin und her, die herunterprasselnden Wassermassen vermischten sich in Windeseile mit dem Matsch, der zu einem überschäumenden braunen Fluss anschwoll und Abfälle und Laub mit sich riss. In der Ferne schlug der Blitz ein, und das tosende Krachen, das darauf folgte, verhieß nichts Gutes. Hassem El Haddad hatte inzwischen ohne langes Überlegen seinen Rappen zum Stehen gebracht und bot der verwaisten *Señora* an, sie mitzunehmen. Die Dame, die in Anbetracht der Teufelswitterung mit dem Hereinbrechen des Jüngsten Gerichts gerechnet hatte, fuhr jetzt erst recht zusammen. Die Donnerstimme, die sie erreichte, ließ sie regelrecht erstarren. In solch einem seelischen Zustand auf das Schlimmste gefasst, hätte sie sogar einen Raubüberfall als Segen empfunden. Sie schaute sich mit flatterndem Herzen um, doch es blieb aussichtslos. Die Straße war wie ausgestorben. Der apokalyptische Pferdekutscher forderte sie mit einer deutlichen Handbewegung auf, sich seinem Höllengespann zu nähern. Ihre Beine reagierten nicht. Sie konnte keinen einzigen Schritt tun. Sie war wie vom Donner gerührt, außerstande, Hilfe zu rufen. Sie musterte angsterfüllt die geflickte, ärmliche Kleidung und die zerfurchten, rußverschmierten Hände. Ehe sie sich's versah, stand der schauervolle Fremde triefnass vor ihr. Er hielt ihr eine mehr oder weniger trockene Pappe über den Kopf und forderte sie zur Eile auf. Hinter ihm schwankten die Ahorne. In dem gleichen zuvorkommenden Ton, in dem der Unbekannte bereits zum zweiten Mal seinen Namen hatte fallenlassen, bot er ihr an, sie dorthin zu befördern, wo sie erwartet werde.

Auf der holprigen Fahrt, die vorwiegend schweigend verlief, saß sie kerzengerade auf einer zusammengefalteten, sauberen Wolldecke, die der Pferdelenker ihr hingelegt hatte und auf der sie den Rock ihres feinen, in Mitleidenschaft gezogenen Kleides wie einen Fächer hatte ausbreiten können. Bei der Ankunft half der Kutscher ihr aus dem Wagen, und wieder wurde ihr in Ermangelung eines Regenschirms eine Pappe hingehalten, so dass sie nicht erneut nass wurde, im Gegensatz zu dem Fahrer, der ohne eigene Kopfbedeckung sie bis zur Tür eskortierte. Als sie sich ihm gegenüber erkenntlich zeigen wollte, erwiderte Hassem, ihre Begleitung sei ihm Belohnung genug gewesen. Er brauche nichts, sollte die Dame irgendwann aber jemandem begegnen, der hingegen ihre Hilfe benötige, so solle die *Señora* sie leisten, genauso, wie er es getan habe. »Mit dem größten Vergnügen«, bekräftigte er und bestieg seinen Wagen.

Daheim zog die Dame die aufgeweichten Festtagsschuhe aus und stopfte Zeitungspapier hinein, womit sie das gebeutelte Leder in Form brachte, das sie anschließend inspizierte, um den furchtbaren Verdacht zu zerstreuen, es könnte vollständig ruiniert sein. Das schöne Sonntagskleid, das sie ausnahmsweise an einem Dienstag getragen hatte, hängte sie zerknirscht in der Waschküche auf. Sie durchwühlte den Spiegelschrank nach dem Flakon mit dem Veilchengranulat und ließ sich ein warmes Bad ein. Eine halbe Stunde später nahm sie ein Leinenkleid vom Bügel und zog ihre alten Pantoffeln an. Sie brühte Kamillentee auf und suchte nach der Metalldose mit dem Gebäck. Es gewitterte noch, als sie über einem Rest unausgepackter Umzugskisten grübelte. Als die ersten Sonnenstrahlen sich durch die Fenster ihres unvertrauten Familienwohnsitzes hindurchkämpften, fasste sie es als Einladung auf, den unterbrochenen Erkundungsgang durch ihr neues Stadtviertel wiederaufzunehmen.

Nach einigen hundert Metern blieb sie vor einem einfachen Tor stehen. Ihre Aufmerksamkeit hatte ein Tisch mit frischen Lebensmitteln auf sich gezogen, die zum Verkauf angeboten wurden. Ohne viel Aufhebens klopfte sie in die Hände, und während sie darauf wartete, dass jemand erschien und sie bediente, nahm sie die braunen Eier aus einem mit Stroh ausgepolsterten Weidenkorb heraus und wog sie in der Hand, sie untersuchte den Salatkopf, indem sie einzelne Blätter prüfend auseinandernahm; damit nicht zufrieden, befühlte sie die Tomaten, um sich von ihrer Festigkeit zu überzeugen. Als sie angenehm enttäuscht den Blick hob, sah sie eine Frau im geschätzten achten Monat ihr watschelnd entgegenkommen, und nach ihr: die Sintflut, ein halbes Dutzend lärmender Rotznasen. MIT LIEBE GEACKERT UND GEERNTET stand auf einem abgewetzten Zettel, den – der unbeholfenen Kinderschrift nach zu urteilen – einer der älteren Bengel geschrieben haben musste und den ein *Zapallito criollo* am Wegfliegen hinderte. Wie sie ihr behilflich sein könne, fragte die Hochschwangere, die inzwischen bei ihr eingetroffen war, während die abgehängten Sprösslinge damit beschäftigt waren, Blumen zu pflücken. Um ehrlich zu sein, brauche sie ein bisschen von allem, entgegnete die Dame und staunte darüber, mit welcher Fürsorge und Achtung die junge Mutter ihre Ware in Zeitungspapier einschlug. Was sie ihr schulde, wollte die Käuferin wissen, als ihr ein stattliches Paket ausgehändigt wurde. Man merke, dass die *Señora* nicht aus Ballester stamme, denn die Nachbarn kennten die Adresse und wüssten: Jeder gebe, was er könne. Als über das Gesicht der Älteren ein skeptisches Lächeln huschte, gab die Jüngere wohlwollend zu, auch sie verstehe nicht, wie die Rechnung aufgehe, doch am Ende des Tages würde die Bilanz immer stimmen. Die meisten würden nicht einmal nach ihr rufen, sondern sich eigenhändig das nehmen, was sie nicht vorrätig hätten, und die Bezahlung unter dem Stein deponieren. »Sehen Sie hier, unter dem Verkaufstisch? Da ist er: der Beweis!« Sie war gemächlich in die Hocke gegangen, um den Stein zu heben und die Münzen einzustecken. »Warten Sie«, sagte sie der Dame zum Abschied. »Ich schenke Ihnen Blumen. Ich brauche die Kinder bloß zusammenzutrommeln: Während wir plaudern, haben sie über die Zusammenstellung des Straußes längst entschieden.« Als die Verkäuferin mit einer Handvoll duftender Platterbsen, Vergissmeinnicht und gelber Margeriten zurückkehrte, war die Kundin nicht mehr da. Auch der olle Zettel unter dem Kürbis war weg, fand sich aber, auf der Rückseite beschriftet, gleich wieder. Unterm Stein hatte die Dame ein für ihre Verhältnisse kleines Vermögen in Banknoten und eine frohe Botschaft hinterlassen: LEGEN SIE DIE SCHEINE FÜR IHR UNGEBORENES AUF DIE SEITE. SOBALD ES EINIGES VON DER WELT GESEHEN HAT, WIRD ES MIT DEM ANGESAMMELTEN KAPITAL ETWAS ANZUFANGEN WISSEN.

Nachdem die Kinder eingeschlafen waren, der Tisch abgeräumt

war und der Abwasch erledigt, schlich Amira El Haddad auf Zehenspitzen ins Schlafzimmer, wo sich ihr Mann bereits zur Ruhe begeben hatte. Sie schlüpfte in ihr selbstgenähtes Nachthemd, bekreuzigte sich vor dem Bild der heiligen Familie, kuschelte sich zu Hassem ins Bett und erzählte ihm flüsternd zwischen Wach- und Traumzustand hin und her pendelnd, von der Begegnung mit einer großzügigen Fremden, die kurz nach dem Regen ihrem Zukunftskind sein erstes Kapital in die Wiege gelegt hatte.

Das Baby, das Fortuna geküsst hatte, tauften Hassem und Amira auf den Namen Julio, weil er in diesem Monat, dem siebten des Jahres, gesund und wohlgenährt auf die Welt gekommen war. Die edelmütige Wohltäterin wurde Stammkundin und blieb es auch, als der Warentisch vor dem Haus der mehrköpfigen Familie durch den Obst- und Gemüseladen ersetzt wurde und das Paar mit einer Mischung aus Traurigkeit und Rührung mitansehen musste, wie die spendable María Sala den Verstand verlor – was die treue Seele nicht daran hinderte, weiterhin tapfer ihre Besorgungen zu absolvieren, bei denen sie oft Selbstgespräche mitten auf der menschenleeren Straße führte.

Dank des weisen Rates seiner Eltern hatte Julio El Haddad das Guthaben, das auf die verrückte María Sala zurückging, vernünftig investiert. Zusammen mit dem Geld, das er verdient hatte, und einer Summe, die Amira und Hassem ihm borgen konnten, erwarb er das Grundstück, auf dem heute sein Haus, die Werkstatt und der Garten waren.

»Der Apfel fällt nicht weit vom Stamm«, sagte der junge Nasif zu dem jungen Julio, als Richtfest gefeiert wurde und der graumelierte Hassem, dem das Kompliment eigentlich galt, sich in Hörweite befand. Julios Vater, der seinen Kindern das unerschütterliche Vertrauen in den Menschen und sein Schicksal vorgelebt hatte, lächelte zufrieden. Im Hinblick auf AUTOPIA hatte sein Sohn eine Vision, doch anders, als viele später vermuten würden, war diese von Anbeginn an ausschließlich privater Natur. Julio glaubte genauso wie Hassem an die Verantwortung des Einzelnen. Wenn jeder Herr und

Meister über sein Glück werde, brauche man sich über die Menschheit nicht den Kopf zu zerbrechen, denn das kollektive Glück ergebe sich von selbst aus der Summe seiner Teile. Es bedürfe keiner Heilsbringer und keiner Retter in der Not, wenn jeder seine kleine, sehr große Aufgabe bewältige: das eigene Leben.

Die hochtrabenden Worte rund um den Begriff *Utopie*, ja sogar die Existenz einer entlegenen Insel namens Utopia, ähnlich wie die Spekulationen über ein rätselhaftes neues Atlantis, waren äußerst komplizierte Belange, die Julio El Haddad sehr weit weg erschienen, abstrakte Ideen, die von außen an ihn herangetragen wurden und deren politische Dimension er im Nachhinein verstehen würde. Was es mit der Angelegenheit auf sich hatte, von der die Álvaro Fatinis der Zukunft schwärmen würden, das würde sich ihm häppchenweise erschließen, aus zweiter Hand und vom Hörensagen.

Einen ersten Eindruck davon, wie verdammt gefährdet solche Gedankengüter in Argentinien waren, bekam Julio El Haddad während der *Semana trágica* zu spüren. Die Forderungen streikender Arbeiter und Anarchistenführer gegen die herrschenden sozialen Missstände wurden in der sogenannten tragischen Woche vom Januar 1919 mit unvorstellbarer Brutalität von paramilitärischen Truppen niedergeschlagen. Nichtsdestotrotz. Als die Geburtsstunde von AUTOPIA läutete, war es etwas völlig anderes, überaus Greifbares, was ihn dazu verleitete, die Werkstatt im Kreise der Familie und Freunde auf diesen noblen Namen zu taufen. Was die Bezeichnung im Kern ausmachte, war ein Geheimnis, in das Julio allein Nasif einweihte. Vor allem Berta Sanfratello sollte niemals etwas von dem erfahren, was sich in jener undenkbaren Zeit zugetragen hatte, als es Berta Sanfratello im Leben von Julio El Haddad noch nicht gegeben hatte. Damals, im Alter von einunddreißig, versprach sich der junge Mann von der Zukunft zweierlei: Er wollte liebend gern beruflich Blechbüchsen reparieren, und er wollte, dass jene grazile Erscheinung, die ihm über Nacht den Kopf verdreht hatte, den Weg in seine Arme fände, in denen sie eine halbe Stunde getanzt hatte, bevor das Drängen ihrer kostümierten Anstandsdame sie dazu angetrieben hatte, den hell erleuchteten Saal zu verlassen. Von diesem verfluchten Moment an litt Julio unter Schlaflosigkeit. Um sich bei Laune zu halten, ließ er die Karnevalsfeierlichkeiten in einer Endlosschleife Revue passieren. Er vergegenwärtigte sich die Lampions und Luftschlangen, er hörte das Orchester der Freiwilligen Feuerwehr spielen, er blendete die Katzenmusik lieber aus, er dachte an die Ballkleider, Masken und Larven, bis schließlich jene *Mascarita* erschien, an die er sein Herz gehängt hatte und die sich bis zum Schluss nicht hatte entlarven lassen. Als spitzbübischer *Rocambole* war er gekommen, als zerbrochenes Herz zurückgeblieben, erklärte er Nasif, der dabei gewesen war und brav assentierte, wenn Julio von neuem alles aufdröselte, was er wusste, nämlich, dass seine hinreißende Tanzpartnerin auf der Durchreise bei Bekannten untergebracht war, bei Bekannten, die sie wie eine Schwester behandelten und deren Gastfreundschaft sie nicht überstrapazieren wollte, weshalb sie in Bälde wieder abdüsen würde. Tragischerweise. »Welche Bekannten denn?«, fragte Nasif. »Was weiß ich«, lamentierte Julio, während sein Kumpan durch Zugewandtheit seinen Liebeskummer zu mildern versuchte. »Geteiltes Leid ist halbes Leid«, behauptete Nasif getreu, bis eines Tages die Idee für das Schild geboren wurde. Von da an schien die Sache zu laufen. Julio eröffnete mit dem Segen seiner Eltern seine eigene Autowerkstatt und gratulierte sich insgeheim für den Wink, den er der Verflossenen gab, sollte es sie irgendwann mal nach Ballester verschlagen. Dank der tatkräftigen Unterstützung von Nasif Abdala, der auf dem Bürgersteig die Leiter festhielt, konnte der verliebte Casanova in fünf Metern Höhe einen gut sichtbaren Hoffnungsposten aufstellen, der buchstäblich die beiden klangvollen Dinge beim Namen nannte, die ihm teuer waren: Motorwagen + Pia, die unerreichbar blieb und deren hochgehaltenes Andenken seitdem Wind und Wetter trotzte.

16

TACK-TACK-TACK-TACK-»Mist!«-TACK-TACK-TACK-TACK-TACK-TACK-TACK-TACK-TACK-TACK-TACK-TACK-TACK-TACK-TACK-TACK-TACK-TACK-»Nicht schon wieder!«-TACK-TACK-TACK-»Verflucht nochmal!«-TACK-TACK-TACK-TACK-TACK ... Álvaro Fatini werkelte am Wochenende an seinen autobiographischen Aufzeichnungen herum. In seinem Zimmer feilte er daran, während Quique sich in der Küche aufhielt, wo die Eltern sich mit taktvollen Blicken und in einer erfundenen Geheimsprache über die alltäglichen Belange verständigten, worüber das Radio pausenlos berichtete.

Álvaro spannte einen jungfräulichen Papierbogen in die Remington ein, kurbelte das Blatt hoch und haute wieder in die Tasten. Wenn seine sechs Finger eine Erholungspause benötigten, warf er einen Blick in *Der Sinn meines Lebens*. Von Evita konnte man eine Menge lernen, behauptete Álvaros Vater und beschwor die sieben Jahre herauf, in denen sie die Geschicke des Landes mitbeeinflusst hatte. Was der Sohn nicht dafür gäbe, damit auch seine Zeilen die Überzeugungskraft transportierten, von der ihre Memoiren strotzten – *Mein letzter Wille* erst recht. Evitas im Sterbebett diktierte Worte an das argentinische Volk waren der elektrisierten Masse auf der Plaza de Mayo, darunter auch Álvaros Vater, zweieinhalb Monate nach ihrem Ableben verlesen worden. Angeblich waren sie Bestandteil eines umfassenden Vermächtnisses, eines Manifestes der Zukunft namens *Mi mensaje*, das genauso wie die Betrachtungen und politischen Miniaturen, an denen Álvaro inbrünstig laborierte, bis *dato* keiner zu Gesicht bekommen hatte.

Sobald sich sein Kopf schwer anfühlte, musste Álvaro für Abwechslung sorgen. Er ließ seinen Krempel in der oberen Schreibtischschublade verschwinden, wo er das Kohlepapier und das *Allgemeine Anleitungsbuch für Schreibmaschinenreparateure* aus dem Jahr 1926 aufbewahrte, ein nützliches Kompendium, das Don Julio ihm vererbt hatte, mit der schönen Widmung »Autodidakten wird nie langweilig«. Eben, dachte Álvaro und nahm sich die zweite Schublade vor, in der sich neben Ideenskizzen die Originalbeiträge für den *ballester lokalanzeiger* befanden, die ihn erreicht hatten, mit der Einwilligung des Chefs und ohne dass AUTOPIAS Räderwerk Schaden nähme. Im Gegenteil. Die Dinge liefen wie geschmiert, weil Álvaro seine Ressourcen geschickt einteilte. Die handgeschriebenen Texte, die er entgegennahm und mit einem zuversichtlichen »Geht klar« quittierte, waren der Rohstoff, den er zu Hause abtippte, sobald es um die Zusammensetzung der nächsten Ausgabe ging. Damit die Zahnräder geräuschlos ineinandergriffen, mussten im Vorfeld ein Dutzend Gespräche geführt werden. Bislang war etliches zu organisieren gewesen, zum Glück auch vieles delegiert worden. Irgendwann, sagte sich Álvaro, wenn die Abläufe zur Routine geworden sind, wird Ballesters Printmedium auf Autopilot umgestellt und sich wie von Geisterhand selber schreiben. Bis die neue Zeitrechnung anbricht und die Fehler und Versäumnisse der Vergangenheit beseitigt sind, ist noch einiges daran zu basteln. Aber was soll's?

Er würde es auf jeden Fall besser machen als sein Vorgänger, ein blasierter Frosch, dessen Kernkompetenz als langjähriger Redakteur darin bestanden hatte, alles an sich zu reißen, bis das Schicksal ihn eines Besseren belehrt hatte. Von einem Tag auf den anderen war er gezwungen worden, seine Zuständigkeit abzugeben, und zwar aufgrund einer genetischen Veranlagung, die der Betroffene »familiäres Erbe« nannte, ohne den blinden Kragenstäbchenverkäufer in der Unterführung ins Gespräch zu bringen – »Eine Beleidigung fürs Auge, ein Schandfleck der Gesellschaft«, hatte Álvaro den Frosch gegenüber der Polizei einmal giften hören, die häufig nichts Besseres mit sich anzufangen wusste, als auf belebten Plätzen stichprobenartig Ausweise zu kontrollieren. Nachdem die übermäßige Beanspruchung der Augen »frühzeitig«, wie der dicke Redakteur betonte, zu irreparabler Mattigkeit geführt hatte, räumte er der Jugend den Platz, und da sich keiner außer Álvaro um die ruhmreiche Nachfolge beworben hatte, wurde dem unverzichtbaren Kandidaten die Ehre zuteil, die vakante Stelle anzutreten. Damit war die Epoche von Missgunst und Konservativismus aus und vorbei. Der Motor war warm gelaufen und die Álvaro-Ära eingeläutet; der *ballester lokalanzeiger* mit ihm als Hauptverantwortlichem, besser gesagt: mit ihm als Impulsgeber und Gruppenkoordinator, öffnete sich dem regen Austausch. Bis vor gar nicht langer Zeit ein Ein-Mann-Unternehmen und somit auf ganzer Linie voraussehbar, wartete der transformierte *ballester lokalanzeiger* mit beachtenswerten Innovationen auf.

Die Umstrukturierung lief auf Hochtouren. Die Finanzierung deckten nach wie vor die Anzeigen, im Idealfall würden am Ende so viele Kröten übrig bleiben, dass Álvaro seiner Familie ein Stück aus der Klemme würde helfen können. Doch ein Fatini wäre nicht ein Fatini, versicherte Don Julio und rührte für den Autor-Mechaniker die Werbetrommel, wenn er, von der benötigten Kohle abgesehen, nicht noch weitreichendere Ziele verfolgen würde.

unser stadtviertel, ein bescheidener ausschnitt aus dem riesigen land, in dem sich einst einwanderer mit einer handvoll visionen im gepäck niederließen, hat ab sofort ein eigenes medium, den jüngst lancierten *ballester lokalanzeiger*, in dem jeder seine ansichten differenziert kundtun darf. künftig soll mit der engagierten beteiligung unserer nachbarn diesem breiten spektrum ausdruck verliehen werden …

Davon war der Gekürte überzeugt, und darauf beharrte er auch im zweiten Editorial, ohne auf den Wortwechsel mit Don Ricardo einzugehen, der ihm Antriebsmotor und Reibungsfläche zugleich gewesen war. Der flotte Spruch, der im Blatt keine Erwähnung fand, sagte viel mehr über die unheilbare Melancholie des Spaßvogels als über die provokante These aus, die es stillschweigend zu widerlegen galt. Eine Gesellschaft, die Visionen habe, brauche einen Arzt. So'n Blech bog Álvaro schnell zurecht, der Einfachheit halber im Alleingang, auch wenn er auf längere Sicht von einem festen Autorenkollektiv träumte, das mit anpackte. So wie bei Don Julio halt. Genauso wie Don Julio legte auch Álvaro in seiner Werkstatt großen Wert darauf, sich nicht in den Vordergrund zu stellen. Seine AUTOPIA-Erfahrung war ihm eine Lehre. Ohne viel Federlesens verpasste er dem *ballester lokalanzeiger* ein frisches Aussehen wie den ihm anvertrauten Kisten eine Neulackierung. Und sollte einer kommen und fragen wollen, ob man unter der angebrochenen Ägide Narrenfreiheit walten lasse und man deshalb keine Rechtschreibung mehr kenne, würde er vermelden, dass der *ballester lokalanzeiger* bewusst auf Großbuchstaben verzichte, um zu veranschaulichen, dass sich keiner über den anderen erhebe.

Es sollte eine ausgewogene Sache werden. Álvaro wollte niemanden brüskieren. Er wollte nicht gleich zu Beginn auf Konfrontation gehen und die Gemüter erhitzen. Für jede Rubrik, die seiner Prüfung standhielt, kam eine innovative hinzu. **unsere leseempfehlung**, für die der Zeitungs- und Zeitschriftenverkäufer Valentino Acuña gewonnen werden konnte, gesellte sich zu den **nachrichten aus dem instituto santa ana**. Für die nun fällige Ausgabe lag ein Beitrag der *Madre Superiora* vor, in dem das Herumreichen einer Plastikstatuette, ein von Don Julios Enkelin selbstinitiiertes Projekt, über den grünen Klee gelobt wurde. Angesichts der schwülstigen Töne, die in dem Bericht angeschlagen wurden und offenkundig bei den Nonnen gang und gäbe waren, denn sie tauchten ebenfalls in dem Begleitschreiben auf, in dem man sich an Álvaro als einen *Homme de lettres* wandte (was auch immer das war), drehte sich dem Adressaten der Magen um. »Von mir aus«, hörte er sich der abwartenden Teresa Gianelli sagen, die von der federführenden Schulautorität als Brieftaube eingesetzt worden war. Zu dieser kargen Replik, wodurch

Empfang und Veröffentlichung als eingetütet galten, hatte der Redakteur sich regelrecht durchringen müssen, aber egal, denn künftig sollte nicht das INSTITUTO SANTA ANA Schule machen, sondern der *ballester lokalanzeiger*, und das hieß im Zweifelsfall: die Türen für alle offen halten. Am Ende würde sich Qualität durchsetzen. Die unorthodoxen Rubriken würden die geläufigen nicht vertreiben, sondern ihnen Konkurrenz machen. Möge der Beste gewinnen. Die Leserbriefe gab es nach wie vor. Leserbriefe waren wichtig, hießen aber ab sofort **meinungsfreiheit. gesellschaft und soziales** wollte ohnehin keiner abschaffen, ebenso wenig das **kalendarium**, doch wer bitte schön käme auf den Gedanken, sich Listen mit Geburts- und Namenstagen, Taufen und Kommunionen, Jubiläen und Hochzeitsankündigungen durchzulesen, wenn eine Seite weiter die pfiffigen Einfälle versammelt waren, unter der Rubrik **wer zuletzt lacht …**

Noch eine halbe Stunde, bis Álvaro zu seinem Termin würde aufbrechen müssen. Er hatte eine Rubrik ersonnen, die ihn besonders mit Stolz erfüllte. Für die **autochthonen persönlichkeiten unseres stadtviertels** würde er einen der vielen Alteingesessenen von Ballester interviewen. Die Würfel waren gefallen. Der Zufall wollte, dass Don Caetano den Anfang machte. Noch dreißig Minuten, um das Material zu sichten und die Anzeigen, die noch keinen festen Platz hatten, hin und her zu schieben. Zur Stunde stand es 3 zu 3. Zu den Evergreens …

VIAMONTE REY & PARTNER – KANZLEI FÜR FAMILIENRECHT
MONTPELAT IMMOBILIEN
DR. EDELMIRO SCÁPOLA & SÖHNE – ARCHITEKTEN

… waren AUTOPIA hinzugekommen, die zum zweiten Mal einen ganz großen Auftritt hatte, NAYLA und sogar die EWIGE SCHÖNHEIT. GEWÜRZE BADANO, vorrangig aber PANADERÍA LA LIBERTAD müssten über kurz oder lang zu gewinnen sein. Ob man auch bei den Anzeigen die Kleinschreibung …?

Punkt elf Uhr betrat Álvaro Fatini die Bäckerei, drei Minuten später erschien Nasif Abdala. Er hatte sich angeboten, das Foto für Álvaros Beitrag zu »machen«, wie er ausdrücklich betonte, denn »schießen« wäre in Anwesenheit des spitzfindigen Redakteurs das falsche Wort gewesen. Um seiner freiwillig gewählten Aufgabe nachzukommen, trug NAYLAS Wirt einen opulenten Kasten um den Hals, der ihn gekrümmter als sonst erscheinen ließ. Das schwarze Monster entpuppte sich als eine Leica 1932er Jahrgang, die Don Nasif voller Grandezza sein Eigen nannte.

»Wir sind komplett und können loslegen!«, vermeldete Fatini.

»Ich sag's besser gleich. Wir haben eine Stunde. Um zwölf ist die Messe zu Ende und geschätzte zehn Minuten später auch unsere Freiheit, denn dann trudelt die Chefin hier ein. Sonntags von elf bis zwölf – das ist die goldene Stunde von LA LIBERTAD«, erklärte der autochthone Bäckermeister und seufzte. »Mal im Vertrauen: Diese sechzig Minuten sturmfreie Bude halten mich Woche für Woche davon ab, ein Massaker an den Katholiken zu verüben. Ich träume von dem Tag, an dem ich diesen Pfaffen mitsamt Konsorten an den Kragen gehe. Sobald meine Frau wiederkehrt und die Geläuterte abgibt, räche ich mich, indem ich sie schnurstracks in die Küche schicke, mir meine *strozzapreti* zu kochen. Mein sonntägliches Mittagsmahl, das kann mir keiner nehmen, am wenigsten das Opferlamm!« Wie andere ein Kreuz schlagen, um den Belzebub auf Distanz zu halten, spreizte Don Caetano Zeige- und Mittelfinger der rechten Hand und formte ein V. »Bei mir ist das Gesetz: Kein Kirchengang ohne anschließende *strozzapreti*. Schon was von der Transsubstantiation gehört? Die Pasta kommt mir *al dente* auf den Tisch oder gar nicht – also *al dente*, bitte sehr! Die Nudeln winden sich um sich selbst – verschrauben sich, sicher, sicher, verschrauben kann man auch sagen … Die Nudeln verschrauben und verwandeln sich in die erdrosselten Priester, die der Name evoziert.« Don Caetano ballte die Hände zu Fäusten, führte sie zueinander und verdrehte sie in entgegengesetzter Richtung, als würde er jemanden erwürgen. »Ein blasphemischer Genuss, ein wahres Gemetzel, so was Göttliches!«, versicherte der

Interviewte und wirkte transfiguriert, »mir läuft das Wasser im Mund zusammen, sobald ich an die Strangulierten denke, dazu meine Lieblingssauce, zubereitet mit den reifsten Tomaten. Zur gezwirbelten Speise gehört ein *sugo alla puttanesca*, denn auf die Art und Weise kann ich mir lebendig vorstellen, wie ich das warme Blut dieser Hurensöhne trinke. *Vendetta*«, sagte er und formte wieder das V.

Don Caetano ist ein fanatischer Esser: So würde der Eröffnungssatz des Beitrags **autochthone persönlichkeiten unseres stadtviertels** lauten. Von seiner kulinarischen Leidenschaft abgesehen, entpuppte er sich als heißblütiger Geschichtenerzähler und rabiater Weltverbesserer, ein sanguinischer Charakter, der ins Schwärmen geriet, wenn das Wort Selbstbestimmung fiel, in ansteckende Euphorie bei dem Gedanken an soziale Verantwortung und außer sich genauso wie Álvaro und Don Nasif bei der Erwähnung der AAA. »Ausgerechnet das A, umgemünzt für perfide Zwecke«, empörte sich Don Caetano. Ausgerechnet das A, das für so viel Gutes stehe: Anarchismus, Atheismus, Agnostizismus … AUTOPIA, klar, warum denn nicht? AUTOPIA auch, von mir aus … AUTOPIA, Autonome, Autochthone, ja, sicher doch, aber aufgepasst! Denn bei allen erwähnten Vorzügen dieses Initials vermute er niemand anders als die verabscheuungswürdige AAA als Drahtzieher hinter der Ermordung Carlos Mugicas – des einzigen Pfaffen, der in Don Caetanos Augen kein Pfaffe gewesen sei, sondern ein anständiger junger Mann. Und, ach, i wo, dieser ungeklärte Fall sei keine *Vendetta* der *Montoneros*, wie manche einem einzureden versuchen, nur weil Mugica sich schlussendlich von der Gewalt der linken *Guerrilla* habe distanzieren wollen. Schwer nachvollziehbar, aber ein toller Pfaffe sei dieser Mugica gewesen. Ausnahmen würden schließlich die Regel bestätigen, da habe Don Nasif wieder recht. Eine grundehrliche Haut sei er gewesen und eine kämpferische Natur, die daran habe glauben müssen. Die Gutgläubigkeit sei das Problem der Jugend. »Ich brauche was zu trinken.« Don Caetano hatte plötzlich eine trockene Kehle und holte aus der Küche den Wasserkessel und die Kalebasse. Während er einschenkte, bot er dem Besuch wie in solchen Kreisen üblich nicht ein

Stück des Kuchens an, sondern die ganze Bäckerei zur Stärkung. »*Vogliamo tutto*«, sagte er augenzwinkernd zu Don Nasif, der den Becher entgegennahm und zu einer *Medialuna* griff. »Gute Wahl«, gratulierte Don Caetano, biss aber selbst in eine *Bomba de crema*. »Hätte es die Halbmonde, die die Etepeteten Croissant nennen, schon in der zweiten Dekade des zwanzigsten Jahrhunderts gegeben, hätte jeder aufständische Araber auf Rachezug gegen den türkischen Feind die nahrhaften Teile als bissigen Kommentar zu der imperialistischen Expansionspolitik des Osmanischen Reichs verdrückt. Nur keine Scheu, Álvaro, zulangen. Mir ist klar, was die Arbeiter in AUTOPIA verputzen. Euer gesunder Appetit ist mir vertraut, und inzwischen brauchen Don Julio und ich uns über die Zusammenstellung der zwei Dutzend, die ihr täglich verspachtelt, nicht mehr zu verständigen. Abgesehen von den obligaten *Medialunas* bekommt ihr *Bombas de crema*, *Cañoncitos con dulce de leche*, *Vigilantes*, *Sacramentos* und *Bolas de fraile*, zu den manche lieber *Suspiros de monja* sagen. Ich weiß, was wir machen. Ich bereite Ihnen beiden ein Päckchen zum Mitnehmen vor. Dann habt ihr was zum Naschen. In der Pension verschlingt die Leckereien Saturnino und bei Álvaro der Knirps. Das Übliche also: Halbmonde, Sahnebomben, kleine Kanonen mit Milchkaramellfüllung, Ordnungshüter, Sakramente und prall gefüllte Mönchseier, bekannt auch als Nonnenseufzer.«

Der Fotograf und der Redakteur sahen zu, wie der Bäcker, während er erzählte, gekonnt mit der Zange hantierte, einem Erbstück, an dem Familienerinnerungen, Marmeladenreste und gebrannter Zucker klebten. Es ließ sich nicht verhindern. Don Caetano hatte Spaß daran, jedes Plunderstück, das er auf die Papierbögen arrangierte, beim Namen zu nennen. »Wir hätten einmal *Bola de fraile* für die einen, einmal *Suspiro de monja* für die anderen.« Die Mönchseier oder Nonnenseufzer, die argentinische Variante der Pfannkuchen, gab es mit Quitte oder Creme, aber das war für einen wie Don Caetano bloß ein zu vernachlässigendes Detail. Der Bäcker hatte eher daran zu knabbern, dass niemand mehr an die sprechenden Namen, an die Referenz der Bezeichnungen, an ihre innewohnende Sprengkraft dachte, wenn er in traditionsreichen Läden wie LA LIBERTAD, LA VICTORIA, LA ESPERANZA oder LA AURORA seine Bestellung aufgab, auch daran nicht, dass die Bäckerzunft in ihren Anfängen von spanischen und italienischen Anarchisten bevölkert war, denen sämtliche Autoritäten immer schon ein Dorn im Auge waren, so dass sie auf ihre Kosten Schabernack trieben. So wie Wind und Wasser Steine erodieren, hatte der Lauf der Zeit die anarchistischen Ausdrücke abgenutzt und ihre Spitzen und Kanten geglättet, doch nicht alles war am Río de la Plata verloren, behauptete Don Caetano, solange auf dieser Seite der Glasvitrinen sich jemand befand, der die Stellung hielt und somit die Vorfahren und die Geschichte in Ehre.

»Es wird ein Tag kommen, das schwöre ich euch, da gibt es bei mir keine Ordnungshüter mehr, wenn es den Leuten nicht klar ist, was wir damit meinen! Ich pfeife auf die Nachfrage«, ärgerte sich der Konditor und köpfte mit den Zähnen einen *Vigilante*, woraufhin Zuckerkörnchen herausrieselten. »Raffiniert«, attestierte Don Nasif, und Don Caetano setzte eine Unschuldsmiene auf, bevor er sich die Zange wieder schnappte. Er könnte den Griff ruhig etwas lockern, denn die gefangen gehaltene Ware kam ohnehin nicht weg; dem Ordnungshüter wurden die Metallgelenke rechts und links in die Seiten gerammt. »Alles *paletti*«, versicherte der Autochthone. Er sah sich vor, nahm das süße Teilchen in einer solch ausgeklügelten Art in die Zange, dass nichts herausquoll. »Wahrlich, alles in bester Ordnung«, beteuerte er eine kleine Ewigkeit später.

Zu der Verzögerung kam es, wenn sich im Laden ein Fenster in die Vergangenheit auftat, wenn der nachdenkliche Caetano Garibaldi etwas zur Sprache brachte und die Mehlpartikel aufwirbelte, wie damals Ende des neunzehnten Jahrhunderts Staub aufgewirbelt worden war, nachdem der legendäre Errico Malatesta einen Fuß nach Patagonien gesetzt hatte. Derselbe zugereiste Abenteurer, der in jungen Jahren die Bekanntschaft mit dem russischen Revolutionär Michail Bakunin gemacht hatte, durchkämmte den Süden Argentiniens auf der Suche nach Gold, bevor er halbverhungert in Buenos Aires ankam und sich dort an der Organisation der ersten modernen

Gewerkschaft beteiligte, welche die Bäcker vereinte. Man rief bald zum Streik auf und hielt zehn Tage durch. Als die Maßnahme von Erfolg gekrönt wurde, zog Malatesta weiter, um später in Italien als einer der bedeutendsten Aktivisten die anarchistische Bewegung zu leiten.

Don Caetano erzählte von damals, er erzählte von sich, von seinen familiären Wurzeln und vom Hörensagen. Als er fertig war, wischte er sich die Hände an der weißen Schürze ab. Er winkte Don Nasif und Álvaro heran, um jedem von ihnen ein professionell verschnürtes Paket auszuhändigen. Für die Übergabe mussten sie an die Glasvitrine treten. »Zerbrechen wir uns nicht weiter den Kopf wegen der sogenannten Ordnungshüter da draußen«, sagte Don Caetano geheimbündlerisch, »wenn alle Stricke reißen, gibt's hier von den Sahnebomben mehr als genug, ein ganzes Arsenal. Machen Sie's gut, Don Nasif, und du, Álvaro, grüß mir deinen Vater zu Hause und den Rest der Männertruppe.«

»Mache ich«, erwiderte der Redakteur noch ganz benommen von Don Caetanos Rede.

»Was erzähle ich, was erzähle ich nicht, Don Nasif? Das ist hier die Frage.« Auf dem Heimweg wusste dieser noch keine Antwort. An der Tür der Pension verabschiedete sich der Fotograf mit den Worten: »Ich bin bloß für die Bilder zuständig, aber da ich anders als du viele Jahre auf dem Buckel habe, kann ich dir eins sagen: Vorsicht ist die Mutter der Porzellankiste.«

Am Ende würde Álvaro die richtige Entscheidung treffen. Sein Beitrag fiel knapp und relativ unspektakulär aus, das Foto dagegen, das Don Nasif geglückt war, unmittelbar bevor Doña Carmen, ein Klatschweib vor dem Herrn, in das Geschäft ihres Mannes hereinspazierte, entfaltete eine fulminante Wirkung. Der Ausschnitt des Amateurfotografen sagte mehr als tausend Worte. Verewigt waren LA LIBERTAD, der unverwechselbare Schriftzug an der hinteren Wand des Ladens, darunter die drei Glasvitrinen – darin eingefangen: die breite Palette süßer Teilchen, die bei Don Caetano seit Menschengedenken angeboten wurden, die üblichen Backwaren, deren bekannte Namen in der Bildunterschrift einzeln aufgeführt worden waren, als käme es jetzt darauf an, alles Familiäre neu zu buchstabieren.

17

Sobald die weiße Schnauze sichtbar wurde, machten alle Platz, denn Lara Kiri saß am Steuer und manövrierte ihr *Pony-Car* vor und zurück, vor und zurück, unbeholfen in die Werkstatt hinein. Das war selbstmörderisch. Álvaro hatte recht und Lara Kiri ihren eigenen Kopf.

Nein, danke, sie habe es bis hierhin allein geschafft, vor zwei Wochen, vor fünf Tagen und heute schon wieder.

Álvaro kniff die Lippen zusammen und nahm vorsichtshalber Quique an die Hand. Lara Kiri war Königin, und einmal die Woche Pi mal Daumen musste man sich dicht an die Wand pressen und ihrem *Pony-Car* freien Lauf gewähren. Währenddessen graste Saturnino die Werkstattbank nach dem Protokollheft ab. War die Spitze des Bleistiftes bearbeitet, blätterte er routiniert bis Buchstabe L. Das Klappmesser trug er genauso wie Zollstock, Ausbeulhammer und Mutternschlüssel neuerdings am Körper. Was für die einen der gutausgestattete Kofferraum mit Wagenheber, Ersatzreifen, Warndreieck und Erste-Hilfe-Kasten war, war für die anderen ein strapazierfähiger Overall mit ausreichendem Stauplatz. Zu Saturninos Geburtstag hatten Don Julio, Don Nasif und Álvaro mächtig zusammengelegt. Das Resultat ließ nichts zu wünschen übrig: Der Einteiler bestach durch Kniepolster-, Brust-, Seiten- und Gesäßtaschen, dazu gab es eine verstärkte Naht im Schritt, einen verstellbaren Gummizug im Rücken und uneingeschränkte Reißverschlussfreiheit.

Saberio Saturnino stand in voller Montur vor dem beschädigten Auto. Er ging darum herum, er ging in die Hocke, und er erhob sich wieder. Er wirkte so forsch und ungezwungen, als kennte er es nicht anders. Die Seite im Arbeitsheft, die für Lara Kiri angelegt worden war, las sich mittlerweile wie eine Chronik des Schreckens – Saberio führte Buch über sämtliche Dellen, die der Wagen abbekommen hatte. Die Statistik sprach eine eindeutige Sprache. Wäre die Kiste seine, sagte Don Julio jedes Mal, würde er auf die Beulen pfeifen. Und sollte die Pechsträhne anhalten, was er der Kundin auf keinen Fall wünsche, könne man in einem halben Jahr darüber nachdenken, die komplette Karosserie zu machen; erst dann würde sich der Aufwand lohnen und Laras Portemonnaie es ihm danken.

Doch die Auftraggeberin machte nicht den Eindruck, eine Pfennigfuchserin und noch weniger eine Freundin der Nachlässigkeit zu sein, so dass Saberio mit seinem Kennerblick dazu überging, jeden Kratzer in seine Mängelliste aufzunehmen.

Zum vereinbarten Abholungstermin vier Tage später wurde anhand des akkuraten Registers an das Abwesende erinnert und die wiederhergestellte Makellosigkeit umso mehr herausgestrichen. Lara Kiri wurde das präsentiert, was nicht da war oder was sich jedenfalls dem Bereich des Sichtbaren vollkommen entzog, auf dass sie das Staunen lerne.

»Fünf riesige Dellen hier unten an der Beifahrertür, ein komplett zersplitterter Spiegel und zwei tiefe Schrammen hier an der rechten Seite der Motorhaube«, zählte Saberio auf. Er hatte sich zur Veranschaulichung mehrere Male gebückt.

»Ja, richtig ... Richtig schlimm«, bestätigte Lara Kiri betroffen, obwohl keine Spur von den angeführten Schäden geblieben war. »Vor allem der Spiegel bereitet mir Sorgen ...« Lara beugte sich vor und betrachtete sich in dem neu eingesetzten. Ihr Teint war makellos, ihre Frisur saß perfekt. »Sieben Jahre Unglück stehen mir bevor, als hätte ich jetzt schon nicht genug ...«

»Was für ein Quatsch«, griff Álvaro streitsüchtig ein. »Ein zerschmetterter Spiegel ist genauso ein Unsinn wie Dienstag oder Freitag, der 13., die zerbrochene Flasche Öl oder das verschüttete Salz, der Schuhkarton auf dem Tisch, der im Innenraum aufgespannte Regenschirm, der Salzstreuer, den man weiterreicht, anstatt ihn auf dem Tisch abzusetzen, die dreizehn Gäste an einer Tafel, die auf dem Fußboden abgestellte Damentasche, die schwarze Katze oder die Leiter, unter der man hindurchgeht, womit das heilige Dreieck aus Wand, Leiter und Boden verletzt wird. Der ganze Kokolores, glauben Sie mir, ist nichts als abergläubischer Schwachsinn. Nehmen Sie Ihr Leben in die Hand, Lara, klemmen Sie sich hinters Steuer und lernen Sie vernünftig Autofahren. Dann sind Sie auf der sicheren Seite, und Ihnen passiert nichts mehr.«

»Woher wollen Sie das wissen? Sind Sie Hellseher?«

»Eben nicht. Ich glaube nicht an den Humbug.«

»Álvaro ist vernunftgesteuert, nur nicht beim Lotto«, verriet Saberio verschmitzt.

»Lotto ist was anderes«, konterte Fatini und errötete.

»Ach so?«

»Lotto ist ein autarkes, geschlossenes System, eine Welt mit eigenen Regeln, zu der Träume gehören, Zahlen und die Tabelle mit den Korrespondenzen. In diesem einen Fall hat der Aberglaube Struktur, weshalb es mir vernünftig erscheint, ihn mit den gleichen Waffen zu schlagen«, verteidigte sich Álvaro. »Und da die Liebe sich bei mir hinten anstellen muss, halte ich es beim Spiel lieber mit Don Nasif, wenn er sagt: Harre aus, und du wirst Erfolg haben.«

Zwei Tage später war Lara wieder zur Stelle. »Es passiert meist beim Einparken«, erklärte sie Don Julio, der die Hände über dem Kopf zusammenschlug.

Das könne er nicht länger mitverantworten. Er bange um Laras körperliche Unversehrtheit und um die der anderen.

Aber ihr gehe es doch gut. Es seien in der Tat die anderen, die anderen Verkehrsteilnehmer, die sie nervös machten. Wenn diese anderen einmal mit ihrem Rumgehupe begännen und nicht aufhörten, sei der Unfall vorprogrammiert, aus und vorbei.

Ob sie daran gedacht habe, Fahrstunden zu nehmen.

Ihr letzter und einziger Fahrlehrer sei hochgegangen wie ein Weihnachtsböller, sie habe Angst um sein Herz gehabt. Ob vielleicht Don Julio jemanden kenne, der in sich ruhe.

Er habe leider keine Muße für so was. Unverfänglicher Blick in die Runde.

Er sei vollbeschäftigt. Er habe mit dem *ballester lokalanzeiger* eine Menge zu tun.

»Ich? Wieso ich?« Saberio kam sich wie beim Militärdienst vor: Er war nicht angetreten. Vielmehr hatten Don Julio und Álvaro geistesgegenwärtig einen Schritt zurück gemacht.

»Warum nicht Sie, Saberio? Sie scheinen mir große Sicherheit auszustrahlen. Sie könnten mir einige Stunden geben. Ich würde Sie ausreichend entlohnen.«

»Das ist eine blitzgescheite Idee«, gratulierte Don Julio voreilig. »Auch du hast deinen Zweitjob. Was Überschaubares. Sieben Tage ab morgen?«

»Vormittags, Wochenende ausgeschlossen, à zwei Stunden?«

»Das müsste wohl gehen, oder, Saberio? Sollte es bei uns eng werden, könntest du die paar Stunden nach Feierabend dranhängen, aber wahrscheinlich ist das gar nicht nötig. Wenn unsere Dauerkundin ausfällt, stehen die Chancen gut, dass wir ohne Plan B gut fahren.«

»Dann morgen um neun? Ich würde Sie in AUTOPIA abholen.«

»Von mir aus«, erwiderte Saturnino und zuckte mit den Achseln. Lara war schon weg, als er die Hände in die Seitentaschen seines todschicken Overalls steckte und ihn das Gefühl überkam, in etwas reingeritten worden zu sein.

18

Tag eins

Verstanden. Erste Lektion: Absolute Konzentration auf die Straße; alles andere wird ausgeblendet.
So. Nach ein paar Griffen sind sämtliche Spiegel eingestellt.
Soll ich rechts oder weiter geradeaus?
Eins meiner Hauptprobleme ist der Orientierungssinn. Ich habe nämlich gar keinen. Noch nie gehabt. Bereits als Kind und Heranwachsende habe ich mich ständig verlaufen. Sitze ich am Steuer, können zwei Dinge passieren: Entweder gibt es gleich eine Panne, oder ich verfahre mich, werde unruhig, und die Chance, dass ich deshalb einen Unfall baue, steigt proportional zu meiner Nervosität.
Der Ascona hat Vorfahrt, ja. Und die Kupplung ihre Tricks, stimmt.
Mittlerweile mache ich es so: Wenn ich den Eindruck habe, ich müsste nach rechts, biege ich lieber links ab, dann aber stellt sich heraus, ich hätte doch die andere Richtung nehmen sollen. Und wenn ich beim nächsten Mal gleich meinem Instinkt folge, entpuppt sich das ebenfalls als unzutreffend. Egal, wie ich entscheide, es ist nie richtig.
Sollte der Weg das Ziel sein, wie Sie behaupten, dann ist meiner immer verkehrt.
Dieses Blinken auf dem Armaturenbrett irritiert mich. Was meint diese Anzeige bloß?
Ach so …
Das tut nichts zur Sache, und Sie werden es womöglich seltsam finden, Saberio, doch mir ist, als wären wir uns schon mal begegnet.
Nein. Das meine ich natürlich nicht. Mit meinem Auftauchen in der Werkstatt, seitdem ich das *Pony-Car* besitze, hat es nichts zu tun.

Ich meine was anderes. Gleich beim ersten Wortwechsel mit Ihnen habe ich mir gedacht, ich kenne Sie, ich kenne Sie ... Aber woher?
Ich habe den Capri gesehen, danke.
Ach, vergessen Sie's.
Stört es Sie, wenn ich rauche?
Bitte, seien Sie so nett. Greifen Sie in meine Handtasche und suchen Sie mir die Parisiennes heraus.
Könnten Sie mir Feuer geben? Da müssten auch Streichhölzer sein.
Als Kind habe ich es gerngehabt, wenn mein Vater nach dem zischenden Geräusch des aufflammenden Streichholzes stumme Rauchwolken gegen die Decke gepustet hat.

Tag zwei

Oh, Verzeihung. Ich habe die Handbremse nicht gelöst. Jetzt aber.
Links oder rechts?
Okay. Ich versuch's.
Sehen Sie? Abermals falsch. Ich wende bei der nächsten Ampel.
Es stimmt natürlich. Auf die Weise habe ich es nie betrachtet. Ich sollte das Tempo bestimmen. Ob die Situation hektisch oder gelassen verläuft, liegt an mir.
Ups, da haben wir es wieder. Rumgurken kann genauso gefährlich sein wie zu schnell fahren. Sich dem Verkehrsfluss anpassen, mache ich.
Steuerrad mit beiden Händen halten, Sie haben recht. Wollen Sie meine Zigarette übernehmen?
Blinken, stimmt's?
Gedankenlesen gibt's nicht – also Blinker setzen.
Spurwechsel geschafft.
Wieder zurück und rüber?
Gut. An der Kreuzung rechts?
Keine Sorge. Toten Winkel habe ich im Blick.

Juhu. Ich komme in die Gänge. Wer hätte das gedacht? Eine Hand auf dem Lenkrad, die andere am Schaltknüppel.
Danke. Sie aber auch. Sie sind ein Traum von Beifahrer. Manchmal glaube ich, Sie wären gar nicht da, so wie Sie sich zurücknehmen.
Oh doch. Denn ich höre sonst ständig: Achtung dies, Achtung das …
Gendarmerie. Polizeikontrolle. Da vorne.
Ja, ja, er winkt. Mache ich. Kein Problem.
Guten Tag, Herr Offizier.
Sind Sie so nett, Saberio, greifen Sie bitte ins Handschuhfach? Danke. Hier, bitte sehr.
Kommt sofort. Ich reich's Ihnen rüber. Saberio, Sie haben Ihren Ausweis dabei?
Kofferraum?
Soll ich aussteigen?
Das ist nett.
Keine Ursache.
Auch Ihnen einen schönen Tag.
Weiter geht's.
Stimmt. Überall spielen sie verrückt, nicht nur auf der Autobahn.
Habe ich gelesen. In José León Suárez. Schlimm. Vier Tote.
Am Ende will es keiner genau wissen. Innere Sicherheit hin oder her, ich finde diese verstärkte Waffenpräsenz ziemlich beängstigend.
Jetzt haben wir den Posten hinter uns gelassen. Sehen Sie das tänzelnde Flirren am Horizont? Über uns erstreckt sich ein endloser Himmel, unter uns das Pflaster. Was will man mehr?
Darunter soll der Strand liegen?! Dann wären wir am Meer. Mögen Sie das Meer? Ich liebe das Meer.
Macht es Ihnen was aus, wenn ich die Scheibe herunterkurble? Ich kann es kaum erwarten, dass mir der Wind durchs Haar weht.

Als kleines Mädchen haben mich Scheibenwischer regelrecht hypnotisiert. Mein Blick ist mit ihnen die ganze Zeit hin und her gewandert.
Ein Metronom, ich bin ziemlich unmusikalisch, aber Sie haben recht.
Es klopft gegen die Scheiben. Mehr als das, es prasselt auf das Dach, dass es einem mulmig wird. Vor einer Viertelstunde war der Himmel noch blau.
Ja, vor allem, wenn es aufhört und einzelne Tropfen aufeinander zulaufen wie Quecksilber.
Nein. Wie heißt er, sagen Sie?
Sie machen sich lustig, oder? Eine Regenmaschine? Auf Kommando? Wann soll das gewesen sein?
Der moderne Jupiter! Der Regenmagier! Typisch argentinisch, immerzu diese Spitznamen …
Ganz gleich, ob der liebe Gott oder dieser Ingenieur dahintersteckt: Es regnet in Strömen.
Das ist nett, dass Sie das erwähnen. Ich werde mir einen Zettel auf das Armaturenbrett kleben: Ich fahre heute nicht schlechter als gestern, die Bedingungen sind bloß schwieriger.
Straßensperre. Wir müssen wenden. Bei der nächsten Tankstelle kehren wir ein, wir suchen eine Telefonzelle, damit Sie diesen Erfinder anrufen und ihn bitten, mir zuliebe seine durchgeknallte Maschine kurzzeitig auszuschalten.
Ach, schade.
Dann hilft nur beten, fürchte ich.
Großer Gott, diese Raser.
Erschreckt hat es mich. Ein zweiter Zettel: Selbst wenn einer hupt, macht es mich nicht zu einer schlechten Fahrerin.
Diese Typen wollen einen mit in den Tod reißen, ist mein Eindruck.
Ich kann Ihnen jetzt schon sagen: Nach dem heutigen Ausflug freue ich mich fast wieder auf unseren einschläfernden Verkehr in Ballester.

Ich muss kurz meinen Arm hinter die Rückenlehne Ihres Sitzes legen, Saberio, so kann ich den Oberkörper einigermaßen drehen, um zurückzusetzen …
Vorwärts, rückwärts, seitwärts, das ist ja ein kompletter Einparkkurs.
Doch bevor ich ausparke, brauche ich eine Pause.
Gute Idee. Aber keine Nachrichten, bitte.

*Attentate heute Morg*RAUSCHHHHH
*Die Maßnahmen von María Estela Martín*RAUSCHHHHH
*Minister López*RAUSCHHHHHHHHHHHH
Warum bist du so?
Meine ganze Seele gab ich dir …

Da. Stopp! Stopp!

… und du belächeltest seelenruhig
meine Leidenschaft.

Einer meiner absoluten Lieblings*boleros*!

Wenn das Gute über das Böse triumphiert
und die Vernunft sich endlich durchsetzt,
weiß ich, dass du leiden wirst,
weil du mein Herz hast leiden lassen.
Es ist eine Schuld, für die du zahlen musst,
wie man für die Schulden in der Liebe aufkommt.

Ich werde nicht weinen,
weil das Leben die Schule des Schmerzes ist,
in der man auch lernt,
die Qualen einer grausamen Enttäuschung zu ertragen.

Ich weiß, dass du leiden wirst …

Saberio!

Saberio …?

Saberio, waren Sie das gerade?

Was?

Schauen Sie: Ihretwegen habe ich Gänsehaut bekommen. Die Ähnlichkeit zwischen Ihnen und dem Sänger ist gespenstisch! Sie haben EXAKT die gleiche Stimme wie er! Wie heißt er noch mal?

Der *Bolero*sänger?

Ja, der *Bolero*sänger!

Tony Tormenta, die argentinische Nachtigall.

Sehen Sie! Sie kennen ihn auch, natürlich!

Ich kenne ihn nicht, nein. Ich kenne bloß seine Lieder.

Tag sechs

Ich musste gestern pausenlos an Sie denken, Saberio. Ich habe *Deuda* ständig vor mich hingesungen. Das Lied geht mir nicht aus dem Kopf.

Wir nehmen den Weg von vorgestern.

Wir wollen wieder über die Autobahn.

Ich muss mich korrigieren. Es stimmt nicht. Es ist nicht das Lied, Saberio. Es ist vielmehr Ihre Stimme. Sie sind es, der wie Tony Tormenta aus *Schuld* Musik macht. Wir fahren links, nicht wahr, Saberio?

Ja, links, bitte.

Ich weiß inzwischen, weshalb ich anfangs gedacht habe, ich kenne Sie irgendwoher. Es war Ihre Stimme, Saberio, Ihre Stimme, die der Stimme aus dem Radio zum Verwechseln ähnlich ist.

Na ja …

Haben Sie überlegt, daraus Kapital zu schlagen?

Kapital?

Aus Ihrem außergewöhnlichen Talent.

Nein, das interessiert mich nicht. Das Singen.

Ihre Stimme ist Ihr Kapital, Saberio.

Geht so.

Würden Sie mir bitte einen Gefallen tun?

…

Könnten Sie aufs Neue *Schuld* für mich singen?

Boleros liegen mir nicht.

Bescheidenheit! Das ist Ihr Problem.

Meins ist eher der Tango.
Wenn überhaupt. Hugo del Carril.

Ich flehe Sie an.

…

Bitte.

Ich möchte lieber nicht.

Tun Sie's für mich, Saberio.

Ich möchte lieber …

Saberio, bitte. *¿Por qué tú eres así?*
El alma entera te di
y te burlaste tranquilamente
de mi pasión.
Wie war das noch mal …?

Si triunfa el bien sobre el mal
y la razón se impone al fin,
*sé que sufrir*ACHTUNG, LARAAAAAA

CRASH

…

Tatütataaa

…

Oh, mein Gott, oh, mein Gott, oh, mein Gott. Meine Schuld. Es war meine Schuld. Es war meine Schuld.

Nein, Lara. Das stimmt nicht. Definitiv nicht. Schauen Sie mich an. Beruhigen Sie sich. Lara! Ich bin bei Ihnen. Beruhigen Sie sich.

Ich hätte den Wagen sehen sollen, Saberio. Ich hätte ihn sehen sollen.

Sie haben ihn gesehen, Lara. Auch ich habe ihn gesehen, aber dieses Unglück hat sich leider nicht abwenden lassen.

Ich hätte ihn sehen sollen. Er ist um die Kurve gesaust, und dann die Flammen, ein ganzes Flammenmeer. Es ist meine Schuld. Es ist immer alles meine Schuld.

Nein, Lara. Sie haben den Polizeichef gehört. Die waren auf der Flucht. Lara. Hören Sie zu. Lara. Schauen Sie mich an. Lara! Wir waren zur falschen Zeit am falschen Ort.

Ich bin vom Weg abgekommen.

Lara. Sie stehen unter Schock.

Ich war auf der falschen Spur.

Sie haben sich korrekt verhalten. Lara, schauen Sie mich an. Hätte ich am Steuer gesessen, wäre das Gleiche passiert. Lara.

Sie sind tot, Saberio.

Das wissen wir nicht!

Sie sind tot, und ich hätte sie sehen sollen. Halt mich fest, halt mich bitte fest.

Frau Viamonte Rey? Frau Viamonte Rey?!

Ja?

Sie können gehen. Ihre Begleitung und Sie können nichts mehr tun. Die Feuerwehr ist im Einsatz, und den Rest erledigen wir.

Herr Saturnino, bitte sehr, Ihre Ausweise zurück.

Danke.

Wiedersehen.

Wiedersehen.

Kommen Sie, Lara, steigen Sie ein …

…

Kommen Sie, ich fahre Sie.

Saberio?

Ja?

Danke, dass Sie, dass du mich nicht allein lässt.

Aber wo denken Sie hin …? Soll ich Sie nicht lieber ins Krankenhaus fahren?

Du hast die Ärzte vor Ort gehört. Wir haben großes Glück.

Und ob.

Ich mag nicht nach Hause, Saberio, nicht nach Ballester. Könntest du mich woandershin bringen?

Woandershin?

Nicht weit weg von hier haben mein Mann und ich ein Wochenendhaus.

Sicher.

Was ist das?

Es soll nicht unpassend erscheinen … Ich wollte es Ihnen morgen überreichen, am letzten Tag, aber ich habe es ohnehin stets bei mir …

Für mich?

Fürs Auto.

Ein alter Kompass.

Damit Sie, damit du unterwegs nicht mehr verlorengehst.

Ach, Saberio, was soll ich sagen?

Nichts. Du sollst bloß aufhören zu weinen. Gesehen?

Was?

Es steht was geschrieben.

Was geschrieben?

Auf der Pappschachtel.

Ach so? … *Folge deinem Herzen.* Das tun wir jetzt, Saberio. Du musst bitte da lang.

Lara Viamonte Rey am Apparat. Ich möchte meinen Mann sprechen.

Sagen Sie ihm, es ist wichtig.

Es ist ein Notfall.

Ich lasse mich von Ihnen nicht abwimmeln. Machen Sie schon.

Hallo, Patricio.

Nein, nein, Ariadna geht es gut. Ich bin in EL CEIBO. Es hat einen Unfall gegeben. Auf der Autobahn.

Nein, einfach nur durcheinander. In dieser Verfassung wollte ich nicht nach Hause. Außerdem lag EL CEIBO näher.

Der Fahrer ist mir ausgewichen und gegen einen Baum geprallt. Sein Auto ist sofort in Flammen aufgegangen.

Man hat mir gesagt, sie hätten seit längerem auf der Fahndungsliste gestanden.

Nein, nein, ein paar Prellungen und meine übliche Migräne.

Ich brauche keinen Arzt, Patricio, bloß Ruhe, um mich von dem Schock zu erholen. Die Medikamente habe ich dabei. Wenn ich mich nicht irre, müsste ich sogar eine dieser Tabletten haben, die deine Schwester über eine Freundin deiner Mutter im Ausland …

Rohypnol, ja. Halbe Dosis, ist mir klar. Ich werde mich gleich hinlegen, und je nachdem, wann ich aufwache, vielleicht auch über Nacht hier bleiben.

Polizei, Feuerwehr und Krankenwagen. Alles so weit geregelt.

Das weiß ich nicht.

Das konnten sie nicht sagen.

Ich hoffe, nein.

Ach so.

Verstehe.

Wenn du in der Innenstadt ein Arbeitsessen hast, rufe ich gleich in Ballester an und sage Mabel, sie braucht einzig für Ariadna Abendessen vorzubereiten.

Kannst du machen. Danke.

Steht vor dem Tor. Ein Wunder, es pferd noch.

Verzeih, ich musste mich gerade schnäuzen. Ich sagte, das *Pony-Car* fährt noch.

Ja, dir auch. Bis morgen, Patricio.

Die Leitung wäre wieder frei, Saberio. Du kannst telefonieren. Wenn es dir nichts ausmacht, würde ich mich im Nebenzimmer ein bisschen hinlegen. Mein Kopf platzt.

Dong
Dong
Dong
Dong
Dong
Dong
Dong
Dong
Dong
Dong
Dong
Dong
Die Stunde der Wahrheit

Schluchz

Schluchz

Lara?

Schluchz

Lara, alles in Ordnung?

Schluchz

Lara, weinst du?
Tok. Tok.
Lara, brauchst du Hilfe?
Tok. Tok.

Schluchz

Lara?
Ich komme jetzt rein, Lara. Darf ich?
Lara, was hast du denn?
Einen schweren Kopf, Saberio, und darin eingeschlossen …
All die toten Stimmen.
Die rauschen wie Flügel.
Wie Blätter.
Wie Sand.
Wie Blätter.
Sie sprechen alle gleichzeitig.
Jede für sich.
Sie schweigen nicht.
Sie flüstern vielmehr.
Sie murmeln.
Sie rauschen.
Sie murmeln.
Was sagen sie?, frage ich dich.
Mich? Ich weiß nicht, wovon du redest, Lara.
Sie sprechen über ihr Leben.
Über ihr Leben im Rausch.
Die Toten, Saberio.
Es genügt ihnen nicht, gelebt zu haben.
Sie müssen darüber sprechen.
Es genügt ihnen nicht, tot zu sein.
Das genügt nicht.
Mein Kopf rauscht wie das Autoradio gestern, Saberio.
Und doch anders.
Es ist wie das Rauschen von Federn.
Von Blättern.
Von Asche.
Von Blättern.
Sag doch was!
Es war ein Albtraum, Lara.
Nein, war es nicht. War es doch. Ein Albtraum.

In diesem Albtraum gibt es Tote, Saberio.
Wir wissen nicht, ob sie tot sind, Lara. Das wissen wir nicht.
Die Toten waren da, aber ich konnte sie nicht sehen. Wieso ist es hier so dunkel?
Es ist Mitternacht, Lara, die Pendeluhr hat gerade geschlagen. Du hast den ganzen Tag geschlafen.
Es ist meine Schuld, Saberio. Ich habe das Zimmer abgedunkelt und konnte sie deshalb nicht sehen.
Beruhige dich bitte, ich bin da. Sieh mich an.
Helllichter Tag, Saberio, und ich habe das Auto trotzdem nicht gesehen, und dann Asche auf mein Haupt: der Baum, der Aufprall, die Blätter, die Äste und die Flammen, Saberio, wie davor der Unbekannte, der Lüstling, der sich an meine Tochter heranmacht und mein Augenlicht dazu zwingt, genau hinzusehen, meine kleine Ariadna, mein Baby, mein Baby, Saberio, das nichts dafür kann, denn ich bin diejenige, die sich etwas hat zuschulden kommen lassen; die ahnungslosen Autofahrer, die ich in Unfälle verwickle, Unfälle, die sich anhäufen ... Es macht keinen Unterschied, ob ich besser fahren lerne oder nicht, es hört einfach nicht auf, Saberio, es wird nur noch schlimmer, es ist meine Schuld. Verstehst du? Ich bin die sexsüchtige Ehebrecherin, nach der jetzt gefahndet wird. Ich bin die Gehörnte, ich hätte vor einiger Zeit den ersten Stein werfen können, doch ich habe es unterlassen, nicht aus Liebe zu ihm, nein, sondern aus Bequemlichkeit habe ich es unterlassen, ich habe weggeschaut, aus Egoismus, damit nicht alles in sich zusammenbricht, unser Haus, EL CEIBO, unser gemachtes Familiennest, ich habe so getan, als sähe ich unser Elend nicht, als sähe ich nicht, dass er nachts wegbleibt, deshalb das Internat, damit nicht auch Ariadna, mein Baby, Saberio, es sehen muss, ich wollte dieses unser Elend nicht wahrhaben und habe mir eingeredet, ich könnte unsere Nöte ausblenden, unserer Tochter zuliebe, aber nun kommt die Strafe, ich kann die Zerstörung nicht mehr aufhalten, wir sind zu weit gegangen, Saberio, und das Kartenhaus fällt in sich zusammen, denn ich liebe, Saberio, ich verzehre mich ja vor Liebe ...

Aber, Lara, was erzählst du da?
Was ist so schwierig, Saberio? Ich spreche von abgelegten Vorbehalten.
Von Zuneigung.
Von Hingabe.
Von brennender Leidenschaft …
Wovon?!
Ich spreche die Wahrheit aus, Saberio. Ohne Scheuklappen, obwohl ich das nicht habe zugeben wollen, um nicht noch mehr Unheil auf mich und andere zu ziehen.
Wovon redest du?
Davon, der Realität, so profan sie ist, endlich ins Auge zu blicken.

Schluchz

Schluchz

Schluchz

Schluchz

…

La aurora / Die Morgenröte

Geliebte Lara,
heute sind unsere letzten Fahrstunden, und obwohl sich alles in mir sträubt, bin ich überzeugt, dass Du sie allein bewältigen musst, denn inzwischen kennst Du die Strecke.
Nach dem Aufwachen, als ich an der frischen Luft spazieren war, ist mir unsere Begegnung in der Autowerkstatt von Don Julio völlig utopisch vorgekommen, dazu: unsere Gespräche im Pony-Car und das Singen … Die Verkettung von Glück und Unglück, der

gestrige Unfall – für den Du nichts kannst, Lara –, auch das ist mir irreal erschienen, genauso wie die vergangene Nacht, bis plötzlich eure Pferde neben mir gestanden und blutwarm geschnaubt haben.
Sicherlich nicht nur Du. Auch eure Tiere hätten es schwer, von hier durchzubrennen: hochwertiger Stall und Auslauf auf der Wiese … Doch wer sich eine Weile mit ihnen beschäftigt, bemerkt die Traurigkeit, die ihnen anhaftet. Es soll Dich nicht wundern.
Ich habe überlegt, mit den Pferden davonzureiten und sie da draußen auszusetzen, aber ich habe den Plan schnell verworfen.
Es wäre sinnlos, Lara, denn sie sind perfekt trainiert und kämen immer wieder zurück. Ein untrüglicher Orientierungssinn – nichts hinderlicher als das, Lara, glaube mir. Unter diesen Umständen könnte sich ein begnadeter Orientierungssinn als tödliche Falle erweisen. Ich müsste – auch daran habe ich in der Früh gedacht – einen Anhänger besorgen, die Pferde hineinlocken und mit ihnen wegfahren, ganz weit weg, Richtung Meer, um sie dort zu befreien, wo sie den Geruch des Kiefernwaldes in die Nüstern bekämen.
Ob es uns passt oder nicht: Ab einem gewissen Punkt gibt es kein Zurück mehr, doch dafür muss manch eine Kreatur erst zu ihrem Glück gezwungen werden. Ich nehme mich einmal mehr zurück, damit Du allein über die Schwelle kommst, über die ich Dich gern eigenhändig getragen hätte. Ich lasse Dich nicht zurück, Lara, sondern schenke Dir das, worum man Dich vor langer Zeit gebracht hat. Nimm die Zügel Deines Lebens in die Hand, so hat es Álvaro formuliert. Möge Dein Orientierungssinn es gut mit Dir meinen und ein letztes Mal versagen. Möge der Weg, der zu Deinem Ehemann nach Hause führt, Dir in Zukunft unaufspürbar bleiben. Möge der Kompass aus meiner Kindheit Dir aufzeigen, wo Du den findest, der ein ganzes Leben lang schon voller Sehnsucht auf Deine Ankunft wartet.
In Liebe, Saberio

19

ballester lokalanzeiger
gesellschaft und soziales

seit dem 25. august 1974 um 15.30 uhr sind wir zu viert! wir freuen uns, die geburt unseres sohnes domingo gianelli bekanntzugeben. wie sein vorname erahnen lässt, erblickte er an einem sonntag in der klinik von ballester, wo sein vater dienst hatte, das licht der welt. unser sonnenschein brachte stolze 3800 gramm auf die waage und war 51 cm groß. er wurde von seiner schwester teresa sehnsüchtig erwartet und liebevoll aufgenommen. seine eltern clara el haddad de gianelli und elvio gianelli können ihr glück nicht fassen. domingo ist ihnen wunsch, geschenk und erfüllung in einem.

20

Celio Rachello verließ die EWIGE SCHÖNHEIT mit einem riesengroßen schlechten Gewissen; als Alibi sichtbar unterm Arm trug er die aktuelle Ausgabe des *ballester lokalanzeigers*. Schuldgefühlen zum Trotz, sein Vorwand war klug gewählt. Auf Seite 3 des Monatsblattes wurde das fesselnde Leben der Laura Rachello in seiner ganzen Tragweite und faszinierenden Detailfülle ausgerollt – aus der Überzeugung heraus, dass ihr langjähriges, durchaus einflussreiches Wirken in Ballester und der rege Austausch mit seinen Bewohnern schwerer wogen als ihre italienische Herkunft und ihr Aufenthalt in La Boca, so dass nur ein lausiger Erbsenzähler sich fragen könnte, ob es überhaupt zulässig sei, Laura Rachello als eine autochthone Persönlichkeit zu behandeln und ihr Schaffen in der Lokalzeitung herauszuheben.

Mögliche Bedenken wurden beim Interview gleich im Keim erstickt, denn der Sohn hatte für die Mutter das Wort ergriffen, einfühlsam, wie es seine Art war. Er hatte sich meisterhaft in sie hineinversetzt und mit von Tränen benetzten Augen glaubwürdig von ihren Hoffnungen und Träumen geschwärmt, von der ersten Nähmaschine, von der leibhaftigen Begegnung mit Evita Perón, von ihren hohen Idealen, ihrer Opferbereitschaft, ihren Niederlagen und ihren Triumphen – derart eindringlich in der Schilderung, dass Álvaro Skrupel gehabt hatte, in den Erzählfluss einzugreifen, um die zweitrangige Frage zu stellen, welche der beiden beeindruckenden, starken Frauen nun gemeint war. Seinen Lesern gönnt ein guter Redakteur die Freiheit der Interpretation, und so blieb dieser Aspekt seines untadeligen Artikels in der Schwebe. Auch Nasif Abdala schien nicht besonders interessiert, die Dinge auseinanderzuklamüsern. Nur die Stellung des Cocktailsessels mit der in Schale geworfenen Laura Rachello hatte er modifiziert, so dass am Ende der Winkel stimmte und folglich auf seinem Foto weitere Fotos zu entdecken waren. Die Ästhetik des Barock oder Manierismus waren ihm kein Begriff. Don Nasif berichtete flüchtig von irgendwelchen russischen Holzpuppen und bezeichnete die gewählte Methode als Matroschka-Stil. Als das Ergebnis endlich auf Papier vorlag und Álvaro es in höchsten Tönen lobte, errötete der Bildermacher und gestand: »Ich habe mir schon was dabei gedacht …«

Genauso wie Celio. Er klopfte an das Schaufenster, um von außen auf sich aufmerksam zu machen. Laura auf der anderen Seite des Glases schaute ihn ungerührt an, und er winkte übertrieben fröhlich. Dies war noch nie vorgekommen. Im Laden hatte er seine teure Mutter als Pfand zurückgelassen, an die Tür hängte er ein frisch gebasteltes Schild mit der Aufschrift **Bin gleich zurück** und machte sich auf den Weg in die Werkstatt. Nach solch einem Erfolg musste er dem Redakteur des *ballester lokalanzeigers* höchstpersönlich das Versprechen abnehmen, in der kommenden Ausgabe die Werbeanzeige der EWIGEN SCHÖNHEIT haargenau so prominent zu platzieren wie jetzt unter dem Porträt auf Seite 3. Das hatte Celio behauptet, Laura dabei Luft zugefächert und ihr nicht in die Augen schauen können. In Wirklichkeit wollte er dem göttlichen Prachtburschen die Nachricht des Jahres überbringen. Wenn bei Don Julio das Radio lief, hatte er schlechte Karten. Der Bote legte deshalb lieber einen Schritt zu – Oh, wie gern hätte er Flügel an den spitzen Schuhen! Seine kunstvoll gelegten Haare, mit Spray fixiert, erinnern an den duftenden Garten der Hesperiden. Celio Rachello ist aufgetakelt wie eine *Primadonna* und nervös wie ein Schulmädchen bei seinem ersten Rendezvous. Diese himmlischen Jungs, die können Autos frisieren, besonders der eine! Celio ist, als würde sein Herz explodieren. Seine Wangen glühen. Seine Beine versagen. Ein äußerst unangenehmes Gefühl bemächtigt sich seiner. Die Blase fängt an zu drücken. Er bedauert, unmittelbar vor dem Aufbruch den Drang, ein letztes Mal auf die Toilette zu gehen, ignoriert und sogar als Einbildung abgetan zu haben. Das hat er nun davon. Der Körper rächt sich auf ganzer Linie. Die Aufregung macht sich auf sämtlichen Kanälen breit, und er muss schon wieder. Dringend und ohne jeden Zweifel. Er wendet einen Trick an. Er denkt an etwas Schönes, er denkt an die unmittelbare Zukunft, an das wohlverdiente Happy End seiner Bemühungen und ist dem einen gewaltigen Schritt näher, noch einen und noch einen, schon betritt er AUTOPIA, das Mekka hübscher Frauen, ein zu eroberndes El Dorado, ein wahrer Männerolymp, ein mit Wagen zugestelltes Arkadien, das Paradies auf Erden, wo das schwache Geschlecht oder einer wie Celio sich gekonnt durchschlängelt, Hula-Hula-Hoop!, Hüfte schwingend, an Gerätschaften vorbei, die wie Pilze aus dem Boden schießen, ach, haufenweise Ölflecken unweit der Stelle, wo er Álvaro sucht und Álvaro findet, in der Reparaturgrube, in AUTOPIAS Unterwelt, wo er seinen Adonis von Anfang an vermutet hat und wohin er ihm folgt, ja, folgen muss, in dieses andere, mysteriöse Eleusis, weil irgendetwas Transzendentales für ihn längst entschieden hat und ihm vorschreibt, etliche Täuschungen hinter sich zu lassen, die Spiegelwelt der EWIGEN SCHÖNHEIT mitsamt seiner Lebensspenderin; vor sich: eine Treppe, Vorsicht: eine Stufe, zwei, drei, vier, fünf, sechs, tausend Tode will ich sterben, denn die Liebe überwindet alles, ET IN ARCADIA EGO, hier bin ich, mein chthonischer Geliebter, hier bin ich, mein mit Ambrosia Gesalbter.

21

Zu spät. Als Celio Rachello in AUTOPIA hereinstolzierte, brach eine Welt zusammen. Am Ende der Halle hatte sich um Álvaro Fatini eine redliche Anhängerschaft aufgestellt. Ganz ehrlich. Wären sie ungestört gewesen, hätte der Friseur sich vom schmucken Redakteur des *ballester lokalanzeigers* vernaschen lassen, aber nix da! Álvaro war umzingelt. Die Absperrung bildeten Saberio Saturnino, der abgekämpft wirkte, Nasif Abdala, Julio El Haddad, Ricardo Peralta, Caetano Garibaldi und Valentino Acuña. Als hätten diese Kerle den sechsten Sinn, hatten sie einen schützenden Kreis um den siebten unter ihnen gebildet, den vielversprechenden jungen Mann, auf den sich Celios Werben richtete. »Kaffeekränzchen?«, unterbrach die Nummer acht die Versammlung, aus der sie sich vorsätzlich ausgeschlossen wähnte. »Ich bin hergeeilt wegen der Anzeige für *Mammas* Laden, ohne zu ahnen, dass heute Redaktionsschluss ist«, log der Exaltierte sich die Situation zurecht, um erst, als sämtliche Blicke auf ihn gerichtet waren, mit funkelnden Augen zu fragen: »Habt ihr Süßen schon gehört?« Und weil er keine Reaktion erhielt, schickte er seufzend hinterher: »Es ist wie im Märchen. *Mamma* hat das von Anfang an gesagt. Seit ihrer Begegnung mit der Unsterblichen ist sie aus dem Schwärmen nicht mehr herausgekommen.« Wie die geborene Prinzessin flocht Celio im Überschwang der Gefühle die Finger ineinander. Er blinzelte so übertrieben, als hätte er für den Auftritt künstliche Wimpern angeklebt, die es vorzuführen galt. »Schneewittchen: ewig und drei Tage tot im gläsernen Sarg und nun kurz davor, in die Welt der Lebenden zurückzukehren! So was Aufregendes! Im Übrigen: Ich müsste euch eine Minute allein lassen. Don Julio, wo ist bei Ihnen für kleine ...?«

»Was ist denn mit Schneewittchen?«, wollte Quique wissen, der unweit von den konferierenden Erwachsenen emsig wie eine Biene und trottelig wie eine Hummel von abgestelltem Auto zu abgestelltem Auto geflogen war.

»Wir tauschen uns über Walt Disney aus«, gab Don Ricardo ausweichend vor.

»Walt Disney ist aber tot«, instruierte ihn Quique.

»Hmm ...«, bestätigte Don Ricardo und dachte an die Möglichkeit, dem Knochenmann einen Strich durch die Rechnung zu machen und sich zu gegebener Zeit kryonisch einfrieren zu lassen. »Wenn du artig bist«, sagte er, »nehme ich dich das nächste Mal mit ins Kino, du kleiner Gartenzwerg.«

Die Ablenkungsstrategie trug Früchte. Quique strahlte Dirty Harry an und nahm zukunftsfroh Kurs auf einen taufrisch lackierten Fiat 600.

»Evita, das war unser Thema«, unterrichtete Don Julio den Friseur, der sich etwas entspannter der Runde anschloss.

»Auf deinen Vergleich war aber noch keiner von uns gekommen«, lobte Valentino.

»Die Fakten, die in diesem Land geschaffen werden, schieben die Grenzen des Vorstellbaren immer ein Stück weiter hinaus, so dass unsereins sich permanent was einfallen lassen muss«, kommentierte der Redakteur des *ballester lokalanzeigers* versonnen.

»Mein alter Buchhändler- und Buchbinderfreund aus der Innenstadt würde dir zustimmen, Álvaro. Er hat eine sehr originelle Theorie. Aus der Not könne man eine Tugend machen, behauptet er, weshalb wir uns als Land der phantastischen Literatur bewähren würden.«

»Davon verstehen wir hier nichts, Darling.«

»Mein Freund, der kennt sich aus, Celio, und ich schätze, es ist viel Wahres dran. Du hast eben ein gutes Beispiel geliefert. Kein Wunder, dass wir verstärkt auf Vergleiche angewiesen sind, um unsere Realität zu beschreiben.«

Der Autor-Mechaniker machte sich eifrig Notizen: »Man könnte sagen, die Sprache ist ein Vehikel ...«

»Dieses Vehikel kommt unserer argentinischen Realität so nah wie einer Fata Morgana, Álvaro.«

»Der Vater von wem heißt Morgana, Onkel Valentino?«

»Quique! Raus, und zwar mit Schmackes!«

»Worauf ich hinauswill: Die Realität werden wir trotz verstärkter Bemühungen in Sachen Monatsblatt nicht greifen können. Unsere Wirklichkeit ist und bleibt unfassbar.«

»Ich kann dir *questo pomeriggio* schwer folgen, Valentinoherz, aber wenn du es so siehst, dann glaube ich dir. Ich würde nie an deinem Urteil zweifeln, sondern dir stets volles Vertrauen entgegenbringen. Und *Mamma* erst recht! Sie wird dir das nie-nie-nie vergessen, was du 1952 für uns getan hast! Um unsere ewige Trauer über den Verlust von Evita zu lindern, hat Valentino *mia Mamma* damals das begehrte Heiligenbild geschenkt, das die Gewerkschaft nach ihrem Tod in Umlauf gebracht hatte. Das Kleinod hat bei uns im Laden die Runde gemacht und *Mamma*, die es im Gegensatz zu den Kundinnen ihr Eigen nennen durfte, noch mehr Tränen in die Augen getrieben. Und wie viele hatte sie davor bereits vergossen! Dutzende und Aberdutzende! Ich sehe sie fassungslos vor mir, Valentino, wie sie Evitas Bildnis küsst und an sich drückt, während sie sich jedes einzelne Foto im Salon anschaut und ihr sanftes Dahinscheiden bitterlich beklagt. Monatelang haben wir uns in der EWIGEN SCHÖNHEIT die Haare gerauft und Kerzen angezündet. Keine Ahnung, ob die Älteren unter euch sich daran erinnern, aber wir hatten im Laden einen kleinen Hausaltar improvisiert, vor dem *Mamma* kniete, wenn die Kundschaft auf sich warten ließ und sie sich die Stunden sinnvoll vertreiben wollte. In jener trübseligen Verfassung erschien mir *Mamma* – in sich und das Gebet gekehrt – wie ein Ableger der Mutterkirche, wie eine vergessene Seitenkapelle der einen Steinwurf von uns entfernten NUESTRA SEÑORA DE LA MERCED. Diese intime Szene ist in meinem Gedächtnis eingefroren, denn es war Juli, als die Dreiunddreißigjährige verstarb, und jener Winter ist mir kälter als alle anderen vorgekommen, obwohl wir es in der EWIGEN SCHÖNHEIT recht gemütlich hatten, weil die brennenden Kerzen ein angenehmes, warmes Licht verströmten. *Es riecht heilig bei uns*, betonte *Mamma* in die goldene Lumineszenz eingetaucht, ein halbes Auge auf die vor sich hintropfenden, vor sich hinschmelzenden Wachsdinger, die aus einer abergläubischen Regung heraus – weil *Mamma* sich was weiß ich was davon versprach – nicht ausgehen durften. Von ihr hatte ich den unbequemen Auftrag erhalten, mich täglich in NUESTRA SEÑORA DE LA MERCED hineinzuschleichen und den Moment abzupassen, in dem Pater Amaro, der früher schon für allerlei Verschwörungstheorien ein offenes Ohr hatte und deshalb rund um die Uhr ein Komplott witterte, sich wegdrehte, um dann die vielen Kerzen, die *Mamma* in den Taschen meines Mantels vergraben hatte, eine nach der anderen in das Weihwasserbecken einzutauchen. *Wir machen es auf unsere Art*, rechtfertigte sie sich mir gegenüber im flackernden Schein. Evita und die Kirche – es war etwas Viszerales, und es wurde beileibe nicht besser, als die an Krebs Erkrankte kurz vor dem Aus vom Abgeordnetenhaus den Titel *Spirituelle Führerin der Nation* verliehen bekam. Um diese Ehrung gebührend zu feiern, hatten *Mamma* und ich eine Flasche Cidre aufgetrieben, entstaubt und geköpft. Das steht auf Seite 3 des *ballester lokalanzeigers* so wunderbar prickelnd beschrieben, dass man glauben könnte, Álvaro, du wärest dabei gewesen und hättest mit uns angestoßen! Und dort heißt es wahrheitsgemäß auch, dass jene Anerkennung zugleich eine für uns war, ihre Getreuen, die offizielle Bestätigung, dass der Instinkt uns nicht getäuscht hatte. *Ihre olle Bibel greift zu kurz, wenn sie vorschreibt: Gib dem Cäsar, was des Cäsars ist, und Gott, was Gottes ist, denn Evita Perón, unsere Hoffnungsträgerin, verkörpert beides.* Das hatte *Mamma* mit erhobenem, vor und zurück wedelndem Zeigefinger dem aufgebrachten Pater Amaro an den Kopf geworfen, nachdem sie zuvor – wie sie mir hoch und heilig versichert hatte – mit deutlich gemäßigteren Worten und ausgewogeneren Gesten versucht hatte, mit ihm, den sie von da an nur noch den Paranoiker nannte, einen theologischen Disput über Evitas Heiligkeit vom Zaun zu brechen. *Alles für die Katz*, klagte sie wutschäumend. *Doch was uns betrifft, sehe ich Licht am Ende des Tunnels*, pflegte sie mir zu erklären, um sich anschließend die unverrückbaren Tatsachen zu vergegenwärtigen, die uns bei allem Schmerz zuversichtlich stimmen sollten: zum einen, dass Evita wie der Sohn Gottes im Alter von 33 das Zeitliche gesegnet hatte, und zum anderen, dass der General sich entschieden hatte, einen erstklassigen Einbalsamierer mit der lebenswichtigen Aufgabe zu betrauen, die Volksheilige zu konservieren und so dem unbarmherzigen Prozess der Auflösung und Zersetzung einen Strich durch die Rechnung zu machen – der Witwer hatte beschlossen, die schlafende Schöne in einem gläsernen Sarg aufzubahren, damit ihre Gefolgschaft sich höchstpersönlich von dem Wunder der Unversehrtheit überzeugen könne. *Wer Augen hat zu sehen, der sehe. Was meinen Sohn Celio und mich betrifft, kann ich Ihnen sagen, Pater Amaro: WIR HABEN ES GESEHEN!* Wer hätte sich denken können, dass Lonardi, Aramburu und Konsorten, die Putschisten der *Befreienden Revolution*, diese strammstehenden Stiefelträger, die sich katholisch nannten und, sobald es darauf ankam, über Leichen gingen, derart bösartig und niederträchtig sein würden, unseren geliebten Schutzengel von der Bildfläche verschwinden zu lassen? Dass die Argentinier ihr Augenlicht praktisch zwei Jahrzehnte lang nicht zu Gesicht bekommen würden? Und jetzt aus heiterem Himmel: *tataaaaaaa* …! Die Nachricht des Jahres! Die Wiederkehr der seit 1955 verschollenen Evita Perón! … Obwohl ich fürwahr kein Liebhaber der Entzauberung und Ernüchterung bin, muss ich zugeben, dass die Angelegenheit haarig ist. Anscheinend sind die *Montoneros* in die Verhandlungen verwickelt – *die ganz anderen Katholiken*, wie *Mamma* sagt, die grundehrlichen, die Selbstjustiz predigen und zur Waffe greifen, weil zuvor das Volk angegriffen wurde, die tapferen Helden, die wie der Robin Hood meiner Kindheit die unfaire Verteilung der Güter in der Dritten Welt bekämpfen und pickepackevolle Lastwagen überfallen, um die erbeuteten Lebensmittel in den Armutsvierteln an den Mann und an die Frau zu bringen. Vorreiter, Vorkämpfer der sozialen Gerechtigkeit, wie es im Buche steht, die den Reichen nehmen und den Armen geben.

Leute wie du und ich und *Mamma*, die sich fürs allgemeine Wohl aufopfern. Wie sagt Robin Hood so schön? Einer für alle, alle für einen! Oder war es D'Artagnan? Egal! Auf jeden Fall ist es sehr traurig, dass sich Perón und die linke *Guerrilla*, die für sein Comeback Kopf und Kragen riskiert hat, am Schluss angekeift haben. Es war ja letztendlich die bravouröse Jugend rund um Carlos Mugica, die den Militärs vom Dienst die Hölle heißgemacht hat, bis sie klein beigegeben haben und sich eingestehen mussten, der Abgesetzte und nur der Abgesetzte wäre in der Lage, dem Chaos ein Ende zu bereiten.«

Daran gewöhnt, sich Frauen gegenüber behaupten zu müssen, redete Celio wie ein Wasserfall. Ricardo Peralta gelang das Unmögliche. Er pfiff die Melodie, die seine Frau zu hören bekam, sobald sie das Haus verließ, um den Bürgersteig von CLEAN EASTWOOD unter Wasser zu setzen, und die den Friseur aufhorchen ließ. »Walt Disneys *Fantasia* …«, sagte Don Ricardo. Und weil der Überraschte die Anspielung nicht verstand, schickte Dirty Harry hinterher: »Uns steht das Wasser bis hier, Celio. Argentinien, das weite Land am Río de la Plata, geht unter und mit ihm die Zauberlehrlinge, die die Geister gerufen haben … Da der zurückgekehrte Meister inzwischen tot ist, haben wir lauter Quereinsteiger: einen obskuren Minister, der eine Präsidentin führt, als wäre sie eine Handpuppe.«

»Und was können *Mamma* und ich dafür? Wir können unsere Hände in Unschuld waschen, Don Ricardo, denn als es brenzlig wurde, waren wir mit auf der Plaza de Mayo, um Evita zu animieren, für die Vizepräsidentschaftswahl zu kandidieren. Wer hätte 1973 wissen können, dass wir mit der Wahlformel *Perón-Perón* die Katze im Sack kaufen? Ich will euch nicht mit meiner Hypothese behelligen, aber ich verdächtige die Martínez, ein Doppelleben zu führen und mit ihrem Minister krumme Dinger zu drehen. Inzwischen hat sich Argentinien in einen Maskenball verwandelt, hat eine Kundin letztens zu *Mamma* gesagt, und dass sie sich freut, dass zumindest bei uns in der EWIGEN SCHÖNHEIT alles beim Alten bleibt.

Schaue sie sich dagegen auf der Straße um, werde ihr bange. In der Nähe des Obelisken hat sie mitansehen müssen, wie Polizisten in Zivil einem Passanten mehrmals in den Rücken geschossen haben. Ich musste die Kundin beiseitenehmen. Ich bin kein Freund des Melodramas, weshalb mir recht ist, wenn *Mamma* nicht in der Breite mitkriegt, was da draußen vor sich geht. Sosehr man sich auch über die Nachricht von Evitas Rückkehr freuen mag, möchte ich ihr die Details ersparen. Soviel ich weiß, haben die *Montoneros* einen Tausch in Aussicht gestellt und mächtig Druck ausgeübt. *Mamma* ist äußerst empfindsam, und auch wenn man es nicht glaubt, ist sie nicht mehr die Jüngste und gruselt sich ziemlich schnell. Wir schauen kaum Nachrichten, nur Herzerfrischendes, Fernsehfilme mit Lolita Torres, leichtfüßige Komödien mit Jerry Lewis oder Serien wie *Bezaubernde Jeannie, Bonanza, Daktari, El Zorro* und *Mister Ed, das sprechende Pferd*, Aufheiterndes halt, um auf andere Gedanken zu kommen … Wie sollte ich ihr also beibringen, dass die Robin Hoods, auf die sie nach wie vor große Stücke hält, auf dem Friedhof eingebrochen sind, um eine Leiche zu kidnappen, dazu noch die des verhassten Aramburu …? Obwohl meine Entscheidung feststand, hatte ich kurz überlegt, ihr den Sachverhalt dann doch unterzujubeln, wohldosiert wie beim Homöopathen, denn bei uns besteht die Gefahr, dass die Kundinnen reden, wie ihnen der Schnabel gewachsen ist, und in ihrem Eifer nicht einschätzen können, was *Mamma* gut tut und was nicht. Eine Konversation, an der mehrere von ihnen beteiligt sind, lässt sich schwer steuern. Anders als Männer belassen Frauen es bei der Wahl ihrer Themen meist nicht bei der Gegenwart, sondern wärmen am liebsten Vergangenes auf, so wie sie es übrigens in der Küche mit den Essensresten machen. Und das ist das Problem. Aktuelles trifft auf Verflossenes, und daraus resultiert ein bedrohlicher Cocktail. Molotow, ich weiß, wovon ich rede. Über Generationen haben Frauen ein begnadetes Gedächtnis entwickelt, um es als geheime Waffe einzusetzen, da sie im Unterschied zu uns einen ausgeprägten Hang haben, Dinge aufzurechnen. Ich bin mir sicher: Fragte ich *Mamma*, würde sich herausstellen, dass sie nicht nur den Wortlaut der damaligen Meldung auswendig kennt, sondern sie vielmehr lebendig vor sich sieht:

PERÓN KEHRT ZURÜCK

1. Juni 1970

Communiqué Nr. 4
AN DAS ARGENTINISCHE VOLK
Die Führung der MONTONEROS teilt mit, dass heute um 7.00 Uhr
Pedro Eugenio Aramburu exekutiert wurde.
Möge Gott, Unser Herr, sich seiner Seele erbarmen.
PERÓN ODER TOD!
ES LEBE DAS VATERLAND!
MONTONEROS

Sie, Don Nasif, würden es ein fotografisches Gedächtnis nennen. Wir Männer können davon träumen! Inzwischen ist das vier Jahre her, aber manches verjährt nicht. Nun wurde er ausgebuddelt. Ich habe ohnehin den Eindruck, dass die Zeit in Argentinien anders verläuft als sonst wo. Als ich unlängst in *Mammas* Auftrag in die Innenstadt gefahren bin, um Tinkturen zu besorgen, zeigte die Uhr in der Ankunftshalle am Bahnhof Retiro Viertel nach zwei an. Die nächste, an der ich vorbeikam, stand still, die dritte ging zehn Minuten vor, die vierte eine Viertelstunde nach. Wenn schon die öffentlichen Uhren verrücktspielen, kann man ruhig ein Auge zudrücken und den *Montoneros* verzeihen, dass sie mit zwanzigjähriger Verspätung Aramburu zur Strecke gebracht haben, denjenigen, der in den Fünfzigern den Putsch gegen den General Perón mitinitiiert, seine Partei auf die Verbotsliste setzt, das Massaker von José León Suárez verantwortet und nicht zuletzt Evita außer Landes bringen und verstecken lässt. Höchste Zeit, dass die *Abanderada de los Humildes*, die Fahnenträgerin der Bescheidenen, zurückkehrt, auch wenn dafür die Totenruhe des fiesen Kerls gestört werden musste, zumal *Mamma* der Ansicht ist, man dürfe nicht päpstlicher sein als der

Papst, an dem sie übrigens kein gutes Haar lässt, weil er seinerzeit Kraft seines Amtes Perón exkommunizieren wollte. War einer von euch in der ewigen Stadt? *Mamma* und ich wollten schon imm…«

»Ist gut, Celio, wir verstehen, worauf du hinauswillst«, behauptete Álvaro in der Hoffnung, ihn zum Schweigen zu bringen.

»Ja, das habe ich mir gedacht, Álvaro, dass du nachvollziehen kannst, worum es mir eigentlich geht. Es geht mir um nichts anderes als um die Reklame der EWIGEN SCHÖNHEIT. Jetzt, wo die immerwährende Evita vor der Tür steht, soll unsere Werbung in dem *ballester lokalanzeiger* so prominent platziert werden wie letztes Mal, vielleicht aus gegebenem Anlass sogar noch prominenter, wenn auf Seite 1 was frei ist. Wie siehst du das?«

»Zur Stunde ist nichts entschieden. Aufgrund der außergewöhnlichen Umstände haben wir überlegt, ob es nicht sinnvoll wäre, die nächste Ausgabe des Blattes thematisch darauf abzustimmen.«

»Evita war länger weg, als der trojanische Krieg gedauert hat. Als Willkommensgruß werde ich eines meiner ältesten Familienrezepte verraten. Freut euch auf die *Trojanischen Pferde.*«

»Das tun wir, Don Caetano, danke. Don Julio, wie kann man Sie aus der Reserve locken?«

»Tja. Ich bin uninspiriert … Bei allem Guten, was Evita auf den Weg gebracht hat, von ihrem unermüdlichen sozialen Engagement bis hin zu dem Wahlrecht für Frauen, denke ich an die Schulbücher mit Sätzen wie *Evita liebt mich* oder *Beim Beten vergesse ich Eva Perón nie* … Ideologische Pflichtlektüre, Álvaro, da warst du noch nicht geboren.«

»Richtig, aber wir dürfen das große Ganze nicht aus den Augen verlieren. Wenn Sie so wollen, denke ich nicht bloß an Evita, Don Julio, sondern von Evita ausgehend. Das, was viele für ausgeschlossen gehalten haben, ist dabei zu geschehen. Evita ist nicht nur eine Ikone. Sie ist ein Symbol. Eine Metapher. Ein … Platzhalter! Wenn man diesen Gedanken aufnehmen könnte, um ihn mit Inhalt zu füllen, um ihn weiterzuspinnen, um Autobiographisches damit zu verknüpfen … Die Entstehungsgeschichte von AUTOPIA, zum Beispiel, Ihre persönliche, private, politische Utopie, die Sie verwirklicht haben. Unsere Leser würden bestimmt etwas mehr über diesen Traum in Erfahrung bringen wollen.«

»Ich bin mir nicht so sicher …«

»Noch haben wir Puffer. Was ist mit dem Rest?«

»Gute Miene zum bösen Spiel.«

»Ach ja! Die Witze, natürlich! Die Rubrik: **wer zuletzt lacht …**«

»Angeregt durch die Nachricht, dass die autochthonste Persönlichkeit unseres Landes aus Madrid eingeflogen wird und dafür die Sicherheit erhöht werden muss, werde ich fragen: Was ist der Unterschied zwischen einem Touristen und einem Terroristen?«

»Wir sind gespannt auf die Auflösung, Don Ricardo.«

»Ich könnte in der Bücherkolumne den autobiographischen Bericht von Pedro Ara vorstellen. Ein Exemplar hat mir letztens mein Buchhändlerfreund mitgegeben. Es liegt bei mir auf dem Nachttisch.«

»Wer ist Pedro Ara, mein Schatz?«

»Evitas Einbalsamierer, der verrät, wie er damals zu seinem Auftrag gekommen ist und welche Schwierigkeiten er nach dem Putsch hatte.«

»Fulminante Idee.«

»Ich fürchte, meine Stunde hat geschlagen«, sagte Don Ricardo und zog seine Armbanduhr auf. »Ich muss zur Routinekontrolle bei Doktor Gianelli«, entschuldigte er sich.

»Ihr Part steht ja. Grüßen Sie schön und bleiben Sie uns erhalten.«

»Nichts lieber als das! Also dann! … Vergiss unsere Verabredung nicht, freches Balg!« Er stupste im Vorbeigehen Quique an.

»Alles klaro, Onkel Ricardo!«, erwiderte Álvaros Bruder, ohne sich bei der Arbeit stören zu lassen. Er hockte am Boden und machte sich mit einer Haarpinzette an dem Kühlergrill eines Käfers zu schaffen.

»Hal-lo, die Herrschaften! Hal-looo? Ich bin immer noch da«, rief Celio im Ton einer abgeschminkten Diva. »Denkst du etwa auch an mich, Álvaro, bevor sich die Runde zerstreut?«

»Sicher doch. Wir wollen ohnehin nachrüsten und uns gruppendynamisch weiterentwickeln. Magst auch du etwas beitragen, Celio?«

»Na ja, wenn du mich so direkt fragst, ohne Umschweife, meine ich, dann wahrscheinlich, weil du dir etwas gedacht hast. Dass auch ich als Coiffeur aufgrund meiner Fingerfertigkeit etwas Kunstvolles zu Papier bringen könnte ... Dass auch ich mir aufgrund meiner langjährigen Erfahrung bei der EWIGEN SCHÖNHEIT was aus den Fingern saugen könnte. Ach, ich weiß nicht, Álvaro, ob ich so was kann, ehrlich, ich meine, so gut wie du auf Seite 3 nie-nie-nie-mals, der du ...«

»Ich glaube schon.«

»Ist waaahr? Ach du liebes Lieschen! Wenn es so ist und du allen Ernstes auf mich und mein Talent setzt, würde ich über meinen Schatten springen und den Versuch wagen. Ich könnte *Mamma* überraschen und am Beispiel der Fotos – die bei uns hängen und dank Don Nasif eine fabelhafte Verbreitung gefunden haben – über die Verwandlung berichten, die Evita Perón durchlebt hat und die sich an den unterschiedlichen Frisuren, die sie getragen hat, wunderbar aufzeigen lässt. Ohne mich jetzt hundertprozentig festlegen zu wollen, fallen mir spontan drei Phasen ein. Erstens, die wilden Jahre: die Phase der offenen langen Haare. Zweitens, die entschlossenen Jahre, in denen die Aufstrebende das Glück beim Schopfe gepackt hat: Die Phase des Pferdeschwanzes würde ich das nennen wollen. Und drittens, die politischen Jahre: die Phase des strengen Dutts, der zu ihrem Markenzeichen wurde und nun dreist kopiert wird. Wie wäre das?«

»Beeindruckend.«

»Findest du wirklich?«

»Du sagst es.«

»Lügst du mich nicht an, Álvaro?«

»Wie kommst du darauf, Celio? Es gibt keinen Grund zu dieser idiotischen Annahme.«

»Ach, was bin ich froh! Ich bin immer so verunsichert. Immer so hin und her. Immer so durcheinander. Immer so durch den Wind und zwischen den Stühlen. Was weiß ich, Álvaro! Du könntest der Meinung sein, meine Idee sei, wenngleich originell, so doch an den Haaren herbeigezogen. Könnte es das sein? Dass du das denkst, Álvaro?«

»Nein, gar nicht.«

»Also, dann pass auf: Ich würde eine Kladde mit Beispielfotos vorbereiten und den Text entwerfen, den wir gemeinsam durchgehen könnten, Wort für Wort.«

»Wenn es dich beruhigt: So können wir es machen. Ich meinerseits würde im nächsten Editorial einen Kommentar zur Lage der Nation verfassen.«

»*Piano, piano …*« Don Julio hatte das Wort ergriffen, um etwas für ihn äußerst Untypisches zu sagen. »Ich möchte auf gar keinen Fall, dass du dich exponierst, Álvaro.« Er hatte eine sorgenvolle Miene aufgesetzt.

»Ich verspreche Ihnen, nicht leichtsinnig zu sein, Don Julio. Jetzt, wo wir Evitas Rückkehr am 17. November 1974 entgegenfiebern, würde ich mir den ihr zugeschriebenen kryptischen Satz *Volveré y seré millones* vornehmen und ihn beleuchten. Im Hinblick auf die Errichtung des sogenannten Heimataltars habe ich den Eindruck, dass jener legendäre Spruch *Ich werde zurückkehren und millionenhaft sein* sich verselbständigt … Der Hinweis von Don Ricardo lässt mir keine Ruhe …«

»Was meinst du?«

»Ich meine diesen Film, den er erwähnt hat … Das Bild einer Nacht der lebenden Toten ist starker Tobak. Er hat womöglich recht: Jeder solle sich vergegenwärtigen, wie es sein könnte, sobald aus unterschiedlichen Teilen unseres Landes die Toten von Rang und Namen ins Zentrum geschafft werden, Tote, die leere Gräber hinterlassen, um auf Geheiß dieses irren López Rega sich mit Perón und Evita im gigantischen Mausoleum zu versammeln. Mache ich mir bewusst, wie viele von uns auf offener Straße zur Strecke gebracht werden und was für eine symbolträchtige Bedeutung dieser Ort mitten in der Innenstadt hat, was dafür in Bewegung gesetzt wird und was sich hinter diesem Vorgang verbirgt, wird mir recht mulmig. Dieses seltsame Gefühl, das bei mir aufkommt und Evitas Rückkehr überschattet, könnte zwischen den Zeilen wahrnehmbar werden.«

»Aber Álvaroschatz, es soll dir nicht mulmig werden! Du arbeitest zu viel, und deine Phantasie geht mit dir durch! Buenos Aires ist keine Nekropole, und soviel ich weiß, ist der erste Stein dieses Altars nicht mal gelegt. Überleg doch: Deine *Guerrillera* macht ohnehin einen Zwischenstopp. Sie kommt vorerst zu Perón in die formvollendete Krypta nach Olivos, auf das traumhafte Gelände der Residenz, und da ruhen sie sicher eine ganze Weile in trauter Zweisamkeit. Was daraus wird, wissen nur die Götter, und die schweigen bekanntermaßen. Ich will damit sagen: Die Politik dieser Regierung ist und bleibt Politik, eine weltliche Angelegenheit, die mit dem Großen, dem eigentlich Wahren und Schönen, nichts zu tun hat. Dieser übergeordnete Bereich verhält sich zu den irdischen Belangen wie der Fakir, der über seinem Nagelbrett schwebt. Das vorrangige Thema des kommenden *ballester lokalanzeigers* ist die unsterbliche Liebe, Álvaro, eine Liebe, wenn du so willst, die gesellschaftliche Schranken niederreißt, aber viel mehr kann: eine Liebe, die den Tod überlistet, eine Liebe, die über den Tod hinausgeht. Das gilt sowohl für Evita und den General als auch für Evita und das Volk, ihr *Pueblo*, das sie *post mortem* unbeirrt weiter anhimmelt. Das ist das, was die Bewohner von Ballester beim Lesen unseres Blattes zu spüren bekommen sollen: dass es hier um eine Liebe geht, die sich über alles andere aufschwingt und sämtliche Grenzen transzendiert.«

»Ach sooo …«, sagte Don Nasif. Er war ins Grübeln gekommen. Während er sich am Kinn kratzte, erschienen ihm die Verhältnisse in einem veränderten Licht. »Wenn wir es so sehen …, nicht nur politisch, sondern auch privat, dann … ja, dann könnte ich etwas zum Gedenken an Laureana beitragen, denn obwohl sie strenggenommen nicht mehr unter uns weilt, ist sie für mich präsent wie am ersten Tag. Laureana ist meine Evita, könnte man sagen. Ich habe unzählige Fotos von ihr ... Ich finde bestimmt etwas Passendes, Zeitloses, Laureana mit Julio, Laureana mit Amira und Hassem, Laureana mit Berta, Laureana mit mir und unserem geliebten Ballester als Hintergrundkulisse ... Wenn es darum geht, dass wir anlassbezogen auf das Diktat der Uhren pfeifen, könnte ich bis zu Laureanas Jugend und den Anfängen unseres Viertels zurückgehen ... Saberio, Junge, würdest du mir bitte bei der Auswahl der Bilder helfen?«

»Sicher, Don Nasif, sicher.«

»Ich will mich nicht querstellen, aber sollte es keine weiteren Meldungen geben«, intervenierte Don Julio etwas unruhig, »würde ich ganz gern angesichts der fortgeschrittenen ... Wie soll ich sagen?«

»Entschuldigung, Don Julio, bevor der Club der Autodidakten sich für heute auflöst, wollte ich von Saberio wissen, was mit ihm ist.«

»Was soll mit mir sein?«

»Auch du könntest dir etwas zur Problematik Passendes überlegen.«

»Ich? Wieso immer ich?« Saturnino schnaubte.

»Warum wohl, mein Junge? Weil auch du natürlich was zu sagen hast«, antwortete Don Nasif und legte ihm die väterliche Hand auf die Schulter.

22

Die Farbe des Chevy weckte Erinnerungen an die Heimat. Dem Marsianer, der den Roten Planeten zurücklassen musste, um in streng geheimer Mission das bunte Treiben auf der Erde zu erkunden, blieb keine Zeit, in Wehmut zu schwelgen, denn die Motorhaube wurde ruckizucki aufgeklappt und darunter war es bräunlich schwarz. Der Marsianer beugte sich über den Kühler. Auf sein Drängeln hin hatte Saberio Saturnino ihn Sekunden zuvor auf den Arm genommen; jetzt bot sich ihm ein sehr trauriges Schauspiel.

»Wir müssen den Kühler kalt löten, Tolucci«, erklärte Saturnino dem Kunden, der eine beliebte Eckkneipe in Ballester betrieb. »Sehen Sie hier? Er muss abgedichtet werden.«

Das kleine grüne Männchen beobachtete angewidert, wie aus einem dunklen Behälter grünliches Wasser leckte.

»Wieso ist diese Flüssigkeit grün, Onkel Saberio?«

»Wegen des beigemischten Frostschutzmittels, Quique.«

Mit seiner Intervention hatte der Marsianer Zeit gewinnen wollen, doch leider war die erhaltene Antwort knapp ausgefallen. Die Antwort verpuffte ohne den geringsten Knall. Die Antwort war auf der Stelle erloschen wie eine defekte Feuerwerksrakete, die, anstatt in die Höhe zu schießen, beim Start krepierte. Mit seiner blitzgescheiten Frage, für deren Klärung man gut bei der Entstehung des Universums hätte ansetzen können, hatte der abservierte Marsianer vermeiden wollen, dass der Motorexperte nach seinem Verdikt umgehend die Haube zuschlug, dem Kunden die Hand schüttelte, zum nächsten überging und damit dem grässlichen Schauspiel, von dem der Außerirdische die Augen nicht lassen konnte, ein abruptes Ende setzte. Das Widerwärtige übt eine hypnotische Faszination aus. Der Marsianer beschloss, ohne Umschweife mit der Wahrheit herauszurücken. Mit ernstem Gesicht sagte er: »Es kleben dort eine Menge Insekten.«

»Am Kühler, ja.«

Der Marsianer kräuselte die Nase. Sein Lieblingsonkel war ein abgebrühter Typ.

»Nur heute oder immer?« Stirn sorgenvoll zerfurcht.

»Letzteres. Kannst darauf wetten. Der Kühlergrill ist nie so feinmaschig, dass er sie alle abfangen könnte.«

»Der Kühlergrill?«

»Der Kühlergrill.«

»Wo genau befindet sich der Kühlergrill, Onkel Saberio?«

Der Marsianer landete unversehrt auf der Erde.

»Hier unten. Der Kühlergrill ist ein wichtiger Teil der Karosserie. Siehst du?«

»Leider ja.«

Alles, was einst hatte fliegen können, war tot. Verkokelt. Die Tierchen hatten sich eines Morgens frohen Mutes in die Luft erhoben und klebten bereits am Nachmittag am Kühlergrill oder waren zusammen mit dem Fahrtwind hindurchgeflutscht, um am Kühler zu verenden. Es half fatalerweise kein Drumherumreden, kein Thermoschalter, kein eingebauter Ventilator.

Absolute Funkstille. Der Marsianer schwieg andächtig. Er kämpfte mit inneren Regungen. Er war vertieft in die Betrachtung eines *Memento mori*. Weit davon entfernt, den Fund so bezeichnen zu können, war er der zweite dieser Art, den er auf dem Planeten Erde binnen kurzem zu Gesicht bekommen hatte. Der extraterrestrische Besucher trauerte vor einem verschmutzten Gitter mit vulkanisierter Wespe, ausgetrocknetem Schmetterling, pulverisiertem Nachtfalter und eingeäscherter Fliege. Ihm wurde klar, dass er sich überwinden musste. Er musste abwägen. In Lichtgeschwindigkeit tat er das. Seine wissenschaftliche Neugier war um einen Hauch größer als seine Pietät. Mit der Fingerspitze berührte er ein nicht näher identifizierbares Insektenüberbleibsel und zog die Hand sofort zurück. Er hatte sich verbrannt und das Überbleibsel sich aufgelöst –

mit Ausnahme einiger mikroskopischer Staubpartikelchen, die auf seiner geröteten Fingerkuppe haftenblieben und der unumstößliche Beweis dafür waren, dass der Marsianer, der in die Lüfte aufstieg, nachdem Saberio ihn wieder hochgehoben hatte, nicht irrte. Der Irre war dieser Kunde, der den Eindruck erwecken wollte, er könnte kein Wässerchen trüben, obwohl er in Wirklichkeit die halbe Insektenwelt auf dem Gewissen hatte. Er sollte sich schämen. Er solle bitte den Motor anwerfen, forderte Saberio ihn auf, der sich erneut über das Innenleben beugte und mit ihm sein Anhängsel der Marsianer. Tief unten war alles mit allem verbunden, Gefäße durch Kabel mit Behältern, die Behälter durch Rohre mit Kästen, die Kästen durch Schläuche mit Kanistern, die Kanister durch Drähte mit den Gefäßen. Das ganze Ding vibrierte, bebte und zitterte wie schwarzes Espenlaub. Es summte, es surrte, und es pfiff. Es war existentiell, und es bildete ein auffälliges Pendant zu dem unerschütterlichen Tolucci, dem keine Fliege etwas zuleide tun konnte und der auf Saberios Geheiß einen letzten Versuch gestartet hatte, die Toten mit elektrischen Stromschlägen zu reanimieren.

»Ist gut«, sagte der Onkel nach einer Weile, woraufhin der Motor unvermittelt stillstand. Der Marsmensch horchte auf. Es war Ruhe über allen Gipfeln, verflogen war der Augenblick, in dem er einen angehenden Flügelschlag von Schmetterlingen, Wespen und Bienen, ein sich Regen von Zikaden, Libellen und Nachtfaltern zu vernehmen geglaubt hatte. Um ehrlich zu sein: Es hatte kein letztes Pochen, kein letztes Sichaufraffen gegeben. Nichts pulsierte, lebte mehr.

»Kein Thema. Wir kriegen's hin«, versprach Saberio dem Irren, und das kleine grüne Männchen, das die Arme nach wie vor um seinen Hals schlang, wusste: Das Gegenteil war der Fall.

Diese krude Erkenntnis lag Monate zurück. Inzwischen hatte der Marsianer sich fachkundig gemacht. Er hatte gelernt, dass es nicht nur Kühlergrills gab, sondern auch Kühlerfiguren: Sterne und aufspringende Jaguare, Adler und geflügelte Grazien … Damit war er schon beim heiklen Punkt seiner Erhebung angelangt: die Schönheit der Kühlerfiguren. Die Schönheit der coolen Figuren war das eigentliche Problem, denn sie funktionierten nicht als Vogelscheuche. Die meisten hielten nicht, was sie versprachen. Die meisten hielten nicht alles, was Flügel hatte, davon ab, näher zu kommen. Bleib mir vom Leib: Das hättet ihr wohl gern! Ursprünglich auf dem Kühlerdeckel, neuerdings auf der Motorhaube angeschraubt, brachten die meisten Statuetten die Insekten nicht davon ab, den fahrenden Autos in den Rachenraum zu fliegen. So was Ärgerliches, echt!

Mit der Haarpinzette, die seiner Mutter gehörte und immer wieder von dem Zeitgeist entwendet wurde, um später dorthin zurückgebracht zu werden, wo sie hätte bleiben sollen, ging Quique durch die Werkstatt Insekten erlösen (»Er durchkämmt sie«, hatte Celio einmal Álvaro zugeraunt). Solange Quique sich sein grillenhaftes Verhalten zugutehielt, hielt sich sein schlechtes Gewissen wegen der entwendeten Pinzette in Grenzen. Mit feiner Motorik kämpfte er die gegrillten Wespen, gegrillten Hornissen, gegrillten Zikaden, gegrillten Schmetterlinge aus dem Kühlergrill der abgestellten Wagen frei. Die Leichen wurden in einer weißen Plastiktüte zwischengelagert. Hatte er genügend beisammen, gab es ein Begräbnis.

Ließ Tante Berta sich mit den Resten des Mittagessens blicken, geleitete Quique sie in den Garten. Während die Ahnungslose ihre Hühner versorgte, steuerte Quique ein heiteres Liedchen pfeifend mit der Pinzette in der Hosentasche und der unauffälligen weißen Plastiktüte in der Hand auf die Vergissmeinnicht zu. Vor dem himmelblauen Beet kniete der Pfeifende nieder, um dort eine Minigrube auszuheben. Sobald das fröhliche Pfeifen seine ablenkende Wirkung zeitigte, sagte er, in der anhaltenden Hoffnung, trübselige Gedanken fernzuhalten, einen Kinderreim auf, an dessen Ende er normalerweise lauthals lachen musste.

Un bichito colorado
Ein winzigkleines rotes Insekt

mató a su mujer
tötete sein Weibchen

con un cuchillito de punta alfiler.
mit einem Messer, dessen Spitze einer Nadel glich.

Le sacó las tripas y se puso a vender:
Er entnahm ihre Eingeweide und bot sie zum Verkauf an:

»A veinte, a veinte las tripas de mi mujer …«
»Für zwanzig, für zwanzig die Eingeweide meiner Frau …«

Kille, kille, kille … Wenn man sich selber kitzelt, funktioniert es nicht. Quique blieb das Lachen im Halse stecken. Er musste an die gekillten Insekten denken. Bedächtig leerte er den Inhalt der Plastiktüte aus, legte einige Blüten der Vergissmeinnicht darüber, deckte die ausgebuddelte Grabstätte wieder zu und erspähte beim würdevollen Verlassen des Totenackers auf halbem Wege zu den Küken ein herrenloses Taschentuch, das er vom Boden aufhob. Oft hatte er Onkel Nasif ausrufen hören: Die Welt sei ein Taschentuch. Auf diesem war mit unterschiedlichen Garnen das Gesicht eines Trauerkloßes eingestickt, darunter die Legende: *Laurentius von Rom*, ein Name, der Quique gar nichts sagte. Er fühlte sich elend. In dieser todtraurigen Verfassung schaute er sich den mitgenommenen Greis auf dem Taschentuch an, und ihm kamen fast die Tränen. Dieser Laurentius mit seinen dicken Tränensäcken war sogar noch hässlicher als der gute alte Onkel Nasif. So hässlich wie die Nacht. Nächte konnten wirklich hässlich sein. So hässlich wie dieser geknickte Laurentius von Rom. Quique verzog das Gesicht zu einer faltigen Grimasse. Er hatte versucht zu lachen. Kille, kille, Killer … Mordshässlich dieser Laurentius, so dass Quique es bevorzugte, das Taschentuch an die Fundstelle zurückzubringen, damit wie bei der Haarpinzette sich niemand genötigt fühlte, den Verlust zu beklagen. Wer würde schon weinen wollen wegen eines dahergelaufenen Laurentius von

Kinkerlitzchen? Nichts als Minuzien und Quisquilien – Spielarten des Pillepalle, Kinderkram und leider Gottes nicht zum ersten Mal.

23

ballester lokalanzeiger
gesellschaft und soziales

meine eltern clara und elvio, meine schwester teresa und ich, domingo gianelli, bedanken uns von herzen für die zahlreichen gratulationen und aufmerksamkeiten zu meiner geburt.
wir sind sehr glücklich darüber, dass sich so viele liebe menschen mit uns über meine existenz freuen.

ballester begrüßt eine neue einwohnerin. die zugezogene, der wir ein gutes und schnelles einleben wünschen, heißt ofelia farías. sie hat das haus übernommen, das ihr verstorbener großonkel ihr vermacht hat. die meisten unter uns werden sich mit sicherheit an braulio espinosa erinnern, der ...

24

»Oh, doch, doch, ich bestehe darauf. Du hast bei mir was gut, Álvaro. Nachdem wir gemeinsam meinen Artikel durchgegangen sind, möchte ich mich dir gegenüber erkenntlich zeigen. Du darfst aber nicht glauben, dass ich mit der biblischen Dalila unter einer Decke stecke, denn das wäre furchtbar, wirklich furchtbar. Ich biete es dir an. Solltest du irgendwann Wert darauf legen: Dein Haarschnitt geht aufs Haus. Apropos Haus, ihr habt es angenehm hier, schlicht und aufgeräumt, anders als bei uns ... Genauso klein habt ihr es, doch durch die Leere wirkt das Ganze irgendwie weiträumig, na ja, ich sehe, du hast zu tun. Ich trinke aus, und dann bin ich weg. Übrigens, was ich dir noch mitteilen wollte ... Eine ..., wie soll ich sagen? Sagen wir mal ... eher heikle Sache, weshalb ich vorsichtshalber etwas leiser reden werde, wenn es dir recht ist, mein Schatz ... Hmm, ich weiß nicht, wie ich es am besten formulieren soll, vor allem jetzt, wo ich mich präzise ausdrücken muss, in deiner Gegenwart und in aller Kürze, und weil du als Redakteur jedes Wort auf die Goldwaage legst. Das ist gut, denn das ist dein Job. Ich fasse mir ein Herz. Es gibt da noch einen Beitrag, einen besonderen, Álvaro, sehr schönen, wirklich sehr schönen von *Mamma*, wie ich finde. Hier, bitte sehr. Ach, herrjemine! Verzeih die Schweinerei! Ich wollte nicht kleckern, *mio carino*, aber diese Sache mit *Mamma* macht mich kirre. Gib her, ich übernehme das, du schaust dir währenddessen ihr Manuskript an. Kannst du die Hieroglyphen überhaupt entziffern? *Mamma* hat eine sehr edle, sehr aparte Handschrift und eine große Bitte, die vielmehr eine Aufforderung ist, würde ich sagen. Ich kenne sie ja, Álvaro, sie ist kompromisslos, wirklich, kom-pro-miss-los. Sie lässt ausrichten, sie will unter gar keinen Umständen namentlich erwähnt werden, für unsereins schwer nachvollziehbar, aber *Mamma* hat ihren eigenen Kopf, als Friseurin und als Frau. Wenn sie nein sagt, ist es nein, und nein heißt bei *Mamma* nein, sie will nicht, ums Verrecken nicht. Ich würde es anders machen, aber was soll ich tun? Als ihr Sohn finde ich es lobenswert, dass sie gibt, ohne etwas zu erwarten. Beifall. Klapse im Vorbeigehen. Anerkennung seitens der Nachbarn, meine ich. Lorbeeren. Streicheleinheiten fürs Ego. Ehrenbezeigungen der Leserschaft. Fanbriefe. Würdigungen für Laura Rachello, die Autorin des Artikels. Zuerst aber habe ich gedacht, *Mamma* wird nicht darauf verzichten wollen. Falsch gedacht, mein Schatz. Denn es geht hier schließlich um etwas anderes. Ich hoffe, du kannst mir folgen. Ich war dabei. Ich habe sie zu Papier und Stift greifen sehen. Das ist *Mammas* unmögliche Handschrift. Keine Frage. Sie aber leugnet es. Sie sagt, diesen Beitrag hat sie nicht geschrieben. Sie hat ihn schon geschrieben, strenggenommen, aber den Text hat man ihr – wie soll ich sagen? Sie sagt, man hat ihn ihr diktiert. So. Jetzt ist es raus! Zumindest die eine Hälfte der Wahrheit. Mehr gibt es nicht zu sagen, *caro*, vorerst. Du musst zunächst das begreifen, erst danach kann ich versuchen, dir den Rest zu verklickern. Denn es fehlt ja die andere Hälfte. Nur, weil alles so kompliziert ist, würde ich gern wissen, ob du bis hier mitgekommen bist. Ob du das Phänomen nachvollziehen kannst. Nein, man kann es nicht verstehen, Álvaro. Man kann es beim besten Willen nicht verstehen. Ich verstehe es nicht. Auch du musst es nicht verstehen, bei aller Klugheit, mit der Gott dich gesegnet hat. Du musst den Beitrag bloß abdrucken, sonst macht *Mamma* mir die Hölle heiß. Du hast selber gesagt – und ich, Klatschbase, habe ihr das dummerweise weitererzählt –, du möchtest, dass sich möglichst viele in Ballester einbringen, also könntest du jetzt unmöglich einen Rückzieher machen. Zu allem Überfluss steht es in sämtlichen Editorials: *SOS. Wir brauchen euch.* Nun gut, ich gratuliere, es hat geklappt. Hiermit ist *Mamma* Mitglied im Automobilclub. Das ist die gute, schlechte Nachricht. Du musst Wort halten. Am besten: Augen zu und durch. Nicht mal ich weiß, was ich von der Sache halten soll. Dieses kurze Gespräch bleibt bitte unter uns. Wir nennen es unser professionelles Geheimnis. Wie wäre das? Ich hoffe, man kann uns außerhalb dieser vier Wände nicht hören. Eure Wände scheinen ziemlich dünn zu sein, kahl, aber sehr hübsch, wie gesagt. Schau her! Siehst du das? Mit dem Zeigefinger der rechten Hand schlage ich mir ein Kreuz auf die Lippen. Du musst mir glauben, Álvaro: Mir ist diese Angelegenheit ernst. Heilig ist sie mir. Ich habe *Mamma* diese unleserlichen Zeilen nicht diktiert. Eine Kundin kann es unmöglich gewesen sein, denn – ein zweites Kreuz auf die Lippen – ich war dabei, Álvaro, als *Mamma* den Text aufgeschrieben hat. Ich schwöre es bei *Mamma*. Wir waren allein, nur sie und ich, wir saßen uns nach Feierabend im Wohnzimmer gegenüber, und sonst war da keiner. Ich habe, wie versprochen, Ideen für meinen Beitrag festgehalten, und nie im Leben hätte ich gedacht, sie würde mir nacheifern, mich widerspiegeln, sozusagen. Als ich fertig war, blicke ich auf und sehe sie mir das Blatt, das du in Händen hältst, über den Tisch reichen, ich habe ihren Text überflogen und konnte es gar nicht fassen, ich schwöre wieder bei *Mamma*, denn jetzt kommt die andere Hälfte der Wahrheit. Der Text ist nicht so schön, wie ich am Anfang behauptet habe, mein Schatz, der Text ist gar nicht schön, um ehrlich zu sein;

er ist eine einzige Katastrophe, total konfus. Derjenige, der sich das zu Gemüte führt, wird sich denken, nun sei es so weit, *Mamma* sei plemplem geworden, sie werde nicht langsam senil, sie sei senil geworden. Du hast hier natürlich das letzte Wort, aber wenn du meine Meinung dazu hören möchtest, kann ich nicht lügen: Literarisch ist dieser Text unter aller Kanone, ach, verzeih, du magst keine militärischen Metaphern, es sei denn, die Kanonen zeigen in die richtige Richtung, streiche diese Ausdrucksweise durch, denk sie dir weg; die Nachbarn, die uns kennen, werden munkeln, es sei aus mit *Mamma*, *Mamma* könne inzwischen keinen vernünftigen Gedanken mehr fassen, sie gehöre in das BORDA, in das HOSPITAL MUNICIPAL JOSÉ TIBURCIO, zu all denjenigen, die ein Rad ab haben – die einen Kopfschuss haben, hätte ich beinahe gesagt. Das müssen wir logischerweise verhindern, und deshalb ist mir, offen gestanden, recht, dass ihr Name darunter gar nicht erscheint, ich glaube, das ist *Mammas* eigentlicher Beweggrund, denn so irrsinnig ist sie nicht, sie macht auf altruistisch, nach dem Motto: Das, was mir gehört, gehört allen, mein geistiges Eigentum ist dein geistiges Eigentum, ich will mit dir teilen, ich will geben ohne Rücksicht auf Verluste, doch im Grunde will sie sich damit schützen, vor der Blamage und dem Gesichtsverlust. Sie muss wissen oder ahnen oder befürchten, dass ihr Beitrag völlig chaotisch ist, verworren und unübersichtlich, jawohl, aber sag es ihr, ja, sag es ihr! Sie würde ihn bis zum Schluss wie eine Löwin ihre Jungen verteidigen. Wir würden uns alle miteinander in die Haare kriegen! Wenn du einen Rat möchtest, höre auf mich und spar dir jegliche Korrekturvorschläge. Bei mir, hast du gesehen, waren sie willkommen, aber *Mamma* ist nicht wie ich. Du bist vorgewarnt, Álvaro, ich kenne das Ding inzwischen in- und auswendig, und auch so könnte ich dir beim besten Willen nicht sagen, was darin steckt, ich vermute mal: *Mamma* muss neben sich gestanden haben, als sie diesen Stuss niedergeschrieben hat, denn so geschwollen redet *Mamma* nicht. *Mamma* ist natürlich und nicht artifiziell. *Mamma* denkt nicht so verquast, und *Mamma* spricht keine einzige Fremdsprache, außer Spanisch, aber das ist quasi ihre Muttersprache … Gib her, es hilft nichts, ich lese dir den Schmarrn vor, du wirst diesen gespreizten *Nonsens* ohnehin nicht entziffern können …«

Die Kremation kommt nicht in Frage, ums Krepieren nicht. Der Tod holt uns nur ein, damit die unmittelbare Vergangenheit wieder lebendig wird. Wir schreiben, sagst du dir, Geschichte. Wir schreiben, als würde uns jemand die Sätze in die Feder diktieren, wir schreiben ein Datum, um es gleich wieder durchzustreichen, wir schreiben den 17. November 1974 und nähern uns dem unglaublichen, aber wahren Geschehen so, als wäre uns gegeben, der Schwerkraft zu trotzen. Aus der Vogelperspektive blicken wir auf ein Villenviertel von Buenos Aires namens Olivos. Aus der Vogelperspektive machen wir in Olivos die Residenz des kürzlich verstorbenen Staatspräsidenten Juan Domingo Perón aus. Aus der Vogelperspektive blicken wir auf das Dach einer Kapelle, die sich auf dem Grundstück befindet und der Landespatronin Nuestra Señora de Luján geweiht ist. Aus der Vogelperspektive blicken wir in die Krypta der Kapelle in Olivos. Aus der Vogelperspektive blicken wir in ein offenes Geheimnis, wir blicken in einen offenen Sarg und sehen darin die einbalsamierte Leiche eines weiblichen Mythos; dass der gläserne Deckel abgenommen wurde, verändert nichts an dem Haltbarkeitsdatum der konservierten Legende. Es ist Leichen- und Vogelschau. Die lebende Tote führt es uns vor Augen – spiegelverkehrt, als stünde ihr AVE im Gesicht geschrieben, das ist Spanisch und bedeutet VOGEL; AVE, notieren wir, die wir verleitet werden, uns mit fremden Federn zu schmücken, ist auch Latein und heißt GEGRÜSSET SEIST DU, EVA, schlafende Schöne, Talita kum!, AVE EVA, Phönix, der du zurückgekehrt bist, um die Armen des Landes zu beschützen und die Betuchten, la Crème de la Crème, wie das Feuer zu meiden, AVE EVA, die du frisch aus Madrid, deinem Falun, eingeflogen wurdest, um bei den Deinen in Argentinien Geschichte zu schreiben, die Geschichte eines zweiten, unverhofften Wiedersehens mit deinem geliebten Juan Domingo Perón, als hätte der Schauplatz sich verrückt, als stünde das Bergwerk von Falun in der Dritten Welt, AVE EVA, weil dein Glaube allein Berge versetzt, nach Argentinien, als würde sich gerade, indem wir verrückte Visionen zu Papier bringen, etwas verschieben, in der Luft, zwischen den Zeilen, als könnten wir, indem wir dich begrüßen und deinen Namen rückwärts schreiben, auch in die Zeit zurückgehen – AVE EVA, Zeitmaschine, AVE EVA, ein Palindrom –, jetzt, wo das Land nicht mehr weiß, wo ihm der Kopf steht, jetzt, wo auch Perón, sein Oberhaupt, aus dem spanischen Exil wieder nach Hause zurückgefunden hat, um gleich zu Beginn seiner dritten Regierung das Zeitliche zu segnen, treten wir – 10 ..., 9 ..., 8 ..., 7 ..., 6 ... – die Rückreise an, zum Anfang eurer Geschichte, untrennbar mit dem Erdbeben von San Juan verbunden, als passten die vielen Jahre zwischen deinem Dahinscheiden im Juli 1952 und seinem im Juli 1974 seit jeher in eine knappe Armlänge, AVE EVA, seit jeher in den halben Meter, der euch in der Krypta trennt; als gäbe es ein für alle Mal im unterirdischen Olivos wie damals 1809 im Bergwerk von Falun eine Sankta Lucia zu feiern, setzen wir dir einen Lichtkranz aufs Haar, AVE EVA, so hast du freie Hand, um deinen Weg in der Dunkelheit zu finden, vertraue blind, AVE EVA, dein Glaubensbruder wird auferstehen, vergiss die Schwester des Lazarus und nimm dir kein Beispiel an ihr: Weine nicht for him, AVE EVA, verflossene Radiomoderatorin und Filmschauspielerin, don't cry, jetzt, wo das Ende vom Lied naht, spulen wir zurück, wir werden diesen Sesam öffnen und dafür in die Zeit zurückgehen, fürchte dich nicht, AVE EVA, glaube nur! Denn es steht geschrieben: Wenn ihr nicht umkehrt und werdet wie die Kinder, so werdet ihr nicht ins Himmelreich kommen, wir kehren um, EVITA, wir sammeln dich ein, plus vier uneheliche Kinder der Juana Ibarguren, EVITA, komm her, herhören, ihr fünf, ihr habt bei eurem wohlhabenden Vater nichts zu suchen, EVITA fuchsteufelswild, aufstrebende Göre, die du dich auf den Bürgersteig traust und den ersten Stein wirfst, und er landet in dem vierten Feld eines Himmel-und-Hölle-Spiels, ein Auf und Ab von Kindesbeinen an, ein nach links und nach rechts hüpfender Stein, und ihm hinterher ein ganzes Land, bis wir uns besinnen und uns über uns selbst erheben. In der Vogelschau machen wir im Westen unseres Landes die Provinz San Juan aus, wo die Erde sechzig Sekunden lang zittert, wo 1944 jede Minute zählt, AVE EVA, weil die Provinzhauptstadt sogleich in Trümmern liegt, weil die riesigen Steine die Menschen verschütten, AVE EVA voller Trauer, AVE EVA im grünen Kleid, AVE EVA voller Hoffnung auf einer Benefizveranstaltung für die Opfer, AVE EVA im Hallenstadion Luna Park, die du dort auf den Mann der Stunde triffst; der Countdown läuft bereits, damit das eintritt, was geschrieben steht. Falun steht geschrieben, EVITA, sage und schreibe: ein Wunder, wir sagen und schreiben: Fall um, EVITA, fall um, und schon ist es um dich geschehen, du verlierst den Boden unter den Füßen und lässt dich schön auf diesen Stuhl nieder, neben den General, der mit beiden Beinen auf der Erde steht, du fürchtest dich nicht, EVITA, du glaubst nur, du glaubst nur an dich und tust das, was deine Mamá dir gesagt hat, sonst gibt es keinen Nachtisch, kein Dessert, sagt la Crème de la Crème, sagen die Steinreichen, die katholischen, zugeknöpften Wohltätigkeitsdamen in Argentinien, EVITA, du aber hast zu diesem Zeitpunkt, als du im Luna Park sitzt, nur Augen für ihn, du redest dir eindringlich und unentwegt zu: ›È vero, E-vita, è vero, E-vita . . .‹, du streckst einen Arm nach diesem starken Mann aus, dein Herz flattert – 3 –, dein Körper bebt – 2 –, als du Juan Perón das 1. Mal näher kommst, um ihm ins Ohr zu flüstern: »Danke, dass Sie leben!«

25

»Da ist ja unser Zahlenmystiker«, kündigte Don Julio heiter an.

»Pünktlich, um uns den ersten Matetee abzuluchsen«, schickte Saberio hinterher, »den allerbittersten, der den Arbeiter den ganzen Tag wach hält.«

»Morgenstund hat Gold im Mund. Wo bleibt der offizielle Einschenker?«, wunderte sich der Besuch und strahlte Frohsinn aus.

»Nasif kommt in wenigen Minuten rüber und übernimmt. Hier, bitte sehr.«

»Danke, Don Julio«, erwiderte der junge Mann und nahm die Kalebasse entgegen. »Was darf ich den Herren Gutes tun?«, fragte er rhetorisch und übergab den leer getrunkenen Becher. Wie ein Illusionist, der mit Karten, Würfeln, bunten Tüchern und ähnlichem Kleinkram jongliert, ließ er mit der frei gewordenen Hand einen Streifen Lottoscheine herunterpurzeln, um sie mit einer schwungvollen Bewegung zurückzuholen. Das Spiel wiederholte er einige Male, als hantierte er mit einem Jo-Jo.

»Was bringt uns die Lottofee?«, begrüßte ihn der anrückende Álvaro, der Quique gerade in der Schule abgesetzt hatte.

»Das Gleiche wie sonst auch, es sei denn, ihr wollt von eurem ausgeklügelten System abweichen und was Neues wagen. Handlungsspielraum gibt es bei mir immer.«

»Die Konzentration von Dickköpfen ist in AUTOPIA ziemlich hoch. Das weißt du, Houdini.«

Aus kabbalistischen Gründen wird der wahre Name des Hoffnungsträgers nicht ausgesprochen und nicht geschrieben. Er wurde durch einen auf ihn zugeschnittenen Spitznamen ersetzt, nachdem der hausierende Lottoscheinverkäufer eines Morgens in der Werkstatt aufgetaucht war und den Männern um Don Julio locker-flockig erzählt hatte, dass er sämtliche Korsetts, Zwangsjacken und Fesseln einer bürgerlichen Existenz abgeworfen habe und sich glücklich schätze, mit wechselnden Gelegenheitsjobs wie dem Handel mit Losen seinen Unterhalt zu bestreiten. Aber nicht nur das. Im Laufe seines Lebens seien ihm gewichtigere Kunststücke geglückt. Er sei dem Tod von der Schippe gesprungen, er sei am helllichten Tag aus dem Polizeipräsidium entkommen, und müsste er den ultimativen Beweis für seine Geistesgegenwart erbringen, könnte er sich auf der Stelle unsichtbar machen. »Wollen wir wetten?«, hatte er ausgerufen und dabei geschmeidig gelacht. So lange er denken könne, sei das Glück an seiner Seite gewesen, weshalb er es persönlich vorziehe, es beim Spiel nicht herauszufordern. Er freue sich aber, es anderen zu bringen. »Also, was nun?«

»Lass mal sehen, Zahlenguru. Was hast du da für uns?«

»Für Don Julio reserviert ist die Endziffer 15; Álvaro arbeitet sich methodisch durch die Tabelle der Korrespondenzen, vergangene Woche hatten wir die Jungfrau, die Nummer 60, jetzt ist folglich die 61 dran; Don Ricardo bekommt die 92. Soll ich euch wieder die 50 für Don Caetano und die 57 für Don Nasif hier lassen?«

»Kannst du.«

»Also, das schöne Mädel für Don Julio, die Knarre für Álvaro, den Arzt für Don Ricardo, das Brot für Don Caetano, den Buckeligen für Don Nasif ... Bei Valentino schaue ich selber vorbei ... Ach so! Ich überantworte euch auch die 52 – Mutter und Sohn – für Celio ...« Während Houdini nacheinander die Symbole aufrief, trennte er die Lottoscheine mit den entsprechenden Endziffern ab. »Und was nimmt der Träumer?«, wollte er schließlich wissen.

»Ich fürchte, ich muss aussetzen«, antwortete Saberio. »Ich kann mich an keine Bilder von heute Nacht erinnern.«

»Eins würde reichen. Das Eindringlichste.«

»Mir ist, als wäre mir ein Pferd erschienen.«

»Ein Pferd, na also! Ein Pferd, das wäre die 24.«

»Ist mir klar, aber das passt nicht. Ich mag keine Pferde. Deshalb denke ich eher, es kann kein Pferd gewesen sein.«

»Sondern?«

»Ein anderes großes Tier, Houdini, doch ich könnte dir beim besten Willen nicht sagen, welches«, entgegnete Saberio, als ein Jaguar in der Werkstatt aufkreuzte.

»Guten Morgen, die Herrschaften«, grüßte der Fahrer des XJ6 beim Aussteigen. Seine Stimme war so resolut wie die Parfumwolke aufdringlich, die seinem Kragen entströmte. Seine steife Frisur war mit Brillantine modelliert. Der Überraschungsgast trug schwarzgeflochtene gewienerte Lederschuhe, einen dunklen Anzug, ein edles Hemd, Manschettenknöpfe aus funkelndem Perlmutt und als i-Tüpfelchen ein Einstecktuch in der Farbe und dem Muster seiner Seidenkrawatte. Jeder Normalsterbliche würde denken, er käme vom Mars.

Der Alien stellte sich breitbeinig vor seinen Wagen. »Ich hoffe, ich störe nicht«, sagte er, bevor er mit seiner beringten Klunkerhand die Kühlerfigur umfasste, die vollständig darin verschwand.

»Sie stören nicht«, wiederholte Don Julio freundlich. »Wie können wir Ihnen behilflich sein?«

»Mir ist schriftlich mitgeteilt worden«, eröffnete der Besitzer des Jaguars und wedelte mit einem Stück Papier, das bis eben in seiner Hosentasche gesteckt hatte, »ich finde hier einen gewissen … Ich hab's gleich …«

»Sie wollen einen Beitrag abliefern und suchen bestimmt den Redakteur des *ballester lokalanzeigers*.«

»Nein, nein, keinen Redakteur … Keinen Beitrag … Eine Sekunde noch … Nichts liegt mir ferner, als jemanden auf die Folter zu spannen«, kündigte er an, bevor er seinen ersten, abgebrochenen Satz wiederaufnahm. »Einen gewissen … Saberio. Wenn ich mich nicht täusche, müssen Sie Don Julio sein. Ich habe einen Mechaniker meines Vertrauens in der Innenstadt, aber meine Frau ist Stammkundin bei Ihnen. Ich darf mich vorstellen: Mein Name ist Patricio Viamonte Rey, Don Julio, ich bin der Ehemann von Lara, Lara Viamonte Rey.«

»Saberio, Junge«, unterbrach Nasif Abdala. Er war hereingestürmt und drängte sich an dem blitzblanken Jaguar vorbei. »Wo hast du denn deinen Kopf gelassen, Junge? Du hast deine Schlüssel zu Hause vergessen.« Er streckte Saberio einen Bund mit der Aufschrift NAYLA entgegen. »Ist jemand gestorben?«, fragte Don Nasif, als keiner den Mund aufbekam. »Und ist Houdini schon weg?!«

In dem Moment fiel den Autopisten auf, dass der Lebenskünstler sich inzwischen verdünnisiert hatte. Sein Geld hatte er mitgenommen, die Lottoscheine da gelassen.

»Wir haben etwas zu klären, Ihr Saberio und ich, Don Julio. Unter vier Augen, würde ich sagen.« Mit überzogenen Gesten, die in keinem Verhältnis zu der Größe des Papierbogens standen, faltete Patricio Viamonte Rey das Schriftstück wieder zusammen. »Ich würde vorschlagen, wir machen die Einfahrt frei und drehen eine Runde.« Er hatte sich zu Saberio gewandt.

»Ich schlage vor, Sie fahren Ihren Jaguar allein weg. Das ist mein Arbeitsplatz, und ich habe zu tun.«

»Genau darum geht es. Dein Arbeitsplatz soll dir erhalten bleiben, Saberio. Weißt du: Mein Eigentum, dieser Motor hier mit 169 Pferdestärken, hat stets reibungslos funktioniert, aber neuerdings verursacht er mir Probleme. Beim Fahren und nur beim Fahren verursacht er mir diese verdammten Probleme. Man würde nicht darauf kommen, wenn ich es nicht besser wüsste. Ich denke, du und ich, wir sollten sie uns gemeinsam anschauen, diese Probleme, um sie schleunigst aus dem Weg zu räumen.«

»Don Julio, es dauert nicht lange.«

»Kümmere dich darum. Wir wissen Bescheid.«

»Ja, wir wissen Bescheid«, sekundierte Álvaro herausfordernd. Sein Blick hatte sich verfinstert.

»Nimm die Schlüssel mit, mein Sohn. Ich muss zur Bank und im Anschluss ein paar Besorgungen erledigen, uns fehlen Suppenfleisch und Knabberzeug für den Wermut nach Feierabend. In letzter Zeit kann ich mich sputen, wie ich will, ich werde immer langsamer. Gut möglich, dass ich mittags von meiner Spritztour noch nicht zurück bin.«

»Habe ich eingesteckt, Don Nasif. Passt schon, danke und bis später.«

26

»Du glaubst, du bist ein toller Hengst, was? Du träumst von einer Ménage-à-trois, kannst aber nicht bis drei zählen. Rück raus, du Spinner.«

»Dass sie abgehauen ist, kann ich nicht bestätigen.«

»Du hast mich nicht verstanden, Saberio: Wo steckt sie?«

»Woher soll ich das wissen?«

»Weil niemand anders als du ihr Flausen in den Kopf gesetzt hat, Freundchen.«

»Keine Ahnung, wovon Sie reden. Und Sie überschreiten gerade die Geschwindigkeitsgrenze.«

»Was du nicht sagst, Schlauberger! Für den Herrn Fahrlehrer meiner Frau sind Schusters Rappen gut genug!« Patricio Viamonte Rey lachte verächtlich. »Makulatur!«, rief er provozierend. Er legte Saberio dessen Brief vor und erhöhte das Tempo. Er zeigte auf das Armaturenbrett seines Jaguars. Auf der Seite des Beifahrers befand sich ein zerbrochener Kompass. »Siehst du? Das hast du davon. Sie hat dich verpfiffen. Sie hat gesungen – und wie sie gesungen hat –, doch anstatt sich ein Beispiel an mir zu nehmen und, wie es abgesprochen war, zur Tagesordnung überzugehen, hat sie am nächsten Morgen den Moment abgepasst, in dem ich zur Arbeit musste und unser Dienstmädchen mit ihrem heißgeliebten Köter spazieren war, um abzuzischen. Sie hat ihren Ausweis und einen kleinen Koffer mitgenommen, sonst nichts. Das *Pony-Car* in Weiß, das sich Madame Miststück zum letzten Hochzeitstag ausdrücklich gewünscht hatte und dessen Instandsetzung mich bis *dato* ein Vermögen gekostet hat (inzwischen weit mehr als das Scheißpony-Gefährt), steht bei uns in der Garage. Sie kann also nicht weit weg sein. Die Grande Dame fährt nie Zug. Der Zug ruckelt ihr zu sehr, und sie kriegt davon

Migräne. Sie nimmt auch keinen Bus, weil sie Platzangst hat. Sie steigt in kein Taxi, denn sie mag keine Wildfremden, die ihr Gespräche aufbürden. Ihre Freundinnen würde sie mit einem lächerlichen Fauxpas wie diesem nie behelligen; meine Schwiegereltern, die ihr vor langer Zeit gute Manieren beigebracht haben, hasst sie wie die Pest.«

»Ich habe sie nach dem Unfall nicht wiedergesehen.«

»Ach nein?«

»Nein.«

»Hör mir gut zu, Bürschchen. Diese Angelegenheit ist für mich längst totgeritten. Ich möchte keinen Skandal, auf dass wir uns verstehen. Eine Marginalie nennt man das in meiner Branche. Petitesse würde sie dazu sagen. Fliegenschiss, begreifst du? Nicht der Rede wert. Nichts als ein Aussetzer. Ein Fehler im System, eine läppische Dysfunktion, die sich mit ein paar Griffen schnell beheben lässt. Du machst so was andauernd und verdienst damit dein Geld. Geld ist für mich kein Problem. Ich bin das Huhn, das goldene Eier legt. Das ist, glaube mir, eine Nebensächlichkeit. Schlichtweg grotesk. Ich betrachte es als eine Lappalie, als eine Bagatelle, aber fordere mich nicht länger heraus. Was ich dir zu erklären versuche, ist: Bis hier und nicht weiter, Sportsfreund. Rien ne va plus, denn du weißt, genauso wie ich und sie selbst ja auch wissen, dass du ihr gar nichts zu bieten hast außer Worthülsen und abgedroschenen Phrasen. Damit landet man keine Treffer. Du wirst den Stahlgeruch nicht los, Saberio, und ich will sie einfach nach Hause holen, ganz ohne Buhei, denn schau dich um: Aufruhr haben wir genug in diesem Land. Einen verkappten Jesus mit Knarre an jeder Ecke, lauter geklaute Wagen. Sieht sie sich nicht vor, wird sie überfahren. Unnötig viel Aufhebens, wenn du mich fragst. Sanitäter überall. Viel Lärm um nichts. Um die selbsternannten Che Guevaras, um Weltverbesserer, die Madame entführen und gefangen halten, um Lösegeld abzukassieren. Und deswegen würde ich vorschlagen, wir lassen den Krawall sein und regeln das unter uns, unter Gentlemen, wie es sich gehört. Du hattest dein Kavaliersdelikt. Überleg dir, was es dir wert ist, und sag mir Bescheid. Ich nehme an, du willst dein Leben genauso weiterführen wie bisher. Du willst dich nach wie vor um fremdes Eigentum kümmern, euch anvertraute Autos herrichten und dich mit deinen Kommunisten- und Sozialistenfreunden austauschen, den Fatinis und den Caetanos, die Ballester neuerdings vorschreiben möchten, nach welcher Pfeife man hier zu tanzen hat, und in ihrer freundlichen Art uns glauben lassen wollen, sie seien keine Rebellen und Randalierer. Auch ich bin Pazifist, Saberio. Ich kenne euch. Ich habe euch im Visier. Ich weiß, wie ihr denkt. Ich werde mit Leuten deines Schlages fertig. Wahrscheinlich noch nicht im Rahmen dieser Regierung, aber bald, bald kriegen wir euch alle, denn Typen wie du, die ihre Nase in die Angelegenheiten anderer reinstecken und originelle Ideen verbreiten – Rubrik: Meinungsfreiheit –, bringen wir mit der ganzen Härte des Gesetzes und – sollte das etwa nicht ausreichen – eiserner Hand dazu, zu singen, und nachdem sie gesungen haben, zum Schweigen. Dann. Dann herrscht in diesem Land endlich Frieden. Kapierst du, was ich dir sagen möchte, Saturnino? Ich verrate dir eins, Don Juan. Die Polizei hat in diesen Tagen ziemlich viel zu tun. Ich möchte nicht behaupten, dass sie überfordert ist, aber ich gebe dir für alle Fälle einen guten Rat: Bevor du an das nächste Auto, das dir nicht gehört, Hand anlegst, geh lieber in die Hocke, geh auf die Knie, Saturnino, und schau immer brav darunter. Vergewissere dich, dass du auf der sicheren Seite bist, und sobald du heute wieder zu Hause bist, tu mir einen Gefallen und grüß mal schön.«

27

Tagsüber ist die Wüste ein glühender Schmelztiegel, und wenn der Wind den Sand durch die Lüfte wirbelt, muss man die Augen zusammenkneifen. Nasif Abdala, in hellen Gewändern und weißem Turban, kann aus dieser Entfernung Peter O'Toole kaum erkennen. Peter O'Toole, eine Kreuzung aus Julio El Haddad und Saberio Saturnino, kämpft bravourös an der Seite der Beduinen für die Freiheit und mit ihnen als Karawanenführer sich vorwärts. Ein Skorpion mit den Gesichtszügen von Omar Sharif huscht über die Sandkörner und reckt seine Fangarme vor, die in bedrohlichen Scheren enden. Zensur ist bei uns verboten, warnt Álvaro Fatini, der ein viel zu weites Kostüm trägt und Anthony Quinn spielt. Die Hitze macht verdammt müde und verwirrt die Sinne. Die Dünenlandschaft erscheint dem unerfahrenen Nomaden ewig, er wird ein Gefangener seiner Eindrücke und glaubt, sich im Kreis zu drehen. Das Kamel, das Nasif Abdala reitet, läuft zyklisch wie die Zeit, ein zweiter Skorpion bewegt sich seitwärts und ein dritter rückwärts. Man darf den Kopf nicht in den Sand stecken, denkt sich der Durchreisende, der Schlaf in den Augen hat und deshalb Formen und Farben schwer auseinanderhalten kann. Er wirft einen Blick auf sein Handgelenk, führt irritiert das Gehäuse ans Ohr und stellt fest, seine Uhr ist aus Sand. Die Sonne steht im Zenit. Der gute alte Nasif war unter der brennenden Stehlampe in seiner Bibliothek eingenickt und könnte nicht sagen, wie lange er weg gewesen war. Auf seinem Schoß ruhte das leinengebundene Buch, das sein Freund Julio El Haddad ihm zu Weihnachten geschenkt hatte. Er klappte *Die sieben Säulen der Weisheit* zu und klopfte sich ein paarmal auf die Schenkel, bevor er auf die Beine kam und einige Schritte ging, um das Morgenland hinter sich zu lassen und sich im Hier und Jetzt zu verankern – ein Wunsch, den die Tatsache relativierte, dass das Zimmer, einst von Laureana behaglich eingerichtet, Erbstücke aus dem Nachlass beider Familien beherbergte, staubige Bücherregale und in die Jahre gekommene Vitrinen mit Kristall- und Porzellangeschirr.

Saberio Saturnino goss sich Tee ein, fragte: »Sie auch?«

Nasif, dem das üppige Abendessen noch im Magen lag, hatte sich dem Couchtisch genähert, um den herum zwei in Mitleidenschaft gezogene Sessel und ein ramponiertes Sofa standen. Während Saberio ihm eine Tasse einschenkte, nahm er in der Mitte des Sofas Platz, wie seine Frau es meistens getan hatte, bevor es NAYLA gab. »Ich würde gern wissen, was dich beschäftigt, mein Sohn«, sagte Nasif und fuhr mit der Hand über ein raues Muster aus dunkelgrünen Garnen. Als die Hand an einer abgerundeten Holzkante Halt fand, beugte er sich über den Tisch, nahm die Tasse an die Lippen, setzte sie nach einem Schluck wieder ab, zeichnete mit dem Zeigefinger eine Acht in der Luft, bis die Entscheidung auf eine grüne Kugel fiel und er Saberio die Glasschale hinüberschieben konnte, in der sich eine bunte Auswahl an Alkoholpralinen befand – jede in Knisterpapier eingewickelt.

»Ach«, seufzte Saberio und machte eine wegwerfende Geste, als könnte er dadurch die Intimsphäre zerstreuen, die verstärkt durch das diffuse Licht einer zweiten Lampe hervorgerufen wurde, welches den Raum in ein beunruhigendes Clair-obscur tauchte. »Olle Kamellen, Don Nasif, Gespenster der Vergangenheit.«

»Sie scheinen dich ziemlich traurig zu stimmen.« Zwischen seinen langen, knochigen Fingern raschelte es. »Egal, was ist, lass dir den Appetit nicht verderben. Probier mal die Roten. Die sind am besten.«

»Kirschwasser?«

»Himbeergeist: um ein Vielfaches besser.«

»Und was ist mit den Braunen?«

»Rum: auch nicht schlecht. Gelb ist Amaretto, Blau Cognac, Sherry gibt's in den Quadratischen – ausschließlich altbewährte Herrensorten, die bereits Don Caetanos Vater auf Lager hatte. Ich kann ebenfalls die Grünen empfehlen: Whisky macht sich besonders gut zum Tee.«

»Ich koche gleich eine neue Kanne, diese ist fast leer. Ich befürchte, ich werde heute kein Auge zutun.«

»Morgen ist Samstag.«

»Ich habe, ehrlich gesagt, einiges an Schlaf nachzuholen.«

»Niemand hindert dich daran.«

»Das sagt sich so einfach ... Letzte Nacht habe ich von meiner Mutter geträumt.«

»Und?«

»Und gar nichts.«

»Außer ...?«

»Außer dass meine Mutter ...«, setzte Saberio an und spülte die entstandene Pause mit heißem Tee hinunter, um seine Überforderung zu kaschieren.

»Dass Cándida?«, wiederholte Nasif, um ihm auf die Sprünge zu helfen.

Dass Cándida ihm nie erscheine. Auf einmal aber sei sie da gewesen und furchtbar real rübergekommen. Wie ein Monolith. Stonehenge. Mitten in seinem Traum. Überwältigend luzide habe sie gewirkt, nicht wie zu Lebzeiten, wo sie ständig durch den Wind gewesen sei und er die Hand nach ihr habe ausstrecken müssen, als hätte es im Bereich des Möglichen gelegen, dass ein schmächtiger kleiner Bub sie zurückhole wie einen Papierdrachen. Damals habe er das Gras wachsen gehört – den Lufthauch im Innenhof und in den Baumkronen, das Rascheln sich ineinander verfangender Leinentücher, ein im Kopfkissen ersticktes Schluchzen, Anzeichen dafür, dass die Ängste des Tages sich im Schlafzimmer seiner Mutter aufbauschten wie über Nacht auf der Wäscheleine vergessene Bettlaken. Mit der Dämmerung hätten eine Handvoll ungelöster Probleme Cándida in eine bodenlose Traurigkeit gestürzt, in einen unermesslichen Raum des freien Falls, in dem es keinen Halt gegeben habe, weil die Konturen der Realität sich in derselben schwindelerregenden Geschwindigkeit aufgelöst hätten, in der sie seine Mutter hoffnungslos mitrissen. »Aber gestern«, schilderte Saberio Saturnino Nasif Abdala, »war es genau andersrum. Kaum zu glauben.« Ohne den leisesten Anflug nächtlicher Beklemmung hatte seine Mutter bei Tolucci, an einer der quirligsten Straßenkreuzungen von Ballester, auf ihn gewartet, um Saberio bei der Umarmung spüren zu lassen, dass die alte Unsicherheit von ihr abgefallen war. Die erwachsene und in sich ruhende Mutter, die er nie hatte, war schließlich zugegen – in ihrer wärmespendenden Körperlichkeit, einer Leiblichkeit, die derart überwältigend war, dass Cándida ihre Umgebung in den Schatten stellte: den Laternenpfahl, den Lichtkegel über ihrem Kopf, die gutbesuchte Kneipe mit der Hausnummer 48 in ihrem Rücken, vor allem aber ihr Kind, die Frucht ihrer blinden Hingabe zu dem *Bolero*sänger, Cándidas kleinen Tony, der, in eine vertauschte Rolle gezwängt, stets bemüht gewesen war, die Mutter zu halten. Komm, beeil dich, lass uns von hier abhauen, hatte Cándida Saberio zugeraunt, der inzwischen aus Dunst und Nebelschleiern bestand. Sie war entschlossen vorangeprescht, als ginge es letztlich darum, einer verkehrten Welt zu entfliehen, in der sie der lebende Beweis war, ihr Sohn sei ein toter Mann. Ein mühseliger Aufstieg stand ihnen bevor. Die Mutter hatte ihn bald zur Hälfte bezwungen, längst überholt waren Aethon, Alastor, Nykteus und Orphnaios, das schwarze Vierergespann des Hades – Namen, die Cándida skandierte und Saberio zuvor niemals vernommen hatte. Nicht mehr lange, und sie würden beide jenseits von Gut und Böse sein, bereit für einen Neuanfang, doch als Cándida auffiel, dass sie hinter sich kein gehetztes Traben, keinen wilden Galopp, auch keine Schritte vernahm, blieb sie stehen, um sich kurz vor dem Ziel und im Übrigen zum allerersten Mal in ihrem Leben nach ihrem zu Tode erschreckten Jungen umzusehen.

»Was soll die Scheiße, Don Nasif?«, fragte Saberio verärgert. »Von einem Tag auf den anderen hat sie sich aus meiner Welt gestohlen und mich als Pfand zurückgelassen. Jetzt, wo ich kein Kind mehr bin, soll sie mir gefälligst nicht auf den Pelz rücken!«

28

Der Kessel pfiff. Als Saberio Saturnino aus der Küche kam, brachte er frisch aufgebrühten Tee und einen vergilbten Umschlag mit. Als wäre eine Tasse Long Jing ein willkommener Vorwand, fragte er: »Mögen Sie?«, und ohne auf Antwort zu warten, schob er Don Nasif zwei Papierbögen über den Tisch.

»Ich bin mir nicht …«

»Bitte.«

Cándidas Abschiedsbrief war knapp gehalten und in ihrer melancholischen Sprachlosigkeit herzergreifend. Dem Schreiben an ihren Sohn hatte sie ein weiteres, an Tony Tormenta adressiertes beigelegt.

Nasif Abdala steckte sich eine Herrenpraline in den Mund und las:

ES GIBT KEIN ZURÜCK, ICH VERLASSE DICH UND LIEBE DICH NICHT MEHR.
AUSGESCHLOSSEN, DIR MITZUTEILEN,
DASS ICH DICH JETZT LIEBE, WIE ICH DICH SONST IMMER GELIEBT HABE.
ICH BIN MIR SICHER,
DASS NICHTS UMSONST WAR.
ICH MUSS GESTEHEN,
DASS DU MIR INZWISCHEN NICHTS MEHR BEDEUTEST.
ICH KÖNNTE HIER UND HEUTE UNMÖGLICH SAGEN,
DASS ICH EINE GROSSE LIEBE FÜR DICH HEGE.
IMMER DEUTLICHER FÜHLE ICH,
DASS ICH DICH VERGESSEN HABE.
NUN WEISS ICH, ICH WERDE NIEMALS VERKÜNDEN KÖNNEN,
ICH LIEBE DICH.
ES TUT MIR LEID, ABER MEINE LETZTE WAHRHEIT MUSS ANS LICHT …

»Nichts hat sie von ihrem Suizid abhalten können. Nicht einmal die Erinnerung an meinen Vater, um den sich stets alles gedreht hat und den sie am Schluss zu lieben aufgehört hat«, beklagte Saberio resigniert und biss in eine Amarettokugel.

»Ich wäre mir nicht so sicher, mein Sohn.«

»Da steht's doch, schwarz auf weiß.« Gelb und bittersüß.

»Du möchtest Klarheit in ein Kapitel deines Lebens bringen, wo wahrscheinlich nie welche sein wird. Unser Dasein, sagt Houdini zurecht, ist eine Gleichung mit mehreren Unbekannten. Früher oder später müssen wir das akzeptieren. Übrigens sind solche Schriftstücke keine Seltenheit.«

»Abschiedsbriefe?« Blaues Knistern.

»Verschleierte Liebesbekenntnisse, verkappte Treueschwüre, verfasst mit dem letzten Mut der Verzweiflung. Ich weiß noch, dass ein ähnlich desperater Brief in Ballester zirkuliert ist ... Er war nicht so ausgefeilt wie dieser hier, aber von der gleichen Sorte.«

Blau noch mal.

»Julio und Don Ricardo werden sich erinnern. Der Kragenstäbchenverkäufer in der Unterführung hatte ihn wer weiß wo aufgetrieben, einige Dutzend Male abschreiben lassen und feilgeboten.«

Quadratisch, Sherry. »Ich kapiere es nicht.«

»Es ärgert mich, ihm keinen abgenommen zu haben, denn ich könnte dir jetzt eine Kopie vorlegen, er hat die Dinger für einen Apfel und ein Ei hergegeben.«

Rum. Klassisch.

»Der ganze Witz – das hat Dirty Harry damals als Erster gerafft – bestand in der doppelten Botschaft.«

»Welche doppelte Botschaft?!«

»Im Volksmund heißt es nicht nur: Liebe macht blind. Es heißt auch: Liebe tötet. Für die meisten Menschen ist Liebe schwieriger auszuhalten als ihr Gegenteil. Auch wenn du es dir nicht eingestehen magst, mein Sohn, weißt du es längst. Lies den Brief an deinen Vater so, wie die Bewegung in deinem Traum es dir nahelegt: von unten nach oben.«

»Wie bitte?« Cognac, unmittelbar danach Whisky.

»So wie man ein Schriftstück nie lesen würde: Zeile für Zeile von unten nach oben. Rückwärts, sozusagen.«

»Rückwärts?«

»Nicht immer die gleiche Leier, nicht immer das alte Lied. Sondern wie viele von uns eine Schallplatte nie abspielen würden, weil wir uns vor den bösen Geisterstimmen fürchten, will sagen: vor dem verändernden Richtungswechsel. Ich bin mir sicher, deine Mutter wäre froh, wenn du deinen eigenen Weg gehst und nicht ihre Fehler wiederholst, wenn du dich im Gegensatz zu ihr von nichts und niemandem unterkriegen lässt, wenn du dich emporarbeitest, dich aber und abermals aufschwingst, begreifst, dass alles im Leben zwei Seiten hat oder zumindest eine zweite Chance verdient, und mit diesem Wissen im Gepäck beim Versuch, über dich hinauszuwachsen, nicht frühzeitig aufgibst. Eine letzte Wahrheit – die gibt es tatsächlich, mein Sohn. Sie ist janusköpfig. Sobald du bereit bist, die Augen aufzumachen, siehst du ihr direkt ins Gesicht. Hier: nimm.« Anders als Saberio Saturnino konnte Nasif Abdala in seinem Alter gut auf Nervennahrung verzichten. Er hatte dem Jungen das Anstandsstück zugeworfen. »Nun mach schon.«

»Und Sie?«

»Spätabends bin ich ohnehin nicht so wild darauf.«

Himbeermund.

29

Als Julio El Haddad dabei war, das Rollo der Einfahrt hochzuziehen, tauchten auf der anderen Seite einer nach dem anderen Álvaro Fatini, Saberio Saturnino und Nasif Abdala auf.

»Schon entdeckt?«, fragte er die Männer, als das nervige Quietschen aufhörte. Mit einem Kopfnicken deutete er auf die gegenüberliegende Straßenseite.

Dort, einen halben Meter von der Bordsteinkante entfernt, im Halteverbot zwischen Werkstatt und Männerpension, stand ein weißer Toyota Celica GT TA22. Die Wagenfront war stark eingedrückt.

»Lara Kiri, alias Lara Viamonte Rey. Der Jaguar ihres Mannes braucht hier nicht anzurücken«, stellte Álvaro klar.

»Wir haben uns offensichtlich verpasst«, konstatierte Don Julio. »Sie scheint heute früh keine Zeit zum Warten mitgebracht zu haben.«

»Es ist doch erst acht«, bemerkte Don Nasif und massierte sich die Schläfen.

»Man wird sehen, was es damit auf sich hat«, beschwichtigte Saberio. Seine Hände schwitzten. Er fürchtete sich vor Verletzungen und war längst verletzt. Er wollte sich keine Hoffnungen machen und hoffte. Sein Herz war voller Traurigkeit und voller Lebenslust. Er wollte geliebt werden und liebte. Genauso wie die anderen in der Werkstatt nahm er die Arbeit auf, tat sein Bestes, tat zerstreut und summte irgendeine Melodie, etwas vollkommen Idiotisches, um die Gedanken auszuschalten, *la-lalá, la-lalí, la-ralá, la-ralí* … Nasif Abdala teilte Matetee aus und Berta Sanfratello selbstgemachten Apfelkuchen, Don Ricardo schaute auf dem Weg zu Doktor Gianelli in AUTOPIA vorbei, um sich warm zu laufen und über inexistente Schmerzen zu klagen, Quique saß nach der Schule völlig unbeeindruckt vor dem Pirelli-Kalender und brütete eifrig über seinen Hausaufgaben; auf dem Tisch hatte er drei Mondsteine deponiert, die ihm, als er Tante Berta in den intergalaktischen Garten begleitet hatte, zugefallen waren und nun, als Plastiktütenbeschwerer getarnt, ihr autopisches Dasein fristeten. »Wir können nicht klagen«, rief Don Julio zwischendurch aus. »Kunden wie Sand am Meer.« Wie Ebbe und Flut, dachte Saberio, aber von La-ralí-la-ralá leider keine Spur.

Auch am nächsten Morgen nicht. Keine Trillerpfeife war zu hören und kein Verkehrspolizist zur Stelle, obwohl das weiße *Pony-Car* im Parkverbot ausharrte. Doch etwas war anders als am Vortag. Jetzt war darin ein kleiner Hund eingeschlossen, mit dem die Autopisten Mitleid hatten, weil er sehr, wahrlich sehr unschön war. Seine absolute Hässlichkeit sprang ihnen sofort ins Auge, abgesehen davon, dass das homöopathische Hundsdestillat die gepolsterten Sitze als Trampolin benutzte, ja, dass es leichtfüßig herumwirbelte und man zu der falschen Annahme verleitet wurde, anstatt Pfoten habe es Sprungfedern. Ein Albtraum. Alle waren sich einig. Ein Poltergeist der schlimmsten Sorte. Zum Glück waren die Fensterscheiben des Toyota Celica das Beste vom Besten, optimal verarbeitet und in diesem Fall günstigerweise bis ganz nach oben hochgekurbelt, so dass sie das Gekläffe einigermaßen dämpften. Als kurz vor Feierabend Frauchen immer noch nicht aufgetaucht und das weiße Gehopse nach wie vor im vollen Gange war, lagen bei sämtlichen entfernt Beteiligten die Nerven blank.

»Habt ihr euch eine monströse Schneekugel aus Patagonien vor die Tür stellen lassen?«

Als Houdini überraschend aufkreuzte, war die Freude des Wiedersehens getrübt. »Das ist ja schrecklich«, sagte er.

»Geradezu entsetzlich«, vermeldete Álvaro und meinte die unvorteilhafte Hundephysiognomie.

»Wie lange ist er schon drin, in der Kiste?«

»Wir vermuten, seit heute früh.«

Houdini grübelte angestrengt. »Darf ich?«, sagte er zu Álvaro und schnappte sich seinen Bleistift. In faszinierender Sekundenschnelle füllte er ein ganzes Blatt Papier mit Zahlen. Er stellte hochkomplizierte Berechnungen an, zu Alter, Geschlecht, Gewicht, Körpervolumen, Fress- und Trinkverhalten, Lungenkapazität, Energieverbrauch, er schrieb Zahlen über Zahlen in Kästchen und stellte sie in Relation zu Länge, Breite, Höhe und Tiefe des Raumes, zu der Zeit, dem Sauerstoffgehalt der Luft und einem Dutzend Unbekannten und kam am Ende zu einem spektakulären Ergebnis.

»Ich sag's euch lieber gleich, denn ich möchte unter keinen Umständen, dass ihr euch falschen Hoffnungen hingebt. Es wird die nächsten zwölf Stunden, fünfundzwanzig Minuten und dreizehn Sekunden genauso weitergehen. Wenn wir ihn bis dahin nicht befreit haben, ist er selig.«

30

Astro Boys Stern war im Sinkflug. Die Tage des funkensprühenden Saberio gehörten der Vergangenheit an. Durch die symbiotische Nähe zu Nasif Abdala, der den Onkel nur noch seinen Sohn nannte, ließ dieser immer häufiger den Kopf hängen, weshalb Enrique Fatini, alias Quique, alias Nandu, einen Alternativhelden ins Visier nahm, eine glänzende Figur, die mit einem Wanderzirkus nach Ballester gekommen sein musste. Der bessere Stellvertreter hieß Houdini. Zahlen konnte er nicht bloß gut leiden: Er konnte mit ihnen jonglieren. Er führte sie mit sich herum, auf Papierbögen und vorgefertigten Kärtchen. Wer sich das zutraute, durfte ihn herausfordern und ihm welche zurufen, was Quique freudig tat, wenn Houdini – was idiotischerweise äußerst selten geschah –, sich nicht frühmorgens, sondern nachmittags in die Werkstatt verirrte.

Die Zahlen brauchte sich Onkel Houdini nicht aufzuschreiben, denn er sah Abstraktes wie greifbare Materie vor sich. Aus dem Grund war er für knifflige schulische Rechenaufgaben geradezu prädestiniert. Quique hatte an ihm einen Narren gefressen, spätestens als er durch sein Eingreifen eine besondere Nummer hatte kennenlernen dürfen, eine Weltklassenummer nämlich, bei der es Houdini gelungen war, einen weißen Hund von der Anmut und Größe eines kleinen Spielballs zu desintegrieren. Die magische Zahl, die dabei zum Einsatz kam, war die 8.

Am Vortag von einer Handvoll interessierter Zuschauer begleitet – Saberio und Quique vorneweg – war Houdini über die Straße gegangen und hatte sich dem Wagen genähert, in dem der Hund gefangen gehalten wurde. Zunächst musste Houdini demonstrieren, dass das abgestellte Fahrzeug nicht präpariert war, und das werte Publikum musste sich davon überzeugen lassen. Houdini checkte die erste Tür, spazierte gemächlich um die Kiste herum und führte vor, dass es sich mit den restlichen drei ebenso verhielt. Vier Türen, ordnungsgemäß verriegelt. Ähnliches tat Houdini mit den Fenstern. Er kontrollierte jedes einzelne und unternahm den Versuch, an der oberen Kante ein Blatt Papier hindurchzuschieben. Keine Chance. Kein Zweifel also, dass es hier mit rechten Dingen zuging. Um ein letztes mikroskopisches Quantum Skepsis auszumerzen, inspizierte Quique alles noch einmal von vorne: Vier Türen plus vier Sicherheitsscheiben wurden lückenlos überprüft. Kein Trick. Kein Pfusch. Der weiße Hund war hermetisch abgeriegelt.

Quique liebte Zirkusdarbietungen und fieberte dem Höhepunkt entgegen. Houdini wartete mit etwas Tollem auf. Er fixierte durch die Scheibe den verschreckt umherspringenden kleinen Hund. Sechs Minuten verstrichen. Houdinis Blick war extrem durchdringend. Es war ein glasklarer Blick, der durch Wände ging und durch Fensterscheiben. In der Minute Nummer 7 befahl er, ohne seinen Blick von dem verstrahlten Hund abzuwenden und ohne die Stimme überzustrapazieren: »Ruhe im Karton«, und exakt sechzig Sekunden später war Ruhe. Sämtliche Anwesenden konnten mit eigenen Augen sehen, wie der Hund sich wie ein abgelegter weißer Pelzkragen auf dem weichen ledernen Fahrersitz zusammenrollte. »So, Friedenstaube«, rief ein zufriedener Houdini zum Schluss aus, und die Umstehenden applaudierten.

Heute, als Quique nach der Schule die Werkstatt ansteuerte, stellte er vor Ort fest: Das Auto stand nach wie vor da, die darin eingeschlossene Schneeflocke war aber vollständig aufgetaut. Auf dem Fahrersitz, wo sie sich gestern lautlos niedergelassen hatte, befand sich eine kleine Wasserpfütze als handfester Beweis für das außerordentliche Können des Bühnenmagiers. Wie gern hätte Quique seinem Onkel, dem großen Houdini, ein zweites Mal persönlich gratulieren wollen, doch Mister Bescheidenheit hatte sich – wie er es gewöhnlich tat – längst verpisst.

31

»Mir stinkt's. Wir werden von der Regierung und ihren rechten Handlangern angepinkelt, und die Zeitungen wollen uns glauben lassen, es regnet«, ärgerte sich Valentino.

»Wenn es bloß das wäre! Die Missstände durchziehen die Gesellschaft von oben nach unten. Als wir unser Blatt übernommen haben, hätte niemand von uns geahnt, dass es in Ballester tatsächlich Anzeiger gibt …« Don Ricardo fuhr sich mit einem Taschentuch über die Stirn.

»Autochthone Denunzianten …«, bestätigte Álvaro traurig.

»Lokale Informanten im wahrsten Sinne des Wortes«, bemäkelte Don Julio resigniert.

»Einen Zirkel rückständiger Opportunisten, die sich die Hände reiben, während sie darauf warten, dass wir in die Falle tappen, um uns anzuschwärzen«, sekundierte Don Caetano.

»Sogar auf kleinster Ebene wird Einschüchterung großgeschrieben«, bedauerte Álvaro.

»So schwer es mir fällt, das auszusprechen. Ich mutmaße mittlerweile, die Übergabe an uns war getürkt«, gab Don Nasif zu bedenken.

»Mistkerle«, rief Celio affektiert aus. »Mistkerle. Vor euch brauche ich mich nicht zu verstellen: Ich mache mir schon in die Hose.« Der Friseur sah gequält aus. Er umschlang das rechte Bein mit dem linken. Es überraschte alle, wie biegsam er war. »In erster Linie macht mir die Meinungsfreiheit Angst«, unterstrich Celio und meinte die Rubrik des *ballester lokalanzeigers*, die seit der Umstrukturierung die Leserbriefe versammelte. Er löste die Beinschlinge, um sich Álvaro zuzuwenden: »Dein Vorgänger hat einen militärischen Ton angeschlagen … *Mamma mia*! Der passt mir gar nicht. Wir sollten seine Befehle einfach ignorieren. Wir veröffentlichen den Brief nicht, *amore mio*. Schluss. Das hat der Mistkerl davon. Und sollte er uns fragen, behandeln wir ihn, als wäre er Luft. Wir würdigen ihn keines Blickes. Wir sehen über ihn hinweg. Wir töten ihn mit unserer Nichtbeachtung. Wie wäre das? Nichts sehen, nichts hören, nichts sagen – wie bei den Affen. Kennt ihr die Statuetten?«

»Das bringt nichts.«

»Aber wieso nicht?«

»Weil es nichts bringt, Celio.«

»Okay. Dann tischen wir diesem Hinterwäldler eine Lüge auf, so groß wie der Hollywood-Schriftzug auf den Hügeln von Los Angeles. Wir schauen ihm dabei tief in die Augen. Wir sagen ihm ins Gesicht, sein schlimmes, schlimmes Geschreibsel sei bei uns nie eingetroffen.«

»Er hat mir den Leserbrief persönlich überreicht, Celio. Er nimmt kein Blatt vor den Mund und nennt uns Agitatoren, die die Gesetze und die etablierte Ordnung auf den Kopf stellen wollen.«

»Mist!« Celio stampfte mit dem Fuß. »Mistkerl! Wir sollten ihn trotzdem nicht veröffentlichen. Ebenso wenig wie die anderen stockkonservativen Beschwerden, in denen sich Leute darüber beklagen, dass wir alles kleinschreiben, was wir in die Finger bekommen, Meckerecke inklusive. Meckerecke war gestern! Heute ist Meinungsfreiheit! Deshalb schlage ich vor, wir bringen nur die wohlwollenden, unterstützenden Briefe, die unseren Wechselkurs begrüßen. Das ist unser gutes Recht. Das Recht auf die Freiheit, mit Meinungen zu verfahren, wie es uns passt, indem wir sie zum Beispiel nicht veröffentlichen. So wie der Name es sagt: Meinungs-Freiheit.«

»Wir sollten weiterhin unserer Arbeit nachgehen und uns nicht den Wind aus den Segeln nehmen lassen.«

Just in dem Augenblick, in dem Don Caetano seinen Vorschlag unterbreitet hatte, stieg im Garten hinter AUTOPIA eine weiße Plastiktüte in den Himmel auf. Darin hatte Quique einmal mehr seine freigekämpften Insekten bis zur Bestattung sicher aufbewahrt. Nach getaner Pflicht wollte er mit Hilfe eines Stöckchens, eines willkommenen Fundstücks, seine verdächtig aussehenden Fingernägel säubern, wofür er die Plastiktüte losließ, ohne auf den kräftigen Luftzug zu achten, der sie hochwirbelte.

»Ich kann Celios Unsicherheit gut verstehen«, sagte Valentino. »Wir bekommen auf nachbarschaftlicher Ebene die Auswirkungen einer Politik zu spüren, die das Anprangern und Angstverbreiten toleriert, wenn nicht sogar salonfähig macht. Wir wissen inzwischen, dass Bücher und Filme verstärkt der Zensur zum Opfer fallen, dass Schauspieler, Musiker, Schriftsteller um ihr Leben bangen, weil sie auf der schwarzen Liste der AAA landen …«

»Ich wehre mich dagegen, dass mir das Lachen im Halse stecken bleibt, doch sie machen es einem wahrlich schwer …« Dirty Harry sackte in sich zusammen. So wie er da stand, überragte er kaum Don Nasif, der ihm mitfühlend auf die Schulter klopfte.

Nur einen Steinwurf entfernt steckte Quique sich das Stöckchen in die hintere Hosentasche. Die weiße Plastiktüte, die in den letzten Wochen zahlreiche Hornissen würdevoll auf ihrem beschwerlichen Weg ins Insektenparadies begleitet hatte, war unwiederbringlich verloren. *Si amas algo, déjalo libre. Si vuelve a ti, es tuyo. Si no lo hace, nunca lo fue.* Quique kannte den weisen Spruch auswendig, er prangte auf einem Magneten, der bei ihnen zu Hause am Kühlschrank haftete: *Wenn du etwas liebst, lass es los. Kommt es zu dir zurück, gehört es dir. Kommt es nicht, hat es dir nie gehört.* Die Plastiktüte war Quique ganz schön ans Herz gewachsen, doch er war nicht im Entferntesten so weit, sie freizugeben. Ihre Freiheit war ein Versehen. Jetzt sah er ihr dabei zu, wie sie aufflog, wie sie sich, wo er sie nicht mehr erwischen konnte, aufbauschte, wie sie vom Winde verweht den autopischen Garten, in dem Quique zurückblieb, verließ, wie sie grazil, ja, liebreizend an Höhe gewann und das Weite suchte, wie schmerzhaft formvollendet die Vorstellung, dass sie die Stratosphäre, die Mesosphäre, die Thermosphäre anpeilte und lang, wirklich lang, bevor sie die Exosphäre erreichte, schon so winzig geworden war, dass in Quique der ernsthafte Zweifel aufstieg, ob er sie überhaupt jemals in der Hand gehalten hatte.

In der Werkstatt ergriff Quiques Bruder das Wort. Álvaro Fatini sah desillusioniert aus. Um die Augen hatte er dunkle Schatten. »Ich fürchte, bei mir ist langsam die Luft raus. Als ich die Stelle des Redakteurs angenommen habe, war ich mir sicher, ich würde schreibend auf die Antworten stoßen, die uns fehlen, aber nix! Ich bringe mich um den Schlaf, sitze Abend für Abend vor dem weißen Blatt, und es kommt nichts dabei raus, nichts, was man nicht sofort wieder in die Tonne kloppen könnte. Ich denke seit Kurzem immer öfter, ich bin dem Job nicht gewachsen und sollte ihn vielleicht sausenlassen.«

»Álvaro Fatini, sag mir bitte nicht, dass du den Glauben an das Wort verloren hast!« Celio zeigte sich bestürzt. Er rang die Hände wie die Betrogenen in den *Telenovelas*.

»Ich sage gar nichts. Und das ist das Problem.«

»Das Problem sind die Abschreckungsmethoden und Verbote, mit denen man uns unter dem Deckmantel der nationalen Sicherheit in die Schranken weist«, erwiderte Don Julio.

»Nationale Sicherheit«, spöttelte Don Ricardo, »dass ich nicht lache. Sie nehmen uns die Luft zum Atmen weg.«

»Die Leserbriefe sind bloß der kleine Spiegel eines Landes, das seine Bürger als subversiv brandmarkt, um sie unter dubiosen Umständen zur Strecke zu bringen«, erklärte Don Caetano. »Man hat bei uns keine Ruhe mehr.«

»Nicht einmal die Toten, trotz der gigantischen Weihestätte, die man ihnen gerade erbaut«, erinnerte Don Ricardo.

»Bitterer Sarkasmus, habe ich mir gedacht, als ich das Schild an der Avenida Figueroa Alcorta entdeckt habe: HIER ENTSTEHT DER ALTAR DE LA PATRIA. Ich, Masochist, wollte der Baustelle meine Aufwartung machen, nachdem es geheißen hatte, die Präsidentin und der Minister für soziale Wohlfahrt hätten den Grundstein für das Pantheon nun gelegt. López Rega, so behauptet María Estela Martínez, arbeite für das Glück und die Freude der Nation. Mit Verlaub: Er scheißt auf die Nation! Er pinkelt uns an, der Hund!« Valentino schaute herunter auf seine Hosenbeine, zwischen denen er eine Tragetasche geklemmt hielt, bevor er fortfuhr: »Ein gefährlicher Zeitgenosse, dieser Privatsekretär … Und zu unserer Schande auch noch ein Teil der schreibenden Zunft.«

»Du machst Witze.«

»Was ist da drin, in dem Beutel, mein Schatz?«

»Dir entgeht nichts, Celio.«

»López Rega schreibt?«

»Wer nicht? Alle schreiben.«

»Das darf nicht wahr sein!«

»Jeder Vollidiot schreibt.«

»Was schreibt er?«

»Bücher.«

»Bücher?«

»Dicke Bücher. Sehr dick sogar.«

»Das ist nicht dein Ernst.«

»Gib her.«

»Gleich.«

»Wo hast du das aufgetrieben?«

»Bei meinem Freund, der das Antiquariat und die Werkstatt für Buchreparaturen in der Innenstadt betreibt. Im hinteren Raum, in seinem kleinen Lager, hat er neulich Dutzende und Aberdutzende Kartons gestapelt, die meisten noch ungeöffnet – aus einer Wohnungsauflösung, auf gut Glück und für einen Spottpreis erworben, wie er mir versichert hat. Das klingt ja gut, habe ich ihm gratuliert. Der größte Schrott, den du dir vorstellen kannst, hat er mir geantwortet. Nachdem ein Drittel gesichtet war, hat er frustriert aufgegeben. Genug, ich bin allergisch auf den Krempel, hat er herumgemault. Wofür sind Freunde da, wenn nicht, um mitanzupacken und eine Inventarliste zu vervollständigen?«

»Und hast du?«

»Mit links, nachdem ich mir anhand seiner Notizen einen Überblick verschaffen konnte. Man kann es nicht anders sagen: kistenweise oberflächliches Zeug.«

»Wirklich?«

»Wenn du davon leben möchtest, musst du als Verkäufer bereit sein, ein Spektrum abzudecken, das weit über deine eigenen Interessen hinausreicht, das ist klar, darüber reden wir nicht. Auch ich habe in meinem Kiosk so einen Kram.«

»Ich kann's bestätigen«, vermeldete Don Caetano. »Heute Morgen, als ich bei dir meine Zeitung geholt habe, habe ich gestaunt, wie dieser Tatsachenroman über die Flugzeugkatastrophe der Rugbymannschaft aus Uruguay weggeht. Wie warme Semmeln geht der weg! *¡Viven!* Drei Bücher in fünf Minuten.«

»*Überleben!?*«

»Piers Paul Read. Frisch rausgekommen. Mit Farbfotos. Sämtliche Details über den Absturz vom 13. Oktober 1972 in Mendoza.«

»Grauenvoll. Jetzt erinnere ich mich wieder. Die Überlebenden, die genötigt waren, ihre toten Kameraden zu essen. Kannibalismus als letzter Ausweg. Dauerthema damals, das sogenannte Wunder der Anden.«

»Oder: *Der weiße Hai* von Peter Benchley, ein Buch über die Haiangriffe 1916 an der Küste von New Jersey.«

»Ich mag keine Haie, *mi vida*.«

»Ein anderer Verkaufsschlager ist dieser Titel über das Teufelsdreieck.«

»Was für ein Dreieck, *Corazón*?«

»Charles Berlitz. Er berichtet über das, was er *das Bermuda-Dreieck* nennt. Ein Durcheinander aus Fakten und Fiktion in der Klamotte des Populärwissenschaftlichen. Ein in Schulbüchern und -atlanten verschwiegenes Areal. Einen weißen Fleck soll es geben, in dem auf mysteriöse Art und Weise Dinge verschwinden.«

»Dinge? Was für Dinge?« Celio setzte ein pathetisches Gesicht auf.

»Flugzeuge und Schiffe mitsamt ihrer Mannschaften. Wenn Tiere an Bord hocken, dann sind auch die meistens weg – laut Berlitz höchstwahrscheinlich von Außerirdischen entführt.«

»Wie gruselig! Und wo genau soll dieses Dreieck sein?«

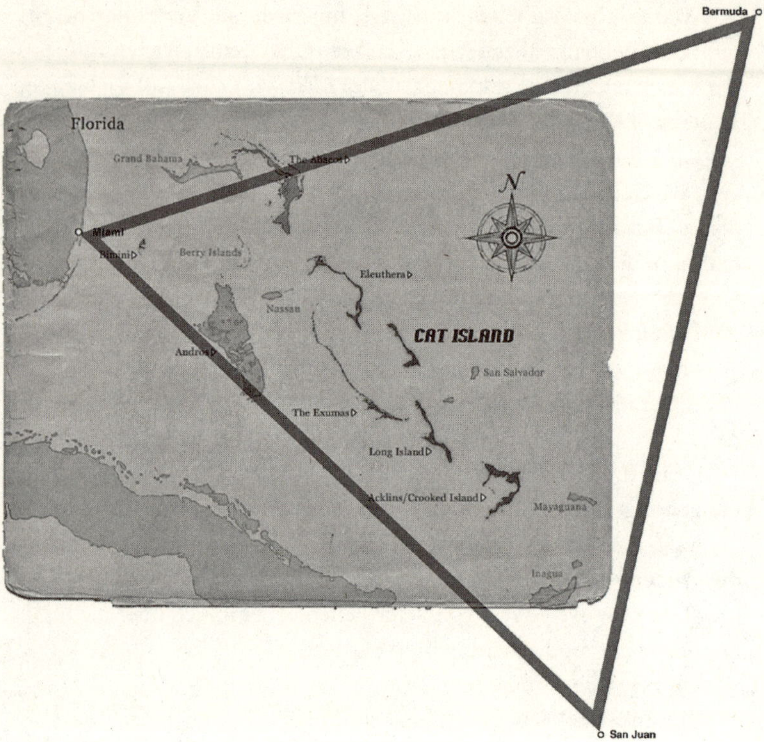

»Im Atlantischen Ozean.«

»Bei uns?!«

»Zwischen Miami, in dessen Umkreis sich Atlantisforscher tummeln und elektromagnetische Anomalien registrieren, den Bermuda-Inseln, wo der Sturm von Shakespeare auf ewig wütet, und San Juan in Puerto Rico, wo die Kompasse verrücktspielen; das hat schon Kolumbus in seinen Tagebüchern aufgezeichnet. Was soll ich sagen? Unfug hoch zehn.«

»Miami, the Magic City … Buhhh!«

»Berlitz … So heißen doch diese Sprachschulen, oder nicht? … Es gibt eine in der Innenstadt … Englisch, Französisch …«

»Das ist das Verrückteste! Dieser Scharlatan ist der Enkel des anderen Berlitz, dessen Sprachschulen weltweit vertreten sind. Ein kolonialistisches Fremdsprachenimperium.«

»Ach sooooo ... Na dann.«

»Was heißt hier: Na dann, Celio? Das macht den Schmarrn nicht vertrauenswürdiger. Im Gegenteil. Mit diesem Wissen im Gepäck würde ich viel eher einen großen Bogen um diese Institute machen.«

»Ich meine nur, wir sind vom eigentlichen Thema abgekommen. Wir sollten lieber zurückfinden, bevor Don Julio wieder nervös wird ...«

»Du hast recht. Was ich erzählen wollte, war: Im Hinterzimmer meines Bekannten befand sich nichts außer Quatsch.«

»Wie fürchterlich. Was denn so?« Obwohl Celio sich Mühe gab, hatte er erhebliche Schwierigkeiten, seine Neugier im Zaum zu halten.

»Nichts als parawissenschaftliches Geschwafel.«

»Und wie soll man sich das vorstellen?«

»Wenn du mich fragst, am besten gar nicht, Celio. Pures Blabla – Blavatsky, Helena Petrovna, zum Beispiel, *Isis entschleiert.*«

»Sagt mir nichts.« Entdeckerfreude huschte über Celios Gesicht.

»Eben: unsäglicher Müll.«

»Und sonst?« Celios smaragdgrüne Augen funkelten.

»Umsonst, sage ich ja. Völlig umsonst. Es hat keinen Sinn, sich die einzelnen Titel zu merken. Es war nichts, gar nichts von Belang. Er solle am besten alles ordentlich mit Paketband zukleben und einen Freak finden, der den Mumpitz en pack erwirbt. Das war mein Vorschlag.«

»Jeder Topf findet seinen Deckel. Der Gedanke ist tröstlich.«

»Das habe ich ihm auch gesagt, Don Nasif, woraufhin mein Freund etwas zuversichtlicher wurde. Sollte mich irgendetwas von dem Schrott interessieren, dürfe ich es natürlich mitnehmen, hat er gemeint. Ich würde ihm damit einen Gefallen tun, denn er könne sich in der Rumpelkammer nicht mehr bewegen.«

»Aber es war beileibe nichts dabei?« Celio versuchte, sich einen Ruck zu geben und patent zu wirken.

»Ich habe ihm das Ärgerlichste abgenommen, auch wenn es bloß zwei Stück waren. Zwei Exemplare, die den ganzen Rest transzendentalen Schunds bei weitem übertreffen, den mein Bekannter sich blindlings ins Haus geholt hat, im Irrglauben, das lukrativste Geschäft seines Lebens abgewickelt zu haben.«

»Habsucht ist ein schlechter Berater.«

»Sicher doch, aber was hat es mit den beiden Büchern nun auf sich?«, wollte Don Julio wissen.

»Sie stammen von keinem ander...«

»Lass mich raten, Valentinoherz, lass mich raten«, unterbrach Celio und blinzelte theatralisch.

»Es gibt nichts zu raten, Celio. Das habe ich bereits gesagt. Der Autor dieser Bücher ist der Minister.« Als Valentino sie aus der Tasche hervorkramte, schoss das Gummiband, das sie zusammengehalten hatte, in die Luft. »*Alpha und Omega. Eine Botschaft für die Menschheit*. Ein Initiationsroman aus dem Jahr 1963, erschienen im Verlag *Rosa de Libres*, der Name ist sicherlich eine Anspielung auf die Rosenkreuzer«, mutmaßte der Zeitungsverkäufer. »Ein erster Eindruck. Denkt euch Großbuchstaben: *ICH BIN DER ANFANG UND DAS ENDE ALLER DINGE. ICH BIN ALPHA UND OMEGA. ICH BIN DER WEG*. Bitte sehr.« Celio nahm das Buch entgegen. »Und hier«, sagte Valentino und widmete sich dem zweiten Schinken. »Im Jahr davor im selben Verlag herausgebracht, ein fleißiger, sehr produktiver Autor. Sage und schreibe 740 Seiten *Esoterische Astrologie. Enthüllte Geheimnisse*, illustriert von seiner Tochter.«

»Mannomann, geschätzte anderthalb Kilo schwer«, seufzte Álvaro und wog es in der Hand.

»Inzwischen habe ich den Appetit verloren«, klagte Don Caetano. Er hatte bis dahin zwei Sahnebomben, eine kleine Kanone mit Milchkaramellfüllung und drei Ordnungshüter vertilgt. »Bedient euch, bitte. Es wäre schade, blieben sie übrig.«

»Was du heute kannst besorgen …«

»Eben. Morgen sind die nicht mehr so gut.«

»Der Typ hat einen Sprung in der Schüssel«, urteilte Álvaro, während er mit dem Zeigefinger das Inhaltsverzeichnis des Astrologiekompendiums durchging:

1. Teil
MEHRFARBIGES TIERKREISZEICHEN

2. Teil
PFLANZLICHES TIERKREISZEICHEN

3. Teil
MUSIKALISCHES TIERKREISZEICHEN

4. Teil
KURZES ASTROLOGISCHES SYSTEM

»Guckt man sich das an, vergeht einem die Lust am Schreiben, echt«, vermeldete der Redakteur des *ballester lokalanzeigers*, und die Runde nickte. Das Autorenkollektiv grübelte angestrengt: Don Julio, Don Nasif, Don Caetano, Don Ricardo, Valentino, Celio, Álvaro und allen voran Saberio, der im Gegensatz zu den anderen während der gesamten langen Diskussion den Mund nicht aufgetan hatte und der jetzt, als Don Nasif ihn auffordernd mit dem Ellenbogen puffte, geflissentlich zustimmend den Kopf senkte und sich das einzig übrig gebliebene süße Teilchen vom Teller schnappte.

Das letzte Wort war noch nicht gefallen. Die Blattmacher kauten, als wildes Geschrei aus der Küche in die Werkstatt drang. Offensichtlich war Domingo zu Besuch. Der verhätschelte Nachwuchs machte seinem Namen keine Ehre. Ruhig wie an einem Sonntag wurde es erst, als Clara Gianelli den Radaubruder aus dem Wagen nahm und stillte. Die Stimmung im Club der Autodidakten und Autopisten war andächtig. Gemeinsam zu schweigen, ohne dass es sich für die Beteiligten unangenehm anfühlte – das konnten nicht viele.

Das war ein hohes Gut, das von Innigkeit und Vertrauen zeugte und das die Männer in der Werkstatt wertschätzten – zu einem Zeitpunkt, an dem sie noch nicht wissen konnten, dass die Regierung von María Estela Martínez de Perón laut darüber nachsann, gegen die Automobilisten vorzugehen. In ein paar Monaten würde ihr Machtapparat eine himmelhoch schreiende Kampagne starten. Man würde sich des Wahrzeichens von Buenos Aires bemächtigen. Man würde um den Obelisken auf der Avenida Corrientes und 9 de Julio eine Inschrift anbringen, die sich dank eines eingebauten Mechanismus Tag und Nacht um die eigene Achse drehen würde: *EL SILENCIO ES SALUD*. Man würde in den Medien verkünden, der Slogan SCHWEIGEN IST GESUNDHEIT richte sich gegen den ansteigenden Autolärm in der Innenstadt. Man würde in Argentinien nicht mehr lange fackeln und in Zukunft Krachmacher und Ruhestörer gleich aus dem Weg räumen.

32

Mit jedem angebrochenen Morgen wurde der Nebel aus Spekulationen, der das verkehrswidrig geparkte weiße *Pony-Car* umgab, immer dichter. Das herrenlose Fahrzeug hatte die Ordnungshüter auf den Plan gerufen. Eigentlich waren es überängstliche Nachbarn gewesen, die sich in fremde Belange nicht einmischen wollten und deshalb großen Wert auf Diskretion legten, Nachbarn, die lieber anonym bleiben wollten, wenn sie sich um das eingespielte, friedliche Zusammenleben ihres Stadtviertels sorgten und es deshalb als ihre Pflicht ansahen, lieber einmal mehr als einmal weniger Alarm zu schlagen. Sie waren um den Block spaziert, hatten die Zeitung gekauft und LA LIBERTAD mit einer vollen Plastiktüte verlassen. Sie waren weitergezogen und hatten plötzlich vor der Polizeiwache gestanden. Das Schicksal hatte für sie entschieden. Sie wandten die Köpfe in alle Richtungen, taten überrascht und überrumpelt, bevor sie sich hineinwagten, sie verweilten im Eingangsbereich des Präsidiums unaufgefordert kerzengerade, hätten Platz nehmen können, was sie nicht erwogen, und gaben sich konsterniert, als sie aufgerufen wurden. Es waren kleinlaute Nachbarn, die sich grundlos entschuldigten, die sich räusperten, die beim Räuspern die Hand vor den Mund hielten und die Stimme senkten, als sie die Mutmaßung äußerten: »Sie wissen ja, Herr Hauptkommissar, heutzutage kann von einem falsch abgestellten, beschädigten Auto eine akute Gefahr ausgehen.« Der Angesprochene sah wie ein rehabilitierter Polizist aus, der wieder in Amt und Würden war. Von ihm höchstpersönlich beauftragt, gingen Carrizo und sein Kollege Aguirre dem folgenschweren Verdacht auf die Spur.

»Bitte sehr.«

»Was ist das?«

»Houdini gestern abgeluchst. Unsere nächste Ziehung.«

»*Il morto che parla?*«

»Du sagst es. Der sprechende Tote. Die 48. Die Zahl in deinem Traum. Die Adresse der belebten Bar.«

»Ein Los, das wir uns teilen?«

»Zu dir hat Cándida gesprochen, und ich wünsche mir das Gleiche von Laureana. Es ist folgerichtig, dass ich in Vorleistung gehe und das Geld vorschieße.«

»Sie meinen, wir räumen den Hauptgewinn ab, Don Nasif?«

»Und was, wenn ja?«

Saberio lachte hell auf, und dabei blitzte ein längst vergessener goldener Backenzahn wieder auf. »Ich kann das Championbillett nicht ohne weiteres annehmen.«

»Nicht so viel darüber nachdenken. Es ist schließlich ein Geschenk, und du kennst das Sprichwort, mein Sohn. Sollten wir das große Los ziehen, werden wir den Himmel mit Händen greifen.«

»Kopf oder Zahl?«

Die Münze, die Esteban Carrizo in die Luft warf, traf den jüngeren Kollegen. Miguel Ángel Aguirre, zweifelsfrei der athletischere der beiden, war unanfechtbarer Sieger. In der Zeit des Militärdienstes hatte Aguirre die Befehle seines Vorgesetzten schnell und exakt ausgeführt. »Bäuchlings auf den Boden! Robben!« Jetzt schmiss er sich, ohne einen Mucks von sich zu geben, auf das Kommando von Esteban Carrizo, unter das als bedenklich eingestufte Fahrzeug.

»Stopp! Gleiten!« Befehle zu erteilen war auch nicht ohne. Es war sogar eine Kunst für sich, die nicht viele beherrschten. Bewegungsarten hatten nichts Zufälliges. Bewegungsarten gehörten den Erfordernissen auf dem Gefechtsfeld streng angepasst.

Der zielgerichtete Aguirre zog den Bauch ein und tastete mit der rechten Handinnenfläche das verfluchte Auto auf Sprengsätze ab.

Auf ihm lastete eine schwere Verantwortung. Dreiviertel seines Körpers ragte heraus, seine Beine zuckten gelegentlich, als würden sie mit Stromschlägen traktiert werden.

»Alles klar da unten?«

»Eins a, Carrizo, eins a.«

»Sicher?«

»Eins a, definitiv.«

Carrizo war ein alter Fuchs. Seine langjährige Erfahrung hatte ihm gezeigt: Das beste Versteck für Waffen und Bomben war das Fahrgestell. »Der bekackte Kofferraum, das Handschuhfach, die verfickten Sitze kann man vergessen«, belehrte er Aguirre von oben herab, »auf diese unterbelichtete Idee kommt doch jeder Idiot, extrem offensichtlich und deshalb extrem unwahrscheinlich, verfluchte Subversive und Scheißextremisten!«

»Die weiße Kiste ist sauber«, verkündete Aguirre, während er seine Uniform von den Unreinheiten befreite, die sich auf dem Asphalt angesammelt hatten. Er kräuselte angewidert die Nase und klopfte sich anschließend die Hände ab.

Gleich beim Aufwachen hatte Berta Sanfratello an den Geburtstag der Jubilarin gedacht. Es war eine Schnapszahl, ein doppelter Grund zu feiern. Nach dem Mittagessen würde sie sich an die Arbeit machen. Sie würde Laureanas Lieblingskuchen backen, ihn vorsichtig aus der Form lösen, auf einen festlichen Teller legen, mit Puderzucker bestreuen und abgedeckt auf die Mauer stellen, zusammen mit einem Glas Feigenmarmelade und einem Dutzend in Zeitungspapier eingewickelte Eier.

»Eins haben wir noch nicht eruiert.« Aguirre versuchte, bei seinem älteren Kollegen zu punkten.

»Na?«, fragte Carrizo. Na, du kleiner Klugscheißer, dachte er.

Aguirre wies mit dem Kopf auf das AUTOPIA-Schild auf der gegenüberliegenden Straßenseite. »Wir wissen nicht, wem der Schimmel gehört und ob der Reiter ihn gezielt hier stehen gelassen hat, gegenüber einer Werkstatt, die sich vor speziellen Aufträgen nicht mehr retten kann.«

»Spekulationen über Spekulationen im luftleeren Raum. Nur Gewissheit hilft uns weiter, Aguirre. Lass uns zur Tat schreiten, und damit meine ich: rübergehen und ein paar clevere Fragen an den Mann bringen, der für etwaige Überholungsdienste zuständig ist, wie man im Fachjargon sagt.«

»*Mamma?*«, fragte Celio. »*Mamma*, Herzallerliebste, hörst du mich? *Mamma*, bitte, sag doch was!« Der Friseur weinte. In tiefster Not kniete er vor dem roten Cocktailsessel und vergrub das Gesicht im Schoß seiner Mutter.

Bevor Carrizo und Aguirre die Straße überquerten, umrundeten sie ein letztes Mal das *Pony-Car*. »Alles *paletti* so weit.«

Celio löste sich auf. Er war ein einziges verzweifeltes Schluchzen.

»Wollen wir auf ein Getränk rein? Was meinst du?«

»Ich muss doch zur Schule!«

»Es war ein Witz, Nandu! Du trödelst mir zu lang rum! Abmarsch!«

PAFF! machte es gegen eins der Panoramafenster der

BAR TOLUCCI

Quique schreckte zusammen. Der Betreiber der Spelunke, dieser irre Tolucci, hatte mit einer zusammengerollten Zeitung eine Fliege erwischt und winkte aus dem Inneren der Kneipe dem Geschwisterpaar zu.

Álvaro drängte zum Weitergehen.

Warte nur, balde ..., dachte sich Quique, der im Gegensatz zu seinem Bruder vom Dichten nichts verstand, Tolucci aber Rache schwor.

Erst als das Sonderkommando über die Straße ging, wurde es eines verdächtigen Gegenstandes auf dem Bürgersteig vor AUTOPIA gewahr. Die Büchse der Pandora. Dieser Vergleich kam weder Carrizo noch Aguirre in den Sinn. »Was soll dieser Scheiß, Aguirre?« »Gottverflucht, Carrizo!« »Zurück! Zurück!«, befehligten sie unisono, als sie Julio El Haddad durch die Halle auf sie zukommen sahen. »Stehen bleiben!« Anamorphotische Gesichter. Abwehrende Gesten. »Gehen Sie zurück, zurück! Sind Sie taub? Bleiben Sie verdammt nochmal hinter der Absperrung!« Damit meinten die adrenalingesteuerten Carrizo und Aguirre das Rollo, das Julio El Haddad jeden Morgen um die gleiche Uhrzeit eigenhändig heraufzog.

Álvaro hatte seinen Bruder soeben an der staatlichen Schule abgesetzt und war auf dem Weg zur Arbeit, als er von einem Passanten überfallen wurde.

»Hey, Fatini!« Klaps. »Grüßt du mich nicht mehr?« Klaps.

»Mann, Houdini! Hättest du mich nicht angesprochen, hätte ich dich beinahe nicht wiedererkannt.«

»Ich war gestern in der EWIGEN SCHÖNHEIT. Wie findest du das?«

»Abgefahren.«

Von einer Sekunde auf die nächste fand Celio keinen Halt auf dieser Erde. Ballester erschien ihm gottverlassen, und ihm wurde schwindlig vor Angst. Er klammerte sich krampfhaft an seine Mutter, die Souffleuse, die ihm ewig schöne Haare eingeredet hatte, welche jetzt, wo sie keine Regung mehr zeigte, unwiderruflich ergrauten.

»Schau mal da vorn, Houdini, in der Werkstatt ist unangekündigter Besuch«, warnte Álvaro und strich sich schlechtgelaunt das Haar aus dem Gesicht.

Auf dem Bürgersteig von AUTOPIA gestikulierten Carrizo und Aguirre übertrieben wie Karikaturen. Unweit von ihnen lag der angeblich suspekte Gegenstand, ein Schuhkarton, den sich Houdini – einmal vor Ort – blitzschnell schnappte und den er in dem untrügerischen Wissen, dass diese beiden es nicht erlaubt hätten, öffnete.

Quiques Mutter machte den Kühlschrank auf, um eine Süßspeise herauszunehmen. Ihr war elend zumute. Sie befürchtete das Schlimmste. Sie hatte sich bei der Arbeit krankgemeldet. Sie wollte zu Hause auf Nachricht ihres Mannes warten, der am Vorabend zu einem Treffen mit seinen Genossen aufgebrochen war. In der Nacht hatte sie kein Auge zugetan. Sie trug Pantoffeln und einen abgenutzten Frotteemorgenmantel. In der Hand hielt sie eine weiße Keramikschüssel und wusste plötzlich nicht mehr, was sie damit anfangen sollte. Sie warf einen Blick auf die Uhr. Die Zeit stand still.

Carrizo und Aguirre drehten sich zeitgleich um, nachdem sie konsterniert beobachtet hatten, wie Julio El Haddad jemandem hinter ihnen zur Begrüßung zugewunken hatte.

»Offensichtlich produzieren Sie hier viel heiße Luft.« Mit dem federleichten Karton in Händen gab Álvaro Entwarnung.

»Geben Sie das Ding sofort her«, befahl Carrizo herrisch und untersuchte den fremden Gegenstand, den er sicherheitshalber auf der Stelle für beschlagnahmt erklärte. »Ein leerer Schuhkarton, Aguirre …«

»Wir dachten schon … Sie wissen: die Subversiven heutzutage.«

»Diese Ganoven«, rief Houdini aus und meinte stillschweigend Carrizo und Aguirre.

»Verständlich. Mein Landsmann sagt, Vertrauen ist gut, Kontrolle ist besser.«

»Sagen wir auch. Richtig, richtig: Kontrolle ist das A und O. Alpha und Omega.«

»Viele aus unseren Reihen sind kurz vorm Durchdrehen. Die Gemüter sind erhitzt, mein werter Kollege und ich dagegen bemühen uns, Ruhe zu bewahren.«

»Logo«, erwiderte Houdini scheinheilig. »Sie kennen sich aus.

Eine alte Schachtel haben Sie doch bestimmt selber zu Hause«, flüsterte er.

»Was uns eigentlich hierher geführt hat, ist ...« Carrizo zeigte auf das *Pony-Car* in demselben Moment, in dem Saberio Saturnino in Begleitung von Nasif Abdala zur Arbeit erschien.

»Alles in Ordnung?«

»Das überprüfen wir gerade ...«, erwiderte Carrizo. Er zog die Brauen hoch und wandte sich an Don Julio. »Wollte jemand Sie mit einer Inspektion oder Reparatur beauftragen?«

»Des *Pony-Cars*?« Der Chefmechaniker machte ausladende Gesten. »Davon weiß ich nichts. Wieso?«

»Ja, wieso eigentlich?«, fragte Saberio nach und beäugte die Polizisten misstrauisch.

»Die Fragen stellen wir, die wir nun unverzüglich für Ordnung sorgen werden, indem wir den Abschleppdienst informieren. Einen entspannten Tag den Herrschaften.«

»Ebenso den Herrn Beamten.«

»Diese Volltrottel können mich mal«, murrte Houdini, nachdem Carrizo und Aguirre sich entfernt hatten.

»Nette Frisur«, lobte Don Julio.

»Steck bitte ein«, sagte der kurzgeschorene Houdini zu Álvaro und reichte ihm einen Zettel, auf dem ein ausgesprochen blöder Spruch prangte.

Si amas algo déjalo libre, si vuelve a ti es tuyo, si no lo hace nunca lo fue. Unerträglicher Frauenkitsch. Billige Küchenpsychologie. Quiques Mutter hatte die Kühlschranktür zugeschlagen und wusste nicht, wohin mit sich.

»Habe ich dir jemals offenbart, dass du mein Ein und Alles bist? Habe ich, ja oder nein? Ich muss es von dir hören. Sag du es mir, bitte.«

Schuster, bleib bei deinem Leisten – las Álvaro laut vor. »Die Hurensöhne haben sich Mühe gegeben. Einzeln ausgeschnittene Buchstaben. Klar formulierte Abschreckung.«

»Frustrierte, die sich vom Leben betrogen fühlen und uns, die wir nichts dafür können, die Schuld in die Schuhe schieben wollen«, mutmaßte Saberio, und Don Nasif stimmte ihm zu.

Minuten zuvor hatte Houdini den Drohzettel im Inneren des Schuhkartons entdeckt und schwuppdiwupp im Ärmel seiner Jacke verschwinden lassen. Er hatte Álvaro die leere Schachtel präsentiert und Álvaro sie den Bullen.

»Die übliche Pflege?«

»Jawohl. Ich bin und bleibe ein Gewohnheitsmensch. Wie lange kennen wir uns schon, Hilario?«

»Ewigkeiten, *Señor*, Ewigkeiten.«

»Einmal die Woche, wie es sein muss! Es gibt Gepflogenheiten, die ein Mann nicht in Frage stellen sollte. Das Zähneputzen nach jeder Mahlzeit, zum Beispiel. Die Dusche morgens und abends. Das obligatorische Mittagessen sonntags mit der Familie: heilig.«

»Die Arbeit«, sagte der Schuhputzer stolz und rückte seinen Holzschemel zurecht. Er saß auf dem Bürgersteig in unmittelbarer Nähe der Bahnunterführung, dort, wo seine Stammkundschaft ihn aufsuchte und er auf Laufpublikum stieß. Hilario García beugte sich über einen schwarzen Herrenstiefel, der dank seines adretten Kastens auf richtiger Höhe ruhte. Die Politur dauerte am längsten. Zuerst kam der Stofffetzen zum Einsatz, dann die Bürste aus Kamelhaar.

»Wieder wie neu, *Señor*.«

»Danke, Hilario. Bitte sehr. Den Rest kannst du behalten, ist für dich.«

»Ich danke Ihnen, *Señor*. Bis nächste Woche, *Señor*. Und grüßen Sie bitte die *Señora* von mir. Ich habe sie eine ganze Weile nicht mehr gesehen.«

»Mache ich, Hilario, richte ich aus.«

»Danke, *Señor*. Zu Diensten.«

»Hilario, noch was.«

»*Sí, Señor?*«

»Du sagst immerzu *Señor* zu mir, aber der *Señor* ist im Himmel.«

»Ich weiß, *Señor*, ich weiß, aber trotzdem, *Señor*.«

»Wie oft habe ich dir gesagt, dass das Leben ohne dich keinen Sinn ergibt?«

»Ihr wollt doch keinen Ärger«, vermutete Houdini. »Und die beiden Pappnasen bedeuten Ärger.« Damit meinte er die Abwesenden, Carrizo und Aguirre.

»Man muss sich manchmal einen Spaß erlauben«, sagte der eintreffende Dirty Harry anstelle einer Begrüßung.

Unvermittelt waren Carrizo und Aguirre wieder zur Stelle.

»Schluss mit lustig«, murmelte Houdini und puffte Dirty Harry mit dem Ellenbogen.

»Den Spaßvogel kennen wir doch«, sagte Carrizo sarkastisch.

»Oh ja, du hattest recht. Das ist er«, erwiderte Aguirre, schaute Houdini an und verglich ihn mit einem alten, von ihm selbst angefertigten Phantombild. »Abelardo Cipolletti.«

»Es scheint mir eine Verwechslung vorzuliegen«, behauptete Houdini.

»Bei so vielen Gaunern heutzutage ist das Gedächtnis streckenweise überfordert, aber diesmal entkommst du uns nicht, Cipolletti. Wir haben einige Fragen zu klären, die deine kompromittierende Anwesenheit in unmittelbarer Nähe eines weißen Wagens betreffen, der gerade eben als entwendet gemeldet worden ist, ein Auto, das der Dieb, wie man sieht, zu Schrott gefahren hat, bevor er sich entschlossen hat, es hier abzustellen, ein Umstand übrigens, der in der rechtschaffenen Nachbarschaft für massiven Unmut sorgt. Du wirst uns begleiten müssen.«

»Herr Offizier, das muss wohl ein Missverständnis sein.«

»Das bezweifle ich. Uns ist ein Licht aufgegangen, als wir nun vom Polizeichef erfahren durften, das vermisste Fahrzeug ist auf Frau Viamonte Rey zugelassen.«

»Das passt genau in dein Beuteschema. Du magst doch die Viamonte Reys. Banditen wie du lungern überall herum, aber es gibt keinen Grund zur Annahme, wir würden den Wald vor lauter Bäumen nicht sehen – auch wenn dein Äußeres sich irgendwie verändert hat …«

»Abelardo Cipolletti, du bist vorläufig festgenommen. Du wirst verdächtigt, es auf die anständigen Frauen Viamonte Rey abgesehen zu haben.«

»Eine Familie ist die kleinste Zelle der Gesellschaft, und du wirst diese Zelle, eine unserer ehrenwertesten in Ballester, nicht länger terrorisieren.«

»Bitte geh nicht. Bleib bei mir, bitte … Sag doch was, *Mamma*, sag doch was«, bettelte Celio, der die ganze Zeit vor dem Cocktailsessel hockte. Als er aus dem Gleichgewicht geriet und sich mit der Hand abstützte, entdeckte er hinter sich auf dem Boden einen Zettel mit der hieroglyphischen Handschrift Laura Rachellos, eine kryptische Botschaft, die fallen gelassen worden war und die er jetzt auflas.

Quiques Mama ging ins Bad, suchte die Pinzette, fand sie nicht und erklärte sie für unwiederbringlich verloren.

Aufstand. Berechtigte Empörung. Alle rebellierten und wie. Julio El Haddad wollte Houdini durch seine rechtskräftige Aussage einen einwandfreien Leumund bescheinigen. Don Nasif war schnell – so schnell ihn seine Beine trugen – in die Pension rübergegangen, hatte die Leica geholt und schoss (ja, er schoss) aus einer behutsamen Entfernung ein Foto, um später etwas in der Hand zu haben, das den Vorfall dokumentierte. Saberio und Álvaro versuchten es mit logischen Argumenten. Ricardo Peralta, alias Dirty Harry, alias Clint

Eastwood, alias Inspektor Callahan, presste die Zähne aufeinander und ballte die Hände zu Fäusten. Er trug ein weißes Hemd, die Ärmel waren hochgekrempelt.

»Was haben Sie denn für ein Problem, *Amigo*? Eigentlich sind Sie die Spaßkanone der Runde, nicht wahr? Ihr Letzter war übrigens nicht schlecht.«

»Sie meinen mich?«

»Ihnen gehört die Wäscherei, Pereyra, oder nicht? Obwohl Sie sich neuerdings auch als Schreiberling hervortun.«

»Stimmt«, antwortete Aguirre und verschränkte die Arme vor der Brust. »Der mit den Touristen und den Terroristen war ziemlich gut. Wie ging er noch mal?«

»Die Terroristen«, kicherte Carrizo, »haben im Gegensatz zu den Touristen von Anfang an vor, schnell wieder abzuhauen.«

Aguirre prustete los.

»Und wissen Sie, warum das so ist, wie Sie es beschrieben haben, Pereda? Weil wir rund um die Uhr im Einsatz sind und diese Feiglinge sich in die Hose scheißen, wenn sie uns zu Gesicht bekommen. Sie säubern Wäsche, Paredes, wir säubern das Land von diesen Dreckskerlen, bevor sie den Sittich machen können.«

Carrizo und Aguirre lachten höhnisch.

»Das war bloß ein Witz«, erklärte Ricardo Peralta traurig.

»Und wir waren im Präsidium sehr darauf gespannt, wie er ausgehen würde, Pereira, denn unser Chef lässt sich von Typen Ihres Kalibers nicht verarschen. Er kennt nämlich eine andere Version, die er nicht so lustig findet. Demnach haben Terroristen in diesem Land anders als Touristen eine Menge Sympathisanten.«

»Was zum Teufel geht in dir vor? Man schmeißt doch kein Essen fort, Caetano! Vor allem, wenn man die Stücke vorher nicht einzeln geküsst hat. Das ist ein Sakrileg! Wir könnten die Ordnungshüter für den halben Preis anbieten, wenn du sie schnell weghaben möchtest. Gib her!«

»Lass das idiotische Küssen, Carmen! Ich dulde keine Widerrede, *mujer*! Ich bin hier der Bäckermeister und sage dir: Dieses Plunder kommt umgehend in den Müll!«

Der Kurzgeschorene lächelte sanftmütig. Houdini benahm sich friedlich wie ein Osterlamm. Er wehrte sich nicht. Er zuckte die Achseln und streckte die Hände aus, als würde er den Polizisten ein Paket überreichen wollen. Carrizo und Aguirre legten ihm Handschellen an. Houdini ließ sich zahm abführen. »Vergessen Sie unsere Kampfparole nicht«, rief er Don Ricardo zu. »Wer zuletzt lacht …« Für den größten Entfesselungskünstler aller Zeiten, den einzigartigen Meister des Eskapismus, den König des Varietés, waren Handschellen ein Kinderspiel. Man durfte die Tage bis zum Wiedersehen zählen. Dieser Gedanke tröstete den jüngeren der beiden Fatinis, als er am Nachmittag von dem aufsehenerregenden Vorkommnis erfuhr und anschließend auf Insektenjagd durch AUTOPIA ging.

Der NEBEL steht am Anfang. Der Nebel wird sich lichten, sobald wir schreibend in die Zeit zurückgehen. Wir gehen in die Zeit zurück, um zu sehen, was wir sehen müssen, was wir noch nicht gesehen haben, was wir noch nicht haben sehen wollen. Durch den Nebel gehen wir in die Zeit zurück. Wir halten dem Nebel einen Spiegel als Schutzschild vor, und siehe da, im Spiegel erscheint ein L, der Nebe zieht sich zurück, und deshalb gehen wir weiter, noch trauen wir unseren Augen nicht ganz, wir schreiben – schrieb Laura Rachello – mit dem Finger ein E auf dem Spiegel, der Neb lichtet sich wahrhaftig, wir schreiben als Nächstes ein B auf die Spiegelfläche, der Ne ist kaum noch vorhanden, die Vergangenheit kommt uns näher, sobald im Spiegel ein E auftaucht; der N ist fast verschwunden, er ist mittlerweile ein Buchstabe – das N – und die Vergangenheit zum Greifen nah. Wir tun den entscheidenden letzten Schritt rückwärts: Der Nebel ist vollständig gebannt, und wir sind so weit. Wir haben den Finger am Puls der Zeit und sind furchtlos geworden. Voll und ganz in der eigenen Vergangenheit angekommen, schauen wir uns im Spiegel der EWIGEN SCHÖNHEIT an. Wir schreiben nichts mehr, denn das Wichtigste steht dort bereits geschrieben. Der Nebel ist nichts als eine blasse Erinnerung, als Laura Rachello – das Palindrom vor Augen – ihren letzten Atemzug aushaucht, genau in dem Moment, in dem ihr ahnungsloser Sohn, frisch geduscht und wie aus dem Ei gepellt, inmitten einer Dampfwolke die Badezimmertür aufstößt, um bestens gelaunt nach ihr zu rufen.

33

autor: álvaro fatini

xxxxxxxxxxxxxxxxxxx. xxxxxxxxxxxxxxxxxxxxxxxxxxxx
xxxxxxxxxxxxxxxxxxxxxxxxxxxxx. xxxxxxxxxxxxxxxx
xxxxxx. xxxxxxxxxxxxxxxxxxxxxxxxxxxxxx. xxxxxxxxx
xxxxxxxxxxxxxxxxxxxxxxxxxx. xxxxxxxxxxxxxxxxxxx
xxxxxxxxxxxxxxxxxxxxxxxxxxxxxxxxxxxxxxxxxxxxxx
xxxxxxxxxxxxxx. xxxxxxxxxxxxxxxxxxxxxxxxxxxx. xxx
xxxxxxxxxxxxxxxxxx. xxxxxxxxxxxxxxxxxxxxxxxxxxx.
xxxxxxxxxxxxxxxxxxx. xxxxxxxxxxxxxxxxxxxxxxxxxxxx
xxxxxxxxxxxxxxxxxxxxxxxxxxxxx. xxxxxxxxxxxxxxx
xxxxxx. xxxxxxxxxxxxxxxxxxxxxxxxxxxxxx. xxxxxxxxx
xxxxxxxxxxxxxxxxxxxxxxxxxx. xxxxxxxxxxxxxxxxxxx
xxxxxxxxxxxx. xxxxxxxxxxxxxxx. xxxxxxxxxxxxxxxxx.
xxxxxxxxxxxxxxxxxxxxxxxxxxxxx. xxxx
xxxxxxxxxxxxxxxxxxxxxxxxxxxxxxxxxxxxxxxxxx. xxx
xxxxxxxxxxxxxxxxxxx. xxxxxxxxxxxxxxxxxxxxxxxxx
xxxxxxxxxxxxxxxxxxxxxxxxxxxxx. xxxxxxxxxxxxxxxx
xxxxxx. xxxxxxxxxxxxxxxxxxxxxxxxxxxxxx. xxxxxxxxx
xxxxxxxxxxxxxxxxxxxxxxxxxx. xxxxxxxxxxxxxxxxxxx
xxxxxxxxxxxxxxxxxxxx. xxxxxxxxxxxxxxxx. xxxxxxxxx.
xxxxxxxxxxxxxxxxxxxxxxxxxxxxx. xxxx
xxxxxxxxxxxxxxxxxxxxxxxxxxxxxxxxxxxxxxxxxxx. xxx
xxxxxxxxxxxxxxxxxxx. xxxxxxxxxxxxxxxxxxxxxxxxx
xxxxxxxxxxxxxxxxxxxxxxxxxxxxx. xxxxxxxxxxxxxxxxx
xxxxxx. xxxxxxxxxxxxxxxxxxxxxxxxxxxxxx. xxxxxxx
xxxxxxxxxxxxxxxxxxxxxxxxxx. xxxxxxxxxxxxxxxxxxx
xxxxxxxxxxxxxxxxxxxxxxxxxxxxxxxxxxxxxxxxxxxxxxx

xxxxxxxxxxxxxx. xxxxxxxxxxxxxxxxxxxxxxxxxxx. xx
xxxxxxxxxxxxxxxxxxxxxxxxxxxxxxxxxxxxxxxx. xxx
xxxxxxxxxxxxxxxxxx. xxxxxxxxxxxxxxxxxxxxxxxxxx
xxxxxxxxxxxxxxxxxxxxxxxxxxxx. xxxxxxxxxxxxxxx
xxxxxx. xxxxxxxxxxxxxxxxxxxxxxxxxxxx. xxxxxxx
xxxxxxxxxxxxxxxxxxxxxxxxx. xxxxxxxxxxxxxxxxxxx
xxxxxxxxxxxxxxxxxxxxxxxxxxxxxxxxxxxxxxxxxxxx
xxxxxxxxxxxx. xxxxxxxxxxxxxxxxxxxxxxxxxxx. xxxx
xxxxxxxxxxxxxxxxxxxxxxxxxxxxxxxxxxxxxxxxxx. xx
xxxxxxxxxxxxxxxxxx. xxxxxxxxxxxxxxxxxxxxxxxx
xxxxxxxxxxxxxxxxxxxxxxxxxxxx. xxxxxxxxxxxxxxxx
xxxxxx. xxxxxxxxxxxxxxxxxxxxxxxxxxxx. xxxxxxx
xxxxxxxxxxxxxxxxxxxxxxxxx. xxxxxxxxxxxxxxxxxx
xxxxxxxxxxxxxxxxxxxxxxxxxxxxxxxxxxxxxxxxxxxxx
xxxxxxxxxxxx. xxxxxxxxxxxxxxxxxxxxxxxxxxx. xxxx
xxxxxxxxxxxxxxxxxxxxxxxxxxxxxxxxxxxxxxxxx. xx
xxxxxxxxxxxxxxxxxx. xxxxxxxxxxxxxxxxxxxxxxxxxx
xxxxxxxxxxxxxxxxxxxxxxxxxxxx. xxxxxxxxxxxxxxx
xxxxxx. xxxxxxxxxxxxxxxxxxxxxxxxxxxx. xxxxxxxxx
xxxxxxxxxxxxxxxxxxxxxxxxx. xxxxxxxxxxxxxxxxx
xxxxxxxxxxxxxxxxxxxxxxxxxxxxxxxxxxxxxxxxxxxx
xxxxxxxxxxxxx. xxxxxxxxxxxxxxxxxxxxxxxxxxxx. xx
xxxxxxxxxxxxxxxxxx. xxxxxxxxxxxxxxxxxxxxxxxx
xxxxxxxxxxxxxxxxxxxxxxxxxxxx. xxxxxxxxxxxxxxxx
xxxxxx. xxxxxxxxxxxxxxxxxxxxxxxxxxxx. xxxxxxxx
xxxxxxxxxxxxxxxxxxxxxxxxx. xxxxxxxxxxxxxxxxxxx
xxxxxxxxxxxxxxxxxxxxxxxxxxxxxxxxxxxxxxxxxxxx
xxxxxxxxxxxxx. xxxxxxxxxxxxxxxxxxxxxxxxxxx. xxx
xxxxxxxxxxxxxxxxxxxxxxxxxxxxxxxxxxxxxxxxxxx. x
xxxxxxxxxxxxxxxxxx. xxxxxxxxxxxxxxxxxxxxxxxxx
xxxxxxxxxxxxxxxxxxxxxxxxxxxx. xxxxxxxxxxxxxxxx
xxxxxx. xxxxxxxxxxxxxxxxxxxxxxxxxxxx. xxxxxxxx
xxxxxxxxxxxxxxxxxxxxxxxxx. xxxxxxxxxxxxxxxxx
xxxxxxxxxxxxxxxxxxxxxxxxxxxxxxxxxxxxxxxxxxxx

xxxxxxxxxxxxxx. xxxxxxxxxxxxxxxxxxxxxxxxxxxxx. xx
xxxxxxxxxxxxxxxxxxxxxxxxxxxxxxxxxxxxxxxxxxxxx.
xxxxxxxxxxxxxxxxxxx. xxxxxxxxxxxxxxxxxxxxxxxxxxx
xxxxxxxxxxxxxxxxxxxxxxxxxxxxx. xxxxxxxxxxxxxxxx
xxxxxx. xxxxxxxxxxxxxxxxxxxxxxxxxxxxxx. xxxxxxxxx
xxxxxxxxxxxxxxxxxxxxxxxxxx. xxxxxxxxxxxxxxxxxxxx
xxxxxxxxxxxxxxxxxxxxxxxxxxxxxxxxxxxxxxxxxxxxx
xxxxxxxxxxxxxxx. xxxxxxxxxxxxxxxxxxxxxxxxxxx. xxx
xxxxxxxxxxxxxxxxxxxxxxxxxxxxxxxxxxxxxxxxxxxxx. x
xxxxxxxxxxxxxxxxxxx. xxxxxxxxxxxxxxxxxxxxxxxxxxx
xxxxxxxxxxxxxxxxxxxxxxxxxxxxx. xxxxxxxxxxxxxxxx
xxxxxx. xxxxxxxxxxxxxxxxxxxxxxxxxxxxxx. xxxxxxxxx
xxxxxxxxxxxxxxxxxxxxxxxxxx. xxxxxxxxxxxxxxxxxx
xxxxxxxxxxxxxxxxxxxxxxxxxxxxxxxxxxxxxxxxxxxxxx
xxxxxxxxxxxxxx. xxxxxxxxxxxxxxxxxxxxxxxxxxxxx. xx
xxxxxxxxxxxxxxxxxxxxxxxxxxxxxxxxxxxxxxxxxx. xxxx
xxxxxxxxxxxxxxxxxxx. xxxxxxxxxxxxxxxxxxxxxxxxxx
xxxxxxxxxxxxxxxxxxxxxxxxxxxxx. xxxxxxxxxxxxxxxxx
xxxxxx. xxxxxxxxxxxxxxxxxxxxxxxxxxxxxx. xxxxxxx
xxxxxxxxxxxxxxxxxxxxxxxxxx. xxxxxxxxxxxxxxxxxxxx
xxxxxxxxxxxxxxxxxxxxxxxxxxxxxxxxxxxxxxxxxxxxx
xxxxxxxxxxxxxxx. xxxxxxxxxxxxxxxxxxxxxxxxxxxxx. x
xxxxxxxxxxxxxxxxxxxxxxxxxxxxxxxxxxxxxxxxxxx. xxx
xxxxxxxxxxxxxxxxxxx. xxxxxxxxxxxxxxxxxxxxxxxxxx
xxxxxxxxxxxxxxxxxxxxxxxxxxxxx. xxxxxxxxxxxxxxxxx
xxxxxx. xxxxxxxxxxxxxxxxxxxxxxxxxxxxxx. xxxxxxx
xxxxxxxxxxxxxxxxxxxxxxxxxx. xxxxxxxxxxxxxxxxxxxx
xxxxxxxxxxxxxxxxxxxxxxxxxxxxxxxxxxxxxxxxxxxxxx
xxxxxxxxxxxxxx. xxxxxxxxxxxxxxxxxxxxxxxxxxxxx. xx
xxxxxxxxxxxxxxxxxxxxxxxxxxxxxxxxxxxxxxxxx. xxxx
xxxxxxxxxxxxxxxxxxx. xxxxxxxxxxxxxxxxxxxxxxxxxxx
xxxxxxxxxxxxxxxxxxxxxxxxxxxxx. xxxxxxxxxxxxxxx
xxxxxx. xxxxxxxxxxxxxxxxxxxxxxxxxxxxxx. xxxxxxxxx
xxxxxxxxxxxxxxxxxxxxxxxxxx. xxxxxxxxxxxxxxxxxxxx

Nicht 3, sondern 33. Seite um Seite hatte Álvaro Fatini verworfen. Doch wegschmeißen konnte er sie am Ende nicht – Enrique Fatini, den das laute, endlose Klappern der Remington geweckt hatte, rieb sich ungläubig die Augen. Ich sehe nicht richtig, sagte er sich und bedachte Teresas aliengrün leuchtende Wandermadonna neben der Uhr auf seinem Nachttisch mit einem dankbaren Blick. Yep. Das war der Durchbruch. Seine beste Freundin hatte nicht zu viel versprochen. Sein Bruder hatte nach drei von insgesamt sieben in Aussicht gestellten Tagen außerirdischen Madonnenaufenthalts sämtliche Schreibhemmungen fallengelassen und haute wie ein hochbegabter Irrer in die Tasten. Juhu. Es lebe die göttliche Inspiration! Álvaro war nicht mehr zu stoppen. Im Schutze der Dunkelheit verfolgte Enrique Fatini, alias Quique, alias Nandu, die fluoreszierenden Zuckungen des Sekundenzeigers, während er dem Prozess des Aus-x-en mit gebührender Empathie und in dem falschen Glauben beiwohnte, Álvaro würde vorwärtskommen, anstatt alles rückgängig zu machen und für ungültig zu erklären. Aufgrund dieses kapitalen Missverständnisses hielt er still, er fragte nicht und mischte sich nicht ein, er tat so, als würde er selig weiterschlafen, bis Álvaro im Morgengrauen von seinem Platz aufstand und Quique endlich der Wahrheit ins Gesicht schauen durfte. Nachdem Quique den ganzen Stapel durchgegangen war, wollte er wissen: »Haben wir Klebeband da?«

»Denke schon. Warum?«

Weil sie mit Álvaros aufgegebenen Seiten die sich abblätternde, hintere Wand des gemeinsamen Schlafzimmers tapezieren könnten. Weil Álvaro die (wie er zu sagen pflegte) *unaufhaltsame AUTOdestruktion* ebenjener Schlafzimmerwand stets bitterlich beklagt hatte und diese, seine begnadeten Seiten – dicht nebeneinander geklebt – sie perfekt kaschieren würden. Weil Álvaros dicht nebeneinander zu hängende Blätter – aus der Distanz betrachtet – wie der große weite Nachthimmel über Ballester aussähen. Unfassbar galaktisch halt.

Quique hielt probeweise 3 geschwärzte Manuskriptseiten hoch.

Leuchtende Sterne, wo immer man hingucke. Ob Álvaro betriebsblind sei und es deshalb nicht merke? »Schau mal hier, Al, und hier … und hier … Diese vielen weißen Stellen allüberall dazwischen …« Sie seien so verdammt megaschön, dass es beinahe schmerze …

»Al, was ist denn …? Álvaro, heulst du?«

»Komm her …«

»Lass mich los, Al, ich bin doch kein Mädchen!«

»Es stimmt, mein Kleiner, kleiner Großer.«

DRITTER TEIL

DIE BASILISKEN

I

Ofelia ging in die Hocke, um Nofretete über das Fell zu streicheln. »Die Schöne ist gekommen«, begrüßte sie ihr Haustier mit warmer, leicht gezuckerter Kaffeestimme und feingliedrigen Händen, »braves Mädchen, braves Mädchen …« Die Katzenfürstin hörte nur mit halbem Ohr hin, gestattete aber die Zärtlichkeit, sie, die als Erste aus dem Niemandsland des Gartens aufgetaucht war, um wie ferngesteuert durch die hohen Gräser auf die stechend weiße Lichtung zu treten, auf eine funkelnde, heruntergelassene Scheibe von hypnotischer Kraft, eine schnell ausgegrabene Emailleschale, die Ofelia auf die Veranda hingestellt hatte, denn Nofretete brauchte man keine Sterne vom Himmel zu holen, hatte man ihr nicht zuvor den Vollmond zu Füßen gelegt, Nofretete mondsüchtig, Nofretetes langer Hals, Nofretete, die sich kopfüber in das randvolle Gefäß stürzte, ohne zu riskieren, dass ihre Würde flöten ging, Nofretete, die geräuschvoll trank, selbstvergessen hastig, bis Osiris sie zur Seite drängte, Osiris, der ihr die Alleinherrschaft streitig machte, unter Einsatz dicker Tasthaare und einer rauen schaufelartigen Zunge, Osiris, dreifarbiger Knäuel und darin eingeflochten ein vernarbter Kampf, Osiris' Pfoten im Hier und Jetzt, seine anderen Existenzen weiß der Geier wohin zerstreut, zerstreuter Osiris, geistesabwesender Kater, an den sich Seth lautlos heranschleicht, mit eckig beschnittenen Ohren und einem an der Spitze gespaltenen Schwanz, Seth behäbig, kamelbraun und struppig, Seth mit ausgetrockneter Kehle, als käme er unmittelbar aus der Wüste, wenn du wüsstest, Seth, dass der Volksmund euch sieben Leben zuspricht … Der Volksmund ist der Widerhall der Bocca de la Veritá in Santa Maria in Cosmedin, das Echo des Amun-Orakels von Siwa, der weissagenden Fische am Heiligtum von Labranda, die Resonanz der Sibylle von Cumae, das Rauschen der auf einem Dreifuß thronenden Pythia in Delphi, ein Nachklang von Teiresias in der Unterwelt, ein Mitschwingen von Madame Sosostris im wüsten Land ... Wenn du wüsstest, Seth, dass es nichts zu befürchten gibt, obleich das Auge mitisst, reicht das gefundene Fressen aus, das Elixier, das Horus anstarrt, bevor er vom Wipfel des Baumes hinuntersaust, um auf halber Strecke einen Katzensprung zu wagen, Horus' linkes Auge den Mond nachgeahmt, perfekte Landung, Miezekatze, einäugiger Spielgefährte der getigerten Isis im Schlepptau, Isis, die das abgekartete Revier aus Ästen und Blättern hinter sich lässt und auf der vierten Stufe der Veranda den sauber abgetrennten Kopf einer Maus, Isis um einen Kopf größer als Anubis, erschöpftes Katzenbaby, hundemüde nach der Jagd, Anubis verspielt, Anubis tollpatschig zieht ein Kleinod ans Land und ertränkt es in der Flüssigkeit, eine zersauste Vogelfeder in der kostbaren Speise, in der Cleopatra gern gebadet hätte, Cleopatra, die sich rund um die Uhr putzt, Cleopatra in Watte, Cleopatra schneeweiß, verwöhnte Diademkatze, die misstrauisch die Spiegelung im Napf untersucht, eine gerümpfte Nase in Anbetracht der Epiphanie, ein abgeschmackter letzter Rest verdünnter Milch und darunter der stumpfe Glanz gemalter Blumen, Cleopatra vor dem Schicksalsrad, Cleopatra, die sich beleidigt umdreht, die sich weigert, in das allgemeine Schnurren einzustimmen, Cleopatra herzallerliebst, rachedurstige Schlangenkönigin, die ihrer Halterin die kalte Schulter zeigt, als hätte Ofelia ihrer Majestät keine stattliche Mahlzeit kredenzt, Ofelia, volles Verständnis, Ofelia, die sich hinkniet und sich Cleopatra schnappt und Cleopatra küsst und Cleopatra krault und Cleopatra herzt, und Cleopatra schnurrt, Ofelia-Friedenspfeife und Cleopatra-Leckermaul, Ofelia-Ruhepol mit einer Zigarette im Mund, Ofelia, die balsamische Düfte in den Wind bläst, Düfte wie von Zitronenmelisse, wie von Vetiver, wie von Eukalyptus und türkischer Minze, Ofelias dritte Mentholzigarette am frühen Morgen und mit ihr verschmolzen die Frische von Colgate und ein Hauch Nescafé, Ofelias Kindheitstraum vom alten Ägypten, ein Relikt ihrer Spiele bei Onkel Braulio, eine wiederaufgespürte Fährte und im Handumdrehen die Hohepriesterin in Gedanken verloren, die Siebzehnjährige gefangengenommen, eingekesselt in Tabakschwaden, die sie anstelle von Weihrauch spiralförmig über sich und den Katzen aufsteigen lässt, während sich Vergangenheit, Gegenwart und Zukunft in eine ewige Götterzeit verwandeln, in einen Zustand, der keinen Anfang und kein Ende kennt, ein wohltuendes Kontinuum von Schwerelosigkeit, in dem sich sogar das bereits besänftigte, selbstverliebte Cleopatraherz noch ein ganzes Stück weitet.

2

Ofelia Farías schien von einem Geheimnis umwoben. Lautaro und Elías Morales betrachteten sie aus der Ferne – dieser ungezwungen, jener verstohlen –, wenn sie mittags von der Schule in Begleitung ihrer Cousine und des Großvaters an ihrem Haus vorbeigingen und es der Zufall wollte, dass sie die Schöne zu dieser Stunde bei der Arbeit im Garten erwischten.

»Schau nicht hin«, gebot Teresa, sobald der Opa abgelenkt war. Den Blick nach vorn gerichtet, zerrte sie an Elías, zog ruppig am Ärmel seines Hemdes, und nachdem sie einen Schritt zugelegt hatte, warnte sie katzenfreundlich: »Pass auf, du stolperst!«

Elías streckte seinem Bruder hilfesuchend die verschwitzte Hand entgegen. Lautaro blieb für einen Sekundenbruchteil stehen, gerade so lang, um seinem sehnsüchtigen Blick Gelegenheit zu bieten, ein zweites Mal Ofelias Sommerkleid zu streifen.

»Beeilt euch, wir haben schließlich nicht alle Zeit der Welt«, beklagte sich die Cousine, die unter dem Einfluss der katholischen Mädchenschule Schwester werden wollte und dennoch nichts lieber tat, als Mutter zu spielen. Darauf bedacht, die Reifere zu sein, empfahl sie Lautaro, die Tatsache zu akzeptieren, dass die sechs Monate, die sie trennten – sie sagte: die sie ihm voraushatte –, ungeheuer viel ausmachten, in einem Lebensabschnitt, in dem sich Mädchen deutlich schneller entwickelten als Jungs.

Der Belehrte hätte nicht genau einzuschätzen vermocht, wie alt seine Angebetete war, als sie jenes Anwesen bezog, auf das bis dahin niemand außer den herumstreunenden Katzen des Viertels Anspruch erhoben hatte. Die ausgewachsenen Tiere und ihre Neugeborenen hatten sich merkwürdigerweise von Anfang an um Ofelia geschart, sie auf ihre Art umworben, als hätten sie mindestens zwei Leben lang auf dieses Eintreffen gewartet, wären bloß ihre Vorboten gewesen und würden ihre Herrin endlich auf dem Terrain willkommen heißen dürfen, welches sie für sie entdeckt, erobert und nach den Regeln und Gesetzmäßigkeiten der Natur markiert hatten, um das Leben der Nachbarn von dem ihrigen klar abzugrenzen.

Um das Gartentor rankten sich blaue Prunkwinden, jenseits des Zaunes erstreckte sich eine wilde Ansammlung von Blumen, Sträuchern, Gräsern und Obstbäumen. In der hintersten Ecke des Grundstücks, unweit des Hauses, erhob sich ein Berg aus Schutt und morschen Holzbrettern, eine der letzten klar erkennbaren Bastionen jener Müllhalde, die Ofelia bei ihrer Ankunft vorgefunden hatte und nach wie vor zu bekämpfen versuchte. Der Garten lebte. Er wucherte und forderte seinen Tribut. Das Haus dagegen stand still, bewacht von einer Trauerweide, deren weit ausladende Äste Zweige trieben, die auf der einen Seite die Außenwand streiften und auf der anderen die Wasseroberfläche eines Teiches berührten. »Dieser Tümpel ist eine Zuchtstätte für Mikroben«, giftete Teresa, die neidisch auf Ofelia war und die Überzeugung vertrat, dass diese Ruine, wie sie ihr Heim bezeichnete, von der Pflanzenwelt nur geduldet wurde. Der Efeu hatte das zweistöckige Bauwerk beschlagnahmt und zugleich vor dem völligen Zerfall bewahrt, doch irgendwann würde es unter dem strengen Regiment der Blätter und der gelbgrünen Blüten in sich zusammenkrachen.

Das Gerede über den Verfall der Sitten nahm seinen Ausgang bei dem Schreien und Schnurren der Katzen, obwohl Katzen, wenn sie rollig sind und gedeckt werden, nichts dafür können, da sie Sklaven ihrer Veranlagung sind. Neu war, dass die Bewohner von Ballester begannen, sich in ihrem Anstand verletzt zu fühlen, und sich über das Spektakel entrüsteten, dem Passanten ausgesetzt waren, besonders Kinder und Enkelkinder im Schulalter, dieselben, die, als das Anwesen ausschließlich den Vierbeinern gehört hatte, über den Zaun geklettert waren, um die armen Viecher in ihrem Revier mit Wasserpistolen zu jagen, was den Eindringlingen einen Heidenspaß bereitet hatte.

Man brauche unter gar keinen Umständen ein zweites römisches Kolosseum, posaunte Doña Carmen in ihrem Laden herum, das Gesicht vor Anstrengung gerötet, die Hände mehlig, die Backwaren vom Vortag – der heraufbeschworenen Endzeitstimmung entsprechend – zum halben Preis. Der Vermehrung der Bestien müsse Einhalt geboten werden, sie führe noch zur Verbreitung hässlicher Seuchen und Krankheiten.

»Von dieser Gerüchteküche aus pflanzt sich nichts als Unsinn fort«, hatte Lautaro Don Caetano einmal aus dem Hinterzimmer rufen hören, als er nach seiner Bestellung gefragt worden war und im Anschluss mitbekommen hatte: Gerade jetzt, wo Doña Carmens Tochter trotz ihrer labilen Gesundheit schwanger geworden sei, solle der Kontakt mit Krankheitserregern unterbunden werden, man frage sich nur wie, denn an die frische Luft müsse Doña Carmens Tochter ja, und neuerdings würden die Katzen einem ständig über den Weg laufen, in erster Linie die schwarzen. Man erblicke sie überall: auf dem Dach dieser Baracke, in den Bäumen, zwischen den Hecken, vor dem Tor – und, Jesus bewahre, Doña Paquita sei letzte Woche gar eine dickleibige, kohlschwarze zwischen die Beine gelaufen, mit der Folge, dass die Arme gestolpert sei und sich beinahe die Zähne ausgeschlagen hätte, mitten in der Nacht. Und ob jemand im obszönen Gerangel gefleckte gesichtet habe und ob gefleckte genauso unheilvoll wie die pechschwarzen seien? Doch im Grunde sei jegliche Plage (Katzen, Tauben, Heuschrecken …) unheilvoll, und ob man etwas streuen solle, um mit ihr fertigzuwerden? Mit ihr und diesem Sündenpfuhl müsse man ja fertigwerden! Und wie sie noch gleich heiße, das junge Ding?

Lautaro hatte vergessen, eine Sahnebombe für Elías mitzunehmen; schlecht war ihm geworden bei dem Gedanken, dass man in ihrem Stadtviertel offensichtlich darauf aus war, nach einem Erdklumpen zu suchen, der – geschickt ins Rollen gebracht – zur Schlammlawine werden könnte und am Ende möglicherweise Ofelia Farías überrollen würde, um sie mitsamt ihrer Anmut und Zartheit vor den Augen aller ins Verderben zu stürzen.

3

»Es ist ein Jammer«, ließ Alba Morales am Frühstückstisch verlauten, und Renzo Morales, der nur mit halbem Ohr hinhörte, stimmte ihr zu, der Einfachheit halber, seiner Sonntagsruhe wegen und ohne von der Zeitung aufzublicken. Ja, ja, sicher, sie habe recht. Seine Frau aber fühlte sich missverstanden, denn im Inneren weigerte sie sich anzuerkennen, dass es mit demselben Pater Amaro, der die Trauung ihrer Eltern und – »Weißt du noch, Renzo, wie ergreifend?« – die ihrige zu verantworten hatte, bergab ging. Der Untergang vollzog sich unweit ihres Domizils in den ehrwürdigen Räumen der Kirche NUESTRA SEÑORA DE LA MERCED und offenbarte sich in aller Deutlichkeit in einer etwas anderen Bergpredigt, bei der sich die Zuhörer seligpreisen durften, die einen Bruchteil von dem zu dechiffrieren vermochten, was aus dem Munde des Geistlichen kam.

Vor einer Woche hatte es einen historischen Flop gegeben. Die Gemeinde hatte in der halben Ewigkeit, die der weißhaarige Amaro Roviralta benötigt hatte, um den Altar hinter sich zu lassen und vom Lesepult aus das Wort an sie zu richten, erwartungsvoll den Atem angehalten; nach dem liturgischen Gruß mussten die meisten husten. Die Gläubigen waren zahlreich erschienen, sie hatten im Vorfeld – eine *Medialuna* hier, ein Nonnenseufzer dort, bei der Besorgung des täglich Brots – von der hochmodernen Mikrophonanlage erfahren, die über Nacht installiert worden war. »Eine großzügige Schenkung des *Señor* Viamonte Rey«, hatte es durch das Gotteshaus geraunt, »das Neueste vom Neuesten.« »Der letzte Mist, eine Fehlinvestition, die bei den Millionen, die die Familie hortet, eh nicht ins Gewicht fällt«, hatte Doña Carmen geurteilt, nachdem sie ihre Nachbarin Alba Morales mit dem Ellenbogen in die Seite gepufft hatte.

Das Genuschel von Pater Amaro war unüberhörbar bis in die hintersten Reihen vorgedrungen, wo sich normalerweise diejenigen Kirchgänger niederließen, die der Wahrheit nicht ins Gesicht schauen wollten und sich deshalb dort einen Sitzplatz sicherten, wo sie keine metaphysischen Erschütterungen wähnten.

»Wohlsituiert waren die schon immer«, hatte Alba Morales richtiggestellt und alsdann desillusioniert geschwiegen. Herb enttäuscht über ein ersehntes, nie zustande gekommenes Wunder der Technik lamentierte sie stattdessen zu Hause über den Reinfall.

»Nicht schlimm«, befand ihr Mann und lächelte zufrieden.

»Du hast gut reden«, seufzte Elías.

Doch Alba – steter Tropfen höhlt den Stein – ließ nicht locker. Ihre Eltern hatten ihr eingetrichtert, dass das Glück erarbeitet werden will, und so bangte die Glucke um ihr Nestküken: Elías hatte ein ganzes Jahr Katechese vor sich und seine Familie die Pflicht, ihn zu unterstützen, damit er den steilen Weg bis zur heiligen Erstkommunion ordentlich beschritt.

»Was soll ich sagen? Ich kann dem Gottesdienst kaum Sinn abgewinnen«, erklärte Renzo Morales, der verlorene Sohn, sekundiert von seinem jüngsten Erben: »Auch ich habe keine Lust!«

»Um Lust geht es schon mal gar nicht!«

»Albaliebling«, sagte Renzo und warf einen ostentativen Blick auf die Uhr, »wenn ihr euch jetzt nicht sputet, könnt ihr es gleich lassen.«

Eins, zwei, drei, weg waren sie, während der vierte im Bunde sich nach dem erfolggekrönten Schlagabtausch eine Jockey Club anzündete.

An Ort und Stelle eingetroffen, versuchte die Familienmutter ihr Glück mit: »Entschuldigung … Verzeihung … Dürften wir durch? Der Kleine ist bei der Katechese, deshalb …, danke. Och, Verzeihung, bin ich Ihnen auf die Füße …?« »Endlich«, sagte Alba Morales, nachdem sie ihre Plätze in den vorderen Reihen erkämpft hatten. Sie hockten sich zu den alten Jungfern, die seit jeher da waren mit ihren Rosenkränzen zwischen den knochigen Fingern. »Dinosaurier«, flüsterte Elías seinem Bruder ins Ohr, weil sie ihm wie ausgestorben vorkamen und die Kirchenglocken dazu läuteten. Beim Reinstürmen hatte Alba Morales beiden Kindern befohlen, dem Pater an den Lippen zu hängen, und das taten sie in der Hoffnung, diese lesen zu können. Die Verzweiflung trieb ihnen den Schweiß auf die Stirn. Es war sehr drückend, und ihre Mutter war schuld. Sie hatten sich reingequetscht und waren den ausgestopften Dinos auf die Pelle gerückt. Ebenfalls aus dem Mesozoikum, sorgten die wenigen Stehventilatoren für einen brutalen Lärm und erschwerten jegliche Decodierungsarbeit, ohne ihnen Erleichterung zu verschaffen. Die höllische Hitze vernebelte die Sinne. »Papperlapapp«, behauptete Alba Morales, die ihren Söhnen angekündigt hatte, auf dem Rückweg, im Vorbeigehen sozusagen, Verständnisfragen zur Predigt stellen und das Taschengeld jede Woche ihrem Auffassungsvermögen anpassen zu wollen.

Lautaro und Elías Morales waren entschlossen, die Sinne für dieses Kräftemessen zu schärfen. Ihnen war aufgefallen, dass der Pater seine Augenmuskeln über die Maßen beanspruchte, so als wäre es zwingend notwendig, das Schielen zu erlernen, bevor man über den Jordan geht. Des Paters Anläufe waren nicht schön anzusehen, wirklich nicht. Roviraltas Mordsanstrengung konnte man aus der kurzen Distanz perfekt beobachten. Er beobachtete zurück, stand hinter dem Lesepult unmittelbar vor dem Friedhof der Dinosaurier, nahm die Fossilien wahr und natürlich auch Lautaro und Elías, Fremdkörper mittendrin. Die wiederum bemerkten, dass Roviraltas erweiterte Pupillen mitsamt der blauen Iris stark übertrieben nach links zeigten, besser gesagt, nach links oben. Er wollte sie vor irgendetwas warnen. Des Paters Art zu schauen war ein klares Deuten, ein offenkundiges Hinweisen, das von einem Zucken des Kopfes begleitet wurde.

»Sobald ihm ein Luftstrom in die Augen gerät, erblindet er«, prophezeite Elías. »Unsinn!«, konterte Lautaro. »Wo soll der denn herkommen? Bei diesen Pipifax-Ventilatoren ist das ausgeschlossen.«

Amaro Roviralta war inzwischen dazu übergegangen, mit den Augen zu rollen. Der Alte war sichtlich genervt, und obwohl seine Akrobatik nicht besonders anmutig war, übten Elías und sein Bruder

Nachsicht, denn was blieb jemandem, der sich nicht länger präzise artikulieren konnte, anderes übrig, als ein revolutionäres Kommunikationssystem auszuhecken? Der Pater probierte einen eigenwilligen Code von optischen Impulsen und akustischen Signalen aus. Vor sich den Tunnel ins Jenseits schaltete er die Augen wie blinkende Lichter ein und bewegte den Kopf halsbrecherisch nach links. »Die da«, petzte der Wackeldackel, »haben den Weg der Wahrheit und des Lebens verfehlt. Die da waren einst unter uns und sind übergelaufen. Die da sind vom rechten Pfad abgekommen, die da, die da.«

»Gaga«, kommentierte Elías. »Was brabbelt er für einen Nonsens?«

»Er hat *Die da* gesagt, Elías, und dann *Seele*, glaube ich, wahrscheinlich *Spiegel der Seele* wegen seiner glasklaren Augen, den Rest habe ich auch nicht mitgekriegt.«

Der Pater: Wackelhund. Lautaro und Elías als Nächstes: Kirchenmaus. Denn noch nie waren die beiden so arm dran wie in der Woche, die dieser traurigen Darbietung folgte. Noch nie schnitten die Brüder so schlecht beim Hörverständnis und anschließenden theologischen Disput mit ihrer Mutter ab wie an jenem Sonntag, an dem sie aus der Kirche traten und Alba Morales fuchtelnd auf eine ausgehungerte Katze losging, die sie bar jeder Hemmung angebettelt hatte.

4

Lautaro befand: In Anwesenheit des Großvaters war Teresa nicht Teresa; sie pfiff ein Lied.

»Verzeih, Cousin, was sagst du?«

»Ob du letzten Sonntag dem unzumutbaren Genuschel von Pater Amaro etwas abgewinnen konntest.«

»Pater Amaro nuschelt nicht, Lautaro, er fispelt.«

»Er fispelt?«

»Seitdem die Kirche mit einer Mikrophonanlage ausgestattet ist, kommt es mir vor, als würde er wie der heilige Franz von Assisi mit den Vögeln reden.«

»Der Pater redet nicht«, mischte sich Elías verärgert ein. »Das habe ich unserer Mutter tausendmal gesagt!«

»Eben, mein Täubchen. Er fispelt.«

»Das ergibt keinen Sinn, Teresa. Bei aller Liebe, man versteht kein Wort«, widersprach Lautaro.

»Es geht um die Stimmung, die sein Gefispel hervorruft. Das Gotteshaus ist davon erfüllt, ich selbst bin wie elektrisiert. Dank des technischen Quantensprungs tritt das Wunder deutlicher zutage.«

»Er ertaubt, Teresa.«

»Tauben finde ich eklig«, stellte Elías klar.

»Auch wenn du meinen Ratschlag nicht hören magst«, versicherte Teresa und lächelte Elías an, »du solltest Quique eine Chance geben, ihr könntet zusammen spielen, anstatt so zu tun, als wäre der andere Luft. Tweedledee und Tweedledum, echt!«

»Ich weiß nicht, von wem du redest.«

»Wir reden von Pater Amaro, ihr zwei, der für mein Dafürhalten einen Vogel hat. Ich wüsste nur zu gern, wen genau er vor Augen hat, wenn er immerzu *die da, die da* sagt.«

»Niemand kann absehen, wie lang der ehrwürdige Pater noch unter uns weilt, Lautaro. Schon deshalb gebührt es sich, in höchsten Tönen von ihm zu reden. Gut möglich, dass er mit einem Fuß bereits im Himmel steht und deshalb Vogelpredigten hält. Bevor er sich aufschwingt, ist er bemüht, eine höhere Wahrheit zu verkünden.«

»Eine höhere Wahrheit?«

»Bei uns *intra muros* ist sie längst *vox populi*. Mit anderen Worten, wir sind im Gegensatz zu euch aggiorniert; innerhalb der Mädchenschule ist diese Wahrheit allgemein bekannt.«

»Ach ja?«

»Sicher, die Spatzen pfeifen es von den Dächern. Im SANTA ANA weiß jeder Grünschnabel, wer damit gemeint ist.«

»Ach so?«

»Wer denn, Teresa, wer denn?«, beharrte Elías mit ungewollt mädchenhafter Piepsstimme.

»Unsere ehemaligen Brüder und Schwestern, Elías, die Spiritisten, die sich einige Häuser weiter gleich um die Ecke von NUESTRA SEÑORA DE LA MERCED eingenistet haben«, offenbarte die Gütige und pochte an die Tür der Großeltern, obwohl Opa Julio den Hausschlüssel dabei hatte.

5

Das war ein klarer Fall für den *gordo* Andrade. Der dicke Andrade hatte sämtliche erdenklichen Fernkurse absolviert und zeigte seinen Klienten unaufgefordert die Meisterbriefe, die dies zertifizierten. Sie waren ihm im Laufe der Jahre per Post zugeschickt worden, in pompösen goldenen Umschlägen, die er mitsamt den durchgekauten Arbeitsunterlagen unterm Bett in einem selbstgebauten Safe aufbewahrte, dessen Schlüssel er um den Hals trug und den er niemals abnahm, nicht beim Schlafen und auch nicht beim Duschen. Ein anderer hätte die Zeugnisse eingerahmt und deutlich sichtbar im Wohnzimmer aufgehängt, aber der *gordo* Andrade hatte so etwas wahrlich nicht nötig. Stattdessen hielt er lieber still und war im richtigen Augenblick für eine Überraschung gut.

Auch Lautaro Morales war geneigt, keine schlafenden Hunde zu wecken, zumal Elías Morales in Anlehnung an die Predigten des Wackeldackels ein einziges Thema tangierte und er seit kurzem erst aufgehört hatte, ihn nachzuäffen. Der moribunde Roviralta trieb die Brüder mit in den Ruin. Die elterliche Versorgung wurde immer spärlicher, ihre Finanzen und die damit verbundenen körperlichen Ressourcen gingen den Bach runter. Lautaros treuer, sich in einem Zuckertief befindender Gefährte konnte den Kopf kaum über Wasser halten. Da es dem Älteren davor bangte, dem Jüngeren übertriebene Hoffnungen zu machen, verkündete jener, unmittelbar bevor sie sich anschickten, zu neuen Ufern aufzubrechen, dass man sie pünktlich erwarte, und gab zu verstehen, dass der Hausherr junior ein ziemliches Phänomen sei.

Der *gordo* Andrade und Lautaro Morales waren sich am Anfang des Schuljahres nähergekommen, nicht früher und nicht später, obwohl sie sich das ganze Leben kannten. Im Anschluss an den Kindergarten hatte der eine vorn, der andere hinten in der Schulklasse gesessen, und so hatte jeder für sich den Trampelpfad bis zur achten geschafft, nur dass der *Gordo* zeitgleich, im Gegensatz zu Lautaro und im Verborgenen, andere, durchaus spannendere Wege eingeschlagen hatte und inzwischen Detektiv, Kosmonaut, Sternekoch, Fotograf, Mafiaboss und was weiß Gott noch alles geworden war. Elías, der nicht leicht zu beeindrucken war, wollte vorab bloß eins in Erfahrung bringen: ob der *Gordo* auch ein die-da-die-da-Spiritist war. Nein, entschuldigte sich Lautaros Klassenkamerad, da müsse er leider passen.

Ob er zumindest eine Ahnung habe, was zum Kuckuck Spiritisten treiben.

Dunkel, doch er glaube, Licht in die Angelegenheit bringen zu können, erklärte der *gordo* Andrade seelenruhig; er zückte ein metallenes Zigarettenetui und bot Elías eine Schokostange an. Auf diese Weise war das Eis gebrochen.

»Nicht schlecht«, kommentierte der Knirps. Daraufhin der *Gordo*: »*Fatto in casa.*«

6

Von Montag bis Freitag hatte der *Gordo* das ganze Haus für sich allein. Er nannte das Haus nicht das Haus, sondern sein Büro. Mutter und Stiefvater nahmen das Gewerbe des Sohnes sehr ernst und verließen sein Büro auf Zehenspitzen in aller Herrgottsfrühe, mindestens eine Stunde, bevor bei ihm der Wecker klingelte und er sich die erste Zigarette ansteckte, um dann aufzuspringen, das Frühstück zuzubereiten und sich für die Schule fertigzumachen. »Jeder muss schauen, wo er bleibt«, stellte der dicke Andrade klar. Nicht bloß er, auch seine Eltern würden tagsüber wichtigen Beschäftigungen nachgehen und abends zurückkommen, wenn das Büro des *Gordo* geschlossen hatte.

»Was darf ich euch als Nächstes anbieten?«, fragte der aufmerksame Gastgeber, nachdem er festgestellt hatte, dass das Zigarettenetui in null Komma nichts leer geworden war. »Von heute Mittag ist eine Portion überbackener Milchreis mit Zimtäpfeln und Mandelbaiserhaube übrig, sonst wären da noch meine Klassiker: Marianos Mirabellenmus und ein Orangen-Ananaskompott mit Zitronenmelisse.«

Elías strahlte und probierte sich munter durch sämtliche Speisen.

»Nun zum Geschäft«, beschloss Lautaro, woraufhin sein Begleiter ihm mit vollem Mund zunickte.

Er wolle ehrlich sein, führte der *gordo* Andrade aus, an Aufträgen mangele es ihm gerade nicht, aber an Lautaros Schilderung des Falles sei etwas dran; außerdem habe er einen Schulkameraden bisher nie im Stich gelassen.

Elías stöhnte.

Diesen Rolivarta, fuhr der *Gordo* fort, kenne er zugestandenermaßen nicht, zu keiner Zeit habe er diesen Namen gehört (Roviralta, erlaubte sich Lautaro zu berichtigen), er selbst habe bloß einmal – und das sei ewig her – eine Kirche von Innen gesehen, im Rahmen seiner eigenen Taufe, wovon er keinerlei bleibende Erinnerung behalten habe, obwohl eine Handvoll Fotos existiere, die dies belegten. Wie dem auch sei. Er würde sich der Sache kommenden Sonntag annehmen. Warum denn nicht?

Elías konnte sich ein »Danke, danke, danke, Mariano« nicht verkneifen. Contenance war nicht seins. Der *Gordo* dagegen legte großen Wert auf Selbstbeherrschung. Wenn er arbeite, wolle er nicht gestört werden; sollten seine Kunden ihn während der Messe als schwarzes Schaf in der weißen Herde entdecken, reiche ein Wink aus der Ferne vollkommen aus, um den Formalitäten Genüge zu tun; den Rest würden sie später in seinem Büro unter vier Augen ausdiskutieren.

Elías Morales wollte sich gleich einen Besprechungstermin geben lassen, der *Gordo* wiederum lieber die Ergebnisse seiner Forschung abwarten, bevor er seinem Bruder in der Schule ein paar Vorschläge für eine Auswertung unterbreiten würde.

Lautaros Gefährte, dessen Mirabellenmus zur Neige ging, wirkte enttäuscht, doch Mariano Andrade stimmte ihn zuversichtlich. Er könne sich rühmen, ein alter Spürhund mit einer ausgezeichneten Nase zu sein, einem Organ, das er sich im ersten Fernkurs antrainiert habe, da es auch beim Kochen ein nicht zu unterschätzendes Werkzeug sei. Er würde auf die richtige Fährte stoßen und sie prompt an seinen Erkenntnissen teilhaben lassen, koste es, was es wolle. Damit waren sie beim heikelsten Punkt angelangt.

Elías verschluckte sich, und es blieb an Lautaro, dem *Gordo* zu eröffnen, dass seine Auftraggeber ihn – erst wenn sie Alba Morales durch unwiderlegbare Sachkenntnisse in die Knie würden gezwungen haben – vom erhöhten Taschengeld für seine Dienste würden entlohnen können. Lautaro bat um Kulanz, indem er beteuerte, auf sie sei Verlass.

»Was soll's?«, entgegnete der *Gordo* und reichte seinen Geschäftspartnern die Hand.

Der herbeigewünschte Sonntag war deprimierend, nicht zuletzt weil bei den Dinosauriern Hochstimmung herrschte. Dank des Einsatzes neuer Gläser visierten sie Lautaro und Elías bereits an der Tür an und warfen ihnen faltige Kusshände zu. »So weit sind wir schon«, lamentierte der jüngere Bruder, der keine Ruhe gab, bis er auf der anderen Seite des Mittelganges den engagierten Schnüffler ausmachte. »Andrade undercover«, flüsterte Elías hoffnungsfroh und winkte. Als der Bedachte wegschaute, blieb sein Blick dummerweise an Teresa Gianelli hängen. Sie thronte unweit des *Gordo* zwischen ihren Eltern und mimte die Mystikerin von Ávila. »Die Sache stinkt«, sagte Elías und dann: »Aua!«, denn Alba Morales hatte ihn auf die fieseste Art in den Arm gekniffen.

7

Tok, tok, tok.

Unangekündigter Besuch. Lieblingszahl: drei.

Tok, tok, tok.

Klatsch, klatsch, klatsch.

Zweifellos. Ein ungeduldiger Zeitgenosse, vermutlich weiblichen Geschlechts, eine Sie also, die ihre Ziele hartnäckig verfolgt, ohne sich durch eine besonders ausgeprägte Beobachtungsgabe auszuzeichnen.

Riiiiiiiing.

Ganze vier Minuten, um die Klingel zu entdecken, die die Farbgebung des Pfeilers aufweist, in dem sie eingelassen ist.

Teresa seufzte verärgert. Genervt verlagerte sie ihr Körpergewicht von einem Bein auf das andere. Da sich im Haus offensichtlich nichts tat, schrie sie lauthals: »Ave Maria, unbefleckte heilige Jungfrau!« Alsdann legte Mariano Andrade ohne jede Hektik ein selbstgebasteltes Lesezeichen in den Roman, dessen Lektüre er gezwungenermaßen unterbrochen hatte. *Der Vampir von Sussex und andere Fälle* waren ausgiebig studiert worden, nun arbeitete er *Der Hund von Baskerville* mit großem Gewinn zum wiederholten Male durch. Ein Gemüt wie eine Brummfliege. Er klappte den Detektivroman zu, öffnete eines der Vorderfenster und brüllte: »Ich kommeeeee.« Gemächlich trat er aus seinem Büro und wäre mächtig überrascht gewesen, hätte er gewusst, dass er auf Teresas Grußformel strenggenommen mit »Empfangen ohne Sünde« hätte antworten sollen.

»Entschuldigung«, brachte er seelenruhig vor, »ich hatte zu tun. Wie kann ich helfen?«

Obwohl sein Geschäft aufgrund der Mundpropaganda gut lief, war der Dicke immer gern bereit, neue Aufträge unter die Lupe zu nehmen. Teresa, die von der breiten Palette seiner Dienstleistungen keinen blassen Schimmer hatte, verbuchte die unbekannte Adresse als Volltreffer, auf den ersten Blick fand sie den *gordo* Andrade aufgeschlossen und seine unvoreingenommene Haltung edel und solidarisch. Zuversichtlich erkundigte sie sich, ob sie eintreten dürfe.

»Sicher, sicher. Hier lang … Bitte, nimm Platz.«

»Danke.«

»Wie kann ich behilflich sein?«, fragte der *Gordo* ein zweites Mal.

»Ich muss mich kurz fassen, ich habe wenig Zeit. Meine Oma, die vier Häuser weiter Brot besorgt, glaubt, ich warte vor LA LIBERTAD.«

»Etwas Delikates, also.«

»Geradezu Erlesenes.« Teresa griff nach ihrer Schultasche, hielt aber in der Bewegung inne. »Ich bin übrigens Teresa Gianelli, Fahnenträgerin, Klassensprecherin und Schülerin des INSTITUTO SANTA ANA. Ich bin hier, um dir etwas Wertvolles zu überbringen.«

»Mariano Andrade, ESCUELA NACIONAL DOMINGO FAUSTINO SARMIENTO. Was genau führt dich zu mir, Teresa?«

»Die Madonna von Ballester, Mariano. Sie ist mit Weihwasser gesprengt und wandert herum.«

»Aha«, sagte der *Gordo* und gönnte sich eine Bedenkpause. »Rauchst du?«, erkundigte er sich.

»Danke, nein, ich vertrage keine Schokolade.« Teresa Gianelli stellte ihre billige Statuette auf den Wohnzimmertisch, um dann zu behaupten: »Die Wandermuttergottes hilft allen, die im Dunkeln tappen.«

»Seltsam. So ein Plastikding ist mir bisher noch nie unter die Augen gekommen«, gestand der *Gordo* nachdenklich. »Ich meine, so ein hellgrünes Zeug …«

»Fluoreszierend«, sagte Teresa, die sich die Präzisierung nicht verkneifen konnte. »Diese Maria, Mariano, leuchtet in der Nacht. Du darfst sie beherbergen und zu ihr beten. Jetzt, wo ich deinen Namen kenne, erscheinst du mir geradezu dafür prädestiniert. In einer Woche hole ich sie ab.«

Riiiiiiiiiiiiiiiiiiiiiiiiiiiiiiiiiiiiiing.

Das waren Lautaro Morales und die Ungeduld in Person. Ihr Großvater hatte sie abgesetzt, und Elías klingelte Sturm. Sie hatten ihren zweiten Termin bei dem *gordo* Andrade erhalten und waren eine Dreiviertelstunde zu spät. Als die Geschwister Mutter Teresa an der Tür trafen, traf sie wiederum der Schlag. Damit hatte keiner von ihnen gerechnet. Lautaro blieb die Spucke weg, Elías zeigte völlig entgeistert auf Teresa und brachte nichts als »Die da, die da« heraus. Der nichtsahnende *Gordo* sagte beschwichtigend: »Gleich, gleich, kommt erst mal rein.« Er hätte den beiden gern ihre eigene Verwandte vorgestellt, die – nachdem Elías drei Schritte zurückgewichen war (*Vade retro Satana!*) – sich vom Acker machte.

Während der Jüngere sich vom Schock erholte, verriet der *Gordo* sämtliche Details dieser Begegnung. Von der Theorie der Zufallsbekanntschaft nicht ganz überzeugt, wollten die Geschwister sich am nächsten Mittag Teresa vorknöpfen – in der Hoffnung, etwas in der Hand zu haben, um sie bei der erstbesten Gelegenheit bei den Großeltern zu verpfeifen und zu verfispeln. Sie wollten den Spieß umdrehen. Sie wollten ihre besserwisserische Base dazu zwingen, geständig zu sein und ihnen den wahren Grund ihres Besuchs beim *Gordo* offenzulegen.

»Wieso mischst du dich in unser Leben ein?!« Als Elías Teresa wutentbrannt zur Rede stellte, legte sie los. Sie berichtete munter von einem zweiten Kongress oder Konzil, einem alten Konklave oder Konvent im Vatikan, von dessen Existenz sie dank einer Nonne oder einer Seligen Wind bekommen hatte, sie erwähnte ergriffen ein leuchtendes Vorbild oder eine flammende Säule, von der ein Wesen aus Schweiß und Blut heruntergeklettert war, um bis an sein Lebensende unterwegs zu den Menschen zu sein, sie erzählte von einer fehlenden heißen Spur und von einem roten Faden. Teresa quatschte ihnen die Ohren voll, so dass ihre Cousins, als sie endlich schwieg, sich beinahe bei ihr bedankten. Elías' Urteil fiel kategorisch aus: »Eine Lügnerin vor dem Herrn, Lautaro, eine Spionin, ein katholischer Maulwurf, der sich aus purer Bosheit vorgenommen hat, unsere Pläne zu durchkreuzen!«

»Weit gefehlt«, erklärte Lautaro Morales dem *Gordo* an jenem Tag, an dem Elías und er zum zweiten Mal bei ihm vorbeischauten. »Unsere Base ist nicht so selbstlos, wie sie tut. Auch wenn sie uns den Hinweis mit den Spiritisten zugespielt hat, war ihr sonst kein Sterbenswörtchen zu entlocken.«

»Halb so schlimm, denn inzwischen habe ich das Nötige ausgekundschaftet. Eure Bemühungen gehören der Vergangenheit an«, triumphierte Mariano Andrade. »Ich darf euch in mein Zimmer bitten. Mir nach«, rief er aus, um dem Besuch wie ein Kavalier der Dame die Tür seines Tempels der Wahrheit aufzuhalten.

8

Das Schlafzimmer des *gordo* Andrade war tadellos aufgeräumt. Das machte auf Lautaro und Elías Morales einen bleibenden Eindruck. Sie würden wochenlang darüber reden, jetzt aber schwiegen sie eingeschüchtert. Sie schwiegen geradezu feierlich wie des Nachts, wenn sich ihre vertraute Umgebung nach den Sondierungsgesprächen des Vaters, dem Gutenachtkuss der Mutter und dem Löschen des Deckenlichtes allmählich verwandelte und sie – zurückgelassen im Unermesslichen – nicht einmal zu sagen vermochten, wie ihre nahe Zukunft ausschaute.

Mariano Andrade hingegen schien die Dinge unter Kontrolle zu haben. Sein Bett zierte eine Tagesdecke mit schottischem Karomuster, darauf sauber ausgebreitet lagen die Zeichen seiner Arbeitsmühen. Elías und Lautaro blickten auf ein streng logisch aufgebautes System von Indizienbeweisen; Zettel mit eingekreisten Zahlen dienten der Orientierung.

①
ein Kärtchen mit dem Hinweis *Zur Kenntnisnahme*
vier Fotos

»Nur zu.«

Auf dem ersten Foto gleich eine Horrorvision. Männerarme versuchten, einen Schreihals in eine Decke zu wickeln.

»Domingo?!«

»Ich früher …«

Die zweite Aufnahme: ein vom Körper abgetrenntes Gesicht, eingerahmt von einer schneeweißen Decke; als nächstes: eine widerspenstige Zähmung, eine angeschnittene Männerhand, die dem Säugling die Flasche in den Mund stopfte; zum Schluss: der Eingeschlafene in den Armen einer Frau, die wiederum von einem erwachsenen Dicken umarmt wurde. Sachen gibt es, die gibt es gar nicht, denn die Abgelichteten posierten vor einer Lautaro und Elías bekannt vorkommenden Sonntagskulisse! Die Fotos waren in der Kirche NUESTRA SEÑORA DE LA MERCED geknipst worden und dokumentierten die Taufe des *Gordo*, ordnungsgemäß vollzogen von Pater Amaro Roviralta, jener Urgestalt, auf deren ärgerliches Kauderwelsch Lautaros und Elías' gegenwärtiges finanzielles Desaster zurückzuführen war.

»Der Arm der Geschichte ist lang«, ließ Mariano Andrade seine Klienten wissen, die auf Unerhörtes gefasst mit ihrer Inspektion fortfuhren.

②
ein weiteres Kärtchen mit dem Hinweis *Zur Kenntnisnahme*
verschiedene Kleidungsstücke

Trotz unmittelbarer räumlicher Nähe trennten ① und ② mehr als ein Dutzend Jahre. Verzicht auf jegliche Exaltiertheit sei die erste Pflicht eines verdeckten Ermittlers, erklärte der *Gordo* und zeigte auf die dunkle Hose, das dunkle Hemd und die dunklen Schuhe, die er neulich in der Kirche anhatte. In dieser Dienstkleidung konnte er davon ausgehen, dass sein Studienobjekt keine Notiz von ihm nehmen würde. Und selbst wenn, war es ausgeschlossen, dass der Pater in ihm den in Weiß eingemummelten Säugling von damals würde wiedererkennen können.

Lautaro und Elías war inzwischen ein unspektakuläres Heft aufgefallen, das aus der linken Seitentasche der dunklen Hose herauslugte und das zu einem späteren Zeitpunkt seine ganze Tragweite entfalten würde.

③
eine Zeitschrift

Neben den Klamotten lag ein aufgeschlagenes Magazin. Mit Filzstift umrandet war eine Fotografie der – so die Bildunterschrift – legendären Margaret, Catherine und Leah Fox, die Elías spontan als *drei traurige Trullas* apostrophierte.

Worauf sie denn warteten. Der Dicke hatte sich in einen ausgeleierten Sessel gefläzt, Lautaro und Elías hingegen vergruben die Hände in die Hosentaschen. Als sie auf der einzig frei gebliebenen Ecke seines Bettes Platz nahmen, sank diese wie die Titanic.

»Die Last der Beweisstücke ist erdrückend«, räumte Lautaro ein, während Elías Daumen, Zeige- und Mittelfinger der rechten Hand ausstreckte, um dem *Gordo* zu signalisieren, dass es an der Zeit war, mit den aufgeschobenen Erläuterungen von ①, ② und ③ herauszurücken.

Sie erfuhren alsdann, dass der Hinweis von Teresa Gianelli sich als wertvoll erwiesen hatte. Sie erfuhren, dass der *Gordo* nach ein paar produktiven Fehlversuchen eine zündende Idee gehabt hatte. Sie erfuhren, dass er die Abteilung Trivia und Varia seiner Bibliothek abgeklopft hatte. Dass er Teresas Spiritistenfährte folgend auf seine Lieblingszeitschrift *Increíble pero real* gestoßen und dort, zwischen Wissenswertem und Vermischtem, fündig geworden war. Sie erfuhren fernerhin, was es hieß, Panik zu verspüren, denn der *Gordo* schwieg. In dem entscheidenden Moment war er stumm geworden wie ein Fisch – eines der ältesten Erkennungszeichen der Urchristen, profilierte sich Elías, Anwärter auf die Erstkommunion. Im Büro des *Gordo* herrschte eine ungeheure Spannung. Lautaro und Elías hingen an seinen Lippen. Er aber schien die Zähne nicht auseinanderzukriegen. Die Geschwister hielten die Luft an, als sie den Dicken in Zeitlupe auf sich zukommen sahen. Er wurde immer dicker. Sie sahen ihn sich das Magazin mit dem Porträtfoto schnappen. Die Zeitschrift *Unglaublich, aber wahr* kannten sie nicht; später würden sie die Hefte des Öfteren konsultieren wollen, woraufhin Mariano Andrade sie jetzt schon – gestanden, routiniert, vorausblickend – mit dem strikten Reglement seines Hauses bekannt machte.

Verleihen könne er die Bestände nicht, weil sie Teil seiner Präsenzbibliothek seien. Diese Präsenzbibliothek, eine prominente Regalwand innerhalb seines Bürokomplexes, hatten Elías und Lautaro am ersten Tag bei ihrer Vorsprache im Wohnzimmer selbstverständlich wahrgenommen, denn sie war gewiss die umfangreichste Büchersammlung, worüber ihre Augen bis dahin hatten gleiten dürfen. Wie ihnen zu Ohren kam, gingen die meisten Exemplare in den Regalen auf einen gewissen Valentino Acuña zurück, Stiefvater des *Gordo* und Büchernarr, der sich als Bekannter ihres Opas entpuppte. Wenn besagter Valentino Acuña die Innenstadt ansteuerte, konnte man darauf wetten, dass er aus einem der Antiquariate der Calle Corrientes ein ausgefallenes Buch mitbringen würde und es auf der Heimfahrt im Zug zur Hälfte würde ausgelesen haben. Dem Bericht des *Gordo* zufolge war es Acuña, der ihn einst auf die epochale Idee mit den Fernkursen gebracht hatte: Die Reklameseiten von *Patoruzito*,

Isidoro und anderen Comic-Heften, zu denen er als gutsortierter Zeitungsverkäufer tagtäglich Zugang hatte, lockten mit Probecoupons, auf deren heimtückische Quizfragen Lautaros Banknachbar nach bestem Wissen und Gewissen antwortete. Aufgrund des zeitlichen Aufschubs, der jeder postalischen Kommunikation eigen war, erlebte der *Gordo* Tage der Ungewissheit, die ihn bitter auf die Probe stellten. »Wie Satan Jesus in der Wüste, vierzig Tage und vierzig Nächte«, sagte Lautaros beflissener, vom Katechesefieber befallener Bruder. Früher oder später erlangte der *Gordo* die Gewissheit, dass er es geschafft hatte. Wenn es so weit war, hängte er ein Schild mit der Meldung *Bin gleich wieder für Sie da* an die Tür seines Büros und lief bis zur überübernächsten Straßenkreuzung, um Valentino Acuña mitzuteilen: »Mein neues Studium kann losgehen.« Unlängst war der Dicke mitten in ein Gespräch hineingeplatzt, bei dem sein Stiefvater mit stolzgeschwellter Brust einem Kunden erzählte, mit ihm unter einem Dach wohnten seine Frau, sein wissbegieriger Sohn und *Fortsetzung folgt*. Damit sei – erläuterte der Dicke – die Präsenzbibliothek gemeint, deren Herzstück Fortsetzungshefte bildeten, zumal Acuña sich nach wie vor bemüht zeige, dem unstillbaren Lesehunger der Familie, die ihn bei sich aufgenommen habe, mit packenden Beigaben und faszinierenden Supplements gerecht zu werden. Sobald eine Reihe komplett war, wurden die zugehörigen Hefte bei einem Buchbinderfreund abgeliefert, der sie in einem oder mehreren Prachtbänden bündelte. Marianos Lieblingsschinken hieß: *Argentiniens Hausmannskost von A bis Z*. Anders als man annehmen könnte, richtete sich das Ordnungsprinzip von *Fortsetzung folgt* nicht nach dem Alphabet, sondern entscheidend waren die von den Familienmitgliedern bevorzugten Interessensgebiete, worüber professionell aufgeklebte Etiketten Auskunft gaben: Flora und Fauna unseres Planeten, Musik von den Ureinwohnern bis heute, Literatur und Kunst sämtlicher Völker, in Vergessenheit geratene Hobbys, dies und das, enzyklopädisches Wissen *ad infinitum* – und ob er ihnen endlich die Glosse aus *Unglaublich, aber wahr* vorlesen dürfe, fragte der *Gordo*, denn mit dem Begutachten des dort abgedruckten Fotos sei es bei weitem nicht getan, woraufhin Elías und Lautaro folgendes haarsträubendes Zeug vernahmen:

»Wir schreiben das Jahr 1848. Die kommerzielle Nutzung des Überlandtelegraphen und des Morsealphabets läutet die Geburtsstunde des modernen Spiritismus ein. Es spukt.«

Elías schluckte.

»In Hydesville«, trug der Dicke unbeirrt vor, »einem heute nicht mehr existenten Teil der Ortschaft Arcadia, Bundesstaat New York, registrieren die Schwestern der Familie Fox unheimliche Geräusche, die sie auf die Präsenz eines im Keller verscharrten Ermordeten zurückführen.«

»Bei uns gibt es keine Keller«, log Elías sich zurecht, der inzwischen gespenstisch aussah, weshalb der vernunftgesteuerte Mariano Andrade ihn nicht beachtete und weiterlas.

»Die Spiritistinnen, zu Medien aufgestiegen, erfinden ein System, mit dessen Hilfe sich der Geist verständlich machen kann. Ein Klopfzeichen bedeutet JA, zwei heißen NEIN. Nach der Initialzündung 1848 beschäftigt der Verkehr mit den Toten nicht nur die USA. Die Meldungen von Verstorbenen mehren sich. Das übersinnliche Phänomen greift wie ein Lauffeuer auf Europa über und von dort auf das Einwanderungsland Argentinien.«

Kerzengerade saß Elías auf seinem Platz, das Gesicht von ansteckender Blässe. Ohne sich dessen bewusst zu werden, hatte er Lautaros Hand ergriffen und wie eine Saftpresse die letzte Zitrone aufs Heftigste gequetscht. Ihnen beiden war sterbenselend. Trotzdem bemühten sie sich um Haltung, vor allem in Anbetracht des Dicken. Er zuckte nicht einmal mit der Wimper, hatte »Tja« ausgerufen und die Zeitschrift auf seinen Schoß fallen lassen. Er war hochprofessionell, der *Gordo*, ein abgebrühter Typ wahrscheinlich nach so vielen gelösten Rätseln.

»Das ist ja lustig«, behauptete Elías.

»Als beratender Detektiv in der Nachfolge Sherlock Holmes' lässt mich so ein Hokuspokus schlicht und ergreifend kalt«, bemerkte der *Gordo*. Seine Klienten hätten gut gehandelt, ihn in der *Baker*

Street aufzusuchen, um sich ein besseres Bild von diesem Murks zu machen. In der Straße, in der das Büro des *gordo* Andrade lag, befand sich auch Doña Carmens und Don Caetanos Geschäft, das altbackene Brotunternehmen LA LIBERTAD. Der Dicke war ein geborener Stratege, der die Popularität der traditionsreichen Backstube für seine Zwecke nutzte.

»Trauer tragende Trunkenbolde«, urteilte Elías Morales, der das Porträt der Fox-Schwestern nicht aus den Augen ließ und sich Marianos aufgeklärte Sicht der Dinge aneignen wollte. »Trübsal blasende Truthennen! Trugbilder, *tralalí tralalá*!« Auf der Suche nach der bestklingenden Deeskalation, die seine Verzweiflung überspielen sollte, übertrumpfte er sich selbst.

»Mehr oder weniger unser Alter«, kommentierte der *Gordo* sachlich und zeigte unbeeindruckt auf Catherine. »*Die da* war sogar ein Jahr jünger als wir, als es bei ihnen angeblich gespukt hat. Sie war gerade mal zwölf.«

»Sieh einer an.« Elías war neun.

»Und *die da* – Margaret – war fünfzehn. Und *die da* – Leah – vierunddreißig, die einzige Klapperkiste. 1848. Diese Leichtgläubigkeit können wir uns heute nicht vorstellen.«

»Wie lustig, wie lustig.«

»Du sagst es, *Gordo*. Was hat diese Vergangenheit mit unserer Gegenwart zu tun? Was ist die Verbindung zwischen den Fox-Schwestern und unserem Wackeldackel?«

»Genau das habe ich mich auch gefragt«, gab Mariano Andrade zu. »Mit anderen Worten: Mir ist klar geworden, dass ich mich durch euren Auftrag in einen Teufelskreis habe hineinziehen lassen, in dem wir alle miteinander gefangen bleiben, solange es mir nicht gelingt, darauf eine vernünftige Antwort zu finden.«

»Und, *Gordo*?«

»Und ich musste mir bei laufender Ermittlung leider eingestehen, dass ich nicht den blassesten Schimmer habe, was es damit auf sich hat. Völlig falsch hätte ich gelegen, hätte ich mir eingeredet, dadurch einen Vorsprung zu haben, dass ich mich – Holmes sei dank –

im späten neunzehnten und frühen zwanzigsten Jahrhundert auskenne, denn hier kommt es genau genommen auf frühere Zeitläufte an.«

»Das heißt …?«

»Das heißt, dass ich auf den letzten Metern kompetente Hilfe von außen holen musste. Diese meine teuren Ergebnisse würde ich euch gern präsentieren«, sagte Mariano Andrade und zog aus der Tasche seiner bei ② deponierten, dunklen Hose jenen Notizblock, der seinen Klienten bereits aufgefallen war.

»Oh, oh, oh«, rief Elías, bei dem teure Ergebnisse keinen Zuspruch fanden.

Auf diesen Seiten habe er nicht nur die letzte Sonntagspredigt mitsamt einer detaillierten Beschreibung der roviraltischen Gestik festgehalten, behauptete der *Gordo*, sondern auch die aufschlussreiche Unterredung, die er mit seinem Stiefvater geführt habe, auf dass sich vorhandene Wissenslücken schließen mochten. Auf dieses Protokoll durften Lautaro und Elías gespannt sein:

Valentino?
Hm?
Valentino, mich beschäftigt was.
Was hast du auf der Seele?
Du weißt immer so viel, Valentino … Weißt du zufällig auch, was 1848 in der Welt los war?
Wie kommst du auf 1848?
Ich habe da was in einer meiner Zeitschriften gelesen.
1848 war ein revolutionäres Jahr.
Das weiß ich, Stiefpaps.
Das weißt du?
In der Glosse, die ich studiert habe, steht, 1848 ist in die Geschichte eingegangen und wirkt bis heute fort.
In dem Jahr ist das *Kommunistische Manifest* erschienen.
Was für ein Manifest?
Es heißt, ein Gespenst geht um in Europa …

Darüber habe ich gelesen, über das Gespenst 1848 ... Ob dieses Gespenst immer noch umgeht?

Keine Frage, auch bei uns. Aber wir dürfen nicht alles für bare Münze nehmen, was die Medien uns glauben lassen wollen. Vor allem dich sollte das Thema nicht weiter beschäftigen, es ist eine höchstkomplizierte Angelegenheit, die sogar Erwachsene überfordert. Verstanden?

Verstanden, ja.

Gut. Dann ...

Danke, Valentino. Du bist und bleibst mein absoluter Held, Stiefpaps.

Du meiner auch, Sherlock.

»Somit hätten wir das Wichtigste erfahren«, schloss Mariano Andrade. »Nun können wir dank der Wissenschaft der Deduktion die Unbekannten in unserer Gleichung mit Inhalt füllen. Wollt ihr vorher einen Blick in meinen Notizblock werfen?«

»Nö.«

»Nicht nötig, *tralalí tralalá.*«

»Bevor wir auf unseren Erfolg anstoßen, sollten wir vernünftigerweise ein Fazit ziehen. Der Auftritt vor eurer Mutter soll schließlich reibungslos ablaufen. Anders als Amaro Roviralta müsst ihr die Dinge, die auf dem Spiel stehen, klar beim Namen nennen.«

»Stimmt«, sagte Lautaro und der *Gordo* daraufhin: »Schreibt auf!« Großzügig riss er einige leere Seiten aus seinem Heft heraus und setzte ihnen Stifte vor.

»Es entgeht keinem«, eröffnete der Dicke seinen Klienten, und diese eröffneten es später genauso selbstverständlich Alba Morales, »dass Pater Amaro sich ausweichend verhält. Seine Predigt kann er aufbauschen, wie er will: In Wahrheit sagt er nichts weiter als *Die da, die da*, aus der Befürchtung heraus, im Falle einer deutlichen Aussprache den Teufel an die Wand seiner Kirche zu malen und noch mehr Verluste in seinen Reihen zu verbuchen. Zwischen Religion und Aberglaube hin und her gerissen (Wackeln des Kopfes als

Anzeichen) – innerlich getrieben, einen Ausweg aus dem Dilemma zu finden, in dem seine Kirche steckt –, muss er sich davor hüten, die Gemeinde auf die Idee zu bringen, es *denen da* gleich zu tun. Anders die Nonnen, die in ihrer weiblichen, allzu weiblichen Naivität sich gar nichts dabei denken, wenn sie innerhalb des INSTITUTO SANTA ANA Klartext reden. Doch auch so hätten sich die Schwestern vorstellen müssen, dass ihre Schülerin Teresa Gianelli«, sagte der *Gordo*, und Lautaro und Elías sagten: *unsere kluge ältere Cousine*, »in ihrer doppelten Eigenschaft als Klassensprecherin und Externe der Mädchenschule Dinge nach außen trägt – erfreulicherweise, denn ihr Hinweis auf die Spiritisten hat sich bewahrheitet«, räumte der *Gordo* bereitwillig ein, um sich eine Parenthese zu erlauben, in der er Elías und Lautaro Morales von neuem versicherte, er sei *Unglaublich, aber wahr* zum Trotz für diesen Spiritistenquatsch nicht zu haben, er halte auch nichts von Gott, denn Religion sei das Opium des Volkes, wie er Valentino Acuña oft habe schwören hören. »*Die da* sind Spiritisten«, offenbarte der *Gordo*, und Lautaro und Elías, die die Parenthese ausließen, um an dieser Stelle einzusetzen, offenbarten es ihrer Mutter. »Spiritisten gibt es, seitdem sich der erste Kommunist zu Wort gemeldet hat. Kommunisten sind Gespenster, die sich manifestieren – zunächst 1848 in den USA, unmittelbar danach in Europa und heute wieder bei uns in Argentinien. Einen Draht zu den Kommunisten hat nicht jeder Spiritist, sondern ausschließlich die Medien unter ihnen. Eine genaue Analyse derjenigen Worte des Paters, die in seinem Sermon eine insistierende Präsenz aufweisen, sowie eine Auswertung seiner Mimik haben gezeigt, dass es ihm am Herzen liegt, Katholiken daran zu hindern, aus der Kirche auszutreten und nach links zu gehen, dorthin, wo nach Aussage von Teresa Gianelli (*deiner gewieften Nichte, Mamá*) ein paar Häuser weiter sich die Spiritisten von Ballester treffen. Bevor es Zeit ist, für Pater Amaro an Petrus' Tür zu klopfen, will er seine ehemaligen Brüder und Schwestern, die vom rechten Weg abgekommen sind, für die Sache zurückgewinnen. Einst Kirchengänger haben die Spiritisten sich von Gott abgewandt, um den Medien Glauben zu schenken, die sie davon überzeugen wollen, ein Kommunist sei ein toter Mann, der seit 1848 mit sich reden lässt.«

»Wann kriege ich meine Aufwandsentschädigung?«, fragte der *Gordo* seine Klienten. »Wann erhöhst du unser Taschengeld?«, fragten Lautaro und Elías ihre Mutter, nachdem sie in einem Atemzug, abwechselnd und ohne sich zu verhaspeln, ihr all diese methodisch fundierten Erkenntnisse aus dem Papier vorgelesen hatten. Das weiße Konfetti, das auf ihren Flokati regnete, hätte ihnen Warnung genug sein können. »Schreibt euch das gut hinter die Ohren«, sagte Alba Morales und meinte auch den abwesenden *gordo* Andrade, obwohl sie nur Elías und Lautaro eine knallte.

9

Es war ein harter Schlag, der sich nicht so einfach wegstecken ließ. Lautaro grübelte. Beim Grübeln vergegenwärtigte er sich seinen Schulkameraden Mariano Andrade. Er wusste, dass der Dicke klasse war und dass der Denkzettel, der seinem Bruder und ihm verpasst worden war, ihn seelisch getroffen hatte. Er wusste, dass er der Mathematiklehrerin Natalia Papaleo würde ewig dankbar sein müssen. Er grübelte über sein Leben und das des *Gordo*, die parallel verlaufen waren, bis die entschlossene, keinen Widerspruch duldende Papaleo sie durchkreuzt hatte. Wären die Schüler Andrade und Morales nicht gleich am Anfang des Jahres von ihr regelrecht gezwungen worden, den anderen als Banknachbar anzuerkennen, hätten die beiden sich mathematischen Prinzipien zufolge erst im Unendlichen getroffen. So gesehen waren sie ihrer Zeit voraus. Lautaro warf einen Blick auf die Uhr. Elías und er wurden in der Baker Street erwartet, wo auch der *Gordo* grübelte.

Die verheerende Niederlage wollte auch dort verkraftet werden. Obwohl Zurückhaltung zu den Kardinaltugenden des Detektivberufs zählte, hatte der angeknackste Mariano Andrade seiner Mutter und deren Lebensgefährten Valentino Acuña sein Herz ausgeschüttet. Indem er ihnen eröffnet hatte, er habe einen Durchbruch bitter nötig, hatte der Dicke sich die Erlaubnis geholt, eine Wand seines Büros komplett umzugestalten, und somit zwei Fliegen mit einer Klappe geschlagen.

Als Lautaro und Elías Morales sein Schlafzimmer betraten, trauten sie ihren Augen nicht. Sie schauten direkt in einen offenen Kamin, in dem ein tröstendes Feuer brannte. In der Ecke stapelten sich zusätzliche Holzscheite kunstvoll aufeinander. Nichts hatte Lautaros Banknachbar dem Zufall überlassen; entweder war er durch den Unterricht von Frau Papaleo mit den Gesetzen der Perspektive bestens vertraut – wusste mit Crayons, Fluchtpunkten, Zirkeln, Linealen und Dreiecken zu hantieren –, oder er war ein begnadetes Naturtalent. Jedenfalls war die Wirkung seines gemalten Kamins exorbitant, vor allem das Flammenspiel sah täuschend echt aus.

»Mannomann, *Gordo*«, sagte Lautaro anerkennend, »ich könnte schwören, man hört das Knistern. Es sieht fabelhaft aus – tausendmal besser als eine Fototapete mit Sonnenuntergang und Kokospalmen am Strand.«

»Wie kommst du denn auf Strand?! Ich will nicht nach draußen, sondern in mich gehen. Ich erwäge sogar, den Beruf von Valentinos bestem Freund zu erlernen. Könnte ich Bücher binden, dann bräuchte Stiefpaps nicht mehr so oft in Sachen *Fortsetzung folgt* in die Innenstadt zu fahren, wo doch ich nach althergebrachter Manier bei uns in der Baker Street Sämtliches würde zusammenhalten können, was uns lieb und teuer ist. Dieser herrschaftliche Kamin hilft mir beim Nachdenken. Wollt ihr auch …?«

Die Brüder zogen die Schuhe aus, setzten sich in einer Reihe mit dem Gastgeber auf sein Bett und stützten ihre Rücken mit Kissen ab. Die drei ließen ihre Augen – kastanien-, mandel- und walnussbraun – von einem Holzscheit zum anderen schweifen. In diesem Moment beschlossen sie, gemeinsam durch dick und dünn zu gehen. Um ihren Freundschaftspakt zu besiegeln, legten sie unerschrocken die Hand aufs Feuer. Sie strahlten eine ruhige Würde aus. Eine süße Melancholie umhüllte sie. Es roch immer deutlicher nach karamellisiertem Zucker. Das Aroma kam aus der Küche. Der *Gordo* sprang auf und kehrte mit Birnen zurück, die im Ofen geschmort hatten.

Nach der Mahlzeit wollten Elías und der *Gordo* eine rauchen. Lautaro starrte auf das energiespendende Feuer und gelegentlich in die Männerrunde, dabei sah er sich abwechselnd in Elías' und Marianos Augen gespiegelt. Er sah dieses geheimnisvolle Glimmen und verstand es damals schon: Bei aller Traurigkeit waren sie glücklich.

10

Ofelia Farías wusste nicht, woher die Bewohner des Gartens gekommen waren, die sie auf die Namen Nofretete, Osiris, Seth, Horus, Isis, Anubis und Cleopatra getauft hatte. Genauso wenig hätte Ofelia sagen können, ob schon ihr Großonkel die Tiere gehalten und gezwungenermaßen sich selbst überlassen hatte, ohne in Erwägung zu ziehen, dass er ihre ursprünglichen Rufnamen mit ins Grab nehmen würde, wo diese ein für alle Mal dem Vergessen anheimfallen würden.

Eine gebührende Vorsicht walten lassend, eine Bedachtsamkeit, die keinem Misstrauen, sondern anerkennendem Respekt geschuldet war, hatten sich die Katzen einige Tage nach Ofelias Ankunft von fern blicken lassen: eine waghalsige Pfote, die sich vom bemoosten Ufer löste, um das Spiel der Wasseroberfläche zu erkunden, ein gefleckter Schwanz, der aufgerichtet wie eine Radarantenne sich einen Weg durch die Margeritenstauden bahnte, Schnurrhaare, die einen geflochtenen Korb mit alten Äpfeln streiften, ein Schemen, der – an einer verrosteten Gießkanne vorbei – unter einer Leiter hindurchging ... Aus sieben unterschiedlichen Himmelsrichtungen hatten sich die Tiere wie leicht magnetisierte Puzzleteile vor dem zu neuem Leben erwachten Anwesen zu einem einzigen Bild versammelt, zu einer anfänglich noch verwackelten, dann umso schärfer gestellten Momentaufnahme. Nachdem Ofelia freudig alarmiert, neugierig, behutsam die Stufen, die von der Veranda in den Garten führten, hinuntergetapst war, hatten die Samtpfoten ihre stolze statuarische Haltung bereits angenommen. Als befänden sie sich auf der Hochebene von Gizeh, schienen sie von dort aus Rätsel aufzugeben, die das Geheimnis der letzten Dinge betrafen. Bei aller inszenierten Erhabenheit hatten die Sphinxe ganz schön ramponiert ausgesehen, manche waren zerkratzt, andere deutlich abgemagert und verwahrlost, einige sogar von Flöhen befallen, so dass Ofelia gut daran tat, Aberdutzende flauschweicher Tage gegenseitigen Sichbeschnupperns zu verordnen, in denen sie ihnen gemessenen Schrittes mit hochgesteckten Haaren und Patchouli hinter den Ohren gegenübertrat, in luftigen Seidenblusen und sandfarbenen Hosen, mit Leberpasteten und Fischpyramiden; mit untrügerischem Bauchgefühl, Geduld und Spucke hatte Ofelia Farías in den Wochen, die der ersten Begegnung mit den Katzen gefolgt waren, sich jede einzelne vorgenommen und sie stiefmütterchengleich aufgepäppelt – wie auch die Veilchengewächse im verwilderten Garten, wie die kranken Rosenstöcke, die sie mit einem aus gesottenen Tabakresten gebrauten Hausmittel von Blattläusen befreit hatte, wie die gelbe Dahlie oder den Erdbeerstrauch, wie das Vergissmeinnicht, das völlig verdorrt gewesen war, oder die Strelizie, die nach langer Rekonvaleszenz gerade wieder in Blüte stand, wie die lilafarbene Bougainvillea und die in Mitleidenschaft gezogene Weinrebe, die sie um ein Rankengitter arrangiert hatte, an manch kniffliger Stelle unter Einsatz von Stöcken und Bindfäden.

Anders als die verwaisten, den Launen der Natur unterworfenen Pflanzen und Tiere hatten die Einrichtungs- und Gebrauchsgegenstände den Großonkel problemlos überlebt. Zur Beerdigung war damals die ganze Familie angereist, nach den Trauertagen hatten die Angehörigen die besseren Kleidungsstücke in ein Hospiz gebracht, den Papierkram erledigt, weiße Laken über die Möbel gebreitet, die Tür verriegelt, das Gartentor mit einem Vorhängeschloss gesichert und das fremde Eigentum seinem Schicksal überlassen.

Wachgerüttelt aus dem Dornröschenschlaf wurde die Verwandtschaft, als Ofelia bei der Feierlichkeit zu ihrem fünfzehnten Geburtstag die Absicht kundtat, nach dem Schulabschluss nicht in Entre Ríos, nicht in Santa Fe, nicht in Córdoba, nicht in der Provinz, sondern einzig und allein in Buenos Aires studieren zu wollen, wo das Erbe des Großonkels auf sie warte, das sie spätestens mit dem Erreichen der Volljährigkeit anzutreten gedenke. Anstatt mit einem vorlauten Fräulein über irgendwelche Luftschlösser zu debattieren und einen dunklen Schatten über den festlichen Anlass zu werfen, stellte man eine Begehung der Immobilie in Aussicht; man wollte um des lieben Friedens willen und in Anwesenheit der Gäste verständnisvoll erscheinen und war in Wahrheit davon überzeugt, der Konservierungszustand des gottverlassenen Grundstücks würde ein junges Gemüt abschrecken, doch es kam anders, denn vor Ort ließ Ofelia ihren Vater und später alle, die es aus ihrem Mund hören wollten, wissen, mit der Zeit würde sich das Notwendige herrichten lassen.

»Am besten weiß man sich selber zu helfen«, konstatierte die Großnichte von Braulio Espinosa, die wie er einst auch der Familie auf Nimmerwiedersehen den Rücken gekehrt hatte.

11

»Wer heutzutage lügt, um den Ansprüchen des Zweiten Vatikanums gerecht zu werden, begeht bloß eine lässliche Sünde. In diesem Spezialfall wiegt die Lüge nicht so schwer. Wer heutzutage lügt, um den Ansprüchen des Zweiten Vatikanums gerecht zu werden, begeht bloß eine lässliche Sünde. In diesem Spezialfall wiegt die Lüge nicht so schwer. Wer heutzutage lügt, um den Ansprüchen des Zweiten Vatikanums gerecht zu werden, begeht bloß eine lässliche Sünde. In diesem Spezialfall wiegt die Lüge nicht so schwer ...« – Um ihr Vorhaben voranzutreiben, hatte sich Teresa einige Prinzipien zurechtgelegt, die sie bei Bedarf vor sich hinmurmelte, als wären sie eine aggiornierte Marienlitanei. Hätten Lügen kurze Beine, wie die Nonnen seit Jahrhunderten behaupteten, dann wäre Teresa Gianelli nicht so weit gekommen. Sie klingelte.

Mariano Andrade saß regungslos am Fenster. Schweren Herzens unterbrach er die Lektüre, sehr ungern verließ er den Landsitz der Baskervilles und das neblige Moor, sehr ungern griff er nach dem Lesezeichen, wider Willen zog er einen Zipfel der Gardine zurück, um auf die Straße zu spähen. Als er den Besuch erblickte, hellte sich sein Antlitz auf, obwohl der weibliche Gast anders als beim ersten Mal einen mitgenommenen Eindruck machte.

An ihren staubigen Schuhen, an ihrer schief herunterhängenden Jacke, an ihren durchgewehten Haaren, an ihrem verzweifelten Ausdruck konnte Sherlock erkennen, dass die uniformierte Schülerin des INSTITUTO SANTA ANA geschätzte zweieinhalb Stunden durch Ballester gepilgert sein musste. Genauso war es gewesen. Teresa war im Kreis und im Zickzack gewallfahrtet. Sie hatte gebrechliche ältere Damen bei GEWÜRZE BADANO, an diversen Tante-Emma-Läden und Supermärkten abgepasst und ihnen die Einkäufe nach Hause getragen, sie hatte ihre körperliche Unversehrtheit riskiert, indem sie Greisen mit Spazierstöcken und zusammengesackten Schultern im Schneckentempo über die Straße geholfen hatte, damit nicht zufrieden hatte sie dem ahnungslosen Blinden, der in der trostlosen Bahnunterführung drittklassige Taschenlampen und vergilbte Kragenstäbchen zum Verkauf anbot, eine überraschende Visite abgestattet und ihm das gesamte Kleingeld überlassen, das sie an diesem Tag für Afrika erwirtschaftet hatte. In Vorbereitung auf die dortigen klimatischen Extrembedingungen hatte Teresa der Nachmittagssonne in Buenos Aires ihr Gesicht hingehalten; und immer wenn sie durch den Wunsch, ihren Durst zu löschen, vom Fürsten der Finsternis auf die Probe gestellt worden war, hatte sie sich nach kantigeren Kieselsteinen umgeschaut. Jetzt war sie fix und fertig, und dementsprechend sah sie aus.

Während sie auf Einlass wartete, verlagerte sie wie ein Flamingo – allerdings ohne die grazile Beschaffenheit dieser ansehnlichen Vogelart – ihr Körpergewicht auf ein Bein. Die meisten Flamingos leben in Afrika, hatte Teresa in einer Tiersendung gelernt, aber auch in Mittel- und Südamerika gibt es sie zuhauf. Teresa schnaubte erleichtert, als sie in ihrer Tasche fündig wurde. Sie dachte schon, ihr Notizbuch wäre bei den wilden Strapazen verlorengegangen. »Beschwerliche Pilgerreise der Madonna von Ballester« hieß es auf dem Deckblatt, und weiter hinten im Heft: »Station: Mariano Andrade«. Teresa warf einen Blick auf ihre Uhr und trug das Abholdatum hinter der verzeichneten Adresse ein, ohne damit zu rechnen, dass sie diesen sauberen Eintrag später würde durchstreichen müssen.

Unmittelbar nachdem das Heft wieder in ihrer Tasche verschwunden war, bat der Gastgeber sie herein; auf dem Flur musste Teresa kurz innehalten. Sie rang mit sich. Sie ärgerte sich über ihre Vorfreude, sich gleich hinsetzen zu dürfen. Im Wohnzimmer angelangt, nahm sie trotzdem Platz.

»Nein, danke.«

»Auch nicht, danke. Na ja, vielleicht doch. Wasser. Ohne alles, schlichtweg aus der Leitung.«

»Ja, ich weiß.«

»Schön für euch.«

»Über unsere Mütter, logisch.«

»Clara; Alba ist meine Tante.«

»Sicher, sehr klein.«

»Ein Taschentuch, wie man so sagt.«

»Keine Ahnung.«

»Nicht, nein.«

Teresa hörte nur aufmerksam zu, wenn es um Dinge ging, die sie wirklich interessierten und vorwärtsbrachten. Während sie auf dem Sofa verschnaufte, ließ sie ihre Augen durch den Raum wandern. Ihr Eigentum entdeckte sie neben dem Fernseher. Sie entschuldigte sich, kämpfte sich hoch und stellte ihre grünliche Statuette auf den Wohnzimmertisch. »Und …?«, fragte sie dann. »Wie ist es euch beiden ergangen?«

»Gut«, sagte der *Gordo*, »gut.«

»Es freut mich, Mariano, du hast dich begleitet gefühlt, nehme ich an.«

»Ja, schon.«

»Nicht länger so allein, nicht?«

»Nicht doch, ich hatte ja Besuch.«

»Ich habe also nicht zu viel versprochen, als ich dir vor einer Woche eröffnet habe, die Madonna von Ballester hilft allen, die im Dunkeln tappen.«

»Hätte ich nie gedacht, denn sie ist ganz schön unauffällig. Tagsüber passiert nichts, aber sobald es zappenduster ist, leuchtet sie algengrün, und ich muss zugeben, dieses Leuchten hat mich ziemlich beschäftigt.«

»Gott sei gelobt!« Teresa drückte der Wundermadonna einen dankbaren Kuss auf die Krone.

»Ich habe recherchiert, wie das geht, Teresa.«

»Wie bitte?«

»Ich habe recherchiert, wie das nächtliche meeresgrüne Leuchten funktioniert. Deine Statuette ist von Kopf bis Fuß mit einer Nachleuchtfarbe bestrichen. Nachleuchtfarben speichern einfallendes Licht und geben es zeitverzögert wieder ab. So wie ich meinen Wecker vor dem Schlafengehen aufziehe, damit er seinen Geist nicht aufgibt, muss man deine Madonna im natürlichen oder künstlichen Licht aufladen, damit sie in der Dunkelheit erstrahlt. Das ist ein schlichter chemischer Vorgang. Nachleuchtfarben bestehen meist aus Erdalkalisulfiden wie CaS, SrS oder BaS …«

Teresa musste husten.

»… ergänzen uns, da einer meiner Berufszweige dem verwandt ist: Kunden, die meine Hilfe brauchen, pilgern zu mir in die Baker Str…«

Unaufgefordert schenkte Mariano seinem Besuch ein zweites Glas Leitungswasser ein.

»… als beratender Detektiv sowieso daran gewöhnt, Licht ins Dunkel zu brin…«

Gluck, gluck, gluck, bereits das dritte Glas.

»Übrigens, auch bei Notausgängen sind Nachleuchtf…«

Teresa schwächelte.

»… sogar bei Conan Doyle. Stell dir vor, in dem großartigen Roman, den ich erneut les…«

Gluck, gluck, gluck.

»Baskerville und Balles…«

Ihr wurde regelrecht schwarz vor Augen.

»Irre, oder? *Der Hund von Baskerville* und die Madonna von B…«

Kein Glück.

»… anvisiert. Es hat ja am Ende gar kein Familiengespenst gegeben, Teresa, gar keinen Höllenhund, kein Ungeheuer mit glühendem Rachen und flammenden Augen. Stattdessen wie immer bei Holmes: eine überaus plausible Erklärung! In diesem Fall war dem Tier, das Angst und Schrecken verbreitet hat, mit künstlichen Mitteln sein diabolisches Aussehen verpasst worden. Man hatte es schlicht und ergreifend mit einer Phosphorlösung eingerieben. Na, was sagst du dazu?«

»Teresa, ist dir nicht gut?«

»Teresa, soll ich einen Arzt holen?«

Die Tochter von Elvio Gianelli verließ das Domizil von Mariano Andrade ohne die Madonna. Erst in sieben Tagen würde sie wieder vorbeischauen. Als sie zu Hause ankam, heulte Domingo wie ein Schlosshund. Mit Hilfe eines Lineals strich sie den Abholtermin durch, den sie in ihrem Notizbuch bereits vermerkt hatte. Teresa war nervlich am Ende. Um sich die Seite nicht mit einer Krakelschrift zu versauen, verzichtete sie auf einen längeren Zwischenbericht. Stattdessen notierte sie kurz und bündig: »Noch nicht erleuchtet.«

12

Alba Morales konnte genauso unerbittlich sein wie Vito Corleone. Aufgrund ihrer revolutionären Erziehungsmethoden waren die finanziellen Reserven der Brüder Morales kaum vorhanden und sie gezwungen, aus ihren Fehlern zu lernen.

»Ich könnte Paternoster um eine Zuwendung bitten«, schlug Elías vor und wandte sich Mariano Andrade erklärend zu: »Ist unser Vater gut aufgelegt, könnte er sich eher erweichen lassen als die Patin.«

»Noch sind unsere Ressourcen nicht ausgeschöpft«, beschwichtigte der *Gordo*, der sich nach einer Runde Obstsalat gestärkt fühlte. »Fortsetzung folgt«, verkündete er, woraufhin die Freunde das Kaminzimmer verließen, fest entschlossen, in der Causa des Spiritismus und Kommunismus einen zweiten Anlauf zu nehmen.

In der Bibliothek angelangt, zeigte Elías auf die Jakobsleiter, die in die oberste Regalschiene eingehängt war. Der *Gordo* kletterte die Stufen empor und holte einen lädierten Band herunter, ohne sich auf einen Disput einzulassen. Diesmal wollten sie es kurz und schmerzlos machen. Unter Zuhilfenahme des erstbesten Konversationslexikons wollten sie das Wichtigste über die beiden Ismen in Erfahrung bringen, die ihr Dasein erschwerten. Sie wollten pragmatisch vorgehen, keine waghalsigen Hypothesen aufstellen und keine bahnbrechenden Theorien entwickeln, damit Alba Morales sie *a posteriori* diskreditieren konnte, sondern mit dem herrschenden Konsens von Krethi und Plethi, Hinz und Kunz, Jan und Jedermann vorliebnehmen, in deren Augen die Wirklichkeit keinerlei Verpflichtung hatte, faszinierend zu sein. Bei der nächsten Prüfung würden sie sich tapfer schlagen und den Hals aus jener Schlinge ziehen, die Alba Morales geknüpft hatte – am siebten Wochentag, wie Elías verärgert anmerkte, anstatt, wie es sich für eine gute Kirchengängerin gehörte, die Sonntagsruhe einzuhalten. Die Patin hatte ihm unlängst wieder eine gescheuert, nachdem er, um sich bei ihr einzuschmeicheln, behauptet hatte, er sei ein Kommunist, sehr gern sogar. »Kommunist klingt wie einer, der sich auf den Empfang der Kommunion vorbereitet«, verteidigte sich Elías im Nachhinein. »Aber mir reicht es. Katechesendressur hin oder her, künftig wird für Matthäus die Werbetrommel nicht mehr gerührt, denn – Hand aufs Herz – was soll das: Wenn dich einer auf die rechte Wange schlägt, dann halt ihm auch die andere hin? Das könnte ihr so passen.«

»Wir haben es gleich«, vertröstete ihn Sherlock, der den *Petit Larousse Illustré* bei K aufgeschlagen hatte. »Mal sehen. Aha. Soziale Gleichheit und Freiheit sämtlicher Gesellschaftsmitglieder, Gemeineigentum und kollektive Problemlösung – eine ehrbare Sache«, schlussfolgerte er und blätterte bis S. »SPIRITIST, Anhänger des ☞ SPIRITISMUS.«

»Das hat mir die nächste Knallschote eingebracht«, fuhr Elías todbeleidigt fort, »es wäre durchaus denkbar gewesen, in einem Spiritisten einen bekennenden Anhänger des *Spiritus Sanctus* zu sehen.«

»Glaube an übermenschliche Erscheinungen, steht hier. Nichts Neues also. Moderne Formen der Beschwörung von Geistern, insbesondere von Verstorbenen.«

»Wer in Ballester würde mit den Toten reden wollen, *Gordo*?«

»Wir kennen doch keinen«, ergänzte Elías. »Nicht einen einzigen! Was soll man machen?«

»Das Leben leben, wie es kommt«, rief Mariano Andrade aus und setzte den Brüdern eine Anbieterschale aus orangefarbenem Kunststoff vor, deren vier Präsentierteller sich in unterschiedlicher Höhe wie die Blätter eines Windrades auffächern ließen. Erdnüsse so weit das Auge reichte. Mariano Andrade nahm sich eine Handvoll und lehnte sich auf dem Sofa zurück. »Unsere Freundschaft will genährt sein. Langt bitte zu.«

Alba Morales besaß die gleiche Anbieterschale, allerdings war ihre pistaziengrün, und nicht Lautaro und Elías bekamen sie zu Gesicht, sondern Albas Gäste. Mit den kulinarischen Rücklagen ging sie im Gegensatz zu dem *Gordo* sehr sparsam um. Sie hortete sie in einem Kabuff, das sie (wie der Dämon die Grube, sagte Elías) strengstens bewachte. Fragten ihre Söhne sie, weshalb sie ihnen keinen Zutritt gewährte, gab sie dem Wirtschaftsminister Celestino Rodrigo die Schuld, der Inflation, der Lebensmittelknappheit, den Schlangen vor den Geschäften … Besagter Celestino Rodrigo, den Alba Morales vorschob und ihr Mann Renzo mit hässlichen Kraftausdrücken belegte, war dem *Gordo* völlig unbekannt. In der Baker Street übertrug sich das Prinzip von *Fortsetzung folgt* auf jede Sphäre des Alltags. Dementsprechend durfte Lautaros Kumpel sich aus den Regalen und Schränken bedienen, nicht weil bei den Andrades alles im Überfluss vorhanden gewesen wäre, was das Herz begehrte, sondern aus einer unverbrüchlichen Zuversicht und unerschöpflichen Liebe dem Leben gegenüber mitsamt seinen Aufs und Abs; der *Gordo* bediente sich – er bediente sie, Lautaro und Elías, aus einer wahrscheinlich mit der Muttermilch aufgesogenen Gewissheit heraus, dass man auch in der Baker Street früher oder später die Dinge gebacken kriegte. Lautaros Schulkamerad war nicht nur Detektiv, Kosmonaut, Fotograf, Sternekoch und Mafiaboss, plötzlich verstand sein Banknachbar es: Mariano Andrade war Kommunist, jemand, der nichts sein Eigen nannte und bereit war, zu teilen. Wie Jesus war Mariano ein Geschenk des Himmels. Er konnte aus fünf Broten und zwei Fischen eine wunderbare Speisung zaubern, davon war wiederum Elías überzeugt, der ohnehin für fünftausend aß. Es bestand kein Zweifel: Ihr offenherziger Gastgeber, ihr erstklassiger Freund vermochte Wunder zu vollbringen – anders als Alba Morales, die der Traum von den sieben mageren Kühen heimsuchte, welche die sieben fetten fressen. Alba Morales sah die Kühe wie einst der biblische Pharao aus dem Wasser steigen: nicht aus dem Nil, aber aus dem Río de la Plata, sie sah den sieben ertragreichen sieben dürre Jahre folgen, sieben mal zwölf hagere Monate auf sie zukommen, die sie nur dann überleben würden, wenn sie bis dahin genügend würde gesammelt und gebunkert haben. »Der *Rodrigazo*, die brutalen Maßnahmen von Celestino Rodrigo, lassen unser Land ins Gras beißen«, beklagte sie sich abends bei Paternoster und weinte bitterlich. Elías dagegen ließ es sich gutgehen. Er liebte Erdnüsse und tauchte die Hand in die unterste Schale.

»Hör zu, *Gordo*«, intervenierte Lautaro. »Egal, wie viele erfolgverheißende Aufträge in dein Büro flattern, hast du dich für uns eingesetzt, und wir stehen in deiner Schuld.«

Eine Erdnuss rollte über den Tisch und fiel zu Boden. Lautaro konnte sie mit dem Fuß aufhalten und schaute hinüber zu Elías. Elías aß die Teile munter weiter.

»Nun mal langsam ... Dieser Fall hat sich schon lang bezahlt gemacht. Er hat uns näher zusammengebracht, und unsere Niederlage erst recht.«

»Trotzdem wäre es nicht fair, würden wir dir auf der Tasche liegen. Wir müssen überlegen, wie wir in Zukunft unser materielles Wohl sichern. Wir brauchen eine zündende Idee, wie wir an Kohle rankommen«, erklärte Lautaro, und Elías schien ihm zuzustimmen: »Unbedingt! Wir müssen Kohle besorgen oder Holz besser gesagt, denn Sherlocks herzerwärmender Kamin darf uns unter gar keinen Umständen ausgehen.«

13

»Eine Regierung, die mit eiserner Hand durchgreift! Um die Säuberungsaktionen effektiver zu gestalten, ist das Militär mit im Boot.«

»Ein Dekret nach dem anderen, Aguirre. So sieht es aus.«

»Für unsereins wird es eng, während die Streitkräfte, denen Franzosen und Amerikaner beigebracht haben, wie im Krieg die besten Ergebnisse zu erzielen sind, Land gewinnen.«

»In der Provinz Tucumán oder wo auch immer. Wir sollten die *Guerrilla*-Hurensöhne an sämtlichen Flanken angreifen und sie zu Kleinholz verarbeiten. Geschlossen auftreten, und der innere Feind ist geliefert.«

»Die subversiven Elemente können sich auf was gefasst machen, meinst du?«

»Ich meine es nicht bloß. Ich bin felsenfest davon überzeugt. Bei der Wiederherstellung der Ordnung ist jeder Uniformierte gefragt. Es geht darum, auf allen Ebenen ein Exempel zu statuieren.«

»Landauf, landab ...«

»Flächendeckend! Schau dich um und frag dich, was dir auffällt.«

»Was soll mir auffallen?«

»Das frage ich dich, Aguirre.«

»Was soll das, Carrizo?«

»Bleib mal kurz stehen.«

»Das ist kein Strandspaziergang, Carrizo. Wir sind im Dienst, sagst du ja selbst.«

»Bloß einen Augenblick, Klugscheißer. So! Und jetzt hinhören!«

»Ich höre nichts.«

»Genau das ist es, Aguirre. Bei uns ist Ruhe im Karton. In Ballester ist es mucksmäuschenstill. Es kräht kein Hahn, weil wir – Aguirre und Carrizo – verstärkte Präsenz zeigen. Wir sind nicht im

Dschungel. Hier läuft nichts aus dem Ruder. Auch ohne das Militär geht es zivilisiert zu. Das ist kein Tucumán und kein gottverlassenes Hinterland. Das sind unsere Straßen, und die haben wir extrem gut unter Kontrolle. Wir, Ordnungshüter von Ballester, treten selbstbewusst auf, wir lassen nix durchgehen, und das hat sich inzwischen herumgesprochen.«

»Das erhöht unsere Chancen auf eine Gehaltsaufbesserung oder gar Beförderung.«

»Genauso sehe ich es auch. Ich war in höchsteigener Person in der Innenstadt.«

»Und wozu?«

»Was heißt *wozu*? Seit wann kommt der Knochen zum Hund? Ich habe mich dort umgehört und bringe hochexplosive Interna mit.«

»Ja? Was denn?«

»Wenn ich ehrlich bin, Aguirre, weiß ich noch nicht, was ich davon halten soll, da der Kollege, von dem ich die Information habe, am Ende ganz schön abgefüllt war. Trinkt ein gestandener Mann einen über den Durst, kann es vorkommen, dass er sich Dinge zusammenphantasiert. Habe ich recht?«

»Kann sein. Was hat er denn Originelles erzählt?«

»Ich würde ihm unterstellen, eine Mappe mit dem Vermerk TOP SECRET aus einem der Büros der ranghohen Tiere entwendet zu haben.«

»Hatte er die kompromittierende Mappe dabei?«

»Nein, Aguirre, du sollst nicht alles, was ich sage, auf die Goldwaage legen. Natürlich hatte er keine Unterlagen, aber eine große Klappe, und deshalb bin ich mir nicht sicher, ob man ihm vertrauen kann – aus Prinzip, verstehst du?«

»Natürlich verstehe ich. Ich bin doch selber ein Mann mit Prinzipien. Kenne ich den Kollegen?«

»Nein, vermutlich nicht, denn dein Name – ein Allerweltsname wie meiner, übrigens – hat auch ihm wiederum nichts gesagt. Sogar ich kenne den Kollegen nur über sechs Ecken. Anders als unsereins ist er direkt der Innenstadt zugeteilt. Er tummelt sich im Zentrum der Macht, und deshalb ist er mit einem der Hintermänner von López Rega persönlich bekannt – per du, sagt er zumindest. Er sagt – und jetzt wird es brenzlig –, der Minister für soziale Wohlfahrt ist der Kopf und Drahtzieher der AAA. Er sagt, die Keller des Ministeriums …«

»Welche Keller?!«

»Welche Keller? Welche Keller? Du fällst mir ins Wort, Aguirre! Darf ich?«

»Bitte, ja, fahre fort.«

»Der Kollege sagt, die Keller des Ministeriums hat López Rega in das Basislager der ARGENTINISCHEN ANTIKOMMUNISTISCHEN ALLIANZ verwandelt. Eine klandestine Kommandozentrale im Herzen von Buenos Aires, eine Art Unterwelt, ein Hightechbunker, aus dem heraus die Todesschwadronen operieren. Sie haben ein gutsortiertes Waffenarsenal und bestens ausgerüstete Wagen, sagt er. Radios vom Feinsten und Funkgeräte mit maximaler Reichweite.«

»Verfickt!«

»So könnte man es ausdrücken, durchaus. Und weißt du, Aguirre, was mir seitdem pausenlos durch den Kopf geht?«

»Was?«

»Die Tatsache, dass López Rega ein ehemaliger Polizist ist – *ein Kollege* könnten wir mit dem gebührenden Respekt sagen. Einer wie du und ich. Schnallst du, worauf ich hinauswill?«

»Gewiss …«

»Dann guck nicht so intelligenzgemindert. Ich meine, das muss man sich erst einmal vorstellen. So weit kann unsereins es bringen! Da ist jemand, der es wahrlich geschafft hat: als rechte Hand der Präsidentin, als rechter Wohlfahrtsminister und als rechter Mann an der Spitze des paramilitärischen Untergrunds. Ein Polizist mit eins, zwei, drei Standbeinen, kapierst du?«

»Ein Kollege von uns.«

»Genau. Und ich sage dir mehr, Aguirre. Ich sage dir, was ich glaube. Ich glaube, dass dieser Kollege – und jetzt meine ich nicht den *Amigo* López Rega, sondern den anderen Kollegen, den Kollegen, von dem ich die geheimen Auskünfte habe und der in der Spelunke, in der wir uns getroffen haben, keins der Getränke bezahlen musste, weil er in Uniform erschienen war und der Wirt ihm daraufhin die Rechnung erlassen hat, den selbstzufriedenen Kollegen, der sich den Kneipier mit ein paar Schulterklopfern in die Tasche gesteckt und ihm jedes Mal zugeprostet hat, um mir dann unter dem Siegel der Verschwiegenheit zu eröffnen, er kenne einen der Handlanger in den Kellern des Ministeriums –, ich glaube, dass dieser Kollege mit der losen Zunge, der – ich wette mit dir – am nächsten Tag mit einem fürchterlichen Kater aufgewacht sein muss, einem Kater so groß wie unsere in den Ausnahmezustand versetzte Republik, im Grunde nur eins im Sinn hatte.«

»Sich auf Kosten Dritter vollaufen zu lassen?«

»Falsch, Aguirre, falsch.«

»Was wollte er denn?«

»Mir auf den Zahn fühlen, dem Kollegen, den er zu sich in diese Bar der Innenstadt bestellt hatte. *ABRACADABRA*.«

»Wie bitte?«

»ABRAKADABRA – so heißt die Kneipe. Das hat sich aber erst vor Ort herausgestellt. *ABRA EL CADÁVER*, hat der Kollege am Telefon stattdessen zu mir gesagt, ÖFFNEN SIE DEN KADAVER, das sei unser Treffpunkt. Er muss geglaubt haben, die Leitung wäre tot, denn ich habe am anderen Ende keinen Mucks von mir gegeben, bis er hinterhergeschickt hat: Denken Sie, es könnte was für Sie sein? Ich sage dir, Aguirre, er wollte mich testen. Er hat von Anfang an etwas im Schilde geführt, obwohl hochprozentiger Alkohol erst später ins Spiel kam. Wie jeder gut trainierte Polizist hat er versucht, mich in die Falle zu locken, aber ich, Aguirre, lasse mich nicht veräppeln. Das weißt du. Mich kann man nicht für dumm verkaufen. Dieser Kollege aber hat mich regelrecht examiniert.«

»Aber wieso? Ich verstehe nicht.«

»Du verstehst nicht, Aguirre, und das ist schlecht, sehr schlecht. Denn wir Polizisten werden getestet, wir werden begutachtet – von anderen Polizisten, von Kollegen, die bei uns in der Pampa dazu befugt sind, die Spreu vom Weizen zu trennen. Unser Land braucht heute mehr als je zuvor klare Linien und scharfsinnige Beobachter, Kollegen, die sich auf niemanden verlassen – nicht einmal auf ihre Kollegen –, routinierte Männer, die in der Lage sind, im Handumdrehen Falschaussagen als solche zu entlarven, Männer, die ihren Platz im Leben gefunden haben, weshalb ihr Urteilsvermögen durch nichts beeinträchtigt wird, auch nicht durch *Spiritus*, erfahrene und diensttreue Partner, die aus einigen wenigen Indizien weitreichende Schlüsse ziehen können. Der Punkt ist folgender, Aguirre: Ich glaube, dass es diesen Hintermann aus der Garde von López Rega, den der Kollege ins Feld geführt hat, gar nicht gibt. Ich glaube, er ist eine verdammte Erfindung. Oder sagen wir besser so: Ich glaube, dass dieser Hintermann und der Kollege in Wahrheit ein und dieselbe Person sind. Der Kollege gibt etwas Unerhörtes preis, trinkt einen Schluck Rotwein, um den Alkohol als Vorwand zu haben, wartet meine Reaktion ab und trifft seine Entscheidung. Bei falscher Rückmeldung hätte er mich ans Messer geliefert, mich fallengelassen wie eine heiße Kartoffel.«

»Wie hast du reagiert?«

»Wie – wie habe ich reagiert? Richtig habe ich reagiert. Ich habe eine Runde ausgegeben und gesagt, besorgen Sie mir eine Schaufel und geben Sie mir ein paar Stunden. Bevor Sie sich umschauen können, habe ich zusammen mit meinem Spitzenkollegen Aguirre, dem Zorn Gottes, Ihnen ein unterirdisches Ballester gegraben. Wir haben dort alles im Griff.«

»Hast du toll gesagt.«

»Vertrauensmänner kann die Polizei gerade nicht genug kriegen. Viele würden wollen und reden viel, wenn der Tag lang ist, aber sobald es hart auf hart kommt, machen sie sich in die Hosen. Die Unerschrockenen sind Mangelware. Aus dem Grund hat man Expolizisten aus der Versenkung geholt, die wer weiß warum in Ungnade gefallen waren. Die Ehemaligen sind dankbar und meistens tüchtiger, hat der Kollege gesagt. Auch er wurde rehabilitiert und sogar befördert. Man hat ihm wieder Leben eingehaucht, meint er.

Ich habe ihm versichert, bei uns in Ballester gibt es keine Muttersöhnchen. Hier ist kein Platz für Schlappschwänze und Weicheier. Nun sag, wie hast du's mit der Esoterik?«

»Was meinst du? Ich lese keine Liebeshoroskope.«

»Du bist ein herzensguter Mensch, Aguirre! Achtung: Ich mache dir hiermit kein Kompliment. Pass auf ... Die Zusammenhänge sind kompliziert. Du musst dir Mühe geben. *Cogito ergo sum.*«

»...?«

»Du denkst, also bist du, Aguirre.«

»...«

»Es ist so, Lateinbestie: Besagter Kollege, der dich nicht zu kennen scheint, mich aber sehr wohl auf dem Schirm hatte, höchstwahrscheinlich, weil sie händeringend nach Verstärkung Ausschau halten, hat gesagt, die Entstehung der AAA basiert auf okkulten Lehren. Der Kollege López Rega hat seine Organisation nach esoterischen Prinzipien ersonnen. Kannst du damit was anfangen?«

»Hm. Wie soll man sich das vorstellen?«

»Die Hosenscheißer gar nicht erst, Miguel Ángel. Nur die echten Kerle, verflucht. López Rega, sagt der Kollege, ist hervorragend vernetzt. Als er zu dem General Perón und seiner Frau María Estela Martínez nach Madrid gezogen ist, hat er dort den Italiener Licio Gelli kennengelernt, den Gründer der berüchtigten PROPAGANDA DUE, als deren Mitglied er aufgenommen wurde. Und schon zuvor, als er noch in Argentinien hockte, hatte er Kontakt zu einer rechtsnationalen Gruppierung namens ANAEL, die sich für den Aufstieg der Dritten Welt stark macht.«

»Noch nie was davon gehört.«

»Kein Wunder. Sie ist wie die P2 auch eine Geheimloge, Aguirre. Der Kollege sagt, das zweite A im Namen ANAEL steht für Argentinien. Von hier aus wollen die Anaelianer auf drei Kontinenten Fuß fassen: Amerika, Afrika und Asien – dreimal A. Du siehst, wie der Hase läuft. López Rega hat die Weltordnung von ANAEL im Kopf, als er seine eigene Organisation, die *ALIANZA ANTICOMUNISTA ARGENTINA* – abermals dreimal A –, auf den Plan ruft.

Für ANAEL und López Rega existieren auf unserem Planeten drei magnetische Punkte, die in Verbindung gebracht werden müssen, damit die unterdrückten Völker Amerikas, Afrikas und Asiens im Kampf gegen die Hegemonialmächte des Kommunismus und Kapitalismus obsiegen können. ANAEL will selbst die Weltherrschaft übernehmen. Für diese Aufgabe war Perón aufgrund seiner militärischen Laufbahn, erprobten Durchsetzungsfähigkeit und Popularität bei der breiten Masse eine Schlüsselfigur. Du guckst wieder so verloren.«

»Das täuscht. Ich versuche bloß, mir ein Bild zu machen.«

»Miguel Ángel, Miguel Ángel, nichts einfacher als das. Das solltest du wissen! Hast du einen Zettel zur Hand?«

»Einen Zettel? Ja, bestimmt.«

»Gib her. Ich male es dir auf. Du wirst sehen, hierfür braucht man keine besondere Zeichenbegabung. Wenn das die Welt ist mit ihren eins, zwei, drei …, sieben Kontinenten und wir hier stehen, sind das unsere Verbündeten. Eine einfache Form, die ein revolutionäres Zusammenspiel entfesselt. Die Verbrüderung gegen den Feind.«

»Ein Dreieck.«

»Ein kosmisches Dreieck, sagt López Rega, das durch drei Punkte definiert ist, drei A. So. Bitte.«

»Danke.«

»Das wäre es in groben Zügen. Wie im Himmel, so auf Erden, sagt der Minister. Es gibt oben die göttliche Ordnung, und es gibt unten die Situation bei uns, die es zu bewältigen gilt. Deshalb unternimmt die AAA des Wohlfahrtsministers, dem Masterplan folgend, ihren persönlichen Rachefeldzug gegen die rote Seuche. Das Ziel ist neben der Triangulatur des Kreises das Aufkommen einer neuen Zivilisation, nichts Geringeres als: der neue Mensch. Als der ehemalige Polizeibeamte López Rega Peróns Privatsekretär im Exil wurde, hat er ihn mit diesen Ideen bestürmt.«

»Und was hat Perón gesagt?«

»Was für eine dämliche Frage, Aguirre! Perón hat sich nie in die Karten schauen lassen. Der Schlaufuchs war klüger als wir alle zusammen. Er hat Lopecito, wie er ihn im Vertrauen genannt hat, einfach reden und sich nichts anmerken lassen. Der *Spiritus Rector* hat genau zugehört und den Kollegen indirekt bestärkt, ohne einem einzigen Wort besonderen Glauben zu schenken.«

14

Seit dem Tod von Laura Rachello wurde ihr Sohn von einer Herzensschwere geplagt. Für jede belanglose Tätigkeit brauchte er doppelt so viel Lebenszeit. Schon immer war Celio weniger ein Mann der Taten gewesen, dafür aber ein Figaro der großen Gesten – am liebsten: Gesten der Empörung. Er hatte oft gegen die aus Buenos Aires nicht wegzudenkende hohe Luftfeuchtigkeit gewettert, weil sie angeblich irreparable Schäden an den Frisuren anrichtete; er hatte sich gesträubt, wenn eine neue Bürste Haare elektrisch auflud; er war auf die Barrikaden gegangen, wenn der Deckel des Haarsprays nicht dort lag, wo er hätte liegen sollen; er hatte sich zur Wehr gesetzt, wenn eine Kundin beim Schneiden gezappelt hatte, anstatt sich ein Beispiel an Laura Rachello zu nehmen und still zu sitzen. Solange seine Mutter ihren Platz in Anspruch genommen hatte, hatte Celio den Aufstand geprobt. Als hätten die Proteste einzig den Zweck gehabt, Laura Rachello eine unterhaltsame Liveshow zu bieten, hatten sie nun ausgedient. Hätte Celio vor einigen Monaten gemeinsam mit ihr nicht auch noch den letzten Rest Hoffnung begraben, hätte er nach der Rückkehr aus dem Friedhof in Chacarita, wo seine Mutter auf halbem Weg zwischen Carlos Gardel und María Salomé Loredo y Otaola de Subiza ein neues Quartier gefunden hatte, sich in der EWIGEN SCHÖNHEIT aufgebaut und den tödlich Beleidigten gegeben. Er hätte wie ein verlassener Galan in einer mexikanischen *Telenovela* aufbegehrt – gegen das Leben, das ihm genommen wurde, gegen das Leben, das weiterging, als wäre nichts geschehen, gegen das Leben, das ihn vor die gleichen Aufgaben stellte, die er bis gestern noch geliebt und an denen er schlichtweg das Interesse verloren hatte. Wir sind nichts. Das wusste er, doch dieser bitteren Erkenntnis wohnte keinerlei Fernsehtragik inne. Vollkommen apathisch saß

Celio Rachello im roten Cocktailsessel wie ein müder Samson, zu dessen Füßen sich ein Meer aus abgeschnittenen Locken und unterschiedlichen Haarlängen erstreckte, während er mit leerem Blick an die Wand starrte. Versiegt schien die Kraft, sich am eigenen Schopf aus dem bemitleidenswerten Einerlei zu ziehen, in das er verfallen war, als es zwanzig Minuten vor Feierabend leise an das Fenster klopfte.

Dieses Verhalten war erstaunlich in jeder Hinsicht, nicht nur weil auch kurzentschlossene Kundinnen wenigstens anderthalb Stunden mitbrachten, sondern auch weil die meisten Besucherinnen alles andere als zurückhaltend waren. Da sie die EWIGE SCHÖNHEIT als ihr zweites Zuhause empfanden, rissen sie die Tür ohne Rücksicht auf Verluste auf. Der Salon war nicht gerade weitläufig, so dass missliche Zusammenstöße keine Seltenheit waren – unerquickliche Unfälle und Kollisionen, die die Klientel in Kauf nahm, weil die Eigendynamik des Ladens es vorsah, dass Eintretende und Leidtragende sich abwechselten wie die vier Jahreszeiten. Es erwischte alle. Nur Celio und Doña Laura waren stets verschont geblieben.

Wäre bei Celio um die Uhrzeit Betrieb gewesen, hätte die Hilfesuchende vor der EWIGEN SCHÖNHEIT sich die Fingerknöchel brechen können, keiner wäre auf sie aufmerksam geworden. Die Wartende war so unscheinbar wie ihr Pochen. Keine Vogelscheuche und keine *Miss Mundo*. Eine unspektakuläre Person mit einer Vorliebe für unauffällige Farben und Schnittmuster. Als sie eintrat und sich verloren umschaute, beschlich Celio ein Gefühl von gähnender Langeweile.

»Ganz wie Sie wollen.« Früher als Aufmunterung gemeint, war Celios Einverständnis inzwischen zu einem Zeichen von Gleichmut verkommen. »Wenn ich mir aus dem Stegreif Ihre Dauerwelle angucke«, sagte er, während er ihr phlegmatisch ins volle Haar griff, »kann ich keinen Spliss entdecken. Nein, gar keinen. Sie haben starkes, gesundes Haar. Wir können legen, ohne zu schneiden, durchaus. Dafür müsste ich vorher ein bisschen kehren. Ich bin gleich so weit.« Celio holte den Besen, der in einer Ecke herumstand, während die

Neue sich die Fotogalerie ansah, ohne sich zu einem Kommentar hinreißen zu lassen. Als sie das nächste Mal das Wort ergriff, hatte sie bereits acht Lockenwickler im Haar.

»In den Fünfzigern«, bemerkte sie unvermittelt, »haben wir für Evita alles getan, was uns möglich war, doch die höheren Mächte hatten andere Pläne.«

»Verzeihen Sie?«

»Wir haben der Armen sehr nahegestanden …«

»Sie meinen *wir*?«

»Meine Brüder, meine Schwestern und ich. Wir haben lange, bevor es offiziell wurde, von ihrer Krebserkrankung erfahren und unsere Bemühungen auf ihre Genesung gerichtet, aber es sollte nicht sein … Es gibt mehr Dinge zwischen Himmel und Erde, als unsereins sich zusammenreimen kann; vermag man diese Binsenweisheit anzunehmen, kann man Schicksalsschläge besser verkraften. Auch Ihre Mutter war von Evita eingenommen, soviel ich weiß.«

»*Mamma* war von ihr regelrecht verzaubert. Sie haben *Mamma* gekannt?«

»Nein, aber sie ist es doch, die da, die junge Frau auf dem Foto.«

»Wenn Sie sie nicht gekannt haben, woher wissen Sie, dass sie …?«

»Ist sie es etwa nicht? Sie müssen entschuldigen. Sie trauern, und ich wollte nicht indiskret sein …«

»Ja, das ist sie.«

»Irrtümer lassen sich nie ganz ausschließen, doch in diesem Fall war ich mir ziemlich sicher …«

»Nein, nein. Klar ist sie das, *Mamma*, die immerzu behauptet hat, ich sei ihr wie aus dem Gesicht geschnitten. Ein Duplikat ihrer selbst, nur in männlich.«

»Es muss schwierig sein, ohne sie.«

»Schrecklich. Aber von wem haben Sie mitbekommen, dass sie uns verlassen musste?«

»Es hat eine Anzeige gegeben, oder nicht?«

»Ja, natürlich. In dem *ballester lokalanzeiger*. Sie sind aus Ballester? Unsere Wege haben sich bisher nicht gekreuzt.«

»Ich bin in Ballester geboren. Ich wohne auf der anderen Seite der Gleise.«

»Die Bahnunterführung trennt unser Viertel leider sehr, finden Sie nicht?«

»Sie bringt uns zusammen, je nachdem.«

»Auch das ist richtig. Und wem die Decke auf den Kopf fällt, ist mit dem Zug schnell woanders. Um Chacarita zu erreichen, ist man allerdings mit dem Bus besser bedient, vorausgesetzt: Er kommt. Trotz der endlosen Warterei haben viele es zum Friedhof geschafft, viel mehr, als *Mamma* es sich erträumt hätte. Die ganzen Kundinnen. Die vielen Jahre. Und Sie? Was hat Sie zu uns verschlagen? Wie haben Sie hierher gefunden?«

»Eine Empfehlung von oben, wie wir sagen.«

»Gehobene Kreise! Die bessere Gesellschaft!« Celios Herzblut pulsierte wieder. Der erste Eindruck täuschte ab und an. Seitdem in ihm der Verdacht aufgekeimt war, die Kundin und ihre Geschwister zählten zu Evitas Bekanntenkreis, ja, sie wären enge Freunde von ihr, Vertraute, war er zu neuem Leben erwacht. »Wenn *Mamma* wüsste: von oben! Ich bin entzückt! *Wir sind wer, mein Schatz* – Das hat *Mamma* stets beteuert, und Sie liefern uns heute mit Ihrem erlesenen Besuch den stichhaltigen Beweis. Schade nur, schade nur, dass Sie *Mamma* nicht mehr erwischen! Die Prominenz ehrt uns mit einer Empfehlung! Aber das kann ich mir schwer vorstellen ... Mund-zu-Mund-Propaganda, nehme ich an. Jemand aus der Politik? Das kann nicht sein ... Evita, Gott habe sie selig, hat *Mamma* ein einziges Mal getroffen. Das Foto an der Wand. Oder Radio und Fernsehen? Undenkbar, wobei ... Als *Mamma* jünger war, hat sie keine Klatsch-Sendung verpasst. Was für ein Charakter, *Mamma mia*! Sie wusste Bescheid, hat sich jedes Drama zu Herzen genommen und Leserbriefe überallhin geschickt. Manche hätten wir einrahmen können. Ein Schreibteufel, sage ich Ihnen. *Sie werden schon auf mich hören* – Wie oft habe ich diesen Satz von ihr aufgeschnappt! Vielleicht jemand aus dem Jetset? Denn *Mamma* hat die komplette Bande gekannt, Schauspieler und Produzenten, nicht persönlich, aber so halt, mit vollem Namen und Biographie. Sehen Sie diesen überquellenden Zeitschriftenständer? Dank Valentino, der den gutsortierten Kiosk unweit der Bahnunterführung betreibt, war sie top informiert. Ach, *Mamma* war sehr bescheiden, wissen Sie? Unprätentiös und uneitel, so wurde ich erzogen, aber eins muss ich sagen. Auch wenn sie es nie zugegeben hätte: Genauso wie Evita hatte *Mamma* eine Schwäche für Pomp und die besseren Zirkel. Und Sie wissen, wie das ist. Diese Leute machen vor gar nichts halt: Neid, Intrigen, Rache, Vergiftungen, Meuchelmord ... Es war eine Krankheit. *Mamma* war davon infiziert. Wie besessen hat sie die Zeitschriften auf der Suche nach den neuesten Enthüllungen durchkämmt, und zugleich hat sie die Gigis gehasst. *Schön ist man selbst, aber reich?*, hat sie gesagt. Wer hätte Eva Duarte, die Frucht einer verpönten Liaison zwischen einer bettelarmen Mutter und einem ehebrecherischen, vermögenden Liebhaber, prophezeien können, dass sie es so weit bringen würde? Mein liebes Kind! Bis ganz nach oben. Spitze.«

»Die Spitze der Pyramide, wohl wahr.«

»Und Sie ...? Sie stammen aus dem Umfeld? Sie haben Beziehungen, sagen Sie?«

»Haben reicht nicht aus. Man muss sie pflegen.«

»Sind Sie im Pflegedienst tätig? In der privaten Versorgung?«

»Gar nicht. Ich meine nur: Der Kontakt nach oben darf nicht abreißen. Seinerzeit im LUNA PARK hatten wir bis zur letzten Minute mit Perón und Evita gerechnet. Wir waren sicher, sie kommen, und hatten die Ehrenloge entsprechend dekoriert. Vorzüglich.«

Celio war unschlüssig, ob die Kundin das Ergebnis ihrer eigenen Bemühungen heraushob oder seine würdigte, denn er war mit dem Applizieren von anderthalb Dutzend gelber Lockenwickler fertig geworden. Die Rechnung war perfekt aufgegangen. Kein Zentimeter Kopf, der nicht belegt gewesen wäre. Es sah apart aus.

»Basketballweltmeisterschaft, Boxen, *Holiday On Ice*, Ballett oder Karnevalsfeierlichkeiten? Was war das für eine Veranstaltung, die Sie und Ihre Geschwister auf die Beine gestellt hatten?«

»Nichts dergleichen, aber mindestens genauso beliebt. Kennen Sie das Stadion?«

»Als wäre ich da gewesen. Aus dem Fernsehen, den Zeitschriften und dem, was die Kundinnen so erzählen. Ich weiß Bescheid. Sogar mit Schlafbrille würde ich mich zurechtfinden.«

»Dann stellen Sie sich vor: Es platzte aus allen Nähten.«

»Nein!«

»Doch.«

»Wirklich?«

»Unser geliebter Bruder Lalo, der große Stücke auf Perón hielt, lässt mich nicht lügen. Er ist zwei Tage vor dem General von der Bühne des Lebens abgetreten, aber damals, noch vor dem Putsch, waren beide bei strahlender Gesundheit, und Lalo hat durch den Abend geführt. Vorzüglich.«

Diesmal stand es außer Frage. Celio hatte nichts getan, wofür man ihn erneut hätte loben können. Im Gegenteil. Anstatt ganze Arbeit zu leisten und die Kundin aufzufordern, sich unter die Haube zu begeben, hatte er es sich neben ihr im roten Cocktailsessel bequem gemacht. Nachdem er die schlanken Beine übereinander geschlagen hatte, kreuzte er die Arme vor der Brust. Obwohl er keinen blassen Schimmer hatte, wer dieser Lalo sein könnte, fragte er: »Ach ja, Lalo, und wann war das genau?«

»Unsere erste Massenveranstaltung … Mir ist, als wäre sie gestern gewesen. Unser Bruder versuchte im maßgeschneiderten silberfarbenen Anzug, Kontakt aufzunehmen. Es ist eine Weile her, aber ich sehe ihn glasklar vor mir. Silberfarben wie der Mond und wie der Name des Ortes sagt: LUNA PARK. Das gleißende Licht des Erdtrabanten sollte auf das Stadion scheinen und davon absorbiert werden. Lassen Sie mich kurz überlegen … Das ist fünf…, zehn…, fünfundzwanzig Jahre her. Als wir uns im LUNA PARK versammelt haben, war der Konflikt zwischen Perón und der Kirche bereits ausgebrochen.«

»Die Sozialpolitik des Generals und Evitas Altruismus waren den Pfaffen ein Dorn im Auge. Ich kann mich lebhaft des Tages entsinnen, an dem *Mamma* unseren Priester aufgesucht hat, um ihn auf eine Passage in Evitas Autobiographie aufmerksam zu machen, in der es heißt, Perón trage Gott im Herzen und nicht nur auf der Zunge. Ein hitziger Schlagabtausch, der sich in NUESTRA SEÑORA DE LA MERCED unter Ausschluss der Öffentlichkeit zugetragen hat und an dessen Ende *Mamma* Pater Amaro zurechtstutzen konnte. Und das, obwohl er Heimvorteil hatte. Jedenfalls haben sie sich nach dem Duell nie wieder gegrüßt. *Er ist für mich gestorben*, hat mir *Mamma* erklärt. Und es ist schlimmer gekommen, nachdem Perón die Idee hatte, Theodore Hicks im Präsidentenpalast zu empfangen. Wissen Sie noch?«

»Den US-amerikanischen Dämonenaustreiber?«

»Richtig. Den Magier von Atlantis oder ... Atlanta! Die Zeitschriften haben tolle Fotos gebracht, und Pater Amaro ist der Kragen geplatzt.«

»Meine Geschwister und ich verdanken Perón die Sichtbarmachung. Ohne seine Erlaubnis hätten wir uns abkapseln müssen. Stattdessen: das Mondstadion, der LUNA PARK, ein Ort mit Kapazitäten für mehr als fünfzehntausend Zuschauer. Bis auf den letzten Platz ausverkauft. Unsere Ehrengäste, der General und Evita, sind dann aber doch nicht erschienen. Als kleiner Trost hat Bruder Lalo einen Brief von Perón verlesen. Eine Botschaft für uns – und nun eine für Sie. Ich soll Ihnen etwas ausrichten.«

»Mir?! Von wem denn?«

»Von jemandem, der in enger Beziehung zu Ihnen steht.«

»Zu mir?«

»Von einer Seele von Mensch.«

»Eine Seele von Mensch? Wer könnte das sein?«

»Eine Schwester von uns. Sie ist vor kurzem desinkarniert und möchte Sie sprechen.«

»Eine Frau? Mich? Wie jetzt?«

»Unsere Schwester ist der gute Geist der EWIGEN SCHÖNHEIT –

schon immer gewesen. Unsere Schwester ist genau genommen Ihre Mutter. Sie wünscht sich, das ewige Schweigen zu brechen.«

»Haarsträubender Unsinn! *Mamma* hat ja keine Geschwister! Sie war erstens Einzelkind genauso wie ich, und zweitens ist sie tot: *R.I.P.*«

»Bloß desinkarniert. Allein ist keiner von uns. Wir sind eine sehr große Familie. Ich kann dir sagen, Bruder Celio: Der LUNA PARK war nur der Anfang. Ob du mir glaubst oder nicht, du hast mindestens genauso viele Geschwister wie ich Haare auf dem Kopf.«

15

Seit dem Auftritt des Gevatters in der EWIGEN SCHÖNHEIT war Celio gegen die blutleere Hand, die sich den Weg von drüben nach hüben bahnt, nicht mehr ganz gefeit. Sich selbst überlassen, war er für dubiose Aussichten und wirres Zeug empfänglicher, als er es ohnehin vor dem Tod seiner Mutter gewesen war. Suggestibel war er geworden. Und nun das! Nachdem die Kundin den Namen seiner Mutter im Munde geführt hatte, war er genauso leichenblass wie der Dickschädel neben ihm, der behauptete, seine Schwester zu sein.

Lang war es her, dass Valentino Acuña zu Besuch im Salon ein Gespräch vom Zaun gebrochen hatte, in dem es um Adoptivkinder gegangen war. Der damals frisch Verliebte, der aus gegebenem Anlass alles zur Kenntnis nahm, was mit dieser heiklen Thematik in Zusammenhang stand, hatte eine dieser zehnmalklugen Fachzeitschriften aufgetrieben und von einem Leitartikel berichtet, in dem ein renommierter Psychologe unter Hinzufügung einer beachtlichen Anzahl von Fotomaterial die These zu untermauern versuchte, nach der das Erscheinungsbild adoptierter Kinder sich irgendwann kaum von dem Aussehen ihrer nicht leiblichen Eltern unterscheide. *Mimikry* nannte sich das Phänomen, das der Seelenklempner und bekennende Naturfreund auch im Pflanzen- und Tierreich aufgespürt haben wollte. Es folgten Interviews und seitenweise »erhellende« Porträts. Beeindruckt hatte Celio bloß eins. Es war das Bild einer perfekt getarnten, mit ihrem Habitat, dem Meer, so gut wie verschmolzenen Qualle. Celio kam sich weichhäutig, wabbelig und durchscheinend vor. Nicht anders als eine *Turritopsis dohrnii*.

»Keine Qual, Bruder Celio. Die Chance, die sich dir eröffnet, ist ein Segen.«

Der Friseur zuckte zusammen. Was, wenn er die flüchtige Bekanntschaft von jemandem gemacht hatte, der die unerhörte Fähigkeit besaß, Gedanken – auch solche, die nicht zu Ende formuliert waren – zu lesen?

»Nicht nur ich. Wir alle können es, Bruder Celio, vorausgesetzt: Wir lassen die Möglichkeit zu. Gedanken lesen ist ganz simpel. Man muss es halt wollen.«

Ich sage lieber nichts mehr. Ich denke nicht daran. Oh, ich sollte das Denken besser abstellen. Ich denke, also bin ich geliefert. Ich denke, also werde ich gelesen. Moment mal! Was für ein Humbug schwirrt mir gerade durch den Kopf?! Ich muss mir sofort einen Ruck geben, sonst lande ich in der Geschlossenen wie der angeheiratete Onkel einer Freundin einer Kundin von *Mamma*. Sieht man sich nicht vor, kann es mehr als *subito* vonstattengehen. Heute hier, morgen dort. Tapetenwechsel. Angefangen mit *Mamma*. Ich bin mir sicher, es liegt ein Missverständnis vor. Oh, ja, es muss eine Verwechslung vorliegen. Wir sprechen ja kein Französisch. Zugegeben: Ich bin in Ballester der Friseur, aber *Mamma* hat weder französische Vorfahren noch französische Bekannte. *Mamma* mochte auch keine Fremdsprachen. Manchmal hat sie *kuafer*, *silvuplé* und *mersibokú* gesagt, aber nur zum Spaß! Wer kennt das nicht? Man sagt auch, Buenos Aires sei das Paris Südamerikas, doch keiner nimmt diesen Quatsch ernst außer denjenigen, die sich wichtig tun, weil sie in der Innenstadt hausen, wo es drei, vier verschnörkelte Kuppeln gibt. Bei uns in Ballester läuft es anders. Wenn wir nach oben schauen, entdecken wir ein Gewirr aus Leitungen und Kabeln. Elektrizität, Telefon, Strom, das gesamte Programm lateinamerikanischen Chaos. Ein Wust. Nichts Französisches. Laura: ganz einfach. Laura wie so viele. Heißt nicht auch die Tochter von Doña Carmen und Don Caetano Laura? Gibt es nicht auf der anderen Seite der Gleise eine Boutique, die sich LAURA nennt? *Boutique* ist doch französisch. Da sollte sie nachfragen! Und wenn ich länger nachdenke, werden mir bestimmt weitere Lauras einfallen. Es kann nur eine Verwechslung sein. Unglaublich, was sich manche Kundinnen rausnehmen! Insbesondere, wenn sie von drüben kommen. Sollen sie jenseits der Gleise bleiben, wo es die auf sie zugeschnittenen LAURA-Boutiquen mit ihren gedeckten Farben gibt und auch genügend schnöde, nichtssagende Friseure. Auf was für Ideen sie stoßen, sobald sie dort, am gegenüberliegenden Ufer, nichts mit sich anzufangen wissen! Verrückt, was eine kleine Verschiebung bewirken kann. Eine minimale Abweichung von der einzig richtigen Aussprache, und schon haben wir den Salat. Einen unerhörten Beinamen! *Mamma* würde sich im Grab umdrehen, erführe sie, dass eine unbekannte Kundin, ein gelockter Niemand, eine Dahergelaufene vollkommen wirr im Kopf, ohne Termin und unmittelbar vor Schluss bei uns hereinplatzt und sich wie eine erkältete Diva aufspielt. Wie verfällt sie auf den Gedanken, *Mammas* Namen einen französischen Geist einzuhauchen, der ihm *de facto* nicht innewohnt? Ich werde mich aufraffen und sie hinauskomplimentieren. *Vualá, Madam*, werde ich zu ihr sagen, greifen Sie zu Ihrem Taschentuch, schnäuzen Sie sich die Nase und lassen Sie mich in Ruhe. Da ist die Tür, *adiö. Orrevuar*. Es heißt *Laura*. In einem Atemzug. Sie aber spielt die Zurückhaltende und legt eine Pause nach dem L ein, als wäre sie erschöpft und müsste sich erholen. Wovon denn, frage ich mich. Ich bin derjenige, der langsam müde wird. Ein L und eine Pause. So lang wie ein Herzschlag, versichert sie. Von wegen. Mir reicht es! Ein Bruchteil, der alles verändert. Das könnte ihr so passen. Gehen Sie zurück zu Ihrer Unterführung! Ich verstehe nur Bahnhof, habe ich klipp und klar gesagt, und daraufhin hat sie *Mammas* Vornamen extra für mich auf einen Zettel geschrieben. Der Apostroph ist winzig. Er sieht aus wie ein Komma, das vor Freude aufspringt und mitten im Nichts stecken bleibt. Eine levitierende Chiffre, hat sie behauptet. Ein Zeichen, das wir setzen. Wenn du mal wieder frische Luft brauchst, kommst du uns besuchen. Ich notiere dir die Adresse. Ein L wie L'air de Paris, hat sie gemeint, und plötzlich ist in Ballester nichts mehr, wie es war. Einmal kurz Luft schnappen und nach dem Päuschen gleich weiter. Von hier aus gehst du hundert Meter bis zur nächsten Ecke und dann rechts. Auch dir würde das Innehalten guttun, Bruder Celio. Du könntest eine neue Sicht auf die Dinge gewinnen. Vor allem L'aura, deine Mutter, würde es begrüßen.

16

Ich habe nichts zum Anziehen! Ach, wie deprimierend! Celio ließ seine Hand durch ein halbes Dutzend quietschgelber Hemden mit unterschiedlicher Kragenform (das neueste Modell mit Rüschen) und über mindestens doppelt so viele hautenge Schlaghosen gleiten. Daneben hingen seine Ausgehjacken, die *Woodstock* und die *Pailletten de luxe*, die sich leider als Fehlkauf erwiesen hatte, weil Celio, dessen Existenz ein einziges melodramatisches Auf und Ab war, bisweilen Kummerspeck ansetzte und in dem Glitzerteil mitunter wie eine abgehängte Diskokugel aussah. Ein trauriger Sachverhalt, zweifelsohne. Doch dafür hatte er seine ABBA-Anzüge gleich dreimal vorrätig. Es gab die Variante in Flieder, die Celio auf den originellen Namen *Waterloo* getauft hatte, die Variante in Orange, kurz: *Honey, Honey*, und seinen absoluten Liebling in Pink, die *Mamma Mia*. Was tun? Celio stand vor einer echten Herausforderung. Er stand vor seinem gutsortierten, gutgefüllten Kleiderschrank, in dem sich auf den ersten und zweiten Blick nichts Adäquates finden ließ. Angesichts einer Garderobe, die zu 99 % exaltierte Muster, untypische Schnitte und schreiende Farben versammelte, hatte er große Schwierigkeiten, das Passende auszuwählen für das, was er den ›Anlass‹ nannte. Es war unvermeidbar. Er, der sich liebend gern auftakelte, musste dem ›Anlass‹ entsprechend gekleidet sein. Mehr noch: Gegen sein Naturell wollte er auf den knapp hundertfünfzig Metern, die er zurückzulegen hatte, keine Furore machen, sondern unerkannt bleiben. Nachdem er sich das Gehirn zermartert hatte, kam ihm der rettende Einfall! Vor kurzem hatte Dirty Harry den Film *Hair* in höchsten Tönen gelobt, und das brachte Celio auf den Gedanken, aus der letzten Reihe seines extravaganten Schuhwerksortiments den einzigen Karton hervorzuholen, in dem sich keine Fußbekleidung, sondern eine in Vergessenheit geratene Perücke befand. Es knisterte. Celio legte Seidenpapier über Seidenpapier auf dem Bett ab, bevor ein prüfender Blick in den Schrankspiegel seine herbe Enttäuschung verriet. Celio zog die Stirn kraus und verdrehte die Augen. Verzagt nahm er das tolle Accessoire wieder ab, nicht nur weil es den jetzigen Zweck völlig verfehlte, sondern auch weil er plötzlich begriffen hatte, dass die Dame, deren dichter Schopf dafür im Nebenzimmer geopfert worden war – eine alte Nachbarin aus La Boca, die einst in Ballester aufgekreuzt war, in der Hoffnung, dass ihre gelockten, ein Leben lang mit Kamillentee ausgespülten Haare ein Vermögen wert wären –, inzwischen gestorben sein müsste. Unter den Bedingungen, die Celio womöglich ›dort‹ vorfinden würde, wohin es ihn zog, könnte dieses Objekt wie ein Radar funktionieren und schlechtes Karma anlocken. Bei ›den‹ Leuten und zu ›dem‹ Anlass mit ›dem‹ Ding auf dem Kopf aufzutauchen, war sicherlich keine gute Idee. Desillusioniert verstaute er die Perücke aus Totenhaar an ihrem Platz, musterte seine Fummelkollektion erneut, entschied sich beim dritten Anlauf für das, was ihm als das kleinste Übel erschien, steckte aufgrund der enervierenden Stichprobenkontrollen des Polizeistaates seinen Personalausweis in die Hosentasche, schnallte seine strassbesetzte Uhr ab, ließ ausnahmsweise die Kriegsbemalung sein und wartete, auf sämtliche Eventualitäten gefasst, lieber die Abendröte ab, um sich aus der EWIGEN SCHÖNHEIT hinauszuwagen.

17

Nummer 17 – Hier? Celio kannte das zweistöckige Haus natürlich. Er war zigmal daran vorbeispaziert, hatte das Graffito EVITA VIVE, das nach dem 1. Juli 1974 um den Kommentar ergänzt worden war: PERÓN AUCH, aus dem Augenwinkel wahrgenommen, ohne dabei stutzig zu werden. Seitdem er aber in der EWIGEN SCHÖNHEIT einen Vorgeschmack dessen bekommen hatte, was in der Nummer 17 vor sich zu gehen vermochte, war er für ›so etwas‹ sensibilisiert.

Obwohl das Anwesen in seinen Augen stets einen bewohnten Eindruck gemacht hatte, fiel ihm an Ort und Stelle auf, dass er zu keinem Zeitpunkt zuvor jemanden in die Nummer 17 hatte hineingehen oder aus der Nummer 17 herauskommen sehen. Keine Menschenseele, wie er sonst bar jeden Hintergedankens gesagt hätte. Im Nachhinein erschien ihm dieser Umstand *sehr* merkwürdig – insbesondere, wenn er sich vergegenwärtigte, dass es sich um ein Fortbildungsinstitut zu handeln schien, wie das seriös gehaltene Schild an der Fassade kundtat:

WISSENSCHAFTLICHE SCHULE BASILIO

Entweder waren die Lernbegierigen in Ballester ausgestorben, oder sie waren eine unsichtbare Minderheit, die genauso wie der bekannte Friseur die nötigen Vorkehrungen getroffen hatte, schwer fassbar zu bleiben – im eigenen Interesse, denn in der Nachbarschaft waren Tratsch und Klatsch gang und gäbe, leider, leider.

»*Ay, mamita*«, entfuhr es Celio, als er den Spion entdeckte, dafür aber nirgends eine Klingel. Wie mich bemerkbar machen, wenn ich im Vorfeld alles getan habe, um ebendas zu vermeiden? So kann das Blatt sich wenden. Das habe ich jetzt davon. Aufgrund meiner professionellen Fertigkeiten bin ich in die Bredouille geraten, lamentierte er im Stillen, während ein schauriges Gefühl, welches sich prosaisch als Gänsehaut manifestierte, Zentimeter für Zentimeter sich seines Leibes bemächtigte. Nun reiß dich zusammen, verordnete er sich und erkannte sich nicht wieder. Normalerweise wäre er in den Modus des Irrealis verfallen, in lange *Hätte-ich*-Tiraden, bei denen er die Arme gefühlsbetont geschwenkt hätte wie ein Eurythmie-Tänzer, der sich weder Schwungbänder noch regenbogenfarbige Tücher leisten kann und deshalb seiner Begabung notgedrungen anders Ausdruck verleiht. Daran durfte Celio gar nicht erst denken. Denn er war da, um Contenance zu wahren, um seine Emotionen nicht wie sonst auszuleben, sondern um sich weiterzuentwickeln. Um sich auf neue wissenschaftliche Erkenntnisse einzulassen. Um auf ›Empfehlung von oben‹ sich mit paradoxen Prinzipien vertraut zu machen, zum Beispiel: Manchmal ist weniger mehr.

Taps, taps, taps …

»Wir haben dich erwartet, Bruder Celio. L'aura hat uns versichert, dass du kommst«, sagte seine ›Schwester‹ zur Begrüßung. Celio sagte nichts. Es kostete ihn eine enorme Überwindung, keinen giftigen Pfeil abzuschießen, keine spitze Bemerkung zu der inzwischen wieder konturlosen Frisur seiner ›Verwandten‹ und dem abscheulich braunen Lehrerkittel fallenzulassen, in dem sie ihn empfing. Das Ganze sollte womöglich unverkrampft ›familiär‹ wirken, als kennte man sich von früher oder gar ein Leben lang, als wäre man unter sich und seinesgleichen wie damals in La Boca, doch der stickigen Enge des *Conventillo* und seiner aufgezwungenen luftfeuchten Vertrautheit weinte Celio keine Träne nach. Er biss sich auf die Zunge. Er enthielt sich jedweden Kommentars. Er wollte seine Zeit in keiner Weise mit gutgemeinten Ratschlägen verpulvern, die ohnehin auf taube Ohren gestoßen wären, wohlwissend, dass andere dafür pochenden Herzens und fingernägelkauend bei ihm Schlange gestanden hätten. »Ich möchte zu *Mamma*«, sagte er entschieden.

»Natürlich, Bruder, natürlich. Tritt ein.«

Celio atmete tief durch und sammelte sich. Der borstige Sisalteppich markierte die Schwelle, die es beim Betreten der Nummer 17 wie die Faulheit in der Kindheit, die Schüchternheit in der Pubertät und die Feigheit im Erwachsenenalter zu überwinden galt. Je schneller, desto besser, Augen zu und durch, dachte Celio und bemühte sich, die Riesenenttäuschung zu kaschieren, die sich mit dem nächsten Schritt in ihm breitmachte.

Das Interieur des Hauses war ähnlich wie die Fassade völlig unspektakulär. Unspektakulär war eine großzügige Untertreibung. Die ESCUELA CIENTÍFICA BASILIO – über die jeder Aspirant beim Betreten des spartanischen Vestibüls erfuhr, es gebe sie nicht nur im Land zigmal, sondern auch bei den aufgeschlossenen Nachbarn drüben in Brasilien, Chile, Paraguay, Uruguay, Kolumbien, Peru, Ecuador, in den USA, Frankreich, Spanien, Italien, Australien, Deutschland …, überall auf dem Globus, wo Wissenschaft ernsthaft betrieben werde –, diese weltweit beliebte argentinische Forschungseinrichtung sah wider Erwarten uninspirierend gewöhnlich aus. Celio konnte sich mit dieser niederschmetternden Alltagstristesse nicht abfinden und schaute sich so diskret wie möglich um, in der rapide schwindenden Hoffnung, in einer Ecke oder Nische Sperenzien oder Extravaganzen zu erspähen.

»Es liegt in der Natur der Sache, Bruder Celio. Äußerlichkeiten spielen für uns keine Rolle«, unterrichtete ihn seine Schwester, ohne Bedauern in der Stimme und als gelänge es ihr schon wieder, fremde Gedanken anzuzapfen. »Alles Materielle tangiert uns nicht. Unsere Bemühungen gelten vielmehr dem reinen, lichtdurchtränkten Geist … Doch wie du ja siehst, hängen auch wir an bestimmten Dingen«, lenkte sie kurzentschlossen ein.

Celio war vor einer ungeputzten Vitrine stehen geblieben. Der Staub glitzerte im einfallenden Sonnenstrahl. Der Inhalt war trostlos. Celio kräuselte die Nase und musste niesen. Während er ostentativ ein Taschentuch mit hellblauer Spitzenbordüre zum Vorschein brachte und sich damit grazil wie eine Elfe abtupfte, machte ihn seine unbeeindruckte Führerin auf ein Porträt in Sepia aufmerksam.

»Voilà! Da hast du eines unserer irdischen Juwele: eine Fotografie des ehrwürdigen Basilio Portal, kurz nachdem er aus Frankreich über das Meer gekommen ist. Neben ihm: die ehrwürdige María Sala. Eine unschätzbare Hilfe für unseren Bruder. Sie war ein großzügiger, äußerst karitativer Mensch. Sie hatte eine klare Vorliebe fürs Immaterielle, doch er hatte die größeren Visionen und den längeren Atem. Auf ihn geht unsere wissenschaftliche Forschung zurück. Einmal desinkarniert hat er seinen Lieblingssohn, den ehrwürdigen Eugenio, dazu ermuntert, die Schule zu gründen.«

»Gute Idee«, kommentierte Celio versöhnlich.

»Eine Krux«, beschwerte sich Celios Schwester. Verärgert über die Musik, die von der Straße zu ihnen hereindrang, stemmte sie beide Arme in die Hüfte, ohne sich im Geringsten daran zu stören, dass ihr Kittel hässliche Falten warf. »Dieser unsägliche Krach kann einen auf Dauer in den Wahnsinn treiben!«

An der BASILIO vorbei, wie die Adepten der spiritistischen Lehre die Schule nannten, röhrte ein klappriger Peugeot 403, der neuerdings seine Runden durch das Stadtviertel drehte. Auf dem Dach des nachgerüsteten *Perpetuum mobile* war eine Lautsprecheranlage montiert, die das nervöse Zittern des Auspuffs professionell übertönte, welcher, im Begriff abzufallen, mit einer improvisierten Drahtkonstruktion befestigt worden war.

Um ein Haar hätte Celio sich offenbart. Das sentimentale Gejammer war ganz nach seinem Geschmack. Ein auf die Tränendrüse drückender *Bolero* löste die nächste Schnulze ab, und zwischendurch verkündete eine überdrehte Kirmesstimme: »Der Countdown läuft, Ballester! Wir zählen die Tage und Nächte bis zum großen Auftritt, denn dann, ja dann, liebe Nachbarinnen und liebe Nachbarn, dann ist er bei uns! Der groooooße Tonyyyyyyy Torrrrrmentaaaaaaaa! TTT, meine Damen und Herren! Tony Tormenta auf Tour, verehrte Bewohner! Das ewige Warten hat ein Ende! Jawohl! Der große Talent-Tony bald bei uns in Ballester! Die temperamentvolle Nachtigaaaaaaaall!«

»Schallwellen können Interferenzen verursachen. Keiner kriegt es besser zu spüren als wir. Am liebsten halten wir Türen und Fenster verschlossen, aber die Ritzen ... Darum setzen wir dem irren Straßenlärm unsere eigenen Klänge entgegen, inspirierte Musik, am liebsten Schumann, Schumanns *Geistervariationen.*«

Der Name Schumann sagte Celio nichts, doch unter *Geistervariationen* konnte er sich durchaus etwas vorstellen. Er wurde kribbelig, er horchte auf, vernahm nichts außer Tormentas Tönen.

»Wie sämtliche von uns zu Beginn, Bruder Celio. Deshalb bist du hier.«

»Um mit *Mamma* zu sprechen.«

»Um deine Wahrnehmung zu schulen. Um dich von überkommenen Beschränkungen zu lösen. Um das feinere Hören zu erlernen. Doch wir dürfen nichts überstürzen: Es kommt, wie es kommt; alles zu seiner Zeit ... Wo waren wir denn stehengeblieben vor dem Radau? Ach ja: beim Porträt des ehrwürdigen Basilio und der grundgütigen María Sala. Stell dir vor, Bruder Celio: Das Paar hat zu Lebzeiten in genau diesem Haus residiert, das sie weiterhin bewohnen. Eine Bleibe im wahrsten Sinne des Wortes sind diese Räume, ein Ort gebündelter Energien, in dem die Doktrin sich entwickeln konnte, um von diesen vier Wänden aus in aller Herren Länder auszustrahlen.«

»Ach ja?«

»Mais oui. Wenngleich die Filiale in der Innenstadt die erste war, die wir Anfang des Jahrhunderts eröffnet haben, ist unsere seit 1954 betriebene Dépendance in Ballester die einzige mit einer direkten Verbindung zu der ehrwürdigen Familie. Deshalb sagen wir zu Recht, wir sind die *Alma mater* sämtlicher weltweit verstreuten BASILIO-Schulen.«

Die Enthüllung ließ Celio, der ohnehin nervlich angespannt war, erschaudern, obwohl er keinen Hauch Urenergie registrierte.

»Ich spüre nichts Paranormales«, sagte er wahrheitsgemäß.

»Warte nur. Bald wirst du mit deinem Studium der höheren Sphären beginnen. Das erste von drei Einführungsmodulen umfasst 33 Lektionen. Bei einer Sitzung pro Woche hast du in weniger als achteinhalb Monaten die Elementarkenntnisse erworben.«

»Achteinhalb Monate?«

»Mal drei. Ein Blinzeln in der Ewigkeit.«

»Ich finde es aber ziemlich lang.«

»Bei der CEA musst du drei Jahre durchpauken, bevor du zu einer Tischgesellschaft zugelassen wirst.«

»Die CEA?«

»Die CONFEDERACIÓN ESPIRITISTA ARGENTINA, der Dachverband. Warst du noch nie in der Straße Sánchez de Bustamante?«

»*Mamma* und ich sind selten in die Innenstadt gefahren.«

»Das kannst du dir, ehrlich gesagt, auch sparen. Trotz Filmarchiv und Riesenbibliothek: Sie sind nichts Besseres. Bevor ich in der BASILIO Mitglied wurde, bin ich ganz Buenos Aires abgelaufen. In der Pringles ist der CENTRO CULTURAL ALLAN KARDEC, in der Donado unweit des Friedhofs von Chacarita seit 1880 die ASOCIACIÓN ESPIRITISTA LA FRATERNIDAD, in der Cangallo seit 1877 die CONSTANCIA, in der Monroe seit 1927 die LUZ DEL PORVENIR, um bloß einige der ältesten zu nennen …«

»ARGENTINISCHES SPIRITISTENBÜNDNIS, KULTURZENTRUM ALLAN KARDEC, SPIRITISTISCHE VEREINIGUNG DIE BRÜDERLICHKEIT, DIE BESTÄNDIGKEIT, DAS ZUKUNFTSLICHT …«, wiederholte Celio, als wollte er für einen Einstufungstest die Namen der wichtigsten Zentren auswendig lernen.

»Mir war seinerzeit schnell klar, dass es in Argentinien Spiritisten wie Sand am Meer gibt. Qualitative Forschung wird aber ausschließlich in der BASILIO betrieben. Unsere Methoden sind überprüfbar, unsere Werkzeuge wissenschaftlich. Das da, zum Beispiel.«

»Das da?«

»Eine schreibende Planchette. Damit wurden bei uns 1917 die öffentlichen Geisteranrufungen gestartet«, erläuterte die Schwester und setzte die Brille auf, um gezielter auf ein dünnes, dreieckiges Holzbrettchen in der Vitrine hinzuweisen. »Manche sagen lieber schreibendes Tischchen.«

»Wozu braucht es das Loch?«

»Auf dem Brettchen liegt die Hand, und in diese Öffnung kommt der Bleistift. Unter der Planchette sind Rollen, die das Gleiten auf dem Papier erleichtern.«

»Und das kleine Likörgläschen daneben?«, erkundigte sich Celio sichtlich motiviert.

»Ein umfunktioniertes aus dem Service der ehrwürdigen María Sala. Ein besonderes Stück, das ihr Sohn, der ehrwürdige Eugenio, erbte und womit seine Vertraute, Schwester Blanca – eigentlich: Blanche, denn auch sie war Französin –, beachtenswerte Erfolge beim Gläserrücken erzielte. Siehst du das große Glas dahinter?«

»Wenn ich mich nicht irre, müssten *Mamma* und ich zu Hause genau das Gleiche haben. Vier oder fünf Stück sogar …«

»Ebenfalls zum Rücken, doch inzwischen gilt dieser Ansatz als veraltet. Unter Bruder Salierno kommunizieren wir anders.«

»Ich komme mit diesen Namen durcheinander«, gab Celio offenherzig zu.

»Kein Grund zur Sorge. Ich sagte schon: Hab Geduld. Wir sind viele, und die gegenwärtigen Lebensumstände lassen unsere Familie nicht gerade kleiner werden.«

»An Zuckerschlecken ist im Moment nicht zu denken, nein.«

»Die Gezeiten eines jeden Landes. Ebbe und Flut. Konjunkturperioden. Unsere Mitgliederzahlen explodieren. Gestern haben wir hinten im Salon ein halbes Dutzend Extrastühle für die frischen Anwärter aufstellen müssen. Schwer gebeutelte Schicksale, die sich von nichts und niemandem sagen lassen wollen, es sei vorbei, Geplagte, die die Oberfläche der Dinge anzweifeln, Suchende, die so lange weitermachen, bis sie finden.«

»Aber wieso muss ich in die Schule, damit *Mamma* mit mir in Kontakt tritt? Sie hatte doch selber keinen Abschluss! Wenn ich mich nicht irre, war bei ihr nach der ersten Klasse *finito*. Warum besucht sie mich nicht in der EWIGEN SCHÖNHEIT?«

»Weil sie da nicht durchkommt, Bruder Celio. Bei euch steht eine Menge im Weg. In der Schule haben wir für die Kontaktaufnahme einen speziellen, karg eingerichteten Raum. Und: Wir genießen Heimvorteil.«

»Bitte?«

»Die spiritistischen Sitzungen halten wir in dem ehemaligen Living Room des ehrwürdigen Basilio Portal und der herzensguten María Sala ab. In dem *Living Room*, verstehst du, was ich meine? Wir könnten uns für unsere Zwecke kein geeigneteres Schwingungsfeld erträumen. Unsere Brüder und Schwestern leben; das hat uns die Praxis gelehrt. Sie halten sich, wenngleich in einer anderen Dimension, so doch unter uns auf, und die meisten wollen im Gespräch bleiben.«

»Wenn ich mir überlege, dass *Mamma* eine geborene Plaudertasche war, kann ich mir sehr gut vorstellen, dass sie sich meldet. Aber geht das wirklich *nach* dem Tod?«

»Ich könnte ordentlich was dazu sagen, Bruder Celio. Dir würde es nichts nützen. Die BASILIO ist keine Kirche, sondern eine Schule. Hier gibt es keine Dogmen und nichts zum Herunterleiern. Wir geben dir transparente Techniken und seriöse Methoden an die Hand, damit du dir deine Meinung bilden kannst. Jeder macht früher oder später eine Erfahrung, die sein Leben auf den Kopf stellt, wodurch sich das Herz wie beim Kopfstand über den Verstand erhebt. Für einen Großteil der BASILIO-Geschwister bedeutete der Abend im LUNA PARK diesen Weckruf. Die Karte da unten in der Vitrine ist die Einladung zu der Neuen Offenbarung, der Auftaktveranstaltung mit Perón und Evita, von der ich dir erzählt habe.«

»*Mamma* und ich hatten den richtigen Riecher: Wir wollten immer dem LUNA PARK einen Besuch abstatten.«

»Deine auratische Mutter war ein überaus empfindliches Medium, Bruder Celio. Du musst bedenken: Wegen der Vorurteile traut sich die Mehrheit nicht, nach außen zu gehen, sich zu outen und ihre Gabe auszuleben. Aus Angst vor Unverständnis lassen die Wenigsten die Katze aus dem Sack. L'aura hat sich wie eine Auster verschlossen. Ihr Text über Evita und den General war eine Perle. Wir wurden auf ihre Fähigkeiten erst durch die Öffnung des runderneuerten *ballester lokalanzeigers* aufmerksam. In der BASILIO empfangen wir solche Mitteilungen im Living Room. In der Vitrine ist eine aufbewahrt, die uns besonders nahesteht. Das Gemälde.«

»Neben der abgerissenen Eintrittskarte?« Celio musste in die Hocke gehen.

»Jawohl. Bei einer Sendung verzichtet das Medium oft auf die Unterschrift. Es weist jede Autorschaft von sich. Es sieht sich als Empfänger einer höheren Botschaft, die seine eigenen Fertigkeiten, Begabungen und Kenntnisse bei weitem übersteigt. Sobald ein Medium in Trance gerät, tritt es vollständig zurück, es wird zu einer Röhre, einem *Vaso comunicante*, einem kommunizierenden Glas, wie wir sagen. Es wird zu einer Zeitschleuse, einem Durchgang oder Tunnel zwischen den Welten, die manche lieber Realitäten oder Bewusstseinsebenen nennen. Wie dem auch sei: Eines Tages wird jeder von uns über sich hinausgehen müssen und das Geheimnis der Existenz in seiner vollen Tragweite begreifen. Dieses Kunstwerk wurde bei Kerzenschein einem unserer inzwischen desinkarnierten Mitglieder über mehrere Wochen hinweg übermittelt. Eine Nachtszene in der Wüste, die die gängige Vater-Mutter-Kind-Triade auflöst, um unerschlossene Dreierkonstellationen aufzuzeigen. Das sage nicht ich, Bruder Celio, die ich in Malerei so gut wie gar keine Expertise habe. Das hat damals der ausführende Bruder gesagt. Er hat gesagt, diese Umsetzung der Flucht aus Ägypten öffnet unseren Blick für verschüttete Sichtweisen und innovative Familienentwürfe.«

Celio erhob sich wieder, weil die kauernde Haltung sich sehr unvorteilhaft auf seine Hose auswirkte, die er nun glattstrich.

»Den Menschen soll die Relativität ihrer Standpunkte vor Augen gehalten werden, hat er uns erklärt. Daher kommen einem Vorder- und Hintergrund im Bild wie vertauscht vor.«

»Ach so?«

»Das, was dem Betrachter am nächsten ist, verliert im Vergleich zu dem, was von ihm weiter entfernt erscheint, an Bedeutung. Das Ganze ist symbolisch gemeint, Bruder Celio. Es geht im Grunde um Leben und Tod und dessen Gewichtung, um das Diesseits und das Jenseits, unterschiedliche Daseinsfelder, die der Schleier des Unwissens voneinander trennt, solange wir ihn nicht niederreißen.«

»Die Wahrheit will demaskiert werden … Das habe ich mir auch gerade gedacht …«, bildete sich Celio ein.

»Erkennst du den auf dem Boden vor sich hindösenden Mann? Dieser Bereich des Gemäldes repräsentiert das Irdische, verkörpert durch Joseph, der uns den Rücken kehrt, den Esel und den Pflock, an dem das Tier angebunden ist. Diese drei Elemente im Vordergrund sind um die Glut eines heruntergebrannten Lagerfeuers angeordnet. Das einzig wahre Licht, hat der Bruder klargemacht, findet sich auf der hinteren Bildebene. Dort schläft der Messias in den Armen seiner Mutter, die wiederum in den Vorderpfoten der Sphinx von Gizeh ruht – ein ungewöhnliches Figurenarrangement, das völlig obskur wirkt, bis uns langsam dämmert, dass das Licht, das aus dem Kind strömt, dieses ihm innewohnende Leuchten, ein Zeichen ist. Es ist der Beweis, dass die uralte Sphinx für den Neugeborenen keinerlei Rätsel birgt. Der Sohn Gottes weiß von Anbeginn an, dass der Tod nicht existiert. Und wir, seine Geschwister im Geiste, wissen es auch. Dieses transzendentale Verständnis leitet unsere Neugeburt ein.«

»*Mamma* hat stets gesagt, mit dem Tod ist Schluss.«

»Ich will nicht vorgreifen, Bruder Celio, aber ich vermute mal, jetzt will sie dir mitteilen, dass sie sich geirrt hat. Ungeschminkte Wahrheiten sind bei uns in der BASILIO kein Einzelfall, und außerdem ist es für eine Richtigstellung nie zu spät.«

18

»Du bist doch Widder, oder, Aguirre?«

»Skorpion. Der mit dem giftigen Stachel.«

»Richtig. Wie konnte ich das verwechseln? Zwei kräftige Scheren vorneweg, *zack*, *zack*, um Erdeingänge und Höhlen zu graben. Ich sag's dir: Diese Woche wird turbulent.«

»Was steht denn da?«

»Hier steht, Merkur schenkt Ihnen Ausdauer, die anfallenden Aufgaben zu meistern. Einmal angestachelt, verbohren Sie sich in Ihre beruflichen Pflichten. Versäumen Sie dabei nicht, die Schwingungen des Sonne-Neptun-Transits auf sich wirken zu lassen. Seien Sie auf das Ergebnis Ihrer Mühen gespannt.«

»Tja, ich weiß nicht … Und bei dir, Carrizo?«

»Bei mir steht Mars im siebten Haus.«

»Was heißt das?«

»Sie dürfen, steht hier, sich auf die faule Haut legen und zusehen, wie Mars im siebten Haus für Sie den Weg nach oben bereitet.«

»Eine Beförderung womöglich …«

»Offensichtlich, Aguirre. Aber keine Angst: Egal, was mich erwartet, ich bleibe der, der ich bin. Der Erfolg wird mir nicht zu Kopfe steigen … Weißt du, wer darauf Einfluss haben könnte?«

»Worauf?«

»Worauf denn wohl, Aguirre? Auf meine rosigen Aussichten!«

»Ich als dein zugeteilter Partner?«

»Kalt, Aguirre. So kalt wie Patagonien im Juli. Winterliche Temperaturen. Perito-Moreno-Gletscher.«

»Du. Ich meine, dein guter Stern.«

»Heiß.«

»Unser Chef?«

»Heißer.«

»Hm ... Keine Ahnung ... Außer ihm ... Wer könnte sonst ...?«

»Drei Armlängen, und du gerätst an deine Grenzen, Aguirre. Ballester ist unser beider Hoheitsgebiet, aber wahrlich nicht das Ende der Welt. Unser Kollege in der Innenstadt, natürlich!«

»Ach, der Hintermann des Ministers?«

»Genau der. Höchstwahrscheinlich. Einer, der dazugehört und dem die da oben vertrauen.«

»Stimmt! Er ist mir gar nicht eingefallen.«

»Weil du deine Gehirnzellen nicht bemühst, Aguirre, weil du klein denkst, anstatt dich geistig auszudehnen. Wieso studieren wir neuerdings das Horoskop in der Zeitung? Um die größeren Zusammenhänge auf dem Schirm zu haben! Er hat sich übrigens wieder gemeldet.«

»Wann?«

»Heute Morgen um vier.«

»Um vier?!«

»Punkt vier.«

»Und warst du wach?«

»Natürlich nicht, Aguirre, aber ich habe so getan, als machte mir sein Weckruf nichts aus. Wie beim Militärdienst damals. Da sagst du auch nicht dem ranghohen Offizier, du pennst noch.«

»Sicher nicht!«

»Ich erinnere mich an einen Kompanieführer mit einer fiesen Narbe an der rechten Wange, der sich Nero genannt hat. Beim Morgenappell hat dieser Nero dem Sensibelchen in unserer Truppe, einem Poeten mit langen Wimpern, Streichhölzer zwischen die Augenlider geklemmt und mit einem brennenden goldenen Feuerzeug dicht vor seinem Gesicht herumgefuchtelt. Als der Dichterling sich eines Tages in die Hosen gemacht hat, musste er als Strafe sein eigenes Rinnsal auflecken. Der Dreckskerl durfte sich wochenlang nicht umziehen und hat erbärmlich nach Pisse gestunken. Wir haben einen Riesenbogen um die Sau machen müssen.«

»Schlafen ist im Grunde was für Frauen.«

»Siehst du? Wenn du ein bisschen drüber nachdenkst, kommst du selber darauf. Und was für Weichlinge, die genauso wie die Weiber sich gern in die Federn kuscheln.«

»Die Warmduscher.«

»Exakt, Aguirre, die Waschlappen, die ganzen Pestzecken, die Juden, die Marxisten und Kommunisten, die Schwulen und verwöhnten Professorensöhnchen. Wir beide haben uns längst verstanden. Und wie ich bereits vermutet habe: Ich hatte mich beim ersten Mal nicht verhört.«

»Bitte?«

»Ich sage, ich hatte mich nicht verhört, Aguirre.«

»In Bezug worauf?«

»Okay. Noch mal. Pass auf, du Intelligenzbestie, ich erklär's der Reihe nach. Das Scheißtelefon klingelt, und der Kollege aus der Innenstadt ist dran. Ob in Ballester alles *paletti* sei, will er wissen. Im Hintergrund ein Höllenlärm, nicht bei mir, bei ihm. Als ob eine Vitrine oder ein Fenster durch einen Steinwurf zerspränge, als ob ein Dutzend Gläser zu Bruch ginge oder ein Regal voller Untertassen zu Boden fiele. Keine Sorge, bei uns hört man nur die Kirchenglocken, habe ich ihm versichert.«

»Hast du ihn eingeweiht?«

»Wie meinst du *eingeweiht*?«

»Du weißt schon ..., ihm erzählt, dass ich eine Karte von Ballester gezeichnet habe? Dass wir dabei sind, negative Allianzen in unserem Viertel aufzuspüren? Vor allem, dass auch wir drei magnetische Punkte lokalisiert haben? Dass du und ich aufgrund des schlechten Einflusses, der von ihnen ausgeht, lieber von drei magnetischen Minuspunkten reden und gerade den zweiten unter die Lupe nehmen?«

»Langsam, Miguel Ángel, langsam. Wir wollen nicht voreilig sein. Erst wenn unser Instinkt sich bewahrheitet, sonst stehen wir wie zwei Deppen da, die von Esoterik und geheimer Kriegsführung keinen blassen Schimmer haben. Wir wollen gegenüber der Innenstadt nicht wie Landpomeranzen auftreten. Und nun hör dir das an: Bei dem Telefonat hatte ich den Eindruck, dass der Kollege am anderen Ende der Leitung nach den passenden Worten gesucht hat, um mir ein weiteres Treffen vorzuschlagen.«

»Der Kanal ist geöffnet: Du hast eine Eingebung gehabt.«

»Laut meinem gestrigen Horoskop ist es die innere Stimme.«

»Der berühmte sechste Sinn.«

»Ein untrügerisches Bauchgefühl, so was in der Art. Jedenfalls … Bevor der Kollege überhaupt in der Lage war, seinen Wunsch in Worte zu kleiden, wusste ich Bescheid. Ich bin ihm zuvorgekommen. Dienstbeflissen und einsatzfreudig. Wenn ich sofort aufbreche und den nächsten Zug erwische, habe ich ihm gesagt, könnte ich in fünfundvierzig Minuten zur Stelle sein. Sagen wir um fünf? Um fünf, hat er wiederholt. In *ABRA EL CADÁVER*, habe ich hinterhergeschickt, Aguirre. Daraufhin er: Sie sagen's.«

»Und?«

»Da war er auch. Am selben Tisch wie letztes Mal. Verstehst du? Wir haben den Code geknackt! MACHEN SIE DEN KADAVER AUF ist das Erkennungszeichen.«

»Jetzt gehörst du zu den Erwählten.«

»Sagen wir: Ich komme ihnen immer näher. Nachdem ich dem Kollegen gegenüber Platz genommen habe, fällt mir auf, dass er eine ziemliche Fahne hat. Anstelle einer Begrüßung sagt er: Dort, wo Sie gerade sitzen, hat vor fünf Minuten der Kollege López Rega gehockt. Lopecito, sagt er und lächelt. Erst da habe ich es gemerkt.«

»Was?«

»Dass mein Stuhl warm war, Aguirre. Dass ich mich in der Dringlichkeit des Gesuchs nicht getäuscht hatte.«

»Du durchläufst eine rasante Entwicklung, Carrizo. Als Quantensprung würden es die Esoteriker bezeichnen.«

»Wieso dir was vormachen? Ich sehe es genauso, Aguirre. Im Nachhinein. In der Bar heute früh war es mir noch nicht bewusst, bis ich das zweite Glas auf ex getrunken hatte und mir eine Vertraulichkeit erlauben konnte. Frei von der Leber weg habe ich gefragt: Und was erzählt Lopecito so?«

»Kennst du den Minister?«

»Du Erzengel! Nein, Miguel Ángel, nein, ich sage doch, ich war etwas übermütig, weil der Kerl mir netterweise einen aufgewärmten Platz hinterlassen hatte. Diese Hitze ist in mir aufgestiegen, da kann man schon mal was wagen. Es steht mir nicht zu, mir was darauf einzubilden, Aguirre, aber ich hatte das Gefühl, López Rega würde mir Feuer unterm Arsch machen; als ob er persönlich Esteban Carrizo dazu animieren würde, über sich selbst hinauszuwachsen.«

»Toll. Und was erzählt Lopecito so?«

»Hey! Nicht so respektlos, es geht für dich nach wie vor um den Herrn Kollegen Minister, wenn ich bitten darf. Behalt deine fünf Sinne beieinander, Aguirre! Lopecito war kurz vorm Explodieren gewesen, hat mir mein Gegenüber verraten.«

»Ach ja?«

»Bei denen ist mächtig was los.«

»*CLUB SILENCIO:* Du kennst mich ja. Ich halte mich an Abmachungen. Ich schweige wie ein Grab.«

»Davon gehe ich aus, Aguirre. Nicht weitersagen: Der Topf wurde aufgedeckt. *Se destapó la olla.*«

»Was ist passiert?!«

»Ein Offizier der Grenadiergarde *General San Martín* hat im Wohlfahrtsministerium ein Büro der AAA entdeckt. Und jetzt hat der General Jorge Rafael Videla im Namen des Militärs beim Verteidigungsminister einen Bericht über die illegalen Aktivitäten der paramilitärischen Organisation vorgelegt.«

»Nein.«

»Sagt Lopecito auch. Er fühlt sich hintergangen. Er sagt, er ist das Opfer eines politischen Komplotts, eines gigantischen Missverständnisses, er, der stets das Allerbeste für das Vaterland und das Gemeinwohl angestrebt hat, er, der sich im Laufe seines entbehrungsreichen Dienstes am argentinischen Volk immer mehr zurückgenommen hat … Hier.«

»Was soll ich mit einer Papierserviette?«

»Dir das Maul stopfen.«

»Aber ich sag doch gar nichts Verkehrtes!«

»Ein Witz, Aguirre. Schau sie dir an.«

»Ein zusammengefaltetes weißes Dreieck, die üblichen Rotweinflecken, einige Kritzeleien, der Name der Bar. Nichts Weltbewegendes.«

A B R A K A D A B R A
A B R A K A D A B R
A B R A K A D A B
A B R A K A D A
A B R A K A D
A B R A K A
A B R A K
A B R A
A B R
A B
A

»Das sagt sich leicht, weil du nicht unmittelbar involviert bist, Aguirre. Mir hat sie der Kollege rübergeschoben, am Ende unseres Gesprächs als Dankeschön für mein Kommen und als stichfesten Beweis dafür, dass Lopecito vor mir da war. So wie ich mit dir darüber quatsche, hat jeder eine Vertrauensperson zum Reden gebraucht. Die Mächtigen sind mit ihrer Verantwortung oft allein, umgeben von Verrätern und Opportunisten, die sie umschmeicheln. So wie der Kollege in der Angst, es könnte ihm an den Kragen gehen, sich bei mir aussprechen musste, hat sich Lopecito zuvor bei ihm den Kummer von der Seele geredet und dabei diese Serviette mit einem Kugelschreiber bearbeitet. Die Kritzeleien sind seine.«

»Wirklich?«

»Es kann eine beruhigende Wirkung haben.«

»Wenn man Buchstaben einzeln durchstreicht?«

»Da gerät so einer in einen tiefen Meditationszustand. Du und ich sind noch weit davon entfernt, aber Lopecito … Frag einen Graphologen.«

»Stimmt. Ein anderes Kaliber. Verstehe.«

»Ich meinerseits habe es mir erklären lassen. Ausgangspunkt für Lopecito war das Schwindeschema auf der Papierserviette, das Emblem der Bar. Er hat das Wort *ABRACADABRA* in seine Einzelteile zerlegt und daraus neue kreiert. *Frankenstein-Methode* hat er das Verfahren genannt.«

»Nie was davon gehört.«

»Lopecito ist ein Mann der Feder, ein Begnadeter, der was zu sagen hat. Nachdem er sein Herz ausgeschüttet hatte, war er sichtlich erleichtert. Zur Freude des Kollegen hat er, kurz bevor er aufgebrochen ist, eine teure Flasche französischen Bordeaux bestellt und sogar ein paar Brocken Französisch geredet. Die Flasche ging aufs Haus, und Lopecito schien wieder bester Laune. Er hat was von einem vorzüglichen Kadaver erzählt, in der Fremdsprache, doch mit starkem argentinischem Akzent. Als der Kollege sichtlich amüsiert wissen wollte, was es mit diesem köstlichen Leichnam genau auf sich hat, hat der Minister, bescheiden wie er ist, abgewunken. *El cadáver exquisito*: bloß ein verrückter Zeitvertreib, ein skurriles Spiel, hat er gesagt und von dem neuen Wein gekostet …«

»Lustig, was man bei denen nebenbei alles mitkriegt … Hm …«

»Was hast du?«

»Hier stimmt was nicht.«

»Was soll nicht stimmen, Aguirre?«

»Schau's dir selber an. Sag du es mir: Was ist mit dem C und dem D in Lopecitos Pyramide?«

~~ABRA~~C~~A~~D~~ABRA~~
BAR
BAR
AAA

»Was soll mit dem C und dem D sein, Korinthenkacker? Die bleiben übrig, oder weiß Großmeister Oberschlau vielleicht was Besseres, hä?«

19

»Ich wette mit euch, da draußen braut sich was zusammen«, prophezeite der *gordo* Andrade. Nachdem er ein Tablett auf dem Wohnzimmertisch deponiert hatte, gelang es ihm, als hantierte er mit einem Frisbee, nacheinander drei gehäkelte Untersetzer in unmittelbarer Reichweite seiner Freunde zu platzieren. Darauf stellte er Cocktailgläser mit selbstgepresstem Orangensaft ab, idealerweise nicht dafür gedacht, in einem Zug geleert, sondern geruhsam über einen Trinkhalm ausgekostet zu werden. An dem Rand aufgesteckt war jeweils eine Minifrucht aus buntem Wabenpapier: eine Ananas, eine Himbeere, eine Birne; eine Liebe zum Detail machte aus jedem dieser Gläser ein unverwechselbares Unikat. Dazu gab es *Chocolinas*, Elías' Lieblingsschokokekse.

»Was soll da draußen sein?«, erkundigte sich Lautaro, ohne sich die Spur eines anfänglichen Verdachts anmerken zu lassen – Da draußen waren die Katzen von Ofelia Farías auf Wanderschaft, jene unabhängigen freiheitsliebenden Zeitgenossen, die in ihrem Viertel für Empörung sorgten, weil nichts und niemand sie abschreckte: Hecken, Zäune, aufgebrachte Nachbarn wie Doña Carmen und Konsorten …

»Indizien.«

»Was für Indizien, *Gordo*?«

»Erste Anhaltspunkte, meine Herren«, warf der Gastgeber in einem Gestus von Weltgewandtheit ein, »die auf einen … Wie soll ich das formulieren …? Die auf einen Skandal in Ballester schließen lassen.« Anstelle der üblichen Zigarette hatte Mariano Andrade mit einem weißrotgestreiften Trinkhalm im Mundwinkel gesprochen. »Wenn ich das so sagen darf«, fuhr der *Gordo* fort, *»ihr seht, aber ihr beobachtet nicht.«*

»Doch, doch«, stritt Lautaro ab. »Doch, doch.«

»B1–787565.«

»Eine Signatur, Rubrik Botanik«, riet Elías und zeigte blindlings auf *Fortsetzung folgt*.

»Ein Nummernschild.«

»Auch das gut möglich«, gab Lautaro zu.

»Das Kennzeichen der Streife, die seit einer Woche schräg gegenüber der Baker Street parkt.«

»Aber was will die Polizei bei uns?«

»Ihr Ziel vor Augen haben, vermute ich, während sie auf die passende Gelegenheit wartet, zur Tat zu schreiten. Die Kollegen haben sich strategisch postiert, doch auch ich behalte sie im Visier. Das alte Katz-und-Maus-Spiel.«

Bei dem Vergleich zuckte Lautaro zusammen.

»Unsere Abläufe sind aufeinander abgestimmt. Wir haben eine Routine entwickelt, die Beamten und ich.«

»Und wie geht die?«

»Wenn ich von der Schule nach Hause komme, latsche ich an ihnen vorbei und grüße sie förmlich. Sie grüßen gefälligst zurück. Eine Viertelstunde später treffen wir uns in LA LIBERTAD. Sie fragen jedes Mal, wie es meiner Familie geht. Ich antworte wahrheitsgemäß, bei uns ist alles in Ordnung. Dann ist gut, sagen sie, und ich beteuere: Sehr gut. Anschließend gibt der Ältere Doña Carmen die Anweisung, ein halbes Dutzend *Medialunas* einzupacken und anzuschreiben, woraufhin sich Don Caetano vom Hinterzimmer aus einmischt. Leider ist sein Taktgefühl nicht besonders ausgeprägt. Nachher sitze ich am Fenster und beobachte, wie die beiden an der Kühlerhaube ihres Wagens gelehnt einen Halbmond nach dem anderen vertilgen, während sie die Tageszeitung studieren, die sie sich bei Valentino holen und untereinander aufteilen.«

»Und?«, fragte Lautaro begriffsstutzig. »Was heißt das?«

»Die Polizei will sich keine Blöße geben und schiebt deshalb ihr Anliegen auf die lange Bank«, erläuterte der *Gordo*.

»Um welches Anliegen handelt es sich denn?«

»Ich nehme an, die Hüter des Gesetzes plagen sich mit einem ungelösten Fall und werden mich früher oder später um Rat bitten – wie Inspektor Lestrade Sherlock Holmes.«

Riiiiiiingggggg ...

»Das sind sie ja!«, jubelte Elías und wischte sich mit dem Ärmel einen orangefarbenen Schnurrbart.

»Wenn man vom Teufel spricht, kommt er.« Den Spruch hatte Lautaro von Don Nasif aufgeschnappt, als in der Werkstatt letztens mal wieder Remmidemmi herrschte und die Bullen aufschlugen.

Der *Gordo* nickte und steuerte auf das Fenster zu – Elías rechte, Lautaro linke Flanke.

Der *Gordo* hob die Hand zum Gruß. Elías, geistesgegenwärtig, zog mit einem Ruck die Gardine zu.

»Ich komme sie abholen!«, krakeelte es von der Straße.

»Woher nimmt die sich bloß das Recht?!«, schrie Elías ins Wohnzimmer hinein.

»Sie meint nicht euch, sondern ihre Wandermadonna«, beschwichtigte der *Gordo*. Er bemühte sich, die Wogen zu glätten, und öffnete die Gardine wieder.

»Zieh Leine!«, konterte Elías mit verstellter Stimme. »Wir empfangen keine Hausierer!« Er war hinter dem *Gordo* in Deckung gegangen und spielte den tollkühnen Bauchredner.

»Was macht ihr da?«, rief Mutter Teresa.

»Das wollte ich dich gerade fragen«, tönte es hinter dem Hausherrn.

»Komm raus, Elías Morales, ich habe dich längst gesehen. Sich verstecken hat keinen Sinn!«

»Die doofe Petze«, brummte Elías und tat genauso überrascht wie Berta Sanfratello, wenn sie unangekündigten Besuch empfing. »Ach, Göttchen, Teresa! Duuuu bist es ja! Ich habe dich durch den dicken Gardinenstoff erst gar nicht erkannt«, behauptete er und kreuzte Zeige- und Mittelfinger der rechten und linken Hand, um die doppelte Lüge ungeschehen zu machen.

»Mach auf, Mariano Andrade. Worauf wartest du? Ich will sie endlich in die Arme schließen.«

»Igitt, igitt!« Elías krümmte sich, als würde er sich gleich übergeben.

»Wir hatten eine Abmachung! Ich will sie zurückhaben, hörst du?«

»Selbstverständlich, Teresa, kannst du doch.« Als der *Gordo* zur Tür ging, fiel Lautaro auf, dass er statt Schuhe Jesuslatschen trug, die ihm offensichtlich vier Nummern zu groß waren.

»Ihr kennt euch schon. Ich erspare mir die Vorstellung. Was darf ich dir Gutes tun, Teresa?«

»Wo ist sie?«

»Eine *Chocolina* vielleicht? Eine selbstgemachte Erfrischung?«

»Wo habt ihr sie versteckt?« Lautaros und Elías' Base war dabei, sich das Schlimmste auszumalen. Was – überlegte sie sich –, wenn dieser Mariano Andrade, den sie die steilen Stufen der NUESTRA SEÑORA DE LA MERCED nicht ein einziges Mal hatte emporsteigen sehen, durch seinen schlechten Umgang, durch den regen Austausch mit ihren jüngeren Cousins seine kriminelle Ader entdeckt hatte, und diese Kraft deutlich stärker wäre als der gütige, eher subtile Einfluss ihrer Madonna? Was, wenn Mariano Andrade, angespornt von den armen Schluckern, auf die Idee gekommen war, von Teresa Lösegeld zu fordern? Was, wenn der religiöse Gesinnungswandel des Mariano Andrade trotz vielen, sehr vielen, viel zu vielen Extrastunden Madonnenaufenthalt nicht eingetreten war? Was, wenn der raffgierige Gastgeber sich keines Vergehens bewusst war? Was, wenn der Verlogene jetzt behauptete, die Statuette sei bei ihm heimisch geworden und er könne sie nicht ohne weiteres wieder hergeben? Grauenvolle Vorstellung, denn die Madonna von Ballester gehörte beileibe ihr. Noch vor einer Woche mit Marianos deprimierender Orientierungslosigkeit konfrontiert, hatte Teresa sich eine Transformation zum Guten herbeigewünscht, das ja, sicher, sicher, doch im Innersten ihrer Missionarsseele hatte sie nicht im Geringsten daran geglaubt. Wieso also hatte sie sich auf eine Verlängerung dieses unsinnigen Unterfangens überhaupt eingelassen? Was hatte sie wohl geritten? Als sie sich das fragte, funkelten ihre Augen fluoreszierend grün, als wären sie die Scheinwerfer einer ferngesteuerten Killermaschine.

»Ich sehe was, was du nicht siehst«, stichelte Elías und tänzelte um das Sofa und die Sessel der Andrades herum.

»Gar nicht versteckt, Teresa«, redete der *Gordo* ihr gut zu. »Da steht sie ja. Siehst du? Inmitten unserer Präsenzbibliothek.«

»Ist *das* etwa euer Hausaltar?«, fragte Teresa missbilligend. Auf einem der Regale zwischen einem Porzellanelefanten, dem der halbe Rüssel fehlte, und einem unsortierten Stapel *Unglaublich, aber wahr* weilte ihre blasse Leihgabe. »Und *das* soll ein würdiger Aufenthaltsort für die Madonna von Ballester sein?«, insistierte sie mit anklagender Stimme.

»Ich wollte dir Arbeit ersparen, Teresa. Wie du an der Ausrichtung meines Büros erkennen kannst, scheint den ganzen Tag die Sonne darauf. Sie ist vollständig aufgeladen.«

»Entschuldigung«, mischte sich Lautaro ein. Ihm war es ein Bedürfnis, den destabilisierenden Gedanken an ein Tête-à-tête zu zerstreuen, in das sich sein Freund vielleicht mit Vergnügen verstrickt hätte. »Wo geht's als Nächstes hin?«

»Keine Ahnung! Der Mensch denkt, und Gott lenkt, Lautaro. Das solltest du wissen.«

»Ich meine, es ist spät geworden, und deshalb würden Elías und ich uns gern von dir begleiten lassen. Auf dem Weg zu den Großeltern könnten wir deine Madonna irgendwo absetzen.«

»Ohne mich«, protestierte Elías.

»Bleibt doch noch ein bisschen«, bat der *Gordo*, der bloß Augen für Teresa hatte.

»Ausgeschlossen. Was uns beide betrifft, ist es Zeit, für immer Abschied zu nehmen. Leb wohl, Mariano Andrade.«

»Leb wohl, Teresa Gianelli«, erwiderte der *Gordo* und steckte die schlaffen Hände in die Hosentaschen. »Hier«, sagte er. »Ich hab was für dich.«

Teresa schaute ihn gequält an und nahm widerwillig ein kleines Etwas entgegen.

»Als Dankeschön für den Verleih«, rechtfertigte sich Sherlock.

Teresa, die nach Ansicht ihrer Cousins gar keine Vorstellung hatte, was Gastfreundschaft bedeutete, ließ das Präsent – so verdattert, wie sie da stand – aus Versehen zwischen ihren Fingern hindurchgleiten.

»Auch er leuchtet in der Nacht«, erklärte Mariano Andrade. Er hatte den Rosenkranz aus Plastik vom Boden aufgehoben und hielt ihn in beiden Händen, als würde er einem verwundeten Spatzen, der aus dem Netz gefallen und noch nicht flügge war, Schutz bieten.

»Danke«, erwiderte Teresa trocken wie Sandpapier.

»Nicht der Rede wert. Mein Stiefvater musste ohnehin in die Innenstadt und hat dort, bei einem fliegenden Händler auf der Calle Florida, das Teil für einen Apfel und ein Ei erworben.«

Jemand anderes hätte die Verwandlung nicht gemerkt, aber die Brüder kannten Mariano Andrade viel zu gut. Sie taten ihm den Gefallen, beugten die Köpfe über die Perlenkette und blockierten mit ihren Rücken den Einfall des Lichts. Das mussten sie ihm lassen. Die Wirkung war zum Sterben schön, tanzende Lichter wie Glühwürmchen im Herzen der Finsternis.

»Mich erinnert das an Zigarettenglimmen«, sagte der *Gordo*. »Wir könnten noch eine rauchen.«

»Ganz nett«, gestand Teresa zähneknirschend ein, die sich sämtliche Extremitäten ausgerissen hätte in der Hoffnung, ihren Vettern könnte ihre mädchenhafte Ergriffenheit verborgen geblieben sein.

20

»Und sonst so?«, wollte Lautaro von Teresa wissen, um dem aufgezwungenen Ernst ihrer Prozession einen Strich durch die Rechnung zu machen.

»Und sonst gar nichts«, erwiderte sie sauertöpfisch.

»Wie bei uns!«, behauptete Elías unbeirrt.

Sie schritten lustlos voran. Mariano Andrade blieb zurück. Als die Geschwister an der stationierten Streife, auf die ihr Kumpel sie Minuten zuvor aufmerksam gemacht hatte, vorbeilatschten und Lautaro sich verschwörerisch nach ihm umdrehte, konstatierte er mit herber Enttäuschung, dass der *Gordo* seinen anerkennenden Blick verpasste, weil er inzwischen hineingegangen war. In ein und demselben Moment verschwand Elías aus seinem Gesichtsfeld. Kurz bevor Lautaros Herzschlag aussetzte, entdeckte er ihn hinter einem Hochleitungsmast. Sein Bruder streckte den Kopf dahinter hervor und grinste mit weißgebleckten Zähnen.

»Was tust du da?!«

»Den Zettel, der hier hängt, durchlesen. Das ist doch nicht verboten.«

Ehe Lautaro ihn ermahnen konnte, hatte er ihn abgerissen.

»Lass mal sehen«, befahl Teresa streitlustig und nahm ihm das Papier aus der Hand. »Eine Katze ist weg!«, verkündete sie schadenfroh, und ihr ganzes Sein illuminierte sich, als hätte jemand einen Lichtspot darauf gerichtet.

»Dem Namen nach zu urteilen: ein Kater«, widersprach Elías süffisant. Sherlocks Deduktionstalent machte Schule.

»Keine Katze, ein Ketzer!«, verbesserte Teresa sich selbst. »Ein Tier des Teufels.«

»Seth ist anschmiegsam und sehr zutraulich«, hielt Elías dagegen, indem er das soeben Gelesene aus dem Gedächtnis wiedergab.

Seine Base fiel ihm unverfroren ins Wort: »Er hat eine lange, gebogene Schnauze, aufrecht stehende, eckig beschnittene Ohren sowie einen an der Spitze gespaltenen Schwanz. Er frisst am liebsten Thunfisch. Finderlohn. Grausig.«

»Steht da eine Adresse?«, erkundigte sich Lautaro pochenden Herzens.

»Wir müssen an dem Hexenhaus ohnehin vorbei.«

»Sag mal«, schlug er vor, als sie dem Ziel seiner Träume näher kamen, »du wolltest doch deine …«

»Ausgeschlossen«, entschied Teresa, worauf ein zähnefletschender Racheengel schneller, als die Polizei erlaubte, bei Ofelia Farías klingelte.

»Los, komm«, rief Elías seinem Bruder zu, als eine Welle aus Katzenurin und Rosenduft ihre Nasen kitzelte, eigenwillige ätherische Noten, die in dem Garten jenseits des Zaunes ihre mystische Hochzeit feierten.

Nachdem Mutter Teresa und die Madonna von Ballester vor dem verwitterten Portal wie Mose am Ufer des Nils ausgesetzt worden waren, erstarrte die erste zur Salzsäule. Die Witzbolde aber setzten ungestraft ihr Rennen fort, vorbei an der Kirche des moribunden Roviralta und bestimmt auch an ›denen da‹, auch wenn weder Elías noch Lautaro die Spiritisten präzise hätten orten können. »Ich brech' ab«, keuchte der Jüngere und stürmte weiter. Der Ältere lachte aus vollem Herzen, weil sie sich Dinge trauten – in einer Zeit des Übergangs, in der ihnen Waghalsiges immer noch möglich erschien.

21

Das Buch der Geister von … *Hatzi!* Ein unaussprechlicher, ellenlanger Name. Hippolyte Léon Denizard Rivail, ein berühmter Gelehrter, von mir aus, ein unumstrittener Meister des Feinstofflichen, der seine Werke wie Laura Rachello ihren Artikel für den *ballester lokalanzeiger* aus der immateriellen Welt empfing. Schüler eines gewissen Pestalozzi. Ich merke schon. Besagter Hippolyte muss jemand mit einer gesunden Portion Geltungsdrang gewesen sein, denn, Geisterdiktat hin oder her, er hat sich ein gescheites Pseudonym zuflüstern lassen und tritt überall als Ko-Autor in Erscheinung. Er firmiert als Allan Kardec auf dem Cover von *Das Buch der Medien*, *Himmel und Hölle*, *Das Evangelium im Lichte des Spiritismus* und *Genesis*. Und wer von der Wissenschaft der letzten Dinge noch nicht genug hat, kann sich *Christentum und Spiritismus* von Léon Denis reinziehen, *Rätsel des Seelenlebens* von einem Astronomen namens Camille Flammarion oder *Drehende Tische: Scéancen auf Jersey* von Victor Hugo. Bei dem hier wurde mit Rücksicht auf meine Wenigkeit offensichtlich auf den Nachnamen verzichtet. Zwei Vornamen genügen. So sehe ich das auch. Schade, dass ich kein Bonbon gekauft habe. Bei den Herrschaften empfiehlt es sich, etwas im Mund zu haben oder eine Haarklammer auf die Nase zu stecken, sonst ist die Aussprache verkehrt. Wahrscheinlich deshalb sind die Petit Fours so beliebt. Wer mit vollem Munde redet, dem gelingt die französische Aussprache. Froschesser so weit das Auge reicht, bis auf einige wenige Ausnahmen, *Hatzi!*, unter deren Last sich eines der oberen Regalbretter biegt. Oliver Lodge: *Raymond. Die Jenseitsprotokolle*, hauptsächlich aber Sir Arthur Conan Doyle: *Das Nebelland. Ein spiritistischer Roman*, *Geschichte des Spiritismus* – Band 1 und 2, *Der Rand des Unbekannten*, *Die Elfen kommen*, *Die neue Offenbarung*, *Houdinis Geheimnis*, *Die Vitalbotschaft* und *Es redet Pheneas. Hatzi!*

Es war Celios zweiter Besuch in der WISSENSCHAFTLICHEN SCHULE BASILIO, er kämpfte gegen eine peinigende Stauballergie und war extrem gereizt. Was dachte sich denn seine schlechtgekleidete Möchtegernschwester? Bei dem Gang durch den Korridor, der wie ein überspannter Geduldsfaden von der Diele der BASILIO zu ihr ins Büro führte, konnte er unmöglich ihrer Bitte nachkommen, sich Notizen zu machen, und ihr gleichzeitig Rede und Antwort stehen. Haare schneiden und reden, das klappte natürlich, das war bekanntlich sein Beruf, legen und reden im Stehen, das auch, gar kein Problem, doch alles andere, was über die Grenze seiner Alltagserfahrung hinausging, musste sich hinten anstellen. Tut mir leid. Wie ihr endgültig verklickern, dass er es mit dem Studium der Gespensterdomänen ernst meinte, aber trotzdem kein allwissender Theoretiker des Unsichtbaren werden wollte? *Hatzi!* »Gesundheit!« Von wegen. Mit ihren überzogenen Erwartungen machte sie ihn krank. Ob er sich auch noch den einen Titel Conan Doyles notiert habe, einen Appendix der dritten Art mit Mitteilungen des Autors aus dem Jenseits, fragte die Schwester. *Hatzi!* Celio verneinte mit seinem Taschentuch. Von einem Tag auf den anderen Waise geworden, steckte er in einer defätistischen Midlifecrisis und wollte die wenige Zeit, die ihm auf Erden blieb, um kein Haar vergeuden. Er war durch und durch grobstofflich und hatte beileibe Besseres zu tun, als sich für den Rest seiner irdischen Existenz die wohlgeformten Wimpern, die er dankenswerterweise von seiner Mutter geerbt hatte, unter einer Leselampe verkohlen zu lassen. Valentinos Glanzzeitschriften und Illustrierte, das war etwas anderes. Davon hatte man wirklich was. Einen richtigen Überblick. Ganzseitige Bilder, schmucke Fotos und gut lesbare Überschriften. Das war eine echte Freude und keine Augenquälerei. Das Lesen dieser Mode- und Gesellschaftsmagazine war eher ein vergnügliches Durchblättern. Das ging ja flott. Da lief man keine Gefahr, das Sehvermögen einzubüßen. Das versuchte Celio seiner Mentorin zu erklären. Sie wiederum verriet ihm, seine BASILIO-

Geschwister hätten neulich durch die Lektüre von Thomas Alva Edisons neu ediertem Tagebuch Bemerkenswertes erfahren, und zwar, dass dieser große Mann der Wissenschaft, der zig Patente entwickelt hatte, von der Glühbirne, dem Phonographen und Telegraphen über die Bereiche Automobil und Radio bis hin zu Schreibmaschine und elektrischem Schreibstift, Anfang des zwanzigsten Jahrhunderts im Geheimen an einem *Spirit Phone* gearbeitet habe, einer zartbesaiteten Apparatur, einem Empfangsverstärker für das Übersinnliche, dessen Ziel es gewesen sei, die Kommunikation mit Verstorbenen aufzuzeichnen. Und was er denn dazu sage. Nichts. Die Nachricht derjenigen, die so aussah, als könnte sie kein Wässerchen trüben, hatte Celio die Sprache verschlagen. Während er auf ihr Geheiß mit einem Rest Bleistiftspitze dabei war, die unverschämt lange Liste mit Buchempfehlungen zu ergänzen, kam ihm jener Vorfall wieder in den Sinn, der sich vor zwei Tagen ereignet hatte. Berta Sanfratello war zu ihm in den Laden gekommen, nicht wie sonst, um ihn mit frischen Eiern zu versorgen, sondern weil eine Dame mit unverständlichem Namen und hauchdünnem Stimmchen am Telefon nach ihm verlangt hatte, was bis *dato* noch nie passiert war. Celio hatte die EWIGE SCHÖNHEIT hinter sich abgeschlossen und war mit Doña Berta nach Hause gesaust. Das schwarze Bakelit-Telefon stand auf dem Wohnzimmertisch, der Hörer lag neben einer Vase mit verblühten Hyazinthen, den Lieblingsblumen seiner Mutter. Nachdem Celio Rachello »*Pronto*« gerufen, dann in immer länger werdenden Abständen »Hallo? ... Halloo?! ... ... Hallooo?!! ... ...« skandiert hatte, lief es ihm heiß und kalt den Rücken herunter. Ein Schauder durchrieselte ihn. Dem beredten Schweigen auf der anderen Seite der Leitung haftete etwas überaus Familiäres an, weshalb Celio seinen ganzen Mut aufgebracht und sich gesagt hatte: jetzt oder nie. Celio – zitternde Stimme, trockene Kehle – krächzte: »*Mamma*, bist du's?« Er hielt den Atem an und vernahm den schrillen Ton, den man normalerweise zu hören bekommt, wenn jemand nicht länger daran interessiert ist, das Gespräch am Leben zu halten, woraufhin Celio, der seit dem Morgengrauen auf den Beinen war und aufgrund einer selbstverordneten Diät sich nichts außer einem läppischen *Mate cocido* und einem gezuckerten Butterbrot gegönnt hatte, der Länge nach – filmreif und wenngleich Tür an Tür mit Álvaro Fatini, so doch für diesen unerreichbar wie Marilyn Monroe – auf dem Teppichboden von Berta Sanfratello in Ohnmacht fiel, die zu Hilfe eilte, um ihm kostspielige Riechessenzen aus dem Libanon unter die Nase zu reiben, wo fatalerweise ein Bürgerkrieg ausgebrochen war.

Celio wurde wieder schlecht. Seine Schwester hatte einen dicken Bildband aufgeschlagen. »Es gibt keine Zufälle, Bruder Celio. Schau dir bitte diese italienische Schönheit an.« Eusapia Palladino war ein verwackelt festgehaltenes Medium, das der blutjungen Laura Rachello glich – jenem Energiebündel aus der Zeit in La Boca, das den abergläubischen jungen Matrosen am Hafen von Buenos Aires den Kopf verdrehte – und das sich lasziv reckte und streckte, obwohl es auf einem Stuhl gefesselt war, während aus den Körperöffnungen eine milchige Substanz austrat. Ektoplasma. Celio hatte, offen gestanden, von Tuten und Blasen keine Ahnung. »Nun rate mal, was das hier ist.« Die Oberlehrerin hatte inzwischen ein anderes Buch in der Hand und zeigte auf die Schwarzweißfotografie eines ernst dreinblickenden Paares. Auf dem Abzug war ein sogenanntes Extra aufgetaucht, eine Silhouette aus Dunst, eine Wolke vielmehr, die dem im Krieg getöteten Sohn der Abgelichteten zum Verwechseln ähnlich sah. »Geisterfotografie und medial empfangene Kunst, bei uns ist einiges vertreten«, und ob ihm die Namen William Blake, Hilma af Klint, Wassily Kandinsky, Kasimir Malewitsch, František Kupka oder Victor Brauner etwas sagten. »So viel wie Esperanto.« Umso schneller müsse er mit dem Studium des Eigentlichen beginnen. Ja, er müsse sich regelrecht dahinterklemmen, bekräftigte die Klette, während sie sachte über die Buchrücken an der Wand strich, als wäre ihr Handteller ein elektrostatischer Staubfänger. Sie habe im Alter von sechsundvierzig nicht einmal die Hälfte von dem geschafft, was sie einst mit fünfzehn erwogen hatte, als sie mit der Lehre in Kontakt getreten war. Auch beim zweiten Durchgang unmöglich, das gesamte Konvolut zu bewältigen. Sie müsse unbedingt wiederkommen, ein letztes Mal reinkarnieren, darauf freue sie sich schon, auf ihr Comebackfinale. In dieser Hinsicht spreche ihr Name Bände, versicherte sie, indem sie sich eine rotzfreche, klitzekleine Pause gönnte. Keiner geeigneter als Schwester Re'nata, um Celio Rachello die Angst vor den ihm bevorstehenden Wiedergeburten zu nehmen.

22

Lautaro und Elías Morales waren auf dem Weg in die Baker Street, wo wie beim jährlichen Karneval auf der 9 de Julio ausgiebig gefeiert werden würde. Als sie an der Streife vorbei mussten, sagte Elías so laut, dass auch die Polizisten es mitkriegten: »Einem Jubilar darf man keine Wünsche abschlagen, kapiert?« Das war sie, die bittere Wahrheit, die sein älterer Bruder ihm eingetrichtert hatte, bevor er selbst dazu gezwungen sein würde, sie ins Auge zu fassen, die traurige Gewissheit, wovor es ihnen grauste. Der beratende Detektiv Mariano Andrade, ihr beider absoluter Spitzenfreund, hatte Geburtstag und aus besagtem Anlass drei Gäste zu sich ins Büro eingeladen. Teresa war schon da. Sie öffnete ihren Cousins die Tür. Sie rauchte.

»Seit wann denn *das*?«, ärgerte sich Elías und merkte nicht, dass sein gekränkter Stolz ihn blind machte. Sein Geschenk in der Hand haltend, ließ er den *Gordo* warten.

»Dürfte ich?«, fragte Mariano Andrade höflich und nahm seinen letzten Gästen die Mäntel ab, noch bevor sie ihre Präsente an den Mann brachten.

»Lesefutter für einen Bildungshungrigen«, sagte Lautaro geistesgegenwärtig und überreichte ein Päckchen, das in tiefblaues Papier eingewickelt war.

»Und das ist von mir«, unterbrach Elías und streckte dem Gastgeber eine Pappschatulle entgegen.

»Damit es Glück bringt, musst du das Geschenkpapier einreißen«, mischte sich Teresa ein. Nicht einmal an Festtagen konnte sie auf ihr Getue verzichten. Elías durchbohrte sie mit einem tödlichen Blick und zog sich den Finger quer über die Kehle.

Eine Schleife, ein gekringeltes Band und Papierfetzen in Königsblau fielen nacheinander zu Boden.

»W-o-w, Conan Doyle!«, rief der *Gordo* aus, der für überschwängliche Gefühle sonst nichts übrighatte.

»Ein tausendseitiges Mammutwerk. Das Schwergewicht unter den erschienenen Biographien«, erklärte Lautaro, ohne einen gewissen Stolz verbergen zu können.

»Die einzige, die unsere Mutter in spanischer Übersetzung hat auftreiben können ...«, beichtete Elías treuherzig. »Mach meins auf!«

Der *Gordo* schob den Deckel der Schatulle zur Seite.

Kaum wurde ihr Inhalt sichtbar, hakte Elías nach: »Und? Gefällt dir das Vergrößerungsglas?«

»Ich frage mich, wie ich bis heute ohne auskommen konnte ...«, gab das Geburtstagskind aufrichtig zu. »Ein unentbehrliches Utensil.« Seine Pupille sah monströs aus. Er hielt die Lupe auf der Höhe seines rechten Auges, bevor er das Instrument am Cover der Biographie ausprobierte:

Memorias y aventuras de
Sir Arthur Conan Doyle

[Erinnerungen und Abenteuer des Sir Arthur Conan Doyle]

»GROSSartig«, rief Sherlock aus.

Memorias y aventuras de
Sir Arthur Conan Doyle

[*Me moría*, Spanisch für: Ich lag im Sterben]

»Einfach GROSSartig.«

»Und was sagst du zu der Widmung?«, insistierte Elías, als müsste er fürchten, sein Leseglas fände keine weitere Verwendung.

»Zu der Wid…?«, murmelte Mariano und untersuchte mit Hilfe des Geschenks umgehend die Schatulle. *»Bleip aufmerksam!«* Obwohl der Eintrag recht kurz ausgefallen war, starrte der *Gordo* eine ganze Weile darauf. Die mikroskopischen Worte waren mit schwarzer Tinte auf schwarzem Hintergrund geschrieben worden, so dass sie von einem, der für das Fach kein Verständnis aufbrachte, nicht entdeckt worden wären – genauso wenig wie Elías' klitzekleiner Rechtschreibfehler, über den Sherlock kein Wort verlor. »Nichts anderes habe ich vor«, teilte er dem Schenkenden mit und übertrieb mit seinem anerkennenden Händedruck.

Elías kniff die Augen vor Schmerz zusammen. »Hast du sonst noch was …?« Der von Neugier Geplagte versuchte, Teresa nicht anzuschauen.

»Meine Mutter hat mir eine Schokotorte gebacken, und von Valentino habe ich einen Stapel *Sherlock Time* erhalten.«

»Sherlock Time?«, wunderte sich Lautaro. »Was auf Englisch?«

»Nein, auf Spanisch. Comic-Hefte mit einer Figur, die an Sherlock Holmes angelehnt ist. Der Autor ist Argentinier. Er heißt H. G. Oesterheld.«

»Ein Zungenbrecher, verflixt.«

»Reine Übungssache. Der argentinische Sherlock kann durch Zeit und Raum reisen. *Timeless* wäre der passendere Nachname gewesen, findet Valentino. Stiefpaps wollte nicht zu viel verraten, aber ich mag es nicht, wenn man mich auf die Folter spannt. Das hat er eingesehen und das Beste ausgeplaudert.«

»Na?«

»Sherlock Time agiert vom heutigen Buenos Aires aus.«

»Exakt wie du, Mariano.« Eine schleimige, unfassbar glitschige Science-Fiction-Schnecke war mit ihrer Bemerkung Elías zuvorgekommen.

»Gut beobachtet, Teresa. So ähnlich. Wie ich gleich beim Frühstück eruieren konnte, wohnt Sherlock Time in San Isidro, eine halbe Stunde von uns entfernt.«

»In dem vornehmen Villenviertel am Fluss?«

»An der Mündung des Río Luján in den Río de la Plata, bei einem Rentner namens Luna, in dessen verwildertem Garten Sherlocks Raumschiff stationiert ist.«

»Schade … Doch nicht so viele Übereinstimmungen, wie ich gedacht habe … Ihr habt gar keinen Garten.«

»Auch das ist eine Frage der Zeit. Ich bin zuversichtlich, Teresa, denn meine Eltern hätten liebend gern einen, und letztens habe ich gehört, wie meine Mutter zu Doña Carmen gesagt hat, wir werden uns vergrößern.«

»Na, prima«, gratulierte Elías.

»Von mir hat er ein Detektivkit«, band Teresa ihnen auf die Nase. »Für den Einsatz bei Nacht.«

»Der Schuhkarton, der bei Großvater herumlag?!«

»Ich habe ihn aufgehübscht und reichlich bestückt.«

»Sehr originell. Und was ist drin, wenn ich fragen darf?«

»Drei Schachteln Streichhölzer, eine Tüte Knicklichter, ein Gasfeuerzeug, eine Packung Haushaltskerzen, ein Magiclick-Herdanzünder, zwei Dutzend Wunderkerzen, eine handliche Taschenlampe in Gelb und – das Wichtigste zum Schluss – zwei Steine aus meiner eigenen, inzwischen ziemlich beeindruckenden Sammlung.«

»Zwei Steine?«

»Ein anthrazitfarbener und ein weißgesprenkelter. Seltene Fundstücke aus Ballester. Bei aller Großzügigkeit, die mich auszeichnet: Es war extrem schwierig, mich davon zu trennen, aber was tut man nicht für einen Freund? Nebenbei gesagt: Es sind zwei meiner liebsten objets trouvés.«

»Schnöselbiest«, flüsterte Elías. »Und was macht man damit?«

»Dir würde ich sie nicht aufnötigen, denn du wärest genauso wie Quique völlig aufgeschmissen. Schlägt man sie mit etwas Geschick gegeneinander, lassen sich Lichtfunken erzeugen.«

»Da! Da!«

»Was is'?«

»Da schon wieder: der Angsthase!« Elías setzte sich zur Wehr, indem er Familiengeheimnisse ausplauderte. Auch wenn Teresa

Gianelli es nie zugeben würde: Den Heidenrespekt vor der Dunkelheit hatte sie auch mit dreizehn nie ganz ablegen können.

»Du kleines Lügenmaul.«

»Selber Lügenmaul! Ich weiß es von Tante Clara und Großvater, übrigens! Nur deshalb hast du die Madonna! Weil du dir sonst in die Hose machst!« Elías rückte die Sache ins rechte Licht.

Anstatt ihm Contra zu geben, schnappte Teresa sich eine Zigarette, um ihren Cousin dort zu treffen, wo es ihm am meisten weh tat. Elías kochte vor Wut.

»Die Dinger zergehen einem auf der Zunge. Ich mache zur Feier des Tages eine Ausnahme, Mariano zu Ehren.«

Die Brüder Morales wurden Zeugen eines religiösen Debakels. Teresa Gianelli war keine Leideliese und keine Abstinente mehr. Um vom Eigentlichen abzulenken, war sie zur haltlosen Kettenraucherin geworden.

»Hey! Uns gibt es auch noch«, maßregelte Elías die Gierige, als sie sich die letzte aus der Packung herausfischte.

»Die wollte ich gerade Mariano anbieten«, konterte sie schmierig.

Genug der Beweise. Der Schlot hatte beschlossen, den Geschwistern den *Gordo* auszuspannen. Elías zitterte vor Empörung.

»Nein, auf gar keinen Fall. Nimm sie doch, Teresa, bitte, ich bestehe darauf. Mich ehrt es. Danach können wir den Kuchen anschneiden. Einverstanden?«

Man stimmte dem Vorschlag zu und setzte sich an den Tisch.

Lautaro und Elías kannten es nicht anders. Der *Gordo* hatte sich mächtig ins Zeug gelegt. Neu war die feierliche Stimmung im Schlaraffenland. Von der Decke und an den Wänden der Baker Street hingen Girlanden und Luftballons. Es gab literweise Erfrischungen, Berge von Flips und Chips, hausgemachte französische Canapés, goldbraune, mit Kochschinken und Schnittkäse aufgebackene Croissants, einen argentinischen Käseigel mit Mortadellawürfeln und Cherrytomaten, englische Club-Sandwiches mit Thunfisch, Ei und Gurkenscheiben und dazwischen kunterbunte Luftschlangen und Unmengen von *Sugus*-Bonbons. Wer sich die imposante international angerichtete Tafel des *Gordo* anschaute, könnte dem Irrtum verfallen, die *Piñata* – dieser riesengroße Luftballon, der von Kinderhand zerfetzt werden darf, weil er, vom losen Puder abgesehen, mit allem befüllt ist, was das Herz an Kleinigkeiten begehrt – wäre bereits zum Zerplatzen gebracht. Man brauchte nur zuzulangen.

»Ich werde nun die Torte …«

»Wollen wir nicht lieber auf deine Eltern …?«

»Unter der Woche um die Uhrzeit: ausgeschlossen.«

»Wenn es so ist …«, entschied Teresa. »Zuerst die Kerzen.« Sie entriegelte den Magiclick, und der Hausherr ließ sie gewähren. »Du kannst dir schon mal drei Wünsche ausdenken. Damit sie in Erfüllung gehen, darfst du sie nicht verraten, und ansonsten musst du die Kerzen gleichzeitig auspusten. Das weißt du doch, oder?«

Sherlock nickte, während Lautaro mit dem Fuß den Takt vorgab. Bei drei legten sie los. Sie sangen, wie sie konnten, dissonant, misstönend, aus voller Lunge und ganzem Herzen. Nachdem sich der Beifallsorkan ausgetobt hatte, holte der *Gordo* das Messer und überlegte, wie er das Geschenk seiner Mutter am besten vierteilen konnte. Er verletzte die Glasur, indem er probeweise zarte Linien zog; er wollte gerechte Portionen hinbekommen, was nicht so einfach war, denn die beeindruckende Schokotorte hatte die Form einer Deerstalker-Mütze. Um den Tellerrand herum war Konfetti gestreut.

Teresa griff in eins der Papierhäufchen hinein; die Schnipselchen rieselten zwischen ihren Fingern hindurch. »Unheimlich schön.« Es fiel ihr schwer, etwas nicht zu kommentieren.

»Von meiner Mutter aus alten Zeitschriften gewonnen. Jedes Stück ist selbstgebastelt, denn das Glück, hat sie mir heute Morgen versichert, kann man ja im Kleinen anfertigen.« Ganz nach ihr händigte der *Gordo* seinen Gästen anstelle von normalen Papierservietten spektakuläre Origamikunstwerke aus. Teresa II., die anders als Teresa I. wie ein Scheunendrescher aß, zerstörte in kürzester Zeit drei Kraniche und eine Tulpe, Lautaro musste zwei Papierflieger auseinanderfalten, der *Gordo* versenkte einige Schiffe, aber Elías brachte es nicht übers Herz. Er hielt sich an die von Alba Morales verpönte Methode, wischte sich mit dem Handrücken oder Ärmel den Mund ab und gebrauchte für die Finger die Tischdecke, dafür rettete er jeweils ein japanisches Original und bewahrte ein komplettes Set als Erinnerung auf.

23

Im Anschluss an das Festmahl wurden die Gäste im Kaminzimmer erwartet. Teresa preschte vor. Elías schnaubte.

»Oh, mon Dieu!!!«, schrie sie, als sie eintrat.

Zugegeben. Auch für die Brüder Morales, die im Unterschied zu ihr sämtliche Räumlichkeiten der Baker Street kannten, war es keine belanglose Überraschung.

»Artischocke«, raunte Elías, der diesen Ausdruck gebrauchte, wenn ihm das, was er erblickte, artifiziell vorkam und ihn über die Maßen schockierte.

»Ein himmlisches Trompe-l'œil!!!« Teresa von Ávila in der Ausführung von Giovanni Lorenzo Bernini. Elías' Base schien transfiguriert wie die Verrückte auf dem Bild im Wohnzimmer von Tante Clara.

»Ruf Onkel Elvio an.«

»Was hast du?«

»Ruf ihn an, hörst du?«

»Wie denn?! Es gibt beim *Gordo* kein Telefon.«

»Ist mir egal, Lautaro. Ruf ihn trotzdem an und erzähl ihm, seine Tochter spricht in Zungen, und zwar so krass laut, dass mir das Trommelfell platzt. Er soll meine Gehörgänge untersuchen. Ich glaube, sie sind ruiniert ... Ein *Trompwas* hast du gesagt?«

»Ach, Elías«, stöhnte Teresa. »Da sieht man die großen Bildungslücken staatlicher Schulen. Universelle Bildungslücken, so unermesslich wie schwarze Löcher, die keiner mehr schließen kann. Ein Trompe-l'œil, wenn du es wissen möchtest, ist ein Meisterwerk der illusionistischen Malerei, bei dem Dreidimensionalität vorgetäuscht wird.«

Schock. Auch für Lautaro war es einer. Auf dem Kaminsims thronte nämlich eine Kopie von Teresas Madonna.

»Anders als wir«, konterte Elías, »kannst du wiederum nicht wissen, wie sich dein Gesicht, ich meine hauptsächlich deinen Mund und deine Wangen, verformt, wenn du *Trompoi* sagst. Alles wird komisch, kriegt Falten und wölbt sich nach vorne, als wärest du schlimm erkältet und wolltest zugleich jemanden küssen, der doll verpickelt ist – in der gemeinen Hoffnung, ihn mit deinem grippalen Infekt anzustecken.«

»Je größer du wirst, desto kleiner wird deine Phantasie, Elías, und das ist eine wertvolle Sache. Im Laufe der Jahre wirst du vernünftiger und irgendwann erkennen, dass kultivierte Leute Französisch können. Französisch ist eine Weltsprache, und ich brauche sie für Afrika.«

»Aber noch liegt Afrika in weiter Ferne, oder?« Sherlock war hellhörig geworden und hatte sich dazwischengeschaltet.

»Ja, Mariano, es liegt in Gottes Hand.«

»In der fernen Zukunft, verstehe.«

»Vorerst.«

»Ihr bleibt uns also vorerst noch eine ganze Weile in Ballester erhalten, die Madonna und du.«

»Bis auf weiteres zumindest.«

»Na, dann ist es in Ordnung.«

»Denke ich auch, andererseits ...«

»Ja, Teresa?«

»Wenn Tante Alba und Onkel Renzo bei meinen Eltern zu Besuch sind, reden die vier immer häufiger davon, fortzugehen.«

»Ist wahr?«

»Nicht, bevor wir mit der Schule fertig sind«, mischte sich Lautaro verärgert ein.

»Ist wahr?!«

»Neiiiiin, wir sind dagegen! Und zur Not verschaffen Elías und ich uns einen gigantischen Handlungsspielraum, indem wir abwechselnd sitzenbleiben.«

»Sitzenbleiben ist nichts, worauf man stolz sein sollte«, unterrichtete Teresa die Jungs.

»Daran ist noch keiner gestorben. Frag deinen Vater. Er ist Arzt und wird es bestätigen«, entgegnete Elías.

»Ich finde, dass die Madonna sich hier sehr gut macht«, warf Sherlock ein und kam miteins so blass rüber wie das von ihm gemalte Motiv an der Wand.

»Ich staune. Ich muss zugeben, du hast sie perfekt getroffen.«

»Danke, Teresa. Heute Mittag beim Farbeauftragen war ich mir etwas unsicher.«

»Ohne Grund, Mariano. Sie wirkt erhaben über dem lodernden Feuer.«

»Es freut mich, dass du dich freust, Teresa.«

»Und mich freut es, dass du dich für mich und mit mir freust, Mariano.«

Zwischen den beiden knisterte es. Es war für die Brüder Morales die Hölle, das mitansehen zu müssen. Elías hüstelte.

»Ich hatte ein Konzept. Dem bin ich gefolgt.«

»Das merkt man deinem Arrangement an.«

»Der Stil, an dem ich mich orientiert habe, nennt sich Hyperrealismus. Wenn du erlaubst, würde ich die Gardine gern zuziehen.«

»Ich bitte darum.« Der Angsthase simulierte Tapferkeit.

Elías hüstelte lieber einmal zu viel als einmal zu wenig.

»Wird's bald?«, fragte Teresa.

»Tschuldigung … Wie spät haben wir denn?«

Der *Gordo* hielt sich seine Uhr ans Ohr. Klar. Für ihn war die Zeit seit etwa einer Viertelstunde stehengeblieben. »Gedulde dich, Elías, das wird auch dir gefallen«, behauptete er, wandte sich aber unverzüglich wieder Teresa zu: »Erinnerst du dich an den Tag, als du mich aufgesucht, die Madonna aber nicht mitgenommen hast?«

»Sicher. Ich führe Buch.«

»Ich habe dir bei der Gelegenheit von einer speziellen Farbe erzählt …«

»Weiß ich.«

»Die hat mir Valentino besorgt. Es werde Licht«, befahl der *Gordo* und verdunkelte das Zimmer.

»Abgefahren«, rief Elías.

»Eine Wohltat fürs Auge! Ein Augenschmeichler! Ein echtes Highlight!« Und ein echtes Problem, denn Teresa hatte an dem Gastgeber offenkundig einen Narren gefressen. Die Finsternis hatte Lautaro und Elías verschluckt und zu körperlosen Stimmen degradiert, nur Teresas grellleuchtende Madonna trat mit einem Wahnsinns-3-D-Effekt aus der Wand heraus.

»Wie hast du das denn hingekriegt, mein Gott?!«, fragte eine vor sich hinschmelzende Stimme, die nicht den beiden gehörte.

»Das ist nebensächlich, Teresa. Wichtig erscheint mir einzig und allein die Erkenntnis, dass Dunkelheit nichts anderes ist als die Abwesenheit von Licht. Als etwas *per se* Abwesendes kann es Dunkelheit unmöglich geben. Wer Angst vor der Dunkelheit hat, erliegt einer Täuschung, denn Dunkelheit existiert nicht. Es existiert nur das Licht, Teresa.«

»So habe ich das noch nie gesehen, Mariano.«

Wie denn auch, Piesepampel? Lautaro rollte fassungslos die Augen, und auch das konnte keiner sehen. Was für eine miserable Wendung. Ihr Berater in sämtlichen Lebenslagen war sich nicht zu schade, einer Frau gegenüber Farbe zu bekennen, und indem er das tat, outete er sich als das, was er seit je gewesen war: ein unverbesserlicher Optimist.

»Bitte, nehmt Platz«, sagte Sherlock, nachdem er die Gardine wieder aufgezogen hatte.

Lautaro war heilfroh, dass der *Gordo* Teresa nicht auch noch seinen Sessel anbot, sondern sich selbst hineinplumpsen ließ.

»Wusstet ihr, dass auch die Augen der Katzen in der Dunkelheit leuchten?«

Diese Bemerkung ließ Lautaro aufhorchen. Der *Gordo* holte seinen Notizblock, und Lautaro machte drei Kreuze. Er plapperte übermütig nach: »Wusstest du, Elías, dass auch die Augen der Katzen in der Dunkelheit leuchten? Ich wusste es nämlich nicht! Du, Elías? Wusstest du's?«

»Das weiß doch jeder«, wunderte sich sein Bruder.

»Im Prinzip schon, im Prinzip schon, aber die Frage von Sherlock zielt auf was anderes: Wissen wir eigentlich, *wofür* das gut ist, dass sie in der Dunkelheit leuchten?« Lautaro Morales hätte Mariano Andrade küssen können – dafür, dass er diesen spektakulären Aufwand an seinem Ehrentag betrieben hatte, damit Teresa Gianelli Vertrauen fasste; um am Ende das Gespräch auf ein Thema lenken zu können, das Lautaro, wenn er ehrlich war, seit langem beschäftigte.

»Ich frage, weil ich den Fall einer vermissten Katze aufklären möchte. Habt ihr die Zettel zu Gesicht bekommen?«

»Ganz Ballester ist damit tapeziert«, versicherte Elías.

»Es handelt sich genau genommen um einen Kater namens Seth, Mariano«, instruierte Teresa ihn und gebärdete sich so, als spräche sie aufs Neue Französisch. »Angeblich gibt es einen Finderlohn, doch er ist bestimmt mickrig.«

»Mich reizt die Herausforderung. Leider verbieten es die strikten Regeln dieses Hauses, aber man müsste des Nachts auf Spurensuche gehen. Das würde die Angelegenheit enorm vereinfachen. Alles, was nicht Katze ist, wäre automatisch ausgeblendet. Man bräuchte bloß nach Katzenaugen Ausschau zu halten. Fahrradreflektoren kämen natürlich nicht in Betracht. Ich habe gelesen, dass es im hinteren Teil des Katzenauges eine Schicht gibt, die wie ein Spiegel funktioniert. Sie bündelt das Licht und reflektiert es zurück, so dass die Augen aufleuchten, als hätten sie Feuer gefangen. Und weil Katzen in der Nacht ihre Beute jagen, sollte man den Vermissten theoretisch auch dann aufgabeln. Was meint ihr?«

»Mir läuft das zu schnell.«

»Okay, Teresa, verstehe. Dann eins nach dem anderen.« Sherlock schnappte sich einen Bleistift. »Also, welche Auskünfte können wir denn über den Vermissten zusammentragen?«

So kannte Lautaro ihn. Sherlock hatte eine perfekte Falle konstruiert, in die er Teresa gelockt hatte. Sie saß eingekesselt in ihrer Mitte und würde ihnen Rede und Antwort stehen. Er dagegen war ein Blinder gewesen. Er hatte von sich auf andere geschlossen, hatte Sherlock Verliebtheit unterstellt, in eine unausstehliche Person obendrein, die das Aus seiner Karriere und ihrer Männerfreundschaft bedeutet hätte. Als Detektiv und Verstandesmensch wäre er schlecht beraten, sich solch eine Dummheit zu erlauben. Mit *der* Frau an seiner Seite würde Sherlock seine unfehlbare Urteilskraft und etliches, was ihn bis *dato* ausgezeichnet hatte, aufs Spiel setzen. Nun fiel es ihm wie Schuppen von den Augen: Sie saßen am Kamin, um Teresa Gianelli in die Mangel zu nehmen. Als Lautaro das endlich begriff, konnte er keine Spur von einem gefährlichen Gemütszustand mehr ausmachen, kein bisschen Schwäche bei Sherlock, der sich anschickte, zentrale Informationen aus ihrer Base herauszuquetschen, nachdem sie ihm aus der Hand gefressen hatte.

»So, Teresa. Du kennst den Vermissten?«

»Seth?«

»Seth heißt er, stimmt: Seth.« Der *Gordo* schrieb sich Notizen. »Weiter.«

»Seth Farías«, sagte Elías.

»Aha«, sagte der *Gordo*. »Der Vermisste gehört also zum Haushalt von Ofelia Farías, die – wie es im *ballester lokalanzeiger* gestanden hat – das Haus ihres verstorbenen Großonkels bewohnt. Was haben wir noch über sie in Erfahrung gebracht?«

»Aber wieso denn über sie, Mariano?! Sie wird doch nicht vermisst!«

»Sind wir uns da so sicher, Teresa?«

»Eigentlich ja.«

»Wer sagt das?«

»Ich.«

»Bei aller Freundschaft, Teresa, wie willst du das ausschließen, wenn ich fragen darf?«

»Ich war doch gestern Nachmittag bei ihr.«

»Und das gibst du erst jetzt zu Protokoll?«

»Das ist doch nicht von Belang!«

»Und ob. Das hättest du gleich erwähnen sollen, Teresa.«

»Gleich beim Reinkommen«, tadelte Lautaro, und Elías grinste verstohlen.

»Das sind wichtige Nachrichten in Sachen Seth«, sagte Sherlock.

»Es gibt einen Vermerk in meinem Heft, aber dort geht es eigentlich um den Verbleib der Madonna. Ich habe nicht gewusst, dass dieses Detail relevant für deine Ermittlungen sein könnte, Mariano.«

»Sehr relevant, Teresa, sehr relevant.«

»Nun ja, wenn es so ist …«, sagte Teresa, zog ihre Schuhe aus und setzte sich wieder an ihren Platz. Als sie die Schachtel neben sich auf dem Nachttisch bemerkte, erkundigte sie sich: »Darf man bei dir auf dem Bett rauchen?«

»Nur zu, Teresa, nur zu«, erwiderte der *Gordo* dickfellig.

Teresa Gianelli knuffte das Kissen zurecht, lehnte sich gazellenartig zurück, schlug die Beine übereinander und rauchte, ohne ein Wort über ihren Aufenthalt bei Ofelia Farías zu verlieren.

Der *Gordo* verfolgte völlig indifferent jede ihrer Regungen. »Bloß keine Eile«, sagte er und zwirbelte den Bleistift zwischen Daumen und Zeigefinger, als wäre er ein Kreisel oder eine *Primaballerina*.

24

Nie im Leben hätte Celio vermutet, dass er noch einmal die Schulbank drücken würde. Er holte tief Luft, hielt den Atem an, zog den Bauch ein und klappte die mit dem Stuhl verbundene Schreibablage herunter. SOS hatte jemand in das Holz geritzt, daneben die Aufschlüsselung: SAVE OUR SOULS. Er ging davon aus, dass er gequält aussah, und schwitzte. Er schaute über die Schulter, um sein Verhalten dem seiner Nachbarn anzupassen. Unmöglich, in der Situation seinen Taschenspiegel herauszuholen. Wie die beiden anderen, die auch auf eine Mitgliedschaft in der WISSENSCHAFTLICHEN SCHULE BASILIO hofften und ihn flankierten, starrte Celio jetzt nach vorne zur Wand, wo ein schwarzes Quadrat hing. Kasimir Irgendwas, darüber hatte die Schwester gesprochen. Als die einschläfernde Monotonie von einem hellbraunen Farbfleck durchbrochen wurde, breitete sich in dem Raum eine museale Stille aus. Alles schien auf die abstrakte Komposition fokussiert zu sein, der man offensichtlich mit einem Heidenrespekt zu begegnen hatte und die sich beim näheren Betrachten als Schwester Re'nata in ihrem ausgewaschenen Lehrerkittel vor einer sauber gewischten Tafel entpuppte.

Da stand sie ja. Kreidebleich. Fräulein Redivivus. Keine anklagenden Brauen. Keine gekräuselten Lippen. Keine Bögen, die zu glätten wären. Kein ausdrucksstarkes Gesicht. Schlicht. Nicht ergreifend. Gleichmütig hatte sie abgewartet, bis der letzte Bruder eintrudelte. Sie hatte gewusst, dass der Nachfahre von L'aura Rachello, einem von ihnen kurz vor der Desinkarnierung aufgespürten Medium mit natürlicher Begabung, früher oder später seine erdenschwere Eitelkeit überwinden und seine Brille aufsetzen würde. Nun war es an der Zeit, über das Leben nach dem Leben zu berichten, Modul 1 von 3, Einheit 1 von 33 (× 3) und dann.

Die einleitenden Worte über den ehrwürdigen Basilio, der einst mit den Seinen Frankreich verlassen hatte, um ausgerechnet in Ballester Wurzeln zu schlagen, hatte Celio verpasst. Zu sehr war er damit beschäftigt, sich nicht wie eine Giraffe aufzuführen, wenn er Hals und Kopf in die Höhe reckte, um herauszufinden, ob der Herr zwei Reihen vor ihm, der einige Jahre auf dem Buckel hatte und dessen Rübe zur Hälfte zwischen den Schultern eingesunken war, nicht der herzensgute Nasif Abdala war. Der Knabe mit dem breiten Kreuz könnte der schmucke Saberio Saturnino sein, zur Abwechslung geschniegelt, zur Tarnung gestriegelt, in Ausgehkleidung anstelle seines blauen Overalls. Möglich wäre es, denn ein jeder hat seine Laureana oder seine Cándida, eine Ehegattin oder eine Mutter verloren, einen Freund oder einen Verlobten. Sitzt am äußeren Rand nicht auch der Blinde, der Mann an der Schwelle, der Hüter der Unterführung, neben der rundlichen Brünetten, die Valentinos verwitwete Partnerin sein könnte? Sie schaukelt derart nervös mit ihrem Stuhl, dass man Angst um sie bekommt. Ihre Nachbarin hat eine Tüte Bonbons angebrochen und reicht ihr die Packung in stiller Trauer rüber. Wer kennt das nicht? Den Kummer, den man in sich hineinfrisst, in dem Trugschluss, ihn auf die Art und Weise vor anderen geheim halten zu können.

Es hatte sich in diesem Raum so viel Traurigkeit angesammelt, so viel Hoffnung, die Traurigkeit wieder gehen zu lassen, dass eine junge Frau es nicht länger verkraftete und darum bat, die Tür zum Flur öffnen zu dürfen. Schwester Renata erzählte unterdessen von Basilios früherer Bestimmung als Simon Petrus und davon, dass er beim Wandeln auf dem stürmischen See fast gesunken wäre, hätte nicht Jesus Christus höchstpersönlich die Hand nach ihm ausgestreckt. Celio dagegen glaubte, in der Vergangenheit eine akklamierte Tänzerin gewesen zu sein. Seine besten Jahre wollte er als filigrane Erscheinung auf dem Monte Verità verbracht haben, als Pionierin des Ausdruckstanzes, ein Star wie Isadora Duncan, eine sensible Künstlerin, die viel zu früh aus dieser Welt hatte scheiden müssen, stranguliert vom eigenen Seidenschal, der – wie eine rote

Pechsträhne um Isadoras Hals geschwungen – sich fatalerweise in den Radspeichen des offenen Sportwagens, in dem sie mitfuhr, verfangen und ihr das Genick gebrochen hatte. Der Matthäus-Effekt, wie Laura Rachello zu sagen pflegte. Wer hat, dem wird gegeben. Es regnet immer dorthin, wo es schon nass ist. Der Duncan waren jedenfalls bei einer früheren Verkehrskalamität zwei Kinder entrissen worden. Das Auto, in dem der Nachwuchs und das Dienstmädchen gesessen hatten, war in die Seine gestürzt, weil der Chauffeur ausgestiegen war, um nach dem Motor zu sehen, ohne die Handbremse anzuziehen. Bei der Duncan waren der Wind und das Wasser die Konstanten, zwei Elemente, deren Bewegung sie auf der Bühne nicht müde wurde, nachzuempfinden, bis ihr Publikum der Gewissheit erlag, Isadora sei selbst in einen neuen Aggregatzustand übergegangen.

»Wir sterben und reinkarnieren so oft, bis wir die Vollkommenheit erreichen«, hörte Celio Schwester Renata versichern. »Dann sind wir alle gleich, liebe Brüder.«

Anders als die Süßholzraspler, die sich die Theorie reinzogen, war Celio an der Praxis interessiert. Er spitzte die Ohren. Er vernahm Stimmengewirr, geisterhaftes Anfängerglück untermalt von Wasserrauschen, einer schäumenden See oder einem in Unruhe geratenen Bach. Könnte das die Duncan sein oder Alfonsina – Alfonsina Storni, die ihm ihre Aufwartung machte, nachdem er jüngst, als er seine Mutter in Chacarita aufgesucht hatte, zufällig auf das fremde Grab gestoßen war und dort eine Hyazinthe niedergelegt hatte, die für seine geliebte *Mamma* hätte sein sollen? Celio hatte von der argentinischen Dichterin keine Zeile gelesen, aber er wusste dank seiner Mutter, was in den damaligen Zeitschriften enthüllt wurde. Gequält von Depressionen, einer nervlichen Zerrüttung und einer schlimmen Krankheit hatte Alfonsina sich am Strand LA PERLA in Mar del Plata vom tosenden Meer verschlingen lassen. Hatte Schwester Renata neulich nicht seine Mutter mit einer Auster verglichen, die eine Perle in sich barg? Was, wenn Celio diese Perle wäre, der geborene Hellhörer?

»Ein ewiger Kreislauf«, führte die Schwester aus und malte mit der Hand liegende Achten in die Luft, die durchaus *Olas* hätten sein können.

Aber wo denke ich hin?, verwarnte sich Celio, und sein Herz schmerzte. *Mamma*, wer denn sonst? Wenn sie inzwischen wieder zu Kräften gekommen ist, pfeift sie auf das erste Modul, ungeduldig, wie sie ist. Aufbrausend wie in jenen Tagen, als sie nicht abwarten konnte, Hand an die Kundinnen zu legen. Walle, walle und wehe, wehe, eine zierte sich! *Mamma*, die Ungezügelte. Die Impulsive. Die Tobsüchtige. Die unberechenbare Laura Rachello!

»Unser geschätzter Franz Schubert!«, schulmeisterte Fräulein Miesmacher Stimmungskiller, als die Klänge vom Nebenzimmer lauter wurden. *»Gesang der Geister über den Wassern«*, schickte sie hinterher, denn der Blinde der Unterführung wollte es genauer wissen. Wie die meisten anderen schrieb auch Celio den Titel von der Tafel ab, aber es tangierte ihn nicht, als würde er ahnen, dass seine Lieblingsband AᗺBA davorstand, mit ihrer Single *SOS* den Hit der Stunde zu landen.

25

POP! ... *POP!* ... *POP!* ... Teresa war das vierte Rad am Wagen. Die drei Freunde brauchten sie, um an ihr Ziel zu gelangen. Vorerst aber saßen sie im Kaminzimmer, wo der Duft von Erdbeeren in der Luft hing. In Elías' Nähe stand eine Glasschale mit *Bazooka*-Kaugummis. Er hatte etliche ausgepackt, die Witze auf dem Einwickelpapier zum Besten gegeben und übte Blasen, weil er überzeugt war, Erwachsene könnten das.

»Bitte, von mir aus. Es ist dein Geburtstag, und deshalb tun wir, wie es dir beliebt, Mariano, obwohl ich der Ansicht bin, wir brauchen uns bei dem Thema Ofelia Farías nicht aufzuhalten, wenn sich schon die Madonna dort aufhält, in dem verrufenen Haus, um das ich – hätte ich es mir aussuchen können – lieber einen großen Bogen gemacht hätte.«

POP! Den Rücken Elías gekehrt, den Oberkörper Sherlock zugewandt, lächelte Teresa wie auf einer Reproduktion der Mona Lisa. Der *Gordo*, daran gewöhnt, drittklassige Fälschungen zu enttarnen, blieb unbeeindruckt.

Teresa wurde unsicher. *POP! POP! POP!* Ihr Schweigen bröckelte. Nervöses Rascheln und Strategiewechsel. Sie schlug ihre Kiebitzbeine auseinander und zog den Saum ihres knielangen Rockes etwas hoch, so dass sämtliche Kratzspuren vom Vortag sichtbar wurden. Exhibitionismus, die Kehrseite ihrer Heimlichtuerei. Wie jeder logisch veranlagte Mensch schlussfolgern würde, mangelte es bei ihr zu Hause nicht gerade an Hansaplast. Im Gegenteil. Elvio Gianelli bekam aufgrund seines Berufes Dutzende und Aberdutzende Muster geschenkt; seine Tochter Teresa gab den barmherzigen Samariter und belieferte ungefragt die gesamte Verwandtschaft. Sogar der wildfremde Blinde in der Unterführung, der von seinem angeborenen Handikap abgesehen sich einer stählernen Gesundheit erfreute, verdiente sich etwas dazu, indem er zusätzlich zu seinem üblichen Krempel ihre Gratisproben zum Verkauf anbot.

Die Großzügigkeit in Person setzte sich in der Baker Street als Leidtragende in Szene, eine von den Heiligenlegenden abgeguckte Pose, das Ergebnis tendenziöser Lektüren, womit die staatliche Schule ihre Sprösslinge Gott sei Dank verschonte. Aber auch so. Sobald ein verhuschter Blick von Lautaro oder Elías Teresas Kratzer streifte, spürten sie einen Stich, als würde sie der Hüter des Fegefeuers mit einer Lanze piesacken, auf dass sie ihr Mitgefühl schärften. Der *Gordo* hingegen war furchtlos wie ein Anatom. Bereit, das umstrittene Phänomen mit seinem scharfen Verstand zu sezieren, beugte er sich über Teresas behaarte Schenkel.

»Scharlachrotes Blut, längst getrocknet, professionell desinfizierte Wunde, aufgrund der Pigmentstörungen würde ich auf *Merthiolate* tippen, die jodhaltige, antiseptische Lösung aus jedem x-beliebigen Erste-Hilfe-Kasten. Schorf an drei Stellen, sonst gleichmäßig feine Risse, als wären sie mit einer Nadel gezeichnet. Dornengestrüpp«, behauptete er kühn, »das Rosenbeet gleich beim Reingehen, hinter der Großen Kapuzinerkresse.«

Teresa zuckte zusammen. Sie wurde rot wie die Amaryllis an der Mauer zu Ofelias Nachbargrundstück, widersprach aber nicht. Mittags bei den Großeltern hatte sie noch behauptet, Ofelia Farías habe ein ganzes Katzenrudel auf sie gehetzt.

»Du wurdest also hereingebeten.«

»Nicht wie du glaubst.«

»Sondern?«

»Es war schlicht und ergreifend ein Missverständnis, Mariano. Die Zugezogene hat gedacht, ich käme wegen der Zettel. Sie ist davon ausgegangen, ich hätte den Verbleib ihres Liebsten ausgekundschaftet und brächte ihr wertvolle Hinweise.«

»Über ihre Katze.«

»Über ihren Kater, Mariano, der mich nicht die Bohne interessiert, doch das konnte ich ihr nicht sagen, ohne Gefahr zu laufen, dass sie einschnappt und sich wiederum nicht auf die Madonna von Ballester einlässt. Ich habe mich bemüht, sie über den einzig wahren Grund meines Hausbesuchs zunächst im Unklaren zu lassen.«

»Und dann?«

»Dann habe ich ihr Mut gemacht.«

»War Ofelia Farías verzagt?«

»Völlig demoralisiert, Mariano. Es war zu erwarten, nach dem, was man sich über ihren Großonkel erzählt …«

»Den verstorbenen Espinosa.«

»Sagen die einen; den verstorbenen Spiritisten, die anderen. Man muss genau hinhören.«

»Espinosa ein Spiritist, wer erzählt so was?«

»Ein ganzes Dutzend bei uns im SANTA ANA.«

»Etwas genauer, bitte.«

»Die ehemaligen Bloody Marys.«

Der *Gordo* stützte sein Kinn auf die Hand. Er schien angestrengt nachzusinnen. »Trockene Bacchantinnen. Das ist nicht stichhaltig, Teresa. Ich an deiner Stelle würde niemandem trauen, der in der Vergangenheit die Kontrolle über sein Trinkverhalten verloren und sich dem Rausch hingegeben hat.«

»Das kommt bei uns nicht vor. Ausschweifungen sind im SANTA ANA strengstens verboten.«

»Du willst mir sagen, die haben das Zeug ohne Wodka zu sich genommen? Bloß den Tomatensaft und ein paar darin schwimmende Gewürze?«

»Bei der Zeugenaussage steht mir nicht zu, die Fragen zu stellen, aber wovon redest du?«

»Von der *Virgin Bloody Mary*, Teresa, der *Jungfräulichen Bloody Mary*, der alkoholfreien Variante des ultimativen Katergetränks. Von was denn sonst?«

BLA, BLA, BLA … Es folgte ein ewig langer Monolog. Während der *Gordo* mit dem Schreiben kaum hinterherkam (Vampir, Vespa, Vatikanum, verbluten lassen, *vero aggiornamento*, heiliger Gral …), langweilten sich Elías und Lautaro zu Tode, denn sie kannten die Geschichte der schwitzenden Schwester in sämtlichen Ausführungen.

»Na gut. Das mit der Nonne konnte ich nicht wissen.«

»Stimmt, wir haben uns damals noch nicht gekannt. Inzwischen bin ich die Einzige, die an ihr hängt. Sœur María verdanke ich schließlich die Idee mit der Wandermadonna. Für die Bloody Marys war sie trotz anfänglicher Begeisterung so etwas wie eine Eintagsfliege. Und nach ihr: die Windrose.«

»Die Windrose?«

»Sœur Marías Jüngerinnen haben sich in Anbetracht der Lücke, welche die Schwester hinterlassen hat, in zwölf unterschiedliche Himmelsrichtungen zerstreut – wie die Apostel nach der Auferstehung, könnte man meinen, nur dass jede eine andere Kunde verbreitet hat. Und so wie die Bloody Marys sich schlussendlich aufgelöst haben, weil ihnen der innere Zusammenhalt gefehlt hat, haben dieselben Mädchen in jüngster Zeit neue Allianzen geknüpft, um unter einem anderen Namen wie der Phönix aus der Asche wiederaufzuerstehen. Jetzt nennen sie sich Gottesanbeterinnen und gehen selbstbewusst in die Öffentlichkeit.«

»Gottesanbeterinnen«, wiederholte der *Gordo* und schrieb sich die Bezeichnung auf. »Wie die Insekten?«

»Richtig, wie die *Mantis religiosa*. Die Idee haben sie aus dem Biounterricht. Sœur Asunción nimmt jedes Jahr die Fangschrecken durch. Unsere Sorte will sich die Spiritisten schnappen und hat sich dafür mit Pater Amaro verbündet, der ihnen im Alleingang in den fünfziger Jahren schon den Krieg erklärt hat.«

»Spitzer«, sagte der *Gordo* und streckte die Hand aus. Elías sprang wie von einer Tarantel gestochen von seinem Sitz auf, riss in Windeseile die Nachttischschublade auf, griff hinein, fand und reichte das Verlangte. *POP!*

»Danke«, erwiderte Sherlock, nachdem sein Bleistift wieder einsatzbereit war. »Der alte Kampf zwischen Gut und Böse wird fortgesetzt, verstehe ...«

»Und weil dem Pater die Kräfte schwinden, kommen die Gottesanbeterinnen ins Spiel. Mit gutem Gewissen holen sie sich von der Mère Supérieure immer wieder die Erlaubnis, in der Sakristei aufzukreuzen. Sie rechnen jeden Moment mit dem Schlimmsten, doch der heilige Greis macht Überstunden. Er gibt nicht auf und freut sich, dass es ihm endlich gelungen ist, sich beim jungen Publikum Gehör zu verschaffen. Die Gottesanbeterinnen führen lange theologische Gespräche mit ihm, in denen sie gezielt ihre und unsere Fragen aufwerfen und sich mit dem Protokollieren abwechseln. Sie zapfen die Quelle an, und das Ergebnis fließt in einen Report ein, *Des Paters Vermächtnis*. Die Quintessenz übertragen sie auf einen Zeitstrahl, dessen Ende sie bewusst offenhalten. Dabei haben sie klein begonnen, Blatt an Blatt geklebt, und mittlerweile falten sie das Ganze wie ein Leporello.«

»Hast du diesen Zeitstrahl zu Gesicht bekommen?«

»Oh ja, er war in einer Pause auf dem Schulhof ausgebreitet.«

»Könntest du ihn beschreiben?«

»Wenn ich dir bei deinen Ermittlungen helfen kann, Mariano, gern. Eingetragen sind Daten und Ereignisse aus Ballester und dem Alltag im SANTA ANA, dazu an- und absteigende Kurven. Konjunkturperioden und geschichtliche Zusammenhänge sind mit dickem Filzstift vermerkt. Die Gottesanbeterinnen beteuern: Nicht die Zeit vergeht, sondern unser Pater, der sich einredet, sie totzuschlagen. Sie sind der Ansicht, man brauche sich bloß seinen Krankheitsverlauf anzuschauen, um zu verstehen, dass alles mit allem korreliert. Was die Niederschläge für Meteorologen sind, sind für die Gottesanbeterinnen die Schwächeanfälle des Amaro Roviralta. Ein verlässlicher Seismograph, die Bestätigung, dass etwas nicht in Ordnung ist. Vor ein paar Jahren musste unser großer Gottesgelehrter zwei Wochen ausfallen, just, als der Neffe von Braulio Espinosa, der Vater von Ofelia Farías, in Ballester verweilt hat.«

»Ofelias Vater war hier?«

»In Begleitung seiner Tochter, um das abbruchreife Erbe zu besichtigen. Der Pater wurde damals zusehends bleicher, und es gab ernste Anzeichen einer nervlichen Zerrüttung. Ein Blick auf das Leporello verrät: Die Spiritisten sind erneut auf dem Vormarsch.«

»Ich kenne keinen einzigen, Teresa.«

»Im Mai 1954 hat Pater Amaro sie das erste Mal aufgesucht.«

»Wo genau?«

»In der Schule. Braulio Espinosa hat mit am Tisch gesessen.«

»Bei euch im SANTA ANA?«

»Nimmerdar! Wo kämen wir denn hin? Wo stünden wir denn heute? Zwanzig Meter von NUESTRA SEÑORA DE LA MERCED entfernt. Die Absteige heißt WISSENSCHAFTLICHE SCHULE BASILIO. Klingelt es bei dir?«

»Ich kenne sie bloß von außen.«

»Besser so. Sie verschanzen sich im Inneren.«

»Und was kann man dort lernen?«

»Wie man mit dem Jenseits kommuniziert oder wie es einem gelingt, das Immaterielle wahrzunehmen – das, was ihnen der Guru aufgebürdet hat, der Umnachtete, der sich in Ballester niederließ.«

»Erwähnter Basilio?«

»Derselbe.«

»Kann man ihn sprechen?«

»Mausetot wie Braulio Espinosa. Ich sollte wie die gute Aggiornierte, die ich bin, kein Latein mehr gebrauchen, aber ich sag mal so: Für einen Spiritisten ist gerade das die *Conditio sine qua non*, um in einen lebendigen Dialog zu treten.«

»Zwischen Erwartungen und Fakten liegen Welten, Teresa, Welten.«

»Darum geht es ja hier, Mariano. Um diese Welten, die uns nicht näher bekannt sind. Die Gottesanbeterinnen, die unseren heiligen Moribundus betreuen, raten dazu, auf eigene Faust keine Versuche anzustellen und lieber die Finger von den unerforschten Gebieten zu lassen. Sie bekommen aus nächster Nähe die schlimmen Schwankungen – sie sagen: Fluktuationen und Fluidum – unseres Seelsorgers mit und fürchten, letzten Endes den Basilisken, wie sie die Anhänger der Basilio-Lehre nennen, recht geben zu müssen.«

»Gottesanbeterinnen gegen Basilisken«, wiederholte der *Gordo* laut, doch mehr für sich.

»Wenn du sie nicht besiegen kannst, dann mach gemeinsame Sache mit ihnen, das ist das Motto der Fangschrecken, die nicht als Verliererinnen dastehen wollen. Der tote Braulio Espinosa hat gegenüber Pater Amaro die These vertreten, *es gibt mehr Ding' im Himmel und auf Erden, als Eure Schulweisheit sich träumt*, eine Weltanschauung, die übrigens Basilisken weltweit teilen.«

»Basilisken«, notierte Sherlock, »von Basilio abgeleitet ... Hat diese Bezeichnung etwas mit der gleichnamigen Leguangattung zu tun, die bei uns in den tropischen Regenwäldern zu Hause ist?«

»Du meinst die Reptilien, die – weil sie über das Wasser laufen können – auch *Jesus-Christus-Echsen* genannt werden?«

»Genau die meine ich, Teresa. Genau die.«

»Möglich, denn auch Basilio kam übers Meer ... Hast auch du den erhellenden Tierfilm über den *Lagarto Jesucristo* gesehen? Wenn er auf der Flucht ist, kann er über die Wasseroberfläche richtig flitzen. Ich musste an *Holiday On Ice* denken. Du weißt, bei Ofelia Farías im Garten gibt es doch diesen Teich ...«

»Möchtest du andeuten, Teresa, Seth wurde ertränkt?«

»Und wenn, was dann? Man sagt ja, Katzen hätten sieben Leben. Diesen Spruch, der allgemein bekannt ist, hat laut Pater Amaro ein Spiritist salonfähig gemacht. Die Basilisken halten Reinkarnation für gegeben und deshalb regelmäßig Séancen ab. Für die sind die meisten Katzen, denen wir in unserem Leben begegnen, Wiedergänger. Die Viecher kommen *summa summarum* siebenmal wieder, bevor sie sich endgültig in den Äther auflösen. Wie man ja im Vorfeld von Ofelias Ankunft beobachten konnte, sind alle sieben wiedergekommen, behaupten zumindest die Gottesanbeterinnen, auch wenn sie in den ersten Wochen nur Haut und Knochen waren, vierbeinige Gerippe, die blasse Erinnerung an jene *Felidae*, die der Basilisk Braulio Espinosa um sich geschart hatte, die aber eines Tages wie er auch das Zeitliche gesegnet hatten – nur für den Übergang. Sie, die aus einer Spiritistenfamilie stammt, müsste es letztendlich besser wissen, aber nein, Fräulein Farías aus dem Geschlecht der Tutanchamuns möchte Ballester in dem Glauben lassen, Ihrer Majestät sei dieser maßgebliche Unterschied, der für *die da* schwer in die Waagschale fällt, völlig entgangen, Sherlock Time.«

Teresa, die Schlange, ging Lautaro tierisch auf den Geist.

26

»Sé que sufrirás porque tú hiciste sufrir mi corazón. Es una deuda que tienes que pagar como se pagan las deudas del amor … Verrat, Liebe und Leidenschaft, meine Damen und Herren, davon singt der große Tonyyyyyyyy Torrrrrmentaaaaaaaaa! Ergreifen Sie die Gelegenheit, die träumerische Nachtigall live zu erleben! Tony Tormenta auf Tour, verehrte Anwohner! Temperamentvoll und talentiert! Ein treuer Typ und deshalb nach langer Abwesenheit wieder bei uns in Ballesteeeeer, liebe Nachbarinnen und liebe Nachbarn!«

»Pst! Hey, Carlitos!«

»*Chau, muchachos!*«

»Hör auf, diesen Blödsinn herumzutröten, Carlitos, sonst buchten wir dich mitsamt dem Peugeot deines Alten ein! … Carlitos junior, die Schwuchtel! Dieses affektierte Geplapper geht mir so was von auf den Senkel.«

»Gehst du hin, zur *Laif-Schou*?«

»Guck mich an, Aguirre. Sehe ich so aus, als hätte ich den Quark nötig? Das hätte dieser Tormenta gern, dass die gesamte Polizei in schicker Uniform …«

»Ich kann's mir leider nicht aussuchen. Meine Frau hat Namenstag, und ich musste ihr versprechen, sie sitzt auf der Ehrentribüne in der Nähe des Bürgermeisters und seiner Gattin.«

»Hast du heute Morgen unseren Chef nicht gehört, Aguirre? Der Veranstaltungstermin steht fest, und sonst gar nix. Anscheinend weiß unsere Freiwillige Feuerwehr nicht mal, wo sie die 360°-Bühne herkriegen soll, die sich der Blender um das Wasserreservoir herum wünscht. Die Jungs sind am Durchdrehen. Was denkt der Aufschneider sich eigentlich? Von den Sicherheitsvorkehrungen ganz abgesehen … Aber erkläre es der Frau des Bürgermeisters: Sie hat ihrem

Mann die Pistole auf die Brust gesetzt, und der Bürgermeister hat sich breitschlagen lassen. Er hat der singenden Großschnauze garantiert, Ballester stehe zu Diensten. Dem Wichtigtuer wurde die in Schuss gebrachte PLAZA ROCA als ein Ableger des LUNA PARK angepriesen, bloß ohne Dach. Und jetzt glaubt dieser Penner, dass sogar die Nachbarn von José León Suárez es sich bei uns bequem machen werden.«

»*Open Er* ... Hoffentlich regnet es nicht.«

»Mir doch egal. Der Zampano bildet sich ein, auf ihn warten Podeste, Vorhänge, Hebebühnen, Drehscheiben, Versenkungen ...«

»Wahnsinn ...«

»Blumenwagen ...«

»Blumenwagen?«

»Auch das. Der Maulheld ist davon überzeugt, ganz Ballester tanzt nach seiner Pfeife, er will, dass unsere Feuerwehrmänner sich in der Fliegenden Untertasse verstecken, um auf ein Zeichen von ihm aus den Fensterluken Nelken aufs Publikum regnen zu lassen. Der Spinner will allen Ernstes am Ende eine *Tormenta*, einen Sturm aus Blüten auf seine Fans losbrechen lassen! Da kann er sich an Juan Baigorri Velar wenden. Kennst du?«

»Den Erfinder der Regenmaschine?«

»Ein anderer Durchgeknallter; der ist vor drei Jahren gestorben, heillos verarmt und ohne zu verraten, wo seine Regenmaschine abgeblieben ist. Ich habe gehört, jedes Mal, wenn jemand in Chacarita über sein Grab stolpert, fängt es an zu regnen.«

»Egal, wie das Wetter wird: Ich muss mich um einen Platz auf dieser Ehrentribüne bemühen, sonst bin ich ein toter Mann. Meine Olle darf an ihrem Namenstag nicht leer ausgehen. Sie muss so dicht an Tormenta dran sein, dass sie am Schluss der *Laif-Schou* eine Blume abkriegt.«

»Aguirre.«

»Was?«

»Du Pissnelke, du besorgst dir deine Scheißblume vorab, Aguirre, du steckst sie dir du-weißt-wohin, in die Tasche deiner Jacke, würde ich sagen, und siehst zu, dass du sie nicht zerdrückst; wenn die Dinger nach der Zugabe auf euch zufliegen und die Weiber hysterisch um sich greifen, machst du, damit das Affentheater in den Augen deiner besseren Hälfte realistisch rüberkommt, doch ohne zu vergessen, wer du verdammt nochmal bist, einen moderaten Luftsprung. Sobald deine Schnalle dich erwartungsvoll anglotzt, sagst du, hier, bitte schön, frisch ergattert für meine Kameliendame.«

»Wollte Tormenta nicht Nelken …?«

»Sage ich doch die ganze Zeit: Nelken, verfickte Nelken, Aguirre. Eine besorgst du dir vor der Veranstaltung.«

»Mensch, Carrizo, was du alles gedanklich vorweg zu lösen vermagst …«

»Könntest du auch, Rosenkavalier, ließest du dir das Gehirn nicht von diesen Schmachtfetzen wegpusten, mit denen Carlitos, der Hurensohn, uns beballert. Übrigens, auch die Präsidentin hört *Boleros.*«

»Ach ja? Das kann ich mir nicht vorstellen. Ihr fehlt bestimmt die Zeit dafür. Sie muss regieren.«

»Sie lernt noch regieren, meint Lopecito, der ihr über die Schulter schaut. Er weicht ihr nicht von der Seite. Ohne seine Zustimmung kann sich ihr keiner nähern.«

»Manche munkeln, sie sei total isoliert, wie hinter einem elektrischen Zaun …«

»Isabel ist in besten Händen.«

»Isabel? Die Präsidentin heißt doch María Estela.«

»Ja, und? Willst du Lopecito vorschreiben, wie er sie zu nennen hat? Für Lopecito ist sie Isabel oder Isabelita, je nachdem. Und er heißt José, José López Rega, aber sie nennt ihn Daniel, Danielito oder Bruder Daniel.«

»Warum denn das?!«

»Was weiß ich, Miguel Ángel, weil es ihnen so in den Kram passt. Du fragst Sachen! Ich glaube, Daniel war ein Prophet oder ein Traumdeuter in der Bibel. Wenn ich immerzu sage, die Sonne ist grün, dann ist sie grün, behauptet Lopecito. So einfach ist es, verstehst du?«

»Sie sagt *Bruder* zu ihm, weil sie miteinander verwandt sind?«

»Quatsch! Weil sie jemanden braucht, der wie ein älterer Bruder die Arme über sie ausbreitet und sie beschützt.«

»Vor dem inneren Feind?«

»Vor allem Möglichen heutzutage. Vor manchen Medien zum Beispiel, die wegen der AAA verrücktspielen. Jedenfalls, kein Grund zur Sorge, Lopecito hat die Sache im Griff. Er hat das Autoradio von Isabel durch einen Kassettenrecorder ersetzen lassen. Während der Fahrt von der Residenz in Olivos zum Präsidentenpalast hören sie nur noch Schnulzen. Auch die Präsidentin hat das Recht, abzuschalten, sagt Lopecito.«

»Wohl wahr.«

»Er kümmert sich um sämtliche Belange. Rund um die Uhr. Was man sich hinter vorgehaltener Hand zuflüstert, stimmt übrigens. Er formuliert die Reden, die sie vom Balkon der *Casa Rosada* auf die Plaza de Mayo herunter hält. Er verfasst die Texte in gut leserlicher Schrift und mit grüner Tinte. Grün wegen der Energie. Achte darauf. Wenn sie ihre Auftritte hat, steht Danielito stets hinter ihr und bewegt lautlos die Lippen. Er kennt jede Silbe in- und auswendig, logischerweise. Und ich sag dir mehr. Wenn er wollte, könnte er sich das Mikrophon schnappen und lossingen. Dann wäre aber Schluss mit den drittklassigen Tony Tormentas dieser Welt! Du hast gar keine Ahnung. Als Evita noch am Leben war, ist López Rega sogar im Radio aufgetreten ...«

»Nein, so was!«

»Ich schwör's bei Perón, an den er sich damals schon herangeschlichen hatte ...«

»Ich glaub's dir, Carrizo. Ein aufgeweckter, vielschichtiger Mensch!«

»Das kannst du laut sagen, Bruder. *Tschilp. Tschilp. Tschilp.*«

»Was hast du, Carrizo? Willst du mich verarschen?«

»Weit davon entfernt, Aguirre. Ich geb's zu, ich bin ein ziemlicher Dilettant, aber Lopecito hat in dieser Disziplin wichtige Preise abgeräumt. Er ist ein echtes Naturtalent. Er kann Vogelgesang imitieren.

Ein Mann mit dicken Eiern, ein Mann der Politik und ein Mann, der von den Musen geküsst wurde. Die Kombination ist absolut einzigartig. Argentinien kann, verfluchter Rohrspatz nochmal, mächtig stolz darauf sein!«

27

In der Baker Street herrschte allgemeine Aufbruchsstimmung. »Die Jacken nicht vergessen«, warnte Mariano Andrade. »Ihr holt euch da draußen sonst den Tod!« Als Sherlock seinen Besuch bis zur Straße begleitete, entdeckte er auf der Mauer einen abgerissenen Zettel. »Eine neue Vermisstenanzeige ... Irgendjemand, der über meine Dienste bestens informiert ist, muss sie hier deponiert haben ...«

»Ich wüsste schon wer«, sagte Elías, und der *Gordo* nickte ihm zu, bevor er verkündete: »Jetzt ist auch noch ein gewisser Horus futschikato. Wenn es so weiterläuft, können wir den Zufall getrost ausschließen: Je mehr Vierbeiner verschwinden, desto größer der Ansporn, nach einem Motiv zu fragen. Dieser Fall wird uns reich machen, meine Teuren, obwohl ich sagen muss, dass wir ohnehin ganz gut über die Runden kommen.«

Teresa, die Zitrone, verzog das Gesicht, und die Verabschiedung fiel knapp aus. Laurato nahm Elías an die Hand, konnte aber nicht umhin, sich auszumalen, wie er über Nacht und im Alleingang zum edlen Retter in der Not avancierte – eine ruhmreiche Leistung, wenn er bedachte, was im Lande alles aus den Fugen geriet. Es war ein gewisser Trost, sich vorzustellen, wie es ihm mitten im Tohuwabohu glückte, Ofelias Kätzchen aufzuspüren, am anderen Ende von Ballester, womöglich jenseits der Gleise, wohin er sich anders als die Polizisten, die Feuerwehr und die Sanitäter vom Roten Kreuz selten verlor; der Gesuchte lag ausgestreckt auf den Schwellen oder verbarrikadiert hinter einer Mauer aus umgekippten Tischen und Stühlen, oft fand Lautaro ihn regungslos auf offener Straße oder zusammengekauert in einem verlassenen Hinterhof, jedes Mal fielen Schüsse, und jedes Mal ergab das Kätzchen sich woanders, am Schluss einer nervenaufreibenden Odyssee, von der es völlig entkräftet, doch stets wohlauf wiederkehrte.

»Pst!« Als Sherlocks Partygäste fünf Sekunden später im Feuer der untergehenden Sonne vor den beiden Polizisten defilierten, bemühte sich Elías, die Aufmerksamkeit der Taugenichtse auf sich zu ziehen. Während die Beamten das zweite, an einem Laternenpfahl angeklebte Suchplakat unter die Lupe nahmen, wies Elías mit dem Kopf in Richtung Baker Street und steckte ihnen locker-flockig zu: »Der Kollege dort drüben hat heute Geburtstag – ein paar Stunden, dann ist es übrigens vorbei. Worauf warten Sie noch?« Da Lautaro und Teresa ihn verdutzt anschauten, tippte er sich mit dem Zeigefinger an die Stirn und meinte: »Schnarchnasen.«

28

Bei der Abholung der Madonna von Ballester trat es sonnenklar zutage. Ofelia Farías und Teresa Gianelli hatten bei aller Wesensverschiedenheit etwas gemeinsam. Sie würden niemals heiraten – Teresa aus Überzeugung und getreu ihres ewigen Gelübdes *in spe*, ihre eitle Nachbarin aufgrund provinzieller Unwissenheit.

Als Teresa jenseits des Tores in die Hände klatschte, um die Aufmerksamkeit der Unbedarften auf sich zu lenken, stand diese gebückt mit einer halbverrosteten Harke in der Hand, hinter ihr ein Beet Narzissen und eine Gartenschere, vor ihr zerschnittene Plastiktöpfe mit Hortensien in Hellblau, Zartlila und Rosa, die sie in den angefeuchteten Boden einzusetzen gedachte – wer dem Reiz dieser Gewächse erlag, musste damit rechnen, keinen Ehemann abzukriegen. Das war kein Geheimnis, in Ballester am wenigsten, zumal Doña Carmen, die gegen die Dinger eine Aversion hegte, gerade weil ihre Tochter diesem Schicksal nur knapp hatte entgehen können, oft davon erzählte, wie sie einschreiten musste, um das Unheil von ihr abzuwenden. Bei ihrem Umzug in das zweistöckige Haus, das heute ebenerdig LA LIBERTAD beherbergte, hatten die Garibaldis damals eine majestätische Tonamphore mit einem Dutzend Hortensien vorgefunden. Befleißigt, mit den Prachtblüten nicht in Kontakt zu kommen, hatte Doña Carmen das blühende Unglück an den ovalen Henkeln links und rechts gepackt und es stöhnend bis zum Auto getragen. Don Caetano hatte klein beigeben und seine Frau nach José León Suárez fahren müssen, wo sie es mitsamt Gefäß am Rande einer Mülldeponie ausgesetzt hatte. »Worauf wartest du, sag mal?!«, hatte sie sich beschwert, als sie wieder neben ihrem Mann im Wagen gesessen hatte. »Weg hier, und zwar mit Schmackes!« Nachdem sie einmal mehr das Tempo bestimmt hatte, hielt sie sich mit beiden Händen an dem Armaturenbrett fest, als belegte sie den Beifahrersitz eines Alfa Romeo Giulia. Der ergriffenen Maßnahme zum Trotz hatte es lang gedauert, bis es Doña Carmen gelungen war, ihr Kind unter die Haube zu bringen. Doch hätte sie sich seinerzeit, schwor die Bäckersfrau, diese Umstände nicht gemacht, würde das Mädchen immer noch zu Hause hocken und Heilige ankleiden, wie man auf Spanisch sagt. *Quedarse para vestir santos*: Solch eine Fügung würde sich wiederum auf eine wie Ofelia Farías äußerst positiv auswirken. Davon war Teresa überzeugt. Sie winkte der Gastgeberin im selben Moment zu, in dem ihre Bruchbude aus der Lethargie erwachte. Das Anwesen von Braulio Espinosa spie einen orangefarbenen Tupfer aus. Kein Sinn für Ästhetik: kein Pointillismus in der freien Natur, kein Seurat und kein Signac, sondern ein Schandfleck in Gestalt eines Teufelstiers. Noch einer. Noch einer. Eine dreiköpfige Zumutung steuerte auf das Gartentor zu.

Ofelia erwiderte Teresas Gruß, schritt aber nicht ein, als die Katzen ihr schmusend um die Beine strichen. Wie Jesus in der Wüste wurde Teresa versucht. Teresa versuchte, die Vierbeiner abzuwimmeln, die sie umzingelten wie die Löwen Daniel in der Grube. Erst als die wilde Schönheit vor sie hintrat und mit den Fingern schnippte, ließ das Getier von ihr ab.

Unterwegs ins Haus sah Teresa eine Eidechse zwischen den Gräsern vorbeihuschen. Die Tür war weit auf. Ein Stein verhinderte das Zugehen. Der Stein war außergewöhnlich. Er glänzte in der Sonne. Er war übersät von Hellglimmerplättchen, sogenanntem Katzensilber. Dieser seltsame Stein hatte Teresa aufhorchen lassen. Der Stein hatte zu Teresa gesprochen wie der Regenbogen zu Noah, wie die Wolkensäule oder der brennende Dornbusch zu Mose. Klar und deutlich. Nichts und niemand, offenbarte der Stein, würde Teresa Hindernisse in den Weg legen. »Nach dir«, sagte die Farías, nachdem sie den kunterbunten Streifenvorhang, der im Türrahmen hing und lästigen Insekten die Flugbahn versperrte, beiseitegeschoben hatte.

Über die Diele gelangte man ins Wohnzimmer, wo sich dem Gast schon beim vorigen Besuch erschlossen hatte, wie die Großnichte eines Spiritisten hauste: im Chaos der Bohème. Zur Stunde war das Durcheinander mehr als verheerend. Der handgeknüpfte Teppich aus Peru, zusammengerollt in einer Ecke. Die Hippie-Kissen, aufeinandergestapelt zu einem wackligen Babelturm aus gehäkelten Granny-Squares. Die Stühle, an die Wand geschoben, ebenso: die beiden Sessel, das Sofa und das Nierentischchen in Limonadengelb – darauf, zwischen einem Räucherstäbchenhalter und einer Lavalampe, Gott sei Dank unversehrt: die Madonna von Ballester.

»Ich fürchte, ich bin nicht dazu gekommen, die Möbel an ihren Platz zu rücken«, entschuldigte sich Ofelia. »Während du ablegst, brühe ich uns einen Tee auf. Magst du?«

Teresa nickte. Sie wollte Zeit gewinnen und sich einen besseren Überblick verschaffen. Obwohl sie nicht zu den Gottesanbeterinnen gehörte, war sie, was die Farías und ihre obskuren Aktivitäten betraf, mindestens genauso wissbegierig wie jene, die Teresa bei sich nicht aufgenommen hatten.

»Lavendel oder Zitronenmelisse? Beides aus dem Garten.« Ofelia hatte ihren Augen mit dickem, schwarzem Kajal ein ägyptisches Aussehen verliehen.

Mir doch egal, dachte Teresa sauertöpfisch. »Gern Zitronenmelisse.« Es würde ohnehin nichts ändern. Es roch durchdringend und modrig wie in einer Leichenhalle.

»Darf ich?«

In der Mitte des Salons erstreckte sich eine begehbare Insel aus versetzt ausgebreiteten Zeitungen. Darauf, auf einer Höhe mit dem Fenster, das die Sicht in den Garten freigab, stand ein runder Holztisch, dessen viertes Bein es den Tigern hochgradig angetan hatte, wie Teresa an den brutalen Kratzern und tiefen Einkerbungen erkennen konnte. Auf der Tischplatte befanden sich ein ausgepolsterter Weidenkorb mit faulen braunen Eiern, ein verschimmelter Salatkopf, runzelige, ungenießbare Tomaten, ein welker Strauß aus Platterbsen, Vergissmeinnicht und Margeriten, eine Handvoll wertloser Münzen, ein Stein, ein beschrifteter alter Zettel und ein verschrumpelter *Za-*

pallito criollo. Das Arrangement war ein zweites Mal vorhanden in Old-School-Manier, Öl auf Leinwand. Außer der Staffelei und dem Tisch hatten auf der Insel Farbtuben, Pinsel, Entwürfe, Geschirrtücher und eine verschmierte Palette Platz gefunden.

»Achtung, heiß.«

»Oh, danke … Es riecht köstlich!« Um die zukünftige Meisterin des *Vanitas vanitatum* aus der Reserve zu locken, sagte Teresa: »Mit dir kenne ich inzwischen drei Leute, die für ihr Leben gern zeichnen oder malen. Der eine geht in die staatliche Schule, und in den anderen ist eine Klassenkameradin von mir verknallt, die selber wollen würde, aber nichts auf die Reihe kriegt.«

»Ich bereite mich auf die Kunstakademie vor und übe mich seit Monaten im Barock.«

»Ist das deine Skizzenmappe?«

Durchsichtige Schale mit reifen Früchten, Katzensilber, Maden und Asseln.

Stillleben mit Familienporträt, Wasserkrug und Kerzenwachs.

Stillleben mit Zeichendreieck, Geometriezirkel, Winkelmesser und Gartenschnecke.

Stillleben mit Spinnennetz, Zahlen- und Buchstabenschablone.

Bohnenteller in einer Fensternische mit Fliegen und Trauerweide.

Stillleben mit großem Glas und Amphibien.

Stillleben mit kleinem Glas, Kirschen, Gitarre und Vogelfedern.

Stillleben mit ausgenommenem Fisch, weißen Lilien und *Ceibo*blüten.

Stillleben mit Küchenuhr, Schmetterling und totem Magellanzeisig.

Stillleben mit geköpfter Maus, Milchschüssel, Seekarte des Nordatlantischen Ozeans und zerbrochenem Kompass.

Stillleben mit geflochtenem Korb, Quitte, Melone und ausgetrockneter Eidechse.

Teresa war still. Man hörte lediglich die Seiten rascheln.

»Gefallen sie dir nicht?«

»Oh, doch.« Die Bilder waren gut, und deshalb war ihr schlecht.

Hyperrealistisch. Pfui. Sie trank ihre Zitronenmelisse und verbrannte sich die Zunge.

»Diese letzten beiden sind mir lieb und teuer.« Ofelia sah bedrückt aus. »Die Originale sind da drüben.«

Stillleben mit Katze I – Seth.

Da drüben?

Stillleben mit Katze II – Horus.

Hatte sie wirklich *da drüben* gesagt? Teresa blätterte zurück.

Stillleben mit Katze I – Seth.

Sie blätterte wieder vor. Was meinte sie denn mit *da drüben*?

Stillleben mit Katze II – Horus.

Teresa fehlten die Worte. Ofelia fehlten die Katzen, I und II von VII.

»Ich hatte eine komplette Serie geplant, aber nach dem, was vorgefallen ist, habe ich aufgehört, sie festzuhalten, denn ich erreiche das Gegenteil. Sie kommen mir abhanden. Wie du vielleicht erfahren hast, sind sie verschwunden, alle beide, und ich kann mir nicht erklären, weshalb sie nicht längst zurück sind.«

Noch mal.

Stillleben mit Katze I – Seth.

Stillleben mit Katze II – Horus.

Teresa war verstört. Das Drumherum war nicht das Problem: täuschend echte Blumen und Sträucher, eine Meeresmuschel und eine rote Korallenkette. Die Rufnamen stimmten. Es waren die gleichen, die auch auf den Vermisstenanzeigen prangten. Jedes Tier hatte besondere Merkmale. Jedes war anders, aber eine Katze ist und bleibt eine Katze.

Stillleben mit Katze I – Seth.

Stillleben mit Katze II – Horus.

Sie blätterte vor und zurück, um abwechselnd auf den Kopf einer Elefantenspitzmaus und den eines Falken zu starren. Sie begriff es nicht. Ceci n'est pas un chat. Definitiv nicht. Et celui-là non plus. Soweit Teresa das beurteilen konnte, war die Farías in der Lage, die Realität, so wie sie war, zu durchdringen. Sie konnte Objekte und

Lebewesen vorbildgerecht wiedergeben, doch das, was sie ins Herz geschlossen hatte, ja, vergötterte, wie sie selber sagte, vermochte sie partout nicht zu treffen. Gerade das, was ihr am nächsten stand. Ausgerechnet Seth und Horus waren nicht zu erkennen. Diese von ihr evozierten Katzen waren keine Katzen. Die Geschöpfe, die Ofelia Farías gemalt hatte, waren keine Haustiere, die sie vermisste, sondern Menschen. Es waren Menschen mit seltsamen Tierköpfen oder Tiermasken. Teresa bekam es mit der Angst zu tun. Es war ihr unheimlich auf der Papierinsel.

»Wir düsen ab«, sagte sie unvermittelt.

»Magst du deinen Tee nicht austrinken?«

»Wir müssen leider.«

»Oh, schade ... Was ich dich eigentlich noch fragen wollte ... Dürfte ich deine Statuette ein paar Tage länger behalten? Ein bestimmtes Motiv geistert mir im Kopf herum. Ich hatte nur keine Zeit ... *Natura morta* mit Muttergottes. Oder Stillleben mit Nationalpatronin. Wie fändest du das?«

29

Celio hatte sämtliche Berührungsängste über Bord geworfen. Er war früh zur zweiten Einheit des ersten Moduls erschienen. Viel zu früh. Eine ganze halbe Stunde zu früh, um genau zu sein. Was sollte er machen? Mal schauen. Mal schauen, was es im Eingangsbereich der BASILIO noch zu schauen gibt, sagte sich Celio, als er – darauf nicht vorbereitet – Doña Paquita, eine alte Vertraute seiner Mutter, auftauchen und wieder verschwinden sah, ein Aufblitzen am anderen Ende des Korridors, das Licht der Erkenntnis, von dem in fast allen Büchern berichtet wurde, die Celio empfohlen worden waren.

»Was treiben *Sie* denn hier, Doña Paquita?«, erkundigte sich Celio, nachdem er sich zu Tode erschrocken hatte. Plötzlich hatte Doña Paquita hinter ihm gestanden und trug einen dieser hellbraunen Kittel.

»Schwester Paquita, Bruder. Schwester Paquita …«, rief sie ihn zur Ordnung.

Celio hatte die gespenstische Schwester Paquita weder kommen sehen noch kommen gehört. Jetzt nestelte sie an der Pinnwand herum.

»Gibt's was Neues?«, fragte Celio so beiläufig wie möglich und indem er einen Schritt zur Seite tat, um Schwester Paquita freien Zugang zur Korkwand zu lassen. Er bemühte sich, leichtfüßig zu wirken, sphärisch wie die Schwester, und gleichzeitig den Eindruck zu erwecken, er wisse Bescheid.

»Das Übliche. Einen Aufruf zur Blutspende in der Filiale von Chacarita und die nächste Runde von *Cine-debate* in der Innenstadt. Wir zeigen in ein paar Wochen *Giulietta degli spiriti.* Im Anschluss an die Filmvorführung versprechen wir uns wie immer eine lebhafte Diskussion. Eintritt frei. Und ansonsten: die Ankündigung eines Diavortrages zum Thema *Vergangene Berufungen* in der Tinogasta.

Der Bruder José Cresto richtet den Abend aus.« Schwester Paquita hatte ein durchsichtiges Döschen geöffnet und hantierte mit Papierstreifen und kunterbunten Reißnägeln.

»Soll ich halten?«, fragte Celio höflich, doch weiterhin bestrebt, sich nicht aufzudrängen. Der Name José Cresto klang wie Jesus Christus. Hatte er sich vielleicht verhört?

»Danke, ich schaff's allein.«

»Die Tinogasta?«, fragte Celio unverfänglich.

»Für uns etwas umständlich zu erreichen. Die Filiale, die der Pflegevater der Präsidentin leitet.«

»Schon klar«, erwiderte Celio und bereute seine Worte.

Schwester Paquita war emsig wie eine Biene, die hier und da Blüten bestäubte.

Celio änderte seinen Kurs. »Der Pflegevater von María Estela Martínez de Perón?«

»Der Bruder José Cresto, ja, der in einem früheren Leben *Jesucristo* persönlich gewesen sein soll, behauptet er zumindest.«

»Und Sie sagen, er leitet eine unserer Schulen?!«

»Die auf der TinogXXXX. Mit der Unterstützung seinXX EhefrXX, der PflegemuttXX der PräsidentXX.« Doña Paquita nuschelte. Sie hatte Reißnägel zwischen den Lippen.

»Zusammen mit der Pflegemutter unserer Präsidentin?«

»SchwestXX Isabel, IsabXX Zoila Gómez de Cresto, um genauer zu sein. Von ihr hat die Präsidentin ihren Künstlernamen.«

»María Estela Martínez ist ein Künstlername?!« Celio konnte sich nicht ewig verstellen. Er betrachtete Doña Paquita mit unverhohlener Neugier.

»Nein, Isabel ist ihr Künstlername, Isabelita für Freunde und Familie wie uns.«

»Mich trifft der Schlag!!« Celios Contenance war dahin. Was für ein explosiver Lernstoff! »Sind Sie sicher, Schwester Paquita?«

»So sicher, als hätte ich sie zur Welt gebracht.« Doña Paquita hatte, soviel man wusste, nie einen Mann gehabt. »In Bezug auf ihre künstlerischen Ambitionen hat sich die junge María Estela von ihrer

Ursprungsfamilie nie verstanden gefühlt. Von den Crestos dagegen wurde sie vorbehaltlos aufgenommen. Sie hat die Tinogasta besucht und ist geblieben, denn dort wurde sie in ihrer ganzen Geistesgröße gewürdigt.«

Ein Reißnagel nach dem anderen war inzwischen eingesetzt worden. Doña Paquita traktierte die Pinnwand, wie die haitianisch-afrikanischen Priester in der Karibik ihre Voodoopuppen. Celio bekam Magenstiche vom bloßen Zuhören. Dank der Unterstützung der Crestos, erklärte Schwester Paquita weiter, sei María Estela damals als Isabel mit einer Ballettkompanie auf Tournee gegangen, Ende 1955 habe sie den frisch exilierten Juan Domingo Perón in Panama kennengelernt, bei einem ihrer Auftritte im Nachtclub HAPPY LAND. Von da an bis zu seiner Desinkarnierung sei sie ihm nicht mehr von der Seite gewichen.

»Schwester Paquita?«

»Ja, Bruder CelXX? Ich seh's. Du hast nichts gegessen, und deine Lebenssäfte sind durcheinandergeraten. Du solltest dich fluidieren lasXXX. Ich bin beschäftigt, wie du merkst. Am bestXX fragst du SchweXXXX ReXXXX, ob sie das übernimmt. Da komXX sie ja! Wie gerufen!«

30

»Der Kollege hatte sie irgendwo aufgelesen, und ich habe sie für dich aufgehoben, Aguirre. Bitte sehr.«

»Eine gewellte Zeitung, die sich vermutlich jemand während eines Regengusses über den Kopf gehalten hat?!«

»Die Sonntagsausgabe von *La Opinión* mit einer folgenschweren Schlagzeile, Aguirre.«

»*Anzeige des Militärs gegen die AAA …*«

»Lies mal weiter, Aguirre.«

»Eine zufällige Aufdeckung … Verstrickung des Ministeriums für soziale Wohlfahrt in die Aktivitäten der rechtsextremistischen Terrororganisation … Undurchsichtige Politagenten … Sektenartige Zusammenkünfte … Veruntreuung von Staatsgeldern … Das Debakel färbt auf die *Señora* Präsidentin und unser demokratisches System ab … Möglichkeit einer Notfallmaßnahme …«

»Verstehst du?«

»Ja und nein.«

»Sie üben mächtig Druck aus, Aguirre.«

»Wer?«

»Wer denn wohl, Aguirre? Das Militär. Ob es uns in den Kram passt oder nicht: Der Kollege musste seinen Dienst quittieren.«

»Der Kollege aus der Innenstadt?«

»Der Kollege López Rega, Aguirre …«

»Im Ernst?«

»Nein, ein Witz von Peralta oder wie der heißt.«

»Uff! Ich dachte schon …«

»Aguirre, wo lebst du eigentlich?«

»Wie: Wo ich lebe? In Ballester, wo unsere Urgroßeltern damals nach dem Krieg …«

»Lass mal, Aguirre, es ist ausweglos. Hast du die heutige Zeitung bereits aufgeschlagen?«

»Wann denn, wenn du mir zu allem Überfluss eine Ausgabe vom Wochenende aufnötigst?«

»Weil man aus alten Fehlern lernt, Aguirre. Schau sie dir an, blättere bis zur letzten Seite und sag mir, ob dir was dazu einfällt.«

»Ich weiß: Das Horoskop können wir vergessen. Kalter Kaffee, gewissermaßen.«

»Falsch, Aguirre, falsch. So grundlegend falsch, dass du jederzeit in das Team von *La Opinión* aufgenommen werden könntest. Du würdest dich bei denen sehr gut machen.«

»Ich hab's! Der Redaktion ist ein Patzer unterlaufen. Sie haben einen Buchstaben vertauscht. Hier: U statt O! *Horuskop*.«

»Sehtest bestanden, obwohl ich das gar nicht gemeint habe. Du hast einen Blick fürs Detail, Miguel Ángel. Das kleinste Übel. Warum nicht? Weil es dir und mir ums große Ganze gehen sollte, Miguel Ángel, deshalb nicht! Ums Weltgeschehen anstatt um Korinthenkacke!«

»Wie war das …? Welches Sternzeichen hat López Rega?«

»Da kommen wir der Sache näher. Aus der Perspektive dieser Zeitung stehen du und ich in der Zukunft, Miguel Ángel. Nun können wir von dieser privilegierten Warte aus rückblickend beurteilen, ob dieses Käseblatt was taugt oder nicht. Um deine Frage zu beantworten: Waage, behauptet der Kollege aus der Innenstadt.«

»Er muss es ja wissen.«

»Auch wir können es wissen, Miguel Ángel. Halte inne und überleg noch mal.«

»Waage passt wie die Faust aufs Auge.«

»So sehe ich es auch. Egal, woher der Wind bläst, keinerlei Schwankungen. Lopecito lässt sich nicht aus der Ruhe bringen. Er ist ein ausgewogener Charakter. Zur einen Hälfte politisch, zur anderen Hälfte künstlerisch. Völlig ausbalanciert. Vorbildliche Kalibrierung.«

»Hier heißt es: Die nächsten Tage werden für die Waage äußerst turbulent. Ihr Umfeld wendet sich von ihr ab.«

»Schon mal Unsinn, und weiter?«

»Das war's. Kurz und knapp. Mehr wird nicht verraten.«

»Dünnschiss, Aguirre. *Huroskop* sage ich nur. Verstehst du, wie ich das meine?«

»Gar keine Frage, und darauf kommt es nicht an, ist klar, aber sie schreiben hier: *Horuskop*.«

»Sie schreiben gequirlte Scheiße, Aguirre! Ein halbes Dutzend Legastheniker und Hohlköpfe sind da am Werk. Bei mir haben sie es noch schlimmer angestellt als bei Lopecito! Wirst sehen! Unfug hoch zehn! Ich habe dem Kollegen in der Innenstadt neulich zugesteckt: Dann dürfen sie sich nicht wundern. Die Bomben vor ein paar Jahren, erinnerst du dich? Eine in der Redaktion, die zweite vor dem Haus des Direktors. Es geschieht ihnen recht. Nichts im Vergleich zu dem Chaos, das sie tagtäglich mit ihren Heroskopen und Trugschlüssen anrichten, Aguirre.«

»Ich weiß, es ist egal, welchen Buchstaben sie im Grunde vertauscht haben, aber auf der anderen Seite denke ich mir, es läuft vielleicht doch nicht auf dasselbe hinaus ... Es heißt nicht *Heros*, Carrizo, sondern *Horus*, *Horus*kop – so wie eine der beiden Katzen, die bei uns vermisst werden.«

»Ich weiß sehr genau, was wir vermissen. Seriosität vermissen wir. Keine verklausulierten Botschaften, sondern zuverlässige Informationen. Wie oft soll ich das sagen, Aguirre? Keine Angst und keine fremde Scheu! Lies dir ruhig mein Sternzeichen durch und sag mir ganz ehrlich, was du darüber denkst. Aber ich warne dich: Mich, deinen Kollegen, erkennst du da nicht wieder! Sollte Lopecito diesen geistigen Durchfall in die Hände bekommen ... Er, der nach einem intensiven Studium der Materie ein fundiertes, seriöses Nachschlagewerk zu Papier gebracht hat, in dem Düfte, Farben, Noten und Tanzschritte ihre Korrespondenzen in den Gestirnen erfahren! Er lacht sich tot, wenn er diesen Horuspokus liest. Schwachsinn hoch zehn, wie gesagt, bei mir sogar noch schlimmer als bei unserem Mentor, dem ehemaligen Minister, der berechtigterweise auf alles pfeift, was man herumträgt. Da er energetisch gegen Verleumdungen und Gehässigkeiten gefeit ist, wird er nach wie vor in Olivos bei der Präsidentin wohnen bleiben, um von dort aus die innige Freundschaft zu bekräftigen, die sie verbindet. Meine Worte sind Prognose und Richtigstellung in einem. Die wirst du heute überall lesen, Aguirre. Wetten, dass es so oder so ähnlich eintrifft?«

31

Die Schritte des beratenden Detektivs waren gezählt. Keiner wusste es besser als er, der sie selbst erfasst hatte. Nach Schulschluss stand Sherlock nicht allein vor der Baker Street, sondern in Begleitung seiner treuesten Kunden Lautaro Morales, Elías Morales und der unlängst verhörten Zeugin Teresa Gianelli. Seine Augen juckten, und er musste blinzeln, um sich Linderung zu verschaffen. Der Hausschlüssel drehte sich im Schloss, und die Tür gab nach.

Auch wenn der *Gordo* mit gerötetem Blick durch die Welt lief und vom unablässigen Wunsch zu zwinkern genauso genervt war wie von der Frage seiner Mitschüler, ob er sich einen Tick zugelegt hätte, konnte er stolz sein, die richtige Entscheidung getroffen zu haben. Er hatte kaum geschlafen, na und? Dafür kannte er jetzt den ganzen *Sherlock Time* und, was ihm viel wichtiger erschien, eine andere Seite – *die* andere Seite – von Sir Arthur Conan Doyle, über die lediglich ausgewiesene Experten im Bilde waren. Teresas Taschenlampe und Elías' Vergrößerungsglas hatten ihm gute Dienste geleistet. Er hatte die komplette Biographie gelesen, die Lautaro für ihn aufgetrieben hatte, inklusive der mikroskopischen Fußnoten. Das war harter Tobak, keine Frage, aber nun wusste er Bescheid und konnte die Augen nicht mehr davor verschließen: Der Erfinder von Sherlock Holmes hatte sich als ein Mr. Hyde des modernen Spiritismus entpuppt. Jenes umstrittene Phänomen, das 1848 in Hydesville, Arcadia, aufgekommen war, um die Welt zu erschüttern, hatte Conan Doyle zunächst mit der ihm charakteristischen Neugierde und gebührenden Skepsis unter die Lupe genommen, doch der kontroverse Untersuchungsgegenstand wurde zu einer Obsession, die an dem Verfechter des Rationalen so lang ruckelte, bis dieser die klassische, altbewährte Formel des Entweder-oder aus seinen stringent aufgebauten Argumentationsketten verbannte und stattdessen für eine durchlässige Logik des Sowohl-als-auch eintrat, für eine poröse Weltanschauung, in der unversöhnliche Gegensätze spätestens seit dem Tod eines seiner Kinder nebeneinander Bestand hatten. Nach dieser dramatischen Wendung war Mariano Andrade zumindest mental auf alles (und nichts) vorbereitet.

»Aber was …?«

»… auch immer! Nichts anfassen«, mahnte der *Gordo*. Als handelte es sich um eine Pfütze, stieg er mit einem hohen Schritt über seine heißgeliebte Regenjacke und seine karierte Mütze, die am frühen Morgen noch in der Garderobe gehangen hatten. »Wir werden uns sehr langsam vorarbeiten müssen.«

»Wir bräuchten Stelzen«, sagte Elías und »Vorsicht, Porzellan!« der *Gordo*.

Die Baker Street war nicht wiederzuerkennen. Sie war vollkommen durcheinander, anders als der Hausherr. Er war aufgeräumt wie sonst auch, obwohl sämtliche Adressbücher von Valentino aufgeschlagen auf dem Tisch lagen, Bände von *Fortsetzung folgt* kreuz und quer auf dem Boden, Schubladen kopfüber daneben. Schranktüren waren weit geöffnet, Bilder abgehangen. Das meiste war verrückt worden. »Irre«, kommentierte der *Gordo* und schaute sich ohne Hektik um. Die Liebesbriefe an seine Mutter und vergessen geglaubte Geschenke aus der vormarianischen Ära waren aufgetaucht genauso wie die Strandfotos aus Gesell, sie waren überall, nur nicht in ihrem Versteck. Die schmerzhaften Erinnerungen rund um den Vater, die sukzessiv aus dem Alltag vertrieben worden waren, um an unauffindbare Nebenschauplätze relegiert zu werden, waren ans Licht gezerrt worden – als hätte die Baker Street ihren eigenen Kopf oder gar ein Eigenleben.

»Dinge gibt's«, behauptete Mariano, als sein Zimmer endlich erreicht war. Er lehnte sich an den Kaminsims.

Teresa war die Erste, die sein betretenes Schweigen zu unterbrechen wagte. »Also gut. Was jetzt? Ich schlage vor, zwei bleiben hier, zwei gehen zu Valentino.«

»Zu spät, Teresa. Diese Episode lässt sich nicht ungeschehen machen. Wir sollten lieber Zeit gewinnen und einiges überdenken.«

»Falsch. Wir müssen sofort die Polizei benachrichtigen.«

»Bei dem hiesigen Wirrwarr ist das keine förderliche Idee. Wie stünde ich andernfalls da? Die Baker Street ist mein Zuständigkeitsbereich. Ich muss mir selber eine Meinung über das Vorkommnis bilden, bevor die Polizei hier antanzt und mir reinpfuscht.«

»Bei diesen Luschis hast du wahrscheinlich recht, *Gordo*. Sie würden deine Untersuchungen nicht unbedingt beschleunigen oder sogar behindern. Hast du einen Anfangsverdacht?«

»Sowohl die Haustür als auch die Fenster sind einwandfrei zu gewesen. Eine Manipulation von außen können wir ausschließen. Ich würde sagen, was wir hier sehen, sind Belege paranormaler Aktivität.« Das behauptete Mariano Andrade ohne Flattern in der Stimme.

»Paranormal?«

»Übernatürlich. Wir haben es innerhalb dieser vier Wände womöglich mit sogenannten Poltergeistphänomenen zu tun. Mit Randale aus der unbekannten Dimension.«

»*Randalí randalá …*«

»Ist okay, Elías, nimm dir ein Kissen und setz dich hin.«

»Ich mag keine Polstergeister.«

»Es heißt Polter, nicht Polster. Du sagst auch nicht holterdiepolster.«

»Ohne die Unterstützung der Polizei stochern wir im Nebel«, wandte Teresa ein.

»Stimmt nicht«, widersprach der *Gordo*. »Ich habe mir neulich unsere Unterhaltung durch den Kopf gehen lassen. Mir ist aufgefallen: Von sich reden machen momentan das Spiritistenzentrum unweit der Kirche, das Haus von Braulio Espinosa …«

»Von Ofelia Farías«, präzisierte Teresa. »Den Sumpf meinst du. Ein perfekter Nährboden, ein Planschbecken für Basilisken. Ich hab's beobachtet: Die Viecher flitzen von Ufer zu Ufer. Ich war zum zweiten Mal vor Ort.«

»Die Überläuferin, sieh einer an!« Lautaro wollte Teresa ärgern.

»Gezwungenermaßen. Ich muss gestehen, ich habe wegen der Madonna von Ballester ein riesengroßes schlechtes Gewissen, mindestens so groß wie das Haus, das sie nach wie vor beherbergt. Innen ist es viel geräumiger, als man es von außen vermuten könnte. Und die Farías, sie gibt die Madonna nicht her. Bei der Kräutermischerin ist alles faul. Sie bringt Dinge zum Verschwinden. Sie malt ekelerregende Bilder, und dann kommt das Gemalte abhanden. Schwarze Magie. Ein Hexennest. Ein echter Hexenkessel. Halluzinogene Pilze, stechende Mücken, die Trauerweide und der vor sich hinverwesende Teich. Ich schwör's euch. Zwischen den modrigen Deckenbalken gibt's Fledermäuse. Ich bin mir ziemlich sicher. In der schlimmen Jahreszeit werden die kahlen Bäume an Gerippe erinnern und die angeblichen Heilkräuter, die dürr aus der Erde ragen, an die Hände von Scheintoten. Wir müssen die Madonna befreien, Mariano.«

»Ich bleib lieber hier«, sagte Elías.

»Wir brauchen Verstärkung«, sagte Sherlock. Nachdem er aus der Küche zurückgekehrt war und das Tablett auf dem Boden abgestellt hatte, nahm er den Gesprächsfaden wieder auf. »Spukhäuser erfahren ein Revival«, sagte er knochentrocken, während er seine Limonade im Glas schwenkte, ohne sich an seinen massakerroten Fingern zu stören. Elías stürzte sich auf die Schale mit Brombeeren und sah kurz darauf wie Graf Dracula aus.

»Ich habe mir die Nächte lesend um die Ohren geschlagen«, ließ der *Gordo* sie wissen. »Diese Erfahrung hat meinen Horizont enorm erweitert. Wie gesagt: Dinge gibt's. Den Dominoeffekt zum Beispiel. Den Überlandtelegraphen. Den Morsecode. Den modernen Spiritismus, wie Conan Doyle ihn lang und breit beschreibt ... Ich glaube, dass uns mit einer sagenhaften Verspätung von mehr als hundert Jahren nun Phänomene erreichen, deren Intensität andernorts längst abgeklungen ist.«

»Was heißt das, *Gordo*?«

Sherlock rieb sich die Augen. »Dass wir aufholen müssen. Ich habe mich deshalb in das Studium des Okkulten vergraben. Es gibt in diesem Bereich, den ich bisher ausgeklammert hatte, inzwischen nichts, was mir verborgen geblieben wäre. Das berühmte Buch mit sieben Siegeln ist geknackt. Das ist die gute Nachricht.«

»Und die schlechte?« Lautaro, der Pessimist.

»Mein Arbeitsethos verbietet mir, das Chaos in der Baker Street als Ausnahmeerscheinung zu verbuchen.«

»Stattdessen ...?«

»Ähnliche Beispiele füllen ganze Hefte in unserer Bibliothek.«

»Du willst sagen: Wir sind nichts Besonderes?« Teresa staunte nicht wenig.

»Der Normalfall. Seit 1848 reißt die Kommunikation nicht ab. Das Haus der Fox-Schwestern hat bloß den Stein ins Rollen gebracht. Jetzt sind wir dran.«

»Wir?!«

»Ballester wird heimgesucht.«

»Ballester?«

»Unsere Häuser, Elías, die WISSENSCHAFTLICHE SCHULE BASILIO, das Haus von Ofelia Farías mutmaßlich, die Baker Street ...« Als wäre diese Spekulation aus dem Munde von Mariano Andrade nicht beunruhigend genug, sahen die Freunde ihn sich plötzlich auf den Boden schmeißen und ins Leere greifen. Sie wähnten die Zeit der Wahnvorstellungen angebrochen und sich als Zeugen des ersten heftigen Gefühlsausbruchs im Leben ihres Vertrauten.

»Entwarnung«, rief dieser keuchend. In seiner Stimme lag eine große Erleichterung, als er schließlich seinen Safe unterm Bett hervorzog. Sein Gesicht hatte infolge der Anstrengung die Farbe seiner übernächtigten Augen angenommen. Mit Hilfe des Schlüssels, den er um den Hals trug, schloss er seinen Tresor auf.

»Ein Hexenbrett, auch als Witchboard, Talking Board, Alphabettafel oder Seelenschreiber bekannt«, erklärte ihnen Mariano II. – von Mariano I. keine Spur. In der Hand hielt er eine runde weiße Pappscheibe, die einem Vollmond ähnelte.

»Beeindruckend«, lobte Teresa und schnappte sich die hausgemachte Kommandozentrale.

»Die meisten sagen lieber Ouija-Board dazu. *Oui* ist französisch und bedeutet *ja*«, erläuterte der *Gordo*, und Teresa nickte wohlwollend. »*Ja* ist deutsch und bedeutet *sí*. *Board* ist, wie wir wissen, die englische Vokabel für Brett. Mit dieser selbstgebastelten Scheibe können wir die Toten anrufen. Conan Doyle hat das regelmäßig im Kreise seiner Familie getan. Die Gruppe nannte sich *Pheneas Circle* – nach dem Geist, der sie frequentiert hat. Der Name Pheneas ist übrigens ägyptischen Ursprungs.«

»Ägypten, die Wiege der Zivilisation, liegt in Afrika«, dozierte Teresa.

»Sollten wir ein Universalgenie wie diesen Pheneas erwischen, könnten wir ihn löchern, ihn nach dem Verbleib der Katzen fragen oder nach der nächsten unergründlichen Predigt von Amaro Roviralta oder nach blinden Flecken in seinem *Vermächtnis* oder ...«

»Ich möchte lieber nicht.«

»Dann musst du das Kaminzimmer verlassen, Elías, und allein in der Poltergeistwohnung umherirren.«

»Ich möchte lieber nicht.«

»Ja, was denn nun? Hier bleiben oder umherwandern?«

»Weder ... noch.«

»Das gibt's nicht. Schau mal, kennst du die da? Du gehst doch regelmäßig in die Kateches ...«

»Ich möchte lieber nicht.«

»Ist klar, doch du könntest dich der leuchtenden Madonna an der Kaminwand anvertrauen. Wenn du das tust, wacht sie über dich.«

»Aber noch bin ich kein Erstkommunist.«

»Sei nicht päpstlicher als der Papst, Elías. Das macht keinen Unterschied.«

»Wieso steht auf der leichenblassen Pappe *Helou* und *Gudbai*?«

»Um die Geister zu begrüßen. Wenn wir sie ordentlich begrüßen, tun sie uns nichts.«

»*Helouuuuu*! Und wozu brauchen wir Zahlen? Und Buchstaben? Wieso stülpt Sherlock ein Glas auf das aschfahle Polsterbrett?«

»Es reicht, Elías. Willst du oder willst du nicht?«

»Na gut … Eigentlich nicht.«

»Noch kannst du es dir überlegen.«

»Teresa, unterm Stuhl, siehst du …? Da ist mein Detektivkit gelandet. Nimmst du bitte die Haushaltskerzen und die Streichhölzer raus? Lautaro, könnt ihr sie bitte überall im Zimmer verteilen? Die Gardinen bleiben zu, Elías.«

»Darf ich mir einen Leuchtstab borgen? Für den Fall der Fälle …, obwohl … Ich will lieber nicht.«

»Kannst du machen, Elías, brich einen in der Mitte durch, aber halt den Mund.«

KNICK.

»Bessere Bedingungen könnten wir nicht haben: Dem Gewühl nach zu urteilen besitzt der Geist große Gewandtheit im Ausdruck. Er hat eine eigene Sprache und ordentlich was zu vermelden. Sobald er zurückkommt, stellen wir ihn zur Rede. Wir sollten enger zusammenrücken. Am besten setzen wir uns im Kreis vor das Kaminfeuer und halten uns an den Händen. Das ist bestimmt nicht verkehrt. Elías, soll ich dir meine Karodecke bereitlegen? Im Pfarrhaus von Borley war es zur fraglichen Stunde eiskalt.«

»Ich möchte lieber nicht, *tralalí tralalá*.«

»Unser Geist kann froh sein. Ich denke, dass er sich mittlerweile hier ohne weiteres zurechtfindet.«

»Für das Chaos können wir nichts.«

»Ich meine, die Baker Street ist mehr als übersichtlich. Kein Vergleich zu dem Haus Winchester.«

»Welches Haus?«

»*Randalí randalá …*«

»Eine bekannte Adresse in Kalifornien mit über hundertsechzig Zimmern und zehntausend Fenstern, eine Pension voller toter Gänge und Treppen, die nirgendwo hinführen. Die Besitzerin, die Witwe eines Waffenfabrikanten, ließ das Erbe über Jahrzehnte nach den Vorstellungen der Gäste umbauen und erweitern, aber auch so gaben die Mieter keine Ruhe, denn sie waren die Geister derjenigen, die den Gewehren ihres Mannes zum Opfer gefallen waren.«

KNICK.

»Schluss, Elías, ich habe Mariano die Knicklichter geschenkt, nicht dir.«

»Nur damit wir uns richtig verstehen: Neben der Baker Street gibt es wahnsinnig viele Orte von Rang und Namen, an denen Gespenster vorzugsweise umgehen: etwa die Treppe von Raynham Hall oder das Berry Pomeroy Castle, das Château Miranda oder das Kloster Marienborn, die Kirche zu Newby oder die kleine Kapelle im Schloss Glamis, das Sanatorium Waverly Hills, das Gefängnis von Port Arthur, die Myrtles Plantage, das Ballechin House ... Die Liste ließe sich ergänzen, doch ich würde vorschlagen«, sagte der *Gordo* und brach den Zauberkreis, um sich die Hände zu reiben, »wir legen los. Auch du, Elías, bitte. Zeigefinger her.«

»Hallo.«

»Hallo?«

»Ist da jemand, der uns etwas mitzuteilen hat?«

»Nicht verkrampfen, Elías. Du darfst das Glas nicht so fest drücken.«

»Gar nicht drücken, Elías.«

»Möchte jemand mit uns in Kontakt treten?«

»Ist da jemand, der mit unserem erlesenen Circle Kontakt aufnehmen möchte?«

»Bist du es? Lass das, bitte, Elías.«

»Du darfst das Glas nicht rücken! Es soll sich automatisch bewegen. Von Geisterhand, kapiert?«

»Elías, ich hacke dir den Finger ab!«

»Hallo?«

»Ist jemand unter uns?«

»OUI.«

»Wir heißen dich willkommen. Bist du ein Gespenst?«

»JA.«

»Möchtest du uns offenbaren, wer du bist?«

»OUI.«

»Wer bist du?«

»Du wolltest uns mitteilen, wer du bist.«

»OUI.«

»Wir sehen, du kommst mit den wenigen ausgeschriebenen Wörtern auf dem Brett gut zurecht.«

»Vier ausgeschriebene Wörter, dazu siebenundzwanzig Grundbuchstaben. Sind dir auch die aufgemalten Buchstaben leserlich genug?«

»OUI.«

»Magst du uns deinen Namen buchstabieren?«

»Magst du deinen Namen schreiben?«

»Es will lieber nicht.«

»Mund zu, oder du fliegst raus.«

»Das war nicht an dich gerichtet, werter Geist.«

»B«

»Bist du es, der gerade das *B* geschrieben hat?«

»OUI.«

»Fahre bitte fort. Schreib bitte weiter, Gespenst B.«

»B«

»L«

»A«

»Bla«, stammelte Elías, und dann, als hätte sein Motor eine Fehlzündung: »Vla, Vlad.«

»*Schhhhh!*«

»Vlad, Vlad Tempes, der Vater der Vampire.«

»Halt's Maul. Du unterbrichst den Fluss!«

»Hast du ganz allein eben gerade *BLA* geschrieben?«

»Hat deine Hand die unsere geführt?«

»OUI.«

»Und weiter? Fahre bitte fort.«

»*Bla*? Ist das alles, was du uns verraten möchtest?«

»NO.«

»Magst du den Rest enthüllen, so dass wir dich beim Namen nennen können?«

»OUI.«

»Wir sind ganz Ohr, Geist BLA. Ich meine, wir lesen dich.«

»B«

»L«

»A«

»B«

»L«

»A«

»Wiederholst du dich etwa?«

»OUI.«

»Es leuchtet mir ein. Das sind die Regeln. Man wiederholt Dinge, wenn nötig in verschiedenen Sprachen. Wie der Name schon sagt: Oui-Ja. Damit man sich versteht?«

»SÍ.«

»Um Missverständnisse ganz und gar auszuschließen?«

»YES.«

»Damit man sich 100 % sicher sein kann, dass man bei der Kommunikation zwischen den Welten keiner Täuschung erliegt?«

»JA.«

»Das zweifache *Bla* ist also kein Stottern?«

»NO.«

»Du willst deinen Namen preisgeben und stotterst nicht vor Angst?«

»NEIN.«

»Du stirbst nicht vor Angst, Geist BLA, weil du strenggenommen bereits gestorben bist?«

»OUI-JA-YES-SÍ.«

»Glasklar verstanden, sei unbesorgt. Und auch wir brauchen keine Angst vor dir zu haben?«

»NEIN.«

»Wie sollen wir dich also nennen?«

»B«

»L«

»A«

»B«

»L«

»A«

Glaszersingendes Kreischen. Höhere Gewalt. Die Séance musste unterbrochen werden. Sämtlichen Beteiligten standen aufgrund der Fremdeinwirkung die Haare zu Berge. Die Mutter von Sherlock, in weite Gewänder gehüllt, war wie ausgewechselt. Sie sah aufgedunsen aus. Ihr Gesicht erinnerte an einen Luftballon. Sie war früher von der Arbeit nach Hause geeilt, weil ihr nicht wohl war, und hatte gleich in der Diele den Schock ihres Lebens erlitten. Nicht die Toten mussten angerufen werden, auch nicht die Polizei (»Ich habe euch schon gesagt, das bringt nichts«, rechtfertigte sich der *Gordo*), sondern der Arzt, Teresas Vater, Lautaro und Elías' Onkel, der Doktor Elvio Gianelli, der, als die Patientin sich etwas beruhigt hatte, wiederum ihren Partner, den Zeitungsverkäufer Valentino Acuña, holen ging.

»T«

»T«

»T«

»Was soll dieses BLA BLA?! Ich möchte gar nichts hören«, schrie Alba Morales auf der Straße. »Wartet ab, bis wir nach Hause kommen, dann zeige ich euch, was ich von eurem BLA BLA halte! Blasphemisch geradezu! Ihr schüttelt offensichtlich gern am Ohrfeigenbaum!«

»Jawohl!«

»T!«

»T!«

»T!«

»BLA BLA! Blanker Unfug, Teresa, das ist es, was ihr getrieben habt, anstatt das einzig Richtige zu tun, was in solch einer Extremsituation von euch erwartet wird.«

Tränen wie Sand am Meer.

»Es fehlt mir nichts, wirklich nichts«, behauptete die Mutter des *Gordo*, als ihr Lebensgefährte Valentino Acuña ihr den Arm um die Schulter legte.

»Im Haus fehlt nichts. Es ist alles da. Wir sind gut weggekommen. Poltergeister haben in der Geschichte viel Schlimmeres angezettelt«, notierte Mariano Andrade in sein Tagebuch.

»Artischocke, Artischocke, Artischocke, Lautaro!« Elías gestikulierte wild. Er flüsterte, obwohl keiner sie hören konnte. »Wie heißt die Trulla im SANTA ANA, die dauernd Ärger hatte und darum wie wir Stubenarrest?«

»Tony Tormenta, meine Damen und Herren!«

»Die Nonne, die mitsamt Vespa verschwunden ist?«

»Uí.«

»Auf Tour, meine Damen und Herren, auf Tour und jetzt bei uns! Zurück in Ballester! Von allen sehnlichst erwartet!«

Im Hause der Gianellis stand das Telefon nicht mehr still. Domingo war aus dem Tiefschlaf gerissen.

Einige Male noch würde Elvio Gianelli hinausmüssen.

Tatütata …

»Sie haben Brände gelegt, blutjunge Frauenzimmer in den Selbstmord getrieben, Angehörige zum Verrat an der eigenen Familie angestiftet, Kinder zu unheilvollen Lügen überredet … Wir müssen bedenken«, schrieb Mariano Andrade, »anders als den Hinterbliebenen sind den Hinübergegangenen keine Grenzen gesetzt.«

Der Kinderwagen bei den Gianellis wurde geschaukelt, vor und zurück geschoben. Jemand sang ein Lied.

¿Por qué tú eres así?

El alma entera te di …

Domingo war völlig aufgedreht.

»Sœur María, Elías, die Nonne, die wie alle Nonnen mit einem Mysterium verheiratet ist, wieso?«

»Das liegt nun mal in der Natur der Sache: Sie geben bis zum Schluss Rätsel auf und verspotten Prinzipien, die uns, Vernunftmenschen, unbeweglich erscheinen. In der Baker Street können wir uns glücklich schätzen … Wen kümmert das bisschen Unordnung?«

»Mumpitz, Lautaro. Ich möchte wissen, wie sie inoffiziell genannt wurde! Ich fürchte, diese Artischocke hat bei mir eine fiese Amnesie ausgelöst. Wie war noch mal der Spitzname?!«

»Die argentinische Nachtigall, meine Damen und Herren!«

Teresa bemühte sich, einen klaren Gedanken zu fassen und dabei den am Spieß schreienden Domingo auszublenden.

Kliiiiiingggg! Kliiiiiiinnnngggggg!

»Elvio, für diiiiiiich! Telefooooon!«

»Gut möglich, dass sich heute in Ballester an verschiedenen Orten zur selben Zeit Poltergeistphänomene ereignet haben. Gleiches zieht Gleiches an. Synchronizitäten eben. Der Anfang vom Ende. Vorerst.«

»T!«

»T!«

»T, verehrte Nachbarn! Gleich übermorgen!«

»Wiederkehrende Erscheinungen wie der Ahnherr des Ballechin House, der auf seinem Anwesen als Hund umgeht, weil er dort zu Lebzeiten etliche gehalten hat. Wenn Conan Doyle wüsste …«, schrieb der *Gordo* in seine tagebuchartigen *Erinnerungen und Abenteuer des Mariano Andrade* hinein und wechselte ohne weiteres die Sprache: »What would my old friend Sir Arthur say if he knew that Lautaro, Elías, Teresa, and I met a ghostwriter today?«

»Bloody Mary. Hast du einen totalen Blackout? Geht's dir gut, Elías? So lala, was?«

»So, so …«

»So, so, was, Elías?«

»So, so: BLA BLA.«

»BLA BLA, WAS?«

»BLADI MERI. Was wohl? Elementar, würde ich sagen.«

32

»Es ist, wie es ist, Aguirre. Dieser Mann wurde unter einem glücklichen Stern geboren, genauso wie wir. So weit kann unsereins es in diesem gerechten Lande bringen. 1 bis 10 und A bis J, stimmt's?«

»Jawohl. Schieß los. Von wem redest du, Carrizo?«

»Rate mal, Superagent. A3.«

»Von dem Kollegen Lopecito, nehme ich an. Treffer.«

»Dem Herrn Botschafter, der morgen per Dekret die Rückreise antritt.«

»Welche Rückreise?«

»Die Rückreise in die gute Alte Welt, du Indianerhäuptling. Er wird sich mit sofortiger Wirkung in Spaniens Hauptstadt als Außerordentlicher und Bevollmächtigter Repräsentant der Republik Argentinien für die nationalen Belange einsetzen. Du bist dran.«

»D7.«

»Wasser. A4.«

»Treffer und versenkt. Unsereins im diplomatischen Dienst ... Auch ich würde gern mal nach Europa beordert werden, nach Florenz oder nein, lieber nach Rom. Rom sehen und sterben. C9.«

»Wasser, Miguel Ángel. F1.«

»Treffer und versenkt. Um die Wahrheit zu sagen, bin ich nie aus Ballester weggekommen.«

»Aus Patriotismus.«

»Exakt. Aus Liebe zu meinem Vaterland. Allenfalls in den Ferien, ein einziges Mal. Ich bin bis an die Küste nach Mar del Plata gereist, aber dann war für mich Schluss. Bis dahin und nicht weiter. C8.«

»Wasser.«

»*En el cielo las estrellas, en el campo las espinas y en el medio de mi pecho la República Argentina*. Weißt du noch?«

»*Im Himmel die Sterne, auf dem Land die Dornen und in der Mitte meiner Brust die Republik Argentinien.* Natürlich, Aguirre! Wie das vergessen? Aber du musst eins bedenken. Wir sind nicht mehr zwölf. Das hier ist kein Schulhof, auf dem wir bei der Rezitation strammstehen. Das hier ist Krieg. Lippenbekenntnisse sind wichtig, keine Frage, doch Lopecito hat sich damit nie zufriedengegeben. Ein Typ, der vom Amateursänger zum Minister aufgestiegen ist, muss niemandem was beweisen, verstehst du? Er hat schon alles bewiesen. Er verlässt Buenos Aires an Bord des Präsidentenflugzeugs *Tango 02*. E2. Was sagst du dazu?«

Wasser und Schiffe überall. Was sollte man sagen? Da war es wieder, das Ufer des Río de la Plata. An diesem Morgen hatte Celio Rachello einen Ausflug in die eigene Vergangenheit unternommen und war am Hafen spazieren gegangen. Im Anschluss hatte er die Blechhäuser in Caminito angegafft und einige Tränen der Rührung vergossen. Um sich wieder aufzuheitern, war er in einer der vielen Trattorias in La Boca eingekehrt. Er hatte zu den Klängen der *più belle canzoni napoletane di tutti i tempi* einen Riesenteller hausgemachter Ravioli verdrückt und zur Nachspeise Quittenbrot und Käse bestellt. Beim Kaffee hatte der kompulsive Diätabbrecher erwogen, in einen Bus zu steigen, um wie einst Valentino Acuña die Baustelle des *Altar de la Patria* zu besichtigen. Es war Samstag, und die EWIGE SCHÖNHEIT hatte geschlossen, so dass niemand auf ihn wartete. Einmal in der Innenstadt, wollte er die Gelegenheit nutzen, sich vor der Gratisvorführung des Films *Giulietta degli spiriti* ein wenig treiben zu lassen, von A nach …

»B5.«

»Wasser.«

»7 Up.«

»Bitte sehr.«

»Ach, nein, Quatsch! Pepsi, bitte.« Celio hatte an einem Kiosk pausiert und lang hin und her überlegt. »Ähm, wissen Sie was? Ich möchte lieber eine Fanta. Ja, eine gekühlte Fanta ist genau das Richtige. Entschieden ist entschieden! Fanta.« Celio hatte sein Gegenüber in den Wahnsinn getrieben und es am Ende zuckersüß angelächelt; nachdem er seinen Durst mehr oder weniger gestillt hatte, war er weitergelatscht; an der Kreuzung der Avenida Corrientes und 9 de Julio hatte ihn das Banner am Obelisken vergrault. Er hatte seinen Weg fortgesetzt und war spontan vor dem überfrachteten Schaufenster eines kleinen Antiquariats mit hochtrabendem Namen stehen geblieben. Nach einer Weile hatte er den Laden betreten und überrascht festgestellt, dass er sich schlauchartig nach hinten erstreckte. Der Buchhändler, ein sympathischer älterer Herr, war dabei, ein Buch von einer dicken Staubschicht zu befreien.

»Zufälle gibt's. Interessieren auch Sie sich für Kosmetik?«

»Sie meinen Kosmismus.«

»Ach so ... Schade ... Ich habe mich verlesen.« Celio hatte von der Seite aus auf den Buchrücken gekiebitzt.

Nachdem sich beide darauf geeinigt hatten, dass Schönheit nicht nur in den eigenen vier Wänden, sondern auch im Kosmos auf ewig vorherrschen sollte, hatte der Verkäufer die Katze gekrault, die sich um seine Aufmerksamkeit bemühte, indem sie beharrlich ihren Kopf gegen sein Bein drückte. Auf die Bitte von Celio hin war der Tierfreund ins Schaufenster gestiegen und hatte von der obersten Stufe einer Bücherpyramide *Isis entschleiert* gezogen. Celio hatte sofort zugeschlagen. Hocherfreut über das Schnäppchen war er über die Straße gegangen und hatte vor dem Eingang einer Bar innegehalten. »Tut mir leid, Mieze. Ich fürchte, hier trennen sich unsere Wege«, hatte er dem Streuner verklickert, der sich ihm bereits am Obelisken angeschlossen hatte. Er hatte im Lokal den letzten freien Platz ergattert, einen Katzentisch am Fenster, den er unter der Voraussetzung belegen durfte, ihn spätestens in einer Dreiviertelstunde zu räumen, denn er sei für Stammgäste reserviert. Ohne in die Karte zu gucken, hatte er drei Gebäckteilchen und einen *Submarino* geordert, heiße Milch im Glas mit einem Stück Schokolade *Águila* zum Hineinwerfen, das traditionelle *U-Boot*, eine argentinische Spezialität. Celio war nicht über den ersten Absatz von *Isis entschleiert* hinausgekommen, als er Schüsse hörte. Er blickte auf, sah den Buchhändler wie einen ausgebüxten Irren die BIBLIOTHEK VON ALEXANDRIA verlassen, er sah die Streunerkatze mit ihm Reißaus nehmen – den beiden dicht auf den Fersen: drei Typen, die den Eindruck erweckten, nicht viele Freundschaften im Leben geknüpft zu haben. Celio hörte den Kosmisten seinen Namen in alle vier Winde schreien, er sah durch die Scheibe hindurch das verzerrte Gesicht, die weitaufgerissenen Augen und den Mund, er sah den Mann sich zur Wehr setzen, er sah das Tier das Fell sträuben, Blanco Herrera sah den Wagen nicht nahen, Celio sah gespenstisch aus, er sah in der Fensterscheibe sein U-Boot und die noch ungerührten Ordnungshüter widergespiegelt, er wollte, konnte den Rest nicht sehen und stammelte: »Ich heiße Celio Rachello.« Vom Schock erfasst versuchte der Friseur, sich das Autokennzeichen zu merken, und notierte sich die ersten beiden Ziffern auf einer Papierserviette.

»B2.«

»Volltreffer, Kollege.«

Die Blavatsky fiel krachend zu Boden. Celio bückte sich, um das Buch, in dem sich der Kaufbeleg mit dem gestempelten Logo des Antiquariats befand, aufzuheben. »Pfote weg, Freundchen. Lassen Sie mich mal machen, das spart uns Zeit«, hörte er den verärgerten Kellner sagen. Ein betrunkener Gast drei Tische weiter hatte seine Bloody Mary verschüttet. Auf der Straße ging es drunter und drüber, Celio, dessen Augen inzwischen glasig geworden waren, rang um Fassung. So schnell konnte das Leben eine Wendung erfahren. Der Name der Bar, der sowohl auf der Markise als auch an jeder zweiten Fensterscheibe zu lesen war und den Celio auf dem Bürgersteig als eine willkommene Aufforderung zu einer Auszeit gedeutet hatte, schwebte, kurz nachdem er sich von seinem Instinkt hatte leiten lassen, wie ein Damoklesschwert über seinem Kopf.

ABRACADABRA

»Es war eine Falle, Menschenskind«, versicherte der Unbekannte, der allein am Nebentisch saß.

»Sauber gemacht, Aguirre! Alle Achtung.«

33

Nachdem die Madonna von Ballester aus den Fängen von Ofelia Farías befreit werden konnte, ohne dass die Großnichte von Braulio Espinosa erneut Widerstand geleistet hätte, ging sie ein letztes Mal von Hand zu Hand. Als ihre legitime Besitzerin durfte die Tochter von Doktor Gianelli bei ihrer gründlichen Untersuchung vor allen anderen feststellen, dass die heilige Statuette heil geblieben war. Sie hatte weder einen Kratzer erlitten, noch einen Farbklecks einkassiert. Die erfahrene beratende Kommission, zusammengesetzt aus Mariano Andrade, Lautaro Morales, Elías Morales, Cecilia Mansilla und Silvia Lozano, konnte ihrerseits die Unversehrtheit bezeugen. Ihre Mitglieder tauschten sich aus und beratschlagten sich eifrig, nur Lautaro Morales war nicht in der Lage, ein vernünftiges Wort herauszubringen. Sein mechanisches Kopfnicken aber wurde von den anderen Fachexperten (er hielt sie zur Hälfte für Fachidioten) einvernehmlich positiv gedeutet. Bevor die Kolonne abzischte, konnte der weibliche Flügel es sich nicht nehmen lassen, naserümpfend der grünen Farbspur zu folgen, die zum soeben fertiggestellten Stillleben mit nächtlicher Wandermadonna zu führen versprach. »Dem Ariadnefaden nach«, proklamierte Cecilia Mansilla und vollzog mit dem Arm eine einladende Bewegung. Währenddessen stand der männliche Part im Zimmer blöd herum. »Hier sieht es schlimmer aus als in der Baker Street«, konstatierte Mariano Andrade.

»Wir brechen auf«, beschloss Teresa nach der Besichtigung.

»Ich begleite euch«, kündigte Ofelia Farías an, und während sie das tat, gab sich Lautaro falschen Hoffnungen hin, die allerdings ein rasches Ende fanden. An der Haustür war sie stehen geblieben. »Wann wollte deine Familie nach Afrika?«, erkundigte sich die Gastgeberin bei Teresa Gianelli zum Abschied.

»*Ich* will nach Afrika. Das kann von einem Tag auf den anderen passieren. Meine Eltern und mein kleiner Bruder kommen höchstwahrscheinlich mit. Was unsere Reise betrifft, habe ich überhaupt keine Bedenken, sondern Vertrauen und Weitblick. Mein Vater ist Arzt.«

»Wie Conan Doyle«, sagte der *Gordo* traurig.

»Wie Dr. Watson«, ergänzte Elías beflissen.

»Davor lassen wir uns impfen – gegen Tetanus, Diphtherie, Poliomyelitis, Hepatitis A und B, Tollwut, Meningokokken, Typhus, Malaria, Mumps, Masern, Röteln, Influenza, Cholera, Keuchhusten, Gelbfieber … Alles eine Frage des gesunden Maßes.«

»Na dann! Ich wünsch' euch was. Macht's gut, Kinder.«

Lautaro Morales nickte Ofelia Farías zu und kam sich total Banane vor.

»Habt ihr nachgezählt? Wenn man um das Haus geht, sieht man es sehr deutlich. Die Bude hat sieben Giebel: einen Giebel pro Katze.«

»Wenn ich mich nicht irre, gibt es ein Buch zu …« Mariano sann angestrengt nach, obwohl die herumtollenden Mädchen seinem Hinweis offensichtlich keinerlei Bedeutung beimaßen.

»Und habt ihr die Pyramiden gesehen?«

»Und die Obelisken-Sammlung?«

»Und die sieben Weltwunder auf dem kitschigen Gemälde?«

»Und die Stühle mit den aufgeschlitzten Polstern? Auch sieben Stück, Rücken an Rücken und im Kreis angeordnet wie bei der Reise nach Jerusalem!«

»Und das viele Licht, das unnötigerweise gebrannt hat?«

»*Lux et veritas*. Die Madonna sollte womöglich an einer Überdosis zerplatzen!«

Die Gottesanbeterinnen Cecilia Mansilla und Silvia Lozano überboten sich an Tempo. »Und habt ihr auch die …? Und die …? Und die …?«

»Sei's drum!«, sagte Cecilia, als sie sich etwas beruhigt hatten. »Auch wir müssen mal. Pater Amaro wartet.«

»Man sieht sich!«, verabschiedete sich Silvia Lozano.

POP! Eli in Feierlaune. »Nun wollen wir endlich unser eigenes, schwer verdientes Geld verprassen«, kündigte der Erdbeerjunkie an. Er hatte von den Großeltern einen fetten Vorschuss auf seine Erstkommunion erhalten und großzügig-kommunistisch in die NAUTILUS eingeladen. »Ein Vermögen in *Chocolinas*. Was will man mehr?«

»Man lebt schließlich nur einmal«, attestierte Teresa und warf einen prüfenden Blick auf das Notizbuch, in dem sämtliche Stationen der Wandermadonna vermerkt worden waren, bevor sie sich dazu bekannte, ihr Hab und Gut vorerst nicht mehr hergeben zu wollen. Das Heft war bis auf wenige Zeilen voll – die PLAZA ROCA, die anvisierte Abkürzung zum Keksladen, dagegen leer, so leer wie in jener extrem fern liegenden Zeit, in der die Straßen, in denen die Madonna inzwischen zu Hause war, nicht asphaltiert waren und die Gegend vielmehr einer Einöde als dem heutigen aggiornierten Wohnviertel glich.

»Strenge Vorkehrungen, Donnerwetter«, sagte Mariano Andrade zu den beiden Polizisten, die das letzte Stück Flatterband anbrachten.

»So!«, erwiderte der eine selbstgefällig, »Dich kennen wir von irgendwoher«, der andere.

»Das will ich hoffen!«, mischte sich Elías Morales ein und zeigte missmutig auf die Deerstalker-Mütze seines Freundes. *POP!*

Das Karree war lückenlos abgeriegelt.

»Bis hier und nicht weiter, *Kauboi*.«

Elías – mit Asche in den Hosentaschen – war breitbeinig aufgetreten und wurde zurückgepfiffen.

Hinter der Absperrung waren unzählige Tribünen aufgebaut, um das gigantische UFO herum schwebte eine hochmoderne Bühne. Mitten auf der *Boccia*-Bahn waren zwei Podeste zwischengelagert, die Holzwippe war von Dekorationsmaterial blockiert, vor den Reifenschaukeln stand ein Hubtisch, hinter der Rutsche ein Podium, in dem Picknick-Bereich waren übergangsweise Vorhänge deponiert, den Baum des Vampirs umzingelten Drehscheiben und Versenkungen. Herrenlose Apparaturen und Automaten hatten den Spielplatz in Beschlag genommen.

»Hört ihr das?«, fragte Teresa völlig perplex.

»Was denn?«

»Ein Häufchen Elend. Eine sehr, sehr, sehr traurige Stimme, ganz leise. Ein windiges Stimmchen.«

»Ich höre nix«, wand Elías ein. »Es herrscht TTT!«

»Was herrscht?«

»Total tote Hose!«

»Jetzt ja!«

»Miteins irre laut!«

Yo estaba bien por un tiempo,
volviendo a sonreír.
Luego anoche te vi,
tu mano me tocó
y el saludo de tu voz.
Te hablé muy bien y tú
sin saber que he estado
llorando por tu amor,
llorando por tu amor.

Luego de tu adiós sentí todo mi dolor.
Sola y llorando,
llorando,
llorando,
llorando.
No es fácil de entender
que al verte otra vez
yo esté llorando.

Yo que pensé que te olvidé,
pero es verdad, es la verdad

que te quiero aún más,
mucho más que ayer.
Dime tú qué puedo hacer,
no me quieres ya
y siempre estaré
llorando por tu amor,
llorando por tu amor.

Tu amor se llevó
todo mi corazón
y quedo llorando,
llorando,
llorando,
llorando,
llorando,
llorando,
por tu amor.

Es war gespenstisch. Das körperlose Organ ließ alles erzittern. Die erratische Stimme hatte eine unglaubliche Präsenz. Sie füllte den gesamten Platz, auf dem weit und breit keine Menschenseele zu sehen war.

»Da staunst du, was?«, sagte einer der beiden Polizisten zu Sherlock. »Ihr bleibt mir aber brav hinter der Absperrung. KEIN ZUTRITT FÜR UNBEFUGTE. *PROHIBIDO PASAR*. DURCHGANG VERBOTEN. *NO AKSES. PROIBITIT*. Ihr habt da drin nichts verloren, okidoki?«

»Und was ist mit dem da?!«

»Seht ihr die Katze?«

»Wo denn?«

»Da drüben. Auf der anderen Seite der Absperrung!«

»Wo denn?«

»Da! Da!«

»Wo denn da?«

»Jenseits des Flatterbandes. Läuft auf das Wasserreservoir zu!«
»Stimmt!«
»Seth! Seth!«
»Wir sehen ihn, *Gordo*!«
»Horus!«
»Da ist noch eine!«
»Wo denn?«
»In der Sandgrube!«
»Eine dritte ist gerade in das UFO reingetapst.«
»Schaut! Noch eine!«
»Stimmt! Stimmt!«
»Sie laufen wie ferngesteuert auf das UFO zu!«
»Was wollen die da?!«

Es fielen erste dicke Tropfen. Schneller, als man gucken konnte, bildeten sich auf der von den Kindern der Nachbarschaft stellenweise mit bunter Kreide bemalten *Plaza* teichgroße Pfützen in Aquarellfarben. Ihr Himmel-und-Hölle-Spiel stand vollständig unter Wasser.

»Es hört gleich auf«, weissagte der jüngere der beiden Ordnungshüter und führte sich auf, als wäre er Gott auf Erden. En passant ließ er eine Nelke verschwinden. Über der General Roca, der San José de Flores, Balcarce und Yapeyú hingen Banner, die für den Abend die Rückkehr von Tony Tormenta ankündigten. Auf der San José de Flores parkte ein kleiner Lastwagen, auf dessen offener Ladefläche sich ein Berg weißer, duftender Blumen erhob, an dessen Fuß Teresa Gianelli ihre Wandernde abgestellt hatte, auf dass die wunderschöne *Virgen del Cerro* neidisch werde. Für den Übergang war es ihr als der ideale Rastplatz erschienen. Was danach geschah, hätte keiner erahnen können.

»Eine Plane, Carlitos, du hättest dir eine verdammte Plane borgen sollen!« Der ältere Polizist klopfte auffordernd gegen die Fensterscheibe der Fahrerkabine, und der Mann am Steuer legte den Rückwärtsgang ein, um auszuparken. »Baigorri Velar, verflucht!«

»Wir werden Zeugen einer Seltenheit: *Llueve con sol, se casa una vieja.*« Es regnete bei Sonnenschein. »Glauben wir dem Sprichwort, gibt eine alte Schachtel heute das Jawort«, prophezeite Miguel Ángel Aguirre, und Doña Paquita, die zufällig vorbeilief, wechselte ostentativ die Straßenseite.

DIE VIERTE DIMENSION

100

Die Madonna von Ballester balancierte auf der Kante der Ladefläche wie Catalina am Trapez, die Zirkusartistin, die es in eine Redewendung geschafft hatte und von dort in aller Munde. Niemand war geistesgegenwärtig genug, die Statuette festzuhalten. Bevor sie auf dem Kopfsteinpflaster aufschlug, schossen genauso viele Gedankensplitter und kaleidoskopische Einsprengsel auf sie ein, wie sie Menschen in ihrem Umkreis begegnet und nahe gekommen war. Das Leben der Madonna von Ballester zog in Lichtgeschwindigkeit an ihr vorbei. Dabei erschien nicht sie den Menschen, sondern die Menschen erschienen ihr. Sie kamen wie Sherlock Time aus der Vergangenheit, der Gegenwart und der Zukunft, sie kamen aus Ballester, aus der Innenstadt, aus Chacarita, La Boca, Salta und José León Suárez, um sie auf ihrem letzten Meter zu begleiten. Da, sagte sich die Madonna ergriffen, da sind sie ja alle: der zehn Jahre jüngere Matrose, dem Laura Rachello dauerhaft die Treue hält, Mabel, die den sündhaft teuren Lippenstift von Frau Viamonte Rey noch nicht hat mitgehen lassen, Clara El Haddad, die im Alter von elf tatsächlich wie die leibhaftige Teresa aussieht, eine gertenschlanke Carmela Bonifacia Rodríguez, hinter der sich die Mère Supérieur *in spe* verbirgt, die blutjungen Inmaculada, Concepción, Asunción, Rosario, Remedios, Dolores, Auxiliadora, Trinidad, Consuelo und Encarnación, bevor sie als Novizinnen vom SANTA ANA aufeinandertreffen, zu einer Zeit, in der sie das Gebet verpennen und frei von Warzen, Mundgeruch oder störenden Haaren im Gesicht die Liebe ausprobieren, Schwester María auf dem Weg zu Padre Gustavo, Ana, das Kind, das *Der entwendete Brief* von Edgar Allan Poe verschlingt, während Ana, die Erwachsene, sich in der gleichnamigen Kapelle versteckt, Laureana und Nasif Abdala, die sich suchen und finden,

Valentino Acuña im Zug Richtung Innenstadt, um seinen Buchhändlerfreund Blanco Herrera unter vier Augen zu sprechen, Ernesto Federico Andrade, der Vater des *Gordo*, kurz vor dem Ausbruch seiner Krankheit mit ihm Hand in Hand am Strand von Gesell, Evita, das kleine Mädchen, im Alter von neunundzwanzig als ehrenamtliche Helferin der Organisation H. I. J. O.S., der Schuhputzer Hilario García, der von einer Katze träumt und Weihnachten 1983 mit der Endziffer 05 das große Los (den sogenannten *Gordo de Navidad*) zieht, die übernächtigte Doña Carmen, die aus der schlimmen Befürchtung heraus, ihre vierjährige Enkelin komme nicht unter die Haube, ihre Tochter Laura überredet, mit ihr nach Luján, in die Basilika, zu pilgern, zwei lässige Gangs, die niemand bestraft, obwohl die eine den Schuljungen Esteban Carrizo, die andere den Schuljungen Miguel Ángel Aguirre grün und blau schlägt, Mimi, die in einem befreienden chihuahuaischen Wutanfall ein rosafarbenes Etwas zerfetzt, Pia, die sich das Auto ihres Ehemannes leiht und nach so vielen Jahren Julio El Haddad in seiner Werkstatt überrascht, der sie nicht wiedererkennt, Nofretete, Osiris, Seth, Horus, Isis, Anubis und Cleopatra, die im alten Ägypten das Licht der Welt erblicken, Amira El Haddad und Berta Sanfratello, die in den gemeinsam zubereiteten Teig exotische Gewürze von BADANO rühren, das resolute Fräulein Papaleo als Pausenaufsicht auf dem Schulhof der ESCUELA NACIONAL DOMINGO FAUSTINO SARMIENTO, Amaro Roviralta beim Läuten der Glocken, Saberio Saturnino beim herzzerreißenden Singen unter der Dusche, Pipino, der Magellanzeisig, beim furiosen Trillern, das Kollektiv *Solidarisches Fruchtgemüse* beim dissonanten Intonieren der *Misa Criolla*, Elvio Gianelli beim Auskultieren von Dirty Harry, Tony Tormenta, der auf der Suche nach einer Unterkunft für die Nacht an der Tür von NAYLA klopft – vor ihm ein altes Blechschild mit einem Hinweis, bei dem inzwischen der erste Buchstabe (der letzte des Alphabets) abhandengekommen ist:

IMMER FREI

»Vogelfrei, jawohl«, erfährt die Madonna von Houdini höchstpersönlich, der aus dem Polizeipräsidium flieht, indem er im richtigen Moment eine dicke Wand in seiner Zelle aufstößt, die sich als drehbar entpuppt. Auch Schwester Renata lässt sich blicken und die Tür des Living Room aus Versehen einen Spalt offen, so dass Celio mir nichts, dir nichts am besten gestern die Geschwister der BASILIO bei der sogenannten Befreiung ausspäht, einem Ritual namens *Liberación*, bei dem allein Eingeweihte zugelassen sind, die im Sitzen die Augen geschlossen halten, während sie Arme und Hände so bewegen, als würden sie lautlos jemandem applaudieren, der vor ihnen steht und den außer ihnen keiner sieht. Die Madonna von Ballester sieht Cándida in jeder traurigen Geste von Saberio Saturnino weiterleben. Sie sieht den Blinden Ende März 1976 aus der Unterführung verschwinden und weiß, was das bedeutet. Sie sieht Methusalem mit eingezogenem Kopf und eingezogenen Pfoten beim siebenjährigen Winterschlaf. Wie in einem Spiegelkabinett sieht sie Caetano Garibaldi und um ihn herum ein Dutzend Anarchisten. Sie sieht den Schriftzug der NAUTILUS und den Sohn des Besitzers untertauchen. Sie sieht nicht nur Doña Paquita, sondern ganze Paquita-Generationen, obwohl der Mann dazu perpetuierlich fehlt. Sie sieht Mimis vierbeinigen Verehrer einen seiner majestätischen Hinterläufe am *Ceibo* von Patricio Osvaldo Viamonte Rey heben und Pipi machen. Sie sieht die Zeichnung eines Basilisken am Baum des Vampirs und die Zeichnung eines Vampirs im Schatten von Ofelias Trauerweide. Je nach Blickwinkel sieht sie abwechselnd die Bloody Marys und die Gottesanbeterinnen. Sie sieht eine Platte mit *Mezze* auf einer Mauer und eine Haarpinzette am falschen Ort. Sie sieht jeden einzelnen Stein und jedes Insekt wie unter einem Vergrößerungsglas. Sie sieht Ariadnas Großeltern väterlicherseits in Schale geworfen spazieren gehen, während schweigende Mütter mit weißen Kopftüchern um die Pyramide auf der Plaza de Mayo Runden drehen, schwer Mitgenommene, die später auch Plakate mit der Forderung *Aparición con vida* mit sich führen, weil sie sich wünschen, dass ihre Kinder lebendig erscheinen mögen. Sie sieht auf den menschenleeren Tribünen der PLAZA ROCA die Namenszettel als Platzhalter für den blasierten Frosch, den Bürgermeister und seine Frau. Sie sieht das Wunder der Kaninchenvermehrung in José León Suárez und mit den Augen von Padre Gustavo in die Gesichter und die Herzen von Amalia, Juvenal, Margarita, Rosa, Jazmín, Benancio, Adolfo, Cipriano, Ramiro, Antonio, Lurdes, Rinaldo, Nicanor, Mauro, Leonardo, Felicia, Herminia, Gracia, Genoveva, Lisardo, Gregorio, Evelio und Nando. Sie sieht den Nachfolger von Amaro Roviralta mit einer konsekrierten Hostie in der erhobenen Hand und Elías ihm die Zunge rausstrecken zur Erstkommunion, sie sieht Renzo Morales zum dritten Mal in einer Kirche, während Alba Morales außer sich vor Freude die Glückwünsche der Dinosaurier entgegennimmt. Sie sieht in der Bibliothek der Familie Andrade-Acuña eine Übersetzung des Kommunistischen Manifests aus dem Jahr 1848 zwischen falschen Deckeln. Sie schaut in den Wandspiegel der EWIGEN SCHÖNHEIT und sieht sich nicht. Sie sieht stattdessen riesengroße rosafarbene Kaugummiblasen eine nach der anderen zerplatzen und die bettlägerige Anahí ihrer Enkelin einen zärtlich besorgten, von Rechtschreibfehlern übersäten Brief schreiben, sie schaut hinter die Kulissen in den Waschraum von CLEAN EASTWOOD, sie entdeckt einen anzüglichen Witz, notiert auf der Rückseite eines Abholscheins, und hört ihr eigenes Lachen, angeblich die beste Medizin, auf der Straße hört sie die Ehefrau und die Schwiegermutter von Don Ricardo der vielköpfigen Hydra Rache schwören, sie hört mit der Geburt von Sherlocks Brüderchen Argentinien weinen, sie hört die Motoren der grünen Ford Falcons, das ohrenbetäubende Grölen während der Fußballweltmeisterschaft 1978 und die Lügen des Falklandkrieges, die Madonna hört das Gras wachsen und erspäht zwischen den Halmen ein Amulett mit der Form eines Skarabäus, sie sieht Teresa Gianelli vor der Einschulung mit rotem Sonnenhut auf einem roten Fahrrad mit Stützrädern auf dem Bürgersteig fahren und Julio El Haddad neben ihr herlaufen, sie hört Pawlow und Stativ hecheln und Silvia Lozano während ihrer Hochzeitsnacht in Ekstase, sie sieht die ehrwürdige María Sala ihren ersten *Zapallito criollo* zubereiten, sie sieht Hassem El Haddad in einer Endlosschleife gefangen Kohlen nach Hause schleppen und Enrique Fatini mit der Unterstützung von Elías Morales Insekten zu Grabe tragen, sie sieht Álvaros Vater wie viele andere für ein besseres Land und eine bessere Zukunft kämpfen, sie sieht Domingo einen mit Seifenwasser durchtränkten Drahtring langsam durch die Luft ziehen, sie sieht die Montpelats und die Marengos, die Falugues und die Rigantis, die Scápolas und die Meninis an einem Tisch der BAR TOLUCCI versammelt, sie sieht Ariadna auf Geheiß von Carina Malatesta, Julieta Ramiro und Cecilia Mansilla am Kiosk Süßigkeiten kaufen, sie sieht Lara Kiri in einen überfüllten Bus einsteigen, sie sieht die Pferde in EL CEIBO ausbüxen, sie sieht Álvaro Fatini nur einmal noch an der Schreibmaschine, Teresa Gianelli ihr Notizbuch zuklappen, Mariano Andrade im Kerzenschein Tagebuch führen, Braulio Espinosa und Ofelia Farías Spektralfarben auf ein und derselben Leinwand verteilen, sie sieht kistenweise Flugblätter, Appendizes, Vermächtnisse, Bekenntnisse, Zeitungsausschnitte und kompromittierende Liebesbriefe, die aus Angst dem Feuer übergeben werden, sie sieht über einem Ouija die Hand des Ghostwriters sich verflüchtigen und Marina Eloísa Santiago mit Hilfe von Abelardo Cipolletti ihr eigenes magisches Quadrat anlegen, dessen Zahl die 100 ist, sie sieht Carlitos am Steuer seines klapprigen Peugeots das Fenster herunterkurbeln und ein Papiertaschentuch zum Lebewohlsagen schwenken. Als der Madonna von Ballester schlussendlich klar wird, dass sie nicht dazu da gewesen ist, Begebenheiten ungeschehen zu machen, noch den Lauf der Dinge aufzuhalten, fällt ihr ein großer Stein vom Herzen. Sie ist mit ihrem Latein am Ende und deshalb mit sich im Reinen. Jetzt kann sie endlich loslassen. Unmittelbar vor dem Aufprall, als sie noch auf dem Rücken in der Luft liegt, erkennt sie jene für immer verloren geglaubte Plastiktüte inmitten des Lichterspiels zwischen den Blättern, eine letzte Kostbarkeit, die ihre Reise im Garten hinter AUTOPIA gestartet und sich vor einer kleinen Ewigkeit in einer Baumkrone mitten auf der PLAZA ROCA verfangen hatte, ein wiedergefundenes Weiß, das mit der nächsten sanften Brise in Ballester gen Himmel fährt.

Chimamanda Ngozi Adichie
Blauer Hibiskus
Roman

»Solange solche Romane erscheinen, ist das Leben für die Literatur nicht verloren.« *Die Zeit*

Das Haus von Kambilis Familie liegt inmitten von Hibiskus, Tempelbäumen und hohen Mauern, die Welt dahinter ist das von politischen Unruhen geprägte Nigeria. Mit sanfter, eindringlicher Stimme erzählt die 15-jährige Kambili von dem Jahr, in dem ihr Land im Terror versank, ihre Familie auseinanderfiel und ihre Kindheit zuende ging. Der erste vielgelobte Roman Adichies, verzweifelt schön und ganz gegenwartsnah.

Aus dem Amerikanischen
von Judith Schwaab
448 Seiten, gebunden

Weitere Informationen finden Sie auf
www.fischerverlage.de

AZ 596-52170/1

Karina Sainz Borgo
Nacht in Caracas

»Nichts war für mich dringlicher, als diese Geschichte zu schreiben. Über den Sturm zu sprechen, während er in einem tobt.« KARINA SAINZ BORGO

Adelaida beerdigt ihre Mutter, aber sie bleibt nur kurz am Grab stehen. Auf dem Friedhof ist es gefährlich, genau wie an jedem anderen Ort in Venezuela. Noch vor kurzem kamen die Menschen aus Europa, um hier ihr Glück zu machen. Nun versinkt das Land in Chaos und Elend. Alles, was sie geliebt hat, existiert nur noch in ihrer Erinnerung. Wenn sie sich retten will, bleibt ihr nur die Flucht.

Aus dem Spanischen von Susanne Lange
223 Seiten, gebunden

Weitere Informationen finden Sie auf
www.fischerverlage.de

AZ 10-397461/1

Petina Gappah
Aus der Dunkelheit strahlendes Licht
Roman

Seit ihrer Jugend ist Petina Gappah von der Geschichte um David Livingstone besessen – dem berühmten schottischen Missionar und Afrikaforscher, der sich des großen geografischen Rätsels seiner Zeit verschrieben hatte, der Entdeckung der Nilquellen. Aus Faszination wurde ein Roman: Als Livingstone 1873 auf der Suche stirbt, will seine treue Gefolgschaft seinen Leichnam in seine Heimat zurückbringen. So machen sich 69 Gefährten auf den wagemutigen Weg, ihn quer durch Afrika zu tragen.
Eine abenteuerliche und lebensbedrohliche Reise über 1.500 Meilen, auf der ihnen immer wieder die Frage begegnet: Wie weit sind wir bereit für unsere Freiheit zu gehen?

Aus dem Englischen von Anette Grube
432 Seiten, gebunden

Weitere Informationen finden Sie auf
www.fischerverlage.de

AZ 10-397449/1